Edward Lytton Bulwer

Die letzten Tage von Pompeji

Salzwasser

Edward Lytton Bulwer

Die letzten Tage von Pompeji

1. Auflage | ISBN: 978-3-84609-800-4

Erscheinungsort: Paderborn, Deutschland

Erscheinungsjahr: 2014

Salzwasser Verlag GmbH, Paderborn.

Nachdruck des Originals von 1927.

Edward Lytton-Bulwer

Die letzten Tage von Pompeji

1927

Th. Knaur Nachf. / Berlin

Übersetzt und bearbeitet
von Richard Zoozmann

Druck von Greßner & Schramm in Leipzig

Die letzten Tage von Pompeji

Die letzten Tage von Pompeji

Erstes Kapitel.

„Ha, Diomed, das trifft sich gut! Speisest du heut Abend bei Glaukus?“ fragte ein junger Mann von kleiner Gestalt, der seine Tunika in jenen losen, weiblichen Falten trug, die andeuteten, daß er ein Mann von Stande und ein Elegant war.

„Nein, lieber Clodius; er hat mich nicht eingeladen,“ entgegnete Diomed, ein Mann von stattlichem Aussehen und mittlerem Alter. „Beim Pollux, ein schönes Mißgeschick! denn man sagt, seine Gastmähler seien die besten in Pompeji.“

„Ganz leidlich, doch ist für mich nie genug Wein dabei. In seinen Adern fließt nicht das alte Griechenblut, denn er behauptet, der Wein mache ihm am andern Morgen einen schweren Kopf.“

„Mag wohl einen andern Grund für diese Knickerei geben,“ erwiderte jener mit hochgezogenen Brauen. „Bei all seinem Dünkel und übertriebenen Wesen ist er, denk' ich, nicht so reich, als er sich ausgibt, und spart vielleicht lieber seine Amphoren als seinen Witz.“

„Ein weiterer Grund, bei ihm zu essen, solange die Sesterzen noch anhalten. Künftiges Jahr, Diomed, müssen wir einen andern Glaukus ausfindig machen.“

„Er liebt auch die Würfel, hör' ich.“

„Er liebt jedes Vergnügen, und solang er das Vergnügen liebt, Gastmähler zu geben, lieben wir ihn alle.“

„Ha! Ha! Clodius, gut gesagt! Hast du übrigens meine Weinkeller schon gesehen?“

„Ich denke nicht, mein guter Diomed."

„Gut, da mußt du dieser Tage mit mir zu Abend essen; ich habe erträgliche Muränen in meinem Fischkasten, und will Pensa, den Ädil, mit dir zusammen einladen."

„Ach, keine Umstände um meinetwillen! — Persicos odi apparatus ich bin leicht zufriedengestellt. Aber der Tag neigt sich, ich geh ins Bad — und du?"

„Zum Quästor — Staatsgeschäfte; nachher in den Tempel der Isis. Leb' wohl."

„Ein großtuender, überlästiger, ungebildeter Kerl!" murmelte Clodius vor sich hin, indem er gemächlich weiterschlenderte. „Glaubt uns mit seinen Festen und Weinkellern vergessen zu machen, daß er der Sohn eines Freigelassenen ist; mögen wir's doch, wenn wir ihm dafür die Ehre antun, ihm sein Geld abzugewinnen: diese reichen Plebejer sind eine Ernte für uns verschwenderische Adelige."

Unter diesem Selbstgespräch gelangte Clodius in die Via Domitiana, die, mit Fußgängern und Wagen vollgedrängt, eine freudige Überfülle des Lebens und Treibens darbot. Die Schellen der rasch aneinander vorbeifahrenden Wagen klingelten lustig ins Ohr und Clodius bekundete durch Lächeln und Kopfnicken seine Bekanntschaft mit den eleganteſten oder durch phantastischen Prunk ausgezeichnetsten Equipagen. In der Tat war kein junger Mann allgemeiner bekannt in Pompeji.

„He, Clodius, wie hast du nach deinem Glück geschlafen?" rief ein Jüngling mit angenehmer, wohltönender Stimme aus einem Wagen von der feinsten, anmutigsten Bauart. Auf seiner Außenseite hatte die noch immer ausgesuchte Kunstfertigkeit griechischer Meister Reliefs aus den olympischen Spielen in hoher Vollendung angebracht. Die beiden Pferde, die das Gefährt zogen, waren vom seltensten parthischen Schlage, ihre leichten Glieder schienen den Boden zu verachten und für die Luft bestimmt zu sein, und doch hielten sie auf die leiseste Berührung des Wagenlenkers, der hinter dem jungen Eigentümer des Gefährtes stand, bewegungslos still. Der Eigentümer selbst war von jenem schlanken, schönen Ebenmaß, dem die athenischen Bildhauer ihre Modelle entnahmen; sein griechischer Ursprung gab sich in den leichten, geringelten Locken und der vollendeten Harmonie seiner Züge kund. Er trug keine Toga, die in der Kaiserzeit aufgehört hatte, das allgemeine Unterscheidungszeichen der Römer zu bilden, und Leuten, die Ansprüche auf feine Sitte machten, zum besonderen Stichblatt des Spottes dienen mußte, aber seine Tunika glühte in den reichsten Tinten der tyrischen Farbe und die Schnallen, mit denen sie befestigt war, schimmerten von Smaragden. Um den Hals trug er eine goldene Kette, die sich in der Mitte der Brust in Form eines Schlangenkopfes verflocht, aus dessen Rachen ein großer Siegelring von der feinsten Arbeit herabhing. Die Ärmel der Tunika waren weit und an der Hand mit goldenen Fransen besetzt; ein Gürtel um die Mitte des Leibs, mit Arabesken verziert und von demselben Stoff wie die Fransen, diente anstatt der Taschen, um Schnupftuch, Beutel, Griffel und Schreibtafel aufzunehmen.

„Mein teurer Glaukus!“ rief Clodius, „ich bemerke mit Vergnügen, daß dein Verlust so geringen Einfluß auf deine Miene hat. Siehst du doch aus, als wärst du von Apoll begeistert, und dein Gesicht glänzt wie eine Sonne von Seligkeit; jedermann würde dich für den Gewinner und mich für den Verlierer halten.“

„Und was läge denn in dem Verlust oder Gewinn dieser elenden Metallstücke, das unsere Laune ändern dürfte, mein Clodius? Beim Zeus, solange wir noch jung sind und die vollen Locken mit Kränzen decken können, solange die Leier noch einem durstigen Ohr klingt, solange das Lächeln Lydias oder Chloës noch über unsre Adern hinzuckt, in denen das Blut so schnell fließt, solange werden wir auch unsere Lust an der sonnigen Luft haben und die leidige Zeit nur zur Schatzmeisterin unserer Freuden machen. Du speisest heut bei mir zu Nacht, weißt du wohl?“

„Wer vergäße je eine Einladung von unserem Glaukus?“

„Aber wohin gehst du jetzt?“

„Nun, ich wollte die Bäder besuchen, aber noch fehlt eine volle Stunde bis zur gewöhnlichen Zeit.“

„Ei, da will ich meinen Wagen wegschicken und mit dir gehen. So, so, mein Phylias“ (das ihm zunächst stehende Pferd streichelnd, das durch sein leises Wiehern und mit zurückgelegten Ohren den Gruß spielend erwiderte) — „ein Feiertag für dich heut. Ist er nicht schön, Clodius?“

„Des Phöbus würdig," gab ihm der edle Parasit zurück — „oder des Glaukus."

Zweites Kapitel.

In leichter Unterhaltung über tausenderlei Dinge schlenderten die beiden jungen Männer durch die Straßen. Sie befanden sich jetzt in dem mit glänzenden Kaufläden gefüllten Stadtteil, dessen offenstehendes Innere überall von der harmonischen Pracht der Fresken strahlte, die in Geschmack und Gegenstand eine reiche Abwechselung boten. Die perlenden Springbrunnen, die, wo sich immer eine Aussicht für das Auge bot, ihren anmutigen Silberschaum in die sommerliche Luft emporwarfen, die Menge der Vorübergehenden oder Verweilenden, meist in Gewänder von tyrischem Purpur gekleidet, die fröhlichen Gruppen um jeden etwas anziehenderen Laden her, die hin und hereilenden Sklaven mit bronzenen Gefäßen in den anmutigsten Formen auf dem Kopf, die allenthalben stehenden Landmädchen mit ihren Körben voll rotwangiger Früchte und Blumen, die zahlreichen Säulengänge, die bei diesem müßigen Volk die Stelle unserer Kaffeehäuser und Klubs einnahmen, die Läden, wo Gefäße mit Wein und Öl auf Marmorplatten standen, und vor deren Schwellen Sitze, durch ausgespannte purpurne Decken gegen die Sonne geschirmt, den Müden zur Ruhe, den Umherschlenderer zum Gaffen einluden; all das gewährte einen so bunten, anregenden Anblick, daß er dem athenischen Geiste des Glaukus für seine Genußfreudigkeit gar wohl eine Entschuldigung darbot.

„Sprich mir nicht mehr von Rom," sagte er zu Clodius. „In jenen mächtigen Mauern ist das Vergnügen zu prunkvoll und niederdrückend, selbst in den Umgebungen des Hofs, selbst im goldenen Hause des Nero und der werdenden Herrlichkeit des Palastes, den Titus aufführen läßt, spricht sich eine gewisse Schwere der Pracht aus. Die Augen schmerzen einem und der Geist wird ermüdet. Zudem, mein Clodius, werden wir unzufrieden, wenn wir den überschwenglichen Aufwand und Reichtum anderer mit der Mittelmäßigkeit unserer eigenen Verhältnisse vergleichen. Hier dagegen überlassen wir uns mit Behagen jeder Lustbarkeit und haben den Glanz des Luxus ohne das Ermüdende seines Pompes."

„In diesem Gefühl wähltest du Pompeji zu deinem Sommeraufenthalt?"

„Allerdings. Ich ziehe den Ort Bajä vor; gern geb' ich die Reize des letztern zu, aber ich kann die Pedanten nicht leiden, die dort ihren Sammelplatz haben, und die ihre Freuden nach Theaterstücken abzuwägen scheinen."

„Doch liebst auch du die Gelehrten, und was die Poesie anlangt, so sprechen ja selbst die Wände in deinem Hause von Äschylos und Homer, von Epos und Drama."

„Ja, aber bei diesen Römern, die meine athenischen Vorfahren nachäffen, wird alles so schwer! Selbst auf der Jagd lassen sie sich von ihren Sklaven den Plato nachtragen, und haben sie einmal die Fährte des Ebers verloren, gleich holen sie ihre Papyrus hervor, um keine Zeit zu verlieren. Wenn die tanzenden Mädchen im ganzen Liebreiz Persiens vor ihnen hinwogen, liest ihnen ein Klotz von Freigelassener mit steinernem Gesicht einen Abschnitt aus Cicero „Pflichten" vor. Ungeschicktes Zusammenbrauen! Vergnügen und Studium sind keine Elemente, die derart zusammengemischt werden dürfen; für sich allein muß man jedes genießen. Die Römer verlieren durch dieses übergeschäftige Zurschaustellen von Bildung beide Genüsse und zeigen, daß sie weder für den einen, noch den andern Sinn haben. Ach, mein Clodius, wie wenig verstehen sich deine Landsleute auf die wahre Vielseitigkeit eines Perikles, auf die wirklichen Zauberkünste einer Aspasia! Noch vor wenigen Tagen machte ich dem Plinius einen Besuch. Er saß schreibend in seinem Sommerhause, während ein unglücklicher Sklave die Flöte spielte. Sein Neffe (möcht ich doch einem solchen philosophischen Gecken gleich Ohrfeigen geben!) las die Beschreibung des Thucydides von der Pest, und nickte mit dem dünkelhaften Köpfchen bisweilen gegen die Musik, während seine Lippen alle ekelhaften Einzelheiten jenes grauenhaften Gemäldes wiederholten. Der Laffe sah nichts Widersprechendes darin, zugleich ein Liebeslied und die Beschreibung der Pest auswendig zu lernen."

„Na, sind sie doch wirklich beinah einerlei."

„So sagt ich ihm zur Entschuldigung seiner Geckenhaftigkeit; aber das Jüngelchen stierte mich verweisend an, ohne den Spaß zu begreifen und erwiderte, nur dem seelenlosen

Ohr gefalle die Musik, während das Buch (die Beschreibung der Pest, wohl zu verstehen!) das Herz erhebe. Ach, keuchte der fette Oheim, mein Junge ist ein richtiger Athener, verbindet immer das Nützliche mit dem Angenehmen. — O Athene! wie ich da innerlich lachte! Während ich noch da war, wurde dem gelbschnäbeligen Sophisten gemeldet, sein Lieblingsfreigelassener sei eben an einem Fieber gestorben. Unerbittlicher Tod! rief er; meinen Horaz her! Wie schön tröstet uns der süße Dichter bei dergleichen Mißgeschick! — Können solche Menschen lieben, mein Clodius? kaum mit den Sinnen. Wie selten hat ein Römer ein Herz! Er ist nur eine geistige Maschine ohne Fleisch und Blut."

Obwohl über diesen Ausfall gegen seine Landsleute im stillen etwas verletzt, stellte sich Clodius, als habe er die gleichen Empfindungen, teils weil er von Natur ein Parasit, teils weil es überhaupt unter den ausgelassenen jungen Römern Sitte war, ein wenig Verachtung gegen eben die Abkunft zu erkünsteln, die sie im Leben so anmaßend machte. Es war Mode, die Griechen nachzuahmen und zugleich über diese plumpe Nachahmung selbst zu lachen.

Während sich die beiden in dieser Weise unterhielten, wurden ihre Schritte durch eine Menge Leute aufgehalten, die sich um einen offenen Raum am Knotenpunkt dreier Straßen gesammelt hatten. Gerade wo die Säulenhalle eines leichten, zierlichen Tempels ihren Schatten hinwarf, stand ein junges Mädchen, in der Rechten einen Blumenkorb, in der Linken ein kleines dreisaitiges Instrument, zu dessen leisen Tönen sie ein ungeregeltes, halb barbarisches Lied sang. Bei jeder Pause in der Musik bot sie das Körbchen anmutig umher und lud die Zuschauer zum Kauf ein, und mancher Sesterz fiel in den Korb, entweder als Erwiderung auf das Lied oder aus Mitleid mit der Sängerin, denn sie war blind.

„Es ist meine arme Thessalierin," sagte Glaukus und blieb stehen. „Ich habe sie seit meiner Rückkehr nach Pompeji nicht gesehen. Still! sie hat eine liebliche Stimme; hören wir zu."

Und das Mädchen sang:

Kauft meine Blumen, o laßt euch erflehen,
Das Mädchen kommt weit her, das Mädchen ist blind;
Die Erde soll ja so schön sein zum Sehen

Und Blumen der Erde Kinder sind!
Merkt man ihnen die Mutter an?
Sie kommen eben vom Schoß ihr, ich traf,
Noch als die letzte Stunde begann,
In ihren Armen sie fest im Schlaf,
Und mit der Luft, ihren zarten Odem,
Mit ihrem sanften, lieblichen Odem,
Wogte sie über ihnen leis.

„Ich muß diesen Veilchenstrauß haben, süße Nydia", rief Glaukus, indem er sich durch die Menge drängte und eine Hand voll kleiner Münzen in den Korb warf. „Deine Stimme ist bezaubernder als je."

Die Blinde fuhr, als sie die Stimme des Atheners vernahm, hastig auf ihn zu, hielt aber gleich drauf eben so schnell inne und das Blut schoß ihr jäh in Nacken, Wangen und Schläfen.

„So bist du zurück?" fragte sie mit leiser Stimme, und wiederholte dann, halb zu sich selbst redend: „Glaukus ist zurück."

„Ja, Kind, erst seit einigen Tagen bin ich wieder in Pompeji. Mein Garten bedarf deiner Sorge wie früher — hoffentlich besuchst du ihn morgen. Und vergiß nicht, in meinem Haus sollen von keinen Händen Kränze geflochten werden, als von denen der niedlichen Nydia."

Nydia lächelte freudig, antwortete aber nicht, und Glaukus, der sich die gewählten Veilchen vorsteckte, wandte sich heiter und unbekümmert von der Menge weg.

„So ist das Kind eine Art Klientin von dir?" fragte Clodius.

„Ja; — singt sie nicht hübsch? Sie interessiert mich, die arme Sklavin! zudem stammt sie aus dem Lande des Götterbergs — der Olympos blickte auf ihre Wiege — sie ist aus Thessalien."

„Dem Hexenland."

„Allerdings; aber ich für meinen Teil finde in jedem Mädchen eine Hexe, und vollends in Pompeji scheint, bei der Venus! die Luft selbst einen Liebestrank geschlürft zu haben, so hübsch erscheint meinen Augen jedes bartlose Gesicht."

„Und da haben wir eines der hübschesten in Pompeji, die Tochter des alten Diomed, die reiche Julia!" bemerkte Clodius, als eine junge Dame, das Gesicht mit dem Schleier bedeckt und von zwei Sklavinnen begleitet, auf ihrem Wege nach den Bädern auf sie zukam.

„Schöne Julia, wir grüßen dich!“ sagte Clodius.

Julia lüftete den Schleier so weit als nötig, um mit ein wenig Koketterie ein kühnes römisches Profil, ein tiefdunkles, strahlendes Auge und eine Wange sehen zu lassen, über deren natürliche Olivenfarbe die Kunst einer schöneren und sanfteren Rosenton ausgegossen hatte.

„Und Glaukus ist auch zurückgekehrt?“ fragte sie mit einem bedeutsamen Blick auf den Athener. „Hat er seine Freunde vom vorigen Jahre vergessen?“ setzte sie halb flüsternd hinzu.

„Entzückende Julia! Lethe selbst, wenn er an einem Teil der Erde verschwindet, erscheint an einem andern wieder. Jupiter erlaubt uns nicht, länger als einen Augenblick zu vergessen, Venus aber, noch strenger, gibt selbst das Vergessen für einen Augenblick nicht zu.“

„Um schöne Worte ist Glaukus nie verlegen.“

„Wer wäre es, wo ihr Gegenstand so schön ist?“

„Wir werden euch beide bald auf des Vaters Villa sehen,“ sprach Julia zu Clodius gewandt.

„Wir werden den Tag, an dem wir euch besuchen, mit einem weißen Stein bezeichnen,“ erwiderte der Spieler.

Julia ließ den Schleier langsam fallen, sodaß ihr letzter Blick mit erkünstelter Scheu und innerlicher Kühnheit auf dem Athener weilte; aus dem Blick sprach Zärtlichkeit und Vorwurf.

Die Freunde gingen weiter.

„Julia ist wirklich schön,“ bemerkte Glaukus.

„Und voriges Jahr hättest du dieses Geständnis in noch wärmerem Ton abgelegt.“

„Gewiß; ich war beim ersten Blicke geblendet und hielt für ein Juwel, was nur eine künstliche Imitation war.“

„Ach,“ entgegnete Clodius, „alle Weiber sind einander im Herzen gleich. Glücklich wer ein hübsches Gesicht und eine reiche Mitgift heiratet. Was kann er mehr wünschen?“

Glaukus seufzte.

Sie befanden sich jetzt in einer weniger bevölkerten Straße, an deren Ende sie das breite, liebliche Meer erblickten, das an diesen herrlichen Küsten auf sein Vorrecht der Furchtbarkeit verzichtet zu haben scheint: so sanft sind die kräuselnden Winde, die seinen Spiegel umschweben, so glühend und mannigfach die Farben, die es von den rosigen Wolken annimmt, so würzig die Düfte, die der Hauch des Landes über seine Tiefen ausströmt. Von solchem Meer kann man sich wohl Anadyomene aufgestiegen denken, um die Herrschaft über die Erde zu ergreifen.

„Es ist immer noch zu früh fürs Bad," sagte der Grieche, der jedem poetischen Impulse untertan war; „laß uns aus dem Gedränge der Stadt fortwandern, und die See betrachten, solang der Mittag noch auf ihre Wellen lacht."

„Von Herzen gern; zudem ist die Bucht stets der belebteste Teil der Stadt."

Pompeji lieferte ein Miniaturbild der Zivilisation jener Zeit. Im engen Umkreis seiner Mauern boten sich Proben jeder Art, die der Luxus dem Reichtum darbietet. In seinen kleinen aber schimmernden Läden, seinen kleinen Palästen, seinen Bädern, seinem Forum, seinem Theater, seinem Zirkus, in der Energie aber auch Verderbnis, der Verfeinerung aber auch Lasterhaftigkeit seines Volkes, sah man ein Muster des ganzen Reiches. Es war ein Spielzeug, eine Zauberlaterne, worin die Götter zu ihrer Belustigung ein Abbild der großen Monarchie der Erde aufzustellen schienen, das Behältnis aber sofort vor der Zeit verbargen, um der Bewunderung der Nachwelt den Satz einzuschärfen, daß es nichts Neues unter der Sonne gebe.

In der kristallenen Bucht drängten sich Kahnführer neben vergoldeten Lustjachten der reichen Einwohner. Fischerboote glitten hin und her, und in weiterer Ferne erblickte man die hohen Masten der Flotte unter dem Befehl des Plinius. Am Ufer saß ein Sizilianer, der mit heftigen Gebärden und beweglichen Gesichtszügen einer Gruppe von Fischern und Landleuten eine seltsame Geschichte von schiffbrüchigen Matrosen und freundlichen Delphinen erzählte.

Den Gefährten aus der Menge wegziehend, lenkte der Grieche seine Schritte nach einem einsamen Teil des Gestades; die Freunde setzten sich auf ein kleines Feldstück, das mitten aus den glatten Kieseln emporstieg und atmeten das wollüstig kühlende Lüftchen ein, das über das Wasser in leise Musik ausströmte. Vielleicht lag etwas in der Szene vor ihnen, was die beiden zum Schweigen und Sinnen einlud. Clodius schirmte mit der vorgehaltenen Hand die Augen gegen den brennenden Himmel und berechnete den Gewinn der letzten Woche; der Grieche lehnte sich auf den Arm, ohne Scheu vor der Sonne, der Schutzgottheit seines Volkes, dessen Lichtstrom von Poesie, von Freude und Liebe auch seine eigenen Adern füllte, schaute hinaus auf die breite Fläche und beneidete vielleicht jeden Wind, der seine Schwingen den Küsten von Hellas zuwandte.

„Sag mir, Clodius," sprach er endlich, „hast du je geliebt?"

„Ja, oft genug."

„Wer oft geliebt hat, hat nie geliebt. Es gibt nur einen Eros, obwohl viele Nachbildungen von ihm."

„Im ganzen sind die Nachbildungen eben keine schlechten Götterchen."

„Darin bin ich mit dir einverstanden; ich verehre selbst den Schatten der Liebe, aber noch höher verehre ich sie selbst."

„Bist du denn in einer nüchternen, ernstlichen Liebe begriffen? Hast das Gefühl, das uns die Dichter malen — ein Gefühl, worüber wir die Gastmähler versäumen, das Theater verschwören und Elegien schreiben? Ich hätt' es nie gedacht. Du kannst dich gut verstellen."

„So weit ist es mit mir noch nie gekommen," erwiderte Glaukus lächelnd, „oder vielmehr ich spreche mit Tibull:

Wen zarte Liebe leitet, der ist
Auf jedem Pfad geschützt und heilig.

In der Tat bin ich nicht verliebt; aber ich könnte es sein, wenn ich nur Gelegenheit hätte, den Gegenstand meiner Liebe zu sehen. Eros möchte seine Fackel anzünden, aber die Priester haben ihm kein Öl gegeben."

„Soll ich den Gegenstand erraten? — Ist es nicht des Diomedes Tochter? Sie betet dich an, und läßt sich's nicht sonderlich angelegen sein, es zu verbergen; und beim Herkules! ich komme wieder darauf zurück: sie ist so reich als schön. Sie wird die Türpfosten im Hause ihres Gemahls mit goldenen Reifen zieren."

„Nein, ich habe nicht Lust mich zu verkaufen. Diomedes Tochter ist schön, ich geb' es zu, und einmal hätt' ich, wär' sie nicht die Enkelin eines Freigelassenen gewesen, vielleicht..., doch nein; sie trägt alle Schönheit im Gesicht und ihr Benehmen ist nicht mädchenhaft und ihr Geist kennt keine Verfeinerung als die des Vergnügens.

„Sehr undankbar. Nun, so sage mir denn, wer ist die beglückte Jungfrau?“

„Du sollst es hören, mein Clodius. Vor mehreren Monaten hielt ich mich in Neapolis auf, einer Stadt ganz nach meinem Herzen, denn sie behält noch immer Wesen und Gepräge ihres griechischen Ursprungs bei, und verdient wegen ihrer köstlichen Luft und schönen Ufer noch stets den Namen Parthenope. Eines Tages trat ich in den Tempel der Minerva, um eben so sehr für die Stadt, auf die Pallas nicht mehr herablächelt, als für mich selbst mein Gebet darzubringen. Das Haus war menschenleer und öde, Erinnerungen an Athen drängten sich mir rasch und lockend zu. Noch immer glaubte ich allein zu sein, und versunken in den Ernst meiner Andacht ließ ich mein Gebet vom Herzen zu den Lippen strömen, und weinte unter dem Sprechen. Mitten im Beten ward ich jedoch von einem tiefen Seufzer aufgeschreckt; schnell wandt ich mich um und hart hinter mir kniete ein Mädchen. Sie hatte im Gebet den Schleier zurückgeschlagen, und als sich unsre Augen begegneten, war mir's, als schösse aus diesen dunkeln, glänzenden Kreisen plötzlich ein Himmelsstrahl in meine Seele. Nie, mein Clodius, sah ich ein herrlicher geformtes Menschenantlitz; eine gewisse Schwermut sänftigte und erhob doch wieder seinen Ausdruck. Jenes mit Worten nicht auszudrückende, der Seele entspringende Etwas, das unsere Bildhauer in das Antlitz der Psyche legten, gab ihrer Schönheit einen unnennbaren Zug von Göttlichkeit und Adel. Tränen rollten ihr die Wangen herab. Augenblicklich erkannte ich, daß auch sie athenischer Abkunft war, und daß während meines Gebets für Athen ihr Herz dem meinigen geantwortet hatte. Mit unsicherer Stimme redete ich sie an: „Bist du nicht auch eine Athenerin, schöne Jungfrau?“ Sie errötete bei dem Ton meiner Stimme, und zog den Schleier halb über das Gesicht. Die Asche meiner Väter, sprach sie, ruht an den Wassern des Ilyssus; mein Geburtsort ist Neapolis, aber mein Herz, wie meine Abkunft ist athenisch. So laß uns, erwiderte ich, unsre Opfer gemeinschaftlich bringen. — Und als nun der Priester erschien, standen wir Seite an Seite und sprachen ihm das übliche Gebet nach;

zusammen berührten wir die Knie der Göttin — zusammen legten wir unsere Kränze auf den Altar.

Eine seltsame Bewegung fast heiliger Zärtlichkeit erfaßte mich bei diesem gemeinsamen Tun. Fremde aus einem fernen, gesunkenen Lande standen wir in diesem Tempel unserer heimischen Gottheit beisammen — und war's nicht natürlich, daß sich mein Herz zu meiner Landsmännin, wie ich sie wohl nennen durfte, hinneigte? Es war mir, als kennte ich sie schon seit Jahren; der einfache Gottesdienst schien wie durch ein Wunder die Sympathien und Bande der Zeit ersetzt zu haben. Schweigend verließen wir den Tempel, und eben wollte ich fragen, wo sie wohne, und ob ich sie besuchen dürfe, als sie ein auf den Stufen des Heiligtums stehender Jüngling, dessen Züge einige Familienähnlichkeit mit den ihrigen hatten, bei der Hand nahm. Sie wandte sich und bot mir Lebewohl. Die Menge trennte uns; ich sah sie nicht wieder. In meiner Wohnung angelangt, fand ich Briefe vor, die mich zur Abreise nach Athen nötigten, denn meine Verwandten bedrohten mich mit einem Prozeß wegen meines Erbes. Nachdem dieses Geschäft glücklich beigelegt war, kehrte ich nach Neapolis zurück; ich stellte Forschungen in der ganzen Stadt an, vermochte aber keine Spur meiner verlorenen Freundin zu entdecken, und in der Hoffnung, in einem lustigen Leben jede Erinnerung an die schöne Erscheinung zu verlieren, eilte ich, mich in die Schwelgereien Pompejis zu stürzen. Dies meine ganze Geschichte. Ich liebe nicht; aber ich gedenke und fühle Sehnsucht."

Clodius wollte gerade antworten, als sich ihnen ein langsamer, feierlicher Schritt nahte; beim Geräusch, das die Schritte auf den Kieseln machte, wandten sich beide um, und beide erkannten den Ankömmling.

Es war ein Mann, der kaum das vierzigste Jahr erreicht haben mochte, von hohem Wuchs und magerem, aber nervigem, kraftvollem Körperbau. Seine dunkle, bronzierte Huat deutete östliche Abkunft an; die Züge hatten in ihrem Umriß etwas Griechisches, namentlich in Kinn, Lippe, Stirn und Hals, nur war die Nase etwas vorspringend und einwärts gebogen, und die harten, hervortretenden Knochen ließen jene fleischigen, vollen Umrisse nicht zu, die einem griechischen Gesicht selbst im Mannesalter die runden, blühenden Wellenlinien der Jugend erhielten. Seine Augen, groß und schwarz wie die dunkelste Nacht, leuchteten in einem wechsellosen, festen Glanz. Eine tiefe, gedankenvolle, halb schwermütige Ruhe schien unwandelbar an dem majestätisch beherrschenden Blick zu haften, Schritt und Haltung waren gesetzt und stolz, und etwas Fremdes im Schnitt und in den nüchternen Farben seines lang herabwallenden Gewandes vermehrte den Eindruck des ruhigen Antlitzes und der stattlichen Figur. Beide junge Männer machten, als sie den Ankömmling begrüßten, mechanisch und die Bewegung bestmöglich zu verbergen suchend, ein leichtes Zeichen mit den Fingern, denn Arbaces, der Ägypter, stand im Rufe, die gefährliche Gabe des bösen Blickes zu besitzen.

„Das Schauspiel muß wirklich schön sein," sagte Arbaces mit kaltem, doch höflichem Lächeln, „das den lebensfrohen Clodius und den allbewunderten Glaukus den wimmelnden Straßen der Stadt entreißt."

„Ist die Natur im allgemeinen so wenig anziehend?" fragte der Grieche.

„Für die Zerstreuten — ja."

„Eine strenge Antwort, aber kaum eine richtige. Das Vergnügen liebt die Gegensätze, in den Zerstreuungen lernen wir Genuß für die Einsamkeit, und in der Einsamkeit für die Zerstreuungen."

„So denken die jungen Modephilosophen; sie halten Überdruß für Tiefsinn und bilden sich ein, sie kennten die Wonnen der Einsamkeit, weil sie der andern Menschen satt sind. Aber nicht in solch abgesetzten Herzen kann die Natur jenen Enthusiasmus erwecken, der es allein vermag, ihrer keuschen Zurückhaltung ihre unaussprechliche Schönheit abzugewinnen. Sie fordert von euch nicht die Erschöpfung der Leidenschaft, sondern das ganze Feuer, wovon ihr euch in ihrer Anbetung auf eine Zeitlang zu befreien sucht. Wenn sich, junger Athener, der Mond in strahlenden Gesichten dem Endymion enthüllte, so geschah es nicht auf einem auf den lärmenden Tummelplätzen der Menschen zugebrachten Tage, sondern auf den stillen Bergen und in den einsamen Tälern des Jägers."

„Schönes Gleichnis," rief Glaukus, „bei höchst falscher Anwendung! Erschöpft? Die Jugend ist nie erschöpft; mir wenigstens ist noch kein Augenblick der Übersättigung fühlbar geworden."

Abermals lächelte der Ägypter, aber sein Lächeln war kalt und unheimlich, und selbst der nüchterne Clodius fröstelte unter dieser Freundlichkeit. Indessen antwortete jener auf den bewegten Ausruf des Glaukus nicht, sondern bemerkte nach einer Pause mit sanfter, schwermütiger Stimme:

„Trotz alledem habt ihr Recht, die Stunde zu genießen, solange sie euch noch lächelt; die Rose welkt bald, der Duft verhaucht schnell — und uns, Glaukus, fremd in diesem Lande, von der Väter Asche entfernt, was bleibt uns als Sinnengenuß oder Sehnsucht? — für dich der erstere, für mich vielleicht die letztere."

Die hellen Augen des Griechen feuchteten sich auf einmal mit Tränen. „Ach, sprich mir nicht," rief er, „sprich mir nicht von unsern Vätern, Arbaces. Laß uns vergessen, daß es noch eine andere Freiheit gab, als die der Römer; — und andere Herrlichkeit! — ach vergebens würden wir ihren Geist auf den Gefilden Marathons und Thermopyläs anrufen."

„Dein Herz schilt dich, während du sprichst," entgegnete der Ägypter; „du wirst heute nacht bei deinen Lustbarkeiten wenig daran denken. Leb wohl."

Mit diesen Worten hüllte er sich dichter in seinen Mantel und schritt langsam weg.

„Ich atme freier," sagte Clodius. „Wie die Ägypter bringen wir bisweilen ein Totengerippe zu unsern Festen. Wirklich, die Gegenwart eines Ägypters gleich diesem schleichenden Schatten wäre gespensterhaft genug, um die üppigste falerner Traube zu versauern."

„Ein seltsamer Mensch," erwiderte Glaukus nachdenklich. „So abgestorben er für die Vergnügungen und so kalt er gegenüber den Angelegenheiten dieser Welt erscheint, können sein Haus und Herd, falls die Lästerchronik keine Lügnerin ist, ganz andere Geschichten erzählen."

„Ja, man flüstert von andern Orgien, als denen des Osiris, in seiner düstern Behausung. Auch soll er reich sein. Könnten wir ihn nicht in unsere Gesellschaft bekommen und ihm die Reize der Würfel beibringen? Lust aller Lüste, heißes Fieber der Furcht und Hoffnung, unnennbare, unermüdliche Leidenschaft! wie entsetzlich schön bist du, o Spielwut!"

„Begeistert! begeistert!“ rief Glaukus lachend. „Das Orakel läßt sich in Clodius poetisch vernehmen. Was für Wunder sollen da noch kommen.“

Drittes Kapitel.

Der Himmel hatte all seine Segnungen auf Glaukus ausgeschüttet, nur eine einzige nicht: er hatte ihm Schönheit, Gesundheit, Vermögen, Genie, glänzende Abkunft, ein feuriges Herz und ein dichterisches Gemüt verliehen; aber er versagte ihm die Gabe der Freiheit. Er ließ ihn in Athen, der Untertanin Roms, geboren werden. Schon früh in den Genuß eines bedeutenden Erbes gelangt, hatte sich der junge Mann dem bei Leuten seines Alters so natürlichen Hang zum Reisen hingegeben und in den prachtstrotzenden Schwelgereien des Kaiserhofes tief aus dem berauschenden Becher der Lust getrunken.

Er war ein Alcibiades ohne Ehrgeiz; er war was ein phantasiereicher, junger, im Überfluß lebender, talentvoller Mann leicht wird, wenn man ihn der Begeisterung für den Ruhm beraubt. Sein Haus in Rom bildete den Gesprächsstoff der Lüstlinge, aber auch der Verehrer der Kunst, und die griechischen Bildner nahmen mit Freuden die Gelegenheit wahr, ihre Talente in Ausschmückung des Portikus und der Exedra eines Atheners zu zeigen. Seine Sommerwohnung in Pompeji war infolge der leidenschaftlichen Vorliebe ihres Besitzers für epische und dramatische Poesie, die ihm den Geist wie die Heldentaten seines Volkes zurückriefen, mit Darstellungen aus Äschylus und Homer geschmückt.

Das Haus des Glaukus aber war eines der kleinsten und doch zugleich eines der schmuckreichsten und vollendetsten Privatgebäude in Pompeji.

„Ja, ja, ich muß gestehen,“ sagte der Ädil Pansa, „daß dein Haus, obwohl kaum größer, als eine Schachtel für Schnallen und Nadeln, in seiner Art ein Juwel ist. Wie schön gemalt dieser Abschied des Achilles und der Briseis; welch ein Stil! — welche Köpfe! welch — hm, hm!“

„Ein Lob des Pansa über dergleichen ist wahrhaftig schätzenswert,“ bemerkte Clodius mit großem Ernst, „man denke an die Malereien auf seinen Wänden! In der Tat, dort sieht man die Hand eines Zeuxis!“

„Allzu schmeichelhaft, mein Clodius," entgegnete der Ädil, der in Pompeji dafür berüchtigt war, die schlechtesten Malereien in seinem Hause zu haben, denn er war ein Patriot und bediente sich nur pompejanischer Künstler. „Allzu schmeichelhaft; doch ist allerdings etwas Hübsches — Ädepol! in den Farben, um nichts von der Zeichnung zu reden; und sodann was die Küche betrifft, meine Freunde — oh! das war alles mein eigener Gedanke."

„Worin besteht die dortige Malerei?" fragte Glaukus. „Ich habe deine Küche noch nicht gesehen, so oft auch die Trefflichkeit ihrer Erzeugnisse von mir erprobt wurde."

„In einem Koch, mein Athener — einem Koch, der die Trophäen seiner Kunst auf dem Altar der Vesta opfert; im Hintergrunde eine schöne nach dem Leben gezeichnete Muräne am Bratspieß: — darin liegt einige Erfindung."

In diesem Augenblick erschienen die Sklaven, ein Speisenbrett mit den ersten Einleitungen zur Mahlzeit tragend. Zwischen köstlichen Feigen, frischen, mit Eisstückchen bestreuten Kräutern, Sardellen und Eiern, standen kleine Becher verdünnten, spärlich mit Honig vermischten Weines. Sobald dies auf den Tisch gesetzt war, überreichten junge Sklaven jedem der fünf Gäste (denn es waren ihrer nicht mehr) das silberne Becken mit parfümiertem Wasser, und ein mit Purpurfransen besetztes Handtuch. Der Ädil zog jedoch mit Geräusch die eigene Serviette hervor, die zwar nicht von so feinem Linnen war, aber doppelt so breite Fransen hatte, und wischte sich die Hände mit dem Anstand eines Mannes, der fühlt, er rufe Bewunderung hervor.

„Du hast eine herrliche M a p p a," bemerkte Clodius; „sind doch die Fransen so breit wie ein Gürtel."

„Kleinigkeit, mein Clodius, Kleinigkeit. Ich höre, diese Art von Besatz sei die neueste Mode in Rom; doch Glaukus versteht sich auf solche Dinge besser als ich."

„Sei günstig, o Bacchus!" rief Glaukus und neigte sich ehrfurchtsvoll vor dem schönen Bilde des Gottes, das mitten auf dem Tisch stand, während die Laren nebst dem Salzfäßchen einen Winkel einnahmen. Die Gäste sprachen das Gebet nach und vollzogen sofort die gewöhnliche Libation, indem sie von dem Wein über die Tafel aussprengten.

Sobald dies geschehen war, legten sie sich auf die Ruhebetten und die Tagesordnung nahm ihren Anfang.

„Nie soll wieder ein Becher an meine Lippen kommen," rief der junge Sallust, als der Tisch, nach Wegräumung der ersten appetiterregenden Speisen mit dem substantiellern Teil des Mahles bestellt wurde, und ihm der bedienende Sklave einen bis zum Rande gefüllten Cyathus überreichte, „nie soll wieder ein Becher an meine Lippen kommen, wenn dies nicht der beste Wein ist, den ich jemals in Pompeji getrunken habe!"

„Bring die Amphora her," befahl Glaukus, „und lies Jahreszahl und Herkunft!"

Der Sklave beeilte sich, der Gesellschaft anzuzeigen, daß der an dem Stöpsel befestigte Zettel Chios als Heimat des Weines und sein Alter zu vollen fünfzig Jahren angebe.

„Wie herrlich ihn das Eis gekühlt hat!" bemerkte Pansa. „Gerade die rechte Temperatur."

„Er gleicht," rief Sallust, „der Erfahrung eines Mannes, der seine Vergnügungen hinlänglich abkühlt, um ihnen dadurch einen doppelten Reiz zu geben."

„Er gleicht dem Nein eines Mädchens," setzte Glaukus hinzu, „er kühlt, aber um desto mehr zu entflammen."

„Wann haben wir unser nächstes Tiergefecht?" fragte Clodius den Pansa.

„Es ist auf den dreizehnten August festgesetzt," erwiderte der Ädil; „den Tag nach den Vulkanalien. Wir haben einen sehr netten jungen Löwen dazu."

„Wen werden wir zum Futter für ihn bekommen?" fragte Clodius. „Ach, es ist ein großer Mangel an Verbrechern. Du mußt wahrhaftig einen Unschuldigen zu den Löwen verdammen, Pansa."

„In der Tat, ich habe erst neulich sehr angelegentlich darüber nachgedacht," entgegnete jener ernst. „Ein schändliches Gesetz, das uns verbietet, die eigenen Sklaven den wilden Tieren vorzuwerfen. Uns mit unserem Eigentum nicht wie es uns beliebt schalten zu lassen, nenn ich einen Eingriff in den Besitz selbst."

„So was kam in den guten alten Tagen der Republik nicht vor," seufzte Sallust.

„Und dann täuscht dieses vorgebliche Mitleid mit den

Sklaven das gute Volk so in seinen Erwartungen. Wie gern sehen die Leute so einen recht zähen Kampf zwischen einem Menschen und einem Löwen; um all dieses unschuldige Vergnügen kommen sie jetzt (falls uns die Götter nicht bald einen tüchtigen Verbrecher senden) wegen des verflixten Gesetzes."

„Kann es eine verkehrtere Politik geben," bemerkte Clodius scharfsinnig, „als der Hauptlustbarkeit des Volks Schranken entgegen zu setzen?"

„Dank Jupiter und dem Fatum, jetzt haben wir doch keinen Nero," rief Sallust.

„Das war wirklich ein Tyrann; zehn Jahre lang schloß er unser Amphitheater."

„Mich wundert, daß es keine Empörung hervorrief," erwiderte Sallust.

„Kam auch beinah dazu," entgegnete ihm Pansa, den Mund voll wildem Schweinsbraten.

Hier ward das Gespräch auf einen Augenblick durch einen Flötentusch unterbrochen, und zwei Sklaven traten mit einer Schüssel ein.

„Ach, welchen Leckerbissen hast du uns hier zugedacht, mein Glaukus?" rief der junge Sallust mit funkelnden Augen.

Sallust war erst vierundzwanzig Jahre alt, aber keine Freude des Lebens ging ihm über das Essen — vielleicht hatte er alle übrigen bereits erschöpft. Übrigens besaß er einiges Talent und ein vortreffliches Herz — so weit es reichte.

„Ich seh's ihm am Gesicht an, beim Pollux!" rief Pansa; „es ist ein ambracisches Zicklein. Ho!" (mit den Fingern schnellend, das gewöhnliche Zeichen für die Sklaven) „wir müssen zu Ehren des Ankömmlings eine neue Libation bringen."

„Ich hatte gehofft, euch einige Austern aus Britannien vorsetzen zu können," sagte Glaukus mit schwermütigem Ton, „aber die Winde, die gegen Cäsar so grausam waren, haben uns die Zufuhr abgeschnitten."

„Sind sie wirklich so köstlich?" fragte Lepidus und lüftete die aufgegürtete Tunika zu noch schwelgenderem Behagen.

„Eigentlich glaube ich, ist es nur die weite Entfernung, die ihnen diesen Ruf verschafft; sie sind nicht so saftig wie die Austern Brundusiums. In Rom ist jedoch ohne sie kein Gastmahl vollständig."

„Die armen Briten! etwas Gutes haben sie schließlich doch," bemerkte Sallust. „Sie senden uns die Austern."

„Ich wollte, sie sendeten uns einen Gladiator," entgegnete der Ädil, dessen fürsorgliches Gemüt noch immer über den Bedürfnissen des Amphitheaters brütete.

„Bei der Pallas!" rief Glaukus, indem ihm sein Lieblingssklave die dunstenden Locken mit einem frischen Kranz krönte, „ich habe jene wilden Schauspiele zu gern, wo Tiere mit Tieren kämpfen; aber wenn ein Mensch, mit Fleisch und Blut wie wir, unbedenklich in die Arena gesetzt und Glied um Glied zerrissen wird, so ist die Teilnahme zu entsetzlich. Mir wird immer übel, ich schnappe nach Luft, ich möchte fortstürzen und ihn verteidigen. Das gellende Geschrei des Volks scheint mir grauenhafter als die Stimmen der Furien hinter Orestes. Mich freut's, daß bei unserm nächsten Feste so geringe Wahrscheinlichkeit für dieses blutige Schauspiel vorhanden ist."

Der Ädil zuckte die Achseln, der junge Sallust, der für den gutmütigsten Menschen in Pompeji galt, stierte den Sprechenden in schweigender Verwunderung an, der graziöse Lepidus, der aus Besorgnis, seine Züge aus dem schönen Ebenmaß zu bringen, selten sprach, rief: „Was, zum Herkules!" Der Parasit Clodius murmelte: „Ädepol!" und der fünfte Gast, der der Schatten des Clodius war, und die Obliegenheit hatte, seinem reichern Freunde nachzusprechen, wenn er ihn nicht loben konnte — der Parasit eines Parasiten — er murmelte ebenfalls „Ädepol!"

„Nun, ihr Italer seid an dergleichen Schauspiele gewöhnt; wir Griechen sind mitleidiger. Ach Schatten Pindars! — die Wonne echt griechischer Spiele — der Wetteifer des Menschen gegen den Menschen! der großartige Kampf — der halb zur Wehmut gereichende Sieg — Stolz, mit einem edeln Feind zu streiten, Trauer, ihn überwunden zu sehen! Doch ihr versteht mich nicht."

„Das Zicklein ist vortrefflich!" sagte Sallust.

Der Sklave, dem das Amt des Vorschneiders oblag, und der sich auf seine Kunst etwas zu gut tat, hatte dieses Geschäft an dem Zicklein soeben nach dem Ton der Musik vollzogen, indem sein Takt haltendes Messer unter sanftem Getön anfing und die schwierige Aufgabe unter einem majestätischen Vollklang endigte.

„Dein Koch ist natürlich aus Sizilien?“ fragte Pansa.

„Ja, aus Syrakus.“

„Ich will mit dir um ihn spielen,“ rief Clodius; „wir wollen zwischen den Gängen eine Partie machen.“

„Ein solcher Zeitvertreib ist allerdings besser als ein Kampf mit wilden Tieren; aber ich kann meinen Sizilianer nicht einsetzen: Du hast nichts gleich Wertvolles auf die Wagschale zu legen.“

„Meine Phillida — meine schöne Tänzerin!“

„Ich kaufe nie Weiber,“ entgegnete der Grieche, gleichgültig seinen Kranz zurechtsetzend.

Die draußen im Portikus aufgestellten Musiker hatten ihr Geschäft mit dem Zicklein begonnen; jetzt stimmten sie die Melodie in eine sanftere, heitere, doch vielleicht mehr zum Geist sprechende Melodie und sangen jenes so unübersetzbare Lied des Horaz, das mit den Worten anfängt: Persicos odi.

„Ach guter alter Horaz,“ bemerkte Sallust mitleidig; „er sang hübsch von Wein und Mädchen, aber nicht wie unsere neueren Dichter.“

„Der unsterbliche Fulvius zum Beispiel,“ sagte Clodius.

„Ja Fulvius der Unsterbliche,“ sagte der Schatten.

„Und Spuräna und Cajus Mutius, die beide ihr Epos in einem Jahr schrieben. Vermochten Horaz oder Virgil so etwas?“ rief Lepidus. „Diese alten Dichter fallen insgesamt in den Irrtum, die Skulptur statt der Malerei nachzuahmen. Einfachheit und Ruhe! — das war ihr Ideal; wir Neuern aber haben Feuer und Leidenschaft und Kraft, wir schlafen nie, wir ahmen die Farben der Malerei, ihr Leben und ihre Bewegung nach. Unsterblicher Fulvius!“

„Beiläufig gesagt,“ fragte Sallust, „habt ihr die neue Ode Spuränas zur Verherrlichung unserer ägyptischen Isis gesehen? Sie ist prachtvoll — die wahre Begeisterung der Religion!“

„Isis scheint eine Lieblingsgottheit in Pompeji zu sein?“ fragte Glaukus.

„Ja,“ erwiderte Pansa, „gerade in diesem Augenblicke hat sie einen ausgezeichneten Ruf; ihre Bildsäule hat die merkwürdigsten Orakel ausgesprochen. Ich bin nicht abergläubisch, aber ich muß gestehen, daß sie mich in meiner Amtsverwaltung durch ihre Ratschläge mehr als einmal aufs wesentlichste unterstützte. Dabei sind ihre Priester so fromm! Keine lustigen, stolzen Diener des Jupiter und der Fortuna! Sie gehen barfuß, essen kein Fleisch und bringen den größten Teil der Nacht in einsamem Gebet zu."

„In der Tat ein Beispiel für unsere sonstigen Priesterschaften! Jupiters Tempel bedarf gar sehr einer Reform!" entgegnete Lepidus, der bei allen Menschen, nur bei sich selbst nicht, gewaltig auf Reform drang.

„Man sagt, Arbaces, der Ägypter, habe den Isispriestern einige höchst bedeutende Mysterien mitgeteilt," bemerkte Sallust. „Er rühmt sich der Abkunft von Ramses und behauptet, Geheimnisse aus dem fernsten Altertum hätten sich in seiner Familie fortgeerbt."

„Jedenfalls besitzt er die Gabe des bösen Blickes," erwiderte Clodius; „stoße ich je auf diese Medusenstirn, ohne vorher das abweisende Zeichen gemacht zu haben, so darf ich versichert sein, daß ich ein Lieblingspferd verliere oder die niedrigsten Augen neunmal hintereinander werfe."

„Dies wäre in der Tat ein Wunder!" sagte Sallust ernst.

„Was meinst du?" fragte der Spieler mit erglühender Stirn.

„Ich meine, was du mir lassen würdest, wenn ich oft mit dir spielte — nichts nämlich."

Clodius antwortete nur mit einem verächtlichen Lächeln.

„Wäre Arbaces nicht so reich," versicherte Pansa mit gewichtiger Miene, „so wollt' ich meine Autorität ein wenig in Anspruch nehmen und untersuchen, was an dem Gerücht wahr ist, das ihn einen Sterndeuter und Zauberer nennt. Als Agrippa Ädil von Rom war, verbannte er alle dergleichen schlimme Bewohner. Aber ein reicher Mann: — es ist die Pflicht eines Ädils, die Reichen zu schützen. — Was haltet ihr von der neuen Sekte, die, wie ich höre, selbst in Pompeji einige Anhänger haben soll — den Verehrern des hebräischen Gottes Christus?"

„Pah! nichts als spekulative Träumer," erwiderte Clodius. „Sie zählen keinen einzigen Mann von Stand unter sich; ihre Proselyten sind immer armes, unbedeutendes, unwissendes Volk."

„Die gleichwohl für ihre Ruchlosigkeit ans Kreuz geschlagen werden sollten," rief Pansa mit Heftigkeit. „Sie leugnen Venus und Jupiter! Nazarener ist nur ein anderer Name für Gottesleugner. Laßt mich nur einen bekommen!"

Der erste Gang war vorüber, die Schmausenden sanken auf ihre Polster zurück und es entstand eine Pause, während man auf die sanften Stimmen des Südens und die Töne des arkadischen Rohrs hörte. Glaukus war am meisten hingerissen und am wenigsten geneigt, das Stillschweigen zu brechen, dem Clodius aber wollte es bereits so vorkommen, als verlöre man Zeit.

„Bene vobis! mein Glaukus," rief er und leerte auf jeden Buchstaben im Namen des Griechen einen Becher mit der Leichtigkeit eines ausgelernten Trinkers. „Hast du nicht Lust, mir für dein schlechtes Glück von gestern Revanche zu geben? Siehe, die Würfel winken uns."

„Wie du willst!" entgegnete Glaukus.

„Die Würfel im August und ich Ädil," bemerkte Pansa mit seiner Amtsmiene. „Es ist gegen alles Gesetz."

„Nicht in deiner Gegenwart, ernster Pansa," erwiderte Clodius, die Würfel in einem tiefen Becher schüttelnd. „Deine Gegenwart zügelt jede Ausschweifung und nicht die Sache, sondern nur das Übermaß der Sache ist schädlich."

„Wie treffend!" murmelte der Schatten.

„Nun gut, ich will anderswo hinsehen!" sagte der Ädil.

„Noch nicht, guter Pansa; warten wir bis nach Tisch," entgegnete Glaukus.

Clodius fügte sich mit Widerstreben und versteckte seinen Mißmut unter einem Gähnen.

„Er gähnt nach Geld," flüsterte Lepidus dem Sallust aus der Aulularia des Plautus zu.

„Ach, wie gut kenne ich diese Polypen, die alles festhalten, was sie anfassen," antwortete Sallust in gleichem Ton aus dem gleichen Stück.

Der zweite Gang, bestehend in Früchten, Pistazien, Süßigkeiten, Torten und Backwerk, in tausend phantastische, lustige Gestalten gebracht, wurde jetzt auf den Tisch gestellt, wo die Ministri nunmehr auch den Wein (den sie bisher den Gästen herumgereicht hatten) in großen gläsernen Flaschen aufsetzten, deren jede auf einem Zettel Alter und Namen des Inhalts trug.

„Versuch einmal diesen Lesbier, mein Pansa," sagte Sallust; „er ist trefflich."

„Er ist nicht besonders alt," antwortete Glaukus; „er wurde aber, wie wir selbst, früh durch Feuer gezeitigt — er durch die Flammen Vulkans, wir durch die Flammen von dessen Frau, zu deren Ehren ich diesen Becher trinke."

„Er ist köstlich," bemerkte Pansa, „doch dürfte er vielleicht ein klein wenig zu viel Harzgeschmack haben."

„Was für ein schöner Kelch!" rief Clodius, und ergriff ein Gefäß von durchsichtigem Kristall, dessen Griff mit Edelsteinen besetzt, und in der Gestalt von Schlangen, der Lieblingsform in Pompeji, verschlungen waren.

„Dieser Ring," entgegnete Glaukus, indem er ein kostbares Juwel vom Finger zog und an die Verzierung des Henkels aufhängte, „gibt ihm ein reicheres Aussehen und macht ihn deiner Annahme minder unwürdig, mein Clodius; mögen dir die Götter Gesundheit und Glück schenken, ihn lange und oft bis zum Rande gefüllt zu haben."

„Zu viele Großmut, mein Glaukus!" erwiderte der Spieler, den Kelch seinen Sklaven einhändigend; „aber deine Liebe gibt dem Geschenk einen doppelten Wert."

„Diesen Becher den Grazien!" sprach Pansa und leerte dreimal seinen Kalix. Die Gäste folgten dem Beispiel.

„Wir haben heute keinen König für unser Fest ernannt," rief Sallust.

„Laßt uns einen ausknobeln!" sagte Clodius und schüttelte den Würfelbecher.

„Nein!" entgegnete Glaukus, „keinen kalten, abgedroschenen Obermeister für uns, keinen Diktator des Banketts, keinen rex convivii. Haben die Römer nicht geschworen, nie einem König zu gehorchen? Sollen wir minder frei sein als eure Väter? He, Musikanten, das Lied, das ich vorige Nacht gedichtet habe! es geht nach der Melodie der bacchischen Hymne der Stunden."

Die Musiker stimmten ihre Instrumente zu einer wilden, jonischen Weise, während die jüngsten Stimmen unter der Bande ein Lied in griechischer Sprache und griechischer Versart sangen, nach dessen Beendigung die Gäste lauten Beifall klatschten. Ist der Poet der Wirt, so darf er darauf rechnen, daß seine Verse bezaubernd sind.

„Durch und durch griechisch!" rief Lepidus, „es ist unmöglich, die Wildheit, Kraft, Energie dieser Sprache in der römischen Dichtkunst nachzuahmen."

„Wahrhaftig ein großer Gegensatz mit der altmodischen, zahmen Einfachheit der vorhin gehörten Ode des Horaz," bemerkte Clodius, im stillen wenn auch nicht äußerlich spöttelnd. „Die Weise ist echt jonisch: dabei fällt mir eine Gesundheit ein: Gefährten, auf die schöne Jone!"

„Jone — der Name ist griechisch," sagte Glaukus mit sanfter Stimme. „Mit Freuden trink ich die Gesundheit. Aber wer ist Jone?"

„Ach, wärst du nicht eben erst nach Pompeji gekommen, so verdientest du für solche Unwissenheit den Ostrazismus," erwiderte Lepidus geziert. „Jone nicht kennen, heißt den Hauptreiz unserer Stadt nicht kennen."

„Sie ist von höchst seltener Schönheit," bemerkte Pansa. „Und welche Stimme!"

„Sie muß sich wirklich nur von Nachtigallenzungen nähren," sagte Clodius.

„Nachtigallenzungen! — schöner Gedanke!" seufzte der Schatten.

„Bitte, erklärt mir!" rief Glaukus.

„Wisse denn" — hob Lepidus an.

„Laß mich sprechen," rief Clodius; „dehnst du doch deine Worte, als sprächest du Schildkröten!"

„Und du sprichst Steine," murmelte der Geck vor sich hin, indem er sich verächtlich auf seine Polster zurückwarf.

„Wisse denn, mein Glaukus," begann Clodius, „daß Jone eine Fremde ist, die erst vor kurzem in Pompeji anlangte. Sie singt wie Sappho, und ihre Gesänge sind ihr eigenes Werk; und was Tibia, Cithara und Lyra betrifft, so weiß ich nicht, auf welchem von diesen Instrumenten sie die Musen am weitesten übertrifft. Ihre Schönheit ist blendend und ihr Haus das vollendetste, was man sehen kann; ein solcher Geschmack — solche Juwelen — solche Bronzen! Sie ist reich und ebenso freigebig als reich."

„So sorgen also ihre Liebhaber dafür, daß sie ein gutes Einkommen bezieht," sagte Glaukus, „und leicht gewonnenes Geld wird immer wieder verschwenderisch fortgegeben!"

„Ihre Liebhaber? — ah, da steckt eben das Rätsel! Jone

hat nur einen Fehler: sie ist keusch. Ganz Pompeji liegt ihr zu Füßen und sie hat keinen Geliebten; ja sie will nicht einmal heiraten."

„Keinen Geliebten!" wiederholte Glaukus.

„Nein; sie hat die Seele der Vesta neben dem Gürtel der Venus."

„Was für gewählte Ausdrücke!" bemerkte der Schatten.

„Ein Wunder!" rief Glaukus. „Können wir sie nicht zu Gesicht bekommen?"

„Ich will dich heute abend zu ihr mitnehmen," erwiderte Clodius; „einstweilen —" fügte er hinzu und schüttelte noch einmal den Würfelbecher.

„Zu deinem Befehl!" entgegnete der gefällige Glaukus. „Pansa, wende dein Gesicht ab!"

Lepidus und Sallust spielen Gerad und Ungerade, und der Schatten sah ihnen zu, während sich Glaukus und Clodius stufenweis in die Wechselfälle der Würfel vertieften.

„Beim Jupiter!" rief Glaukus, „da hab' ich schon zweimal den niedrigsten Wurf getan!"

„Jetzt steh mir bei, Venus!" sagte Clodius, den Becher mehrere Sekunden rüttelnd. „O alma Venus! — es ist Venus selbst!" rief er, als er den höchsten, nach dieser Göttin benannten Wurf getan hatte, die allerdings den Gewinner in der Regel begünstigt.

„Venus ist undankbar gegen mich," bemerkte Glaukus heiter, „denn ich habe ihrem Altar stets geopfert."

„Wer mit Clodius spielt," flüsterte Lepidus, „wird bald, wie der Kurkulio des Plautus, seinen Mantel einsetzen."

„Der arme Glaukus — er ist so blind wie das Glück selbst," gab ihm Sallust in gleichem Ton zurück.

„Ich will nicht weiter spielen," sagte Glaukus, „ich habe dreißig Sesterzen verloren."

„Ich bedaure wirklich," begann Clodius.

„Der liebenswürdige Mann," quäkte der Schatten.

„Nicht doch, nicht doch!" rief Glaukus; „das Vergnügen über deinen Gewinn wiegt das Unbehagen über meinen Verlust vollkommen auf."

Die Unterhaltung wurde jetzt allgemein und belebt; der Wein kreiste freier und noch einmal ward Jone Gegenstand der Lobeserhebungen.

„Statt länger als die Sterne zu wachen, laßt uns lieber eine Schönheit besuchen, vor der die Sterne erbleichen," bemerkte Lepidus.

Clodius, der keine Möglichkeit sah, die Würfel abermals vorzunehmen, unterstützte den Vorschlag; Glaukus drang zwar der Höflichkeit gemäß in seine Gäste, das Bankett fortzusetzen, konnte aber nicht umhin, merken zu lassen, daß seine Neugier durch die Anpreisung Jones erregt worden sei. So beschlossen sie denn insgesamt (mit Ausnahme Pansas und des Schattens) nach der Wohnung der schönen Griechin aufzubrechen. Man trank demgemäß auf die Gesundheit des Glaukus und des Kaisers, vollzog die letzte Libation, legte die Sandalen wieder an, durchschritt das erleuchtete Atrium, ging ungebissen über den grimmigen, auf der Schwelle abgebildeten Hund, und stand im Licht des eben aufgestiegenen Mondes in den lebhaften, noch gedrängt vollen Straßen Pompejis.

Sie zogen durch das Quartier der Juweliere, dessen Lichtergefunkel die Edelsteine in den Läden auffingen und zurückwarfen, und gelangten endlich vor Jones Tür. Das Vestibulum schimmerte von Lampenreihen; Vorhänge von gesticktem Purpur hingen an beiden Öffnungen des Tablinums herab, während die Wände und der Mosaikboden in den reichsten Farben der Kunst prangten.

Unter der Säulenhalle, die das duftende Viridarium umgab, fanden sie Jone, bereits umringt von anbetenden, Beifall rufenden Gästen.

„Sagtet ihr nicht, sie sei eine Athenerin?" flüsterte Glaukus, ehe er in das Peristyl trat.

„Nein, sie ist von Neapolis."

„Neapolis?" wiederholte Glaukus, und im gleichen Moment brachte die zu beiden Seiten auseinander weichende Gruppe die strahlende, nymphengleiche Schönheit vor sein Auge, die seit Monaten die Flut seiner Erinnerungen bestrahlt hatte.

Viertes Kapitel.

Die Geschichte kehrt zu dem Ägypter zurück. Wir verließen Arbaces nach der Trennung von Glaukus und dessen Freunden an der Küste des mittagschimmernden Meeres. Als er dem mehr bevölkerten Teil der Bucht nahe kam, hielt er an und betrachtete das belebte Schauspiel vor sich mit verschlungenen Armen und einem bittern Lächeln auf dem dunkeln Antlitz.

„Tröpfe, Toren, Narren, die ihr seid!“ murmelte er vor sich hin. „Sei Arbeit oder Vergnügen, Gewerbe oder Religion das Ziel, das euch vorschwebt, stets werdet ihr von den Leidenschaften, die ihr beherrschen solltet, in gleichem Maße betrogen! Wie ihr mich anekeln würdet, wenn ich euch nicht haßte, ja haßte! — Griechen oder Römer, von uns, von der dunkeln Weisheit Ägyptens habt ihr das Feuer geraubt, das euch Seelen gibt! — Euer Wissen, eure Poesie, eure Gesetze, eure Künste, eure barbarische Meisterschaft im Kriege (alles wie winzig und verstümmelt, wenn es mit dem großen Urbild verglichen wird!) habt ihr von uns gestohlen, wie ein Sklave die Überbleibsel des Mahles stiehlt! Und nun seid ihr, ihr Affen von Affen, ihr Römer, gleich Pilzen aufgeschossene Herde von Räubern! ihr seid unsere Gebieter! Die Pyramiden blicken nicht mehr auf das Geschlecht des Ramses herab — der Adler sitzt auf der Schlange des Nils. Unsere Gebieter — nein, nicht die meinigen! Meine Seele beherrscht und fesselt euch durch die Macht eines überlegenen Geistes, sind auch die Ketten unsichtbar. Solange noch List die Kraft zu meistern vermag, so lange die Religion eine Höhle hat, von wo aus Orakel die Menschen täuschen können, übt der Kluge eine Herrschaft über die Erde aus. Selbst aus euern Lastern gewinnt Arbaces seine Freuden: — Freuden, unentweiht von gemeinen Augen — unbegrenzte, reiche, unerschöpfliche Freuden, die eure entnervten Gemüter in ihrer phantasielosen Sinnlichkeit nicht zu begreifen noch zu ahnen vermögen! Plackt euch, plackt euch, ihr Narren des Ehrgeizes und der Habsucht! Euer kleinlicher Durst nach Fasces und Quästuren und all den Fratzen einer Knechtsgewalt ruft mein Gelächter, meinen Hohn hervor. Mein Szepter kann sich soweit erstrecken, als es gläubige Menschen gibt. Ich schreite über die Seelen hin, die der Purpur verhüllt. Theben mag fallen, Ägypten zum hohlen Namen werden; die ganze Welt liefert dem Arbaces seine Untertanen.“

Mit diesen Worten ging der Ägypter langsam weiter, er trat in die Stadt, und die hohe, über das Gewühl auf dem Forum weit emporragende Gestalt schritt dem kleinen, aber anmutigen Tempel der Isis zu, der damals erst seit kurzer Zeit stand, denn der alte Tempel war bei dem Erdbeben vor sechzehn Jahren eingestürzt, und der neue bei den veränderungssüchtigen Pompejanern bald in die Mode gekommen. In der Tat zeichneten sich die Orakel der Göttin in Pompeji ebensosehr durch den Glauben aus, womit man an ihren Aussprüchen und Verkündigungen hing, als durch die geheimnisvolle Sprache, in die sie gekleidet waren. Wurden sie von keiner Gottheit eingegeben, so waren sie wenigstens mit tiefer Menschenkenntnis verfaßt; sie paßten immer genau auf die Verhältnisse der einzelnen Personen, und standen somit in einem merkwürdigen Gegensatz zu den unbestimmten, losen Allgemeinheiten der mit ihnen rivalisierenden Tempel. Als Arbaces vor dem Gitter anlangte, das den Ungeweihten von dem Heiligtum trennte, umgab eine allen Klassen, vorzüglich aber dem Handelsstand angehörige Menge von Andächtigen in tiefster Stille und Ehrfurcht die Altäre in dem offenem Hofe. In den Wänden der Cella, die hinter sieben Stufen aus parischem Marmor aufstieg, standen verschiedene Bildsäulen in Nischen; die Wände selbst waren mit den der Isis geheiligten Granatäpfeln geziert. Das innere Gebäude nahm ein längliches Fußgestell ein, worauf sich zwei Bildwerke erhoben, eins die Göttin selbst, das andere ihren Gefährten, den schweigenden mystischen Osiris vorstellend. Überdies enthielt das Haus noch viele andere Gottheiten, um der ägyptischen Göttin ein glänzendes Gefolge beizugeben: den ihr verwandten, vielnamigen Bacchus, die cyprische Venus (die griechische Umgestaltung der Isis), wie sie aus dem Bade steigt, den hundeköpfigen Anubis, den Stier Apis und mehrere ägyptische Idole von ungestalter Form und unbekanntem Namen.

Wir dürfen jedoch nicht annehmen, daß Isis in den Städten Großgriechenlands unter Formen und Zeremonien verehrt worden, die ihr von Rechts wegen zukamen. Die gemischten, neuen Völker Südeuropas warfen halb aus Anmaßung, halb aus Unwissenheit die Religionen aller Länder und Zeiten untereinander. Die tiefsinnigen Mysterien des Nil waren durch hundert unechte und gehaltlose Beimengsel von den Ufern des Cephissus und der Tiber entwürdigt. Den Isistempel in Pompeji bedienten griechische und römische Priester, die weder Sprache noch Brauch des alten Kultus kannten, und unter dem Schein ehrfurchtsvoller Andacht lachte der Abkömmling der hehren ägyptischen Könige über die schwächlichen Mummereien, die das feierliche, deutungsreiche Zeremoniell seines glühenden Himmels nachäfften.

Zu beiden Seiten der Stufen war die Opferschar in weißen Gewändern aufgestellt, während ganz oben zwei Unterpriester standen, der eine mit einem Palmenzweig, der andere mit einem kleinen Ährenbüschel. In dem engen Zugang drängten sich die Zuschauer.

„Und welche Veranlassung," flüsterte Arbaces einem beim Handel mit Alexandria beteiligten Kaufmann zu (eine kommerzielle Verbindung, die den Dienst der ägyptischen Göttin wahrscheinlich zuerst nach Pompeji gebracht hatte), „und welche Veranlassung versammelt euch jetzt vor den Altären der ehrwürdigen Isis? Nach den weißen Gewändern der Gruppe vor mir scheint es, daß ein Opfer gebracht werden soll, und nach der Schar von Priestern, daß ihr auf ein Orakel wartet. Welche Frage soll es einer Antwort würdigen?"

„Wir sind Kaufleute," erwiderte der Angeredete (der kein anderer als Diomed war), in gleichem Ton, „Kaufleute, die das Schicksal unserer morgen nach Alexandria absegelnden Schiffe zu erfahren wünschen. Wir stehen im Begriff, ein Opfer zu bringen und eine Antwort von der Göttin zu erflehen. Ich bin, wie du an meinen Kleidern sehen kannst, keiner von denen, die den Priester um Erlaubnis zur Darbringung des Opfers gebeten haben, aber eine glückliche Fahrt der Flotte ist nicht ohne Interesse für mich. Ich treibe einen kleinen Handel; wie könnt' ich sonst in diesen schweren Zeiten auskommen?"

Ernst erwiderte der Ägypter, obwohl Isis eigentlich die Göttin des Ackerbaus sei, sei sie nicht minder die Beschützerin des Handels. Damit wandte er das Gesicht gegen Morgen und schien in ein stilles Gebet vertieft.

Jetzt erschien oben auf den Stufen ein von Kopf bis Fuß in Weiß gekleideter Priester, dessen Schleier sich auf dem Scheitel teilte. Zwei andere Tempeldiener, bis zur Hälfte der Brust nackt, den übrigen Körper mit weißen, langen Gewändern bedeckt, lösten die so lange zu beiden Seiten Stehenden ab. Im nämlichen Augenblick stimmte ein vierter, unten an der Treppe sitzender Priester eine feierliche Weise auf einem langen Blasinstrument an. In der Mitte der Stufen stand ein fünfter, in der einen Hand den Opferzweig, in der andern einen weißen Stab, während als Zugabe zu dem malerischen Anblick dieser morgenländischen Festlichkeit der stattliche Ibis (ein dem ägyptischen Götterdienst geheiligter Vogel) still von der Mauer auf die Zeremonie herabsah, oder um den Altar am Fuß der Treppe herumwandelte.

An diesem Altar stand jetzt der Oberpriester.

Während die Opferbeschauer die Eingeweide untersuchten, schien das Gesicht des Arbaces seine ganze strenge Ruhe zu verlieren und in andächtiger Spannung zu schweben — sofort aber sich freudig aufzuhellen, als die Zeichen für günstig erklärt wurden und das Feuer anfing, den geheiligten Teil des Tieres in lichter Lohe, unter Düften von Myrrhen und Weihrauch, zu verzehren. Eine Todesstille senkte sich hiermit auf die flüsternde Menge, die Priester sammelten sich um die Cella her und abermals stürzte ein neuer Priester hervor, der außer einem Gürtel um die Mitte des Leibes ganz nackt war, und flehte in einem wilden Tanz die Göttin um Antwort an. Erschöpft hörte er endlich auf, und alsbald ließ sich ein leises murmelndes Geräusch im Körper der Bildsäule vernehmen. Dreimal nickte der Kopf, die Lippen öffneten sich und eine hohle Stimme sprach die geheimnisvollen Worte:

„Es gibt Lüfte wie Rosse, zum Kampfe verbunden,
Es gibt Grüfte, gegraben im Felsenriff drunten;
Auf der Stirne der Zukunft lauern Gefahren,
Doch das Schiff wird die Stunde der Angst bewahren."

Die Stimme schwieg — die Menge atmete freier — die Kaufleute sahen einander an. — „Nichts kann deutlicher sein," flüsterte Diomed; es wird einen Sturm auf der See geben, wie dies bei Beginn des Herbstes sehr häufig der Fall ist, aber unsere Schiffe werden gerettet werden. O wohltätige Isis!"

„Gelobt sei die Göttin in Ewigkeit!" sagten die Kaufleute. „Kann es eine minder zweideutige Verkündung geben?"

Eine Hand zum Zeichen des Stillschweigens erhebend, denn der Kultus der Isis forderte eine den lebhaften Pompejanern geradezu unmögliche Zügelung der Stimmwerkzeuge, sprengte der Oberpriester seine Libation auf den Altar, und nach einem kurzen Schlußgebet war die Zeremonie vorüber, und die Versammelten wurden entlassen. Indessen weilte der Ägypter immer noch an dem Geländer, und als der Raum etwas leerer geworden war, näherte sich einer der Priester und grüßte ihn mit dem Anschein naher Vertraulichkeit.

Das Gesicht des Nahenden hatte etwas auffallend Widerliches: sein kahler Schädel war nach vorne zu so niedrig und eng, daß er beinah der Negerbildung gleichkam, ausgenommen nach den Schläfen zu, denn hier verzerrte das Organ des Erwerbsinns — wie es die Jünger einer wohlbekannten Wissenschaft nennen — in zwei derben, fast übernatürlichen Vorragungen das mißgestaltete Haupt noch mehr. Um die Brauen war die Haut in ein Gewebe tiefer, verwirrter Runzeln gefaltet, die dunkeln, kleinen Augen rollten in trüben, gelben Höhlen, die kurze dicke Nase stülpte sich an den Nüstern wie bei einem Satyr auf, und endlich vervollständigten die wulstigen bleichen Lippen, die hohen Backenknochen, die bleichen, scheckigen Farben, die auf der pergamentartigen Haut miteinander kämpften, ein Antlitz, das niemand ohne Widerwillen und wenige ohne Schrecken und Mißtrauen ansehen konnten. Übrigens eignete sich der Körper dieses Menschen in hohem Maße dazu, jeden Wunsch der Seele auszuführen: die eisernen Kehlmuskeln, die breite Brust, die nervigen Hände und gedrungenen, straffen Arme, die er bis über den Ellbogen entblößt trug, deuteten auf einen Gliederbau, der ebensosehr zu großer selbsttätiger Anstrengung als zu passiver Ausdauer taugte.

„Kalenus,“ sagte der Ägypter zu diesem reizenden Oberpriester, „du hast durch Beachtung meines Winks die Stimme der Statue bedeutend verbessert, und deine Verse sind trefflich; du prophezeiest stets Glück, falls dessen Erfüllung nicht geradezu unmöglich ist.“

„Überdies,“ fügte der Flamen Kalenus hinzu, „wenn nun ein Sturm kommt und die verwünschten Schiffe verschlingt, haben wir's nicht voraus verkündet? Sind die Schiffe nicht wohlbewahrt, wenn sie in Ruhe liegen? — um Ruhe bittet der Schiffer auf dem Ägäischen Meer, mindestens sagt Horaz so; — wo auf der See kann der Schiffer mehr Ruhe haben, als auf ihrem tiefsten Grund?“

„Recht, mein Kalenus; ich wollte, Apäcides ging bei deiner Weisheit in die Schule. Doch ich muß mit dir über ihn und andere Dinge sprechen; kannst du mich nicht in eines eurer minder heiligen Gemächer führen?“

„Sogleich,“ erwiderte der Priester und ging nach einem der kleinen Zimmer voran, die das offene Tor umgaben. Hier nahmen sie vor einem Tischchen Platz, das mit Tellern voll Obst, Eiern und verschiedenen kalten Gerichten, sowie mit Gefäßen voll herrlichen Weins besetzt war. Während die beiden Freunde davon genossen, verbarg sie ein Vorhang, der an dem nach dem Hof führenden Eingang herabhing; die Schwäche dieser Scheidewand erinnerte sie jedoch, leis oder keine Geheimnisse zu sprechen. Sie wählten den ersteren Ausweg.

„Du weißt,“ hob Arbaces mit einer Stimme an, die kaum die Luft bewegte, so weich und nach innen hinein lautete sie, „daß es stets mein Grundsatz war, mich an die Jugend zu halten. Aus ihren biegsamen, ungeformten Gemütern schneid' ich mir die geeignetsten Werkzeuge. Ich webe — spanne — bilde sie nach meinem Willen. Aus den Jünglingen mach' ich Anhänger oder Diener; aus den Mädchen —“

„Liebchen,“ sagte Kalenus, und ein fahles Grinsen verzerrte seine unangenehmen Züge.

„Ja, ich leugne es nicht, das Weib ist das Hauptziel, der große Durst meiner Seele. Wie du das Opfer für die Schlachtbank mästest, so zieh ich gern die Andächtigen für meine Lust heran. Ich richte sie zu, bringe ihre Gemüter zur Reife — entwickle die süße Blüte ihrer versteckten Leidenschaften, um die Frucht für meinen Geschmack vorzubereiten. Die bereitwilligen, vollreifen Lustdirnen ekeln mich an, denn im sanften unbewußten Fortschritt von der Unschuld zum Verlangen finde ich den wahren Reiz der Liebe, und auf diese Art biete ich der Übersättigung Trotz und erhalte mir durch den Hinblick auf die Frische anderer die Frische der eigenen Empfindung. Aus den jungen Herzen meiner Opfer nehme ich mir den Inhalt für den Kessel, worin ich mich selbst verjünge. Doch genug hiervon: und zu unserm Gegenstand! Du weißt, daß ich vor einiger Zeit in Neapolis auf Jone und Apäcides stieß, Bruder und Schwester, Kinder von Athenern, die sich in Neapolis niedergelassen hatten. Der Tod ihrer Eltern, die mich kannten und schätzten, machte mich zu ihrem Vormund. Ich vernachlässigte die mir übertragene Obhut nicht. Der Jüngling, mild und gelehrig, fügte sich willig den Eindrücken, die ich ihm einzuprägen suchte. Am höchsten nach den Weibern liebe ich das Land meiner Väter; mich reizt es, seinen dunkeln, geheimnisvollen Glauben lebendig zu erhalten — ihn auf entfernte Küsten zu verpflanzen, die seine Kolonien vielleicht dereinst noch bevölkern. Vielleicht, daß es mir einiges Vergnügen macht, die Menschen zu täuschen, während ich also den Göttern diene. Den Apäcides unterwies ich in der heiligen Lehre der Isis; ich enthüllte ihm einiges von dem hohen Sinn, der unter ihrem äußerlichen Dienst verborgen liegt. In seiner für religiöse Glut besonders empfänglichen Seele fachte ich die Begeisterung an, die aus der Einbildungskraft Glauben erzeugt. Ich habe euch meinen Schüler gegeben; er ist einer von euch."

„Er ist es," erwiderte Kalenus; „aber indem du seinen Glauben entflammtest, hast du ihn der Klugheit beraubt. Er ist über seine Aufklärung wie vom Donner gerührt. Unsre sprechenden Bildsäulen und geheimen Treppen ängstigen und empören ihn: er trauert, magert ab, murmelt vor sich hin und verweigert die Teilnahme an unseren Zeremonien. Man weiß, daß er den Umgang von Menschen sucht, die im Verdacht stehen, sich zu jenem neuen, ruchlosen Glauben hinzuneigen, der all unsre Götter leugnet und unsre Orakel Eingebungen jenes bösen Geistes nennt, von dem die Sage des Morgenlandes spricht. — Unsere Orakel — ach! wir wissen wohl, wessen Eingebungen die sind."

„Das grade fürchtete ich nach verschiedenen Vorwürfen, die er mir machte, als ich ihn das letzte Mal sah," entgegnete Arbaces nachdenklich. „Neuester Zeit hat er mich gemieden. Ich muß ihn aufsuchen, muß meinen Unterricht fortsetzen, muß ihn ins Allerheiligste der Weisheit einführen. Ich muß ihn lehren, daß es Stufen der Heiligkeit gibt — die erste Glauben, die zweite Täuschung; die erste für die Menge, die zweite für den Weisen."

„Ich selbst kam nie über die erste," bemerkte Kalenus, „und wohl auch du nicht, mein Arbaces."

„Du irrst," antwortete der Ägypter ernst; „ich glaube noch bis auf den heutigen Tag — allerdings nicht das, was ich lehre, sondern das, was ich nicht lehre. Die Natur hat eine Heiligkeit, gegen die ich mein Inneres nicht verhärten kann, ja es nicht einmal verhärten will. Ich glaube an mein eigenes Wissen, und das hat mir enthüllt — doch das gehört nicht hierher! Jetzt zu weltlichern, einladenderen Gegenständen. Strebte ich also meinem Zweck bei Apäcides nach, was war mein Plan hinsichtlich Jones? Es ist dir bereits bekannt, daß ich sie zu meiner Königin — meiner Braut — zur Isis meines Herzens bestimmt habe. Nie bis ich sie zu sehen bekam, wußte ich, welcher Fülle der Liebe meine Natur fähig ist."

„Ich vernehme von tausend Lippen, sie sei eine zweite Helena," erwiderte Kalenus, mit den eigenen Lippen schmatzend; ob jedoch im Genuß des Weins oder jenes Gerüchtes, möchte schwer zu entscheiden sein.

„Ja, sie ist von einer Schönheit, die Griechenland selbst nie übertraf," nahm Arbaces wieder das Wort. „Doch das ist noch nicht alles; ihre Seele ist wert, sich der meinigen zu vermählen. Sie hat einen über dem Maß des Weiblichen stehenden, scharfen, blendenden, kühnen Geist. Poesie entströmt ihren Lippen von selbst; sprich irgend eine Wahrheit aus, so verworren und tief sie auch sein mag: ihr Gemüt faßt und beherrscht sie. Phantasie und Vernunft liegen bei ihr nicht miteinander im Kampf; sie stimmen überein und leiten ihr Wesen, wie Winde und Wogen ein hohes Schiff leiten. Damit verbindet sie eine mutige Unabhängigkeit der Ansichten; sie kann allein in der Welt stehen, kann ebenso herzhaft sein als sanft: dies ist die Natur, die ich mein Leben lang im Weibe gesucht und jetzt erst gefunden habe. Jone muß die Meinige werden! Eine doppelte Leidenschaft bindet mich an sie; ich möchte eine Schönheit des Geistes wie des Körpers genießen."

„So ist sie denn noch nicht die Deinige?"

„Nein: sie liebt mich — aber als Freund; sie liebt mich nur mit dem Geist. Sie glaubt in mir die ärmlichen Tugenden wahrzunehmen, die zu verachten meine höhere Tugend ist. Doch du mußt ihre Geschichte hören. Bruder und Schwester waren jung und reich; Jone ist stolz und ruhmliebend — stolz auf ihren Geist — den Zauber ihrer Poesie — den Reiz ihrer Unterhaltung. Als ihr Bruder von mir schied und in euern Tempel trat, zog auch sie, um ihm nah zu bleiben, nach Pompeji. Sie ließ es zu, daß ihre Talente bekannt wurden. Sie ladet die zahlreichsten Gesellschaften zu ihren Festen ein; ihre Stimme bezaubert, ihre Dichtungen überwältigen ihre Gäste. Sie freut sich, für die Nachfolgerin der Korinna zu gelten."

„Oder der Sappho?"

„Aber einer Sappho ohne Liebe! Ich ermutigte sie in der Kühnheit dieser Laufbahn — in dieser Schwelgerei in Eitelkeit und Vergnügung. Mir war es recht, wenn sie sich in die Zerstreuungen und die Üppigkeit dieser schwelgerischen Stadt versenkte. Merke wohl, Kalenus, ich hätte gern ihr Gemüt entnervt, aber es war zu rein, um schon den Hauch anzunehmen, der über den kristallenen Spiegel nicht weghuschen, sondern brennend darin eingeätzt werden soll. Ich wünschte, daß sie von hohlen, eiteln, gehaltlosen Anbetern umgeben würde, Menschen, die ihre Natur verachten muß, damit sie den Mangel an Liebe empfände. In den Zwischenzeiten der weichen Mattigkeit, die der Aufregung folgen, kann ich dann meinen Zauber um sie weben — ihre Teilnahme erregen — ihre Leidenschaften auf mich lenken — mich ihres Herzens bemächtigen. Denn nicht der Jugendliche oder der Schöne oder der Lebenslustige ist es, der Jone allein zu erringen vermöchte; ihre Phantasie muß gewonnen werden und das ganze Leben des Arbaces war ein fortwährender Triumph über die Phantasie seiner Mitmenschen."

„Und so hast du also gar keine Besorgnis vor deinen Nebenbuhlern? Die italischen Liebhaber sind gewandt in der Kunst, zu gefallen."

„Gar keine! Ihre griechische Seele verachtet die römischen Barbaren, und würde mit sich selbst grollen, wenn sie nur einem Gedanken von Liebe zu einem Sohne dieses Geschlechtes von Emporkömmlingen Raum gäbe."

„Aber du bist ein Ägypter, kein Grieche!"

„Ägypten ist die Mutter von Athen. Athens Schützerin, Pallas ist unsere Göttin, und sein Gründer, Cekrops, war ein Flüchtling aus dem ägyptischen Sais. Das habe ich sie bereits gelehrt, und in meinem Blut verehrt sie den ältesten Herrscherstamm der Erde. Gleichwohl gesteh' ich, daß meine Seele in letzter Zeit mehrmals ein unbehaglicher Argwohn beunruhigte. Sie ist stiller als ehemals, liebt schwermütige, weiche Musik, seufzt ohne äußere Veranlassung. Dies dürfte Anfang der Liebe oder Bedürfnis nach Liebe sein. In beiden Fällen ist es Zeit für mich, meine Unternehmungen auf ihre Phantasie und ihr Herz zu beginnen: im ersten Fall die Quelle der Liebe auf mich abzuleiten, im andern sie für mich zu erwecken. Und darum hab' ich dich aufgesucht."

„Und wie kann ich dir dabei behilflich sein?"

„Ich steh' im Begriff, sie zu einem Fest in meinem Hause einzuladen: ich möchte ihre Sinne blenden — verwirren — entflammen. Unsere Künste, wodurch sich Ägypten seine jungen Novizen erzog, müssen angewandt werden. Unter dem Schleier von Religionsmysterien will ich ihr die Geheimnisse des Herzens eröffnen."

„Ach, jetzt versteh' ich; eines von den lustigen Gelagen, woran wir Isispriester trotz unseren albernen Gelübden kalter Enthaltsamkeit in deinem Hause teilnahmen."

„Nein, nein! Glaubst du, ihre keuschen Augen seien für solchen Anblick reif? Nein. Doch zuerst müssen wir den Bruder in die Schlinge ziehen: die leichtere Arbeit! Höre meine Anweisungen."

Fünftes Kapitel.

Glänzend schien die Sonne in eines der schönen Gemächer des Hauses von Glaukus, und die Morgenstrahlen drangen durch eine Reihe Fensterchen im obern Teil der Wände, und durch die Tür, die nach dem Garten führte. Das Gemach selbst diente als Treib- oder Gewächshaus. Sein beschränkter Raum eignete sich nicht für körperliche Bewegung, aber die mannigfachen duftenden Gewächse erhoben jenes Nichtstun, dem sich die Menschen unter einem sonnigen Himmel so gern hingeben, zu einem schwelgerischen Genuß. Jetzt eben verbreiteten sich die Wohlgerüche, gefächelt durch einen sanften, von der nahen See herwehenden Wind über das Gemach, dessen Wände mit den Farben der glänzendsten Blumen wetteiferten. Neben dem Hauptschmuck des Zimmers, dem Gemälde von Leda und Tyndareus, befanden sich in der Mitte jedes Wandfeldes noch andre Malereien von ausgezeichneter Schönheit. In dem einen sah man Amor auf dem Schoße der Venus, in einem andern Ariadne an der Küste schlafend, noch nicht die Treulosigkeit des Theseus ahnend.

Lustig spielten die Strahlen auf dem eingelegten Estrich und den schimmernden Wänden, freundlicher noch drängten sich die Strahlen der Wonne dem Herzen des jungen Glaukus zu.

„So hab' ich sie also gesehen," sprach er, das kleine Zimmer durchschreitend, „habe sie gehört, ja habe wieder zu ihr gesprochen, wieder die Musik ihres Gesanges vernommen — und sie sang von Ruhm und Griechenland! Gefunden hab' ich den lang gesuchten Abgott meiner Träume und habe wie der cyprische Bildhauer Leben in mein Gebilde gehaucht."

Vielleicht hätte das entzückte Selbstgespräch des jungen Mannes noch länger angehalten, wäre in diesem Augenblick nicht ein Schatten über die Schwelle geglitten, und die Einsamkeit durch ein junges Mädchen gestört worden, die fast noch ein halbes Kind an Jahren und in eine einfache weiße Tunika gekleidet war, die vom Nacken bis zu den Fußknöcheln reichte; unter dem Arm trug sie ein Blumenkörbchen, und in der andern Hand hielt sie ein bronzenes Wassergefäß. Ihre Züge waren ausgebildeter als eigentlich ihrem Alter zukam, in ihren Umrissen jedoch sanft und weiblich, und, ohne eigentlich schön zu sein, wurden sie es beinah durch die Schönheit des Ausdrucks. Es lag etwas unbeschreiblich Mildes, man hätte sagen mögen: Geduldiges in ihrem Aussehen; ein Zug von resigniertem Schmerz, von ruhigem Ertragen hatte das Lächeln, aber nicht die Anmut von ihren Lippen verbannt. Etwas Scheues und Vorsichtiges in ihrem Tritt — etwas Unstetes in ihren Blicken ließ das Unglück vermuten, das von Geburt an auf ihr geruht hatte: sie war blind. In den Augen selbst lag jedoch kein sichtbarer Fehler; ihr schwermütiges, weiches Licht war klar, wolkenlos und heiter. „Man sagt mir, Glaukus sei hier," sprach sie, „darf ich herein?"

„Ach, meine Nydia," erwiderte der Grieche, „bist du's? Dacht' ich's doch, du werdest meine Einladung nicht vergessen."

„Glaukus ließ sich nur selbst Gerechtigkeit widerfahren," entgegnete Nydia errötend, „denn er war immer gütig gegen das arme blinde Mädchen."

„Wie könnt' es anders sein?" fragte Glaukus zärtlich mit dem Tone eines mitleidigen Bruders.

Nydia seufzte und sagte nach einer Pause, ohne auf seine Bemerkung zu antworten: „Du bist erst seit kurzem zurück?"

„Dies ist die sechste Sonne, die mich in Pompeji bescheint."

„Und bist du gesund? Ach, ich brauche nicht zu fragen; wer könnte nicht gesund sein, wer, der die Erde sieht, die so schön sein soll?"

„Ich bin wohl; und du, Nydia? Aber wie du gewachsen bist! Nächstes Jahr wirst du dich über die Antworten besinnen, die wir deinen Liebhabern geben sollen."

Eine neue Röte flog über Nydias Wange, aber diesmal zeigte sie Unmut im Erröten. „Ich habe dir einige Blumen gebracht," sprach sie, ohne auf eine Bemerkung, die sie zu verletzen schien, etwas zu erwidern. Damit fühlte sie im Zimmer umher, bis sie den neben Glaukus stehenden Tisch fand, und setzte das Körbchen darauf, „sie sind bescheiden, aber sie sind frisch gesammelt."

„Als kämen sie von Flora selbst," sprach er freundlich, „und ich erneuere mein den Grazien dargebrachtes Gelübde, keine anderen Kränze zu tragen, so lange mir deine Hände solche winden wie diese hier."

„Und wie findest du die Blumen in deinem Viridarium? — gedeihen sie?"

„Wundervoll, die Laren selbst müssen sie gepflegt haben."

„Ach, jetzt machst du mir Freude: so oft ich mir einen Augenblick Zeit abstehlen konnte, kam ich, um sie während deiner Abwesenheit zu begießen und zu pflegen."

„Wie soll ich dir danken, schöne Nydia? Dem Glaukus ahnete nicht, daß er jemand in Pompeji zurücklasse, der an ihn denken und sich seiner Lieblinge mit so vieler Sorgfalt erinnern würde."

Die Hand des Kindes zitterte und seine Brust hob sich unter der Tunika. Verlegen wandte es sich ab. „Die Sonne ist heute zu heiß für die armen Blumen," sprach sie; „sie werden mich vermissen, denn ich war unwohl und es ist bereits neun Tage her, seit ich zum letztenmal nach ihnen gesehen habe."

„Unwohl, Nydia? hat doch deine Wange mehr Röte als voriges Jahr."

„Ich bin oft unpäßlich," erwiderte die Blinde in rührendem Ton, „und seit ich größer bin, schmerzt mich meine Blindheit mehr. Aber jetzt zu den Blumen!" Damit verneigte sie sich leicht mit dem Kopf, trat in den Garten und machte sich emsig an das Begießen der Blumen.

„Arme Nydia," dachte Glaukus, indem er ihr nachsah.

„Dein Los ist hart. Du siehst weder die Erde, noch die Sonne, noch das Meer, noch die Sterne, geschweige Jonen."

Mit diesem letzten Gedanken flog sein Gemüt zu dem vergangenen Abend zurück und ward in seinen Träumen durch den Eintritt des Clodius zum zweitenmal unterbrochen. Merkwürdig war es und ein Beweis, wie viel ein einziger Abend zum Wachstum und zur Verfeinerung der Liebe beigetragen hatte, die der Athener für Jone fühlte, daß er, der dem Clodius das Geheimnis seiner ersten Begegnung mit ihr und die Wirkung dieses Zusammentreffens auf ihn anvertraut hatte, jetzt einen unüberwindlichen Widerwillen empfand, auch nur ihres Namens gegen jenen Erwähnung zu tun. Er hatte Jone strahlend, rein, unbefleckt mitten unter den mutwilligsten und verdorbensten Modeherren Pompejis gesehen; selbst den Kühnsten hatte sie ein ehrfurchtsvolles Benehmen mehr durch Anmut als durch Stolz abgenötigt, und die innerste Natur der Sinnlichsten, am wenigsten ideal Angelegten verändert, so daß hier durch einen geistigen, läuternden Zauber die Fabel der Circe umgekehrt und Tiere in Menschen verwandelt worden waren. Wer ihre Seele nicht zu verstehen vermochte, ward durch die Magie ihrer Schönheit gehoben. Wer kein Herz für Poesie besaß, hatte mindestens ein Ohr für die Melodie ihrer Stimme. Indem er sah, wie sie durch ihre Gegenwart ihre Umgebung läuterte und erhellte, wurde sich Glaukus beinah zum erstenmal der innersten Fähigkeit seiner eigenen Natur bewußt, empfand er, wie unwürdig der Göttin seiner Träume sein bisheriger Umgang, sein Tun und Treiben gewesen war. Ein Schleier schien von seinen Augen weggenommen zu werden! Er sah den unermeßlichen Abstand zwischen sich und den Gefährten, den ihm die täuschenden Nebel der Vergnügungen bisher verborgen hatten; das Gefühl des eigenen Muts, womit er Jonen zu erringen suchte, verfeinerte ihn. Er fühlte, daß es fortan seine Bestimmung sei, emporzusehen und sich vom Boden zu erheben. Nicht länger vermochte er den Namen, der seiner glühenden Phantasie als etwas Heiliges und Göttliches erklang, gegen unzüchtige, gemeine Ohren auszusprechen. Sie war nicht mehr das ein einziges Mal gesehene und lebhaft im Gedächtnis behaltene Mädchen: sie war bereits die Gebieterin, die Göttin seiner Seele.

Als ihm daher Clodius mit affektierter Begeisterung von Jones Schönheit sprach, fühlte Glaukus nur Verdruß und Unwillen, daß sich solche Lippen unterfangen sollten, sie zu preisen. Er antwortete kalt, und der Römer hielt deshalb die Leidenschaft des Freundes für geheilt, was er nicht bedauerte, weil ihm daran lag, daß Glaukus eine noch reicher ausgestattete Erbin heiraten möchte — Julien, die Tochter des begüterten Diomed, dessen Gold der Spieler auf diesem Wege leicht in die eigenen Kassen ableiten zu können vermeinte. Das Gespräch floß aber nicht mit der gewohnten Leichtigkeit, und kaum hatte ihn Clodius verlassen, als Glaukus den Weg nach Jones Haus zu nehmen beschloß. Beim Ausgang stieß er noch einmal auf Nydia, die mit ihrer zierlichen Arbeit eben zu Ende gekommen war. Sie kannte seinen Schritt im Augenblick.

„Du gehst früh aus," sprach sie.

„Ja; der Himmel Campaniens zürnt den Trägen, die ihn vernachlässigen."

„Ach könnt' ich ihn auch sehen!" flüsterte die Blinde, aber so leis, daß Glaukus die Klage nicht vernahm.

Einige Momente weilte die Thessalierin noch auf der Schwelle und schlug dann mit Hilfe eines langen Stabs, den sie mit großer Gewandtheit führte, den Heimweg ein. Von den eleganteren Straßen ablenkend, trat sie in ein bei anständigen und gesitteten Leuten nur wenig beliebtes Stadtviertel. Ihr selbst ersparte die Blindheit den Anblick der niedern, rohen Abzeichen des Lasters um sie her, und da um diese Stunde die Straßen still und ruhig waren, so wurde ebensowenig ihr junges Ohr von den Tönen verletzt, die sich sonst nur allzuhäufig an dem schmutzigen, dunkeln Orte hören ließen, den sie jetzt traurig und geduldig durchwandelte.

Sie klopfte an die Hintertür einer Art Schenke; die Tür ging auf und eine rauhe Stimme fragte sie nach ihrer Sesterze. Eh sie antworten konnte, bemerkte ein anderes, weniger gemein klingendes Organ:

„Nimm es doch mit diesem ärmlichen Gewinn nicht so genau, Burbo. Bald wird man die Kehle des Mädchens wieder bei einem Gelage unseres reichen Freundes nötig haben, und der bezahlt, wie du weißt, so ein Nachtigallenzüngchen recht anständig."

„O ich will nicht hoffen," rief Nydia zitternd. „Von Sonnenaufgang bis Sonnenuntergang will ich betteln, aber schickt mich nicht dorthin."

„Und warum?" fragte dieselbe Stimme.

„Weil — weil ich jung und von zarter Natur bin, und die Gefährtinnen, die ich dort treffe, kein geeigneter Umgang für eine sind, die — die —"

„Sklavin im Hause Burbos ist," erwiderte die Stimme höhnisch mit einem rauhen Gelächter.

Die Thessalierin setzte die Blumen nieder, bedeckte das Gesicht mit den Händen und weinte still.

Unterdessen begab sich Glaukus nach der Wohnung der schönen Neapolitanerin. Er fand sie unter ihren Dienerinnen sitzend, die rings um sie her mit verschiedenen Arbeiten beschäftigt waren. Ihre Lyra stand neben ihr, denn Jone war heute ungewöhnlich müßig, vielleicht ungewöhnlich gedankenvoll. Sie schien ihm im Morgenlicht und in ihrem einfachen Gewande noch schöner als unter den schimmernden Lampen und in dem kostbaren Juwelenschmuck der vorigen Nacht: und das nicht weniger, trotz einer gewissen Blässe auf den durchsichtigen Wangen und einem Erröten, das sie bei seinem Eintritt überflog. So gewöhnt er an Schmeicheleien war, erstarb ihm jedes Schmeichelwort auf den Lippen, als er die Errötende anredete. Er fühlte, daß es ihrer nicht würdig sei, den Huldigungen Worte zu geben, die deutlich in jedem Blick lagen. Sie unterhielten sich von Griechenland. Dies war ein Gegenstand, bei dem Jone lieber die Zuhörerin als die Sprechende machte, und ein Gegenstand, über den Glaukus sein ganzes Leben lang hätte beredt sein können. Er beschrieb ihr die Silberhaine, die noch immer die Ufer des Ilissus schmückten, die Tempel, die ihrer Herrlichkeit bereits halb beraubt und doch im Verfall noch so schön waren. Er blickte von der Höhe jener fernen Erinnerung zurück, in der alle rauhern, dunklern Schatten im Licht verschwammen, zurück nach der trauernden Stadt Harmodius des Freien und Perikles des Erhabenen. Er hatte das Land der Dichtung hauptsächlich im dichterischen Alter früher Jugend gesehen, und die Bilder der Vaterlandsliebe verbanden sich mit denen der Fülle und des Lenzes des Lebens. Hingerissen und stumm hörte ihm Jone zu; teurer waren ihr diese Töne und Beschreibungen als all die verschwenderische Anbetung ihrer zahllosen Verehrer. War es Sünde, ihren Landsmann zu lieben? Sie liebte Athen in ihm, die Götter ihres Volkes, das Land ihrer Träume sprachen zu ihr aus seiner Stimme! Von dieser Stunde an sahen beide einander täglich. In der Abendkühle machten sie Lustfahrten auf der ruhigen See. Nachts trafen sie wieder in Jones Säulengängen und Hallen zusammen. Ihre Liebe war das Werk des Augenblicks, aber sie war stark; sie füllte alle Quellen ihres Lebens. Herz, Kopf, Verstand, Phantasie: alles wurde Diener und Priester dieses Gefühls. Wie man von zwei Gegenständen, die eine gegenseitige Anziehungskraft zueinander haben, das Hemmnis wegnimmt, so trafen sie unverweilt zusammen und waren eins; sie wunderten sich nur darüber, daß sie solange getrennt gelebt hatten. Und es war natürlich, daß sie so liebten. Jung, schön, geistreich, von einerlei Abkunft und einerlei Seele, mußten sie sich vereinigen, so gewiß es eine Poesie im Leben gibt. Sie glaubten, der Himmel selbst lächle auf ihre gegenseitige Zuneigung. Wie der Verfolgte Zuflucht im Heiligtum sucht, so erkannten sie im Altar ihrer Liebe eine Freistätte von den Schmerzen der Erde; sie bedeckten ihn mit Blumen, ohne die Schlangen zu ahnen, die dahinter aufgerollt lagen.

An einem Abend, dem fünften nach ihrem ersten Zusammentreffen in Pompeji, kehrten Glaukus und Jone mit einem kleinen Kreis auserwählter Freunde von einer Fahrt um die Bai nach Hause zurück. Leicht glitt ihre Barke über das im Zwielicht schimmernde Gewässer, dessen heller Spiegel nur von den träufelnden Rudern durchschnitten wurde. Während die übrige Gesellschaft in einer heitern Unterhaltung begriffen war, lag Glaukus zu Jones Füßen und hätte ihr gern ins Antlitz geschaut, aber er wagte es nicht. Jone brach die Stille zwischen ihnen.

„Mein armer Bruder,“ sprach sie mit einem Seufzer, „wie würde er einst diese Stunde genossen haben!“

„Dein Bruder?“ erwiderte Glaukus. „Ich habe ihn noch nicht gesehen. Mit dir beschäftigt, dacht' ich an nichts anderes; sonst würde ich dich gefragt haben, ob der nicht dein Bruder gewesen ist, an dessen Hand du mich am Tempel der Pallas in Neapolis verließest.“

„Er war es."

„Und ist er hier?"

„Er ist's."

„In Pompeji und nicht beständig bei dir? Unmöglich!"

„Er hat andere Pflichten," antwortete Jone traurig. „Er ist ein Priester der Isis."

„So jung und Glied dieser, wenigstens ihrem Gesetz nach, so strengen Priesterschaft?" rief der warme, hell gestimmte Grieche mit Verwunderung und Mitleid. „Was konnte ihn dazu verleiten?"

„Er war stets enthusiastisch und glühend in seiner Andacht, und die Beredsamkeit eines Ägypters, unsers Freundes und Vormundes, fachte in ihm den frommen Wunsch an, sein Leben der geheimnisvollsten unserer Gottheiten zu weihen. Vielleicht, daß er bei der Inbrunst seines Gemüts eben in der Strenge der Priesterschaft den Hauptreiz fand."

„Und er bereut seine Wahl nicht? Hoffentlich ist er glücklich."

Jone seufzte tief und ließ den Schleier über ihre Augen herabfallen.

„Ich wollte," sprach sie nach einer Pause, „er wäre nicht so rasch gewesen. Vielleicht daß er, wie alle, die zuviel erwarten, zu leicht zurückgeschreckt wird."

„So ist er denn in seinem neuen Verhältnis nicht glücklich? Und dieser Ägypter, war er selbst Priester? war ein Zuwachs der heiligen Schar in seinem Interesse?"

„Nein! Sein Hauptinteresse war unser Glück. Er glaubte das Wohl meines Bruders zu befördern. Wir waren Waisen."

„Wie ich selbst," entgegnete Glaukus mit tiefer Bedeutung in dem Tone.

Mit niedergeschlagenen Augen nahm Jone wieder das Wort:

„Und Arbaces suchte uns die Eltern zu ersetzen. Du mußt ihn kennen lernen. Er liebt geistreichen Umgang."

„Arbaces! ich kenne ihn bereits; wenigstens sprechen wir miteinander, wenn wir zusammentreffen. Aber wenn du nicht seine Lobrednerin wärest, so würde ich mich nicht nach einer näheren Bekanntschaft mit ihm sehnen. In der Regel wendet sich mein Herz meinen Nebenmenschen nur allzu bereitwillig zu. Aber neben diesem dunkeln Ägypter mit der düstern Stirn und dem eisigen Lächeln wird mir's, als ziehe sich über die Sonne selbst ein Schleier. Ist es doch, als hätt' er, wie Epimenides von Kreta, vierzig Jahre in einer Höhle zugebracht, so daß ihm fortan das Tageslicht nie mehr recht natürlich geworden ist."

„Doch ist er wie Epimenides gütig und weise und sanft," erwiderte Jone.

„O, wie glücklich ist er, daß er deinen Beifall hat! Er bedarf keiner andern Tugend, um ihn mir teuer zu machen."

„Seine Ruhe, seine Kälte," fuhr Jone ausweichend fort, „sind vielleicht nur Erschöpfung durch früher erlittene Schmerzen, wie der Berg" (auf den Vesuv zeigend), „den wir dort dunkel und lautlos in der Ferne erblicken, einst Flammen nährte, die jetzt auf ewig erloschen sind."

Beide sahen bei diesen Worten nach dem Berge. Der übrige Himmel war in rosige, zarte Farben gebadet, über der grauen Kuppe aber, dem emporragenden Mittelpunkt der Wäldchen und Weingärten, die sich bis zur Hälfte der Höhe emporwanden, hing eine finstere, unheildrohende Wolke, die einzige unfreundliche Stelle der Landschaft. Eine plötzliche, nicht erklärbare Beklemmung überkam sie bei diesem Anblick, und mit jener Sympathie, die die Liebe sie bereits gelehrt und infolge deren sie bei der leichtesten Trübung ihrer Gefühle, bei der schwächsten Ahnung eines Übels bei einander Schutz suchten, wandten sich ihre Blicke im gleichen Moment vom Berge ab und begegneten sich voll unaussprechlicher Zärtlichkeit.

Was brauchten sie noch der Worte, um sich zu sagen, daß sie sich liebten?

Sechstes Kapitel.

Arbaces war in letzter Zeit wenig in Jones Haus gekommen; er hatte, wenn er sie besuchte, Glaukus nicht getroffen, noch wußte er bis jetzt etwas von der Liebe, die so plötzlich zwischen ihm und seinen Entwürfen aufgesprossen war. Zudem hatte ihn der Plan auf den Bruder eine Weile genötigt, den Plan auf Jone selbst hinauszuschieben. Sein Stolz und seine Selbstsucht waren bei der plötzlichen Veränderung, die über das Gemüt des Jünglings gekommen war, rege geworden. Ihm bangte, er möchte einen fügsamen Schüler, Isis einen begeisterten Diener verlieren. Apäcides suchte und befragte ihn nicht mehr, war selten zu finden, wandte sich verschlossen von dem Ägypter ab, ja ging ihm geradezu aus dem Wege, wenn er ihn in der Ferne bemerkte. Arbaces gehörte zu jenen stolzen, mächtigen Geistern, die daran gewöhnt sind, andere zu beherrschen; er ergrimmte bei dem Gedanken, daß jemand, der einst sein gewesen war, seinem Griff wieder entwischen könne, und schwur innerlich, Apäcides solle ihm nicht entgehen.

Mit diesem Entschluß ging er auf dem Weg zu Jone durch ein dichtes Gehölz, das mitten in der Stadt zwischen seinem und der Geliebten Hause lag. Unerwartet traf er hier den jungen Isispriester an einen Baum gelehnt, den Blick auf den Boden geheftet.

„Apäcides," sprach er und legte die Hand teilnehmend auf des jungen Mannes Schulter.

Der Priester fuhr zusammen und sein erstes Gefühl richtete sich auf Flucht.

„Mein Sohn," sprach der Ägypter, „was ist vorgefallen, daß du mich zu meiden suchst?"

Apäcides blieb still und verschlossen; sein Auge haftete am Boden, seine Lippen zitterten und seine Brust hob sich schwer.

„Sprich zu mir, mein Freund," fuhr jener fort. „Sprich! Etwas lastet auf deiner Seele. Was hast du zu enthüllen?"

„Dir — nichts!"

„Und warum hast du gegen mich so wenig Vertrauen?"

„Weil du dich als mein Feind gezeigt hast."

„Laß uns sprechen," sagte Arbaces mit leiser Stimme, zog den widerstrebenden Arm des Priesters in den eigenen und führte ihn zu einer der Bänke, die hier und da im Gehölz standen. Sie setzten sich, und in den dunkeln Gestalten lag etwas Verwandtes mit der umschatteten Einsamkeit des Ortes.

Apäcides stand im Lenz der Jahre, schien jedoch mehr Lebensgeist verbraucht zu haben als der Ägypter selbst. Seine zarten regelmäßigen Züge waren abgezehrt und farblos, seine hohlen Augen strahlten von einem schimmernden, fieberhaften Glanz, seine Gestalt beugte sich vorzeitig nieder und auf seinen fast weiblich kleinen Händen deuteten die blauen, angelaufenen Adern die Mattheit und Schwäche der erschlafften Sehnen an. In seinem Gesicht bemerkte man eine auffallende Ähnlichkeit mit Jone, aber der Ausdruck wich von jener majestätischen, geistigen Ruhe gänzlich ab, die der Schönheit der Schwester ein so göttliches, echt antikes Gepräge aufdrückte. Bei ihr wurde der Enthusiasmus sichtbar, aber er erschien stets gezügelt und in Schranken gehalten, und dies bildete den Zauber und die Seele ihres Antlitzes; man wünschte einen Geist zu wecken, der ruhte, aber augenscheinlich nicht schlief. In Apäcides zeugte das ganze Äußere von der Glut und Leidenschaft seines Temperamentes, und der denkende Teil seiner Natur schien nach dem wilden Feuer der Augen, der im Verhältnis der Stirnhöhe bedeutenden Breite der Schläfen, und der zitternden Unruhe der Lippe zu schließen, von dem Element der Einbildung und des Idealismus beherrscht, ja tyrannisiert zu werden. Bei der Schwester war die Phantasie an der goldenen Grenzscheide der Poesie stehen geblieben, beim Bruder war sie, minder glücklich und minder im Zaum gehalten, zu unfaßbareren, körperlosern Träumen hinübergewandert: Eigenschaften, die der Jone Genie verliehen, bedrohten den Apäcides mit Wahnsinn.

„Du sagst, ich hätte mich als dein Feind gezeigt,“ hob Arbaces an. „Ich kenne den Grund dieser ungerechten Anklage! Ich habe dich unter die Priester der Isis gebracht; du bist über ihre Gaukelkunst und Betrügerei empört — glaubst auch, ich hätte dich getäuscht — die Reinheit deiner Seele ist verletzt — du hältst mich für einen Betrüger.“

„Du kanntest die Lügen dieser ruchlosen Zunft,“ erwiderte jener; „warum verhehltest du sie mir? Als du in mir den Wunsch erregtest, mich dem Amt zu weihen, dessen Kleid ich trage, sprachst du mir vom Leben heiliger, der Wissenschaft hingegebener Männer: du hast mich unter eine unwissende, in Sinnlichkeit versunkene Herde geworfen, die von nichts Kenntnis hat als von den gröbsten Betrügereien. Du sprachst mir von Menschen, die dem erhabenen Dienst der Tugend überirdische Freuden opfern: du hast mich unter Leute gesetzt, auf denen der Schmutz jedes Lasters wuchert. Du sprachst mir von Freunden, von Erleuchtern des Menschengeschlechts: ich sehe nur seine Überlister und Verhöhner! O, du hast schmählich an mir gehandelt! Du hast mir den Glanz der

Jugend, die Sicherheit der Tugend, den heiligmachenden Durst nach Wahrheit geraubt. Jung, reich, feurig, die sonnigen Freuden der Erde vor mir, entsagte ich allem ohne Murren, entsagte mit Seligkeit und Jubel in dem Gedanken, daß ich das Weggeworfene gegen die Geheimnisse höherer Weisheit, gegen den Umgang mit Göttern, gegen die Enthüllungen des Himmels dahin gäbe, und jetzt — jetzt —"

Ein krampfhaftes Schluchzen erstickte des Priesters Stimme, er bedeckte das Gesicht mit den Händen, aber durch die abgemagerten Finger drängten sich große Tränen und flossen auf sein Kleid.

„Was ich dir versprochen habe, will ich dir halten, mein Freund, mein Zögling. Alles war nur eine Probe deiner Tugend: du hast sie strahlend bewährt in deinem Noviziat. Denke nicht mehr an jene einfältigen Lügen, halte dich fürder nicht an dieses Gesinde der Göttin, die Atrienses ihres Vorsaals, du bist wert, in das Innere einzutreten; ich will fortan dein Priester, dein Führer sein, und du, der jetzt meiner Freundschaft flucht, wirst sie noch segnen!"

Der junge Mann erhob das Haupt und stierte den Ägypter mit irrem, verwundertem Blick an.

„Höre mich," fuhr Arbaces mit ernster, feierlicher Stimme fort, nachdem er zuvor einen spürenden Blick umhergeworfen hatte, ob sie noch allein seien. „Von Ägypten kam alles Wissen der Welt: von Ägypten kam die Weisheit Athens und die tiefe Staatskunst Kretas: von Ägypten kamen jene alten, geheimnisvollen Stämme, die (lange eh die Horden des Romulus Italiens Ebenen überschwemmten und im ewigen Kreislauf der Begebenheiten Bildung in Barbarei und Finsternis zurückdrängten) alle Künste der Wissenschaft und allen Reiz eines geistigen Lebens besaßen. Von Ägypten kam der Götterdienst und die Größe jenes Caere, dessen Bewohner ihre eisernen römischen Besieger alles lehrten, was diese bis auf den heutigen Tag Erhabenes in der Religion und Würdiges in der Verehrung der Gottheit haben. Und wie glaubst du, junger Mann, daß dieses hehre Ägypten, die Mutter zahlloser Nationen, zu seiner Größe gelangte, zu seinem Wolkengipfel der Weisheit emporstieg? Durch seine tiefe, heilige Politik! Die neuen Völker danken ihre Größe Ägypten — Ägypten dankt sie den Priestern. In sich selbst versunken, eine Herrschaft über den edlern Teil des Menschen, über seine Seele und seinen Glauben erstrebend, waren diese alten Diener Gottes von dem großartigsten Gedanken begeistert, der je in sterblichen Wesen aufblitzte. Den Umwälzungen der Sterne, den Jahreszeiten der Erde, dem runden, unabänderlichen Kreislauf des Menschengeschicks entnahmen sie eine heilige Allegorie; durch Zeichen von Göttern und Göttinnen machten sie diese für den großen Haufen deutlich und faßbar, und was eigentlich Regierung war, nannten sie Religion. Isis ist eine Fabel — erschrick nicht! Das, wofür Isis das Sinnbild ist, existiert wirklich und ist ein unsterbliches Wesen; Isis ist nichts; die Natur, die durch sie vorgestellt wird, ist die Mutter aller Dinge — dunkel, uralt, unerforschlich, außer für die wenigen Geweihten. Kein Sterblicher hat je meinen Schleier gehoben, sprach die Isis, die du anbetest; für die Weisen aber ist dieser Schleier gelüftet worden und von Angesicht zu Angesicht haben wir dem erhabenen Liebreiz der Natur gegenübergestanden. Die Priester waren die Wohltäter, die Erzieher der Menschheit; allerdings waren sie auch, wenn du so willst, Betrüger, Täuscher. Glaubst du aber, wenn sie ihre Mitmenschen nicht getäuscht hätten, daß sie ihnen zu dienen vermocht hätten? Die unwissende, knechtische Menge muß zu ihrem eigenen Besten geblendet werden; einem Lehrsatz würde sie nicht glauben, ein Orakel verehrt sie. Der Kaiser von Rom beherrscht die ausgebreiteten, mannigfachen Völker der Erde und bringt die streitenden, uneinigen Elemente zur Harmonie; daher Friede, Ordnung, Gesetz, die Segnungen des Lebens. Glaubst du, es sei der Mensch, der Kaiser, der auf diese Weise herrscht? Nein, es ist der Pomp, die Ehrfurcht, die Majestät, die ihn umgeben: dies sind seine Täuschungen, dies ist sein Betrug. Unsere Orakel und Verkündigungen, unsre Gebräuche und Zeremonien sind die Mittel unserer Oberherrschaft und der Hebel unserer Macht. Es sind dieselben Mittel zu demselben Zweck — zu der Wohlfahrt und Eintracht der Menschen. — Du hörst mich entzückt, aufmerksam an — das Licht fängt an, dir aufzugehen."

Apäcides blieb still, aber der rasche Wechsel der sprechenden Züge verriet die Wirkung, die des Ägypters Worte auf ihn hervorgebracht hatten — Worte, die durch die Stimme, das Aussehen, das Benehmen des Mannes noch zehnfach beredter wurden.

„Während nun," nahm Arbaces wieder den Faden auf, „während unsere Väter am Nil derart die ersten Elemente, durch die das Chaos zerstört wird, nämlich Gehorsam und Ehrerbietung der Menge gegen wenige, ins Leben riefen, zogen sie aus ihren erhabenen, den Sternen entnommenen Betrachtungen jene Weisheit, die keine Täuschung war: sie erfanden die Gesetze und Regeln des gesellschaftlichen Zustands, die Künste und Veredlungen des Daseins. Sie forderten Glauben und erwiderten diese Gabe durch die Gesittung, die sie einführten. War nicht selbst ihr Betrug eine Tugend? Glaube mir, wer immer aus jenen fernen Himmeln göttlicherer, wohltätigerer Natur auf unsere Welt herabblickt, lächelt beifällig auf die Weisheit, die solche Zwecke ausgeführt hat. Doch du forderst, daß ich diese allgemeinen Sätze auf dich anwende? Ich eile, deinem Wunsch zu entsprechen. Die Altäre unseres alten Glaubens müssen Diener haben, Diener auch an jenen stumpfen, seelenlosen Wesen, die nur wie die Riegel und Haken sind, woran man Hut und Mantel aufhängt. Erinnere dich zweier Sprüche des Pythagoräers Sextus, Sprüche, die ägyptischer Lehre entlehnt sind. Der erste lautet: Sprich nicht von Gott zu der Menge, der zweite: Der Mensch, der Gottes würdig ist, ist ein Gott unter Menschen. — Wie geistige Überlegenheit den ägyptischen Priestern die Herrschaft verlieh, die in neuerer Zeit so schrecklich verfallen ist, so kann diese Gewalt nur durch geistige Überlegenheit wieder hergestellt werden. In dir, Apäcides, sah ich einen Zögling, der meiner Unterweisung würdig war, einen Diener, wert der großen Zwecke, die vielleicht noch jetzt erreicht werden können: deine Kraft, deine Talente, die Reinheit deines Glaubens, der Ernst deiner Begeisterung, alles befähigte dich zu einem Beruf, der so gebieterisch eine hohe, glänzende Seele fordert, deshalb bestärkte ich dich in deinem heiligen Wunsch; ich spornte dich zu dem Schritt an, den du getan hast. Aber du machst mir Vorwürfe, daß ich dir die kleinen Seelen und die Taschenspielereien deiner Gefährten nicht zum voraus angedeutet habe? Hätte ich das getan, Apäcides, so hätte ich meinem eigenen Zwecke entgegengearbeitet: deine edle Natur würde zurückgeschreckt worden sein und Isis ihren Priester verloren haben."

Apäcides stöhnte laut auf. Der Ägypter fuhr fort, ohne auf die Unterbrechung zu achten:

„Unvorbereitet brachte ich dich daher in den Tempel; überließ dich plötzlich dir selbst, damit du alle die Mummereien, die den großen Haufen blenden, durchschauen, damit du von ihnen abgestoßen werden möchtest. Entdecken solltest du die Triebfedern der Maschinen, durch die der Springquell, der die Welt erfrischt, sein Wasser in die Luft wirft. Es ist die Probe, die von altersher jedem unserer Priester auferlegt wird. Die sich damit begnügen, Betrüger der Menge zu sein, werden bei der Ausübung dieses Betrugs gelassen — für die, deren höhere Natur ein höheres Ziel fordert, enthüllt die Religion heiligere Geheimnisse. Mich freut es, in dir den Charakter zu finden, den ich erwartet hatte. Du hast das Gelübde abgelegt, zurück kannst du nicht mehr. Vorwärts also — ich will dein Führer sein."

„Und was willst du mich lehren, wunderbarer, schrecklicher Mann? Neuen Betrug — neue —"

„Nein! — ich habe dich in den Abgrund des Unglaubens gestürzt, jetzt will ich dich auf die Höhe des Glaubens leiten. Du hast die nichtigen Sinnbilder gesehen, jetzt sollst du die Wirklichkeit kennen lernen, die jene vorstellen. Es gibt keinen Schatten ohne Wesen, Apäcides. Komm heut' abend zu mir. Deine Hand!"

Gerührt, aufgeregt, wirr von den Worten des Ägypters, gab ihm Apäcides die Hand, und Lehrer und Zögling trennten sich.

Wirklich gab es für Apäcides keine Umkehr. Er hatte das Gelübde der Ehelosigkeit abgelegt, hatte sich einem Leben geweiht, das ihm jetzt die ganze Herbigkeit des Fanatismus ohne die Tröstungen des Glaubens darzubieten schien. Natürlich mußte er deshalb noch immer eine heiße Sehnsucht empfinden, sich mit der unwiderruflichen Laufbahn zu versöhnen. Des Ägypters mächtiger, tiefer Geist übte noch immer eine Herrschaft auf seine junge Phantasie aus, regte ihn zu den unbestimmten Vermutungen auf und erhielt ihn schwebend zwischen Furcht und Hoffnung.

Unterdessen lenkte Arbaces den langsam würdevollen

Schritt zum Haus Jones. Beim Eintritt in das Tablinum vernahm er eine Stimme aus den Säulengängen des Peristyls herüber, die trotz ihrem Wohllaut seinem Ohr mißfällig klang — die Stimme des jungen, schönen Glaukus, und zum erstenmal durchbebte ein unwillkürliches Zucken von Eifersucht seine Brust. In das Peristyl getreten, sah er Glaukus neben Jone sitzen. Die Fontäne in dem duftenden Garten warf ihren Silberschaum in die Luft und unterhielt mitten in der Mittagsschwüle eine köstliche Frische. Die Dienerinnen, fast fortwährende Gefährten Jones, die mit der Ungebundenheit ihres Lebens die feinste Züchtigkeit verband, saßen in einiger Entfernung. Zu Glaukus' Füßen lag die Leier, auf der er Jonen soeben ein lesbisches Lied gespielt hatte.

Einen Augenblick hielt Arbaces an und betrachtete das Paar mit einer Stirn, der die gewohnte ernste Heiterkeit gänzlich entschwunden war; mit gewaltsamer Anstrengung gewann er die Fassung wieder und näherte sich langsam, jedoch mit so leisem, lautlosen Tritt, daß ihn selbst die Dienerinnen nicht vernahmen, geschweige Jone und Glaukus.

„Und doch," bemerkte dieser, „meinen wir nur, ehe wir lieben, unsere Dichter hätten die Leidenschaft wahrheitsgemäß geschildert. Sobald die Sonne aufgeht, versinken alle Sterne, die während ihrer Abwesenheit geleuchtet haben, in die Luft. Nur in der Nacht des Herzens sind die Dichter für uns da, sobald wir die volle Herrlichkeit des Gottes wahrnehmen, sind sie uns nichts mehr."

„Ein zartes und höchst glühendes Bild, edler Glaukus!"

Beide fuhren erschrocken auf und erblickten hinter Jones Stuhl das kalte, spöttelnde Gesicht des Ägypters.

„Du bist ein unverhoffter Gast," sprach Glaukus aufstehend, mit erzwungenem Lächeln.

„Das sollten alle sein, die wissen, daß sie willkommen sind," erwiderte Arbaces, indem er Platz nahm und Glaukus zuwinkte, dasselbe zu tun.

„Es freut mich," sagte Jone, „euch endlich beisammen zu sehen; denn ihr paßt zueinander und seid zu Freunden geschaffen."

„Gib mir fünfzehn Lebensjahre zurück," erwiderte der Ägypter, „eh du mich auf gleiche Stufe mit Glaukus stellst.

Ich wäre glücklich, wenn mir seine Freundschaft zuteil würde; aber was könnt' ich ihm dagegen geben? Kann ich ihm dieselben Geständnisse ablegen, die er etwa mir vertrauen dürfte, über Bankette und Kränze, über parthische Rosse und die Wechselfälle des Würfels? Dergleichen Vergnügungen entsprechen seinem Alter, seiner Natur, seiner Lebensweise, nicht aber der meinigen."

Damit sah der verschmitzte Ägypter seufzend zu Boden, warf jedoch aus dem Augenwinkel einen verstohlenen Blick auf Jone, um zu sehen, wie sie diese Andeutungen über Tun und Treiben ihres Besuches aufnähme. Ihre Miene befriedigte ihn keineswegs. Der etwas errötende Glaukus beeilte sich, eine muntere Antwort zu geben. Vielleicht, daß auch er nicht ohne den Wunsch sein mochte, den Ägypter außer Fassung zu bringen.

„Du hast recht, weiser Arbaces," sprach er, „wir können einander achten, aber wir können nicht Freunde sein. Meine Feste entbehren des geheimen Salzes, das, dem Gerücht nach, den deinigen eine solche Würze verleiht. Und, beim Herkules, hab' ich einmal deine Jahre erreicht und halte ich es, wie du, für klug, die Freuden des Mannesalters zu den meinigen zu machen, so werde ich ohne Zweifel gleich dir die wilden Streiche der Jugend etwas bespötteln."

Mit einem jähen, durchbohrenden Blick erhob jener die Augen gegen Glaukus.

„Ich versteh' dich nicht," erwiderte er kalt, „aber es ist ja zur Modebehauptung geworden, der Witz liege im Dunkeln." Damit wandte er sich mit kaum bemerkbarem Hohnlächeln von Glaukus ab und sagte nach einer kurzen Pause zur Jone: „Schon zwei- oder dreimal, schöne Jone, habe ich in letzter Zeit deine Schwelle betreten, ohne so glücklich zu sein, dich zu Haus zu treffen."

„Die spiegelglatte See lockte mich oft hinaus," entgegnete Jone ein wenig verwirrt.

Diese Verwirrung entging Arbaces nicht; aber mit einer Miene, als hätte er sie nicht bemerkt, erwiderte er lächelnd: „Du weißt, der alte Dichter sagt, Frauen sollen zu Haus bleiben und sich dort unterhalten."

„Euripides war ein Zyniker," antwortete Glaukus, „und haßte die Frauen."

„Er sprach den Sitten seines Landes gemäß, und dieses Land ist dein vielgepriesenes Hellas."

„Andere Zeiten, andere Sitten! Hätten unsere Väter Jone gekannt, sie hätten ein anderes Gesetz gemacht."

„Lerntest du solche nette Artigkeiten in Rom?" fragte Arbaces mit schlecht unterdrückter Bewegung.

„Wenigstens braucht man, um Artigkeiten zu lernen, gewiß nicht nach Ägypten zu gehen," gab ihm Glaukus zurück und spielte gleichzeitig mit seiner Halskette.

„Geht, geht!" rief Jone, die sich beeilte, ein Gespräch zu unterbrechen, das, wie sie mit großem Unbehagen sah, keineswegs zur Befestigung der Vertraulichkeit geeignet war, die sie zwischen Glaukus und ihrem Freunde herzustellen wünschte. „Arbaces muß gegen seine arme Mündel nicht so streng sein. Eine Waise ohne mütterliche Obhut — mag ich für die unabhängige, fast männliche Freiheit des Lebens, die ich mir herausnehme, zu tadeln sein, gleichwohl ist sie nicht größer, als die, woran die römischen Frauen gewöhnt sind, nicht größer als die, woran die griechischen gewöhnt sein sollten. — Ach, soll man nur unter Männern Freiheit und Tugend vereint finden? Warum muß die Sklaverei, die uns verdirbt, als der einzige Ausweg zu unserem Schutz betrachtet werden? Glaub mir, es war ein großer Irrtum der Männer, ein Irrtum, der sehr bittern Einfluß auf ihr Schicksal hatte, sich einzubilden, die weibliche Natur sei — ich will nicht sagen untergeordnet, das mag sein — sondern so abweichend von der ihrigen, daß sie Gesetze machten, die den geistigen Fortschritt der Frauen hemmten. Haben sie dadurch nicht Gesetze gegen ihre Kinder gemacht, die doch von Frauen erzogen werden sollen? gegen die Gatten, deren Freundinnen, ja deren Beraterinnen mitunter zu sein jene bestimmt sind?"

Jone brach plötzlich ab, das Antlitz vom bezauberndsten Erröten überhaucht. Sie fürchtete, ihre Wärme habe sie zu weit geführt, aber sie fürchtete den strengen Arbaces minder als den freundlichen Glaukus, denn diesen liebte sie, und es war nicht Sitte der Griechen, den Frauen (wenigstens denen, die sie am meisten achteten) gleiche Freiheit und gleiche gesellschaftliche Stellung zuzugestehen, wie sie die Frauen Italiens genossen. Mit einem Schauer des Entzückens vernahm sie daher, daß Glaukus ernst erwiderte:

„Mögest du stets also denken, Jone — stets sei dein reines Herz dein sicherer Führer! Glücklich für Griechenland, hätt' es den keuschen Frauen dieselben geistigen Reize gegönnt, die die minder würdigen so berühmt machte. Kein Staat verliert seine Freiheit, seine Bildung — so lang dein Geschlecht nur dem Freien zulächelt und den Weisen durch Anerkennung ermutigt."

Arbaces blieb still, denn seine Rolle forderte ebensowenig Gutheißen der Ansichten des Glaukus als Verdammnis der von Jone, und nach einem kurzen, verlegenen Gespräch verabschiedete sich der Grieche.

Nach seinem Weggang rückte Arbaces den Stuhl näher zu der schönen Neapolitanerin und sagte mit jenem schmeichlerischen gedämpften Ton, in dem er die Mischung von List und wilder Glut in seinem Wesen so gut zu verdecken vermochte:

„Glaube nicht, mein holdes Mündel, wenn ich dich so nennen darf, daß ich an einer Freiheit, deren Zierde du bist, rütteln wolle; ist diese, wie du richtig bemerkst, keineswegs größer als die Freiheit der römischen Frauen, so muß sie, von einer Unverheirateten in Anspruch genommen, gleichwohl mit vieler Behutsamkeit angewandt werden. Fahre fort, die Lebensfrohen, die Glänzenden, ja die Weisen selbst, scharenweise zu deinen Füßen zu ziehen, fahre fort, sie durch die Unterhaltung einer Aspasia, die Musik einer Korinna zu entzücken, aber erinnere dich mindestens jener rügenden Zungen, die so leicht den zarten Ruf eines Mädchens zerstören, und räume, ich bitte dich, in der Bewunderung, die du hervorrufst, der Mißgunst keinen Sieg ein."

„Was meinst du, Arbaces?" fragte Jone mit erschrockener, zitternder Stimme, „ich weiß, du bist mein Freund, du wünschest nur meine Ehre und mein Glück. Was willst du sagen?"

„Dein Freund? — ach, und mit wie warmem Herzen! Darf ich demnach als Freund sprechen, ohne Rückhalt und Besorgnis, dich zu beleidigen?"

„Ich bitte dich darum."

„Wie lerntest du diesen jungen Wüstling, diesen Glaukus, kennen? Hast du ihn schon mehrmals gesehen?" Damit heftete Arbaces den Blick fest auf Jone, als wollte er in das Innerste ihrer Seele dringen.

Vor diesem Blick mit einer seltsamen Furcht, die sie sich nicht zu erklären vermochte, zurückbebend, erwiderte die Griechin zaudernd und verlegen: „Er wurde bei mir eingeführt als Landsmann meines Vaters und, wie ich wohl sagen mag, auch als der meinige selbst. Nur seit etwa einer Woche kenn' ich ihn: aber wozu diese Fragen?"

„Verzeih mir," entgegnete Arbaces, „ich glaubte, du kennest ihn schon länger. Ein elender Prahler!"

„Wie, was meinst du damit? Warum dieser Ausdruck?"

„Laß das! Mag ich doch deinen Zorn nicht gegen jemand aufregen, der eine so große Ehre kaum verdient."

„Ich beschwöre dich, sprich! Womit hat Glaukus geprahlt? oder vielmehr: worin meinst du, daß er Anstoß gegeben hätte?"

Seine Empfindlichkeit über den letzten Teil von Jones Frage unterdrückend, fuhr der Ägypter fort: „Du kennst sein Treiben, seine Gefährten, seine Gewohnheiten; Gelage und Würfel sind seine Beschäftigung — wie kann ihm unter Verbündeten des Lasters ein Gedanke an Tugend kommen?"

„Immer noch redest du in Rätseln. Bei den Göttern beschwör' ich dich, sprich das Schlimmste auf einmal aus."

„Gut denn, wenn es sein muß! Wisse also, meine Jone, daß sich noch gestern Glaukus öffentlich — ja in den allgemeinen Bädern, deiner Liebe zu ihm rühmte. Er sagte, es sei ihm eine gar angenehme Kurzweil, sich diese zunutze zu machen. Doch nein, ich muß ihm Gerechtigkeit widerfahren lassen, er pries deine Schönheit. Wer könnte die leugnen? Aber er lachte höhnisch, als sein Clodius oder Lepidus ihn fragte, ob er dich genug liebe, um dich zu heiraten, und wenn er seine Türpfosten mit Blumen zu bekränzen dächte?"

„Unmöglich! Wo hörtest du diese niedrige Verleumdung?"

„Nun, willst du, daß ich dir all die Zusätze der unverschämten Gecken herzähle, womit die Geschichte in der Stadt umlief? Sei versichert, daß auch ich anfangs der Sache keinen Glauben beimaß, und erst jetzt zu meinem Schmerz durch verschiedene Ohrenzeugen von der Wahrheit dessen überführt worden bin, was ich dir mit Widerstreben gesagt habe."

Jone sank zurück, das Antlitz bleicher als die Säule, gegen die sie sich lehnte, um nicht zu fallen.

„Ich gesteh', es quälte, es entrüstet mich, daß dein Name so leicht von Lippe zu Lippe ging, wie der Ruf irgendeiner

Tänzerin. Diesen Morgen eilte ich dich aufzusuchen und zu warnen. Ich fand Glaukus bei dir. Meine Selbstbeherrschung verließ mich. Ich vermochte meine Empfindungen nicht zu verbergen, ja ich war unhöflich in deiner Gegenwart. Kannst du deinem Freunde verzeihen, Jone?"

Jone gab ihm die Hand, antwortete aber nicht.

„Denke nicht weiter an die Sache," fuhr er fort, „aber laß sie eine Warnungsstimme sein, um dir zu sagen, wie viele Klugheit dein Verhältnis erfordert. Im übrigen wird dich die Sache für keinen Augenblick verbittern, denn solch ein Gegenstand des Lachens dürfte nie auch nur durch einen ernsten Gedanken Jones geehrt worden sein. Dergleichen Beleidigungen verletzen nur, wenn sie von jemand kommen, den wir lieben; aber der, den zu lieben die erhabene Jone sich je herabläßt, muß ja ein ganz anderes Wesen sein."

„Lieben," flüsterte Jone mit krampfhaftem Lachen. „Ja wahrlich!"

Höchst schlau hatte der Ägypter Jone bei ihrer schwächsten Seite gefaßt und höchst gewandt den Giftpfeil nach ihrem Stolze geschleudert. In der Meinung, unterdrückt zu haben, was ihm in Anbetracht der kurzen Zeit seit der Bekanntschaft mit Glaukus nur der Anfang einer flüchtigen Neigung schien, ging er sofort zu einem andern Gegenstande über und leitete die Unterhaltung auf ihren Bruder. Das Gespräch dauerte nicht lange. Er verließ sie, entschlossen, künftig der Abwesenheit nicht mehr so sehr zu vertrauen, sondern die Geliebte jeden Tag zu besuchen — zu bewachen.

Nicht sobald war sein Schatten aus der Tür, als weiblicher Stolz, weibliche Verstellung sein erkorenes Opfer verließen und die stolze Jone in leidenschaftliche Tränen ausbrach.

Siebentes Kapitel.

Nachdem Glaukus die beiden verlassen hatte, war ihm zumute, als schritte er durch den Äther dahin. In der Unterredung, mit der er soeben beglückt worden war, hatte er zum erstenmal deutlich wahrgenommen, daß seine Liebe Jone nicht unwillkommen war und von ihr nicht unerwidert bleiben würde. Diese Aussicht erfüllte ihn mit einem Entzücken, dem, Raum zu geben, Himmel und Erde ihm zu eng schienen. Den plötzlichen Feind nicht ahnend, den er zurückgelassen hatte, und nicht nur dessen Sticheleien, sondern selbst sein Vorhandensein vergessend, ging er durch die glänzenden Straßen und wiederholte sich im Freudenrausch die Musik des sanften Liedes, das Jone mit so viel Aufmerksamkeit angehört hatte.

Jetzt trat er in die Straße der Fortuna mit ihrem erhöhten Fußpfad, ihren von außen bemalten Häusern, während die offenen Türen das Auge auf den farbenprangenden Fresken im Innern ruhen ließen. Die Straße war an beiden Enden mit Triumphbogen geschmückt, und als Glaukus nun vor den Tempel der Fortuna gelangte, ein schönes Gebäude, das von einem Glied der Familie Ciceros, vielleicht von dem Redner selbst, gegründet worden sein soll, lieh die vorspringende Säulenhalle einem Schauplatz, der sonst eher glänzend, als erhaben gewesen sein dürfte, einen würdevollen, ehrfurchtgebietenden Ausdruck. Der Tempel war eines der anmutigsten Werke römischer Baukunst. Er stand auf einem etwas hohen Podium; und zwischen zwei Treppenfluchten, die zu einer Plattform führten, befand sich der Altar der Göttin. Von dieser Plattform leitete abermals eine Flucht breiter Stufen zu dem Portikus, von dessen kanelierten Säulen üppige Blumengewinde herabhingen. Zu beiden Seiten des Tempels standen Statuen griechischer Bildhauer, und in einer kleinen Entfernung stieg der Triumphbogen empor, von einem Reiterstandbild Caligulas gekrönt, neben der verschiedene bronzene Trophäen prangten. Vor dem Gebäude war eine lebhafte Menschenmenge versammelt, einige auf Bänken sitzend und die politischen Neuigkeiten des Kaiserreichs besprechend, andere über das bevorstehende Schauspiel im Amphitheater schwatzend. Ein Haufe junger Männer erging sich in dem Lobe einer neuen Schönheit, ein anderer erörterte die Verdienste des kürzlich aufgeführten dramatischen Stückes; eine dritte, bejahrtere Gruppe stellte Betrachtungen an über die möglichen Vorteile des Handels mit Alexandria. Unter dieser befanden sich viele Kaufleute in morgenländischer Tracht, deren weite, eigentümliche Gewänder, deren bunte, mit Juwelen besetzte Pantoffeln und ruhige, ernste Gesichter einen schneidenden Gegensatz zu den Tuniken und lebhaften Gebärden der Italiener bildeten. Denn dieses ungeduldige, rege Volk hatte noch eine andere Sprache als die der Worte: eine Sprache höchst ausdrucksvoller Zeichen und Bewegungen.

Durch die Menge hinschlendernd fand sich Glaukus bald unter einer Gesellschaft seiner lustigen, müßiggängerischen Freunde.

„Ah," rief Sallust, „ist es doch ein Lustrum her, seit ich dich nicht gesehen habe!"

„Und wie hast du das Lustrum zugebracht? Welche neue Schüsseln hast du entdeckt?"

„Ich habe mich aufs Wissenschaftliche gelegt und Versuche über die Mästung der Muränen gemacht; ich gestehe jedoch, daß ich daran verzweifle, sie zu jener Vollkommenheit zu bringen, die unsere Vorfahren erreichten."

„Unglücklicher Mann! und warum?"

„Weil es nicht erlaubt ist," erwiderte Sallust mit einem Seufzer, „ihnen Sklaven zum Futter zu geben. Gar häufig gerate ich in Versuchung, mit einem sehr fetten Kellermeister, der in meinen Diensten ist, kurzen Prozeß zu machen und ihn in der Stille in den Behälter zu stoßen. Er würde den Fischen einen gar ölreichen Geschmack geben! Aber Sklaven sind heutzutage keine Sklaven mehr, haben kein Mitgefühl für den Vorteil ihres Herrn — sonst würde sich Davus mir zu Gefallen selbst zum Opfer bringen."

„Was Neues aus Rom?" fragte Lepidus, indem er sich der Gruppe lässigen Schrities näherte.

„Der Kaiser hat den Senatoren ein glänzendes Abendessen gegeben," erwiderte Sallust.

„Er ist ein gutes Geschöpf," bemerkte Lepidus; „man sagt, er entlasse niemand, ohne ihm seine Bitte zu gewähren."

„Vielleicht ließe er einen Sklaven für meinen Fischteich töten," entgegnete Sallust lebhaft.

„Nicht unwahrscheinlich," entgegnete Glaukus, „denn wer einem Römer eine Gunst gewährt, muß dies immer auf Kosten eines andern tun. Sei versichert, daß für jedes Lächeln, das Titus hervorrief, hundert Augen geweint haben."

„Hoch lebe Titus!" rief Pansa, der, mit Gönnermiene durch die Menge stolzierend, des Kaisers Namen gehört hatte; „er hat meinem Bruder eine Quästur versprochen, weil er sein Vermögen durchgebracht hat."

„Und sich jetzt vom Volk zu bereichern wünscht, mein Pansa," setzte Glaukus hinzu.

„So ist es!“ entgegnete Pansa.

„Das heißt doch, aus dem Volk noch etwas machen!“ bemerkte Glaukus.

„Gewiß!“ erwiderte Pansa. „Aber, ich muß nach dem Ärarium sehen, es bedarf etwas der Reparatur.“ Und begleitet von einem langen Zuge Klienten, die sich von der übrigen Menge durch ihre Togen unterschieden (denn die Toga, einst das Zeichen der Freiheit bei einem Bürger, war jetzt Merkmal der Untertänigkeit gegen einen Patron), trippelte der Ädil geschäftig hinweg.

„Armer Pansa!“ sagte Lepidus, „er hat nie Zeit, sich's wohl sein zu lassen. Dank dem Himmel, daß ich kein Ädil bin.“

„Ah, Glaukus, care caput, wie geht dir's? lustig wie immer!“ rief Clodius, zu den andern tretend.

„Kommst du, um der Fortuna zu opfern?“ fragte Sallust.

„Ich opfere ihr jede Nacht,“ erwiderte der Spieler.

„Daran zweifle ich nicht. Niemand hat mehr Opfer geschlachtet.“

„Beim Herkules, ein beißender Witz!“ rief Glaukus lachend.

„Der Hundebuchstabe will dir doch nie aus dem Mund, Sallust,“ entgegnete Clodius verdrießlich; „immer knurrst du.“

„Wohl kann ich den Hundebuchstaben im Munde haben, denn so oft ich mit dir spiele, hab' ich den Hundewurf der niedrigsten Augen in der Hand,“ gab ihm Sallust zurück.

„Still,“ flüsterte Glaukus und nahm eine Rose von einem nahestehenden Blumenmädchen.

„Die Rose ist das Zeichen des Stillschweigens,“ erwiderte Sallust; „aber nur bei einem gedeckten Tisch seh' ich sie gern. Darüber fällt mir ein, Diomed gibt diese Woche ein großes Fest; bist du geladen, Glaukus?“

„Ja, diesen Morgen erhielt ich eine Einladung.“

„Und ich auch,“ bemerkte Sallust, indem er ein viereckiges Stück Papyrus aus dem Gürtel zog. „Ich sehe, daß er uns eine Stunde früher bittet als es die Regel ist; das deutet auf etwas Großartiges.“

„Oh, er ist reich wie Krösus, und sein Speisezettel ist so lang wie ein Epos,“ rief Clodius.

„Gut, gehen wir in die Bäder,“ sagte Glaukus; „um diese Zeit ist alles dort, und Fulvius, den du so sehr bewunderst, will uns seine letzte Ode vorlesen.“

Willig stimmten die jungen Männer dem Vorschlag bei, und man wanderte ins Bad.

Obwohl die öffentlichen Thermen oder Bäder mehr für die ärmeren Bürger als für die Reichen bestimmt waren, die ihre Bäder im eigenen Hause hatten, so bildeten sie doch für die dort aus allen Klassen zusammenströmenden Gäste einen Lieblingsaufenthalt zur gegenseitigen Unterhaltung und zu jenem müßigen Umherschlendern, das einem heitern, gedankenlosen Volk so teuer ist. Natürlich unterschieden sich die Bäder in Pompeji nach Plan und Bauart von den ungeheuern, mit allen möglichen Nebeneinrichtungen versehenen Thermen Roms. Unsere Gesellschaft trat jetzt durch den Haupteingang in die Fortuna-Straße. An der Ecke des Portikus liefen Bänke hin, besetzt von Menschen aller Stände, während andere, nach der Vorschrift des Arztes, in der Säulenhalle lebhaft auf und ab gingen, mitunter ein Weilchen anhaltend, um einen Blick auf die zahlreichen Anzeigen von Sehenswürdigkeiten, Spielen, Verkäufen, Ausstellungen zu werfen, die auf die Mauer gemalt oder dort angeschrieben waren. Der Hauptgegenstand der Unterredung blieb jedoch das fürs Amphitheater angezeigte Schauspiel, und jeder neue Ankömmling ward von einer Gruppe festgehalten, die wissen wollte, ob Pompeji so glücklich gewesen sei, irgendein schauerliches Verbrechen hervorzubringen, etwa einen Fall von Beleidigung der Götter oder einen Mord, der die Ädilen ermächtigen würde, einen Menschen für den Rachen des Löwen herzuschaffen; alle anderen, mehr gewöhnlichen Schaustellungen schienen jämmerlich und philisterhaft in Vergleichung mit der Möglichkeit eines so glücklichen Ereignisses.

„Ich denke,“ sagte ein heiter aussehender Goldschmied, „wenn der Kaiser wirklich so gütig ist, hätte er uns wohl einen Juden schicken können.“

„Warum nicht einen von der neuen Sekte der Nazarener nehmen?“ fragte ein Philosoph. „Ich bin nicht grausam, aber ein Atheist, einer, der selbst Jupiter leugnet, verdient keine Barmherzigkeit.“

„Ich frage nicht danach, an wie viele Götter ein Mensch glauben will,“ entgegnete der Juwelier, „aber alle zu leugnen, ist etwas Ungeheures.“

„Doch ich meine, diese Leute sind keine vollkommenen Atheisten," bemerkte Glaukus. „Man sagt mir, sie glauben an einen Gott; ja sogar an ein künftiges Leben."

„Da irrst du gewaltig, lieber Glaukus," erwiderte der Philosoph; „ich habe mich mit ihnen unterhalten, und sie lachten mir ins Gesicht, als ich von Pluto und dem Hades sprach."

„O ihr Götter!" rief der Goldschmied schaudernd; „gibt es dergleichen Bösewichter auch in Pompeji?"

„Ich weiß, daß es einige gibt, aber sie kommen so heimlich zusammen, daß man unmöglich herausbringen kann, wer sie sind."

Indem sich Glaukus abwandte, sah ihm ein Bildhauer, ein großer Enthusiast für seine Kunst, bewundernd nach.

„Ah," sprach er, „wenn wir den auf die Arena bekämen, der gäbe ein Modell für uns! Welche Glieder! welch' ein Kopf! er sollte ein Gladiator geworden sein! Ein Modell! — ein Modell — unserer Kunst würdig. Warum wirft man den nicht den Löwen vor?"

Unterdessen kam Fulvius, ein römischer Dichter, den seine Zeitgenossen für unsterblich erklärten, eifrig auf Glaukus zu: „Ah, mein Athener, mein Glaukus, du kommst, um meine Ode zu hören? Das nenn' ich wirklich eine Ehre; du, ein Grieche, bei dem selbst die Sprache des gemeinen Lebens Poesie ist. Wie dank ich dir! Mein Gedicht will nicht viel sagen; finde ich jedoch deinen Beifall, so kann ich vielleicht eine Audienz bei Titus erhalten. Ach, Glaukus, ein Dichter ohne Gönner ist ein Weinkrug ohne Aufschrift; der Wein kann gut sein, aber niemand will ihn loben! — Und was sagt Pythagoras? ‚den Göttern Weihrauch, dem Menschen Lob.' Ein Gönner ist somit der Priester des Dichters, er verschafft ihm Weihrauch und bringt ihm Gläubige zu."

„Aber ganz Pompeji ist ja dein Gönner, und jeder Portikus ein Altar zu deinem Lobe."

„Ach! die armen Pompejaner sind gar höflich — sie ehren gern das Verdienst. Aber sie sind nur die Bewohner einer kleinen Stadt — spero meliora — wollen wir hinein?"

„Gewiß! die Zeit ist verloren, solange wir dein Gedicht nicht hören."

In diesem Augenblick strömten etwa zwanzig Personen aus dem Bad in die Säulenhalle, und ein an der Tür eines engen Ganges aufgestellter Sklave ließ sofort den Dichter, Glaukus, Clodius und eine Schar weiterer Freunde des Barden ein.

„Ein armseliges Gebäude, wenn man's mit den Thermen in Rom vergleicht," bemerkte Lepidus verächtlich.

„Doch ist diese Decke nicht ganz ohne Geschmack;" erwiderte Glaukus, der sich in einer Stimmung befand, um an jedem Ding Gefallen zu finden, und deutete auf die Sterne, die den Plafond schmückten.

Lepidus zuckte die Achseln, war aber zu schlaff, um zu antworten.

So traten sie denn in ein etwas geräumiges Gemach, das zum Apodyterium diente, wo sich die Badelustigen für ihre üppigen Waschungen vorbereiteten. Die gewölbte Decke stieg von einem Karnies auf, den bunte, wunderliche Malereien schmückten; die Decke selbst war in weiße, mit reichem Scharlach eingefaßte Felder geteilt, und der fleckenlose, glänzende Fußboden mit weißer Mosaik eingelegt. Längs der Wände liefen Bänke hin zur Bequemlichkeit der hier Weilenden. Dieses Gemach hatte nicht die zahlreichen, weiten Fenster, die Vitruv seinem prächtigern Frigidarium zuteilt. Die Pompejaner, wie alle Süditaliener, verbannten gerne das Licht ihres schwülen Himmels und verbanden in ihre wollüstigen Vorstellungen den Gedanken an Luxus gar häufig mit dem der Dunkelheit. Nur zwei Glasfenster ließen die sanften, gedämpften Strahlen ein. Das Feld, worin sich das eine dieser Fenster befand, war mit einem großen Relief geschmückt und stellte die Überwältigung der Titanen dar.

In diesem Gemach nahm Fulvius mit einer Amtsmiene Platz, und sein um ihn her versammeltes Auditorium ermutigte ihn, die Vorlesung zu beginnen.

Der Dichter bedurfte keines langen Drängens. Er zog aus seinem Unterkleid eine Papyrusrolle hervor, und nachdem er sich als Signal zum Stillschweigen wie zur Klärung der Stimme dreimal geräuspert hatte, begann er seine Ode vorzutragen.

Nach dem Beifall, den sie erhielt, war das Werk ohne Zweifel seines Ruhmes wert; Glaukus war der einzige Zuhörer, der nicht fand, daß es die besten Oden von Horaz übertreffe.

Nach Schluß des Gedichtes fingen sich die zu entkleiden an, die nur ein kaltes Bad nehmen wollten, und begaben sich, nachdem sie, je nach ihren Verhältnissen, entweder von ihren eigenen Sklaven oder von denen der Thermen ein weites Gewand erhalten hatten, in das zierliche, kreisförmige Badehaus.

Die Üppigern verfügten sich durch eine andere Tür in das Tepidarium, einen Ort, der eine angenehme Wärme teils durch ein tragbares Feuerbecken erhielt, teils durch einen hohlen Raum unter dem Fußboden, wo die Heizröhren des Lakonikum entlang liefen.

Dieses Gemach war, dem bedeutenden Rang gemäß, den es im langen Badeprozeß einnahm, reicher und kunstvoller ausgeschmückt als die übrigen Zimmer: die gewölbte Decke prangte in Schnitzwerk und Malereien, die oben angebrachten dicken Glasfenster ließen nur zerstreute, unsichere Lichtstrahlen ein, unter dem mächtigen Karnies zog sich eine Reihe Figuren in massivem, kräftigen Relief hin, die Wände glühten in hochroter Farbe, und das Estrich war künstlich mit weißer Mosaik ausgelegt. Hier hielten sich die gewohnheitsmäßigen Besucher, Leute, die des Tags siebenmal ins Wasser gingen, in einem Zustand kraft- und sprachloser Mattigkeit entweder vor oder noch häufiger nach dem Bad auf; manche dieser Opfer der Gesundheitsjagd wandten jetzt ihre unlustigen Augen den Ankömmlingen zu; begrüßten ihre Freunde durch ein Kopfnicken, scheuten aber die Ermüdung des Sprechens.

Hier teilte sich die Gesellschaft abermals nach ihrem verschiedenen Geschmack, indem sich die einen in das Sudatorium, das dem Zweck unserer Dampfbäder entsprach, und von da ins warme Bad begaben, während die mehr an Anstrengung Gewöhnten, die eine so wohlfeil erkaufte Ermüdung entbehren konnten, sogleich ins Calidarium oder Wasserbad gingen. So auch Lepidus, der regelmäßig den ganzen Prozeß mit Ausnahme des kalten Bades durchmachte, das seit einiger Zeit aus der Mode gekommen war. Nachdem er sich im Tepidarium erwärmt hatte, lenkte der pompejanische Elegant seine zierlichen Schritte nach dem Sudatorium. Nachdem er diese Operation hinter sich hatte, ergriffen ihn seine Sklaven, die ihn stets im Bade bedienten, und entfernten die Aushauchung der Hitze durch eine Art

Kratzeisen. — Von da verfügte er sich, etwas abgekühlt, ins Wasserbad, über das frische Wohlgerüche verschwenderisch ausgegossen waren, und als er auf der entgegengesetzten Seite des Zimmers wieder herausstieg, spielte ein kühlender Spritzschauer über seinen Kopf und Leib. Er hüllte sich sofort in ein leichtes Gewand und kehrte noch einmal in das Tepidarium zurück, wo er Glaukus, der das Sudatorium nicht besucht hatte, antraf, und jetzt begann die Hauptlust und Schwelgerei des Bades. Sklaven salbten die Badenden aus Gefäßen von Gold, Alabaster oder Kristall, die mit Edelsteinen aufs reichste besetzt waren und die seltensten Salböle aus allen Teilen der Welt enthielten. Dabei ertönte aus einem anstoßenden Zimmer eine sanfte Musik, und jene, die das Erquickungsmittel mit Maß gebrauchten, unterhielten sich, erfrischt und gekräftigt durch die angenehme Leibespflege, mit der ganzen Wärme und Frische eines verjüngten Lebens.

„Gesegnet sei der Erfinder der Bäder!" sagte Glaukus, indem er sich auf eine bronzene, mit weichen Kissen bedeckte Bank ausstreckte, „sei es Herkules oder Bacchus gewesen, er verdiente die Vergötterung."

„Aber sag mir," fragte ein fetter Bürger, der unter der Operation des Abreibens stöhnte und keuchte, „sag mir, o Glaukus — der Henker soll deine Hände holen, Sklave! — sag mir — oh! ach! — sind die Bäder in Rom wirklich so prachtvoll?"

Glaukus wandte sich um und erkannte Diomed, obwohl nicht ohne einige Schwierigkeit, so rot und glühend waren des guten Mannes Wangen vom Schwitzbad und dem Kratzeisen, das eben über ihm gewesen war. — „Ich meine, sie müssen wohl um ein gut Teil schöner sein als diese. Heh?"

Mit unterdrücktem Lächeln erwiderte Glaukus: „Denke dir ganz Pompeji zum Bad umgewandelt, und du hast eine ungefähre Vorstellung von der Größe der kaiserlichen Thermen in Rom. — Aber nur eine Vorstellung von der Größe. Denke dir jede Ergötzlichkeit des Geistes und des Körpers, zähle alle gymnastischen Übungen auf, die unsere Väter erfanden, alle Bücher, die Italien und Griechenland hervorgebracht haben, stelle dir Orte für all diese Übungen, Bewunderer all dieser Bücher vor, füge dazu Baderäume vom ungeheuersten Umfang, der kompliziertesten Einrichtung, verteile über das Ganze Gärten, Theater, Säulengänge, Unterrichtsanstalten — nimm mit einem Wort eine Götterstadt aus lauter Palästen und öffentlichen Gebäuden an, und du hast ein schwaches Bild von der Herrlichkeit der großen Bäder in Rom."

„Zum Herkules!" rief Diomed mit großen Augen. „Da braucht ja ein Mensch sein ganzes Leben zum Baden."

„In Rom ist dies oft der Fall," erwiderte Glaukus ernst. „Es gibt viele, die nur für die Bäder leben. Sie erscheinen pünktlich zur Stunde, wo die Räume geöffnet werden, und bleiben bis zur Stunde, wo man sie schließt. Es ist, als wüßten sie nichts von dem übrigen Rom, als verachteten sie jede andere Existenz."

„Zum Herkules!"

„Selbst wer nur dreimal täglich badet, weiß es so einzurichten, daß sein Leben in dieser Beschäftigung hingeht. Diese machen sich im Ballhof oder in den Säulengängen Bewegung, um sich auf das erste Bad vorzubereiten; sie schlendern ins Theater, um sich nachher zu erholen. Sie nehmen ihr Frühstück unter den Bäumen und denken ans zweite Bad. Bis es fertig wird, ist das Frühstück verdaut. Aus dem zweiten Bad spazieren sie in ein Peristyl, um einen neuen Poeten deklamieren zu hören, oder in die Bibliothek, um über einem alten einzunicken. Dann kommt sofort die Hauptmahlzeit, die sie immer noch als einen Teil des Bades betrachten; und endlich baden sie noch ein drittes Mal, als die beste Gelegenheit, um sich mit ihren Freunden zu unterhalten."

„Zum Herkules! Aber wir haben ihre Nachahmer in Pompeji."

„Ja, und ohne ihre Entschuldigung! Der prachtliebende Schwelger in den römischen Bädern ist glücklich; er sieht nichts als Pomp und Glanz, besucht die schmutzigen Stadtteile nicht, weiß nicht, daß es Armut in der Welt gibt. Die ganze Natur lächelt für ihn; ihr einziger Zornblick ist der letzte, der ihn zum Bade im Kocytus sendet. Glaube mir, das sind die einzig wahren Philosophen!"

Während Glaukus so sprach, unterzog sich Lepidus mit geschlossenen Augen und kaum vernehmbarem Atem all den mystischen Operationen, von denen er den Dienern niemals eine einzige erließ. Nach den Düften und Salben streuten sie das kostbare Pulver über ihn aus, das der Hitze jeden weiteren Zugang wehrt, und nachdem dieses durch die glatte Oberfläche des Bimssteins wieder abgerieben war, fing man an, ihm die Kleider anzuziehen, aber nicht die abgelegten, sondern jene festlichern, mit dem Namen Synthesis bezeichneten, wodurch die Römer ihre Ehrfurcht vor dem herannahenden Ereignis des Abendessens andeuteten, falls letzteres nach seiner Stunde, der dritten nachmittags, nicht passender Mittagessen genannt werden dürfte. Nachdem alles geschehen war, öffnete er endlich die Augen und gab Zeichen des wiederkehrenden Lebens.

Im gleichen Moment legte auch Sallust durch ein langes Gähnen Zeugnis von seinem Dasein ab.

„Es ist Essenszeit," sagte der Epikuräer. „Glaukus und Lepidus kommet und speiset bei mir."

„Vergeßt nicht, daß ihr alle drei diese Woche in mein Haus geladen seid," rief Diomed, der sich auf seine Bekanntschaft mit Leuten vom Stande gewaltig viel einbildete.

„Ah, ah, wir vergessen es nicht," erwiderte Sallust; „der Sitz des Gedächtnisses ist sicherlich im Magen, mein Diomed."

Damit wieder in die kühlere Luft und von da in die Straße tretend, beendeten die drei Elegants die Zeremonie eines pompejanischen Bades.

Achtes Kapitel.

Der Abend dunkelte über der ruhelosen Stadt, als Apäcides den Weg nach dem Hause des Ägypters einschlug. Er mied die helleren, belebteren Straßen, und wie er mit gesenktem Kopf und unter dem Mantel gekreuzten Armen dahinschritt, lag beinah etwas Erschreckendes in dem Gegensatz, den seine ernste Haltung und abgezehrte Gestalt mit den gedankenlosen Stirnen und fröhlichen Mienen derer bildeten, die zufällig an ihm vorüberkamen.

Endlich jedoch begegnete ihm ein Mann von mehr nüchternem, gesetztem Aussehen und rührte ihn, nachdem er zweimal mit prüfendem aber zweifelhaftem Blick vorübergegangen war, an der Schulter.

„Apäcides!" sprach er und machte ein schnelles Zeichen mit der Hand: es war das Zeichen des Kreuzes.

„Ah, Nazarener,“ erwiderte der Priester, und sein blasses Gesicht wurde noch blasser, „was willst du?“

„Nun,“ erwiderte der Fremde, „ich will dich nicht im Nachdenken stören, als wir aber das letzte Mal zusammentrafen, schien ich weniger unwillkommen zu sein.“

„Du bist nicht unwillkommen, Olinthus, aber ich bin traurig und abgemattet und heute abend nicht imstande, über die Gegenstände zu sprechen, die dir am angenehmsten sind.“

„O du Kleinmütiger,“ entgegnete Olinthus mit bitterem Eifer; „du bist traurig und abgemattet und willst dich von eben der Quelle abwenden, die erfrischt und heilt!“

„O Erde,“ rief der junge Priester, sich leidenschaftlich auf die Brust schlagend, „von welchem Ort aus sollen meine Augen in den wahren Olymp dringen, wo deine Götter wirklich wohnen? Soll ich mit diesem Mann glauben, daß keiner von ihnen, zu denen meine Väter so viele Jahrhunderte hindurch gebetet, Wesen und Namen habe? Soll ich als eine Schmach und Entweihung der Gottheit eben die Altäre umstoßen, die ich für die heiligsten hielt? oder soll ich mit Arbaces glauben — was?“

Er schwieg und tat einige Schritte rasch vorwärts mit der Hast eines Menschen, der sich selbst entfliehen will.

Aber der Nazarener war eine von jenen festen, kräftigen, begeisterten Naturen, durch die Gott jederzeit die Umwälzungen auf Erden vollbracht hat, und die vor allem, sei es bei der Gründung, sei es bei der Reformierung seiner Religion, geschaffen sind, andere zu bekehren, weil sie geschaffen sind zu dulden; Männer, die nichts entmutigt, nichts erschreckt, die in der Glut ihres Glaubens begeistert sind und wieder begeistern. Der Geist erwärmt bei ihnen zuerst das Herz, das Herz aber ist das Werkzeug, womit sie sofort wirken; sie dringen in das Gemüt des Menschen, während sie sich nur an seinen Verstand zu wenden scheinen. Nichts ist so ansteckend als Begeisterung, denn sie drückt den wahren Sinn der Fabel von Orpheus aus: sie bewegt Steine, bezaubert Tiere. Enthusiasmus ist der Schutzgeist der Aufrichtigkeit und die Wahrheit vollendet keinen Sieg ohne ihn. So gab denn Olinthus nicht zu, daß ihm Apäcides so leicht entrann, und er holte ihn ein und redete ihn folgendermaßen an:

„Mich wundert's nicht, Apäcides, daß ich dir unleidlich

bin, daß ich alle Elemente deines Gemüts erschüttere, daß du in Zweifel versunken bist, daß du im großen Meer ungewisser, umnachtender Gedanken allenthalben umhertreibst. Ich wundere mich darüber nicht, aber halte es noch etwas länger mit mir aus; wache und bete — die Finsternis wird schwinden, der Sturm sich zur Ruhe begeben, und Gott selbst, wie er einst über die See Samarias ging, wird über die beruhigten Wogen hingehen, um deine Seele zu befreien. Unsere Religion ist eifrig in ihren Forderungen, aber verschwenderisch in ihren Gaben! Sie macht dir eine unruhige Stunde und belohnt dich mit Unsterblichkeit."

„Dergleichen Zusagen," entgegnete Apäcides finster, „sind Vorspiegelungen, durch die der Mensch stets getäuscht wird. O, herrlich waren die Verheißungen, die mich zum Altar der Isis führten."

„Aber," erwiderte der Nazarener, „frage deine Vernunft, kann eine Religion richtig sein, die aller Sittlichkeit Hohn spricht? Man sagt euch, ihr sollet eure Götter ehren. Was sind diese Götter nach euerm eigenen Zugeständnis? Was sind ihre Taten, was die Merkmale ihrer Göttlichkeit? Werden sie euch nicht insgesamt als die schwärzesten Verbrecher dargestellt? Und doch verlangt man, ihr sollt sie als die heiligsten Gottheiten ehren? Jupiter selbst ist ein Vatermörder und Ehebrecher. Was sind die geringeren Götter, als Nachahmer seiner Laster? Man sagt euch, ihr sollet nicht morden, aber ihr erweiset Mördern göttliche Ehre; man sagt euch, ihr sollet nicht ehebrechen, und ihr betet zu einem Ehebrecher. Was ist das als ein Possenspiel mit dem Heiligsten in der Menschennatur, mit ihrem Glauben? Wende dich jetzt zu dem Gott, dem einzigen, dem wahren Gott, zu dessen Altar ich dich leiten möchte. Scheint er dir zu erhaben, zu unbegreiflich für die menschlichen Vorstellungen, für den rührenden Bund zwischen Schöpfer und Geschöpf, an denen sich das schwache Herz anklammert, so betrachte ihn in seinem Sohn, der Sterblichkeit annahm, gleich uns. Freilich spricht sich diese Sterblichkeit nicht wie bei euern eingebildeten Göttern, durch die Gebrechen unserer Natur, sondern durch Übung all ihrer Tugenden aus. In ihm sind die strengsten Grundsätze mit dem liebevollsten Herzen vereinigt. Wär' er ein bloßer Mensch gewesen, er hätte verdient, ein Gott zu werden. Ihr ehret Sokrates — er hat seine eigene Sekte, seine Jünger, seine Schulen. Was aber sind die zweifelhaften Tugenden des Atheners gegen die strahlende, unstreitbare, tatkräftige, anhaltende, aufopfernde Heiligkeit Christi? Ich spreche hier nur von seinem menschlichen Charakter. Er erschien darin als Musterbild für die Zukunft, um uns die Gestalt der Tugend zu zeigen, nach deren körperlicher Anschauung Plato so großes Verlangen trug. Das war das eigentliche Opfer, das er für die Menschen brachte; aber die Glorie, die seine Sterbestunde umstrahlte, erleuchtete nicht nur die Erde, sondern öffnete uns auch den Blick in den Himmel! — Du bist gerührt — bewegt! Gott wirkt in deinem Herzen. Sein Geist ist mit dir! Komm, widerstrebe dem heiligen Antrieb nicht, komm sogleich — unverweilt. Einige von uns sind jetzt versammelt, das Wort des Herrn auszulegen. Komm, laß mich dich zu ihnen führen. Du bist traurig, abgemattet. So höre auf die Worte Gottes. Kommt zu mir, spricht er, alle, die ihr mühselig und beladen seid, ich will euch erquicken."

„Ich kann jetzt nicht," erwiderte Apäcides; „ein andermal!"

„Jetzt, jetzt!" rief Olinthus drängend und ergriff ihn beim Arm. Aber Apäcides, noch nicht vorbereitet zur Entsagung eines Glaubens, eines Lebens, dem er so viel geopfert hatte, und von dem Versprechen des Ägypters immer noch mächtig bewegt, machte sich gewaltsam los. Im Gefühl, daß er zum Sieg über die Unschlüssigkeit, die die Beredsamkeit des Christen in seinem erhitzten, fieberhaften Gemüt hervorzurufen angefangen hatte, einer äußeren Kraftanstrengung bedürfe faßte er seine Gewänder zusammen und floh mit einer Schnelligkeit, die jede Verfolgung unnütz machte.

Atemlos und erschöpft langte er endlich in einem entfernten, abgelegenen Teil der Stadt an, und vor ihm stand die einsame Wohnung des Ägypters. Indem er still hielt, um sich zu erholen, tauchte der Mond aus einer Silberwolke hervor und leuchtete hell auf die Wände des geheimnisvollen Gebäudes.

Kein anderes Haus befand sich in der Nähe, dunkle Rebenblätter umrankten weithin die Vorderseite, und nach hinten erhob sich eine Gruppe hoher, im schwermütigen Mondlicht schlafender Waldbäume; jenseits zog sich der dämmernde

Umriß der fernen Berge hin, unter ihnen der ruhige Kamm des Vesuv, der damals noch nicht so hoch war als heute.

Apäcides trat durch den Rebengang und gelangte zu dem breiten, geräumigen Portikus, wo zu beiden Seiten der Treppe das Bild der Ägyptischen Sphynx lag. Den großen, harmonischen, leidenschaftslosen Zügen, in denen die Künstler mit der ehrfurchtgebietenden Hoheit dieses Weisheitstypus so viel Lieblichkeit vereinten, gab das Mondlicht noch eine besondere, heilige Ruhe. Weiter oben, auf halber Höhe der Treppe, dunkelte das grüne, kräftige Laub der Aloe, und über einen Teil der marmornen Stufen warf der Schatten einer morgenländischen Palme sein langes, regungsloses Gezweige.

In der Stille des Ortes, in dem seltsamen Anblick der Sphynxe lag etwas, was das Blut des Priesters mit namenlosem, geisterhaften Schauder durchrieselte; er sehnte sich, auch nur einen Widerhall seiner geräuschlosen Schritte zu vernehmen, als er zu der Schwelle emporstieg.

Er klopfte an die Tür, über der eine Inschrift in seltsamen, seinem Auge nicht vertrauten Charakteren stand. Ohne einen Laut öffnete sich das Tor, und ein großer äthiopischer Sklave winkte ihm ohne Frage oder Gruß zu, weiterzugehen.

Die weite Vorhalle war durch hohe Kandelaber von künstlich gearbeiteter Bronze erleuchtet, und längs den Wänden liefen mächtige Hieroglyphen in dunkeln, ernsten Farben hin, die wunderlich abstachen gegen das helle Kolorit und die anmutigen Gestalten, womit die Bewohner Italiens ihre Häuser schmückten. Am Ende der Halle trat ein Sklave auf ihn zu, dessen Gesicht, wenn auch nicht afrikanisch, doch um viele Grade dunkler war als die gewöhnliche Farbe des Südens.

„Ich suche Arbaces," sagte der Priester und hörte selbst, wie seine Stimme zitterte. Der Sklave verneigte sich schweigend und führte Apäcides in einem Flügel jenseit der Halle eine enge Treppe hinauf; nachdem sie hier mehrere Zimmer durchschritten hatten, in denen abermals die ernste, gedankenvolle Schönheit der Sphynx den Hauptgegenstand für das Auge des Jünglings bildete, stand dieser in einem dämmerigen, halb erleuchteten Gemach dem Ägypter gegenüber.

Arbaces saß vor einem Tischchen, auf dem mehrere offene Papyrusrollen lagen, alle mit denselben Charakteren beschrieben, wie die am Eingang des Hauses. In einiger Entfernung stand ein kleiner Dreifuß, von dem der Weihrauch in langsamen Wolken aufstieg, daneben ein großer Himmelsglobus, und auf einem andern Tisch lagen verschiedene Instrumente von seltsamer, eigentümlicher Form, deren Gebrauch Apäcides nicht kannte. Der Hintergrund des Zimmers war durch einen Vorhang abgeschlossen; und das längliche Fenster in der Decke ließ die Mondstrahlen ein, die sich trübselig mit dem Licht der einzigen Lampe vereinigten, die in dem Gemach brannte.

„Setze dich, Apäcides," hob der Ägypter an, ohne aufzustehen. Der junge Mann gehorchte.

„Du fragst mich," nahm jener nach einer kurzen Pause wieder das Wort, „du fragst mich, möchtest mich wenigstens fragen, nach den erhabensten Geheimnissen, die des Menschen Seele aufzunehmen imstande ist; es ist das Rätsel des Lebens selbst, dessen Lösung du von mir forderst. Nur auf kurze Zeit in diesem trüben, beschränkten Erdendasein verweilend, füllen wir wie Kinder, die man in die Finsternis gesetzt hat, das Dunkel mit Gespenstern; bald sinken unsere Gedanken schaudernd auf uns selbst zurück, bald stürzen sie sich wild in die führerlose Nacht hinaus, und suchen, was diese wohl bergen möge. Wir strecken die hilflosen Hände dahin und dorthin, damit wir nicht blind an irgendeiner versteckten Gefahr straucheln; ohne Kunde der uns gezogenen Grenzen glauben wir bald, ihre Nähe müßte uns erdrücken, bald, sie dehnten sich weithin bis zur Ewigkeit aus. In solchem Zustand drängt sich alle Weisheit notwendig in Lösung der beiden Fragen zusammen: was sollen wir glauben und was sollen wir verwerfen? Diese Fragen soll ich dir beantworten?"

Apäcides nickte bejahend mit dem Kopf.

„Der Mensch muß einen Glauben haben," fuhr der Ägypter mit trübem Ton fort. „Er muß seine Hoffnung an etwas heften; dies will die uns allen gemeinsame, anererbte Natur. Wenn du, erschreckt und durchschauert, das weggeschwemmt zu sehen, woran zu glauben man dich gelehrt hat, wenn du, sage ich, über ein furchtbares, uferloses Meer der Ungewißheit hinschwimmst, rufst du um Hilfe, willst ein Brett, dich daran zu klammern, willst Land, das du, wenn auch in noch so weiter Ferne, erreichen kannst. Wohl denn, höre mich. Du hast unser heutiges Gespräch nicht vergessen?"

„Vergessen?"

„Ich gestand dir, daß die Götter, für die soviele Altare rauchen, bloße Erfindungen sind. Ich gestand zu, daß unser Ritus, unsere Zeremonien nur Mummereien sind, um die Menge zu ihrem eigenen Besten zu täuschen. Ich erklärte dir, daß durch solche Täuschungen die Bande der Gesellschaft, die Harmonie der Welt, die Macht der Weisen hergestellt würde; diese Macht liegt in der Unterwürfigkeit des großen Haufens. Fahren wir also fort mit diesen heilsamen Täuschungen! Muß der Mensch einen Glauben haben, wohlan, so laß ihn uns weitererhalten, ihn, den ihm seine Väter teuer gemacht haben, den die Gewohnheit heiligt und kräftigt. Indem wir für uns, deren Sinne für jenen groben Glauben zu wenig materiell sind, einen feinern Glauben suchen, wollen wir andern die Stütze lassen, die vor uns selbst in Staub zersplittert. Das ist weise — ist menschenfreundlich."

„Weiter!"

„Bist du darüber mit mir einig, bleiben die alten Landmarken unverrückt für den Menschen, die wir zu verlassen im Begriff sind, so gürten wir unsre Lenden und machen uns auf nach neuen Regionen des Glaubens. Verbanne aus deiner Erinnerung, deinen Gedanken alles, was du bisher geglaubt hast! Nimm an, dein Geist sei eine leere, unbeschriebene Tafel, der ersten Eindrücke harrend. Sieh dich in der Welt um, bemerke ihre Ordnung, ihre Regelmäßigkeit, ihren Plan. Etwas muß sie erschaffen haben, die Schöpfung läßt auf einen Schöpfer schließen. Mit dieser Überzeugung tun wir den ersten Schritt ans Land. Was ist aber dieses Etwas? — Ein Gott, rufst du. Halt! keine verworrenen und verwirrenden Namen. Von dem, was die Welt erschaffen hat, wissen wir nichts, können nichts wissen, als die beiden Merkmale: Macht und unabänderliche Ordnung, strenge, zermalmende, erbarmungslose Ordnung, die, auf kein individuelles Wesen achtend, flammend dahinrollt, wie viele Herzen auch, von der allgemeinen Masse losgetrennt, zu Boden fallen und unter ihren Rädern verbrennen mögen! Die Mischung des Bösen mit dem Guten, das Dasein von Leiden und Freveln, haben von jeher die Weisen in Verlegenheit gesetzt. Sie hatten einen Gott ausgedacht, hatten ihn als ein wohltätiges Wesen angenommen: woher also jenes Böse?

— warum gab er es zu? — ja, noch mehr, warum erfand er es und ließ es fortwirken? Zur Erklärung dieser Tatsache erschafft der Perser einen zweiten Geist, dessen Natur böse ist, und nimmt einen beständigen Krieg zwischen ihm und dem Gott des Guten an. In unserem düstern, furchtbaren Typhon stellten sich die Ägypter einen ähnlichen Dämon vor. Verwirrender Mißgriff, der uns noch mehr irreführt! — Torheit, aus dem eiteln Wahn entspringend, der jene unbekannte Macht zu einem greifbaren, körperlichen, menschlichen Wesen umbildet, der das Unsichtbare mit Eigenschaften, mit einer Natur wie das Sichtbare bekleidet. Nein! geben wir jenem Schöpfer einen Namen, der keine verwirrenden Nebenvorstellungen im Gefolge hat, so beginnt sich das Geheimnis aufzuhellen: dieser Name ist Notwendigkeit. Notwendigkeit, sagen die Griechen, zwingt die Götter — warum aber dann überhaupt noch Götter? — ihre Wirksamkeit wird unnötig — wirf sie mit einemmal von dir. Notwendigkeit ist die Beherrscherin von allem, was wir sehen; Macht, Ordnung — diese beiden Attribute bilden ihr Wesen. Willst du noch weiteres fragen? — Du erfährst nichts. Ob sie ewig ist — ob sie uns, ihre Geschöpfe, nach dem Dunkel, das wir Tod nennen, in neue Laufbahnen zwingt — wir können es nicht sagen. Verlassen wir hier also die uralte, unsichtbare, unergründliche Macht und begeben uns zu der, die für unsere Augen ihre große Willensvollstreckerin ist. Über diese können wir eher lehren, von dieser können wir mehr lernen — ihre Zeugnisse sind allenthalben um uns her, ihr Name ist Natur. Der Fehler der Weisen war, daß sie ihre Forschungen den Merkmalen der Notwendigkeit zuwandten, wo doch nur Nacht und Blindheit ist. Hätten sie diese Forschungen auf die Natur beschränkt, zu welchen Kenntnissen könnten wir bereits gelangt sein! Hier werden Geduld, Prüfung nie umsonst angewandt. Wir sehen, was wir untersuchen; unser Geist steigt an einer greifbaren Leiter von Ursachen und Wirkungen empor. Die Natur ist die große Seele der äußern Welt, und Notwendigkeit legt ihr die Gesetze auf, nach denen sie handelt, sowie sie uns die Kräfte mitteilt, durch die wir untersuchen, nämlich Gedächtnis und Wissenstrieb; die Vereinigung dieser Kräfte ist Verstand, ihre höchste Höhe Weisheit. Nun denn, mit Hilfe dieser Kräfte untersuche ich die unerschöpfliche Natur.

Ich prüfe Erde, Luft, Himmel, Meer — ich finde, daß alle unter sich in geheimnisvollem Zusammenhang stehen: daß der Mond die Fluten hebt: daß die Luft die Erde erhält und Mittel des Lebens und Empfindens ist: daß wir durch Kenntnis der Gestirne die Grenzen der Erde messen, die Zeit in ihre bestimmten Abschnitte bringen, in den Abgrund der Vergangenheit durch ihren schwachen Schimmer geleitet werden, und durch ihre heilige Sprache die Geschicke der Zukunft erfahren. Während wir somit nicht wissen, was die Notwendigkeit ist, erlangen wir mindestens Kunde von ihren Beschlüssen. Und welche Moral leite ich aus dieser Religion ab? denn eine Religion ist es. Ich glaube an zwei Gottheiten, an die Natur und die Notwendigkeit; letztere ehre ich durch Unterwerfung, erstere durch Forschung. Welches ist die Moral, die sie uns lehrt? Folgende: alle Wesen sind nur allgemeinen Gesetzen unterworfen. Die Sonne scheint zur Freude der vielen — einigen wenigen kann sie vielleicht Schmerz bringen: die Nacht gießt Schlummer auf die Menge aus, aber sie trägt ebensowohl Mord als Ruhe in ihrem Schoß: die Wälder schmücken die Erde, aber bieten der Schlange und dem Löwen ein Obdach: der Ozean trägt tausend Schiffe, aber das eine oder das andere verschlingt er. So handelt denn die Natur, und so geht die Notwendigkeit ihren erhabenen Lauf, nur für das Durchschnittliche, nicht für das absolute Beste. Dies ist die Moral der furchtbaren Lenker der Welt — sie ist die meinige, der ich ihr Geschöpf bin. Ich wünsche, daß die Täuschungen der Priester erhalten bleiben, denn sie sind heilsam für die Menge; ich wünsche den Menschen der Kunst, die ich ersinne, der Wissenschaft, die ich vervollkommne, teilhaftig zu machen, ich wünsche den großen Strom der Bildung zu fördern — darin diene ich der Masse — erfülle das allgemeine Gesetz — bringe die große Moral, die die Natur uns predigt, in Ausübung. Für mich selbst beanspruche ich eine individuelle Ausnahme an, beanspruche sie für den Weisen. Zufrieden, daß meine persönlichen Handlungen in der großen Wagschale von Gut und Böse nichts sind, zufrieden, daß das Ergebnis meines Wissens der Menge größern Segen zu bringen vermag als meine Begierden einigen Wenigen Schaden zufügen können (denn jenes kann sich bis zu den fernsten Gegenden ausbreiten und noch ungeborenen Völkern Gesittung bringen), gebe ich der Welt Kenntnisse, mir selbst Freiheit. Ich erleuchte das Leben anderer und genieße mein eigenes. Ja, unser Wissen ist ewig, unser Leben kurz; benutze es, so lang es noch dauert. Widme deine Jugend dem Vergnügen, deine Sinne dem Behagen. Bald kommt die Stunde, wo der Becher zerspringt und die Kränze nicht mehr blühen. Genieße, so lang du es kannst. Bleibe noch immer mein Zögling, mein Jünger, Apäcides! ich will dich den Gliederbau der Natur lehren, ihre dunkelsten, wildesten Geheimnisse — die Wissenschaft, die Toren Zauberei nennen, und die hehren Mysterien der Sterne. Dadurch sollst du deine Schuld an die Masse abtragen, dadurch dein Geschlecht erleuchten. Aber ich will dich auch zu Freuden führen, wovon sich die Menge nichts träumen läßt, und auf den Tag, den du deinen Mitmenschen schenkest, soll die süße Nacht folgen, die du dir selbst bestimmst."

Als der Ägypter geendet hatte, erhob sich neben, oben, unten die sanfteste Musik, die Lydien je erfand oder Jonien vervollkommnete. Sie kam wie ein Tönestrom, die unvorbereiteten Sinne zu baden — sie durch süßes Entzücken zu ermatten, zu überwältigen. Sie glich den Melodien unsichtbarer Geister, wie sie die Hirten in der goldenen Zeit durch Thessaliens Täler oder durch die sonneschimmernden Haine von Paphos fluten hörten. Die Worte, die sich schon als Erwiderung auf die Sophismen des Ägypters auf Apäcides Lippen gedrängt hatten, starben zitternd hinweg. Es schien ihm eine Entheiligung, diese Zauberlaute zu unterbrechen; seine aufgeregte, leicht empfängliche Natur, die griechische Milde und Glut seiner Seele, waren durch Überraschung gewonnen, gefangen. Mit geöffneten Lippen, mit schlürfendem Ohr sank er auf den Stuhl zurück, während sich in einem Chor von Stimmen, sanft und schmelzend wie jene, die Psyche in den Hallen Amors erweckten, ein wunderbarer Gesang erhob, und als die Stimmen verhallt waren, ergriff der Ägypter Apäcides bei der Hand und führte den Staunenden, Berauschten ungeachtet seines halben Widerstrebens durch das Zimmer gegen den Vorhang zu, und plötzlich schienen hinter ihm tausend schimmernde Sterne hervorzubrechen, während der bisher dunkle Schleier durch diese Glut zum zartesten Himmelblau erhellt ward. Wirklich stellte er den Himmel selbst dar — einen Himmel, wie er in Juninächten auf den kastalischen

Quell niedergeleuchtet haben mochte. Da und dort waren luftige Rosenwolken gemalt, aus denen die Hand des Künstlers Gesichter von himmlischer Schönheit herablächeln ließ, und auf denen Gestalten ruhten, wie sie einem Apelles und Phidias vorgeschwebt haben mögen. Rasch rollten die Sterne in dem lichten Azur dahin, während die Musik, die sich in lebhafteren, leichteren Tönen aufs neue erhob, die Melodie der jubelnden Sphären nachzuahmen schien.

„Ha! welch Wunder ist das, Arbaces?" fragte der Jüngling mit wanker Stimme. „Enthüllst du mir, nachdem du die Götter geleugnet ..."

„Ihre Wonnen!" unterbrach ihn Arbaces in einem Ton, der von seinem gewohnten ruhigen Gleichmaß so sehr abwich, daß jener erschrak und den Ägypter selbst für verwandelt hielt. Und als sie jetzt auf den Vorhang zutraten, brach eine wilde, laute, jauchzende Weise hinter der Hülle hervor. Mit diesen Tönen zerriß der Vorhang in seiner ganzen Länge, teilte sich, schien in die Luft zu verschwinden, und ein Schauspiel, das keines in Sybaris je übertraf, stellte sich den geblendeten Blicken des jungen Priesters dar. Ein großer Bankettsaal dehnte sich vor ihm aus, funkelnd von zahllosen Lichtern, die die laue Luft mit den Düften von Weihrauch, Jasmin, Veilchen, Myrrhen füllten. Alles was die würzigsten Blumen, die kostbarsten Spezereien auszuhauchen vermochten, schien in eine nicht zu beschreibende Essenz gesammelt. Von den leichten Säulen, die sich zu der hohen Decke emporschwangen, hingen weiße, mit goldenen Sternen besetzte Draperien herab. An beiden Enden des Gemaches warfen zwei Springbrunnen einen Perlenschaum empor, der im Widerschein des rosigen Lichtes gleich unzähligen Diamanten flimmerte. In der Mitte des Raumes stieg beim Eintritt der beiden, unter den Klängen unsichtbarer Musik, ein Tisch langsam empor, besetzt mit jedem Gericht, wodurch die Sinne je der Phantasie schmeichelten, und in Gefäßen von jener verloren gegangenen murrhinischen Komposition, deren Farbe so glühend, deren Stoff so durchsichtig war, prangten die Gewächse des fernsten Ostens. Die Ruhebetten, die diesen Tisch umgaben, waren mit blauen und goldenen Teppichen bedeckt, und aus unsichtbaren Röhren im gewölbten Plafond stiegen wohlriechende Regenströme herab, die die wollüstige Luft abkühlten und mit den Lampen wetteiferten, als stritten die Geister des Wassers mit dem Feuer, um zu zeigen, welches Element die herrlichsten Düfte zu bieten vermöge. Und jetzt drängten sich hinter den schneeweißen Draperien Gestalten hervor, wie sie Adonis sah, als er am Busen der Venus lag. Einige kamen mit Kränzen, andere mit Leiern; sie umringten den Jüngling, sie leiteten seine Schritte zu dem Tische. In rosigen Ketten schlangen sie die Blumengewinde um ihn. Die Erde — der Gedanke an die Erde — schwand aus seiner Seele. Er glaubte sich in einem Traum und hielt den Atem an, damit er nicht zu früh erwachen möge; die Sinne, denen er bis jetzt nie eine Gewalt eingeräumt hatte, klopften in seinem brennenden Puls und verwirrten seinen schwindelnden, taumelnden Blick. Während er so staunend und verloren dastand, erhob sich abermals, aber in munterer, bacchischer Weise, ein magischer Gesang, und als das Lied zu Ende war, näherte sich ihm eine mit einer Sternblumenkette umwundene Gruppe von drei Mädchen, die, ein Nachbild der Grazien, ihr Urbild leicht beschämt haben dürften, in den gleitenden Bewegungen des jonischen Tanzes, wie sich die Nereiden im Mondlicht auf dem gelben Sand des ägäischen Meeres umschlangen, wie Cytherea ihre Dienerinnen beim Hochzeitsfest ihres Sohnes mit Psychen lehrte.

Hinzutretend, wanden sie ihm ihren Kranz ums Haupt, und kniend reichte ihm sofort die jüngste von den dreien den Kelch, worin schäumend lesbischer Wein perlte. Der Jüngling widerstand nicht länger; er faßte den berauschenden Becher, das Blut tobte ihm wild durch die Adern. Er sank an die Brust der neben ihm sitzenden Nymphe, und als er sich mit schwimmenden Augen nach Arbaces umschaute, den er im Taumel der Empfindungen verloren hatte, sah er diesen oben am Tisch unter einem Thronhimmel sitzend und ihn mit einem Lächeln anblicken, das ihn zum Genuß ermutigte. Er sah den Ägypter, aber nicht wie er ihn bisher gesehen hatte, in dunkeln, trauerfarbigen Gewändern, mit sinnender, strenger Stirn; ein Kleid, das die Augen blendete, so reich war der schneeeige Grund mit Gold und Edelsteinen besetzt, schimmerte von der majestätischen Gestalt, weiße Rosen, mit Rubinen und Smaragden abwechselnd und in die Gestalt einer Tiara zusammengefaßt, krönten die Rabenlocken. Wie Ulysses schien er die Blüte einer zweiten Jugend gewonnen zu haben;

seine Züge hatten den nachdenklichen Ernst gegen Schönheit umgetauscht, und er ragte unter der ihn umgebenden Lieblichkeit in der ganzen strahlenden, entfesselnden Milde eines olympischen Gottes empor.

„Trinke, schmause, liebe, mein Zögling,“ sprach er; „erröte nicht über Leidenschaftlichkeit und Jugend. Was du bist, fühlst du in deinen Adern, was du werden wirst, siehst du hier.“

Damit wies er in einen Winkel, und Apäcides, dessen Augen der deutenden Hand folgten, erblickte auf einem Fußgestell zwischen den Bildsäulen des Bacchus und der Venus ein Gerippe.

„Erschrick nicht,“ nahm der Ägypter wieder das Wort. „Dieser freundliche Gast erinnert uns nur an die Kürze des Lebens. Aus seinen hohlen Kinnladen vernehm ich eine Stimme, die uns zum Genuß auffordert.“

Während er also sprach, umringte eine Gruppe Nymphen die Statue; sie legten Kränze auf das Piedestal und begannen, während die Becher am funkelnden Tisch geleert und von neuem gefüllt wurden, zu singen:

Du bist in der Schatten umdunkeltem Land,
Du der einst geliebt und gezecht,
Ein schleichender Geist an des Totenstroms Rand,
Doch bleibt auf dein Herz uns ein Recht,
Wenn es auf trüber Flucht
Goldene Himmel sucht
Und die Lust, die es oben gekannt.

Dem Tempel sei dieser Kranz gebracht,
Dem gefallnen, darin du gewohnt,
Als dir noch der funkelnde Becher gelacht
Und die Rose im Haar dir gethront,
Und noch der Lyra Klang
Jubelnd dein Herz durchdrang,
Wenn der Tag versank in die Nacht.

Hier näherte sich eine zweite Gruppe, die in rascherem, freudigeren Gang der Melodie also fortfuhr:

Tod ist der trübe Strand,
Der allen ruft:
Säume, o Ruderhand,
Säume, o Luft!

Kränzet die Stunden noch
Vor dem Altar,
Bringt man mit Blumen doch
Opfer stets dar!

Nach kurzem Stillstand tanzte die silberfüßige Musik noch schneller:

Lebt lustig, wenn lange wir leben nicht dürfen,
Gebt ungeküßt keine Minute dahin,
So lang wir den Becher der Jugend schlürfen,
Sei Liebe die schimmernde Perle darin!

Jetzt trat eine dritte Schar mit bis an den Rand gefüllten Bechern hinzu, den sie als Trankopfer auf diesen seltsamen Altar ausgossen, und noch einmal erhob sich langsam und feierlich der wechselnde Gesang:

Willkommen sei uns, dunkler Gast,
Vom fernen Meer, in unsrer Zahl;
Wenn Lebens letzte Ros' erblaßt,
Reichst du uns den Pokal.
Heil, dunkler Gast!
Wer hätte bessern Grund
Auf Gruß aus heitrem Mund,
Als wer in hohem Saal
Allen einst heut das Mahl,
Vom dunkeln Strom umirrt?
Jetzt sind noch wir der Wirt,
Und du, toter Schatten, du
In deiner ernsten Ruh
Bist nur der kurze Gast!

Hier nahm die Nachbarin des Apäcides plötzlich den Gesang auf:

Glücklich ist unser Los;
Noch ist die Sonne nicht drunten!
Fern von des Grabes Schoß
Umflügeln uns rosige Stunden —
Süß ist der Becher für dich,
Süß sind, mein Lieb, deine Blicke;
In deine Arme flieg' ich,
Wie zum Täuber die Taube zurücke!
Nimm mich, nimm mich an
Fest dir an treuer Brust
Wieg' mich in Schlummerlust,

Bald aber weck' mich dann
Und sag' mit Wort und Ach,
Sag's mit den Augen nach,
Daß meine Sonne noch scheine,
Daß die Fackel vom Grabhauch noch nicht erstickt.
Daß atemwarm Lippe die Lippe noch drückt,
Sag mir, ich sei noch die deine!

Neuntes Kapitel.

Wir versetzen uns nunmehr nach einem jener Teile Pompejis, der nicht von den Beherrschern des Genusses, sondern von dessen Dienern und Opfern bewohnt wurde — dem Aufenthalt der Gladiatoren und Lohnfechter — des Lasters und der Armut — der Roheit und des Schmutzes.

Es war ein großes Zimmer, das sich unmittelbar nach der engen, vollgedrängten Gasse öffnete. Vor der Tür stand eine Gruppe Männer, deren eiserne, mächtig hervortretende Muskeln, deren kurze herkulische Nacken, deren harte, fühllose Züge die Helden der Arena ankündigten. Auf einem Brett außerhalb des Raumes war Wein und Öl in irdenen Krügen aufgestellt, und darüber eine grobe Malerei an der Wand angebracht, das Konterfei trinkender Gladiatoren! Im Zimmer standen mehrere Tischchen; an denen verschiedene Gruppen von Männern saßen, einige trinkend, andre würfelnd, noch andere sich mit dem etwas sinnreicherem Spiel der duodecim scripta unterhaltend, das in der Regel, wenn auch nicht immer mit Würfeln gespielt wurde. Es war noch früh vormittags, und die unzeitige Stunde selbst lieferte wohl den besten Beweis für den zur Gewohnheit gewordenen Müßiggang dieser Schenkengäste. Gleichwohl hatte das Haus trotz seiner Örtlichkeit und dem Charakter seiner Bewohner nichts von jenem trüben Schmutz an sich, der einen ähnlichen Aufenthalt in einer modernen Stadt kennzeichnen würde. Die heitere Gemütsart aller Pompejaner, die, selbst wo der Geist leer ausging, wenigstens die Sinne zu befriedigen suchten, drückte sich in den bunten Farben aus, die hier die Wände zierten, sowie in den phantastischen aber nicht uneleganten Formen, worin Lampen, Trinkbecher, ja die gemeinsten Hausgeräte ausgeführt waren.

„Beim Pollux," rief einer von den Gladiatoren, indem er sich gegen den Türpfeiler lehnte, „der Wein, den du uns gibst, alter Silen, kann einem das beste Blut in den Adern verdünnen." Damit klopfte er einer vierschrötigen Gestalt auf die Schultern.

Der mit solcher Schmeichelei begrüßte Mann, dessen entblößte Arme, weiße Schürze und nachlässig in den Gürtel gesteckte Schlüssel samt Wischtuch ihn als Wirt der Schenke bezeichneten, war bereits in den Herbst seiner Jahre eingetreten, aber noch immer behielten seine Körperverhältnisse eine athletische Kraftfülle, die die markigen Figuren neben ihm hätte beschämen können, ausgenommen, daß die Muskeln in Fleisch übergegangen, die Backen geschwollen und aufgedunsen waren, und der anwachsende Bauch die über ihm sich erhebende breite, massige Brust etwas in Schatten stellte.

„Keine von deinen einfältigen Possen gegen mich," brummte der riesige Wirt mit dem angenehmen Halbgebrüll eines ungehaltenen Tigers. „Mein Wein ist gut genug für ein Aas, das bald den Staub des Spoliariums einschlucken wird."

„Krächzest du so, alter Rabe?" erwiderte der Gladiator verächtlich. „Sollst dich noch aus Ärger aufhängen, wenn du mich die Palmenkrone gewinnen siehst. Bekomm ich die Börse im Amphitheater, was sicherlich geschieht, so soll mein erstes Gelübde an Herkules sein, daß ich dich und dein elendes Gesindel auf immer verschwöre."

„Hör' mir einer diesen bescheidenen Pyrgopolinices! Gewiß hat er unter Bombochides Kluninstaridysarchides gedient," rief der Wirt. „Sporus, Niger, Tetraides, er meint, er gewinne euch den Preis ab. Könnt ihr doch, bei den Göttern, mit jedem Muskel den ganzen Kerl zusammendrücken, oder ich verstehe nichts von der Arena!"

„Ha!" entgegnete der Gladiator und ward rot vor Zorn, „unser Lanista weiß andere Geschichten zu erzählen."

„Welche Geschichte könnte er gegen mich erzählen, großmäuliger Lydon?" fragte Tetraides mit gefurchter Stirn.

„Oder gegen mich, der in fünfzehn Kämpfen gesiegt hat?" sagte der gigantische Niger, auf den Gladiator zuschreitend.

„Oder mich?" brummte Sporus mit flammenden Augen.

„Still!" rief Lydon die Arme kreuzend und sah seine Gegner mit unbekümmerter, herausfordernder Miene an. „Die Probezeit wird bald da sein; spart euern Mut bis dahin."

„Ja, tut das," sagte der griesgrämige Wirt, „und wenn ich den Daumen einschlage, um euer Leben zu retten, sollen die Parzen meinen Faden abschneiden!"

„Deinen Strick willst du sagen," erwiderte Lydon höhnisch. „Hier ist ein Sesterz, um einen zu kaufen."

Der titanenhafte Weinhändler ergriff die ihm dargebotene Hand und klemmte sie mit der Gewalt einer Schraube zusammen, daß das Blut unter den Nägeln hervor auf die Kleider der Umstehenden spritzte.

Diese schlugen ein wildes Gelächter auf.

„Ich will dich lehren, junger Prahlhans, den Makedonier gegen mich zu spielen. Ich bin kein schwächlicher Perser, sag' ich dir! Was, Kerl, hab' ich nicht zwanzig Jahre lang in der Arena gefochten ohne meine Arme ein einzigmal zu senken? Hab' ich nicht aus des Editors eigener Hand den Stab als Siegeszeichen und als Verwilligung erhalten, auf meinen Lorbeeren auszuruhen, und soll jetzt von einem Gelbschnabel geschult werden?" Damit stieß er die Hand verächtlich von sich.

Ohne mit einer Muskel zu zucken und mit demselben lächelnden Gesicht, womit er den Wirt zuvor bespöttelt hatte, ertrug der Gladiator den schmerzhaften Griff. Nicht sobald aber war seine Hand los, als er sich einen Augenblick niederduckte wie eine wilde Katze; das Haar sträubte sich ihm an Kopf und Bart empor, und unter einem wilden, gellenden Schrei fuhr er dem Riesen mit einer Gewalt an die Kehle, die diesen, so groß und stämmig er war, aus dem Gleichgewicht brachte. Mit dem Getöse eines stürzenden Felsens fiel er nieder und über ihn auch sein rachedurstiger Feind.

Vielleicht hätte unser Wirt des ihm von Lydon so freundlich empfohlenen Strickes nicht bedurft, wäre er drei Minuten länger in dieser Stellung geblieben. Aber durch das Geräusch seines Falles zur Hilfe aufgerufen, stürzte eine Frau, die sich bisher in einem innern Gemach gehalten, auf den Kampfplatz. Schon für sich allein konnte es diese neue Verbündete mit dem Gladiator aufnehmen. Sie war lang, dürr und mit Armen begabt, die noch andere als sanfte Umschlingungen zu gewähren vermochten. Wirklich hatte die zarte Ehehälfte Burbos des Weinschenken, gleich ihm selbst in den Schranken, ja vor dem Kaiser gefochten. Und Burbo selbst, Burbo, der Unbesiegte auf dem Kampfplatz, mußte, wie das Gerücht behauptete, mitunter seiner sanften Stratonice den Sieg einräumen. Dieses holde Geschöpf bemerkte nicht sobald die drohende Gefahr ihrer schlechteren Hälfte, als sie ohne andere Waffen als die, womit sie die Natur versehen hatte, auf den oben liegenden Gladiator zuschoß, ihn mit ihren langen, schlangenartigen Armen mitten um den Leib packte und mit einem plötzlichen Ruck vom Körper des Gemahls emporhob, so daß nur Lydons Hände noch den Hals seines Gegners umklammerten. So sieht man oft einen Hund, bei den Hinterbeinen aus dem Kampf mit einem gefallenen Nebenbuhler gerissen, in den Armen eines mißgünstigen Stallknechts; so sieht man die eine Hälfte von ihm hoch in der Luft, passiv und ungefährlich, während die andere, Kopf, Zähne, Augen, Pfoten, in den verstümmelten, niedergeworfenen Feind vergraben und eingesenkt scheinen. Unterdessen drängten sich die Gladiatoren, mit Blut groß gezogen und gemästet, voll Wonnegefühl um die Kämpfer her; weit öffneten sich ihre Nüstern, die Lippen grinsten, die Augen hafteten gierig auf der blutigen Kehle des einen und den zappelnden Fersen des andern.

„Habet! er hat's! riefen sie mit einer Art Gejauchze und rieben die nervigen Hände.

„Non habeo, ich hab's nicht, ihr Lügenpack!" brüllte der Wirt, als er sich mit mächtiger Anstrengung endlich von den tödlichen Händen losgewunden und atemlos, keuchend, zerschunden, blutig auf die Füße sprang. Mit rollenden Augen wandte er sich gegen den stieren Blick, die knirschenden Zähne seines überwundenen Widerparts, der jetzt gegen den Griff der stämmigen Amazone ankämpfte, aber mit Verachtung.

„Gleiches Spiel!" riefen die Gladiatoren, „einer gegen einen!" Damit drängten sie sich um Lydon und das Weib und trennten unsern angenehmen Wirt von seinem höflichen Gast.

Lydon aber, der sich über seine nunmehrige Lage schämte und die Umklammerung der Virago vergebens abzuschütteln suchte, fuhr mit der Hand in den Gürtel und zog ein kurzes Messer. So drohend war sein Blick, so hell funkelte die Klinge, daß Stratonice, nur an den Faustkampf gewöhnt, erschrocken zurückwich.

„O Götter!“ rief sie, „der Schurke! — er hat Waffen versteckt! — ist das redlich? heißt das handeln wie ein Mann von Ehre und ein Gladiator? Nein, wahrhaftig! solche Kerle veracht' ich!“ Damit wandte sie dem Fechter hohnvoll den Rücken und eilte, den Zustand ihres Mannes zu untersuchen. Dieser jedoch, an dergleichen Leibesübungen gewöhnt, wie ein englischer Bullenbeißer an den Kampf mit einem zarteren Gegner, hatte sich schon wieder erholt. Die Purpurwolken schwanden von der hochroten Oberfläche seiner Wangen, und die Stirnadern schrumpften zu ihrer gewohnten Größe ein. Mit wohlgefälligem Grunzen schüttelte er sich, zufrieden, daß er noch lebe, und betrachtete dann seinen Feind von Kopf zu Fuß mit einer Miene höherer Würdigung, als er ihm bisher je hatte angedeihen lassen.

„Beim Kastor!“ rief er, „ein stärkerer Bursch, als ich geglaubt! Ich sehe, du bist ein Mann von Verdienst und Tugend; gib mir deine Hand, mein Held.“

„Braver alter Burbo!“ jauchzten die Gladiatoren applaudierend, „durch und durch ein Kerl. Gib ihm die Hand, Lydon!“

„O gewiß!“ sagte der Gladiator, „aber da ich jetzt einmal sein Blut gekostet habe, möcht' ich es ganz einschlucken.“

„Beim Herkules,“ gab ihm der Wirt ganz freundlich zurück, „das ist die wahre Empfindung eines Gladiators. Beim Pollux, was gute Zucht aus einem Menschen machen kann; könnte doch kein Tier wilder sein!“

„Ein Tier? Einfalt! Tiere können's mit uns nicht aufnehmen!“ rief Tetraides.

„Schön! schön!“ erwiderte Stratonice, ihr Haar glättend und ihre Locken ordnend, „wenn ihr jetzt wieder alle gute Freunde seid, so empfehl' ich euch, ruhig und ordentlich zu sein, denn einige junge Herren, eure Gönner und Beschützer, haben melden lassen, sie wollten euch hier einen Besuch machen — sie möchten euch mit mehr Bequemlichkeit sehen als in den Fechtschulen, ehe sie ihre Wetten auf den großen Kampf im Amphitheater abschließen. Sie kommen jedesmal zu diesem Zweck in mein Haus; sie wissen, daß wir nur die besten Gladiatoren in Pompeji aufnehmen — unsere Gesellschaft ist, den Göttern sei Dank, sehr auserlesen!“

„Ja,“ fuhr Burbo fort und stürzte einen Becher oder vielmehr einen Eimer Wein hinunter, „ein Mann, der meine

Lorbeeren errungen hat, kann nur die Tapfersten begünstigen. Lydon, trink, mein Junge; mögest du ein ehrenvolles Alter erleben, wie ich!"

„Komm her!" sprach Stratonice, den Gemahl zärtlich bei den Ohren ziehend, wie Tibull diese Liebkosung so anmutig beschreibt: „Her da!"

„Nicht so derb, Wölfin, du machst's ärger als der Gladiator," brummte Burbos gewaltiger Rachen.

„Bst!" zischelte sie, „Kalenus hat sich eben verkleidet durch die Hintertür eingeschlichen; hoffentlich hat er die Sesterze gebracht."

„Ja? da will ich gleich zu ihm; halt' indessen ein wachsames Auge auf die Becher und gib aufs Kerbholz acht. Laß dich nicht betrügen, Weib, es sind freilich ganze Kerle, aber arge Spitzbuben; Kakus war nichts gegen sie."

„Habe meinetwegen keine Sorge, Narr," lautete die ehezärtliche Antwort; und Burbo, zufrieden mit dieser liebevollen Versicherung, schritt durch das Gemach in die Penetralia des Hauses.

„So, diese zarten Gönner wollen sich unsere Muskeln besehen," sagte Niger. „Wer hat dich davon benachrichtigen lassen, Wirtin?"

„Lepidus. Er bringt den Clodius mit, den glücklichsten Wetter in Pompeji, und den jungen Griechen Glaukus."

„Eine Wette auf eine Wette!" rief Tetraides. „Clodius wettet auf mich, es gilt zwanzig Sesterze! Was sagst du, Lydon?"

„Er wettet auf mich!" erwiderte Lydon.

„Nein auf mich," brummte Sporus.

„Tröpfe, glaubt ihr, er werde einen von euch dem Niger vorziehen?" fragte der Gigant, sich selbst in dieser bescheidenen Weise nennend.

„Na, na," rief Stratonice, indem sie eine große Amphora für die Gäste anstach, die sich jetzt an einen der Tische gesetzt hatten — „für so heldenhafte Bursche ihr euch auch haltet, wer von euch wird's denn mit dem numidischen Löwen aufnehmen, falls sich kein Übeltäter finden sollte, der euch die Wahl erspart?"

„Ich, der deinen Armen entgangen ist, gewaltige Stratonice," erwiderte Lydon, „könnte mich wohl ohne Gefahr mit dem Löwen einlassen."

„Sag mir doch," fragte Tetraides, „wo ist denn deine hübsche Sklavin, das blinde Mädchen mit den glänzenden Augen? Hab sie schon lange Zeit her nicht zu Gesicht bekommen."

„O, die ist ein zu guter Bissen für dich, du Sohn Neptuns, und ich meine, selbst für uns zu fein. Wir schicken sie in die Stadt, um Blumen zu verkaufen und vor den Damen zu singen; auf diese Art trägt sie uns mehr Geld ein, als wenn sie dir aufwartete. Überdies hat sie zuweilen noch andere Geschäfte, wovon man nichts ausplaudern kann."

„Andere Geschäfte?" rief Niger; „ei, dazu ist sie noch zu jung!"

„Still, Tier, du glaubst, es gebe kein Spiel als das korinthische. Wäre Nydia auch zweimal so alt, so könnte sie darum eben so gut in den Dienst der Vesta treten, das arme Kind."

„Aber hör' mal, Stratonice, wie kamst du zu so einer zarten, delikaten Sklavin? Sie würde eher zum Dienstmädchen bei einer reichen Matrone in Rom als für dich taugen."

„Das ist wahr, und ich denke auch dereinst noch durch ihren Verkauf einen schönen Gewinn zu machen. Wie ich zu Nydia gekommen, fragst du?"

„Ja."

„Meine Sklavin Staphyla — Niger, du erinnerst dich der Staphyla?"

„Ja, ein großhändiges Mensch mit einem Gesicht wie eine komische Maske. Wie könnt' ich sie vergessen, beim Pluto! dessen Dienstmagd sie jetzt ohne Zweifel ist?"

„Halt's Maul, Bestie! Na, Staphyla starb, und das war mir ein großer Verlust, und ich ging auf den Markt, mir eine andere Sklavin zu kaufen. Aber bei den Göttern, sie waren alle so teuer geworden, seit ich die arme Staphyla gekauft hatte, und das Geld war so rar, daß ich den Platz eben ohne alle Hoffnung wieder verlassen wollte, als mich ein Kaufmann am Rock zupfte. Frau, sprach er, möchtest du eine wohlfeile Sklavin kaufen? Ich habe da ein Mädchen, mit dem sich ein hübscher Handel machen ließe. Sie ist zwar klein und noch fast ein Kind, aber flink und still, gelehrig und verständig, singt hübsch, stickt und ist von gutem Blut. — Aus welchem Land? fragte ich. — Eine Thessalierin. — Nun wußt' ich, daß die Thessalierinnen fleißig und sanft sind. Ich fand sie gerade, wie ihr sie noch jetzt seht, dem Äußern nach kaum ein wenig kleiner oder jünger. Sie sah geduldig und unterwürfig genug aus mit ihren auf der Brust gekreuzten Armen und niedergeschlagenen Augen. Ich fragte den Händler um den Preis: er war mäßig und ich kaufte sie sogleich. Der Mensch brachte sie in mein Haus und verschwand im Augenblick wieder. Denkt euch mein Erstaunen, meine Freunde, als ich entdeckte, daß sie blind sei. Ha! ha! ein sauberer Zeisig, der Kaufmann! ich lief gleich vor die Obrigkeit, aber der Schurke war bereits aus Pompeji weg. So mußte ich denn in sehr übler Laune nach Hause gehn, und das arme Mädchen bekam die Wirkungen davon zu fühlen. Es war aber nicht ihr Fehler, daß sie blind war, denn sie war's von Geburt an gewesen. Allmählich söhnten wir uns mit unserem Kauf wieder aus. Freilich hatte sie nicht die Stärke der Staphyla und war von sehr geringem Nutzen im Hause, aber in der Stadt fand sie ihren Weg bald so gut, als hätte sie die Augen des Argus gehabt: und als sie uns eines Morgens eine Hand voll Sesterzen mit zurückbrachte, die sie, wie sie sagte, vom Verkauf einiger Blumen aus unserem kleinen Gärtchen gelöst hatte, glaubten wir, die Götter hätten sie uns zugeschickt. Seit der Zeit lassen wir sie ausgehen wie sie will, das Körbchen mit Blumen gefüllt, die sie nach der thessalischen Art in Kränze windet. Dies gefällt den Modeherren, und die vornehmen Leute scheinen einen besondern Geschmack an ihr zu finden, denn sie bezahlen sie immer besser als irgend ein anderes Blumenmädchen, und jederzeit bringt sie uns alles zurück, was gewiß mehr ist, als jede andere Sklavin tun würde. So verrichte ich denn die Arbeit im Hause selbst, aber ihre Einnahme wird mir bald so viel eingetragen haben, daß ich mir eine zweite Staphyla kaufen kann. Ohne Zweifel hat der thessalische Seelenverkäufer das blinde Mädchen von ordentlichen Leuten gestohlen. Außer ihrer Fertigkeit im Kranzwinden singt sie auch und spielt auf der Zither, was uns ebenfalls Gewinn trägt, und seit kurzem — doch das ist ein Geheimnis —"

„Was!" rief Lydon, „bist du eine Sphinx geworden?"

„Sphinx, nein. Warum eine Sphinx?"

„Laß dein Geschwätz, gute Frau, und bring uns unser Essen, ich bin hungrig," sagte Sporus ungeduldig.

„Ich auch," wiederholte der grimme Niger, sein Messer an der flachen Hand wetzend.

Die Amazone schritt nach der Küche und kehrte bald mit einem Brett voll großer halbgekochter Fleischstücke zurück; denn dadurch glaubten die Helden des Lohnkampfs ihre Stärke und Wildheit am besten zu erhalten. Sie setzten sich an den Tisch mit den Blicken ausgehungerter Wölfe; das Fleisch verschwand, der Wein floß.

Zehntes Kapitel.

In den frühern Zeiten Roms war die Beschäftigung des Priesters ein Ehrenamt, mit dem kein Gewinn verbunden war. Es wurde von den edelsten Bürgern verwaltet und blieb den Plebejern untersagt. Später jedoch öffnete sich jener Stand allen Klassen — mindestens die Abteilung, die nicht sowohl die Diener der Religion überhaupt, als die sogenannten Flamines oder Priester besonderer Gottheiten in sich begriff. Selbst die Stelle des Jupiterpriesters, der einen Liktor vor sich hergehen hatte und durch seine Würde zum Sitz im Senat berechtigt war, blieb später nicht mehr ausschließlich den Patriziern vorbehalten, sondern wurde durch Volkswahl vergeben. Die weniger volkstümlichen und in minderem Ansehen stehenden Gottheiten wurden in der Regel von plebejischen Priestern bedient, und mancher trat in diesen Stand, wie jetzt die Christen mitunter in die Mönchsorden, nicht sowohl aus Antrieb der Frömmigkeit als aus berechnender Armut.

So war Kalenus, der Priester der Isis, von der niedrigsten Herkunft. Seine Angehörigen, wenn auch nicht seine Eltern, waren Freigelassene. Von diesen hatte er eine gute Erziehung und von seinem Vater ein kleines Vermögen erhalten, das er in kurzer Zeit durchbrachte. Er ergriff den Priesterstand als letztes Rettungsmittel gegen den Mangel. Was immer die Einkünfte sein mochten, die der Staat den heiligen Männern angedeihen ließ, eine Summe, die zu jener Zeit wahrscheinlich klein war: die Diener eines beliebten Tempels hatten sich über den Ertrag ihres Berufs nie zu beklagen. Kein Gewerbe ist so gewinnbringend als eines, das den Aberglauben der Menge zur Unterlage hat.

Von des Kalenus Verwandten in Pompeji lebte nur noch einer, und dieser war Burbo. Mehrfache dunkle, unehrenhafte Bande vereinigten, stärker als die Bande des Bluts, beider Herzen und Interessen; und der Diener der Isis stahl sich oft verkleidet von seinen vermeintlich so strengen Andachtsübungen weg, schlich durch das Hinterpförtchen des zur Ruhe gesetzten Gladiators, eines durch innere Verdorbenheit und Beruf gleich ehrlosen Menschen, und freute sich, dort den letzten Lappen einer Heuchelei wegwerfen zu können, die, wäre nicht die herrschende Leidenschaft seines Gemüts sein Geiz gewesen, stets sehr plump einer Natur gestanden haben würde, die selbst für die bloße Nachäffung der Tugend zu brutal war.

In einen von jenen großen Mänteln gehüllt, die im Verhältnis, worin die Toga bei den Römern außer Gebrauch kam, Mode wurden, Mäntel, deren weite Falten die Gestalt verhüllten und an denen eine Art Kapuze auch die Gesichtszüge nicht minder versteckte, saß Kalenus jetzt in dem Privatzimmerchen des Weinhändlers, von wo aus ein kleiner Gang unmittelbar nach jener Hintertür führte, die fast in jedem Hause in Pompeji angebracht war.

Ihm gegenüber hatte der stämmige Burbo Platz genommen und zählte auf einem zwischen ihnen stehenden Tisch sorgfältig ein Häufchen kleiner Münzen auf, die der Priester soeben aus seiner Börse geschüttelt hatte.

„Du siehst," sprach Kalenus, „daß wir dich hübsch bezahlen, und solltest mir danken, daß ich dich für einen so einträglichen Handel empfohlen habe."

„Das tu' ich, Vetter, das tu' ich," erwiderte Burbo mit Wärme, indem er die Geldstücke in ein ledernes Säckchen strich, das er sofort in den Gürtel steckte, und die Schnalle um seine gewaltigen Lenden fester zuzog, als er sonst in den gemächlichen Stunden häuslicher Beschäftigung zu tun pflegte. „Und bei der Isis, Pisis und Nysis, oder was sonst noch für Götter in Ägypten sein mögen, meine kleine Nydia ist für mich ein wahrer Hesperiden-Garten, eine Goldgrube."

„Sie singt gut und hat ein Saitenspiel wie eine Muse," entgegnete Kalenus; „das sind Eigenschaften, die mein Patron stets freigebig bezahlt."

„Er ist ein Gott!“ rief Burbo begeistert aus; „jeder großmütige Reiche verdient göttliche Verehrung. Aber komm, einen Becher Wein, Alter, und sag mir was Näheres von diesen Dingen. Was hat sie zu tun? Sie ist eingeschüchtert, spricht von ihrem Eid und verrät nichts.“

„So wenig als ich, bei meiner rechten Hand! Auch ich habe diesen furchtbaren Eid der Geheimhaltung geschworen“.

„Eid? was sind Eide für unsereins?“

„Wär's so ein Alltagseid; aber dieser!“ und der massive Priester schauderte. „Ja,“ fuhr er fort, einen mächtigen Becher ungemischten Weines leerend, „ich gesteh dir, es ist nicht so sehr der Eid, den ich fürchte, als die Rache dessen, der ihn mir vorlegte. Bei den Göttern, er ist ein gewaltiger Zauberer und könnte die Kunde vom Bruch eines Geheimnisses selbst vom Mond herabziehen, wenn ich es diesem auszuplaudern wagte. Sprich nichts mehr davon. Beim Pollux, so hoch es bei den Gelagen hergeht, die ich mit ihm genieße, wird mir's dabei doch nie recht behaglich. Mir ist eine lustige Stunde mit dir, mein Junge, und einer von den einfachen, unverfälschten, lachenden Dirnen, die ich in diesem verräucherten Stübchen treffe, lieber als ganze Nächte unter jenen prachtvollen Schwelgereien.“

„Ho, sprichst du so? da wollen wir morgen Abend, wenn's den Göttern gefällt, so eine erfreuliche Sitzung halten.“

„Von Herzen gern,“ erwiderte der Priester und rückte händereibend näher an den Tisch.

In diesem Augenblick vernahmen sie ein leichtes Geräusch am Hinterpförtchen, als ob jemand nach der Klinke fühlte. Der Priester ließ die Kapuze über das Gesicht.

„Sei ruhig,“ erwiderte der Wirt, „es ist nur das blinde Mädchen.“ Damit hatte Nydia geöffnet und trat in das Gemach.

„Na Kind, wie geht dir's? siehst blaß aus, hast dich tief in die Nacht hinein lustig gemacht? Hat nichts zu sagen, Jugend muß nun einmal jung sein,“ rief Burbo ermutigend.

Ohne Antwort zu geben sank das Mädchen mit dem Ausdruck der Mattigkeit auf einen Sitz. Ihre Farbe kam und ging in raschem Wechsel, ungeduldig stampfte sie mit den Füßchen den Boden, erhob dann plötzlich den Kopf und sagte mit entschlossenem Ton:

„Herr, du kannst mich verhungern lassen, wenn du willst, kannst mich schlagen, mit dem Tod bedrohen — aber nach diesem unheiligen Ort geh ich nicht mehr."

„Was, Närrin," rief Borbo wild, und die borstigen Brauen trafen über den grimmigen, mit Blut unterlaufenen Augen finster zusammen. „Was, du widerspenstiges Ding? nimm dich in acht."

„Ich hab es ausgesprochen," entgegnete das arme Mädchen, die Hände über die Brust kreuzend.

„Was, meine Sittsame, meine zarte Vestalin, du willst nicht mehr gehen? gut, man wird dich hintragen."

„Ich bringe die Stadt mit meinem Geschrei in Aufruhr," rief sie leidenschaftlich, und die Röte stieg ihr bis in die Stirn.

„Dafür wollen wir auch sorgen; man steckt dir einen Knebel in den Mund."

„Dann mögen mir die Götter helfen," erwiderte sie und stand auf. „Ich wende mich an die Obrigkeit."

„Denke an deinen Eid!" sagte eine hohle Stimme, indem sich hier zum erstenmal Kalenus in die Unterredung mischte.

Bei diesen Worten faßte ein Zittern den ganzen Körper des armen Kindes; flehend faltete sie die Hände. „Unglückliche, die ich bin," rief sie, und brach in ein heftiges Schluchzen aus.

Mochte es dieser laute Schmerzenston gewesen sein, der die sanfte Stratonice herbeiführte, oder nicht; genug, ihre schreckenerregende Gestalt erschien in diesem Augenblick im Zimmer.

„He da, was hast du mit meiner Sklavin getrieben, du Vieh?" wandte sie sich grimmig an Burbo.

„Sei ruhig, Weib," lautete die halb trotzige, halb schüchterne Antwort. „Du brauchst neue Gürtel und hübsche Kleider, nicht wahr? Na, so halt ein Auge auf deine Sklavin, oder du kannst sie lange suchen gehen. Vae capiti tuo! Elende!"

„Was ist das?" fragte die Hexe, von einem zum andern blickend.

Wie durch plötzlichen Antrieb schnellte Nydia von der Wand auf, an die sie sich gelehnt hatte; sie warf sich zu Stratonices Füßen, sie umschlang ihre Knie und sah mit den lichtlosen, aber rührenden Augen zu ihr empor.

„O meine Gebieterin,“ schluchzte sie, „du bist ein Weib, du hast Schwestern gehabt, bist jung gewesen, wie ich: fühle für mich, rette mich! Ich kann nicht mehr zu diesen fürchterlichen Festen gehen.“

„Dummheiten!“ rief die Hexe, und riß sie an einer der zarten Hände, die zu keiner härtern Arbeit fähig waren, als Blumen zum Vergnügen oder zum Verkauf in Kränze zu winden, rauh vom Boden empor. „Dummheiten! dergleichen zarte Bedenken sind nicht für Sklavinnen.“

„Hör' einmal,“ sagte Burbo und zog die Börse heraus und klingelte damit; „du vernimmst diese Musik, Frau; beim Pollux, wenn du das wilde Füllen da nicht scharf im Zaum hältst, so bekommst du sie nicht so bald wieder zu hören.“

„Das Mädchen ist jetzt ermüdet,“ erwiderte Stratonice, dem Kalenus zunickend; „wenn ihr sie das nächste Mal braucht, wird sie schon fügsamer sein.“

„Ihr! Ihr! Wer ist hier?“ fragte Nydia, die Augen mit einem furchtbaren, angespannten Blick im Zimmer umherwerfend, daß Kalenus erschrocken vom Stuhl aufsprang.

„Sie muß mit diesen Augen sehen!“ murmelte er.

„Wer ist hier? sprich um Himmelswillen! Ach wäret ihr blind wie ich, ihr würdet nicht so grausam sein,“ rief sie und brach von neuem in Tränen aus.

„Nimm sie fort,“ sagte Burbo ungeduldig. „Ich kann dieses Gewinsel nicht leiden.“

„Fort!“ rief Stratonice und stieß das arme Kind in die Schultern.

Nydia beugte sich auf die Seite, mit einer Miene, der die Entschlossenheit plötzlich ein stolzes Ansehen gab.

„Hört mich,“ sprach sie, „ich hab euch treu gedient, ich die erzogen wurde — ach meine Mutter, meine arme Mutter, hättest du geträumt, daß es dahin mit mir kommen sollte?“

Sie wischte die Tränen aus den Augen und fuhr fort: „Befehlt mir alles andere und ich will gehorchen, aber ich sage euch hiermit, so hart, streng, unerbittlich ihr auch seid, ich sage euch, daß ich nicht mehr dorthin gehe, oder wenn man mich zwingt, daß ich dann das Erbarmen des Prätors selbst anrufe. Ich habe es ausgesprochen: hört mich, ihr Götter, ich schwöre!“

Die Augen der Hexe sprühten Feuer; sie faßte das Kind

mit einer Hand bei den Haaren und hob die andere hoch auf — die furchtbare Rechte, deren geringster Schlag die schwache, zarte Gestalt, die unter ihrem Griff zitterte, zermalmen zu können schien. Es war, als durchzucke die Gebieterin selbst dieser Gedanke, denn sie unterließ den Schlag, änderte ihren Vorsatz und zerrte Nydia nach der Wand, nahm einen, ach nur zu oft zu solchem Zweck gebrauchten Strick vom Haken und im nächsten Augenblick hallte das Geschrei von den tödlichen Schmerzen des blinden Mädchens durchdringend durch das Haus.

Elftes Kapitel.

„Hallo, meine braven Burschen!“ rief Lepidus, indem er mit gesenktem Kopf durch den niedern Torweg von Burbos Haus trat; wir wollen sehen, wer von euch euerm Lanista die meiste Ehre macht.

Die drei Gladiatoren erhoben sich vom Tisch, um drei Elegants zu begrüßen, die als die reichsten und lebensfrohesten jungen Männer in Pompeji bekannt waren, und deren Stimmen daher über den Ruf im Amphitheater verfügen konnten.

„Was für schöne Tiere!“ sagte Clodius zu Glaukus; „wert, Gladiatoren zu sein.“

„Schade, daß sie keine Krieger sind,“ antwortete Glaukus.

Merkwürdig war es zu sehen, wie der süßliche, heikle Lepidus, den bei einem Trinkgelage jeder Sonnenstrahl blenden, im Bad jedes Lüftchen versengen wollte, ein Mensch, in dem die Natur, aus all ihren ursprünglichen Regungen hinausgedrängt und gezerrt, zu einem ungewissen, weibischen und verkünstelten Wesen abgestanden zu sein schien — merkwürdig war es zu sehen, wie dieser Lepidus jetzt voll Eifer, Kraft und Leben die mächtigen Schultern der Gladiatoren mit seiner weißen Mädchenhand klopfte, mit zartem Druck ihr nerviges Fleisch und ihre eisernen Muskeln befühlte, ganz verloren in Bewunderung der Mannheit, die aus sich selbst sorgfältigst zu verbannen das Geschäft seines Lebens gewesen war.

„Ha! Niger, wie wirst du fechten?“ fragte Lepidus, „und mit wem?“

„Sporus hat mich herausgefordert,“ erwiderte der Riese; „wir werden hoffentlich kämpfen, bis einer tot ist.“

„Das versteht sich,“ brummte Sporus mit einem Blinzeln seines kleinen Auges.

„Er nimmt das Schwert, ich das Netz und den Dreizack: es wird einen seltenen Spaß geben. Ich hoffe, der Überlebende wird genug zu tun haben, die Würde der Siegerkrone aufrecht zu halten.“

„Sei unbesorgt, wir wollen die Börse füllen, mein Hektor,“ erwiderte Clodius. „Laß sehen, du fichst gegen Niger; Glaukus, eine Wette! ich setze auf Niger.“

„Sagt ich's euch nicht?“ rief Niger jubelnd; „der edle Clodius kennt mich, sieh dich bereits für tot an, Sporus.“

Clodius nahm seine Schreibtafel heraus. „Eine Wette! zehn Sesterzen. Was meinst du?“

„Sei es so,“ antwortete Glaukus, „aber wen haben wir da? Diesen Helden hab ich noch nie gesehen.“ Damit betrachtete er den Lydon, dessen Glieder zarter als die seiner Gefährten waren, wie auch in seinen Zügen etwas Anmutiges, ja Edles lag, das sein Beruf noch nicht ganz zerstört hatte.

„Es ist Lydon, ein Anfänger, der bis jetzt nur das hölzerne Schwert handhabte,“ entgegnete Niger mit Herablassung. „Aber er hat das echte Blut in sich, und hat den Tetraides gefordert.“

„Er hat mich gefordert,“ sagte Lydon, „ich nehme die Forderung an.“

„Und wie fichst du?“ fragte Lepidus. „Warte noch ein wenig, mein Junge, bis du es mit dem Tetraides versuchst.“

Lydon lächelte verächtlich.

„Ist er ein Bürger oder ein Sklave?“ fragte Clodius.

„Ein Bürger, wir alle hier sind Bürger,“ sagte Niger.

„Strecke deinen Arm, Lydon,“ sprach Lepidus mit Kennermiene.

Mit einem bedeutsamen Blick auf seine Gefährten reckte der Gladiator einen Arm aus, der, wenn nicht so gewaltig im Umfang, wie die seiner Kameraden, in seinen Muskeln so fest, in seinen Verhältnissen so harmonisch war, daß die drei Untersucher in einen gemeinsamen Ruf der Bewunderung ausbrachen.

„Nun, was ist deine Waffe?“ fragte Clodius, die Schreibtafel in der Hand.

„Wir kämpfen zuerst mit dem Cestus, nachher, wenn wir beide noch das Leben haben, mit Schwertern," erwiderte Tetraides spitzig, mit neidischem Gesicht.

„Mit dem Cestus?" rief Glaukus; „da hast du unrecht, Lydon. Der Cestus ist die griechische Kampfart, ich kenn ihn wohl. Dazu solltest du dir mehr Fleisch angeschafft haben. Du bist viel zu mager dafür; vermeide den Cestus."

„Ich kann nicht," sagte Lydon.

„Und warum?"

„Ich hab es schon gesagt — weil er mich gefordert hat."

„Aber er wird nicht gerade auf dieser Waffe bestehen."

„Meine Ehre besteht darauf," entgegnete Lydon stolz.

„Ich wette auf Tetraides, zwei gegen eins, auf den Cestus," rief Clodius. „Wollen wir auf die Schwerter gleich gegen gleich wetten, Lepidus?"

„Und wenn du mir drei gegen eins bötest, so nähme ich die Wette nicht an," erwiderte Lepidus; „Lydon kommt nie zum Schwert. Du bist gar zu gütig."

„Was sagst du, Glaukus?" fragte Clodius.

„Ich nehm es an, drei gegen eins."

„Zehn Sesterzen gegen dreißig?"

„Ja."

Clodius schrieb die Wette in seine Schreibtafel.

„Verzeih, mein edler Gönner," flüsterte Lydon dem Glaukus zu, „wie viel glaubst du, daß der Sieger gewinne?"

„Wieviel? Nun etwa sieben Sesterzen."

„Wird es gewiß so viel sein?"

„Zum mindesten. Aber schäme dich, daß du an das Geld und nicht an die Ehre denkst! O Römer! überall bleibt ihr doch Römer!"

Eine Röte zuckte über die dunkle Wange des Gladiators hin.

„Tu' mir nicht unrecht, edler Glaukus, ich denke an beides, aber nur um des Geldes willen bin ich Gladiator geworden."

„Niedriger Mensch! mögest du fallen! Ein Knauser war nie ein Held."

„Ich bin kein Knauser," erwiderte Lydon hoch herab, und zog sich an die andere Seite des Zimmers zurück.

„Aber ich sehe Burbo nicht, wo ist er? Ich muß mit Burbo sprechen," rief Clodius.

„Er ist da drin," antwortete Niger, und wies auf die Tür im Hintergrund.

„Und Stratonice, die tapfere Alte, wo ist sie?" fragte Lepidus.

„Sie war eben da, eh ihr eintratet, aber da hörte sie da drüben etwas, das ihr mißfiel, und weg war sie. Zum Pollux! der alte Burbo hatte vielleicht ein Mädchen im Hinterzimmer erwischt. Ich hörte eine Weiberstimme laut schreien; die alte Dame ist so eifersüchtig wie Juno."

„Vortrefflich," rief Lepidus lachend. „Komm, Clodius, wir wollen mit Jupiter teilen, vielleicht hat er eine Leda gefunden."

In diesem Augenblick erschreckte ein lautes Geschrei des Schmerzes und der Angst die Sprechenden:

„O! schone mich! ich bin nur ein Kind, ich bin blind, ist das nicht Strafe genug?"

„O Pallas! ich kenne diese Stimme, es ist mein armes Blumenmädchen," rief Glaukus und stürzte nach dem Ort zu, woher die Jammertöne kamen.

Er stieß die Tür auf, und sah, wie sich Nydia unter den Händen des wütenden Weibes krümmte. Der bereits mit Blut benetzte Strick war hoch in die Luft erhoben. Er hielt ihn sogleich auf.

„Furie!" rief er, und entriß mit der Linken Nydia ihrem Griff. „Wie wagst du ein Mädchen so zu behandeln — ein Wesen von deinem eigenen Geschlecht, ein Kind? — meine Nydia, meine arme Kleine!"

„O! bist du es, ist es Glaukus?" rief das Blumenmädchen, fast im Ton des Entzückens. Die Tränen standen ihr auf den Wangen still; sie lächelte, klammerte sich an seine Brust und küßte ihm das Gewand.

„Und wie wagst du, unverschämter Fremdling, dich zwischen ein freies Weib und ihre Sklavin zu drängen? Bei den Göttern! trotz deiner schönen Tunika und deinen ekelhaften Wohlgerüchen, glaube ich, du bist nicht einmal ein römischer Bürger, mein Püppchen!"

„Höflich, Frau! höflich!" sagte Clodius, der jetzt mit Lepidus eintrat. „Das ist mein Freund und Bruder; er muß gegen deine Zunge ein Obdach erhalten, meine Holde, sie regnet Steine!"

„Gib mir meine Sklavin!“ schrie das Weib, und setzte ihre mächtige Tatze auf die Brust der Griechin.

„Nein, und wenn dir alle Furien helfen,“ erwiderte Glaukus. „Fürchte nichts, süße Nydia; ein Athener verläßt das Unglück nie!“

„He da!“ rief Burbo, indem er zögernd aufstand, „was für ein Lärm ist das um einer Sklavin willen! Laß den jungen Herrn los, Weib — laß ihn los, um seinetwillen soll dem naseweisen Ding diesmal verziehen sein.“ Damit zog oder zerrte er vielmehr seine blutgierige Hälfte weg.

„Mir war es doch, als wir eintraten, als sei noch jemand dagewesen,“ sagte Clodius. „Er ist fort.“

Wirklich hatte es der Isispriester für hohe Zeit erachtet, zu verschwinden.

„O! ein Freund von mir! ein Zechbruder, ein ruhiger Kerl, der dergleichen Katzbalgereien nicht liebt,“ bemerkte Burbo obenhin. „Aber geh, Kind, du zerreißest dem Herrn die Tunika, wenn du dich so fest an ihn anklammerst, geh, es ist dir verziehen.“

„O verlaß mich nicht! verlaß mich nicht! rief Nydia, und klammerte sich noch fester an den Athener.

Ergriffen von ihrem hilflosen Zustand, ihrer schutzsuchenden Bitte, der außerordentlichen rührenden Anmut ihres Wesens, setzte sich der Grieche auf einen der groben Stühle. Er nahm sie auf den Schoß, wischte ihr mit seinem langen Haar das Blut von den Schultern, küßte ihr die Tränen von den Wangen, flüsterte ihr tausend von den tröstenden Worten zu, womit wir den Schmerz eines Kindes zu sänftigen suchen. Und so schön nahm er sich in seinem freundlichen Bemühen aus, daß selbst das wilde Herz Stratonices bewegt wurde. Seine Gegenwart schien einen Glanz über diese niedere, schmutzige Stätte auszustrahlen. — Jung, schön, herrlich, war er ein Bild der Vereinigung von allem, was die Welt von Glück bieten kann, indem er ein von der Welt verlassenes Wesen tröstete.

„Ei! Wer hätte das gedacht, daß unsere blinde Nydia so zu Ehren käme,“ sagte die Amazone und wischte sich die erhitzte Stirn.

Glaukus sah den Burbo an.

„Mein guter Mann,“ sprach er, „das ist deine Sklavin? Sie singt gut und versteht sich auf die Pflege der Blumen; ich wünsche einer Dame eine solche Sklavin zum Geschenk zu machen. Willst du sie mir verkaufen?" Bei diesen Worten fühlte er, wie der ganze Körper des armen Kindes vor Entzücken bebte; sie fuhr auf, streifte das aufgelöste Haar aus den Augen und blickte umher, als hätte sie die Kraft zu sehen.

„Unsere Nydia verkaufen? Nein, keinesfalls!" erwiderte Stratonice griesgrämig.

Nydia sank mit einem langen Seufzer zurück und faßte von neuem das Kleid ihres Beschützers.

„Unsinn!" rief Clodius gebieterisch, „ihr müßt es mir zu Gefallen tun. Habt mich zum Feind und euer Weinschank ist ruiniert. Ist nicht Burbo Klient meines Vetters Pansa? Bin ich nicht das Orakel des Amphitheaters und seiner Helden? Ein einziges Wort von mir und ihr könnt eure Krüge zerschlagen, ihr verkauft nichts mehr. Glaukus, die Sklavin ist dein."

Burbo kratzte sich den gewaltigen Kopf in sichtbarer Verlegenheit:

„Das Mädchen müßte mir mit Gold aufgewogen werden."

„Nennet den Preis, ich bin reich," entgegnete Glaukus.

„Ich habe sechs Sesterzen für sie bezahlt, jetzt ist sie zwölf wert," brummte Stratonice.

„Ihr sollt zwanzig haben; kommt sogleich vor die Obrigkeit und folgt mir dann in mein Haus, daß ich euch das Geld einhändige."

„Ich hätte das liebe Kind nicht um hundert Sesterzen verkauft, wär's nicht gewesen, dem edeln Clodius einen Gefallen zu tun," sagte Burbo weinerlich. „Und du willst also mit Pansa über die Stelle eines Designators beim Amphitheater sprechen, edler Clodius? das wär' gerade ein Posten für mich."

„Du sollst sie haben," erwiderte Clodius, und setzte flüsternd hinzu: „Dieser Grieche kann dein Glück machen; das Geld läuft durch ihn wie durch ein Sieb. Streiche dir diesen Tag rot an."

„An dabis?" fragte Glaukus nach der üblichen Formel bei Verkauf und Tausch.

„Dabitur," antwortete Burbo.

„So geh ich denn mit dir — mit dir, o Glück!" lispelte Nydia.

„Ja, niedliche Kleine; und deine härteste Arbeit soll fortan sein, deine griechischen Lieder der reizendsten Dame in Pompeji vorzusingen."

Das Mädchen fuhr von seinem Arm zurück; eine Veränderung kam über ihr eben noch strahlendes Gesicht. Sie seufzte tief auf und sagte dann, indem sie ihn noch einmal an der Hand ergriff:

„Ich glaubte, ich sollte in **dein** Haus gehen?"

„Und das sollst du auch für jetzt; komm, wir verlieren unnütz Zeit."

Zwölftes Kapitel.

Jone war eine von den glänzenden Erscheinungen, die Klugheit und Schönheit in sich vereinigen, und sie besaß höhere geistige Fähigkeiten, ohne sich deren bewußt zu sein. Kein Wunder, daß sie die geheimnisvolle, aber flammende Seele des Ägypters, eines Mannes, in dem die wildesten Leidenschaften wohnten, gänzlich in Bande geschlagen und überwältigt hatte. Ihre Schönheit und ihre Seele machten ihn in gleichem Grade zum Sklaven.

Von der gewöhnlichen Welt durch eigenen Antrieb geschieden, liebte er jene Kühnheit des Charakters, die sich auch unter gewöhnlichen Verhältnissen hoch und einsam hinstellt. Er sah nicht, oder wollte nicht sehen, daß eben jene Vereinzelung Jone ihm noch mehr als der Menge entfremde. Fern wie beide Pole voneinander — fern wie der Tag von der Nacht, stand seine Einsamkeit von der ihrigen. Er war einsam infolge seiner dunkeln, mit Gepränge umgebenen Laster — sie durch ihre schönen Neigungen und die Reinheit ihrer Tugend.

War es nicht zu verwundern, daß Jone auf diese Weise den Ägypter an sich kettete, so war es noch mehr zu begreifen, daß sie das helle, sonnige Herz des Atheners ebenso schnell und unwiderruflich gefangen genommen hatte. Die Heiterkeit eines Temperaments, das aus Lichtstrahlen gewoben schien, hatte Glaukus zur Weltlust geführt. Indem er sich den Zerstreuungen seiner Zeit hingab, gehorchte er nicht so sehr unreinen Antrieben, als dem frohen Ruf der Jugend und Gesundheit. Er breitete die Lichtfülle seiner eigenen Natur über jede Kluft und Höhle, in die er abschweifte. Seine

Einbildungskraft blendete ihn, aber sein Herz ward nie verdorben. Viel tiefer als seine Gefährten glaubten, durchschaute er, daß sie sich sein Geld und seine Jugend zunutze zu machen suchten; aber Reichtum hatte für ihn nur als Mittel zum Genuß einen Wert, und Jugend war das sympathische Band, das ihn an die Genossen knüpfte. Allerdings fühlte er einen Anreiz zu edlern Gedanken und höheren Zwecken, als er in solchen Vergnügungen erreichen konnte, aber die Welt war ein großes Gefängnis, dessen Kerkermeister der Beherrscher von Rom war, und eben die Tugenden, die Glaukus in den freien Tagen Athens ruhmbegierig gemacht haben würden, machten ihn in der Sklaverei der Erde untätig und lässig. Denn in diesem unnatürlichen, aufgedunsenen Zustand der Gesellschaft war jeder Wetteifer nach edeln Zielen verboten. Die Ehrbegierde wurde in der Umgebung eines despotischen, üppigen Hofes nur zu einem Wettstreit der Schmeichelei und List. Habsucht war der einzige Antrieb geworden, sich aus der Menge zu erheben: — man erstrebte Präturen und Provinzen nur als einen Freibrief zum Plündern, und die Regierungsgewalt war nur eine Entschuldigung für Raub.

Derart auf sich selbst zurückgeworfen fanden die edlern Eigenschaften des Griechen Glaukus nur in jener überströmenden Phantasie einen Ausweg, die seinen Vergnügungen Grazie, seinen Gedanken Poesie aufdrückte. Ungebundenheit war minder verächtlich als Wettstreit mit Parasiten und Sklaven, und ließ sich der Ehrbegierde kein höheres Ziel setzen, so ließ der Luxus doch eine Verfeinerung zu. Alles Bessere und Hellere in seiner Natur aber erwachte mit einemmal, als er Jone kennen lernte. Hier war ein Reich, wert, daß ein Halbgott danach strebte, hier eine Herrlichkeit, die der schmutzige Rauch einer kranken Gesellschaft nicht beflecken oder verdüstern konnte. So kann die Liebe zu jeder Zeit und unter jedem Verhältnis Raum für ihre goldenen Altäre finden. Und war es natürlich, daß er sie liebte, so war es ebenso natürlich, daß sie die Liebe erwiderte. Jung, glänzend, beredt, liebend und ein Athener, erschien er ihr als die verkörperte Poesie des Landes ihrer Väter. Beide waren nicht wie Geschöpfe einer Welt, deren Elemente Kampf und Mühen sind; sie glichen Wesen, die man nur an Festtagen der Natur erblickt, so herrlich und frisch erschien ihre Jugend, ihre Schönheit und ihre Liebe. Es war, als seien sie in der harten Alltagswelt nicht an ihrem Platz; als hätten sie von Rechts wegen der saturnischen Zeit angehört, den Träumen von Halbgöttern und Nymphen. Alle Poesie des Lebens schien sich in ihnen angesammelt zu haben, und in ihren Herzen drängten sich die letzten Strahlen der Sonne von Delos und von Griechenland zusammen.

Verfuhr jedoch Jone in der Wahl ihrer Lebensweise sehr unabhängig, so war bescheidener Stolz in gleichem Grade wachsam und leicht zu beunruhigen. Die Lüge des Ägypters wurde ihm von einer tiefen Kenntnis ihres Wesens eingegeben. Die Geschichte von der Unzartheit, der Roheit des Glaukus schnitt ihr ins tiefste Herz. Sie schien ihr wie ein Vorwurf gegen ihren Charakter und ihre Lebensweise, vor allem wie eine Bestrafung ihrer Liebe; zum erstenmal fühlte sie, wie schnell sie dieser Liebe Herrschaft über sich eingeräumt hatte, und beschämt errötete sie über eine Schwäche, deren mögliche Folgen sie mit Schrecken gewahr wurde. Sie bildete sich ein, eben dieser Schwäche wegen sei ihr die Verachtung des Geliebten zuteil geworden; sie duldete die bitterste Qual edler Naturen: Demütigung! Gleichwohl war ihre Zärtlichkeit im nämlichen Grade wachgerufen, wie ihr Stolz. Flüsterte sie in einem Augenblick Vorwürfe gegen Glaukus, entsagte sie, haßte sie ihn beinah, so brach sie in der nächsten Minute in leidenschaftliche Tränen aus, ihr Herz ward von seiner natürlichen Sanftheit überwältigt, und in der Bitterkdit ihrer Qual sprach sie: er verachtet mich — er liebt mich nicht.

Seit der Stunde, wo der Ägpter von ihr gegangen war, hatte sie sich in ihr abgelegenstes Gemach zurückgezogen, hatte sich vor den Scharen, die ihre Tür belagerten, verleugnet. Glaukus wurde mit den übrigen abgewiesen; er wunderte sich, vermutete aber den Grund nicht. Niemals schrieb er seiner Jone, seiner Beherrscherin, seiner Gottheit, die weibische Launenhaftigkeit zu, worüber die Liebesdichter Italiens so unaufhörlich klagen. Er stellte sie sich in der Majestät ihrer Wahrhaftigkeit zu erhaben vor über alle Kunstgriffe dieser Seelenquälerei. Er war beunruhigt, aber seine Hoffnung war nicht getrübt, denn bereits wußte er, daß er liebe und geliebt werde: welches kräftigere Amulett gegen die Furcht konnte er noch verlangen?

In tiefster Nacht, wenn die Straßen still waren und nur der Mond seine Andacht sah, schlich er sich zu dem Tempel seines Herzens — zu ihrem Hause, und warb um sie nach der schönen Weise seines Landes. Er bedeckte ihre Tür mit den reichsten Blütengewinden, in denen jede Blume ein Brief süßen Seelenergusses war, und ließ die lange Sommernacht vom Klange der lycischen Leier und den Liedern ertönen, die ihm die Begeisterung des Augenblicks eingab.

Aber das Fenster oben öffnete sich nicht; kein Lächeln machte den Dämmerschein der Nacht noch heiliger. Alles im Haus blieb still und dunkel. Er wußte nicht, ob seine Lieder unwillkommen waren, seine Bitten gehört wurden.

Doch Jone schlief nicht und verschmähte keineswegs ihm zuzuhören. Die milden Töne stiegen empor zu ihrem Gemach; sie besänftigten, überwältigten sie. So lang sie hörte, glaubte sie keiner Einflüsterung gegen den Geliebten; wenn die Lieder aber endigten, wenn sich sein Schritt entfernte, verschwand der Zauber und in der Bitterkeit ihrer Seele erblickte sie in dieser zarten Huldigung beinahe eine neue Schmach.

Wie gesagt, erlaubte sie niemand den Zutritt; nur eine Ausnahme fand statt — eine Person gab es, die sich nicht abweisen ließ und über ihre Handlungen und ihr Haus eine beinah väterliche Autorität beanspruchte: Arbaces machte für sich eine Enthebung von allen Förmlichkeiten geltend, die von andern beobachtet wurden. Er trat in die Tür mit der Sicherheit eines Mannes, der fühlt, daß er hier ein Vorrecht hat und zu Hause ist. Er drang in ihre Einsamkeit ein mit jener ruhigen, keine Entschuldigung suchenden Miene, die eine solche Befugnis als etwas ganz Natürliches anzusehen schien. Bei aller Unabhängigkeit in Jones Wesen hatte ihn seine Gewandtheit gleichwohl in den Stand gesetzt, eine geheime Herrschaft über ihr Gemüt zu erlangen. Sie vermochte diesen Einfluß nicht abzuschütteln, obwohl sie dies zuweilen wünschte; aber nie kämpfte sie wirklich gegen ihn an. Sein Schlangenauge hatte sie bezaubert. Er verbot und gebot ihr durch die Magie eines an Einschüchterung und Bewältigung gewöhnten Geistes. Ohne die mindeste Ahnung von seinem wirklichen Charakter oder seiner versteckten Liebe fühlte sie für ihn die Ehrfurcht, die stets der Genius vor der Intelligenz, die Tugend vor der Heiligkeit fühlt. Sie betrachtet ihn als einen jener hohen Wesen des Altertums, die in die Geheimnisse der Wissenschaft eindringen, indem sie frei von den Leidenschaften der andern Menschen sind.

Kaum sah sie ihn als ein irdisches Wesen an, wie sich selbst, sondern als ein dunkles heiliges Orakel. Sie liebte ihn nicht, aber sie fürchtete ihn; seine Gegenwart war ihr unwillkommen. Er verdüsterte ihren Geist, selbst in der heitersten Stimmung, in seiner eisigen, hohen Gestalt glich er einem Berge, der das Licht der Sonne versteckt. Aber nie fiel es ihr ein, ihm seine Besuche zu untersagen. Sie verhielt sich passiv unter einem Einfluß, der in ihrer Brust nicht das Zurückstoßende, wohl aber etwas von der unheimlichen Stille des Schreckens hervorrief.

Arbaces beschloß sofort, all seine Künste anzuwenden, um sich in den Besitz eines so glühend ersehnten Schatzes zu setzen. Sein Sieg über ihren Bruder ermutigte und erhob ihn. Seit der Stunde, worin Apäcides unter dem wollüstigen Zauber jenes Festes gefallen war, fühlte der Ägypter seine Herrschaft über den jungen Priester gesichert und unumstößlich. Er wußte, daß es kein so vollständig unterjochtes Opfer gibt, als einen jungen, glühenden Mann, der zum erstenmal der Herrschaft der Sinne hingegeben worden ist.

Als Apäcides mit dem Morgenlicht von dem tiefen Schlaf, den der Rausch des Staunens und der Lust zur Folge gehabt hatte, wieder erwacht war, hatte er sich allerdings beschämt, erschreckt niedergeschlagen gefühlt. Das Gelübde der Keuschheit, der Enthaltsamkeit hatte ihm ins Ohr geklungen; sein Durst nach Heiligkeit — war er aus so trüber Quelle gestillt worden? Aber Arbaces kannte die Mittel, um sich seinen Sieg zu sichern. Von den Künsten der Wollust führte er den jungen Priester mit einemmal in die Tiefen seiner geheimnisvollen Weisheit. Er enthüllte seinen erstaunten Augen die nur den Eingeweihten gegönnten Mysterien der dunkeln Philosophie des Nils — Geheimnisse, die den Sternen entnommen waren und einer regellosen Chemie, die in jenen Tagen, wo die Vernunft selbst nur Tochter der Einbildungskraft war, wohl für die Aussprüche eines erhabenen Wundertäters gelten konnten. So erschien denn der Ägypter in den Augen des jungen Priesters als ein überirdisches, mit übernatürlichen Kräften begabtes Wesen.

Das sehnsüchtige, inbrünstige Verlangen nach einer Kunde vom Jenseits der Erde, das von Kindheit an im Herzen des Priesters gebrannt hatte, wurde geblendet, bis es sein klareres Bewußtsein gänzlich verwirrte und bemeisterte. Er gab sich der List gefangen, die sich also an die zwei stärksten menschlichen Leidenschaften, den Trieb zur Lust und den Trieb zum Wissen, wandte. Der Gedanke, als könne ein so weiser Mann irren, ein so erhabener sich zum Betrug herablassen, empörte ihn. Verstrickt in das dunkle Netz einer metaphysischen Moral, griff er nach den Entschuldigungen, wodurch der Ägypter Laster in Tugend verwandelte. Ohne daß er es gewahr wurde, schmeichelte er seinem Stolz, daß Arbaces ihn mit sich auf einerlei Stufe gestellt, ihn den Gesetzen, die den großen Haufen binden, entzogen, ihn zum erhabenen Teilnehmer seiner geheimnisvollen Studien, wie der magischen Genüsse seiner Einsamkeit gemacht hatte. Die reinen, strengen Lehren jenes Glaubens, zu dem ihn Olinth zu bekehren gesucht hatte, waren durch die Flut neuer Leidenschaften aus seiner Erinnerung weggeschwemmt worden, und der Ägypter, der die Sätze dieser neuen Religion kannte, und von seinem Zögling bald die Wirkung erfuhr, die die Anhänger jener Lehre auf ihn hervorgebracht hatte, suchte diese Wirkung auf nicht ungewandte Art durch einen halb spottenden, halb ernsten Ton der Erörterung zu zerstören.

„Dieser Glaube," sprach er, „ist nur ein Plagiat aus einer der vielen Allegorien, die unsere alten Priester erfanden. Sieh, hier," fügte er hinzu und deutete auf eine Rolle in Hieroglyphenschrift, „sieh hier in diesen alten Figuren den Ursprung der christlichen Dreieinigkeit. Auch hier sind drei Gottheiten — Gott, der Geist und der Sohn. Bemerke, daß der Beiname des Sohnes Erlöser lautet; bemerke, daß das Zeichen, wodurch seine menschlichen Eigenschaften angedeutet werden, das Kreuz ist; sieh hier auch die geheimnisvolle Geschichte des Osiris, wie er den Tod erleidet, wie er im Grabe liegt und wie er, eine heilige Sühne vollziehend, von den Toten wieder aufersteht! In diesen Geschichten wollten wir nur ein Sinnbild von dem Verfahren der Natur und den Wandlungen des ewigen Himmels niederlegen. Aber ohne daß der Sinn verstanden wurde, hat das bloße Bild leichtgläubigen Völkern Stoff zu mannigfachen Lehrsätzen geliefert. Es ist nach den weiten Ebenen Indiens gewandert; es hat sich den schwärmerischen Betrachtungen der Griechen beigemischt. Immer gröber und materieller werdend, je weiter es sich von dem Schoß seines alten Ursprungs entfernte, nahm es in dieser neuen Religion eine menschliche, körperliche Gestalt an und die Anhänger des Galiläers sind nur die unbewußten Nachbeter eines Aberglaubens vom Nil!"

So lautete der letzte Beweisgrund, der den Priester gänzlich unterjochte. Es war für ihn, wie für alle Menschen notwendig, an etwas zu glauben, und ungeteilt und ohne Widerstreben gab er sich zuletzt dem Glauben hin, den ihm Arbaces offenbarte, einem Glauben, zu dessen Anziehungsfähigkeit und Bekräftigung alles beitrug, was Menschliches in der Leidenschaft, Schmeichelhaftes in der Eitelkeit und Verlockendes in den Vergnügungen liegt.

Nachdem er diesen leichten Sieg gewonnen hatte, konnte sich der Ägypter ganz der Verfolgung eines ihm wichtigeren, höheren Zweckes hingeben. In seinem Triumph über den Bruder begrüßte er ein Vorzeichen seines Erfolges bei der Schwester.

Er hatte Jone am Morgen nach dem Gelage gesehen, nachdem er tags zuvor ihr Gemüt gegen seinen Nebenbuhler aufgereizt hatte. Am zweiten und dritten Tag wiederholte er seinen Besuch und ließ jedesmal seine ganze Kunst spielen, teils um den Eindruck gegen Glaukus zu verstärken, teils um die Freundin auf die Eindrücke vorzubereiten, die sie nach seinem Wunsch empfangen sollte. Die stolze Jone verbarg sorgfältig die Qual, die sie duldete, und weiblicher Stolz ist einer Verstellung fähig, die den Scharfsinnigsten täuschen, den Listigsten überlisten kann. Indessen vermied Arbaces nicht minder sorgfältig, auf einen Gegenstand zurückzukommen, den ihm seine Weltklugheit als etwas Geringfügiges zu behandeln gebot. Er wußte, daß man durch langes Sprechen über das Vergehen eines Nebenbuhlers diesem in den Augen der Geliebten nur einen gewissen Wert gibt: das klügste Verfahren ist, ihn weder laut zu hassen, noch bitter zu verdammen, sondern ihn durch einen gleichgültigen Ton herabzusetzen, als fiele es uns gar nicht ein, daß ein Mensch wie er geliebt werden könne.

Er kam also auf die Anmaßung des Glaukus gar nicht wieder zurück; er nannte seinen Namen, aber nicht öfter, als den des Clodius oder des Lepidus, und nahm die Miene an, diese alle in eine Klasse zu werfen, als Wesen einer niedern ephemeren Art, denen zum Schmetterling nichts fehle, als dessen Unschuld und Grazie. Hier und da erwähnte er leicht irgendeiner von ihm lügenhaft ausgedachten Schwelgerei, in der er sie als Genossen angab; ein anderes Mal bezeichnete er sie als Antipoden jener erhabenen geistigen Naturen, zu deren Gattung Jone gehörte. Durch Jones Stolz, wie vielleicht durch den eigenen irregeführt, fiel es ihm nicht ein, daß sie bereits liebe, aber er fürchtete, sie möchte zu des Glaukus Gunsten jene erste flüchtige Teilnahme gefaßt haben, die den Weg zur Liebe bahnt, und biß im Geheimen die Zähne vor Wut und Eifersucht zusammen, wenn er an die Jugend, die Anmut, den Glanz des gefährlichen Nebenbuhlers dachte, dem er dem Anschein nach so wenig Wert beilegte.

Es war am vierten Tag nach den am Schluß des vorigen Buchs erzählten Ereignissen, als Arbaces und Jone beisammensaßen.

„Du trägst einen Schleier zu Hause," bemerkte der Ägypter. „Das ist nicht schön gegen die, die du mit deiner Freundschaft beehrst."

„Was kann es dem Arbaces," antwortete Jone, die den Schleier übergeworfen hatte, um ihm ihre rotgeweinten Augen zu verbergen — „was kann es dem Arbaces, der nur auf den Geist sieht, verschlagen, ob das Gesicht bedeckt ist?"

„Ich sehe nur auf den Geist," erwiderte der Ägypter; „drum zeig mir eben dein Gesicht, denn dort werde ich ihn sehen."

„Du wirst galant in der Luft von Pompeji," sagte Jone mit einem Ton erzwungener Heiterkeit.

„Glaubst du, reizende Jone, ich habe nur in Pompeji deinen Wert schätzen gelernt?" Die Stimme des Ägypters zitterte — er hielt einen Augenblick inne und fuhr dann fort:

„Es gibt eine Liebe, schöne Griechin, die nicht nur die Liebe der gedankenlosen Jugend ist — eine Liebe, die nicht mit dem Auge sieht, nicht mit dem Ohr hört, sondern in der die Seele für die Seele entbrennt. Der Landsmann deiner Vorfahren, der tiefsinnige Plato, träumte von solch einer Liebe — seine Nachfolger haben ihm nachzuahmen gesucht; aber diese Liebe hat keinen Widerhall für die große Herde — es ist eine Liebe, die nur hohe und edle Naturen zu fassen vermögen. Sie hat nichts gemein mit den Sympathien und Banden einer größeren Zuneigung; Runzeln stoßen sie nicht zurück — Häßlichkeit schreckt sie nicht ab. — Allerdings fordert sie Jugend, aber sie fordert sie nur in der Frische der Empfindungen — allerdings fordert sie Schönheit, aber nur die Schönheit des Gedankens und des Geistes. Dies ist die Liebe, o Jone! die dir von dem kalten, strengen Mann als würdiges Opfer dargebracht wird. Du hältst mich für streng und kalt: — dies ist die Liebe, die ich auf deinem Altar niederzulegen wage; du kannst sie ohne Erröten annehmen."

„Und ihr Name ist Freundschaft!" erwiderte Jone. Ihre Antwort war arglos — gleichwohl lautete sie wie ein Vorwurf gegen die geheime Absicht des Sprechenden.

„Freundschaft?" rief Arbaces heftig; „nein, das ist ein zu oft entweihtes Wort, um damit eine so heilige Empfindung zu bezeichnen. Freundschaft? das ist ein Band, das Toren und Wüstlinge aneinanderkettet! Freundschaft! das ist ein Bund, der die wertlosen Herzen eines Glaukus und Clodius vereint! Freundschaft! nein, das ist eine irdische Zuneigung aus gemeinen Gewohnheiten und unreinen Sympathien entsprungen; — die Empfindung, wovon ich spreche, ist den Sternen entlehnt — sie nimmt teil an jener geheimnisvollen, unaussprechlichen Sehnsucht, die über uns kommt, wenn wir den geliebten Gegenstand ansehen; sie brennt, aber läutert — sie ist die Naphthalampe in der Alabastervase, die mit duftendem Wohlgeruch brennt, aber nur in den reinsten Gefäßen durchscheint. Nein, es ist nicht Liebe und ist nicht Freundschaft, was Arbaces für Jone fühlt. Gib ihm keinen Namen — die Erde hat keinen Namen dafür — es kommt nicht von der Erde; weshalb es durch irdische Namen und irdische Nebenvorstellungen erniedrigen?"

Nie hatte sich Arbaces früher so weit gewagt, aber Schritt für Schritt fühlte er sich hier auf festem Grund; er wußte, daß er eine Sprache spreche, die seltsam und fremd war, ohne bestimmte Vorstellung in ihrem Gefolge, so daß er unmerklich weitergehen oder zurückweichen konnte, wie es die Gelegenheit erforderte, die Hoffnung Mut oder die Besorgnis Furcht einflößte. Jone zitterte, ohne zu wissen warum; der Schleier verbarg ihre Züge und bedeckte einen Ausdruck, der den Ägypter, hätt' er ihn gesehen, zugleich entmutigt und ergrimmt haben würde. Wirklich hatte ihr der Freund niemals stärker mißfallen — die harmonische Betonung der einschmeichelndsten aller Stimmen, die je unheilige Gedanken versteckten, drang mißklingend in ihr Ohr. Ihre ganze Seele war noch von dem Bilde des Glaukus erfüllt, und der Ton der Zärtlichkeit von einem andern konnte sie nur empören und beängstigen. Doch ahnte sie nicht, daß eine noch heißere Leidenschaft als jene platonische Liebe, deren Arbaces Erwähnung getan hatte, hinter seinen Worten laure. Sie glaubte, er habe wirklich nur von der Zuneigung und Sympathie der Seelen gesprochen; aber war es nicht eben diese Zuneigung, diese Sympathie, die einen Teil der Empfindungen ausgemacht hatte, die sie für Glaukus gefühlt? Und durfte sich irgend ein anderer Fuß als der seinige der Pforte ihres Herzens nahen?

So antwortete sie denn in dem ängstlichen Wunsch, dem Gespräch eine andere Wendung zu geben, mit kaltem, gleichgültigem Ton: „Wen immer Arbaces mit dem Gefühl der Achtung ehren mag, so ist es natürlich, daß sein erhabener Geist diesem Gefühl seine eigene Farbe verleiht; es ist natürlich, daß seine Freundschaft reiner ist, als die der andern, zu deren Treiben und Irren er sich nicht herabläßt. Aber sag mir, hast du kürzlich meinen Bruder gesehen? Er hat mich seit mehreren Tagen nicht besucht, und als ich ihn das letztemal sah, beunruhigte und erschreckte mich sein Benehmen sehr: ich fürchte, er war zu vorschnell in der strengen Wahl, die er getroffen hat und bereut einen unwiderruflichen Schritt."

„Sei gutes Muts, Jone," erwiderte der Ägypter. „Allerdings war er einige Zeit hindurch trüben, niedergeschlagenen Geistes; Zweifel befielen ihn, wie sie in einem Menschen sehr natürlich sind, dessen glühendes Temperament beständig ebbt und flutet und zwischen Aufregung und Erschöpfung schwankt. Aber er, Jone, er selbst kam zu mir in seiner Angst und seinem

Schmerz: er suchte jemand, der ihm Mitleid und Liebe zeigte. Ich habe sein Gemüt beruhigt, habe seine Zweifel entfernt, habe ihn von der Schwelle der Weisheit in den Tempel selbst eingeführt, und vor der Majestät der Göttin ward seine Seele beruhigt und gesänftigt. Sei unbesorgt, er wird sich fortan keiner Reue mehr hingeben; wer sich dem Arbaces vertraut, bereut nie länger als einen Augenblick."

„Du erfreust mich," erwiderte Jone. „Mein teurer Bruder! in seiner Zufriedenheit fühle ich mich glücklich."

Das Gespräch wandte sich sofort auf leichtere Gegenstände; der Ägypter bemühte sich zu gefallen, ja er ließ sich herab zu unterhalten. Die große Mannigfaltigkeit seines Wesens setzte ihn instand, jeden Gegenstand, auf den die Unterredung fiel, zu schmücken und aufzuklären; und Jone, die mißfällige Wirkung seiner Worte vergessend, wurde trotz ihrer Trauer vom Zauber seines Geistes fortgerissen. Ihr Benehmen ward zwanglos und ihre Rede fließend. Arbaces, der längst auf seine Gelegenheit gelauert hatte, eilte jetzt diese zu erfassen.

„Du hast noch nie," sprach er, „das Innere meines Hauses gesehen; vielleicht daß dir die Besichtigung Vergnügen gewährt; es enthält einige Räume, die dir eine Erläuterung von dem geben können, was du so oft von mir beschrieben haben wolltest — von der Einrichtung einer ägyptischen Wohnung. Nicht als könntest du in den ärmlichen, kleinen Verhältnissen der römischen Architektur die massive Kraft, die gewaltige Größe, die riesige Pracht oder auch nur die für das Alltagsleben bestimmte Anordnung in der Bauart der Paläste von Theben und Memphis erblicken; aber du wirst denn doch einiges treffen, was dir eine Vorstellung von jener alten Kultur geben kann, die die Welt humanisiert hat. Widme also dem strengen Freund deiner Jugend einen von diesen hellen Sommerabenden, und gönne mir den Ruhm, daß mein düsteres Haus von der Gegenwart der bewunderten Jone beehrt worden sei."

Ohne Ahnung von der Entweihung jenes Hauses, von der Gefahr, die ihrer wartete, nahm Jone den Vorschlag bereitwillig an; der nächste Abend ward für den Besuch festgesetzt, und der Ägypter entfernte sich mit heiterer Stirn und einem Herzen, worin eine wilde, unheilige Freude pochte.

Dreizehntes Kapitel.

Die Morgensonne schien auf den kleinen duftigen Garten, den das Peristyl im Haus des Atheners einschloß. Glaukus lag trüb und unlustig auf dem weichen Grase, das zwischen den einzelnen Beeten hinlief, während ein leichter, oben ausgespannter Baldachin die glühenden Strahlen der Sommersonne brach.

Schon viele Jahre, ehe Glaukus dieses Haus kaufte, war dessen Gast eine Schildkröte gewesen, — ein Tier, das ein so seltsames Glied in der Schöpfung ist, dem die Natur jede Lebensfreude, außer einer passiven, traumartigen Empfindung des Lebens, versagt zu haben scheint. Das Haus war gebaut und wieder gebaut worden, seine Besitzer hatten gewechselt und wieder gewechselt, Generationen hatten geblüht und waren dahingegangen, und immer noch schleppte die Schildkröte ihr langsames, teilnahmloses Dasein dahin. Bei dem Erdbeben, das vor sechzehn Jahren viele von den öffentlichen Gebäuden der Stadt in Trümmer gelegt und die bestürzten Einwohner verscheucht hatte, war das jetzt dem Athener zugehörige Haus furchtbar erschüttert worden. Die Besitzer verließen es auf mehrere Tage; bei ihrer Rückkehr räumten sie den Schutt, der den Garten bedeckte, weg, und fanden die Schildkröte unbeschädigt und unbewußt von der Zerstörung um sie her. Ein durch Zauberkraft beschütztes Leben schien in ihrem trägen Blut, ihren unmerklichen Bewegungen zu wohnen; gleichwohl war sie nicht so untätig, als es den Anschein hatte. Sie hielt einen regelmäßigen, einförmigen Umgang; Zoll um Zoll durchzog sie den kleinen Raum ihres Gebietes, und brauchte Monate zur Zurücklegung des ganzen Umkreises. Sie war eine rastlose Wanderin; geduldig und mühevoll vollendete sie ihre selbst bestimmten Reisen, ohne Anteil an den Dingen um sie her — eine in sich selbst versunkene Philosophin! Es lag etwas Großes in ihrer einsamen Selbstsucht! — Die Sonne, an der sie sich wärmte, das täglich über sie ausgegossene Wasser des Springquells, die Luft, die sie einsog, bildeten ihre einzigen, nie fehlenden Genüsse. Der Wechsel der Jahreszeiten unter diesem lieblichen Himmel tat ihr nicht wehe. Sie hüllte sich in ihre Schale, wie der Fromme in seine Andacht, wie der Denker in seine Weisheit, wie der Liebende in seine Hoffnung. Unzugänglich für die Erschütterungen und Wechsel der Zeit war sie ein Bild der Zeit selbst: langsam, regelmäßig, beständig, unkundig der Leidenschaften, die um sie her tobten, der Abnützung alles Sterblichen. Die arme Schildkröte! Der unerbittliche Tod, der weder mit Pracht noch mit Schönheit Erbarmen hat, schritt achtlos über ein Wesen hin, dem das Sterben eine so unbedeutende Veränderung einbrachte.

Für dieses Tier fühlte der rege, lebhafte Grieche die ganze Bewunderung und Zuneigung, die der Gegensatz einzuflößen vermag. Stunden konnte er in Beobachtung seines schleichenden Ganges, in moralisierenden Betrachtungen über seinen Mechanismus zubringen. In der Freude verachtete er, im Leide beneidete er es.

Indem er ihm jetzt eben zusah, wie es auf dem Rasen lag und scheinbar unbeweglich seine schwerfällige Masse fortbewegte, murmelte er vor sich hin:

„Der Adler ließ einen Stein aus den Klauen fallen, vermeinend deine Schale zu zerbrechen — der Stein zerschmetterte einem Dichter das Haupt. Das ist die Allegorie des Schicksals! Stumpfes Wesen! du hattest einen Vater und eine Mutter; vielleicht hattest du vor Jahrhunderten auch eine Genossin? Liebten deine Eltern, oder liebtest du? Kreiste dein langsames Blut freudiger, wenn du an der Seite deiner Lebensgefährtin krochst? Warst du der Zärtlichkeit fähig? Konnt' es dich unglücklich machen, wenn sie an deiner Seite fehlte? Konntest du ihre Gegenwart fühlen? Was gäb' ich nicht, die Geschichte deiner bezauberten Brust zu erfahren, den Gliederbau deiner dämmernden Wünsche zu durchschauen, die haarbreite Scheidewand, die deine Schmerzen von deinen Freuden trennt, zu erfassen! Und doch scheint mir, du würdest es fühlen, wenn Jone da wäre! du würdest ihre Nähe wie eine lieblichere Luft, eine frohe Sonne empfinden. Ich beneide dich jetzt, denn du weißt ja, daß sie nicht da ist, und ich wollte, ich könnte wie du sein, in den Zeiten, wo ich sie nicht sehe! Welche Zweifel, welche Ahnungen plagen mich! warum verweigert sie mir den Zutritt? Tage sind vergangen, seit ich ihre Stimme gehört habe, zum erstenmal wird das Leben schal für mich. Ich bin wie einer, der nach einem Festmahl allein zurückbleibt — die Lichter herabgebrannt, die Blumen verwelkt! Ach Jone, könntest du ahnen, wie ich dich anbete!"

In diesen Liebesträumereien ward Glaukus durch den Eintritt Nydias unterbrochen. Mit ihrem bei aller Behutsamkeit leichten Schritt kam sie durch das marmorne Tablinum daher, schritt durch den Säulengang und blieb bei den Blumen stehen, die den Garten einfaßten. In der Hand hatte sie ihr Wassergefäß und besprengte die dürstenden Gewächse, die bei ihrer Annäherung neu aufzuleben schienen. Sie beugte sich nieder, um ihren Duft einzuatmen, berührte sie furchtsam und liebkosend und fühlte an den Stengeln hin und her, ob ihrer Schönheit kein verwelktes Blatt oder kriechendes Insekt Einhalt tue. Wie sie so mit dem ernsten, jugendfrischen Antlitz und den anmutigen Bewegungen von Blüte zu Blüte schwebte, hätte man sich keine passendere Dienerin für die Gottheit des Gartens denken können.

„Nydia, mein Kind," rief Glaukus.

Beim Ton seiner Stimme hielt sie plötzlich an — horchend, errötend, atemlos! Mit geöffneten Lippen, mit gewendetem Gesicht, um die Richtung des Lautes aufzufangen, setzte sie das Gefäß nieder und eilte zu ihm. Und wunderbar war es, zu sehen, wie sicher sie ihren dunkeln Pfad durch die Blumen fand und auf dem kürzesten Wege an die Seite ihres neuen Herrn gelangte.

„Nydia," sagte Glaukus und strich ihr das lange schöne Haar zärtlich zurück. „Es sind nun drei Tage, seit du dich unter dem Schutz meiner Hausgötter befindest. Haben sie dir gelächelt? bist du glücklich?"

„Ach so glücklich!" seufzte die Sklavin.

„Und jetzt," fuhr Glaukus fort, „da du dich von den gehässigen Erinnerungen an deine früheren Verhältnisse etwas erholt hast, und man dich" (auf ihre gestickte Tunika zeigend) „mit Kleidern versehen hat, die besser für deine zarte Gestalt passen, jetzt, süßes Kind, da du an ein Glück gewöhnt bist, das dir die Götter für ewig gewähren mögen, bin ich im Begriff, dich um einen Dienst zu bitten!"

„Ach, was kann ich für dich tun?" fragte Nydia und faltete die Hände.

„Höre," erwiderte Glaukus, „so jung du bist, sollst du meine Vertraute sein. Hast du je den Namen Jones gehört?"

Das blinde Mädchen rang nach Luft, und bleich wie eine der Bildsäulen, die vom Peristyl auf sie herabblickten, antwortete sie nur mit Anstrengung und nach einer kleinen Pause: „Ja, ich habe gehört, sie sei von Neapolis und sehr schön.“

„Schön! ihre Schönheit könnte den Tag blenden! Neapolis! Nein, sie ist ihrer Abkunft nach eine Griechin, nur Griechenland vermochte solche Gestalten hervorzubringen- Nydia, ich liebe sie!“

„Das dacht' ich,“ erwiderte Nydia ruhig.

„Ich liebe sie, und du sollst es ihr sagen. Ich steh' im Begriff, dich zu ihr zu schicken. Glückliche Nydia, du wirst in ihr Gemach kommen, wirst die Musik ihrer Stimme schlürfen, wirst dich an der sonnigen Luft ihrer Gegenwart erwärmen.“

„Was! was! willst du mich denn von dir schicken?“

„Ja, du kommst zu Jone,“ erwiderte Glaukus mit einem Ton, der ausdrückte: was kannst du noch mehr wünschen?

Nydia brach in Tränen aus.

Glaukus stand auf und zog sie mit der tröstenden Liebkosung eines Bruders an sich.

„Mein Kind, meine Nydia, du weinst, weil du nicht weißt, welches Glück ich dir bereite. Sie ist zart und freundlich und sanft wie der Frühlingshauch. Sie wird deiner Jugend eine Schwester sein, und deine anmutigen Talente würdigen; sie wird deine natürliche Anmut lieben wie es kein anderes Wesen könnte, denn sie gleicht ihren eigenen. Weinst du immer noch, liebes Närrchen! Zwingen will ich dich nicht, süße Kleine. Willst du mir diesen Gefallen nicht tun?“

„Wohlan, wenn ich dir dienen kann, gebiete. Sieh, ich weine nicht mehr. Ich bin ruhig.“

„Das ist wieder meine Nydia!“ fuhr Glaukus fort und küßte ihr Händchen. „Geh also zu ihr: findest du dich in bezug auf ihre Freundlichkeit getäuscht — hab ich dir falsche Erwartungen erregt, so kehre zu mir zurück, sobald du es willst. Ich gebe dich nicht weg, ich verleihe dich nur. Mein Dach soll auf immer deine Zuflucht sein, liebe Kleine. Ach könnt es allen Freundlosen und Unglücklichen Schutz bieten! Aber wenn mein Herz mir die Wahrheit zuflüstert, so werde ich dich bald wieder als mein Eigentum ansprechen, mein Kind. Mein und Jones Haus wird eins werden, und du wirst bei uns beiden wohnen.“

Ein Schauer ging durch die zarte Gestalt des blinden Mädchens, aber sie weinte nicht mehr, sie war gefaßt.

„Geh also zu Jone, meine Nydia, man wird dir den Weg zeigen. Bring ihr die schönsten Blumen, die du pflücken kannst; das Gefäß dazu will ich dir schenken und du mußt vor Jone seinen geringen Wert entschuldigen. Auch die Laute, die ich dir gestern gab und in der du die zauberkräftige Seele so wohl zu wecken verstehst, wird man dir hintragen. Überreich ihr diesen Brief, worin ich nach hundert Versuchen einigen meiner Gedanken Worte gegeben habe. Möge dein Ohr jeden Ton, jede Abstufung ihrer Stimme auffassen, und sag mir, wenn wir wieder zusammentreffen, ob ihre Musik meinen Hoffnungen schmeichelt oder sie entmutigt. Schon sind es mehrere Tage her, Nydia, daß ich bei Jone nicht vorgelassen ward; es liegt etwas Geheimnisvolles in dieser Abweisung. Ich bin von Zweifeln und Furcht gefoltert; suche – denn du begreifst schnell und deine Sorge für mich wird deinen Scharfsinn noch zehnfach verfeinern — suche den Grund dieser Unfreundlichkeit zu erfahren: sprich von mir so oft du kannst: rufe meinen Namen stets von neuem auf deine Lippen: laß sie mehr *erraten*, wie sehr ich sie liebe, als daß du es geradezu *aussprichst*: gib acht, ob sie während deiner Rede seufzt, ob sie dir etwas erwidert — oder wenn sie deine Worte mißbilligt, in welchem Ton die Mißbilligung geschieht. Sei meine Freundin und sprich für mich; ach! wie unendlich vergiltst du mir dadurch das Wenige, was ich für dich getan habe. Du verstehst mich, Nydia, du bist noch ein Kind — hab ich mehr gesagt, als du verstehst?"

„Nein."

„Und du willst mir dienen?"

„Ja."

„So komm zu mir, wenn du die Blumen gepflückt hast, und ich will dir das Gefäß geben, wovon ich sprach. Such mich im Zimmer der Leda: du bist mir nicht böse, liebe Kleine?"

„Glaukus, ich bin eine Sklavin; was hab ich mit Freud oder Leid zu tun?"

„Sprichst du so? Nein, Nydia, sei frei! Ich schenke dir die Freiheit — gebrauche sie nach deinem Gefallen und verzeih mir, daß ich auf deinen Wunsch gerechnet habe, mir zu dienen."

„Du bist beleidigt. O! ich möchte dich um aller Schätze der Freiheit willen nicht beleidigen, Glaukus, mein Beschützer, mein Retter. Verzeihe dem armen blinden Mädchen! Sie klagt nicht, selbst über ihre Trennung von dir, wenn sie dadurch zu deinem Glück beitragen kann."

„Mögen die Götter dies dankbare Herz segnen," erwiderte Glaukus in großer Bewegung, und unbewußt der Flammen, die er anfachte, küßte er zu wiederholten Malen ihre Stirn.

„Du verzeihst mir," sprach sie, „und wirst nichts mehr von Freiheit sagen; mein Glück ist, deine Sklavin zu sein, denn du hast versprochen, du wolltest mich keinem andern geben."

„Ich hab es versprochen."

„Und jetzt will ich die Blumen pflücken."

Schweigend nahm Nydia aus der Hand des Glaukus das kostbare, juwelenbesetzte Gefäß, worin die Blüten an Farbe und Duft miteinander wetteiferten; ohne Tränen empfing sie seine letzte Anweisung. Nachdem er zu reden aufgehört hatte, blieb sie noch einen Augenblick stehen; sie wagte keine Antwort, sie suchte seine Hand, drückte sie an die Lippen, ließ den Schleier über das Gesicht fallen und entriß sich dann plötzlich seiner Gegenwart. Als sie an die Schwelle kam, hielt sie noch einmal an, streckte ihre Hände gegen sie aus und flüsterte:

„Drei selige Tage — Tage unsäglicher Wonne wurden mir zuteil, seit ich dich überschritt, gesegnete Schwelle! Möge nach meinem Fortgang ewiger Friede auf dir ruhen. Mein Herz reißt sich jetzt von dir los und der einzige Laut, der in ihm widertönt, heißt mich sterben!"

Vierzehntes Kapitel.

Arbaces hatte Jone kaum verlassen, als eine Sklavin in ihr Zimmer trat. Eine Botin von Glaukus wünschte vorgelassen zu werden.

Jone zauderte einen Augenblick.

„Sie ist blind, die Botin," bemerkte die Sklavin; „sie will sich ihres Auftrags nur gegen dich selbst entledigen."

Niedrig ist das Herz, das kein Unglück achtet. Nicht sobald hatte Jone gehört, daß die Botin blind sei, als sie die Unmöglichkeit fühlte, eine kalte Antwort zu erteilen. Glaukus hatte einen Herold gewählt, der wirklich heilig war — einen Herold, der nicht abgewiesen werden konnte.

„Was kann er von mir wollen? welche Botschaft mag er mir senden?" und Jones Herz schlug schneller. Der Vorhang an der Tür ward weggezogen; ein sanfter, echoloser Tritt bewegte sich auf dem Marmor, und Nydia, von einer der Dienerinnen geführt, trat mit ihrer kostbaren Gabe ein.

Sie stand einen Augenblick still, als horche sie auf einen Laut, der sie leiten möchte.

„Will mich die edle Jone," sprach sie mit sanfter, leiser Stimme, eines Wortes würdigen, damit ich weiß, wohin ich diese umnachteten Schritte zu lenken und wo ich meine Geschenke ihr zu Füßen zu legen habe?"

„Schönes Kind," erwiderte Jone gerührt mit milder Stimme, „gib dir nicht die Mühe, über diesen glatten Boden zu gehen; meine Dienerin wird mir bringen, was du mir zu geben hast." Damit winkte sie ihrer Sklavin zu, das Gefäß zu übernehmen.

„Ich darf es niemand, als dir selbst überreichen," antwortete Nydia, näherte sich, von ihrem Ohr geleitet, langsam dem Ort, wo Jone saß und hielt ihr sofort kniend die Vase entgegen.

Jone nahm sie aus ihrer Hand, und stellte sie neben sich auf den Tisch. Dann erhob sie die Kniende sanft und wollte sie neben sich auf das Polster setzen, was jedoch das bescheidene Mädchen nicht zugab.

„Ich habe meinen Auftrag noch nicht ganz ausgeführt," sprach sie und zog den Brief des Glaukus aus dem Gewande hervor. „Dieses Schreiben erklärt vielleicht, warum er, der mich gesandt hat, einen so unwürdigen Boten für Jone auswählte."

Die Griechin nahm den Brief mit einer Hand, deren Zittern Nydia fühlte. Sie seufzte über dieses Gefühl; mit gekreuzten Armen und niedergeschlagenen Blicken stand sie vor der stolzen, herrlichen Gestalt Jones, vielleicht in ihrer unterwürfigen Stellung nicht minder stolz. Jone winkte mit der Hand und die Dienerinnen zogen sich zurück. Noch einmal schaute sie in Verwunderung und schönem Mitleid auf die junge Sklavin, trat dann ein wenig zurück, öffnete und las folgenden Brief:

„Glaukus sendet Jone mehr, als er auszusprechen wagt. Ist Jone unwohl? Deine Sklavinnen sagen mir nein, und diese Versicherung tröstet mich. Hat Glaukus Jone beleidigt? Ach! diese Frage kann ich nicht an die Dienerinnen richten. Seit fünf Tagen bin ich aus Deiner Gegenwart verbannt. Hat die Sonne seitdem geschienen? Ich weiß es nicht; hat der Himmel gelächelt? Für mich hat er kein Lächeln gehabt. Meine Sonne und mein Himmel sind Jone. Zürnst Du mir darüber? bin ich zu kühn? spreche ich mit dem Griffel aus, was meine Zunge nicht zu verkünden wagte?

Ach in Deiner Abwesenheit fühl ich den Zauber am stärksten, durch den Du mich überwältigt hast. Aber die Abwesenheit, die mich der Freude beraubt, gibt mir Mut. Du willst mich nicht sehen; Du hast zwar auch die gewöhnlichen Schmeichler, die sich um Dich drängen, von Dir entfernt: kannst Du mich aber mit ihnen verwechseln? unmöglich! Du weißt zu gut, daß ich nicht zu ihnen gehöre, daß der Stoff, aus dem sie bestehen, nicht der meinige ist. Denn wär' ich selbst aus dem gemeinsten Ton gebildet, so hat mich der Duft der Rose durchdrungen und der Geist Deiner Natur ist in mich übergegangen, den Ton zu durchwürzen, zu heiligen, zu beseelen. Hat man mich bei Dir verleumdet, Jone? Du kannst einer solchen Verleumdung nicht glauben. Sagte mir das delphische Orakel selbst, Du seiest unwürdig, so würde ich ihm nicht glauben: und bin ich minder ungläubig als Du? Ich denke an das letztemal, als wir beisammen waren — an das Lied, das ich Dir sang — an den Blick, den Du mir zur Erwiderung gabst. Verbirg es, wie du willst, Jone, es ist etwas Verwandtes zwischen uns, und unsere Augen erkannten es an, obwohl unsere Lippen schwiegen. Laß Dich herab, mich zu sehen, mich anzuhören, und dann weise mich von Dir, wenn Du willst. Nicht so früh wollte ich aussprechen, daß ich liebe, aber die Worte drängen sich nach meinem Herzen — sie wollen einen Ausweg haben. Empfange denn meine Huldigung und meinen Schwur. Wir trafen uns zuerst im Tempel der Pallas; sollen wir nicht auch vor einem sanftern, ältern Altar zusammentreffen?

Schöne angebetete Jone, wenn mich meine heiße Jugend und mein athenisches Blut früher mißleiteten und verlockten, so haben sie mich durch meine Irrfahrten nur gelehrt, die Ruhe zu schätzen, den Hafen, worin ich jetzt eingelaufen bin. Ich hänge meine triefenden Gewänder vor dem Altar des Meergottes auf. Ich bin dem Schiffbruch entgangen. Ich habe Dich gefunden. Jone, laß Dich herab, mich zu sehen; Du bist liebevoll gegen Fremdlinge, willst Du weniger mitleidig gegen die eigenen Landsleute sein? Ich sehe Deiner Antwort entgegen. Nimm die Blumen an, die ich Dir sende; ihr süßer Duft hat eine beredtere Sprache, als die der Worte. Sie empfangen von der Sonne die Würze, die sie aushauchen; ein Bild der Liebe, die empfängt und zehnfach zurückgibt — das Bild des Herzens, das Deine Strahlen einsog und Dir den Keim zu der Fülle verdankt, die es Deinem Lächeln darbietet. Ich sende Dir die Gabe durch eine Botin, die Du, wenn nicht um meinetwillen, doch um ihrer selbst willen in Dein Haus aufnehmen wirst. Sie ist, gleich uns, ein Fremdling; die Asche ihrer Väter ruht unter einem schöneren Himmel, aber minder glücklich als wir, sie ist blind und eine Sklavin. Die arme Nydia! ich suche, indem ich um die Erlaubnis bitte, sie Dir zuzugesellen, ihr die Härte des Schicksals und der Natur bestmöglich zu vergüten. Sie ist sanft, behend und gelehrig, in Musik und Gesang wohl unterrichtet, und eine wahre Chloris für die Blumen. Sie glaubt, Jone, Du werdest sie lieb gewinnen, wenn nicht, so schicke sie mir zurück.

Noch ein Wort. Laß mich kühn sein, Jone. Warum denkst Du so hoch von jenem dunkeln Ägypter? Er hat nicht das Wesen eines ehrlichen Mannes an sich. Wir Griechen lernen die Menschen von der Wiege an kennen. Wir sind deshalb nicht minder tief, weil wir keine düstere Miene erkünsteln: unsere Lippen lächeln, aber unsere Augen sind ernst — sie beobachten — merken — forschen. Arbaces ist nicht der Mann, dem man allzuleicht trauen darf: wäre es möglich, daß er mich bei Dir angeschwärzt hätte? mir ist es nicht unwahrscheinlich, denn ich ließ ihn bei Dir zurück; Du sahst, wie unangenehm ihm meine Gegenwart war und von da an hast Du mich nicht wieder vorgelassen. Glaube das nicht, was er zu meinem Nachteil sagt; hast Du aber etwas geglaubt, so sag es mir gerade heraus, denn dies ist Jone dem Glaukus schuldig.

Lebe wohl! Dieser Brief berührt Deine Hand; diese Buchstaben begegnen Deinem Auge: sollen sie glücklicher sein als ihr Urheber? Noch einmal, lebe wohl!"

Jone war es, als sie diesen Brief las, als sei ein Nebel von ihren Augen gesunken. Was war das vermeintliche Vergehen des Glaukus gewesen? Daß er sie nicht wirklich liebte! Jetzt aber gestand er offen, in unzweideutigen Ausdrücken, seine Liebe zu. Von diesem Moment an war seine Macht über sie vollkommen hergestellt. Bei jedem zärtlichen Wort in seinem Brief voll so dichterischer und vertrauensvoller Leidenschaft, ward sie von ihrem Herzen gescholten. Hatte sie nicht seine Treue in Zweifel gezogen, und einem andern geglaubt? Hatte sie ihm wenigstens das Recht des Verbrechers zugestanden, sein Vergehen zu erfahren, zu seiner Verteidigung sprechen zu dürfen? Die Tränen rollten ihr die Wangen herab — sie küßte den Brief, steckte ihn in den Busen und wandte sich zu Nydia, die noch an demselben Ort und in derselben Stellung dastand.

„Willst du dich nicht setzen," fragte sie, „während ich eine Antwort auf diesen Brief schreibe?"

„So wirst du ihn denn beantworten?" sagte Nydia kalt. „Gut, der Sklave, der mich begleitete, wird die Antwort mit zurücknehmen."

„Was dich betrifft," entgegnete Jone, „so bleibe bei mir und vertraue mir; dein Dienst soll leicht sein."

Nydia verneigte das Haupt.

„Wie ist dein Name, schönes Mädchen?"

„Sie nennen mich Nydia."

„Deine Heimat?"

„Das Land des Olympus, Thessalien."

„Du sollst mir eine Freundin sein," entgegnete Jone liebkosend, „wie du mir bereits eine halbe Landsmännin bist. Einstweilen bitte ich dich, bleib nicht auf diesem kalten, glatten Marmorboden stehen. — So! nun du sitzest, kann ich auf einen Augenblick von dir gehen."

Sie schrieb: „Jone grüßt den Glaukus: — komm zu mir, Glaukus: — komm morgen zu mir — vielleicht, daß ich ungerecht gegen Dich war; aber ich will Dir mindestens das Vergehen sagen, das Dir schuld gegeben wurde. Fürchte fortan den Ägypter nicht — fürchte niemand. Du sagst, Du habest zu viel ausgedrückt — ach in diesen hastig hingeworfenen Worten geschah von mir bereits das Nämliche. Lebe wohl."

Als Jone mit dem Brief wieder erschien, den sie, nachdem er geschrieben war, nicht zu überlesen wagte, fuhr Nydia von ihrem Sitz auf.

„Du hast dem Glaukus geschrieben?"

„Ich hab es."

„Und wird er dem Boten danken, der ihm deinen Brief überbringt?"

Jone vergaß, daß die Fragende blind war; sie errötete von der Stirn bis in den Nacken und blieb still.

„Ich meine dies so," setzte Nydia in ruhigerem Ton hinzu, „das leichteste Zeichen von Kälte deinerseits wird ihn traurig machen, die geringste Freundlichkeit ihn beglücken. Ist ersteres in dem Schreiben enthalten, so möge der Sklave, der mich hergebracht, die Antwort mitnehmen; enthält sie das letztere, so laß mich die Überbringerin sein — bis zum Abend bin ich wieder zurück."

„Und warum, Nydia," fragte Jone ausweichend, „möchtest du die Trägerin meines Briefes sein?"

„Er enthält also Freundliches?" erwiderte Nydia. „Ach! wie wär es anders möglich! Wer könnte unfreundlich gegen Glaukus sein?"

„Mein Kind!" erwiderte Jone mit etwas mehr Zurückhaltung als zuvor. „Du sprichst warm; so ist also Glaukus in deinen Augen liebenswert?"

„Edle Jone, Glaukus war mir, was weder das Schicksal noch die Götter mir gewesen sind — ein Freund."

Die mit Würde gepaarte Trauer, womit Nydia diese Worte aussprach, rührten die schöne Jone; sie beugte sich nieder und küßte das Kind. „Du bist dankbar und das mit Recht; warum sollte ich mich schämen auszusprechen, daß Glaukus deiner Dankbarkeit wert ist? Geh meine Nydia — bringe du ihm selbst diesen Brief — aber kehre wieder zurück. Bin ich bei deiner Zurückkunft nicht zu Haus — wie es heut abend vielleicht der Fall sein wird — so soll dir dein Zimmer neben dem meinigen hergerichtet werden. Nydia, ich habe keine Schwester — willst du mir eine sein?"

Die Thessalierin küßte Jone die Hand und fügte dann mit einiger Verlegenheit hinzu:

„Eine Gunst, schöne Jone — darf ich wagen, darum zu bitten? Man sagt mir, du seiest schöner, als alles, was die Erde bis jetzt an Lieblichkeit hervorgebracht hat. Ach! ich kann das nicht sehen, was die Welt entzückt. Willst du mir daher erlauben, meine Hand über dein Gesicht hinzuführen?

das ist mein einziges Erkennungszeichen der Schönheit, und in der Regel ist mein Urteil richtig!"

Sie wartete nicht auf Jones Antwort, sondern fuhr noch im Sprechen sanft und langsam über die niedergebeugten halbgewandten Züge der Griechin hin.

Ihre Hand weilte über dem geflochtenen Haar und der glatten Stirn — über der samtnen, festen Wange — über den Grübchen des Kinns — über dem weißen Schwanennacken. „Ich weiß jetzt," sprach sie, „daß du schön bist und kann dich mir fortan in meiner Dunkelheit vorstellen."

Nachdem Nydia Jone verlassen hatte, versank sie in eine tiefe, wonnige Träumerei. Glaukus liebte sie also, er gestand es — ja er liebte sie. Sie wunderte sich, wie sie je einer Silbe gegen ihn Glauben beizumessen vermocht hätte, sie wunderte sich, wie der Ägypter imstande gewesen war, eine Gewalt gegen Glaukus auszuüben. Ein Schauer durchzuckte sie, als sie auf die Warnung vor Arbaces zurückkam, und ihre geheime Furcht vor dem dunkeln Wesen stieg bis zum Grauen. Aus diesen Gedanken ward sie von ihren Mädchen aufgeweckt, die ihr meldeten, daß die zum Besuch bei Arbaces bestimmte Stunde da sei. Sie fuhr zusammen, sie hatte die Zusage vergessen. Ihre erste Empfindung war, sie müsse sich entschuldigen lassen, ihre zweite, über ihre Besorgnisse vor ihrem ältesten Freund zu lachen. Hastig fügte sie ihrer Kleidung den gewöhnlichen Schmuck hinzu, und ungewiß, ob sie den Ägypter über seine Anschuldigungen gegen Glaukus noch näher befragen oder warten solle, bis sie dem Geliebten, ohne die Quelle zu nennen, die Beschuldigung selbst vorgelegt hätte, schlug sie den Weg zu der düstern Wohnung des Arbaces ein.

Fünfzehntes Kapitel.

„O teuerste Nydia!" rief Glaukus, nachdem er Jones Brief gelesen hatte, „glückbringendster Bote, der je zwischen Erde und Himmel verkehrte — wie soll ich dir danken!"

„Ich habe meinen Lohn bereits," erwiderte die arme Thessalierin.

„Morgen, morgen! wie werd ich die Stunden bis dahin verbringen?"

Der liebestrunkene Grieche gab nicht zu, daß sich Nydia entfernte, obwohl diese mehrmals aus dem Zimmer zu kommen suchte. Wieder und wieder ließ er sie jede Silbe der kurzen Unterredung berichten, die zwischen ihr und Jone stattgefunden hatte, tausendmal vergaß er ihren Naturfehler und fragte sie nach den Blicken, den Zügen der Geliebten; dann entschuldigte er seinen Mißgriff schnell und bat sie, die also unterbrochene Erzählung von neuem anzufangen. Rasch und entzückend für ihn, peinlich für Nydia, verflossen die Stunden, und die Dämmerung war bereits eingetreten, als er sie endlich mit einem zweiten Brief und mit neuen Blumen zu Jone zurücksandte. Gleich nach ihrem Weggang drang Clodius mit mehreren seiner muntern Gefährten bei ihm ein. Sie neckten ihn mit seiner Einsamkeit während des ganzen Tages, mit seiner Abwesenheit von den Orten, die er sonst zu besuchen pflegte; sie luden ihn ein, sie nach den verschiedenen Vergnügungsplätzen der lebhaften Stadt zu begleiten, die dem Genuß Tag und Nacht Abwechslung darboten. Glaukus war zu selig, um ungefällig zu sein; es drängte ihn, der überwältigenden Überfülle seines Jubels Luft zu machen. Willig nahm er den Vorschlag der Freunde an und lachend zogen sie die bevölkerten, schimmernden Straßen entlang.

Unterdessen erreichte Nydia zum zweitenmal das Haus Jones, die es längst verlassen hatte. Gleichgültig fragte sie, wohin die Gebieterin gegangen sei.

Die Antwort erschreckte, ja entsetzte sie.

„In das Haus des Arbaces — des Ägypters? — Unmöglich!“

„Es ist dennoch so, Kleine,“ erwiderte die Sklavin, die ihr zuerst geantwortet hatte. „Sie kennt den Ägypter schon lange.“

„Schon lange? ihr Götter! und Glaukus kann sie lieben?“ flüsterte Nydia für sich hin. „Und hat sie ihn,“ fragte sie laut, „hat sie ihn früher schon oft besucht?“

„Nie bis jetzt,“ entgegnete die Sklavin. „Ist alles wahr, was die Lästerer in Pompeji einander zuraunen, so wär's vielleicht besser, wenn sie sich auch jetzt nicht hinbegeben hätte. Aber meine arme Herrin hört nichts von dem, was zu uns gelangt; ‚was man im Vestibulum spricht, dringt nicht in das Peristyl.“

„Nie bis jetzt?" wiederholte Nydia. „Weißt du das gewiß?"

„Gewiß, mein schönes Kind; aber was geht das dich oder uns an?"

„Nydia zauderte einen Augenblick, setzte dann ihre Blumen nieder, rief den Sklaven, der sie begleitet hatte und verließ das Haus ohne ein weiteres Wort zu sagen.

Erst nachdem sie bereits den halben Weg zu des Glaukus Wohnung zurückgelegt hatte, brach sie das Stillschweigen, und auch jetzt flüsterte sie nur leise vor sich hin:

„Sie ahnt nichts von den Gefahren, in die sie sich gestürzt hat — Törin, die ich bin — soll ich sie retten? Ja, denn ich liebe Glaukus mehr als mich selbst."

Als sie vor dem Hause des Atheners ankam, erfuhr sie, er sei mit einer Gesellschaft von Freunden ausgegangen und niemand wisse wohin. Wahrscheinlich werde er vor Mitternacht nicht zurückkehren.

Die Thessalierin seufzte; sie sank auf einen Stuhl in der Halle und bedeckte das Gesicht mit den Händen, wie um ihre Gedanken zu sammeln. „Es ist keine Zeit zu verlieren," dachte sie und fuhr auf.

Sie wandte sich zu dem Sklaven, der sie hergeführt hatte. „Ist dir bekannt," sprach sie, „ob Jone etwa einen Verwandten, einen vertrauten Freund in Pompeji hat?"

„Ei, beim Jupiter," antwortete der Sklave, „wie einfältig du fragst! Jedermann in Pompeji weiß, daß Jone einen Bruder hat, der jung und reich — unter uns gesagt — Narr genug war, ein Isispriester zu werden."

„Ein Isispriester! O Götter! sein Name?"

„Apäcides."

„So weiß ich alles," flüsterte Nydia. „Bruder und Schwester sollen also Opfer werden. Apäcides! ja das war der Name, den ich hörte in — — ha! so kennt er denn die Gefahr genau, in der seine Schwester schwebt. Ich will zu ihm."

Bei diesem Gedanken sprang sie auf, ergriff den Stab, den treuen Führer ihrer Schritte, und eilte nach dem benachbarten Tempel der Isis. Bis sie unter die Obhut des gütigen Griechen gekommen war, hatte dieser Stab ausgereicht, das arme blinde Mädchen von einem Ende Pompejis zum andern zu leiten. Jede Straße, jede Biegung in den besuchteren

Teilen der Stadt war ihr bekannt, und da die Einwohner eine zarte, halb abergläubische Verehrung gegen Blinde hegten, so hatten die Vorübergehenden ihren schüchternen Schritten stets Platz gemacht. Armes Mädchen! sie ließ sich nicht träumen, daß sie in wenigen Tagen eine Beschützerin und Führerin finden würde, die besser war, als die schärfsten Augen.

Seit sie sich jedoch unter dem Dach des Glaukus befand, hatte dieser einen Sklaven beauftragt, sie überall zu begleiten. Der arme Teufel, dem diese Weisung zugefallen war, ein sehr fetter Bursche, der sich jetzt, nachdem er zweimal die Reise zu Jones Haus gemacht hatte, zu einem dritten Ausflug (wohin, mochten die Götter wissen!) verdammt sah, eilte sein Schicksal beklagend hinter ihr her und schwur feierlich bei Kastor und Pollux, er glaube, die Blinde vereinige die Fersen des Merkur mit dem Gebrechen des Kupido in sich.

Indessen brauchte Nydia seine Hilfe wenig, um ihren Weg zu dem vielbesuchten Isistempel auszufinden; der Raum davor war jetzt leer und ohne Hindernis gelangte sie bis vor das heilige Gitter.

„Es ist niemand da," sagte der fette Sklave. „Was oder wen suchst du? Weißt du nicht, daß die Priester nicht in dem Tempel wohnen?"

„Rufe!" erwiderte sie ungeduldig. „Nacht und Tag hat wenigstens ein Priester die Wache an den Altären der Isis."

Der Sklave rief — niemand erschien.

„Siehst du niemand?"

„Niemand."

„Niemand?"

„Du irrst dich; ich höre ein Seufzen; sieh dich noch einmal um."

Verwundert und murrend warf der Sklave seine schweren Augen umher und erblickte endlich vor einem der Altäre eine in Nachdenken versunkene Gestalt.

„Ich sehe jemand," sprach er, „und nach den weißen Kleidern ist es ein Priester."

„O Flammen der Isis," rief Nydia, „Diener der ältesten Gottheit, höre mich!"

„Wer ruft?" fragte eine dumpfe, schwermütige Stimme.

„Jemand, der keine gewöhnliche Nachricht an ein Glied

deiner Genossenschaft zu bringen hat; ich komme, Orakel zu geben, nicht zu empfangen."

„Mit wem willst du sprechen? Dies ist keine Stunde für dein Anliegen. Geh, störe mich nicht: die Nacht ist den Göttern geweiht, der Tag den Menschen."

„Mir scheint, ich kenne diese Stimme; du bist der, den ich suche, obwohl ich dich früher nur einmal sprechen gehört habe. Bist du nicht Apäcides?"

„Der bin ich," erwiderte der Priester, indem er von dem Altar aufstand und sich dem Gitter näherte.

„Du bist es, gelobt seien die Götter!" Damit winkte sie dem Sklaven zu und hieß ihn, sich etwas zurückziehen. Er, der natürlich glaubte, es könne sie nur irgend eine religiöse Handlung, die vielleicht mit Jones Leben zusammenhänge, nach dem Tempel geführt haben, gehorchte und setzte sich eine kleine Strecke weiter weg auf den Boden.

„Still!" sprach sie schnell mit leiser Stimme, „bist du wirklich Apäcides?"

„Wenn du mich kennst, kannst du dir nicht meine Gesichtszüge zurückrufen?"

„Ich bin blind, meine Augen liegen in meinem Gehör, und dieses erkennt dich; aber schwöre, daß du es bist."

„Bei den Göttern schwör' ich's, bei meiner rechten Hand und beim Monde."

„Sprich leise, beuge dich zu mir, gib mir deine Hand. Kennst du Arbaces? Hast du Blumen zu den Füßen des Toten niedergelegt? Ah! deine Hand ist kalt; — höre noch! — hast du das furchtbare Gelübde abgelegt?"

„Wer bist du, woher kommst du, blasses Mädchen?" fragte Apäcides bestürzt. „Ich kenne dich nicht; nicht deine Brust war es, an der dieses Haupt gelegen hat; ich habe dich früher nie gesehen."

„Aber meine Stimme hast du vernommen; doch das gehört nicht hierher! Diese Erinnerungen zurückzurufen muß uns beiden zur Beschämung gereichen. Höre, du hast eine Schwester."

„Sprich, sprich! Was ist mit ihr?"

„Du kennst die Feste des Todes, Fremdling. — Es macht dir vielleicht Vergnügen, daran teilzunehmen — würde es dir auch gefallen, wenn deine Schwester daran teilnähme? würd' es dir gefallen, wenn Arbaces ihren Wirt machte?"

„O Götter! Das darf er nicht! Mädchen, wenn du deinen Spott mit mir treibst, so zittere. Ich zerreiße dich Glied um Glied.“

„Ich spreche die Wahrheit, und während ich spreche, ist Jone in den Hallen des Arbaces — zum erstenmal sein Gast. Du weißt, ob dieses Erstemal Gefahr bringt! Lebe wohl! ich habe erfüllt, was mir oblag.“

„Halt, halt!“ rief der Priester, mit der bleichen Hand über die Stirn fahrend; „wenn das wahr ist, was kann zu ihrer Rettung geschehen? Vielleicht läßt man mich nicht ein. Ich kenne nicht alle Irrgänge des verschlungenen Gebäudes. O Nemesis! ich leide gerechte Strafe!“

„Ich will den Sklaven fortschicken, sei du mein Führer und Gefährte; ich will dich an die geheime Tür des Hauses bringen, will dir das Einlaßwort zuflüstern. Nimm eine Waffe; sie dürfte nötig sein.“

„Warte einen Augenblick,“ erwiderte Apäcides, indem er sich in eine der Seitenzellen des Tempels zurückzog. Nach wenigen Sekunden erschien er wieder, in einen großen Mantel gehüllt, der seine heilige Kleidung verbarg. „Nun,“ sprach er zähneknirschend, „wenn Arbaces gewagt hat — aber er wagt es nicht! er wagt es nicht! wie dürft' ich ihn im Verdacht haben? Ist er ein so niedriger Bösewicht? Ich will es nicht glauben; aber freilich ist er ein Sophist, ein dunkler Verwirrer der Vernunft. O Götter, schützt! — still! gibt es denn Götter? Ja, eine Göttin gibt es mindestens, deren Stimme mir zu Gebot steht, und das ist die Rache!“

Unter solchen unzusammenhängenden Gedanken eilte Apäcides, seine schweigende, blinde Begleiterin voran, durch die einsamsten Wege nach dem Hause des Ägypters.

Der von Nydia plötzlich weggeschickte Sklave zuckte die Achseln, murmelte einen Schwur und trollte sich, mit diesem Ausgang nicht übel zufrieden, nach Haus in sein Schlafgemach.

Sechzehntes Kapitel.

Beim ersten Grauen des Tages saß der Ägypter schlaflos und allein oben auf dem hohen, pyramidenartigen Turm, der an sein Haus stieß. Eine mächtige Brustwehr um das Dach diente als Schutzmauer und widerstand, im Verein mit der Höhe des Gebäudes und den umgebenden düstern Bäumen den spähenden Augen neugieriger oder beobachtender Zuschauer. Ein Tisch, auf dem eine mit geheimnisvollen Figuren beschriebene Rolle lag, stand vor ihm. Am Himmel wurden die Sterne bleich und dämmerig, und die Schatten der Nacht schwanden auf den dürren Bergkuppen; nur über dem Vesuv blieb eine tiefe, massige Wolke, die sich schon seit mehreren Tagen immer dunkler und fester über seinem Gipfel zusammengezogen hatte. Der Kampf zwischen Finsternis und Helle fiel mehr in die Augen über dem breiten Ozean, der sich ruhig, wie ein riesenhafter See, hinzog, begrenzt von der lichteren Schwingung der Küste, die mit Reben und Baumgruppen bedeckt und hier und da die weißen Mauern schlummernder Städte zurückstrahlend, mit den sich kaum kräuselnden Wellen verschwamm.

Es war die Stunde, die für die kühne, althergebrachte Kunst des Ägypters als die geeignetste galt; die Kunst, die unser wechselvolles Schicksal in den Sternen lesen möchte.

Er hatte seine Linien gezogen, hatte Augenblick und Himmelszeichen eingetragen, und überließ sich jetzt, auf die Hand gestützt, den Gedanken, die ihm seine Berechnungen eingaben.

„Abermals warnen mich die Sterne! sicherlich wartet meiner eine Gefahr!“ sprach er langsam, „eine Gefahr von gewaltsamer, unerwarteter Art. Die Sterne enthalten für mich dieselbe höhnende Drohung, die sie, wenn unsere Geschichtsbücher nicht irren, einst gegen Pyrrhus aussprachen — gegen ihn, dessen Los es war, um alles zu kämpfen, — nichts zu genießen — ruhelos umhergetrieben ein Spiel des Schicksals zu sein — alles angreifend, nichts gewinnend — Schlachten ohne Frucht, Lorbeeren ohne Triumph, Ruhm ohne Erfolg: endlich durch seinen eigenen Aberglauben zum Feigling gemacht, und wie ein Hund durch einen Ziegel aus der Hand eines alten Weibes erschlagen! Wahrhaftig die Sterne schmeicheln mir, wenn sie mir in diesem Kriegsnarren ein Vorbild setzen! wenn sie der Glut meiner Wißbegierde dieselben Ergebnisse versprechen, wie dem Wahnsinn seines Ehrgeizes: ewiges Abmühen ohne bestimmtes Ziel — die Arbeit des Sisyphus, den Berg und den Stein — den Stein, ein düsteres Bild! — Es erinnert mich, daß mir ein ähnlicher Tod wie dem Epiroten droht. Werfe ich also noch einmal einen Blick auf die Rolle? Hüte dich, sagen die strahlenden Verkünder der Zukunft, unter alten Dächern oder belagerten Mauern oder überhangenden Felsen hinzugehen — ein Stein von oben herabgeschleudert ist mit dem Fluch des Geschickes gegen dich beladen! Und in nicht ferner Zeit von jetzt kommt die Gefahr; aber Tag und Stunde kann ich nicht mit Bestimmtheit lesen. Wohlan, wenn mein Stundenglas auf der Neige ist, soll der Sand noch bis zum letzten Augenblick hell funkeln. Entgehe ich aber dieser Gefahr, so glänzt der Rest meines Lebens klar und heiter, wie der Streifen des Mondes auf dem Wasser. Ich sehe Ehre, Glück, Erfolg aus jeder Welle des dunkeln Abgrundes strahlen, in dem ich zuletzt versinken muß. Wie denn? werde ich bei einem solchen Geschick jenseits der Gefahr der Gefahr selbst unterliegen? Meine Seele flüstert mir Hoffnung zu, jubelnd streift sie über die drohende Stunde hinaus, und schwelgt in der Zukunft: — ihr eigener Mut ist ihr bestes Vorzeichen. Wär' es mir bestimmt, so plötzlich und in so kurzer Zeit unterzugehen, so würden mich die Schatten des Todes umdunkeln, und ich würde ein eisiges Vorgefühl von meinem Lose haben. Meine Seele, die jetzt in mir lächelt, würde durch Trauer und Düsterkeit ihre Witterung des furchtbaren Orkus ausdrücken. Sie lächelt: sie verbürgt mir meine Rettung."

Bei diesem Schluß seines Selbstgesprächs stand der Ägypter unwillkürlich auf. Rasch ging er über die kleine, vom Sternenhimmel überwölbte Plattform, hielt an der Brustwehr still und blickte noch einmal zum grauen, schwermütigen Himmel empor. Der kühle Hauch der schwachen Morgendämmerung flog seine Stirn erfrischend an und allmählich gewann sein Gemüt die natürliche Ruhe und Sammlung wieder. Er wandte den Blick von den Sternen, die, einer nach dem andern, in die Tiefe des Himmels versanken, und seine Augen fielen auf das breite Gelände unter ihm. Dämmerig stiegen aus dem stillen Hafen die Masten der Galeeren empor; das mächtige Gebraus von diesem Markt der Üppigkeit und der Mühen her schwieg. Keine Lichter, als etwa hier und da von den Säulen eines Tempels oder aus den Hallen des schweigenden Forums, brachen die bleiche, schwankende Helle des kämpfenden Morgens. Aus dem Herzen der erstarrten Stadt, in der sich bald so viele tausend Leidenschaften regen sollten, kam kein Laut; die Lebensströme kreisten nicht, sie lagen stockend unter dem Eise des Schlafes. Von der gewaltigen Masse des Amphitheaters mit seinen übereinander aufsteigenden Steinsitzen — rund zusammengerollt wie ein schlummerndes Ungeheuer — erhob sich ein dünner, geisterhafter Nebel, der über dem zerstreuten Baumlaub, das in seiner Nähe dunkelte, schwärzer und schwärzer anschwoll. Die Stadt schien eine Stadt der Toten zu sein!

Der Ozean selbst, ein heiterer, wellenloser See, lag beinah ebenso ruhig, ausgenommen daß aus seinem tiefen Schoß, gemildert durch die Entfernung, ein schwaches, regelmäßiges Gemurmel, wie der Odem seines Schlafes, herüberkam; und weithin, wie mit ausgestreckten Armen in das grüne, reizende Land einbiegend, schien er unbewußt die an seinem Rande hängenden Städte, Stabiä, Herkulanum und Pompeji, diese Kinder und Lieblinge der Fluten, an die Brust zu drücken.

„Ihr schlummert," sprach der Ägypter mit finsterem Blick auf diese Städte, den Stolz und die Blüte Campaniens — „ihr schlummert! — wär' es doch die ewige Ruhe des Todes — wie ihr jetzt Juwelen in der Krone des Reiches seid, so waren es einst die Städte des Nil! Ihre Größe ist von ihnen gewichen — sie schlafen unter Trümmern — ihre Paläste und Tempel sind Gräber geworden — die Schlange windet sich im Gras ihrer Straßen — die Eidechse sonnt sich in ihren verödeten Hallen. Durch jenes geheimnisvolle Gesetz der Natur, das den einen erniedrigt, um den andern zu erhöhen, seid ihr Neulinge auf den Ruinen eurer Vorgänger aufgeblüht. Du stolze Roma, hast die Herrlichkeit eines Sesostris und einer Semiramis an dich gerissen — du bist eine Räuberin, die sich in die Gewänder der Beraubten kleidet! Und diese da — die Sklavinnen in deinem Triumph — die ich, der letzte Sohn vergessener Könige, hier unter mir sehe, diese Gefäße deiner alldurchdringenden Macht und Üppigkeit, ich schaue sie an und verfluche sie! Die Zeit soll kommen, wo Ägypten gerächt wird! wo das Roß des Barbaren sein Futter im goldenen Haus des Nero frißt; du, die du mit deinen Eroberungen Wind gesäet hat, sollst den Sturm der Verödung ernten."

Arbaces wandte den Blick von der Stadt und dem Meer ab; — vor ihm lagen die Weingärten und die Auen des reichen

Campaniens. Die alten, halb pelasgischen Tore und reichen Mauern schienen noch nicht die Grenzen der Stadt zu bilden. Einzelne Landsitze und Dörfer zogen sich zu beiden Seiten den Abhang des Vesuv hinauf, der damals noch nicht so steil und hoch war, wie jetzt. Wie Rom selbst über einem ausgebrannten Vulkan erbaut ist, so hatten in gleichem Sicherheitsgefühl die Bewohner des tieferen Südens die grünen, weinbekränzten Gefilde um einen Feuerberg her inne, dessen Flammen sie für immer zur Ruhe gegangen glaubten. Vom Tor her dehnte sich die lange, nach Größe und Bauart ihrer Monumente sehr abwechselnde Gräberstraße aus, auf der man von dieser Seite her zur Stadt gelangt. Über das Ganze stieg die umwölkte Kuppel des furchtbaren Berges empor, mit seinen hier dunklern, dort hellern Schatten, Andeutungen seiner bemoosten Höhlen und aschfarbigen Felsen, die auf frühere Ausbrüche hinwiesen und — wäre der Mensch nicht blind — das Unglück, das noch kommen sollte, im voraus hätten verkünden können!

Aber weder die zerklüftete Höhe des stillen Vulkans, noch die Fruchtbarkeit der Gefilde an seinem Abhang, noch die düstere Aussicht auf die Gräber, noch die glänzenden Villen eines verfeinerten, üppigen Volkes zogen jetzt die Blicke des Ägypters auf sich. An einem Punkt der Landschaft senkte sich der Vesuv als ein schmaler, unbebauter Rücken auf die Ebene herab, hier und da durch gezackte Felsen und Buschwerk von wildem Gehölz unterbrochen. Am Fuß lag ein sumpfiger, ungesunder Pfuhl; das scharfe Auge des Arbaces bemerkte die Umrisse von etwas Lebendigem, das sich an dem Sumpf hinbewegte und dann und wann bückte, wie um dessen giftige Erzeugnisse abzupflücken.

„Ha!" sprach er laut, „so hab ich denn eine Gefährtin in meinen von der Erde abgewandten Nachtwachen. Die Hexe des Vesuv regt sich. Was? erhält auch sie, wie die leichtgläubige Menge behauptet, erhält auch sie Nachweisungen von den großen Sternen? Hat sie böse Zaubersprüche gegen den Mond ausgestoßen, oder pflückt sie, wie ihr häufiges Anhalten vermuten läßt, böse Kräuter aus dem giftgetränkten Sumpf? Ich muß diese Mitarbeiterin kennen lernen. Wer immer nach Wissenschaft strebt, lernt, daß die Kenntnisse keines Menschen verächtlich sind. Verächtlich seid nur ihr, ihr feisten, aufgedunsenen Geschöpfe, ihr Sklaven der Üppigkeit, ihr Müßiggänger im Denken, die ihr nichts anbaut als die öden Sinne, und die ihr glaubt, diesem ärmlichen Boden könne die Myrte und der Lorbeer entkeimen. Nein, der Weise allein vermag zu genießen! — Uns allein ist die wahre Schwelgerei gegönnt, wenn sich Geist, Verstand, Erfindung, Erfahrung, Nachdenken, Wissenschaft und Einbildungskraft wie Ströme vereinigen, um die See der Empfindung anzuschwellen! — Jone!"

Sobald Arbaces dieses letzte magische Wort ausgesprochen hatte, nahmen seine Gedanken einen tiefern, geheimern Gang. Seine Schritte hielten an; er schlug die Augen nicht vom Boden auf; ein- oder zweimal lächelte er freudig und murmelte dann, indem er den Ort seiner Nachtwache verließ und sein Lager suchte: „Droht mir der Tod so nah, so will ich wenigstens sagen können, ich habe gelebt: — Jone soll mein werden!"

Der Charakter des Arbaces gehörte zu jenen verwickelten, verschlungenen Geweben, in denen sich der darin sitzende Ordner selbst zuweilen verirrt und verfängt. In ihm, dem Sohn eines gefallenen Herrschergeschlechtes, dem Sprößling eines gesunkenen Volkes, wohnte jener Geist unzufriedenen Stolzes, der ständige Entzündungsstoff jedes kräftigern Gemüts, das sich unerbittlich aus der Sphäre ausgeschlossen fühlt, worin seine Väter geglänzt haben und zu der ihn Natur und Abkunft berechtigten. Diese Empfindung erstickt jedes Wohlwollen; sie führt Krieg mit der Gesellschaft, sie sieht Feinde in den Menschen. Aber mit dieser Empfindung war ihre gewöhnliche Gefährtin, die Armut, in dem Ägypter nicht verbunden. Arbaces besaß ein Vermögen, das selbst dem Reichtum der meisten römischen Edeln gleichkam. Dies setzte ihn instand, seiner lüsternen Phantasie, der er weder durch Geschäfte noch Ehrenstellen einen Abweg eröffnen konnte, die größten Opfer zu bringen. Von Land zu Land reisend, und überall nur Rom erblickend, verstärkte er seinen Haß gegen die Gesellschaft und seinen Hang für den Genuß. Er befand sich in einem ungeheuern Gefängnis, das er jedoch mit den Werkzeugen seiner Lüste zu erfüllen vermochte. Eine Flucht aus dem Kerker war unmöglich; sein einziges Bestreben ging daher darauf, ihm den Anschein eines Palastes zu geben.

Von den ältesten Zeiten her waren die Ägypter für die Freuden der Sinne eingenommen gewesen; Arbaces erbte sowohl ihre Neigung zur Sinnlichkeit, als die Glut ihrer Einbildungskraft, die sich selbst an ihrer Fäulnis entzündete. Aber still, ungesellig, in seinen Vergnügungen wie in seinem ernsteren Streben weder einen Höheren noch einen Gleichen duldend, ließ er wenige in seinen Umgang zu, ausgenommen die willigen Sklaven seiner Begierden. Er war der einsame Herr eines dicht bevölkerten Harems. Dabei fühlte er sich jedoch zu jener Übersättigung verdammt, dem Fluch aller Menschen, deren Geist über ihrem Tun steht, und was einst Antrieb der Leidenschaft gewesen, war zur Diät der Gewohnheit eingefroren. Von der sinnlichen Unbefriedigung suchte er sich durch die Pflege der Wissenschaft zu erheben; da aber sein Zweck nicht darauf ging, den Menschen zu dienen, so verachtete er das praktische, nützliche Wissen. Seine dunkle Phantasie liebte sich in jenen schwärmerischen, nächtigen Forschungen zu ergehen, die für ein verkehrtes, einsiedlerisches Gemüt stets die anlockendsten sind, und zu denen ihn überdies der kühne Stolz seines Charakters und die geheimnisvollen Überlieferungen seines Landes hinzogen. Ohne Glauben an die verwirrten Religionsmeinungen der heidnischen Welt setzte er den höchsten Glauben in die Macht des menschlichen Geistes. Er, wie überhaupt vielleicht seine ganze Zeit, kannte die Grenzen nicht, die die Natur unsern Entdeckungen gesteckt hat. Da er wahrnahm, daß je höher wir in unserer Erkenntnis steigen, wir destomehr Wunder erblicken, redete er sich ein, die Natur sei nicht nur von ihrem gewöhnlichen Lauf wunderbar, sondern könne auch durch die Beschwörung mächtiger Seelen von diesem Lauf abgelenkt werden. So verjagte er die Wissenschaft über ihre angewiesenen Grenzen hinaus in das Land des Irrtums und des Schattens. Von der Wahrheit der Astronomie ging er zum Trug der Astrologie über. Von den Geheimnissen der Chemie wanderte er in das gespenstige Labyrinth der Magie, und derselbe Geist, der die Macht der Götter in Frage stellte, hatte einen kindischen Aberglauben hinsichtlich der Macht des Menschen.

Das Studium der Magie, das damals unter den sogenannten Weisen mit großem Eifer betrieben wurde, war morgenländischer Abkunft. Der früheren Philosophie der Griechen stand es fern und fand bei ihnen erst Gunst, als Östhanes, der das Heer des Xerxes begleitete, den hochtönenden Lehren Zoroasters unter der einfachen Religion der Hellenen Eingang verschaffte. Unter den römischen Kaisern dagegen hatte sich dieses Studium in Rom eingebürgert — ein willkommener Gegenstand für Juvenals feurige Satire. Innig verwachsen mit der Magie war der Isisdienst, und die ägyptische Religion war das Mittel, durch das sich der Glaube an ägyptische Wundertäter immer mehr verbreitete. Die Theurgie oder weiße Magie, wie die Goëtie oder schwarze Kunst, standen während des ersten Jahrhunderts christlicher Zeitrechnung in demselben hervorragenden Ansehen, und die Wunder eines Faust sind nichts gegen die des Apollonius von Tyana. Könige, Hofleute, Philosophen, alles zitterte vor den Meistern jener furchtbaren Wissenschaft. Und nicht der mindest Berühmte unter seiner Zunft war der unheimliche, tiefe Arbaces. Sein Name und seine Entdeckungen waren allen Anhängern der Magie bekannt; sie überlebten ihn sogar, aber nicht bei seinem wirklichen, irdischen Namen ward er von dem Zauberer, wie von dem Weisen genannt. Ihre Verehrung schuf ihm einen geheimnisvolleren Titel, und lange blieb er in Großgriechenland, wie in den Ebenen des Orients, unter der Benennung Hermes, der Herr des flammenden Gürtels im Andenken. Seine spitzfindigen Grübeleien und weitgepriesenen Weisheitsergüsse befanden sich, mehrere Bücher stark, unter jenen Quellen der geheimen Künste, die die neubekehrten Christen unter großem Jubel, obwohl unter ebensoviel Angst, in Ephesus verbrannten, und so die Nachwelt um die Belege zu der List des Satans brachten.

Arbaces hatte nur das Gewissen des Verstandes; es wurde durch keine moralischen Gesetze in Furcht gehalten. Wenn der Menschengeist dergleichen Zwangsmittel der großen Herde auflege, so, glaubte er, könne sich der Menschengeist auch durch höhere Weisheit darüber erheben. „Wenn ich," folgerte er, „die Geisteskraft habe, Gesetze aufzulegen, hab ich nicht auch das Recht, über meine eigenen Schöpfungen zu gebieten? noch mehr, hab ich nicht das Recht, die Erfindungen geringerer Geister zu beherrschen, zu umgehen, zu verachten?" — War er somit ein Bösewicht, so rechtfertigte er seine Verkehrtheit gerade durch das, was ihm hätte Tugend geben sollen, nämlich seine höherstehende Intelligenz.

Wie alle Menschen mehr oder weniger nach Macht streben, so entsprach dieses Bestreben in Arbaces genau seinem Charakter. Es war nicht das Streben nach einer äußern, rohen Gewalt. Er wünschte nicht Purpur und Fasces, die Zeichen gewöhnlicher Herrschaft. Sein Stolz, seine Verachtung gegen Rom, das die damalige Welt bildete, während er dessen hohen Namen mit derselben Geringschätzung ansah, die Rom selbst gegen die Barbaren an den Tag legte, würde ihm nie erlaubt haben, nach weltlicher Herrschaft über andere zu trachten, denn durch diese würde er sogleich zum Werkzeug oder zum Geschöpf des Kaisers geworden sein. Er, der Sohn des großen Geschlechtes des Ramses — er die Befehle eines andern vollziehen und seine Macht von einem andern empfangen? der bloße Gedanke erfüllte ihn mit Wut. Wenn er jedoch einen Ehrgeiz verwarf, der auf bloße Namensauszeichnungen ausging, so gab er sich desto mehr dem Ehrgeiz hin, über die Herzen zu gebieten. Geistige Überlegenheit als die höchste Erdengabe schätzend, liebte er es, dieser Überlegenheit dadurch aufs deutlichste in sich selbst bewußt zu werden, daß er sie über alle, mit denen er zusammentraf, ausdehnte. So hatte er stets die Jugend gesucht, sie durch seinen Zauber beherrscht. Er liebte es, seine Untertanen in den Seelen der Menschen zu finden, über ein unsichtbares, unmaterielles Reich zu gebieten! Wäre er minder sinnlich und minder reich gewesen, so hätte er vielleicht versucht, der Gründer einer neuen Religion zu werden. So aber fand seine Energie ein Geheimnis an seiner Genußsucht. Auch übte neben der allgemeinen Hinneigung zu moralischer Herrschaft eine seltsame, abergläubische Ehrfurcht vor allem, was dem geheimnisvollen Lande seiner Väter angehörte, ihren Einfluß auf ihn aus. Obwohl er an dessen Götter nicht glaubte, glaubte er an die Allegorien, deren Repräsentanten sie waren, oder vielmehr: er legte diesen Allegorien einen neuen Sinn unter. Ihm lag daran, die Religion Ägyptens aufrecht zu halten, weil er dadurch den Schatten und die Erinnerung an dessen Macht aufrecht hielt. Er belud die Altäre des Osiris und der Isis mit regelmäßigen Schenkungen, und war stets bemüht, die Priesterschaft durch neue reiche Konvertiten zu heben. War das Gelübde abgelegt, der Priesterstand ergriffen, so wählte er in der Regel die Genossen seiner Lüste aus denen, die er zu seinen Opfern gemacht hatte, teils weil er sich dadurch ihre Verschwiegenheit sicherte, teils weil er seine eigentümliche Gewalt über sie dadurch noch mehr befestigte. Daher die Gründe zu seinem Benehmen gegen Apäcides, die in diesem Fall durch die Leidenschaft für Jone noch verstärkt wurden.

Selten hatte er lange an demselben Ort gelebt; mit zunehmendem Alter wurde er jedoch gleichgültiger gegen den Reiz des Szenenwechsels, und bereits hatte er in den angenehmen Städten Campaniens eine Zeit zugebracht, die ihn selbst in Erstaunen setzte. Freilich beschränkte sein Stolz einigermaßen die Wahl seines Aufenthaltes. Er ertrug es nicht, in dem heißen Lande zu leben, das, von ihm als sein rechtmäßiges Erbe betrachtet, ohnmächtig und gesunken unter den Fittichen des römischen Adlers zuckte. Rom war schon an sich seiner zürnenden Seele verhaßt, und ebenso ungern hätte er die Günstlinge des Hofes mit seinen Reichtümern wetteifern sehen, ja, daß sie durch die gewaltige Pracht des Hofes selbst vergleichsweise zur Armut herabgedrückt worden wären. Die campanischen Städte dagegen boten ihm alles, was seine Natur begehrte: die Üppigkeit eines unvergleichlichen Klimas und die sinnreichen Verfeinerungen einer vergnügungssüchtigen Zivilisation. Er stand hier dem Anblick übergroßer Besitztümer fern, ohne Nebenbuhler und frei von den Nachspüren eines eifersüchtigen Hofes. So lange er ein Mann von Vermögen blieb, erkundigte sich niemand nach seinem Benehmen. Ungestört und sicher setzte er seinen dunkeln Weg fort.

Siebzehntes Kapitel.

Als Jone die geräumige Halle des Ägypters betrat, drängte sich ihr derselbe Schauder auf, der auch ihren Bruder beschlichen hatte. Ihr wie ihm schien etwas Unheimliches und Warnendes in dem stillen, trauernden Antlitz der thebanischen Ungeheuer zu liegen, deren majestätische, leidenschaftliche Züge der Marmor so gut wiedergab:

„Auf ihrer Stirn sahst du vergangner Zeit Geschicke,
Der Geist der Ewigkeit sprach aus dem ernsten Blicke.“

Der lange äthiopische Sklave grinste ihr zu, als er sie einließ und bedeutete sie durch einen Wink, weiterzugehen. Auf halbem Weg in der Halle trat ihr Arbaces selbst entgegen in festlichem, von Juwelen schimmerndem Gewande. Obwohl es draußen Tag war, war das Gebäude, der üppigen Sitte jener Zeit gemäß, künstlich verdunkelt und die Lampen warfen ihr stilles, duftendes Licht über den reichen Boden und den mit Elfenbein ausgelegten Plafond.

„Schöne Jone," sprach Arbaces, indem er sich niederbeugte, um ihre Hand zu fassen, „du hast den Tag verfinstert — deine Augen erleuchten diese Hallen — dein Odem erfüllt sie mit Wohlgerüchen."

„Nicht so mußt du zu mir sprechen," erwiderte Jone lächelnd; „du vergissest, daß dein Unterricht meinen Geist zu sehr aufgeklärt hat, als daß mir dergleichen, meiner Gestalt dargebrachte Artigkeiten willkommen wären. Du warst es, der mich Verachtung der Schmeichelei lehrte; willst du deine Lehren Lügen strafen?"

Als Jone diese Worte aussprach, lag in ihrem Benehmen etwas so Freimütiges und Reizendes, daß der Ägypter verliebter und geneigter als je wurde, den Fehler, wegen dessen er soeben gerügt worden, von neuem zu begehen. Indessen antwortete er rasch und heiter und beeilte sich, das Gespräch von neuem anzuknüpfen.

Er führte sie durch die verschiedenen Gemächer seines Hauses, das ihren an keine andere Pracht als die niedliche Eleganz der kampanischen Städte gewöhnten Auge die Reichtümer der ganzen Welt zu enthalten schien. Auf den Wänden waren Gemälde von unschätzbarer Kunst angebracht; die Lampen beleuchteten Statuen aus der edelsten Zeit Griechenlands. Juwelenkästchen, jedes Kästchen selbst ein Juwel, füllten die Zwischenräume der Säulen, die kostbarsten Holzarten dienten zu Schwellen und Türpfosten, Gold und Edelsteine schienen überall ausgeschüttet zu sein. Zuweilen befanden sie sich allein in diesen Gemächern, zuweilen gingen sie durch Reihen schweigender Sklaven, die vor Jone auf die Knie fielen und ihr Armbänder, Ketten, Demanten zum Geschenk boten, um deren Annahme der Ägypter vergebens in sie drang.

„Oft," sprach sie mit Erstaunen, „hab ich gehört, daß du

reich seiest; aber nie ließ ich mir träumen, bis zu welcher Höhe sich deine Schätze erstrecken."

„Könnt ich sie doch alle," erwiderte der Ägypter, „zu einer einzigen Krone verschmelzen, um sie auf diese weiße Stirn zu setzen."

„Ach, das Gewicht würde mich zermalmen; ich wäre eine zweite Tarpeja," antwortete Jone lachend.

„Aber verachten wirst du den Reichtum doch nicht. — O Jone! wer über keine Schätze zu verfügen hat, weiß nicht, was das Leben zu bieten vermag. Gold ist der eigentliche Zauberer auf Erden: es verwirklicht unsere Träume, es verleiht ihnen Göttermacht: es liegt etwas Großes, Erhebendes in seinem Besitz: es ist der mächtigste und doch der folgsamste Sklave."

Der listige Arbaces suchte die junge Neapolitanerin durch seine Schätze und seine Beredsamkeit zu verblenden, suchte den Wunsch in ihr zu erwecken, das was sie hier vor sich sah, unter ihre Hand zu bekommen, in der Hoffnung, sie werde den Besitzer mit dem Besitz vermengen, und der Reiz seiner Habe werde auf ihn selbst zurückstrahlen. Mittlerweile fühlte sich Jone innerlich etwas unbehaglich bei Galanterien aus Lippen, die bis vor kurzer Zeit die der Schönheit allgemein gezollte Huldigung zu verschmähen geschienen hatten. Mit jenem zarten Takt, den nur Frauen besitzen, suchte sie die wohlüberlegt abgeschnellten Pfeile zu parieren und den Sinn seiner stets wärmer werdenden Worte wegzulachen oder wegzuplaudern. Nichts Lieblicheres in der Welt als eben diese Art von Verteidigung; es ist der Zauber jenes afrikanischen Nekromanten, der behauptete, mit einer Feder dem Wind eine andere Richtung geben zu können.

Der Ägypter war von ihrer Anmut fast noch mehr berauscht und überwältigt als von ihrer Schönheit; mit Mühe unterdrückte er seine Empfindungen. Ach, die Feder vermochte nur etwas gegen Sommerlüftchen — für den Sturm wird sie aber nur ein Spielzeug sein.

Als sie in einer mit weißen, silbergestickten Draperien bekleideten Halle standen, klatschte Arbaces plötzlich in die Hände, und wie durch einen Zauberschlag stieg ein Tisch aus dem Boden empor; zugleich erhob sich ein Ruhebett oder Thron mit einem scharlachenen Himmel vor Jone, und im nämlichen Augenblick tönte hinter den Vorhängen eine unsichtbare sanfte Musik hervor.

Arbaces setzte sich zu Jones Füßen, und Kinder, jung und schön wie Liebesgötter, warteten bei dem Mahle auf.

Das Festmahl war vorüber, die Musik sank zu einem leisen, gedämpften Ton herab, und der Wirt wandte sich also zu seinem reizenden Gast:

„Hat dich in dieser dunkeln, ungewissen Welt — hat dich nie verlangt über das Jetzt hinauszublicken, meine Schülerin? Hast du nie gewünscht, den Schleier der Zukunft zu heben und an dem Uferrande des Schicksals das Schattenbild dessen zu sehen, was da kommen soll? Denn nicht nur die Vergangenheit hat ihre Geister; auch das, was erst geschehen wird, hat seinen Schemen; kommt die rechte Stunde, so wird er vom Leben durchdrungen, wird körperlich und wandelt in der Welt umher. So gibt es denn in dem Lande jenseit des Grabes zwei stofflose Geisterscharen, die Dinge, die kommen werden und die Dinge, die gewesen sind. Vermögen wir durch unsere Weisheit in dieses Land einzudringen, so sehen wir die einen wie die andern, und erfahren, wie ich dies lernte, nicht nur die Geheimnisse der Toten, sondern auch das Schicksal der Lebenden."

„Wie du es lerntest! — geht deine Weisheit so weit?"

„Willst du mein Wissen erproben, Jone, und die Darstellung deiner eigenen Zukunft sehen? es ist ein Schauspiel, ergreifender als die des Äschylus; eines das ich für dich vorbereitet habe, wenn du die Schatten ihre Rolle spielen sehen willst."

Die Neapolitanerin zitterte; sie dachte an Glaukus und seufzte unter dem Zittern. Sollten ihre Lose vereint werden? Halb ungläubig, halb gläubig, halb von Ehrfurcht, halb von Schreck bei den Worten ihres seltsamen Gastes ergriffen, blieb sie einige Augenblicke still, und erwiderte dann:

„Es könnte mich zurückstoßen, könnte mich scheu machen — die Kunde der Zukunft wird mir vielleicht die Gegenwart nur verbittern."

„Nicht so, Jone; ich selbst habe bereits einen Blick auf dein künftiges Geschick getan. Die Geister deiner Zukunft wandeln in den sonnigen Gärten Elysiums, unter Asphodelen und Rosen winden sie die Kränze deines freundlichen Schicksals, und die Parzen, so strenge gegen andere, weben für dich nur ein Gewebe von Seligkeit und Liebe. Willst du kommen und dein Geschick sehen, so daß du es im voraus genießen kannst?"

Abermals flüsterte das Herz Jones den Namen des Glaukus. Sie sprach ein kaum hörbares Ja. Der Ägypter stand auf, nahm sie bei der Hand und führte sie durch das Bankettzimmer. Wie von Geisterhänden schoben sich die Vorhänge auf die Seite und die Musik ging in eine lautere, freudigere Weise über. Die beiden traten durch eine Säulenreihe, zu deren beiden Seiten Fontänen ihr duftendes Wasser emporwarfen, und sie stiegen auf einer breiten, bequemen Treppe in einen Garten hinunter. Der Abend hatte begonnen, der Mond stand bereits hoch am Himmel und jene zarten Blumen, die bei Tage schlafen, aber die Nachtluft mit unbeschreiblicher Würze erfüllen, waren in den Alleen des sternbeglänzten Gebüsches dicht ausgestreut, oder lagen, in Körbchen gesammelt, wie Opfergaben zu Füßen der vielen Statuen, die längs ihres Weges durch das Dunkel schimmerten.

„Wohin willst du mich führen, Arbaces?" fragte Jone verwundert.

„Nur dorthin," erwiderte er, auf ein kleines Gebäude zeigend, das die Aussicht schloß. „Es ist ein den Schicksalsgöttinnen geweihter Tempel — unser Vorhaben verlangt solch heiligen Boden."

Sie trat in eine schmale Vorhalle, deren Hintergrund mit einem schwarzen Vorhang verhüllt war. Arbaces hob ihn auf, Jone trat ein und fand sich in vollkommener Finsternis.

„Sei unbesorgt," sprach er, „es wird sogleich hell werden." Noch während dieser Worte verbreitete sich stufenweise ein sanftes, warmes Licht. Als es die Gegenstände hinlänglich erhellte, schien es Jone, es umgebe sie ein ringsum schwarz behangenes Gemach von mäßiger Größe; ein Ruhebett von derselben Farbe stand neben ihr. Mitten im Zimmer befand sich ein kleiner Altar, davor ein Dreifuß von Erz stand. An der einen Wand trug eine hohe granitene Säule ein kolossales Haupt vom schwärzesten Marmor, das sie an dem Kranze von Weizenähren, den die Stirn umgab, als die große ägyptische Göttin erkannte. Arbaces hatte sich dem Altar genähert, seinen eigenen Kranz darauf niedergelegt und schien jetzt eben beschäftigt, den Inhalt einer ehernen Vase auf den

Dreifuß auszugießen. Sogleich schoß eine blaue, bewegliche, schlängelnde Flamme auf, der Ägypter zog sich an Jones Seite zurück, murmelte einige Worte in einer ihr unverständlichen Sprache und leise wogte der Vorhang hinter dem Altar hin und her. Er teilte sich langsam und durch die so entstandene Öffnung erblickte Jone eine undeutliche, bleiche Landschaft, die jedoch allmählich klarer und heller wurde; endlich unterschied sie deutlich Bäume, Flüsse, Auen und die ganze Mannigfaltigkeit einer höchst reizenden Gegend. Zuletzt glitt ein dämmeriger Schatten im Vordergrund hin und blieb Jone gegenüber stehen. Langsam schien derselbe Zauber, der auf die übrige Darstellung eingewirkt hatte, auch auf dieses Phantom seine Macht auszuüben: es nahm Form und Gestalt an, und siehe da, in Zügen und Bildung erkannte Jone sich selbst!

Jetzt schwand die Szenerie hinter der Erscheinung und das Bild eines prächtigen Palastes trat an ihre Stelle. Ein Thron erhob sich mitten darin; die dämmerigen Gestalten von Sklaven und Wachen reihten sich um ihn, und eine bleiche Hand hielt etwas wie ein Diadem über den Thron.

Eine neue Figur erschien; sie war von Kopf zu Fuß in ein dunkles Gewand gehüllt, so daß man weder das Gesicht noch die Umrisse des Körpers unterscheiden konnte. Sie kniete vor Jones Schattenbild nieder, faßte dessen Hand und zeigte nach dem Thron, als lade sie zu seiner Besteigung ein.

Das Herz der Neapolitanerin schlug heftig.

„Soll sich der Schatten enthüllen?“ flüsterte eine Stimme neben ihr — die Stimme des Arbaces.

„Ja,“ antwortete Jone sanft.

Arbaces erhob die Hand — das Spukgebilde warf den verhüllenden Mantel ab und Jone schrie laut auf: — es war Arbaces selbst, der vor ihr kniete.

„Das ist wirklich dein Schicksal,“ flüsterte ihr von neuem die Stimme des Ägypters ins Ohr. „Du bist bestimmt, die Braut des Arbaces zu werden.“

Jone fuhr zusammen; der schwarze Vorhang schloß sich über der Phantasmagorie und Arbaces selbst, der wirkliche, lebende Arbaces, lag zu ihren Füßen.

„O Jone,“ rief er leidenschaftlich zu ihr aufblickend, „höre einen Menschen, der lange vergebens mit seiner Liebe gerungen hat. Ich bete dich an! Das Schicksal lügt nicht — du bist bestimmt, die Meinige zu werden! — die ganze Welt hab ich durchsucht und nichts gleich dir gefunden. Von Kindheit an hab ich mich nach einem Wesen wie du gesehnt. Ich war im Traum, bis ich dich sah; ich wache auf und erblicke dich. Wende dich nicht von mir Jone, denke nicht von mir, wie du bisher gedacht hast: ich bin nicht das kalte, fühllose, mürrische Wesen, das ich dir geschienen. Nie ward ein Weib so hingebend, so leidenschaftlich geliebt, als ich Jone lieben werde. Reiße dich nicht von mir los; sieh, ich gebe deine Hand frei. Ziehe sie weg, wenn du willst — gut, sei es so! Aber verwirf mich nicht, Jone — verstoße mich nicht vorschnell — beurteile deine Macht über mich, wenn du mich derart verwandeln konntest. Ich, der nie vor einem sterblichen Wesen kniete, ich, der über das Schicksal anderer gebot, empfange jetzt von dir mein eigenes. Jone, zittere nicht, du bist meine Königin — meine Göttin — sei meine Braut. Jeder Wunsch, den du äußerst, soll erfüllt werden! Die Enden der Welt sollen dir botmäßig sein; Glanz, Pracht, Herrlichkeit sollen dir als Sklaven dienen. Arbaces soll keinen andern Ehrgeiz kennen als den Stolz, dir zu gehorchen. Jone, wende diese Augen auf mich — umstrahle mich mit deinem Lächeln. Meine Seele ist finster, wenn sich ihr dein Angesicht verbirgt — bescheine mich, meine Sonne, mein Himmel, mein Tag! — Jone, Jone — verstoße meine Liebe nicht."

Allein und in der Gewalt des seltsamen, furchtbaren Mannes fühlte Jone gleichwohl noch keine Angst; die Ehrerbietung in seinen Ausdrücken, die Sanftheit seiner Stimme gab ihr Mut und sie empfand ihren Schutz in der eigenen Reinheit. Aber sie war verwirrt — erst nach einigen Momenten gewann sie Fassung zur Antwort.

„Stehe auf Arbaces," sprach sie endlich und ließ ihm wieder ihre Hand, die sie aber ebenso schnell zurückzog, als sie den brennenden Druck seiner Lippen darauf fühlte. „Stehe auf, und wenn es dir ernst ist, wenn du die Wahrheit sprichst . ."

„Wenn!" rief er zärtlich.

„Wohlan denn, höre mich; du bist mein Vormund — mein Freund — mein Berater gewesen; auf diese neue Eigenschaft aber war ich nicht bereitet. Denke nicht," fügte sie schnell hinzu, als sie seine dunkeln Augen im Ungestüm der Leidenschaft funkeln sah, „denke nicht, daß ich dich verachte, daß ich von dieser Huldigung nicht gerührt sei, mich nicht geehrt fühle; aber sprich — kannst du mich ruhig anhören?“

„Ja, wären deine Worte auch Blitze und zerschmetterten mich!“

„Ich liebe einen andern!“ sprach Jone errötend, aber mit fester Stimme.

„Bei den Göttern — bei der Hölle!“ schrie Arbaces, sich zu seiner vollen Höhe emporrichtend, „wage nicht, mir so etwas zu sagen — wage nicht, mich zu verhöhnen: es ist unmöglich! — Wen hast du gesehen? — Wen kennen gelernt? O Jone! es ist Frauenerfindung, Frauenlist, was aus dir spricht: du möchtest Zeit gewinnen; ich habe dich überrascht, habe dich erschreckt. Verfahre mit mir, wie du willst — sage du liebest mich nicht; aber sage nicht, du liebest einen andern!“

„Ach ...“ hob Jone an, aber erschüttert von einer plötzlichen, unerwarteten Heftigkeit, brach sie in Tränen aus.

Arbaces trat näher auf sie zu, sein Odem brannte wild auf ihrer Wange und er schlang seine Arme um sie, aber sie entriß sich seiner Umarmung. In diesem Kampf entfiel ihr ein Brief; Arbaces bemerkte ihn und haschte danach — es war das Schreiben, das sie am Morgen von Glaukus erhalten hatte. Jone sank auf das Ruhebett, halb tot vor Schrecken.

Rasch durchlief Arbaces den Inhalt; die Neapolitanerin wagte nicht, ihn anzusehen: sie bemerkte nicht die Totenblässe, die über sein Gesicht kam, — sie wurde weder der Falten auf seiner Stirn, noch des Bebens seiner Lippe, noch des Krampfes, der seine Brust erhob, gewahr. Er las bis zu Ende und sagte dann, indem der Brief seiner Hand entsank, im Ton erheuchelter Ruhe:

„Ist der Schreiber dieses Briefes der Mann, den du liebst?“ Jone schluchzte, gab aber keine Antwort.

„Sprich!“ rief er mit schneidender Stimme.

„Er ist es!“

„Und sein Name — er steht hier geschrieben — sein Name ist Glaukus.“

Jone blickte mit gefalteten Händen umher, wie um Hilfe oder Gelegenheit zur Flucht zu suchen.

„Höre mich denn,“ sprach Arbaces, seine Worte zu einem Flüstern herabsenkend: „Eher sollst du in dein Grab, als in seine Arme. Wie? glaubst du, Arbaces werde einen Nebenbuhler wie diesen ärmlichen Griechen dulden? Glaubst du, er habe die Frucht reifen lassen, um sie einem andern abzutreten? Nein, süßes Närrchen! Du bist mein — ganz — einzig mein; — und so fass' ich dich und mache mein Recht auf dich geltend."

Damit schloß er Jone in die Arme, und in dieser wilden Umschlingung lag die ganze Kraft nicht sowohl der Liebe, als der Rache.

Jone aber gab die Verzweiflung übernatürliche Stärke, von neuem riß sie sich los von ihm — stürzte nach der Seite des Gemachs, von wo sie eingetreten war und zog den Vorhang halb zurück. Ihr Verfolger faßte sie zum drittenmal und wieder entwand sie sich ihm und sank erschöpft und mit einem lauten Schrei am Fuß der Säule nieder, die das Haupt der ägyptischen Göttin trug. Arbaces hielt einen Augenblick inne, wie um Atem zu schöpfen und schoß dann von neuem auf seine Beute los.

In diesem Moment wurde der Vorhang heftig zur Seite gerissen und der Ägypter fühlte sich von einer ungestümen, starken Faust an der Schulter gepackt. Er wandte sich um und erblickte die blitzenden Augen des Atheners und das blasse, aber drohende Gesicht des Apäcides.

„Ha!" murmelte er, die beiden anstierend, „welche Furie hat euch hierher gesandt?"

„Ato!" erwiderte Glaukus und griff unverweilt den Ägypter an. Unterdessen hob Apäcides die ohnmächtig gewordene Schwester vom Boden auf. Seine durch das überreizte Gemüt erschöpfte Kraft reichte nicht aus, Jone, trotz der Leichtigkeit und Zartheit ihrer Gestalt, fortzutragen; er legte sie daher auf das Ruhebette, stellte sich mit erhobenem Dolch neben sie und sah dem Kampf zwischen Glaukus und dem Ägypter zu, bereit, seine Waffe in die Brust des letzteren zu senken, wenn dieser der Sieger sein sollte. Nichts auf Erden ist vielleicht so furchtbar als der nackte, unbewehrte Streit der tierischen Kraft ohne andere Waffen, als die, die die Natur dem Zorn darbietet. Beide Gegner hielten sich jetzt eng umfaßt, die Hand eines jeden die Kehle des andern suchend, die Gesichter zurückgebogen, die Augen rachefunkelnd, die Muskeln angespannt, die Adern aufgelaufen, die Lippen offen, die Zähne zusammengebissen. Beide besaßen eine das gewöhnliche Maß überschreitende Stärke; beide waren von unbezähmbarer Wut beseelt. Sie krümmten und wanden sich umeinander, wankten hin und her, drängten sich von einem Ende ihres beschränkten Kampfplatzes zum andern, stießen Rufe des Zorns und der Rache aus; jetzt waren sie vor dem Altar, jetzt am Fuße der Säule, wo der Kampf begonnen hatte, dann ließen sie voneinander ab, um Atem zu schöpfen; Arbaces lehnte sich an die Säule, Glaukus stand einige Schritte weiter entfernt.

„Heilige Göttin," rief Arbaces die Säule umfassend, und erhob die Augen gegen das Bild, das sie trug, „schütze deinen Erwählten, verkünde deinen Zorn gegen diesen Knecht eines aufgeschossenen Glaubens, der mit tempelschänderischer Gewalttat dein Heiligtum entweiht und deinen Diener anfällt."

Indem er sprach, schienen die stillen, mächtigen Züge der Göttin plötzlich von Leben durchglüht zu werden; hell zuckte durch den schwarzen Marmor wie durch einen durchsichtigen Schleier eine rote, schimmernde Farbe und um das Haupt spielten und züngelten bläuliche Flämmchen — die Augen wurden wie Bälle brennenden Feuers und schienen in verderblichem, nicht zu ertragendem Zorn auf das Gesicht des Griechen gewandt. Erschreckt und eingeschüchtert von dieser plötzlichen, wunderbaren Antwort auf das Gebet seines Feindes, und nicht frei von dem anererbten Aberglauben seines Volkes, erblaßte Glaukus bei der seltsamen, schauerlichen Belebung des Marmors — seine Knie zitterten, von heiligem Grauen ergriffen stand er kraftlos, betäubt vor dem Gegner. Arbaces ließ ihm nicht Zeit sich von der Erschütterung zu erholen. „Stirb, Elender," rief er mit Donnerstimme und sprang auf den Griechen los, „die große Mutter fordert dich als lebendes Opfer." So in der ersten Lähmung einer abergläubischen Furcht überrascht, verlor der Grieche — der Marmorboden war so glatt wie Glas — den Halt, glitt aus und fiel. Arbaces setzte den Fuß auf die Brust des gefallenen Gegners. Apäcides, durch sein Priesteramt, wie durch seine Kenntnis von Arbaces Charakter gegen alle wunderhaften Einmischungen mißtrauisch gemacht, hatte den Schrecken seines Genossen nicht geteilt. Er stürzte vorwärts und sein Dolch funkelte hoch in der Luft, der wachsame Ägypter jedoch packte den niederfahrenden Arm; ein Ruck seiner mächtigen Hand entriß die Waffe der schwachen Faust des Priesters und ein mächtiger Schlag streckte ihn zu Boden. Mit lautem Freudenruf schwang Arbaces das Messer in der Luft. Glaukus sah dem nahenden Schicksal mit festem Auge und der strengen verachtenden Ergebung eines gefallenen Gladiators entgegen — da erschütterte in diesem furchtbaren Moment den Boden unter ihnen ein krampfhaftes Zucken: ein stärkerer Geist als der des Ägypters war gekommen — eine riesenhafte, zermalmende Gewalt, vor der seine Leidenschaft und seine Künste zu plötzlicher Ohnmacht herabsanken. Der furchtbare Dämon des Erdbebens hatte sich aufgerichtet und verlachte die Zauberei menschlicher List, wie den Grimm menschlichen Zorns. Wie ein Titan, auf den Berge getürmt sind, stieg er aus längjährigem Schlaf empor, regte sich auf seinem Lager und die Höhlen drunten stöhnten und zitterten unter dem Wälzen seiner Glieder. Im Moment der Rache und Übermacht wurde der Mann, der sich einen Halbgott geträumt hatte, zu dem Staub erniedrigt, der er in Wirklichkeit war. Weithin unter dem Boden lief ein hohles, polterndes Getöse — die Vorhänge des Gemachs flatterten, wie vom Wehen eines Sturms — der Altar wankte — der Dreifuß bebte und hoch über dem Kampfplatz zitterte und kreiste die Säule; das dunkle Haupt der Göttin taumelte und stürzte von seinem Gestell, und eben als sich der Ägypter über sein Opfer niederbeugte, traf die Marmormasse den Gebückten zwischen Schulter und Nacken! — Der Schlag streckte ihn jählings, ohne Laut, Bewegung oder Lebenszeichen auf den Boden, dem Anschein nach von eben der Gottheit zerschmettert, deren Leben er ruchlos nachgeäfft und angefleht hatte!

„Die Erde hat ihre Kinder bewahrt," rief Glaukus sich aufraffend. „Gesegnet sei ihre furchtbare Zuckung! Laßt uns die Fürsorge der Götter verehren!"

Er half Apäcides aufstehen und richtete dann das Gesicht des Arbaces empor. Der Tod schien ihm sein Siegel aufgedrückt zu haben: Blut strömte aus den Lippen auf die glänzenden Kleider herab, schwer fiel er aus des Glaukus Armen zurück, und der rote Strom träufelte langsam auf dem Marmor hin. Aufs neue bebte die Erde unter ihren Füßen, sie mußten sich aneinanderklammern, die Erschütterung ließ ebenso schnell nach, wie sie gekommen war, und sie verweilten nicht länger. Glaukus trug Jone in den Armen leicht fort, und sie flohen von der unheiligen Stätte.

Kaum waren sie in den Garten gelangt, als von allen Seiten her fliehende, ungeordnete Scharen von Mädchen und Sklaven mit ihnen zusammenstießen, deren festliche, glänzende Gewänder wie ein Spott gegen die furchtbaren Schrecken der Stunde abstachen. Sie schienen die Fremden nicht zu beachten — sie waren nur mit ihrer eigenen Angst beschäftigt. Nach sechzehn Jahren Ruhe drohte der brennende, trügerische Boden aufs neue Zerstörung. Sie stießen nur einen Schrei aus: Ein Erdbeben! ein Erdbeben! — Unbelästigt mitten durch sie hindurchgehend, eilten Apäcides und seine Gefährten, ohne das Haus zu betreten, eine der Alleen hinab und flohen durch ein offenes Pförtchen. Hier saß auf einer kleinen Erhöhung, über die sich die dunkelgrünen Aloen düster hinabbeugten, das volle Mondlicht auf der zusammengesunkenen Gestalt, das blinde Mädchen; — sie weinte bitterlich.

Achtzehntes Kapitel.

Es war früh am Mittag und das Forum von Geschäftigen und Müßigen vollgedrängt. Denn damals lebten die Menschen in den Städten Italiens fast ganz außerhalb des Hauses: die öffentlichen Gebäude, das Forum, die Säulengänge, die Bäder, selbst die Tempel, konnten als ihre eigentlichen Wohnungen gelten. Kein Wunder, daß sie diese beliebten Versammlungsorte mit so vieler Pracht ausschmückten; sie empfanden für sie ebenso gut eine Art häuslicher Zuneigung, wie den Stolz des Patriotismus. Und wirklich bot in jenem Moment das Forum Pompejis einen belebten Anblick. Auf dem breiten Pflaster aus großen Marmorplatten unterhielten sich verschiedene Gruppen auf jene energische, jedem Wort eine Gebärde beifügende Weise, die noch jetzt das Merkmal der südlichen Völker ist. Hier saßen in sieben Buden, auf der einen Seite der Kolonnade die Geldwechsler, vor sich ihre glänzenden Münzhaufen; Schiffer und Kaufleute in mannigfaltigen Trachten um ihre Tische hergedrängt. Auf der andern Seite eilten verschiedene Leute in langen Togen einem stattlichen Gebäude zu, worin die Magistratsbeamten zu

Gericht saßen; es waren Advokaten — rührig, plaudernd, scherzend und witzelnd. In der Mitte des Platzes standen verschiedene Statuen auf Fußgestellen, worunter die stattliche Gestalt Ciceros die merkwürdigste war. Um den Gerichtshof her lief eine regelmäßige symmetrische Säulenreihe dorischer Ordnung; verschiedene Personen, die frühzeitig durch ihr Geschäft hierher geführt wurden, nahmen daselbst die leichte Mahlzeit ein, die ein damaliges italienisches Frühstück bildete, und unterhielten sich, indem sie Stücke Brot in Becher mit verdünntem Wein tauchten, sehr lebhaft über das Erdbeben der vorigen Nacht. In dem offenen Raum bemerkte man verschiedene Kleinhändler, die da ihr Gewerbe betrieben. Hier zeigte ein Mann einer schönen Frau vom Lande seine Bänder, ein anderer rühmte einem stämmigen Pächter die Trefflichkeit seiner Schuhe, ein dritter, eine Art Budenrestaurateur, wie man sie noch jetzt in den italienischen Städten so häufig trifft, versorgte manchen hungrigen Magen mit warmen Gerichten aus seinem kleinen tragbaren Ofen, während dicht dabei — als ein bezeichnender Gegensatz für die Vereinigung von Gewerbstätigkeit und geistigem Leben jener Zeit! — ein Schulmeister seinen schüchternen Zöglingen die Anfangsgründe der lateinischen Sprachlehre auseinandersetzte. Eine Galerie über dem Säulengang, zu der man durch kleine, hölzerne Treppen emporstieg, hatte ebenfalls ihr Publikum, dessen Gruppen jedoch, da hier das eigentliche Geschäft des Ortes vor sich ging, eine ruhigere, ernstere Haltung darboten.

Dann und wann machte die Menge unten ehrerbietig einem Senator Platz. Dieser nickte auf dem Wege zum Jupitertempel (der eine Seite des Forums bildete und Versammlungsort der Senatoren war) seinen Freunden oder Klienten, die er in dem Gewühl bemerkte, mit vornehmer Herablassung zu. In buntem Gemisch mit den heitern Gewändern der höhern Stände sah man die derben Gestalten benachbarter Pächter, die sich zu den öffentlichen Kornböden durcharbeiteten. Hart neben dem Tempel zeigte sich der Triumphbogen und jenseit von ihm die lange, menschenwimmelnde Straße. In einer der Nischen des Triumphbogens spielte ein Springbrunnen lustig in den Sonnenstrahlen, und über dem Karnies zeigte sich, in kräftigem Gegensaß mit dem lustigen Sommerhimmel, die eherne Reiterstatue Kaligulas. Hinter den Buden der Geldwechsler stand das Gebäude, das man jetzt das Pantheon nennt; ein Haufen ärmerer Pompejaner ging mit Körben unter dem Arm durch die schmale, ins Innere führende Halle und drängte sich einer, zwischen zwei Säulen befindlichen Plattform zu, wo die Mundvorräte zum Verkauf ausgesetzt standen, die die Priester vom Opfer erübrigt hatten.

An einem der zu städtischen Angelegenheiten bestimmten Gebäude beschäftigten sich Werkleute mit den Säulen, und von Zeit zu Zeit stieg der Lärm ihrer Arbeit aus dem Gesumm der Menge empor: Die Säulen sind bis auf diesen Tag unvollendet!

So ging denn nichts über die Mannigfaltigkeit in der Tracht, dem Rang, dem Benehmen, der Beschäftigung der Menge; nichts über die Betriebsamkeit, den Frohsinn, die Aufregung, den frischen Fluß des Lebens ringsumher. Man gewahrte da all die tausend Anzeichen einer überreifen, das gesunde Maß überschreitenden Zivilisation: Vergnügen und Handelsverkehr, Müßiggang und Arbeit, Habsucht und Ehrgeiz vereinten in einem gemeinschaftlichen Bette ihre bunten, brausenden, aber doch harmonischen Ströme.

Den Stufen des Jupitertempels gegenüber stand mit verschränkten Armen und gefurchter, verachtender Stirn ein Mann von ungefähr fünfzig Jahren. Sein Anzug war auffallend einfach, nicht so sehr dem Stoff nach, als durch den Mangel aller Verzierungen, die von den Pompejanern jedes Standes teils aus Liebe zum Schaugepränge getragen wurden, teils weil sie hauptsächlich in solche Formen gebracht waren, wie man sie am wirksamsten gegen die Angriffe der Zauberei und den Einfluß des bösen Blickes hielt. Sein Vorderhaupt war hoch und kahl; die wenigen Locken hinten am Kopf durch eine Art Kapuze bedeckt, die einen Teil seines Mantels ausmachte, um nach Gefallen aufgezogen oder niedergelassen zu werden, und als Schutz gegen die Sonnenstrahlen jetzt über den Kopf gekommen war. Sein Kleid war braun, keine beliebte Farbe bei den Pompejanern; all die gewöhnlichen Beimischungen von Scharlach oder Purpur waren sorgfältig vermieden. Sein Gurt enthielt ein kleines, eingehängtes Tintengefäß, einen Griffel und eine Schreibtafel von ungewöhnlicher Größe. Was noch besonders auffiel: in dem Gürtel steckte keine Börse, die sonst fast unerläßliche Zugabe, selbst wenn die Börse das Unglück hatte, leer zu sein.

Es geschah nicht oft, daß sich's die heitern, selbstsüchtigen Pompejaner angelegen sein ließen, die Gesichter und Handlungen ihrer Nachbarn zu beobachten; aber in Lippe und Auge jenes Mannes, der eben zusah, wie eine religiöse Prozession die Tempeltreppe hinaufschritt, sprach sich etwas so auffallend Bitteres und Verächtliches aus, daß es notwendig einige Aufmerksamkeit erregen mußte.

„Wer ist jener Cyniker?“ fragte ein Kaufmann seinen Gefährten, einen Juwelier.

„Es ist Olinth,“ erwiderte der Juwelier, „der für einen Nazarener gehalten wird.“

Der Kaufmann schauderte. „Eine entsetzliche Sekte,“ sprach er mit leiser, ängstlicher Stimme. „Man sagt, bei ihren nächtlichen Zusammenkünften fingen sie ihre Zeremonien jedesmal mit der Ermordung eines neugeborenen Kindes an. Auch behaupten sie eine Gemeinschaft der Güter! Was würde aus uns Kaufleuten und Juwelieren werden, wenn solche Begriffe in die Mode kämen!“

„Das ist sehr richtig,“ erwiderte der Juwelier; „überdies tragen sie keine Juwelen und murmeln Verwünschungen, wenn sie eine Schlange zu Gesicht bekommen, da doch in Pompeji alle unsere Zierate Schlangengestalt haben.“

„Sieh einmal,“ sprach ein dritter, ein Bronzefabrikant, „wie jener Nazarener den heiligen Dienst des Opferzuges verhöhnt. Gewiß brummt er Flüche auf den Tempel. Weißt du, Celsinus, daß mir dieser Bursche, als er neulich an meiner Werkstätte vorbeiging und mich mit einem Standbild der Minerva beschäftigt sah, mit Stirnrunzeln sagte, wäre die Statue Marmor, so würde er sie zerbrochen haben, aber das Erz sei zu fest. — Eine Göttin zerbrechen? rief ich. — Eine Göttin? erwiderte der Atheist, eine Dämonin ist es, ein böser Geist. — Damit ging er unter Verwünschungen seines Weges. Soll man sich so was gefallen lassen? Was Wunder, daß die Erde gestern nachts so furchtbar erbebte, als wollte sie den Atheisten aus ihrem Schoß werfen. Ein Atheist sag' ich? noch ärger, ein Verächter der schönen Künste! — Wehe uns Bronzefabrikanten, wenn solche Gesellen den Ton angeben!"

„Das sind die Mordbrenner, die unter Nero Rom ansteckten," seufzte der Juwelier.

Während dieser freundlichen Bemerkungen über das Aussehen und den Glauben des Nazareners wurde Olinth den Eindruck, den er hervorbrachte, selbst gewahr; er wandte sich um und betrachtete die aufmerksamen Gesichter des anwachsenden, sich zuflüsternden Haufens. Nachdem er sie eine Weile mit einer erst trotzigen, sofort in Mitleid übergehenden Miene angeblickt hatte, zog er den Mantel dichter um sich und ging mit den vernehmlichen Worten weg: „Verblendete Götzendiener, hat euch die Zuckung der vorigen Nacht nicht gewarnt? Ach, wie werdet ihr am letzten Tage bestehen?"

Die Menge, die diese inhaltsschwere Rede angehört hatte, gab ihr verschiedene Auslegungen, je nach den verschiedenen Schattierungen der Unwissenheit und Furcht, alle trafen jedoch in der Vorstellung überein, das Gesagte enthalte irgend einen entsetzlichen Fluch. Sie betrachteten den Christen als einen Feind der Menschheit; die Beinamen, die sie ihm in reichem Maß zuteilten, worunter Atheist der beliebteste und häufigste war, mag uns, Anhänger jener jetzt siegreich gewordenen Religion, warnen, keiner Meinungsverfolgung, wie sie damals Olinth erfuhr, zu huldigen, und auf die, deren Ansichten von den unsrigen abweichen, nicht die Ausdrücke anzuwenden, die damals auf die Väter unseres Glaubens gehäuft wurden.

Indem Olinth langsam durch das Gewühl hinschritt, und eben einen von den minder vollgedrängten Ausgängen des Forums erreicht hatte, bemerkte er, daß ihn ein bleiches, ernstes Gesicht, das er sofort erkannte, scharf ansah.

In ein Pallium gehüllt, das seine heiligen Gewänder zum Teil verbarg, betrachtete der junge Apäcides den Jünger der neuen, geheimnisvollen Lehre, zu der er sich einst halb bekehrt hatte.

„Ist auch er ein Betrüger? macht dieser Mensch, so einfach und unscheinbar in Leben, Gewand und Miene, macht auch er, wie Arbaces, die äußerliche Strenge zum Mantel der Sinnlichkeit? Verbirgt der Schleier der Vesta die Laster des Lüstlings?

Olinth, an Personen aus allen Ständen gewöhnt und mit seiner Glaubensbegeisterung eine tiefe Menschenerfahrung verbindend, erriet vielleicht aus dem Gesicht etwas von dem, was in der Brust des Priesters vorging. Mit festem Auge und einer Miene heiterer, offener Aufrichtigkeit gab er den Blick des Priesters zurück.

„Friede sei mit dir!" sprach er grüßend.

„Friede?" wiederholte der Priester mit so hohler Stimme, daß sie dem Nazarener durchs Herz ging.

„In diesem Wunsch," fuhr Olinth fort, „ist alles Gute vereinigt. Ohne Tugend kannst du keinen Frieden haben. Wie der Regenbogen ruht der Friede auf der Erde, aber seine Wölbung verliert sich in den Himmel! Der Himmel badet ihn in Farben des Lichts, er schießt aus Tränen und Wolken auf, ist ein Wiederstrahl der ewigen Sonne, eine Zusicherung heiliger Ruhe, ein Zeichen des großen Bundes zwischen Mensch und Gott. Ein solcher Friede, junger Mann, ist das Lächeln der Seele: eine Ausströmung aus dem fernen Kreise des unsterblichen Lichtes. Friede sei mit dir."

„Ach!" hob Apäcides an, wurde aber das Angaffen der neugierigen Müßiggänger gewahr, die gar zu gern gewußt hätten, was wohl Gegenstand des Gesprächs zwischen einem verrufenen Nazarener und einem Isispriester sein möge. Er brach ab und fügte dann mit leiser Stimme hinzu: „Wir können hier nicht miteinander sprechen, ich will dir ans Ufer des Flusses nachkommen; dort ist ein Spaziergang, der um diese Zeit von niemand besucht wird."

Olinth nickte Zustimmung. Mit hastigem Schritt, aber regem, aufmerksamem Auge ging er durch die Straßen. Da und dort wechselte er einen bedeutsamen Blick, ein leichtes Zeichen mit einem der Vorübergehenden, der seiner Kleidung nach gewöhnlich zu den niedern Ständen gehörte; denn das Christentum war darin ein Vorbild aller andern und weniger gewaltigen Revolutionen, daß das Senfkorn in den Herzen der Unangesehenen keimte. Unter den Hütten der Dürftigkeit und Arbeit lag die unbeachtete Quelle des gewaltigen Stroms, der in der Folge sein breites Gewässer an den Städten und Palästen der Erde hinwälzte.

Neunzehntes Kapitel.

„Aber sage mir, Glaukus," sprach Jone, als sie in ihrem Lustboot den kräuselnden Sarnus hinabglitten, „wie erschienst du mit Apäcides zu meiner Befreiung von dem schändlichen Manne?"

„Frage Nydia dort," entgegnete der Athener und zeigte auf das blinde Mädchen, die in einiger Entfernung gedankenvoll dasaß auf ihre Leier gelehnt. „Ihr gehört dein Dank, nicht uns. Es scheint, daß sie in meine Wohnung kam, und, da sie mich nicht zu Haus fand, deinen Bruder aus dem Tempel herbeiholte. Er ging mit ihr zu Arbaces; unterwegs begegnete sie mir mit einer Gesellschaft Freunde, denen ich mich in der Freude über deinen liebevollen Brief beigesellt hatte. Nydias scharfes Ohr entdeckte meine Stimme: wenige Worte reichen hin, mich zum Begleiter deines Bruders zu machen; ich sagte meinen Genossen nicht, warum ich sie verlasse: konnt' ich deinen Namen ihren leichten Zungen und geschwätzigen Mutmaßungen anvertrauen? — Das Mädchen führte uns zu dem Gartentor, durch das wir dich nachher trugen; wir traten ein, und waren eben im Begriff, uns in die Geheimnisse des verruchten Hauses zu stürzen, als wir deinen Angstschrei von einer andern Seite her vernahmen. Das übrige weißt du."

Jone errötete tief, und erhob dann die Augen gegen Glaukus; er fühlte den ganzen Dank, den sie nicht auszusprechen vermochte. „Komm her, meine Nydia," wandte sie sich zärtlich zu der Thessalierin. „Sagt' ich dir nicht, du solltest meine Schwester und Freundin sein? Bist du mir nicht bereits mehr gewesen — eine Hüterin, eine Erretterin?"

„Es will nichts sagen," erwiderte Nydia kalt, ohne aufzustehen.

„Ah! ich vergaß," fuhr Jone fort, „daß ich zu dir kommen muß." Damit ging sie längs der Schiffbrücke hin, bis sie an den Ort kam, wo Nydia saß, schlang ihren Arm liebkosend um sie und bedeckte ihre Wangen mit Küssen.

Nydia war an diesem Tage blasser als gewöhnlich und ihr Gesicht wurde noch fahler und farbloser, als sie sich der Umarmung der schönen Neapolitanerin hingab.

„Aber wie," errietest du so genau die Gefahr, der ich ausgesetzt war," flüsterte Jone. „Kanntest du den Ägypter schon von früher her?"

„Ja, ich wußte von seinen Verbrechen."

„Und wie das?"

„Edle Jone, ich war eine Sklavin frevelhafter Menschen. Meine Gebieter waren seine Gehilfen."

„Und du warst schon früher in sein Haus gekommen, da du den geheimen Eingang so genau kanntest?"

„Ich habe dem Arbaces auf meiner Leier gespielt," antwortete die Thessalierin verlegen.

„Und du selbst bist dem Verderben entgangen, von dem du Jone errettest hast?" erwiderte die Neapolitanerin, in einem Ton, der für Glaukus Gehör zu leise war.

„Edle Jone, mich zeichnen weder Schönheit noch Rang aus; ich bin ein Kind und eine Sklavin und blind. Die Verachteten sind immer sicher."

Nydia hatte diese demütige Antwort in einem schmerzlichen, stolzen und bitteren Tone gegeben, und Jone fühlte, daß sie dem Mädchen durch längeres Verweilen bei diesem Gegenstand nur wehe tue. Sie blieb still, und die Barke bog jetzt in die See ein.

„Gestehe, daß ich Recht hatte, Jone," sagte Glaukus, „als ich dich vermochte, diesen schönen Mittag nicht in deinem Zimmer zuzubringen — gestehe, daß ich Recht hatte."

„Du hattest Recht, Glaukus," erwiderte Nydia kurz.

„Das liebe Kind spricht für dich," entgegnete der Athener. „Aber erlaube mir, mich dir gegenüber zu setzen, sonst verliert unser leichtes Boot das Gleichgewicht."

Mit diesen Worten nahm er seinen Platz gerade gegenüber von Jone und sich über den Schiffsrand hinauslehnend, stellte er sich vor, es sei ihr Atem und nicht der Sommerwind, der den Duft über das Meer ausströme.

„Du wolltest sagen," sprach er, „warum mir deine Tür so viele Tage verschlossen blieb?"

„O denke nicht mehr daran!" antwortete Jone schnell; „ich lieh mein Ohr, wie ich jetzt erkenne, boshafter Verleumdung."

„Und mein Verleumder war der Ägypter?"

Jones Stillschweigen bejahte die Frage.

„Seine Beweggründe liegen hinlänglich zutage."

„Sprich nicht von ihm," rief Jone und bedeckte sich das Gesicht mit den Händen, als wollte sie selbst den Gedanken an ihn von sich abschließen.

„Vielleicht ist er jetzt schon an den Ufern des trägen Styx," nahm Glaukus wieder das Wort; „doch hätten wir in diesem

Fall wohl von seinem Tode gehört. Dein Bruder, scheint es, hat mit dem bösen Einfluß seiner schwarzen Seele zu kämpfen. Als wir gestern Nacht vor deinem Hause ankamen, verließ er mich plötzlich. Wird er sich je herablassen, mein Freund zu sein?"

„Irgend ein geheimer Schmerz nagt an ihm," entgegnete Jone mit Tränen. „Könnten wir ihn doch von sich selbst abziehen! Laß uns gemeinschaftlich dieses Liebesamt übernehmen."

„Er soll mein Bruder sein," erwiderte der Grieche.

„Wie ruhig," sprach Jone, indem sie sich aus der Verstimmung zu erheben suchte, worin der Gedanke an Apäcides sie gestürzt hatte — „wie ruhig scheinen die Wolken am Himmel zu schweben, und doch sagst du mir, denn ich selbst wußte nichts davon, die Erde habe gestern nacht unter uns gebebt."

„So ist's, und wie man sagt, war der Stoß heftiger, als je seit der großen Erschütterung vor sechzehn Jahren: das Land, worin wir wohnen, hegt noch immer geheimnisvolle Schrecknisse, und das Reich des Pluto, das sich unter unsern brennenden Feldern hinzieht, scheint von unsichtbarem Streit zerrissen. Fühltest du gestern abend an dem Ort, wo du saßest, das Erdbeben nicht, Nydia, und war es nicht die Angst darüber, was dich weinen machte?"

„Ich fühlte den Boden unter mir sich regen und heben, wie eine ungeheure Schlange," antwortete Nydia, „aber da ich nichts sah, wurde mir nicht angst; ich glaubte, die Erschütterung sei ein Zauber des Ägypters. Man sagt, er habe Macht über die Elemente."

„Du bist eine Thessalierin, meine Nydia, und hast ein Nationalrecht, an Magie zu glauben."

„Magie — wer könnte sie bezweifeln? Etwa du?"

„Bis vorige Nacht, wo mich in der Tat ein nekromantisches Wunder erschreckte, glaubte ich an keine andere Magie als an die der Liebe," entgegnete Glaukus mit bebender Stimme, die Augen auf Jone geheftet.

„Ach!" rief Nydia mit einer Art Schauder und ergriff mechanisch ein paar erheiternde Töne auf ihrer Leier. Der Laut paßte zu der Ruhe des Meeres und der sonnigen Stille des Mittags.

„Spiele uns, liebe Nydia," sagte Glaukus, „gib uns eines

von deinen alten thessalischen Liedern: handle es von Magie oder nicht, wenn es nur von Liebe handelt."

„Von Liebe!" wiederholte Nydia und schlug die großen, unsteten Augen auf, die den, der sie anblickte, stets mit einem Gemisch von Furcht und Mitleid durchbebten. Nie konnte man sich an ihren Anblick gewöhnen, so seltsam schien es, daß diese dunkeln, wilden Kreise nichts vom Tageslicht wissen sollten, und ihr tiefer, geheimnisvoller Blick war entweder so fest, oder so unruhig und gestört, daß man beim Zusammentreffen mit ihm jenen durchschauernden, halb unnatürlichen Eindruck fühlte, der uns in der Gegenwart von Wahnsinnigen ergreift — von Menschen, die, bei einem äußerlichen Leben wie das unsrige, im Innern ein unähnliches, unerforschliches, unenträtseltes Dasein führen!

„Willst du, daß ich dir von Liebe singe?" fragte sie, diese Augen auf Glaukus gerichtet.

„Ja," erwiderte er und sah zu Boden.

Sie rückte ein wenig aus dem noch immer um sie geschlungenen Arm Jones weg, als ob ihr dieses sanfte Umfangen hinderlich wäre, setzte sofort ihr leichtes, anmutiges Instrument auf das Knie und sang, nach einem kurzen Vorspiel folgendes Lied:

Der Wind und der Lichtstrahl liebten die Rose,
Die Rose aber liebte das Licht;
Wer mag den Wind wohl mit seinem Getose,
Jedoch die Sonne, wer liebte die nicht?

Kein Mensch sieht wohin der Wind doch sich stehle,
Den Wolken ein ärmlich, gehorsames Spiel —
Beim Winde träumt keiner sich wohl eine Seele
Und legt in ein trauriges Ächzen Gefühl!

O glücklicher Strahl — wie kannst du sie zeigen,
Die glühende Liebe, die dich erfüllt?
Ist doch das glänzende Licht dir zu eigen:
Du scheinst nur — und hast deine Liebe enthüllt.

Aber der Wind, dessen Töne erschrecken,
Womit tut er seine Liebe nur dar?
Will er sich seiner Rose entdecken,
Muß er verstummen: — sein Tod macht's ihr klar!

„Du singst ein trauriges Lied, süßes Mädchen," sagte Glaukus; „bis jetzt fühlt deine Jugend nur den dunkeln

Schatten der Liebe; eine ganz andere Begeisterung erweckt diese, wenn sie wirklich hervorbricht und uns erleuchtet."

„Ich singe, wie man mich's gelehrt hat," erwiderte Nydia seufzend.

„So hatte denn dein Lehrer Unglück in der Liebe. — Versuch' es mit einer fröhlichen Weise. Doch nein, Kind, gib mir das Instrument." Indem Nydia gehorchte, streifte ihre Hand die seinige, und bei dieser leichten Berührung hob sich ihre Brust und ihre Wange flammte auf.

Noch immer die Augen Jones vergeblich suchend, die, halb zu Boden gesenkt, halb abgewandt, die seinigen vermieden, drückte der Athener Gefühle eines seligern Bewußtseins, als jenes, das dem Liede Nydias die Färbung gegeben hatte, mit leiser, sanfter Stimme aus:

Wie die Barke durchgleitet die leuchtende Glut
So wiegt sich das Herz mir in brennender Flut;
Verloren im Meere erzittert es nicht,
Strahlest du ihm doch hell aus der Tiefe Gesicht;
Still ist jetzt die Woge, jetzt stürmedurchweht,
Wie dein Lächeln, dein Seufzen drauf haucht;
Wie ein Sternpaar erglänzt auf des Schiffers Gebet,
Mein Gott aus den Augen dir taucht.

Die Barke mag sinken in wolkiger Nacht,
Wenn Liebe als rettende Leuchte nicht wacht;
Wie dein Gruß und dein Wink durch die Wellen sie trägt,
Ist dein Zürnen der Sturm, der sie wirbelnd verschlägt.
Doch besser sie sinkt, weil der Himmel noch klar,
Wenn später dein Herz mich vergißt;
Heißt leben beweinen was einst es mir war:
O stürb ich bewußt was es ist!

Noch zitterten die letzten Worte des Liedes über die See hin, als Jone die Augen erhob und denen des Geliebten begegnete. Glückliche Nydia! glücklich in deinem Kummer, daß du diesen entzückten Blick nicht sehen konntest, der die Unmöglichkeit eines Wechsels versprach!

War aber die Thessalierin auch nicht imstande, den Blick wahrzunehmen, so erriet sie seinen Sinn doch an dem Schweigen, den Seufzern der beiden. Sie drückte die Hände fest gegen die Brust, als wolle sie die bittern, eifersüchtigen Gefühle niederhalten, und beeilte sich dann zu Wort zu kommen — denn dieses Schweigen war ihr unerträglich.

„Schließlich liegt nichts besonderes Heiteres in deinem Lied, Glaukus," sprach sie.

Und doch wollte ich etwas Heiteres, als ich die Leier zur Hand nahm, liebe Kleine. Vielleicht läßt wahres Glück keine äußere Fröhlichkeit zu."

„Wie wunderlich," bemerkte Jone, ein Gespräch wechselnd, das sie eben so sehr beklommen machte als entzückte — „daß schon seit mehreren Tagen jene Wolke bewegungslos über dem Vesuv hängt, oder eigentlich nicht bewegungslos, denn zuweilen wechselt sie ihre Form und eben jetzt dünkt sie mir wie ein ungeheurer Riese, der einen Arm über die Stadt ausstreckt. Kommt sie dir auch so vor — oder liegt das Bild nur in meiner Phantasie?"

„Auch ich sehe es, schöne Jone; die Ähnlichkeit ist wirklich zum Erstaunen. Der Riese scheint auf dem Gipfel des Berges zu sitzen, die verschiedenen Schatten der Wolke bilden ein weißes, weites Gewand um Brust und Glieder her; mit festem Gesicht scheint er auf die Stadt unten zu blicken, mit der einen Hand, wie du sagst, auf ihre schimmernden Straßen zeigend, die andere — siehst du nicht? — gegen den Himmel erhebend. Er ist wie der Geist eines gewaltigen Titanen, der über die schöne Welt brütet, die er verloren hat; trauernd über die Vergangenheit, aber nicht ohne Drohung für die Zukunft."

„Sollte dieser Berg in irgend einem Zusammenhang mit dem Erdbeben von gestern nacht stehen? Man sagt: vor Jahunderten, fast in der frühesten Zeit der uns erhaltenen Geschichte, habe er Feuer ausgeworfen, wie noch jetzt der Ätna. Vielleicht lauern die zuckenden Flammen noch immer in seiner Tiefe?"

„Wohl möglich," erwiderte Glaukus nachdenklich.

„Du sagst, du glaubest nicht sonderlich an Magie?" fragte Nydia. „Ich habe gehört, eine mächtige Hexe wohne in den verbrannten Höhlen des Berges; jene Wolke ist vielleicht der dunkle Schatten des Dämons, mit dem sie Zwiesprache hält."

„Wie dir doch das Köpfchen voll ist von der Romantik deines Vaterlandes Thessalien," bemerkte Glaukus; „du bist eine seltsame Mischung von Verstand und widerstreitendem Aberglauben."

„Im Dunkeln ist man immer abergläubisch," erwiderte Nydia. — „Sag mir," setzte sie nach einer kleinen Pause hinzu, „sag' mir, o Glaukus, gleichen alle schöne Menschen einander? Ich höre, du seiest schön und Jone ebenfalls. Sind eure Gesichter denn die nämlichen? ich glaube nicht, obwohl ich's vielleicht sollte."

„Tu' Jonen kein so schmähliches Unrecht an," erwiderte Glaukus lachend. „Ach, wir gleichen einander nicht einmal so, wie sich das Häßliche und Schöne bisweilen gleichen. Jones Haar ist dunkel, das meinige hell; Jones Augen sind — von welcher Farbe, Jone? ich kann sie nicht sehen, wende sie mir zu. O! sind sie schwarz? nein, sie sind zu sanft. Sind sie blau? nein, sie sind zu tief; sie wechseln mit jedem Sonnenstrahl — ich weiß ihre Farbe nicht, die meinigen aber, Nydia, sind grau und glänzen nur, wenn Jone auf sie scheint! Jones Wange ist..."

„Ich verstehe kein Wort von deiner Beschreibung," unterbrach ihn Nydia fast unwillig, „ich fasse nur, daß ihr einander nicht gleichet und bin froh darüber."

„Warum, Nydia?" fragte Jone.

Nydia errötete leicht. „Weil ich mir euch stets unter verschiedenen Formen vorgestellt habe," antwortete sie kalt, „und weil man sich stets freut, wenn man recht hat."

„Und wie stelltest du dir denn Glaukus vor?" fragte Jone sanft.

„Wie Musik!" erwiderte Nydia und sah zu Boden.

„Du hast recht," dachte Jone.

„Und unter welchem Bild erschien dir Jone?"

„Das kann ich nicht sagen," antwortete die Blinde; „ich kenne sie noch nicht lange genug, um eine Gestalt, ein Zeichen für meine Vorstellungen zu finden."

„So will ich dir helfen," rief Glaukus leidenschaftlich; „sie gleicht der Sonne, die erwärmt — dem Wasser, das erfrischt."

„Die Sonne versengt und das Wasser ertränkt bisweilen," entgegnete Nydia.

„So nimm diese Rosen," sagte Glaukus; „möge dir ihr Duft eine Vorstellung von Jone geben."

„Ach die Rosen werden verwelken," bemerkte die Neapolitanerin schelmisch.

Unter solchen Gesprächen brachten sie die Stunden dahin: die Liebenden nur des Glanzes und des Lächelns der Liebe bewußt, das blinde Mädchen nur die Dunkelheit, ihre Qual, nur den Sturm der Eifersucht und ihre Schmerzen fühlend.

Wie sie so hinglitten, ergriff Glaukus noch einmal die Laute und entlockte ihren Saiten mit leichter Hand ein so freudig schönes Lied, daß selbst Nydia aus ihren Träumen erwachte und in einen Ruf der Bewunderung ausbrach.

„Du siehst, mein Kind," bemerkte Glaukus, „daß ich den Charakter der Liebesmusik noch zu retten vermag, und daß ich unrecht hatte, wenn ich sagte, vollkommenes Glück könne nicht heiter sein."

Zwanzigstes Kapitel.

Dem Nazarener folgend, erreichte Apäcides das Ufer des Sarnus. — Dieser Fluß, der jetzt zu einem Bach eingeschrumpft ist, rauschte damals freudig in das Meer, bedeckt mit zahllosen Fahrzeugen und aus seinem Spiegel die Gärten, Nebengelände, Paläste und Tempel Pompejis wiederstrahlend. Von seinem geräuschvollen, menschenwimmelnden Gestade lenkte Olinth die Schritte einem Pfad zu, der in geringer Entfernung durch ein schattiges Gehölz hinlief. Dieser Weg war am Abend ein Lieblingsaufenthalt der Pompejaner, wurde aber während der Hitze und Geschäftigkeit des Tages selten besucht, außer etwa von einer Gruppe spielender Kinder, einem nachdenklichen Poeten oder ein paar streitlustigen Philosophen. Auf der dem Wasser abgewandten Seite standen zahlreiche Buchsbaumbüsche, die durch das zartere, im Licht verschwimmende Laub versteckt wurden; diese waren in tausend seltsame Gestalten gebracht, bald in die Form von Faunen und Satyrn, bald in die Form einer ägyptischen Pyramide, bald in die Gestalt der Buchstaben, aus denen der Name eines beliebten oder ausgezeichneten Bürgers bestand. Olinth setzte sich auf eine der Bänke, die in bestimmten Entfernungen voneinander zwischen die Bäume gestellt den schwachen Hauch des Flusses zugeweht erhielten, dessen Wellen vor ihnen tanzten und funkelten. — Ein seltsames Paar in wunderlichem Gegensatze! — ein Verehrer des jüngsten, ein Priester des ältesten Glaubens in der Welt!

„Bist du, seit du mich so plötzlich verließest, glücklich gewesen?" fragte Olinth. „Hat dein Herz die Befriedigung gefunden unter diesem Priestergewande? hast du dir in deiner Sehnsucht nach der Stimme Gottes aus den Orakeln der Isis Trost zuflüstern hören? Dieser Seufzer, dieses abgewandte Gesicht geben mir eine Antwort, wie sie meine Seele voraussagte."

„Ach," erwiderte Apäcides niedergeschlagen, „du siehst einen unglücklichen, zerrissenen Menschen vor dir! Von Kindheit an hab ich moralische Reinheit mit Schwärmerei verehrt, habe die Heiligkeit der Männer beneidet, die in Höhlen und einsamen Tempeln zur Genossenschaft mit überirdischen Wesen gelangten; meine Tage verzehrten sich in fieberhafter, unbestimmter Sehnsucht, meine Nächte unter täuschenden Traumgesichten, die in ihrer Erhabenheit nur ihren Spott mit mir trieben. Verführt durch die geheimnisvollen Verkündigungen eines Betrügers legte ich diese Gewänder an; — meine Natur — ich gesteh' es dir offen — empörte sich über das, was ich sah und woran ich teilzunehmen gezwungen war! Nach Wahrheit strebend ward ich nur ein Diener der Lüge. An dem Abend, an dem wir uns zuletzt sahen, erhoben mich Hoffnungen, die derselbe Lügner, den ich bereits hätte besser kennen sollen, in mir erweckt hatte. Ich habe — ich habe ... kurzum ich habe der Übereilung und dem Gram Meineid und Sünde hinzugefügt. Jetzt aber ist der Schleier auf immer von meinen Augen gerissen — ich sehe einen Schurken, wo ich einem Gott zu gehorchen glaubte; die Erde dunkelt mir vor den Blicken, ich liege im tiefsten Abgrund der Finsternis, ich weiß nicht, ob es da oben Götter gibt — ob wir Geschöpfe des Zufalls sind — ob nach dem beschränkten, trüben Jetzt ein Nachher oder eine Vernichtung folgt: teile mir denn deinen Glauben mit — löse mir diese Zweifel, wenn du wirklich die Macht dazu hast."

„Ich wundere mich nicht," versetzte der Nazarener, „daß du so geirrt hast, so in Zweifel gefallen bist. Vor achtzig Jahren hatte der Mensch noch keine Gewißheit von Gott, oder von einer sichern, entschiedenen Zukunft jenseit des Grabes. Ein neues Gesetz ist verkündet worden dem, der Ohr hat zu hören — ein Himmel, ein wirklicher Olymp enthüllte sich dem, der Augen hat: merke denn auf und vernimm."

Und mit dem ganzen Ernst eines Menschen, der selbst mit der vollen Glut des Herzens glaubt, und ebenso sehr strebt, andere zu bekehren, verbreitete sich der Nazarener vor Apäcides über die Verheißungen der Schrift. Er sprach zuerst von den Leiden und Wunden Christi und weinte während seiner Worte, sofort wandte er sich zu der glorreichen Auferstehung des Heilandes, zu den klaren Prophezeiungen der Offenbarung. Er beschrieb den reinen, nichtsinnlichen Himmel, der der Gerechten warte, die Flammen und Qualen, die das Los der Sünde seien.

Zweifel, die in dem Geist späterer Grübler hinsichtlich der Opferung Gottes für die Menschen hervortraten, konnten einem Heiden der damaligen Zeit nicht wohl aufstoßen. Er war an den Glauben gewöhnt, daß die Götter auf Erden gelebt, menschliche Mühen, menschliche Leiden geteilt hätten. Was war die rauhe Bahn des Herkules, auf dessen Altären jetzt der Weihrauch von zahllosen Städten brannte, anderes, als ein Kampf für das menschliche Geschlecht? Hatte nicht der große dorische Apoll eine mystische Sünde dadurch gesühnt, daß er ins Grab niederstieg? Die Bewohner des Himmels waren die Gesetzgeber oder Wohltäter der Erde gewesen und Dankbarkeit hatte zur göttlichen Verehrung geführt. So schien denn einem Heiden eine Lehre weder neu noch seltsam, wonach ein Christus vom Himmel gesandt worden war, ein Unsterblicher sich in Sterblichkeit gehüllt und die Bitterkeit des Todes gekostet hatte: der Zweck aber, um dessentwillen er also gerungen und gelitten hatte — wie unendlich herrlicher schien er dem Apäcides, als das Ziel, um dessentwillen die alten Götter die Erde besucht hatten und durch die Pforten des Todes gegangen waren! War es nicht eines Gottes würdig, in dieses dunkle Tal herabzusteigen, um die Wolken zu zerstreuen, die sich über dem dunkeln Berge droben angesammelt hatten, um die Zweifel der Weisen zu lösen, Vermutungen in Gewißheit zu verwandeln, durch das eigene Beispiel das Sittengesetz zu deuten, durch Offenbarung das Geheimnis des Grabes zu erhellen und zu zeigen, daß die Seele keine eitle Sehnsucht nähre, wenn sie von Unsterblichkeit träume? Auf diesen letzten Punkt hauptsächlich stürzten sich jene schlichten Männer, die zur Bekehrung der Erde bestimmt waren. Wie dem Stolz und den Hoffnungen des

Menschen nichts mehr schmeichelt, als der Glaube an ein künftiges Leben, so könnte nichts unbestimmter und verworrener sein, als die Vorstellungen der heidnischen Weisen über diesen rätselhaften Gegenstand.

Bereits hatte Apäcides gelernt, daß der Glaube der Philosophen nicht der der großen Herde war; daß, wenn sie im geheimen einen Glauben an eine göttlichere Macht wirklich anerkannten, sie es nicht für weise hielten, diesen Glauben der Menge mitzuteilen. Bereits hatte er gelernt, daß selbst der Priester das verlache, was er dem Volk vorsagte; daß die Vorstellungen der Vielen und der Wenigen nie dieselben seien. In diesem neuen Glauben aber schienen ihm Philosophen, Priester und Volk, die Erklärer der Religion wie die, die die Erklärungen anhörten, dieselbe Ansicht zu haben. Sie grübelten und stritten nicht über Unsterblichkeit, sie sprachen von ihr als von etwas Gewissem und Bewährtem. Die Größe der Verheißung zog ihn an, ihre Tröstungen beruhigten ihn. Denn das Christentum machte seine frühesten Bekehrungen unter Sündern! Viele seiner Väter und Märtyrer waren Menschen, die die Bitterkeit des Lasters gefühlt hatten, und sich daher durch falschen Schein nicht länger von der Bahn einer strengen, gefahrlosen Tugend abziehen ließen. Alle Verheißungen dieses heilenden Glaubens luden zur Buße ein, ja sie paßten hauptsächlich für die Zerschlagenen und Wunden am Geiste; so zog denn eben den Apäcides die Reue, die er über seine kürzlichen Ausschweifungen empfand, zu einem Menschen hin, der diese Reue als etwas Heiliges ansah und von der Freude sprach, die im Himmel über einen reuigen Sünder herrsche.

„Komm," sprach der Nazarener, als er die Wirkung wahrnahm, die er hervorgebracht hatte, „komm in die niedere Halle, in der wir uns versammeln — unser wenig Auserlesene und Erwählte. Höre dort unsere Gebete an, sieh die Aufrichtigkeit unserer bußfertigen Tränen, nimm teil an unserem einfachen Opfer, das nicht aus Tieren oder Kränzen besteht, sondern aus reinen Gedanken, die auf dem Altar des Herzens dargebracht werden. Solche Blumen sind unvergänglich, sie blühen über uns, wenn wir nicht mehr sind, ja sie begleiten uns über das Grab hinaus, sprossen im Himmel unter unsern Füßen auf und entzücken uns mit ewigem

Duft, denn sie gehören der Seele an und teilen ihre Natur. Solche Opfergaben sind überwundene Versuchungen und bereute Sünden. Komm, o komm! verliere keinen Augenblick, bereite dich schon jetzt vor auf die große, ernste Reise von der Finsternis zum Licht, von der Trauer zur Freude, von der Verderbnis zur Unsterblichkeit! Dies ist der Tag des Herrn, ein Tag, den wir zu unserer Andacht besonders eingesetzt haben. Obwohl wir in der Regel nachts zusammenkommen, sind einige von uns auch jetzt versammelt. Welche Freude, welcher Triumph wird bei uns allen sein, wenn wir ein verirrtes Lamm in die heilige Hürde bringen."

Dem jungen Mann, der von Natur ein so reines Herz hatte, schien etwas unaussprechlich Edles und Liebevolles in dem Geist der Bekehrung zu liegen, der seinen Freund beseelte — ein Geist, der sein eigenes Glück in dem Wohlergehen anderer fand, dessen umfassende Nächstenliebe darauf ausging, sich Gefährten für die Ewigkeit zu schaffen. Er war gerührt, erweicht, hingerissen; er fand sich in einer Stimmung, die es nicht erträgt, sich allein zu sehen. Zudem mischte sich Neugier dem reineren Anreiz bei: er wollte gern die Feierlichkeiten mit ansehen, über die so viele dunkle, widersprechende Gerüchte umliefen. Einen Moment hielt er an, warf einen Blick auf seine Kleidung, dachte an Arbaces, schauderte und erhob dann die Augen zu der majestätischen Stirn des Nazareners, der aufmerksam, ängstlich, wachsam erschien — aber für *sein* Heil, für *seine* Rettung. Da zog er den Mantel um sich, so daß er das Priestergewand gänzlich verhüllte, und sprach: „Voran, ich folge dir."

Freudig drückte ihm Olinth die Hand, stieg dann mit ihm zum Ufer des Flusses hinunter und rief einen der Nachen, die dort beständig hin und her fuhren. Sie traten ein; eine zum Schutz gegen die Sonne ausgespannte Decke sicherte sie vor der Beobachtung anderer. Rasch durchschnitten sie das Wasser. Von einem der Boote, das an ihnen vorüberfuhr, ertönte eine sanfte Musik und sein Vorderteil war mit Blumen geschmückt; es glitt der See zu.

„So," bemerkte Olinth traurig; „so segeln die Sklaven des Genusses ahnungslos und freudig in ihren Täuschungen in den großen Ozean des Sturms und Schiffsbruches; still und unbemerkt fahren wir an ihnen vorüber *dem Lande* zu."

Apäcides sah auf und durch eine Öffnung in der Decke erhielt er einen Blick auf das Gesicht einer der Personen, die sich in der heitern Barke befanden: es war das Gesicht Jones. Der Priester seufzte und sank auf seinen Sitz zurück. — An einer Stelle der Vorstadt, wo sich eine Reihe niedriger Häuschen bis an das Gestade hinstreckte, erreichten sie das Ufer. Sie stiegen ans Land; Olinth ging durch ein Labyrinth von Gäßchen voran, und hielt endlich mit dem Priester vor der verschlossenen Tür einer etwas geräumigeren Wohnung. Er klopfte dreimal an, die Tür ging auf und schloß sich wieder, sobald Apäcides seinem Führer über die Schwelle gefolgt war.

Durch ein leeres Atrium gelangten sie in ein inneres Gemach von mäßiger Größe, das, wenn die Tür geschlossen war, sein einziges Licht von einem über dem Eingang angebrachten Fensterchen erhielt. Olinth blieb an der Schwelle stehen, klopfte an und rief: „Friede sei mit Euch.“ Eine Stimme von innen antwortete: „Friede mit wem?“ „Mit den Gläubigen,“ antwortete Olinth, und die Tür ging auf. Zwölf bis vierzehn Personen saßen schweigend und, wie es schien, in tiefen Gedanken in einem Halbkreis; ihnen gegenüber stand ein roh in Holz geschnitztes Bild des Gekreuzigten.

Ohne zu sprechen erhoben sie bei Olinths Eintritt die Augen; der Nazarener selbst kniete, eh er sie anredete, nieder und aus seinen bewegten Lippen und dem fest auf das Kruzifix gehefteten Blick nahm Apäcides an, daß er im stillen bete. Nachdem er diesem heiligen Brauch Genüge getan hatte, wandte sich Olinth gegen die Versammlung.

„Männer und Brüder,“ sprach er, „erschreckt nicht, einen Priester der Isis unter euch zu sehen; er ist mit den Blinden gewandelt, aber der Geist ist über ihn gekommen: er wünscht zu hören und zu verstehen.“

„Das mög' er,“ entgegnete einer aus der Versammlung, und Apäcides erblickte in dem, der gesprochen hatte, einen noch jüngern Mann, als er selbst, mit einem gleich bleichen und abgemagerten Gesicht, dessen Auge in selbem Maße auf die unruhige feurige Tätigkeit eines strebenden Gemüts schließen ließ.

„Das mög' er,“ wiederholte eine zweite Stimme; der Sprechende stand in der Blüte der Jahre, die dunkle Haut und die asiatischen Züge deuteten einen Sohn Syriens an: — er war in seiner Jugend ein Räuber gewesen.

„Das mög' er," sagte eine dritte Stimme und der Priester erblickte einen alten Mann mit einem langen grauen Bart, in dem er einen Sklaven des reichen Diomed erkannte.

„Das mög' er," wiederholten einstimmig die übrigen Männer, die mit zwei Ausnahmen offenbar den niederen Klassen angehörten; die Ausnahmen aber bildeten ein Offizier der kaiserlichen Leibwache und ein Kaufmann aus Alexandria.

„Wir verpflichten dich nicht," nahm Olinth wieder das Wort, „wir verpflichten dich nicht zum Geheimnis; wir legen dir keinen Eid auf, uns nicht zu verraten, wie einige von unsern schwächern Brüdern wohl tun würden. Zwar gibt es kein eigentliches Gesetz gegen uns, aber der große Haufe, blutgieriger als seine Beherrscher, dürstet nach unserm Leben. So war es, als Pilatus zögerte, das Volk, das da schrie: kreuzige, kreuzige! — Doch wir verpflichten dich nicht zu unserer Sicherheit — nein! verrate uns der Menge; klage uns an, verleumde, verlästre uns, wenn du willst: wir stehen über dem Tod, wir würden freudig in die Löwengrube oder auf die Folterbank gehen, wir können das Dunkel des Grabes niedertreten, und was für einen Verbrecher Tod ist, ist Ewigkeit für den Christen."

Ein leises Geflüster des Beifalls lief durch die Versammlung.

„Du bist unter uns gekommen als ein Forschender, mögest du bleiben als ein Bekehrter. Unsere Religion? Du siehst sie! jenes Kreuz ist unser einziges Bild, jene Rolle enthält die Mysterien unseres Cäre und Eleusis! Unsere Moral? sie drückt sich in unserem Leben aus: wir alle sind Sünder gewesen; wer kann uns jetzt eines Verbrechens anklagen? Wir haben die Vergangenheit durch die Taufe von uns abgewaschen. Glaube nicht, solches sei unser Werk; es kommt von Gott. Tritt her, Medon" (dem alten Sklaven zuwinkend, der der dritte gewesen war, der für die Aufnahme des Apäcides gesprochen hatte) — „du bist der einzige unter uns, der nicht frei ist. Aber im Himmel soll der letzte der erste werden: so sei es auch bei uns. Entfalte jene Rolle, lies und erkläre."

Als die Vorlesung zu Ende war, vernahm man ein ganz leises Pochen an der Tür. Das Einlaßwort wurde gefordert und gegeben, die Tür öffnete sich, und zwei Kinder, deren ältestes das siebente Jahr zurückgelegt haben mochte, traten furchtsam ein. Es waren die Kinder des Hausherrn, jenes dunkeln, stämmigen Syrers, dessen Jugend unter Rauben und Blutvergießen verflossen war. Der Älteste in der Gemeinde, jener alte Sklave, öffnete ihnen die Arme; sie flogen auf ihn zu, kletterten an seiner Brust empor und seine harten Züge wurden weich und freundlich, als er sie liebkoste. Und diese kühnen, glaubenseifrigen Menschen, unter Gefahren aufgewachsen, von den rauhen Winden des Lebens zerschlagen — Männer von eisernem, unerschütterlichem Mut, bereit, einer Welt Trotz zu bieten, gefaßt auf die Folter und gestählt für den Tod — Männer, die den irgend denkbaren Gegensatz mit den weichen Nerven, dem leichten Herzen, der zarten Geschmeidigkeit des Kindesalter bildeten, drängten sich um die beiden her, entfalteten ihre gefurchten Stirnen und ein freundliches, ermutigendes Lächeln spielte um die bärtigen Lippen. Sofort öffnete der Greis die Rolle und ließ die Kleinen das schöne Gebet nachschreiben, das wir noch immer das Gebet des Herrn nennen und unsere Kinder lehren. Dann erzählte er in einfachen Ausdrücken von der Liebe Gottes zu den Kindern und wie kein Sperling vom Dach falle, den sein Auge nicht sähe. Die liebliche Sitte, das zarte Alter auf diese Weise in die Lehren der Religion einzuweihen, blieb in der frühesten Kirche lang im Gebrauch zum Gedächtnis der Worte: lasset die Kindlein zu mir kommen und wehret ihnen nicht. Vielleicht lag in ihr die Quelle jener abergläubischen Verleumdung, die den Nazarenern das Verbrechen schuld gab, das die Nazarener, als sie den Sieg errungen hatten, den Juden zuschoben, nämlich Verlockung von Kindern zu ihren ruchlosen Zeremonien, bei denen die Verlockten dann heimlich geopfert würden.

Der strenge, reuige Vater schien in der Unschuld seiner Kinder eine Rückkehr in sein früheres Leben zu fühlen — in sein Leben, eh' es von der Sünde befleckt war. Er folgte der Bewegung ihrer jungen Lippen mit ernstem Blick; er lächelte, als sie mit schüchterner, ehrfurchtsvoller Miene die heiligen Worte wiederholten. Und als die Unterweisung vorüber war und sie freier atmend auf seinen Schoß sprangen, drückte er sie an die Brust, küßte sie aber- und abermals, und

Tränen flossen ihm in großen Strömen die Wangen herab — Tränen, deren Quelle anzugeben unmöglich gewesen wäre, so sehr vermischten sich in ihnen Freude und Schmerz, Reue und Hoffnung, Zerknirschung und Liebe.

Es lag etwas in dieser Szene, das Apäcides besonders rührte, und wirklich möchte es schwer sein, sich eine kirchliche Feier zu denken, die der Religion der Liebe angemessener gewesen wäre, eine Feier, die sich mehr an die gewöhnlichen, jedem Menschen naheliegenden Gefühle gewandt und eine leichter ertönende Saite in der Menschenbrust gestreift hätte.

In diesem Moment öffnete sich sanft eine innere Tür und ein sehr alter Mann trat, auf einen Stab gelehnt, in das Zimmer. Bei seinem Eintritt erhob sich die ganze Versammlung; ein Ausdruck tiefer, zärtlicher Ehrerbietung stand auf jedem Gesicht und Apäcides fühlte sich beim Anblick dieser Züge durch eine unwiderstehliche Sympathie an den Greis gefesselt. Niemand sah je ohne Liebe auf dieses Antlitz; denn auf ihm hatte das Lächeln der Gottheit, der Verkörperung göttlicher Liebe, geweilt und der Glanz jenes Lächelns war nie wieder von dem Gesichte verschwunden.

„Meine Kinder, Gott sei mit euch," rief der Alte, die Arme ausbreitend, und die Kleinen sprangen ihm entgegen. Er setzte sich und liebkosend schmiegten sie sich an seinen Schoß. Ein schöner Anblick, diese Vereinigung der äußersten Endpunkte des Lebens! — der frisch aus der Quelle sprudelnde Bach und der majestätische Strom, der in das Meer der Ewigkeit einmündet! Wie das Licht des scheidenden Tages Erde und Himmel zu verbinden scheint, indem es die Umrisse von beiden nur undeutlich durchschimmern läßt und die rauhen Berggipfel mit dem Himmel verschmilzt: so schien das Lächeln dieses liebevollen Greises seine Umgebung zu heiligen, die scharfen Unterschiede der Jahre zu verwischen, und über Kindheit und Mannesalter das Licht des Himmels auszuströmen, in dem es bald verschwinden sollte.

„Vater," sprach Olinth, „du, an dessen Leben sich das Wunder des Erlösers kund tut; du, der dem Grab entrissen wurde, um ein lebender Zeuge seiner Barmherzigkeit und Macht zu sein, siehe einen Fremdling in unserer Gemeinde, ein neues Lamm, das zu der Herde gesammelt worden!"

„Laßt mich ihn segnen," rief der Greis, und die Anwesenden

machten ihm Platz. Apäcides näherte sich instinktmäßig und fiel vor ihm auf die Knie; der Alte legte ihm die Hand aufs Haupt und segnete ihn, aber nicht laut. Während sich seine Lippen bewegten, waren seine Augen nach oben gewandt und Tränen — Tränen, wie sie gute Menschen nur in der Hoffnung auf das Glück eines andern vergießen — rannen ihm über die Wangen.

Die Kinder standen zu beiden Seiten des Neubekehrten; sein Herz war wie das ihrige — er war geworden wie eines von ihnen und die Verheißung: euer ist das Himmelreich, galt auch für ihn.

Einundzwanzigstes Kapitel.

Tage sind wie Jahre in der Liebe der Jugend, wenn keine Schranke, kein Hindernis zwischen den Herzen steht, wenn die Sonne scheint, und die Flut glatt dahintanzt, wenn die Liebe von keinem Unfall getrübt und kein Geheimnis mehr ist. Jone verbarg vor Glaukus nicht länger die Zuneigung, die sie für ihn fühlte, und der einzige Gesprächsgegenstand der beiden war jetzt ihre gegenseitige Zärtlichkeit. Über der Wonne der Gegenwart glühte die Hoffnung der Zukunft, wie der Himmel über einer Frühlingsaue. In der Zuversicht ihrer Gedanken wandelten sie weit hinab am Strom der Zeit, zeichneten sich einen Plan ihres künftigen Geschicks und ließen das Licht von heute auch auf morgen überstrahlen. Es war, als ob ihnen in der Jugend ihrer Herzen Sorge und Wechsel und Tod unbekannte Dinge wären. Vielleicht liebten sie einander um so stärker, weil die äußern Weltverhältnisse dem Athener kein Ziel und keinen Wunsch übrig ließen als Liebe; weil die Beschäftigungen, die in Freistaaten dem Mann gewöhnlich ebenso viel zu tun geben, als die Leidenschaften des Herzens, für Glaukus nicht vorhanden waren, weil ihn sein Vaterland nicht in das Gewühl des bürgerlichen Lebens riß, weil die Ehrbegierde kein Gegengewicht gegen die Liebe bot, und daher nur die Liebe über den Plänen und Entwürfen unseres Paares waltete. Im eisernen Zeitalter glaubte es sich im goldenen, nur dazu bestimmt, zu leben und zu lieben.

Man war jetzt weit im August vorgerückt und im nächsten Monat sollte die Vermählung gefeiert werden. Bereits war die Tür des Glaukus mit Blumenkränzen behangen und nächtlich brachte er vor Jones Tor reiche Trankopfer dar. Er lebte nicht länger für seine lustigen Gefährten; stets war er bei Jone. Vormittags verkürzten sie sich die Zeit mit Musik, abends entzogen sie sich den überfüllten Sammelplätzen der fröhlichen Welt, um einen Ausflug auf dem Meere oder längs den fruchtbaren, rebenbekränzten Ebenen am Fuß des verhängnisvollen Vesuv zu machen. Die Erde bebte nicht mehr; die lebhaften Pompejaner vergaßen sogar, daß sich ein so furchtbares Warnungszeichen ihres bevorstehenden Schicksals kund gegeben hatte. Glaukus hielt in der Eitelkeit seiner heidnischen Religion jene Erschütterung für eine unmittelbare, göttliche Einwirkung, nicht sowohl zu seiner, als zu Jones Rettung. Er brachte Dankopfer in den Tempeln seiner Götter, und selbst der Altar der Isis ward von ihm mit Kränzen bedeckt. Was das Wunder des lebendig gewordenen Marmorbildes betraf, so errötete er über die Wirkung, die es auf ihn hervorgebracht hatte. Zwar glaubte er noch immer, daß diese Erscheinung ein Werk menschlicher Zauberkraft gewesen sei, aber der Erfolg hatte ihn mindestens überzeugt, daß sie keineswegs den Zorn einer Göttin angedeutet habe.

Von Arbaces vernahmen unsere Liebenden nur, daß er noch lebe: auf das Krankenlager gestreckt, genas er langsam von den Folgen des Schlages, der ihn getroffen hatte. Er ließ das Paar unbelästigt, aber nur um über die Zeit und Art seiner Rache zu brüten.

Morgens im Hause Jones, wie abends auf ihren Spaziergängen war Nydia in der Regel ihre beständige und oft ihre einzige Gesellschaft. Sie ahnten das heimliche Feuer nicht, das das Kind verzehrte, die Freiheit, womit sie sich oft plötzlich in ihre Gespräche mischte, ihr launenhaftes, zuweilen beinah unartiges Benehmen fand hinlängliche Entschuldigung im Hinblick auf die Dienste, die sie ihnen geleistet hatte und im Mitleid mit ihrem Unglück. Vielleicht nahmen sie sogar eben wegen der eigensinnigen Seltsamkeit ihres Wesens, wegen des sonderbaren Wechsels von Leidenschaftlichkeit und Sanftmut, der Mischung von Unwissenheit und Genie, von Zartsinn und Rauheit der schnell erregten Laune eines Kindes und der stolzen Ruhe einer Jungfrau — vielleicht nahmen sie eben deshalb einen um so größeren, innigeren Anteil an ihr. Obwohl sie sich weigerte, die Freiheit anzunehmen, ließ man sie doch beständig frei handeln: sie ging, wohin es ihr gefiel, ihrem Sprechen und Tun war keine Schranke gesetzt, ihre Gebieter empfanden für ein so unglückliches und leicht verwundbares Geschöpf dieselbe erbarmungsvolle Nachsicht, die eine Mutter für ein kränkelndes Kind fühlt, und scheuten sich, ihr Ansehen selbst da zu gebrauchen, wo sie es zum besten ihres Schützlings für notwendig hielten. Sie benutzte diese Willfährigkeit, um sich die Begleitung des Sklaven zu verbitten, der ihr nach dem Wunsch ihrer Herrschaft überallhin hätte folgen sollen. Mit dem leichten Stab, der ihr zum Führer diente, ging sie aufs neue, wie in ihrem früheren unbeschützten Zustand, durch die volkreichen Straßen. Ihr Hauptvergnügen bestand jedoch darin, die wenigen Fuße Bodens, die den Garten des Glaukus ausmachten, zu besuchen und die Blumen zu pflegen: denn diese wenigstens vergalten ihre Liebe!

Die freundlose Kindheit hatte Nydias Charakter frühzeitig gehärtet; vielleicht daß durch die üppigen Szenen, durch die sie scheinbar unbeschädigt gegangen war, ihre Sinne zur Reife gekommen waren, obwohl ihre Reinheit kein Flecken getroffen hatte. Im ersten Augenblick mochten sie die Orgien Burbos nur angeekelt, die Gelage des Ägypters nur erschreckt haben; aber dieser Hauch der Befleckung hatte in der Brust, über die er so leicht hinzog, vielleicht dennoch seinen Samen zurückgelassen. Da überdies die Finsternis der Einbildungskraft zu Hilfe kommt, so trug wohl eben ihre Blindheit bei, die Liebe des unglücklichen Kindes mit wilden berauschenden Träumen zu nähren. Die Stimme des Atheners war die erste gewesen, die wohllautend in ihr Ohr drang, seine Freundlichkeit machte einen tiefen Eindruck auf ihr Gemüt, bei seinem Abgang von Pompeji im vorigen Jahre hatte sie jedes Wort, das er gesprochen hatte, wie einen Schatz in ihrem Herzen aufbewahrt, und wenn man ihr sagte, dieser Freund und Gönner des armen Blumenmädchens sei der glänzendste und liebenswürdigste junge Lebemann in Pompeji, hatte sie einen wohlgefälligen Stolz darin empfunden, sich sein Bild zurückzurufen.

Bei der Rückkehr des Glaukus nach Pompeji war Nydia um ein Jahr älter geworden; dieses Jahr mit seinen Schmerzen, seiner Einsamkeit, seinen Prüfungen hatte ihren Geist und ihr Herz mächtig entwickelt, und wenn der Athener sie ahnungslos an die Brust drückte, im Glauben sie sei, wie dem Alter so der Seele nach, noch ein Kind, wenn er ihre zarte Wange küßte und seinen Arm um ihren zitternden Leib schlang, empfand Nydia plötzlich und wie durch Offenbarung, daß die Gefühle, die sie lang und unschuldig genährt hatte, Liebe seien. Vom Schicksal verurteilt, durch Glaukus aus den Händen ihrer Tyrannen befreit zu werden, verurteilt, in seinem Hause ein Obdach zu finden, auf kurze Zeit dieselbe Luft mit ihm zu atmen und im ersten Rausch von tausend seligen, dankbaren, wonnigen Empfindungen eines überströmenden Herzens zu hören, daß er eine andere liebe, und dazu verurteilt zu sein, dieser anderen als Botin, als Dienerin zugewiesen zu werden, mit einemmal sich selbst als ein vollständiges Nichts zu fühlen, das sie immer bleiben mußte — jenes vollständige Nichts für den, der für sie alles war und wovon ihre junge Seele bis jetzt nichts geahnt hatte: was Wunder, daß in ihrem verstörten, leidenschaftlichen Gemüt alle Elemente in Widerstreit gerieten; daß wenn Liebe über das Ganze herrschte, es nicht jene Liebe war, die eine Tochter heiliger, sanfter Empfindungen ist? Bisweilen fürchtete sie nur, Glaukus möchte ihr Geheimnis entdecken, bisweilen wieder empörte es sie, daß er es nicht ahne. Ihre Gesundheit litt, obwohl sie es nicht gewahr wurde, ihre Wange ward blaß, ihr Schritt schwächer, häufiger kamen Tränen in ihre Augen und gewährten ihr geringere Erleichterung.

Eines Morgens, als sie sich zu ihrer gewöhnlichen Arbeit in den Garten des Atheners begab, traf sie diesen mit einem Kaufmann aus der Stadt unter den Säulen des Peristyls; er wählte einen Juwelenschmuck für seine Braut aus. Bereits hatte er Jone ein Zimmer eingerichtet; die Edelsteine, die er heute kaufte, brachte er ebenfalls dorthin.—

„Komm Nydia, setze dein Gefäß nieder und komm zu mir. Du mußt diese Kette von mir annehmen; — halt! — so, ich hab' sie dir angelegt. Sieh einmal, Servilius, steht sie ihr nicht gut?"

„Herrlich!" antwortete der Juwelier. — „Aber wenn erst diese Ohrringe am Haupt der edeln Jone schimmern, dann, beim Bacchus! sollst du sehen, ob meine Kunst die Schönheit nicht erhöht."

„Jone?" wiederholte Nydia, die bis jetzt durch Erröten und Lächeln ihre Dankbarkeit für das Geschenk ausgedrückt hatte.

„Ja," entgegnete der Athener und spielte arglos mit den Edelsteinen. „Ich suche eine Gabe für Jone, aber hier ist nichts, das ihrer würdig wäre."

Bei diesen Worten wurde er durch ein plötzliches Auffahren Nydias überrascht. Heftig riß sie die Kette vom Halse und warf sie auf die Erde.

„Was ist das? wie, Nydia, gefallen dir dergleichen Tändeleien nicht? bist du böse?"

„Du behandelst mich immer wie eine Sklavin und wie ein Kind," erwiderte sie, indem sich ihre Brust unter schwer zurückgedrängten Seufzern hob, und eilig wandte sie sich nach der entgegengesetzten Seite des Gärtchens.

Glaukus machte keinen Versuch, ihr nachzugehen oder sie zu besänftigen; er war beleidigt. Er fuhr fort, die Juwelen zu untersuchen und seine Bemerkungen über ihre Fassung zu machen, dieses zu loben und jenes zu tadeln und ließ sich endlich von dem Händler bereden, alles zusammen zu kaufen, der sicherste Ausweg für einen Liebhaber.

Nachdem er mit diesem Geschäft zu Ende war und den Juwelier weggeschickt hatte, begab er sich in sein Zimmer, kleidete sich um, bestieg seinen Wagen und fuhr zu Jone. Er dachte nicht mehr an die Blinde oder ihre Unart; er hatte beides vergessen.

Nachdem er den Vormittag mit der schönen Neapolitanerin zugebracht hatte, begab er sich von da in die Bäder, speiste allein und außer dem Hause zu Abend und kehrte sofort heim, um die Kleider zu wechseln, ehe er wieder vor Jone erschien. Mit den in Gedanken verlorenen, nichts sehenden Augen eines Verliebten schritt er durch das Peristyl, ohne die arme Blinde zu bemerken, die noch genau an derselben Stelle, wo er sie verlassen hatte, am Boden saß. Wenn er sie jedoch nicht erblickte, so erkannte ihr Ohr sogleich seinen Schritt. Sie hatte die Minuten bis zu seiner Wiederkehr gezählt. Kaum war er in sein Lieblingszimmer getreten, das sich gegen das Peristyl zu öffnete, und hatte nachdenklich auf seinem Ruhebette Platz genommen, als er fühlte, daß etwas schüchtern sein Kleid berühre; er wandte sich um und sah Nydia vor sich knien und ihm eine Hand voll Blumen entgegenhaltend —

eine zarte, angemessene Friedensgabe! — Ihre dunkel zu ihm aufblickenden Augen standen voll Tränen.

„Ich habe dich beleidigt," sprach sie schluchzend; „es war das erstemal. Lieber möcht' ich sterben, als dir auch nur eine Minute verbittern; sage, daß du mir verzeihest. Sieh, ich habe die Kette wieder aufgenommen und angelegt, nie will ich mich von ihr trennen, sie ist dein Geschenk."

„Meine teure Nydia," erwiderte Glaukus, indem er sie aufhob und auf die Stirn küßte, „denke nicht mehr daran! Aber warum, mein Kind, wurdest du plötzlich so unwillig? ich konnte die Ursache nicht erraten!"

„Frage nicht," antwortete sie von Glut übergossen, „ich bin ein launenhaftes, närrisches Ding; bin ich doch noch ein Kind, wie du selbst so oft sagst und kannst du von einem Kinde einen Grund für jene Torheit erwarten?"

„Aber, niedliche Kleine, du wirst bald kein Kind mehr sein, und willst du, daß wir dich als eine Erwachsene behandeln, so mußt du diese seltsamen Ausbrüche und Regungen der Leidenschaft zu beherrschen lernen. Glaube nicht, daß ich schelte, nein, ich spreche nur zu deinem Besten."

„Es ist wahr," entgegnete Nydia; „ich muß mich beherrschen lernen, muß mein Herz verbergen, unterdrücken. Dies ist Geschäft und Pflicht eines Weibes; ich glaube seine Hauptttugend ist Heuchelei."

„Selbstbeherrschung ist keine Heuchelei, meine Nydia, und diese Tugend ist dem Manne so notwendig, als dem Weibe; es ist die wahre Senatorentoga, das Abzeichen der Würde, die sie bedeckt!"

„Selbstbeherrschung, Selbstbeherrschung! ja, ja, was du sagst ist ganz richtig! Wenn ich auf dich höre, werden meine wildesten Gedanken ruhig und sanft, und eine köstliche Heiterkeit kommt über mich. Belehre, leite mich stets, mein Erretter!"

„Dein liebevolles Herz wird dich am besten leiten, Nydia, wenn du erst gelernt hast, seine Gefühle zu bemeistern."

„Ach, das wird nie der Fall sein," seufzte Nydia und wischte die Tränen fort.

„Sag' das nicht, nur der erste Versuch ist schwer."

„Ich habe viele erste Versuche gemacht," antwortete Nydia unschuldig. „Aber du, mein Mentor, findest denn du es so leicht, dich zu beherrschen? Kannst du deine Liebe für Jone verbergen — ja nur Regeln unterwerfen?"

„Liebe? Meine teure Nydia! das ist etwas ganz anderes!" erwiderte der junge Sittenlehrer.

„Das dacht' ich," entgegnete Nydia mit wehmütigem Lächeln. „Glaukus, willst du meine armen Blumen annehmen? mache mit ihnen was du willst; — du kannst sie Jone geben, wenn du willst," setzte sie nach einem kleinen Zaudern hinzu.

„Nein, Nydia," antwortete Glaukus freundlich, denn ihm war in ihren Worten doch endlich eine gewisse Eifersucht aufgefallen, die er freilich nur für die Eifersucht eines eiteln, reizbaren Kindes hielt; „ich will deine schönen Blumen niemand geben. Setze dich und flechte sie in einen Kranz, denn ich will ihn heute Nacht tragen; es ist nicht der erste, den diese zarten Finger für mich gewunden haben."

Hocherfreut setzte sich das kleine Mädchen neben Glaukus nieder. Sie zog aus ihrem Gürtel einen Knäul der vielfarbigen Bändchen, die sie beständig bei sich trug, und machte sich flink und anmutig über ihr Werk her. Auf ihrer jungen Wange waren die Tränen bereits getrocknet, ein schwaches aber seliges Lächeln spielte um ihre Lippen; wie ein Kind fühlte sie nur die Freude der gegenwärtigen Stunde. Sie war mit Glaukus ausgesöhnt; er hatte ihr vergeben, — sie saß neben ihm, — er spielte liebkosend mit ihrem seidenen Haar, — sein Atem hauchte an ihre Wangen, — Jone, die grausame Jone, war nicht da, — niemand sonst begehrte, teilte mit ihr seine Aufmerksamkeit. Ja, hier war Nydia glücklich und ihren Leiden entrückt; es war einer der wenigen Momente in ihrem kurzen, unruhigen Leben, woran sie sich nachher erinnerte.

„Du hast schöne Locken," bemerkte Glaukus. „Gewiß waren sie einmal das Entzücken einer Mutter."

Nydia seufzte; es schien, sie sei nicht als Sklavin geboren worden, aber stets vermied sie es, ihrer Abkunft zu erwähnen. Mochte diese niedrig oder hoch sein, gewiß ist, daß ihre Geburt weder ihren Wohltätern, noch sonst jemand an dieser fernen Küste je bekannt ward. Ein Kind der Schmerzen und des Geheimnisses kam und schied sie, wie ein Vogel, der auf einen Augenblick in unser Zimmer fliegt; wir sehen ihn eine

Weile vor uns dahinflattern, ohne zu wissen, woher er gekommen ist, oder wohin er entweicht.

Nydia seufzte und fragte nach einer kurzen Pause, ohne auf die Bemerkung zu antworten:

„Winde ich vielleicht zu viele Rosen in deinen Kranz, Glaukus? Man sagt mir, es sei deine Lieblingsblume.“

„Und stets bleibe sie der Günstling derer, die eine dichterische Seele haben: sie ist die Blume der Liebe, der Feste, sie ist auch die Blume, die wir dem Stillschweigen und dem Tode weihen, sie blüht um unsere Schläfen im Leben, so lange das Leben einen Wert hat, sie wird auf unser Grab gestreut, wenn wir nicht mehr sind.“

„Ach könnt' ich statt eines vergänglichen Kranzes deinen Faden aus der Hand der Parzen nehmen und die Rosen mit diesem verflechten!“

„Holde Kleine, dein Wunsch ist einer so gesangreichen Stimme würdig; er ist im Geist der Lieder ausgesprochen, und was für ein Schicksal mich auch erwarten mag, ich danke dir!“

„Was für ein Schicksal? Ist es nicht allen glänzenden und schönen Wesen bereits vorausbestimmt? Mein Wunsch war unnötig; die Parzen werden so zärtlich gegen dich sein, als ich es sein würde.“

„Das dürfte, mit Ausnahme meines Loses in der Liebe, nicht so gewiß sein. So lange die Jugend noch anhält, vermag ich mein Vaterland auf einige Zeit zu vergessen. Aber welcher Athener kann in seinen spätern Jahren an Athenes Stadt denken, wie sie war und sich an seinem eigenen Glück genügen lassen, während jene gefallen ist, gefallen für immer?“

„Und warum für immer?“

„Wie die Asche nicht wieder erwärmt werden, wie einmal erstorbene Liebe nicht wieder aufstehen kann, so ist die Freiheit, wenn sie einmal von einem Volke gegangen ist, nie wieder zu gewinnen. Doch sprechen wir nicht von Dingen, die nicht für dich passen!“

„Für mich? Du irrst. Auch ich seufze um Griechenland, meine Wiege stand am Fuße des Olympus; die Götter haben den Berg verlassen, aber noch kann man die Spuren ihrer Tritte sehen — in den Herzen ihrer Verehrer, in der Schönheit ihres Landes. Wenigstens sagt man mir, es sei schön, und ich selbst habe seine Lüfte gefühlt, gegen die sogar der Hauch dieser Gegend rauh ist — seine Sonne empfunden, gegen die mich dieser Himmel anfröstelt. O rede mit mir von Griechenland! Ein so kindisches Ding ich bin, kann ich dich doch verstehen, und ich glaube, hätte ich länger an jenen Ufer verweilt — wär' ich ein griechisches Mädchen gewesen, deren glückliches Los es ist, zu lieben und geliebt zu werden, ich selbst hätte den Geliebten zu einem andern Marathon, einem neuen Platäa bewaffnen können. Und die Hand, die dir jetzt Rosen windet, würde dir dann den Olivenkranz geflochten haben."

„Wenn ein solcher Tag käme!" rief Glaukus, indem er sich, von der Begeisterung der blinden Thessalierin ergriffen, halb erhob: — „doch nein! die Sonne ist untergegangen und die Nacht gebietet uns Vergessen — und im Vergessen froh zu sein. — Flechte die Rosen nur fort!"

Aber der Athener hatte diese letzten Worte mit einem trüben Ton erzwungener Heiterkeit gesprochen und versank in ein düsteres Nachdenken, aus dem er erst nach mehreren Minuten durch Nydias Stimme erweckt wurde, indem sie mit leisem Tone ein Lied sang, das er sie einmal gelehrt hatte.

Zweiundzwanzigstes Kapitel.

„Welches Glück für Jone! welche Seligkeit, stets an der Seite des Glaukus zu sein, seine Stimme zu hören; und *sie*, ach sie kann ihn auch sehen!"

So lautete das Selbstgespräch des blinden Mädchens, als sie in der Dämmerung allein nach dem Hause ihrer neuen Gebieterin wandelte, wohin ihr Glaukus bereits vorangegangen war. Plötzlich wurde sie in ihren zärtlichen Gedanken von einer Frauenstimme unterbrochen.

„Blindes Blumenmädchen, wohin? es ist kein Korb an deinem Arm; hast du alles verkauft?"

Die Person, die Nydia so anredete, war eine Dame von schönen, aber kecken, unweiblichen Zügen: Julia, die Tochter Diomeds. Ihr Schleier war während ihrer Rede halb erhoben: Diomed selbst und ein Sklave mit einer Leuchte begleiteten sie. Der Kaufmann und seine Tochter kehrten von einem Abendessen bei einem ihrer Nachbarn zurück.

„Erinnerst du dich meiner Stimme nicht?“ fuhr Julia fort. „Ich bin die Tochter des reichen Diomed.“

„Ach, vergib mir, ja jetzt kenn' ich den Ton deiner Stimme wieder. Nein, edle Julia, ich habe keine Blumen zu verkaufen.“

„Ich höre, du seist von dem schönen Griechen Glaukus gekauft worden; ist das wahr, niedliche Sklavin?“

„Ich diene der Neapolitanerin Jone,“ erwiderte Nydia ausweichend.

„Ha! und es ist also wahr!“

„Komm, komm,“ unterbrach sie Diomed, bis zum Munde in seinen Mantel gehüllt; „die Nacht wird kalt, ich kann hier nicht warten, bis du mit dem blinden Mädchen ausgeschwatzt hast; laß sie dich ins Haus begleiten, wenn du mit ihr sprechen willst.“

„Tu das, Kind,“ sagte Julia mit einer Miene, die an keinen Widerspruch gewöhnt war. „Ich habe dich manches zu fragen, komm.“

„Ich kann jetzt nicht, es wird spät,“ antwortete Nydia; „ich muß nach Hause und ich bin nicht frei, edle Julia.“

„Was, die milde Jone schilt dich? Ja, ja, gewiß ist sie eine zweite Thalestris. So komm denn morgen zu mir. Du erinnerst dich, ich war immer deine Freundin.“

„Ich werde deinen Wünschen gehorchen,“ entgegnete Nydia. Hier drängte Diomed seine Tochter aufs neue ungeduldig fort, und so mußte diese weitergehen, ohne die Frage, um die es ihr am meisten zu tun war, an Nydia gerichtet zu haben.

Für Jone war indessen die Zeit zwischen dem ersten und zweiten Besuch, den ihr Glaukus heute gemacht hatte, nicht allzu heiter verflossen. Ihr Bruder war bei ihr gewesen. Seit der Nacht, worin er sie aus der Gewalt des Ägypters retten half, hatte sie ihn nicht wieder gesehen.

Mit seinen eigenen Betrachtungen beschäftigt — Betrachtungen von so ernster, fesselnder Natur, hatte der junge Priester wenig an seine Schwester gedacht. Wirklich haben Menschen von jener glühenden Gemütsart, die immer über die Erde emporstrebt, vielleicht nur eine geringere Empfänglichkeit für die gewöhnlichen Neigungen des Herzens; und so war es denn schon lange her, daß Apäcides jenen milden, freundlichen Gedankenaustausch, jene süßen Vertraulichkeiten nicht mehr gesucht hatte, die ihn in früherer Jugend an Jone fesselten, und die dem innigen Bande zwischen Geschwistern so natürlich sind.

Jone jedoch hatte nicht aufgehört, diese Entfremdung zu bedauern. Im gegenwärtigen Augenblick schrieb sie diese den wachsenden Pflichten seines strengen Berufes zu und oft wenn sie mitten unter ihren strahlenden Hoffnungen und der neuen Liebe zu ihrem Verlobten, oft wenn sie an die vorzeitig gefurchte Stirn des Bruders, seine ernste Lippe und seine gebeugte Gestalt dachte, seufzte sie, daß der Dienst der Götter einen so tiefen Schatten auf eine Erde werfen könne, die die Götter erschaffen haben.

Bei seinem heutigen Besuch jedoch lag eine so seltsame Stille in seinen Zügen, und ein so ruhiger Ausdruck der Selbstbeherrschung in seinen eingesunkenen Augen, wie sie das seit Jahren nicht bemerkt hatte. Diese scheinbare Besserung war jedoch nur augenblicklich — es war ein falscher Friede, den der leiseste Hauch stören konnte.

„Mögen dich die Götter segnen, mein Bruder!“ sprach sie, ihn umarmend.

„Die Götter! sprich nicht so unbestimmt; vielleicht gibt es nur einen Gott!“

„Bruder!“

„Wie? wenn der erhabene Glaube der Nazarener wahr wäre? Wie, wenn Gott ein Alleinherrscher — einzig — unteilbar wäre? Wie, wenn diese zahllosen Götter, deren Altäre die Erde füllen, nur böse Dämonen wären, die uns des rechten Glaubens zu entwöhnen suchen? So etwas könnte der Fall sein, Jone!“

„Ach, können wir es glauben? oder wenn wir es glaubten, wäre es nicht ein trauriger Glaube? Was! diese ganze schöne Welt sollte nur eine Menschenwelt sein! — Der Berg sollte seine Oreade, der Fluß seine Nymphe verlieren? Diese holde Verschwendung des Glaubens, die jeden Gegenstand zur Göttlichkeit erhebt, die den geringsten Blumen heilige Weihe gibt und ein Flüstern der Himmlischen im schwächsten Lüftchen vernimmt — sie möchtest du verleugnen und die Erde zu bloßem Staub und Lehm machen? Nein, Apäcides, das seligste Besitztum unsrer Herzen ist eben dieser gläubige Sinn, der das Weltall mit Göttern erfüllt.“

Jone antwortete, wie jemand antworten mußte, den die Poesie des alten Götterglaubens erfüllte. Der liebliche Wahn schwieg nirgends; jede, selbst die alltäglichste Handlung des heidnischen Lebens war damit verflochten — er war ein Teil des Lebens selbst.

Für die frühesten Christen jedoch war jener Aberglaube nicht sowohl ein Gegenstand der Verachtung, als des Grauens. Sie glaubten weder mit dem ruhigen Skeptizismus der heidnischen Philosophen, daß die Götter Erfindungen der Priester seien, noch bequemten sie sich der gemeineren Ansicht, daß die Bewohner des Olymps, dem trüben Licht der Geschichte nach zu schließen, Sterbliche gewesen seien, wie sie selbst. Sie stellten sich die heidnischen Gottheiten als böse Geister vor, versetzten die düsteren Dämonen Indiens und Persiens nach Italien und Griechenland und schauderten vor Jupiter und Mars als den Repräsentanten Molochs oder Satans.

Noch hatte Apäcides den christlichen Glauben nicht förmlich angenommen, stand aber im Begriff, es zu tun. Bereits teilte er die Ansichten Olinths — bereits redete er sich ein, die lebhaften Phantasien der Heiden seien die Einflüsterungen des Erzfeindes der Menschheit. Die unschuldige, natürliche Antwort Jones machte ihn schaudern. Er antwortete so heftig und zugleich so verworren, daß Jone noch mehr für seinen Verstand fürchtete, als sie sein Ungestüm erschreckte.

„Ach, mein Bruder," sprach sie, „dein hartes Amt hat deine Sinne aus den Fugen gebracht. Komm zu mir, Apäcides, mein Bruder, mein teurer Bruder, gib mir deine Hand, laß mich den Schweiß von deiner Stirn wischen. Schilt mich jetzt nicht, ich verstehe dich nicht. Denke nur, daß Jone nie die Absicht haben konnte, dir wehe zu tun."

„Jone," erwiderte Apäcides, indem er sie an sich zog und zärtlich anblickte, „soll ich denken, daß diese schöne Gestalt, dieses liebreiche Herz zu ewigen Qualen bestimmt seien?"

„Dii meliora! Das mögen die Götter verhüten!" rief Jone in der gewöhnlichen Formel, womit ihre Zeitgenossen ein böses Vorzeichen abwenden zu können glaubten.

Diese Worte und noch mehr der in ihnen ausgedrückte Glaube verletzten das Ohr des Apäcides. Vor sich hinmurmelnd stand er auf und wandte sich nach der Tür, blieb aber auf halbem Wege wieder stehen, sah die Schwester traurig an und breitete die Arme aus.

Freudig flog Jone auf ihn zu; er küßte sie feurig und sagte dann:

„Lebewohl, meine Schwester; wenn wir wieder zusammentreffen, bist du mir vielleicht nichts mehr; nimm also noch diese Umarmung voll der zarten Erinnerungen der Kindheit, als Glaube und Hoffnung, Religion und Sitte, Ziel und Streben uns noch gemeinsam waren: jetzt wird dieses Band zerrissen werden."

Mit diesen seltsamen Worten verließ er das Haus.

Wirklich war es die eigentliche und strengste Prüfung der Christen, daß ihre Bekehrung die teuersten Bande durchschnitt. Sie konnten fortan nicht mehr mit Wesen verkehren, deren gewöhnlichste Handlungen und Redensarten das Gepräge der Abgötterei trugen. Sie schauderten über den Jubel der Liebe; für ihr Ohr sprach ihn ein Dämon aus. Dieses ihr unglückliches Schicksal machte sie jedoch stark; wenn es sie von der übrigen Welt trennte, so vereinigte es sie in gleichem Maß untereinander. Männer von Eisen waren es, die das Wort Gottes verkündeten, und fürwahr, die Kette, wodurch sie zusammengehalten wurden, war auch von Eisen!

Glaukus fand Jone in Tränen. Bereits hatte er sich das süße Vorrecht des Tröstens zugeeignet. Er nötigte ihr einen Bericht über die Unterredung mit dem Bruder ab, doch bei ihrer verworrenen Wiederholung einer Sprache, die schon an sich für einen Ungewohnten so verworren klang, vermochte er so wenig, als Jone selbst, Absicht und Meinung des Apäcides zu begreifen.

„Hast du je," fragte sie, „etwas Näheres von dieser neuen Sekte der Nazarener vernommen, von der mein Bruder sprach?"

„Oft genug hab' ich von ihren Anhängern sprechen hören," erwiderte Glaukus, „aber von ihren eigentlichen Glaubenssätzen weiß ich nichts, außer daß in ihrer Lehre etwas widernatürlich Kaltes und Mürrisches zu liegen scheint. Sie leben gesondert von den übrigen Menschen, sie stellen sich, als nähmen sie selbst an dem einfachen Gebrauch der Kränze ein Ärgernis, sie empfinden keine Neigung zu den Freuden des Lebens, sie stoßen furchtbare Drohungen über den bevorstehenden Untergang der Welt aus, sie scheinen mit einem Wort ihren düstern, unfreundlichen Glauben aus der Höhle des Trophonius mitgebracht zu haben. Indessen," fuhr Glaukus nach einer kleinen Pause fort, „fehlte es ihnen nicht an Männern von großer, genialer Geisteskraft, und selbst unter den Areopagiten in Athen machten sie Bekehrungen. Wohl erinnere ich mich noch, daß mein Vater von einem seltsamen Gast sprach, der vor vielen Jahren nach Athen kam, ich glaube, er hat Paulus geheißen. Mein Vater stand mit unter einer großen Menge, die sich auf einem unserer berühmten Hügel versammelt hatte, um diesen Weisen des Morgenlandes sprechen zu hören. Nicht das leiseste Geflüster ließ sich unter der Menge vernehmen! Das Scherzen und Lärmen, womit unsere vaterländischen Redner aufgenommen werden, schwieg vor ihm, und als der geheimnisvolle Gast auf dem Gipfel der Anhöhe, hoch über dem atemlosen Gedränge, dastand, erfüllten seine Haltung und Züge jedes Herz mit Ehrfurcht, noch ehe ein Laut über seine Lippen gekommen war. Er sei, erzählte mein Vater, ein Mann von nicht hohem Wuchs, aber von edler, ausdrucksvoller Miene gewesen, seine Kleider waren dunkel und weit, die sinkende Sonne schien von der Seite her auf die Gestalt, wie sie bewegungslos und gebieterisch emporragte, sein Gesicht war verwittert und scharf gezeichnet, wie bei einem Menschen, der dem Unglück und dem strengsten Wechsel der Himmelsstriche getrotzt hat, in seinen Augen aber leuchtete ein fast überirdisches Feuer, und als er den Arm ausstreckte und sprach, geschah es mit der Hoheit eines Mannes, über den der Geist eines Gottes gekommen ist. — Männer von Athen, soll er gesagt haben, ich finde bei euch einen Altar mit der Aufschrift: Dem unbekannten Gott. Ihr verehret unbewußt denselben Gott, dem ich diene. Euch, denen es bis jetzt unbekannt war, soll er nunmehr enthüllt werden. — Sofort erklärte der Mann in feierlichem Ton, wie der große Schöpfer aller Dinge, der dem Menschen seine verschiedenen Heimatsitze zugewiesen habe, der Herr der Erde und des Himmels, nicht in Tempeln von Menschenhänden wohne, wie seine Gegenwart, sein Geist in der Luft sei, die wir atmen, und wie unser Leben und Sein in ihm sei. — Glaubt ihr, rief er, der Unsichtbare sei, wie eure Bilder, von Gold und Marmor?

Glaubt ihr, er brauche Opfer von euch, er, der Himmel und Erde gemacht hat? — Dann sprach er von furchtbaren Zeiten, die da kämen, vom Weltende, von einer Auferstehung der Toten, wofür den Menschen in der Auferstehung des mächtigen Wesens, dessen Religion zu lehren er gekommen wäre, eine Bürgschaft gegeben worden sei.

Als er so geredet hatte, erzählte mein Vater weiter, hätte sich das lange zurückgehaltene Murmeln erhoben, und die unter das Volk gemischten Philosophen ihre weise Verachtung geäußert. Da habe man die kalte Stirn des Stoikers und das Hohnlächeln des Cynikers sehen können; und die Epikuräer, die selbst nicht an unser Elysium glauben, machten einen witzigen Scherz und stolzierten lachend durch die Menge, aber das tiefe Herz des Volkes war ergriffen und durchschauert, und es zitterte, obwohl es nicht wußte warum, denn wahrlich der Fremde hatte die Stimme und Majestät eines Mannes, dem der unsichtbare Gott das Lehramt seines Glaubens übertragen hat."

Mit gespannter Aufmerksamkeit hörte Jone zu, und die ernste, gehaltene Weise des Erzählers verriet den Eindruck den auf ihn selbst ein Mensch gemacht, der mit jenen vielen auf dem Hügel des heidnischen Ares die erste Kunde vom Wort Christi vernommen hatte.

Dreiundzwanzigstes Kapitel.

Die Haustür Diomeds stand offen, und Medon, der alte Sklave, saß am Fuß der Treppe, auf der man zu dem Gebäude emporstieg. Der Ort hatte eine gar angenehme Nachbarschaft. Auf der entgegengesetzten Seite, noch einige Schritte näher gegen das Tor zu, stand ein geräumiger Gasthof, wo alle, die Geschäft oder Vergnügen nach Pompeji führte, oft anhielten, um sich zu erfrischen. Vor dem Tor hielten in diesem Augenblick Wagen, Wägelchen und Karren, einige eben erst angelangt, andere im Begriff wegzufahren, und die ganze Szene bot das geschäftige Treiben einer belebten und beliebten Stätte öffentlicher Unterhaltung dar. Vor der Tür saßen einige Pächter auf der Bank um ein rundes Tischchen her und unterhielten sich zu ihrem Morgentrank über die Angelegenheiten ihres Berufs. Neben die Tür war in frischen muntern Farben das Zeichen des Brettspiels gemalt. In gleicher Höhe mit dem Dach der Schenke zog sich eine Terrasse hin, worauf einige Frauen, die Gattinnen der eben erwähnten Pächter, teils saßen, teils über das Geländer lehnten und mit ihren Freunden unten sprachen. In einer Mauernische, in einiger Entfernung, befand sich ein bedeckter Sitz, auf dem zwei bis drei ärmere Reisende ausruhten und den Staub von ihren Kleidern schüttelten. Auf der entgegengesetzten Seite breitete sich ein großer Raum aus, ursprünglich der Begräbnisplatz eines älteren Geschlechtes als die gegenwärtigen Bewohner Pompejis, nunmehr in das Ustrinum oder den Platz zum Verbrennen der Toten verwandelt. Jenseits stiegen die Terrassen einer heitern, halb von Bäumen versteckten Villa auf. Die Gräber selbst, in ihren anmutigen, mannigfaltigen Formen, die Blumen und das Laubgrün, das sie umgab, bildeten keineswegs einen düstern Zug in der Ansicht des Ganzen. Hart am Stadttor in einer kleinen Nische stand die stille Gestalt der wohl disziplinierten römischen Schildwache, und hell glänzte die Sonne auf dem polierten Helm und der Lanze, worauf sich der Mann lehnte. Das Tor selbst war in drei Bogen geteilt, der mittlere für die Fuhrwerke, die zu beiden Seiten für die Fußgänger. Rechts und links schlossen sich die massiven Stadtmauern an, in tausend verschiedenen Epochen aufgeführt, zusammengeflickt, ausgebessert, je nachdem Krieg, Zeit oder Erdbeben diese nichtige Schutzwehr erschüttert hatten. Hier und da erhoben sich viereckige Türme darauf, deren roh gearbeitete Zinnen die regelmäßige Mauerlinie auf eine malerische Art unterbrachen und einen angenehmen Gegensatz zu den neueren, weißschimmernden Gebäuden neben ihnen bildeten.

Die gekrümmte Straße, die in dieser Richtung von Pompeji nach Herkulanum führt, entwand sich dem Blick unter Rebengehängen, über die der Vesuv in trotziger Majestät herabdrohte.

„Hast du die Neuigkeit gehört, alter Medon?" fragte ein junges Mädchen mit einem Krug in der Hand, die den Weg an Diomeds Tür vorbei nahm, um einen Augenblick mit dem Sklaven zu plaudern, ehe sie sich in das benachbarte Wirtshaus begab, um dort ihr Gefäß zu füllen und mit den Gästen zu liebäugeln.

„Die Neuigkeit! welche Neuigkeit?" fragte der Sklave und schlug den Blick trübe vom Boden auf.

„Ei, heute morgen, wahrscheinlich eh' du noch recht aus den Augen sehen konntest, zog ja ein prächtiger Fremder durch das Tor in Pompeji ein."

„Was du nicht sagst!" erwiderte der Sklave gleichgültig.

„Ja, ein Geschenk von dem edeln Pomponianus."

„Ein Geschenk! Glaubte ich doch, du sprächst von einem Fremden."

„Es ist beides, ein Fremder und ein Geschenk. Wisse, du alter dummer Kerl, daß es ein herrlicher, junger Tiger für die nächsten Spiele im Amphitheater ist. Hörst du wohl, Medon? O was wird das für eine Lust sein! Ich kann kein Auge zutun, bis ich ihn gesehen habe; sie sagen, er brülle greulich."

„Arme Törin!" rief Medon traurig, ohne sich um die Regeln der Artigkeit zu kümmern.

„Nenne mich nicht Törin, alter Grobian! Ein Tiger ist ein hübsches Ding, besonders wenn wir jemand zum Fraße für ihn finden könnten. Denk einmal, Medon, wir haben jetzt einen Löwen und einen Tiger und müssen vielleicht aus Mangel an zwei ordentlichen Verbrechern zusehen, wie beide einander selbst auffressen. Übrigens ist ja dein Sohn ein Gladiator, ein hübscher, starker Mensch: könntest du ihn nicht bereden, mit dem Tiger zu kämpfen? Tu' es; du tätest mir einen mächtigen Gefallen, ja du würdest ein Wohltäter für die ganze Stadt sein."

„Geh, geh," erwiderte der Sklave mit großer Bitterkeit; „denk an deine eigene Gefahr, ehe du so vom Tode meines armen Jungen schwatzest."

„Meine eigene Gefahr!" erwiderte das Mädchen erschreckt und sich hastig umsehend. „Wendet die Vorbedeutung ab, ihr Götter, deine Worte mögen auf dein eigenes Haupt fallen!" — Damit berührte sie einen an ihrem Halse hängenden Talisman. „Meine eigene Gefahr! welche Gefahr bedroht mich denn?"

„Ist etwa das Erdbeben, das vor wenigen Nächten stattfand, keine Warnung? Hat es keine Stimme? Sprach es nicht zu uns allen: bereitet euch zum Tode, das Ende aller Dinge ist vor der Tür?"

„Ha! Unsinn!“ rief das Mädchen und strich die Falten ihrer Tunika zurecht. „Jetzt schwatzest du gar, wie man's von den Nazarenern erzählt; — ich meine, du gehörst zu ihnen. Nun, ich kann nicht länger mit dir plaudern, alte Eule, du wirst immer schlimmer; leb wohl! O Herkules, sende uns einen Menschen für den Löwen und einen andern für den Tiger!“

Mit klarer Stimme ein Liedchen singend und ihre Tunika von der staubigen Straße emporhaltend, hüpfte das Mädchen in die vollgedrängte Herberge hinüber.

„Mein armer Sohn,“ sagte der Sklave halblaut, „also für Geschöpfe der Art sollst du hingeschlachtet werden? O Glaube Christi, ich könnte dir aus voller Seele anhangen, schon wegen des bloßen Grauens, das du gegen solche blutige Kämpfe einflößest.“

Schwer sank das Haupt des alten Mannes auf seine Brust. Er blieb still und in sich versunken; nur dann und wann wischte er sich mit dem Ärmel die Augen. Sein Herz war bei seinem Sohn; er bemerkte die Gestalt nicht, die jetzt mit schnellem Schritt und einer etwas trotzigen, unbekümmerten Haltung vom Tor her auf ihn zukam. Nicht eher schlug er den Blick auf, bis der Herannahende ihm gegenüber stehen blieb und ihm mit sanfter Stimme zurief:

„Vater!“

„Mein Sohn, mein Lydon, bist du es wirklich?“ entgegnete freudig der alte Mann. „Ach, du warst bei mir in meinen Gedanken.“

„Das freut mich, Vater,“ versetzte der Gladiator, indem er ehrerbietig die Knie und den Bart des Sklaven berührte. „Bald bin ich vielleicht immer bei dir, nicht nur in Gedanken.“

„Ja, mein Sohn, aber nicht in dieser Welt,“ erwiderte der Sklave traurig.

„Sprich nicht so, mein Vater, sei gutes Muts, denn ich fühle — ich bin sicher, daß ich Sieger bleibe, und dann erkauft dir das Geld, das ich gewinne, die Freiheit. Ach Vater, noch vor wenigen Tagen wurde ich gescholten und überdies von jemand, dem ich seinen Irrtum gar gern benommen hätte, denn er ist großmütiger als die übrigen seinesgleichen. Es war ein Athener, kein Römer; er schalt mich über meine Habsucht, als ich ihn fragte, wie groß wohl der Siegespreis sein würde. Ach, er kannte Lydons Seele wenig.“

„Mein Sohn, mein Sohn!“ rief der alte Sklave, indem er ihn die Stufen langsam hinaufsteigend in sein eigenes kleines Gemach führte. „Edel, liebevoll, fromm sind deine Beweggründe, aber das Vorhaben selbst ist sündhaft. Du willst dein Leben für die Freiheit deines Vaters wagen — das dürfte dir verziehen werden; aber du erkaufst den Sieg mit dem Blute eines andern. O, das ist eine tödliche Sünde; kein Zweck kann eine solche Tat sühnen. Laß es! laß es! Lieber will ich ewig ein Sklave sein, als meine Freiheit zu solchem Preise erstehen!“

„Still, Vater!“ erwiderte Lydon etwas ungeduldig; „du hast mit diesem neuen Glauben, von dem ich nichts weiter hören mag, einige seltsame Vorstellungen von Recht und Unrecht aufgeschnappt. Verzeih mir, wenn ich dich beleidige, aber bedenke nur einmal: gegen wen werd' ich fechten? Ach, kenntest du die Elenden, mit denen ich um deinetwillen umgehe, so würdest du sagen, ich reinige die Erde, wenn ich einen von ihnen aus dem Weg schaffe. Bestien, aus deren Lippen Blut träuft; durchaus wilde, selbst in ihrem Mut von keiner Tugend geleitete Wesen, grimmig, ohne Herz und Gefühl, durch kein Band des Lebens zu fesseln! Zwar kennen sie keine Furcht, aber sie kennen auch keine Dankbarkeit, kein Erbarmen, keine Liebe; nur für ihre eigene Laufbahn sind sie geschaffen, und die ist, ohne Mitleid zu töten, ohne Schrecken zu sterben! Können die Götter, mögen sie sein, wer sie wollen, zornig auf einen solchen Kampf mit Wichten und für eine solche Sache blicken? O Vater! wenn wirklich die Mächte da oben auf die Erde herabschauen, so sehen sie keinen so heiligen und heiligenden Dienst, als das Opfer, das einem bejahrten Vater durch die Liebe eines dankbaren Sohnes dargebracht wird!“

Der arme alte Sklave, selbst das Licht der Aufklärung entbehrend, und erst seit kurzem zum Christentum bekehrt, wußte nicht, durch welche Beweisgründe er eine so tiefe, und doch in ihrem Irrtum so schöne Unwissenheit erleuchten sollte. Seine erste Bewegung war, sich dem Sohn an die Brust zu werfen, seine zweite, wieder davon aufzuschrecken, die Hände zu ringen — und im Versuch, seine Mißbilligung auszusprechen, erstickte seine gebrochene Stimme in Tränen.

„Und ist,“ nahm Lydon wieder das Wort, „ist deine Gottheit wirklich die gütige, erbarmungsvolle Macht, wie du versicherst, so wird sie auch wissen, daß mich eben dein Glauben an sie in dem Entschluß zuerst bestärkt hat, den du tadelst."

„Wie, was meinst du damit?"

„Nun, du weißt, daß ich in meiner Kindheit als Sklave verkauft, in Rom durch das Testament meines Herrn freigelassen wurde, dessen Wohlwollen zu gewinnen ich glücklich genug gewesen war. Ich eilte nach Pompeji, um dich zu sehen; — fand dich alt und gebrechlich unter dem Joch eines launischen dickwanstigen Herrn. Du hattest vor kurzem diesen neuen Glauben angenommen, und seine Annahme machte dir die Sklaverei doppelt schmerzlich; sie raubte dir die Linderung durch die Gewohnheit, die uns oft mit dem Schlimmsten versöhnt. Klagtest du mir nicht, du seiest zu Diensten genötigt, die dir als Sklave nicht verhaßt sein würden, die dir aber als Nazarener sündhaft erschienen? Sagtest du nicht, deine Seele bebe von Vorwürfen, wenn du auch nur ein Stückchen Kuchen vor den Laren niederzulegen habest, die dort über dem Regenbehälter wachen? Deine Seele sei von einem ewigen Kampf zerrissen? Sagtest du nicht, du fürchtest, wenn du Wein vor die Türpfosten gießest und den Namen einer griechischen Gottheit anrufest, ärgere Strafen als die des Tantalus — eine Ewigkeit von Qualen, schrecklicher als die im Tartarus? Sagtest du mir das nicht? Ich wunderte mich und vermochte dich nicht zu verstehen, wie ich's, beim Herkules, auch jetzt noch nicht vermag; aber ich war dein Sohn, und meine einzige Aufgabe war Mitleid und Erleichterung. Konnt' ich deine Seufzer anhören, konnt' ich Zeuge deiner geheimnisvollen Schrecken, deiner ewigen Angst sein und untätig bleiben? Nein! bei den unsterblichen Göttern! Ein Gedanke durchfuhr mich wie ein Licht vom Olymp: ich hatte kein Geld, aber ich hatte Stärke und Jugend. Diese verdankte ich dir und konnte sie nun meinerseits wieder für dich verkaufen! Ich erkundigte mich nach dem Belang deines Lösegeldes und erfuhr zugleich, daß der gewöhnliche Siegespreis eines Gladiators doppelt soviel eintrage. Ich ward ein Gladiator, ich verband mich mit diesen fluchwürdigen Menschen, die ich verachte und hasse, ich machte mir ihre Geschicklichkeit zu eigen: — gesegnet sei mein Unterricht, er wird mich instand setzen, meinen Vater zu befreien!"

„O könntest du Olinth hören," seufzte der Mann, tiefer und tiefer von der Liebe seines Sohnes ergriffen, aber nicht weniger von der Sündhaftigkeit seines Entschlusses überzeugt.

„Die ganze Welt will ich hören, wenn du willst," antwortete der Gladiator heiter, „aber erst wenn du kein Sklave mehr bist. Unter deinem eigenen Dach, mein Vater, sollst du diesem dicken Hirnschädel den ganzen Tag lang und die ganze Nacht noch dazu, wenn es dir Vergnügen macht, zusetzen. Ach was für ein Plätzchen ich für dich ausgelesen habe! Es ist eine der neunhundertneunundneunzig Buden der alten Julia Felix, im sonnigen Teil der Stadt, wo du den Tag über vor der Tür sitzen und dich wärmen kannst; und dann will ich Öl und Wein für dich verkaufen, mein Vater, und wenn es der Venus gefällt (oder wenn es ihr nicht gefällt, da du ihren Namen nicht hören magst; dem Lydon gilt alles gleich), dann bekommst du vielleicht auch eine Tochter, um deine grauen Haare zu pflegen, und hörst kleine Stimmlein auf deinem Schoß, die dich Großvater nennen! ach, wie glücklich werden wir sein! Der Siegespreis kann das alles erkaufen. Munter, munter! guter Vater! — ich muß jetzt fort, es ist schon hoch am Tag, der Lauista wartet auf mich. Deinen Segen!"

Als Lydon diese letzten Worte sprach, hatte er die dunkle Kammer seines Vaters bereits verlassen, und beide standen in lebhafter, obwohl nur flüsternd geführter Unterredung auf der Schwelle.

„Sei gesegnet, sei gesegnet, mein wackerer Sohn," rief der Alte mit Inbrunst aus; „möge die große Macht, die alle Herzen leitet, den Edelmut des deinigen sehen und seinen Irrtum vergeben!"

Die hohe Gestalt des Gladiators eilte schnell die Straße hinab; die Augen des Sklaven folgten den leichten, kräftigen Schritten nach, bis der letzte Schein verschwunden war. Dann sank er wieder auf seine Bank und seine Blicke hefteten sich von neuem auf den Boden.

„Darf ich eintreten?" fragte eine zarte Stimme; „ist deine Gebieterin Julia zu Haus?"

Der Sklave winkte den Besuch mechanisch, einzutreten, aber die Fragende konnte seine Gebärde nicht sehen; sie wiederholte ihre Worte furchtsam, aber mit lauterer Stimme.

„Hab ich's dir nicht gesagt?" versetzte der Sklave mürrisch; „tritt ein."

„Dank!" erwiderte Nydia mit traurigem Ton. Durch diesen aufgeweckt sah der Sklave empor und erkannte das blinde Blumenmädchen. Gram hat Mitgefühl für das Unglück. Medon erhob sich daher rasch und leitete ihre Schritte zur Treppe, von der man zu Julias Gemach hinuntersteigen konnte; hier rief er eine Sklavin und überwies ihr die Obhut der Blinden.

Vierundzwanzigstes Kapitel.

Die elegante Julia saß in ihrem Gemach, ihre Sklavinnen um sie her. Gleich dem anstoßenden Cubiculum war das Zimmer klein, jedoch immer bedeutend größer als die gewöhnlichen Schlafgemächer, die in der Regel eine so beschränkte Ausdehnung hatten, daß, wer diese Räume, selbst in den stattlichsten Häusern, nicht gesehen hat, selten eine richtige Vorstellung von den winzigen Taubenverschlägen bekommt, die den Bewohnern Pompejis zur Nachtherberge gedient haben müssen. Allein ein Bett machte bei den Alten keineswegs jenen schweren, ernsten, gewichtigen Teil der häuslichen Mysterien aus, den es bei uns bildet. Es glich eher einem sehr schmalen, kleinen Sofa, leicht genug, um von dem Inhaber selbst mit Bequemlichkeit von der Stelle gebracht zu werden, und ohne Zweifel wanderte es fortwährend von Gemach zu Gemach, je nach der Laune des Besitzers oder dem Wechsel der Jahreszeit. Denn der Flügel des Hauses, der in dem einen Monat mit Menschen vollgepfropft war, wurde vielleicht schon im nächsten sorgfältig vermieden, so empfindlich waren die Bewohner des schönsten Klimas in der Welt für jede Veränderungen der Sonne und Luft. Auch herrschte unter den Italienern jener Zeit eine seltsame raffinierte Scheu vor zu starkem Tageslicht; ihre verdunkelten Zimmer, die auf den ersten Anblick das Ergebnis einer nachlässigen Bauart scheinen, waren Ergebnis des durchdachtesten Studiums. In ihren Gärten und Säulengängen huldigten sie der Sonne, wenn dies ihrem üppigen Geschmack zusagte. Im Innern der Häuser suchten sie im Gegenteil Kühle und Schatten.

Julias Gemach befand sich zu dieser Jahreszeit im unteren Teil des Hauses, unmittelbar unter den Prunkzimmern, mit der Aussicht auf den Garten, mit dem es auf gleichem Flur lag. Das Licht hatte nur durch die breite Glastür Zutritt; allein der an eine gewisse Dunkelheit gewöhnte Blick der Bewohnerin unterschied mit genügender Schärfe, welche Farben ihr am besten standen, welche Schattierungen des zarten Rots ihren Wangen die richtigste Frische, ihrem dunkeln Auge den hellsten Glanz geben würde.

Auf dem Tische, vor dem sie saß, stand ein kleiner, kreisförmiger Stahlspiegel von bester Politur, um den in genauer Ordnung die Seifen und Salben, die Parfums und Schminken, die Bänder und goldenen Nadeln aufgereiht waren, die die Bestimmung hatten, zu der natürlichen Anziehungskraft der Gestalt noch den Beistand der Kunst und die eigensinnigen Reize der Mode zu fügen. Durch die Dämmerung des Zimmers schimmerten die funkelnden Fresken der Wand in der ganzen Lebendigkeit und Abwechslung des Kolorits, die der pompejanische Geschmack bevorzugte. Vor dem Putztisch zu Julias Füßen lag ein Teppich von orientalischer Arbeit. Daneben standen auf einem andern Tisch ein Becken und ein Krug von Silber, eine ausgelöschte Lampe von höchst vollendeter Arbeit, worin der Künstler einen Amor dargestellt hatte, der unter den ausgebreiteten Zweigen eines Myrtenbaums ruht — und eine kleine Papyrusrolle, die Tibulls zarteste Elegien enthielt. Vor der Tür, die nach dem Cubiculum führte, hing ein reich mit goldenen Blumen gestickter Vorhang.

Müßig lehnte sich die reizende Julia auf ihrem Sitz zurück, während die Haarkräuslerin langsam eine Masse von Löckchen übereinander türmte, die falschen mit den echten kunstvoll durchflocht und das ganze Gebäude zu einer Höhe erhob, die den Kopf eher zur Mitte, als zum Gipfel der menschlichen Gestalt zu machen schien.

Die Tunika von dunkler Bernsteinfarbe, die zu dem schwarzen Haar und der etwas gebräunten Gesichtsfarbe vortrefflich ließ, fiel in weiten Falten auf die Füße herab. Diese steckten in Pantoffeln, die um den zarten Knöchel durch weiße Bänder befestigt waren, während die purpurne und, nach der heutigen Art der Türken, etwas aufwärts gebogene Fußbedeckung selbst mit einer Fülle von Perlen bestickt war. Eine alte, durch lange Erfahrung in alle Toilettegeheimnisse eingeweihte Sklavin stand neben der Haarkräuslerin, den breiten, juwelenbesetzten Gürtel ihrer Gebieterin über den Arm geworfen, und gab von Zeit zu Zeit, vermischt mit wohlbedachten Schmeicheleien für die Herrin selbst, Belehrung über den Bau des aufsteigenden Gebäudes.

„Stecke diese Nadel weiter rechts; — tiefer! — dummes Ding! siehst du nicht, wie gleich diese schönen Brauen sind? — Man sollte meinen, du machtest der Korinna die Haare, deren Gesicht ganz auf der einen Seite sitzt. Jetzt stecke die Blumen ein. — Was, Einfalt! — nicht diese dunkle Nelke! — Du hast die Farben nicht der bleichen Wange der Cloris anzupassen — nur die hellsten Blumen schicken sich für die schöne Julia."

„Sachte!" rief die Dame, heftig mit dem kleinen Fuß stampfend; „du zerzaust mein Haar, als ob du Unkraut ausrissest!"

„Gedankenloses Ding!" fuhr die Leiterin der Handlung fort, „weißt du nicht, wie zart deine Gebieterin ist? — Du hast nicht das rauhe Roßhaar der Witwe Fulvia vor dir. Jetzt das Band; — so ist's recht. Schöne Julia, blicke in den Spiegel — sahst du je etwas so Liebreizendes?"

Als nach unzähligen Erläuterungen, Schwierigkeiten und Verzögerungen der verwickelte Turm endlich fertig war, bestand die nächste Arbeit darin, den Augen den sanften, schmachtenden Ausdruck zu geben, der durch ein dunkles, auf Wimpern und Brauen aufgetragenes Pulver hervorgebracht wurde. Ein kleines, in Gestalt eines Halbmondes aufgeschnittenes und geschickt neben die rosigen Lippen gesetztes Pflästerchen lenkte die Aufmerksamkeit auf die Lippengrübchen und die Zähne, deren natürliche Weiße zu erhöhen bereits jede Kunst in Anwendung gebracht worden war.

Einer andern, bisher müßigen Sklavin ward jetzt das Geschäft zugeteilt, die Juwelen anzubringen: nämlich die Ohrringe aus Perlen (zwei Perlen in jedes Ohr), die massiv goldenen Armbänder, die Kette aus Ringen von demselben Metall, an der ein in Kristall geschnittener Talisman hing, für die linke Schulter die graziöse Schnalle, in die eine herrliche Kamee, die Psyche darstellend, eingesetzt war, den purpurnen, reich mit Goldfäden durchwirkten und durch ein Schlangengewinde zusammengehaltenen Gürtel, und endlich die verschiedenen Ringe für jedes Gelenk der weißen, zarten Finger.

Jetzt war die Toilette nach dem neuesten Geschmack Roms vollendet. Die schöne Julia betrachtete sich mit einem letzten Blick wohlgefälliger Eitelkeit, lehnte sich dann wieder auf ihren Stuhl zurück und befahl der jüngsten Sklavin in verdrossenem Ton, ihr die verliebten Verse Tibulls vorzulesen. Diese Vorlesung dauerte noch fort, als eine andere Sklavin Nydia bei der Dame des Hauses einführte.

„Sei gegrüßt," sagte das Blumenmädchen, indem sie mit gekreuzten Armen einige Schritte vor Julias Stuhle stehen blieb. „Ich bin deinem Befehl nachgekommen."

„Du hast wohl getan," erwiderte diese; „nähere dich, du kannst dich setzen."

Eine Sklavin stellte einen Stuhl daneben, und Nydia nahm Platz.

Ein Weilchen betrachtete Julia die Thessalierin unter beinah verlegenem Stillschweigen. Dann winkte sie den Dienerinnen, sich zu entfernen und die Tür vorzuschieben. Sobald sie mit Nydia allein war, wandte sie sich, vergessend, daß ihre Gesellschafterin ihre Züge nicht sehen konnte, mechanisch von dieser ab.

„Du dienst der Neapolitanerin Jone?"

„Ich bin jetzt bei ihr," erwiderte Nydia.

„Ist sie so schön, wie man sagt?"

„Ich weiß es nicht; wie könnte ich hierüber urteilen?"

„Ach, ich vergaß! — aber wenn keine Augen, hast du doch Ohren. Halten sie deine Mitsklavinnen für schön? Im Gespräch untereinander vergessen die Dienerinnen doch wohl ihrer Gebieterin zu schmeicheln?"

„Sie sagen mir, sie sei schön."

„Hm! — sagen sie, sie sei schlank?"

„Ja."

„Nun, das wär' ich auch. — Schwarze Haare?"

„So hör' ich."

„Die hab' ich auch. Sieht sie Glaukus oft?"

„Täglich," erwiderte Nydia mit einem halb erstickten Seufzer.

„Wie, täglich? Findet er sie schön?“

„Ich denke wohl, da sie sobald ihre Hochzeit feiern werden.“

„Ihre Hochzeit?“ rief Julia, bis unter die falschen Rosen ihrer Wangen erblassend und von ihrem Ruhebett auffahrend. Natürlich bemerkte Nydia die Bewegung nicht. Lange schwieg Julia; aber der schwellende Busen und die blitzenden Augen würden jedem Sehenden die Wunde verraten haben, die ihre Eitelkeit erlitten hatte.

„Man sagt mir, du seiest eine Thessalierin,“ sprach sie endlich, das Schweigen brechend.

„Das bin ich.“

„Thessalien ist das Land der Magie und der Hexen — der Talismane und der Liebestränke.“

„Es war stets seiner Zauberer wegen berühmt,“ erwiderte Nydia furchtsam.

„Kennst etwa du, blinde Thessalierin, einen Liebeszauber?“

„Ich?“ versetzte das Blumenmädchen errötend, „ich? wie sollt' ich? Nein, gewiß nicht.“

„Schlimm für dich; ich hätte dir, wärst du besser unterrichtet, Geld genug gegeben, um deine Freiheit damit zu erkaufen.“

„Aber was kann die schöne, reiche Julia vermögen, diese Frage an ihre Dienerin zu tun? Sind nicht Geld, Jugend, Liebreiz in ihrem Besitz? Sind das nicht hinlänglich starke Zauber, um der Magie entbehren zu können?“

„Hinlänglich stark für jedermann, ausgenommen für eine Person,“ entgegnete Julia stolz; „aber es scheint, deine Blindheit sei ansteckend — und — doch das ist hier einerlei.“

„Und diese einzige Person?“ fragte Nydia lebhaft.

„Ist nicht Glaukus,“ erwiderte Julia mit der gewöhnlichen Verstellung ihres Geschlechtes. „Glaukus — nein!“

Nydia schöpfte freiern Atem, und nach einer kurzen Pause begann Julia von neuem:

„Aber bei Glaukus und seiner Neigung für die Neapolitanerin fiel mir die Kraft der Liebeszauber ein, da sie so etwas wohl auch auf ihn angewandt haben mag. Blindes Mädchen, ich liebe, und — muß Julia leben, um so etwas auszusprechen? — bin nicht wieder geliebt! Dies demütigt — nein nicht demütigt — es verletzt meinen Stolz. Ich möchte den Undankbaren zu meinen Füßen sehen — nicht um ihn aufzuheben, sondern ihn fortzustoßen. Als ich hörte, daß du eine Thessalierin seiest, stellte ich mir vor, dein junger Geist sei vielleicht in die dunkeln Geheimnisse deines Landes bereits eingeweiht."

„Ach nein!" flüsterte Nydia; „wär' er's doch!"

„Habe mindestens Dank für diesen freundlichen Wunsch," versetzte Julia, ohne Ahnung von dem, was in der Brust des Blumenmädchens vorging.

„Aber sag' einmal, du hörst ja all das Geschwätz der Sklavinnen, die für diesen dunkeln Glauben stets eingenommen sind, stets bereit, bei ihren eigenen kleinen Liebschaften Zauberkünste anzuwenden: — hast du nicht etwa von einem morgenländischen Magier in der Stadt gehört, der die Kunst besitzt, die dir unbekannt ist? Ich meine keinen leeren Chiromanten, keinen Quacksalber, sondern irgend einen kundigeren, mächtigern Zauberer aus Indien oder Ägypten!"

„Aus Ägypten? ja!" antwortete Nydia schaudernd. „Welcher Pompejaner hätte nicht von Arbaces gehört?"

„Arbaces, ach ja!" entgegnete Julia und klammerte sich fest an diesen Gedanken. „Man sagt, er sei ein Mann, der über dem kleinlichen Betrug bloßer Gaukler stehe, der in den Sternen lesen könne und erfahren sei in den Geheimnissen der alten Nacht; warum nicht auch in den Geheimnissen der Liebe?"

„Lebt ein Zauberer, dessen Kunst die der andern übertrifft, so ist es dieser furchtbare Mann," erwiderte Nydia und griff an ihren Talisman.

„Er ist zu reich, um für Geld wahrzusagen," fuhr Julia spöttisch fort. „Könnt' ich ihn nicht besuchen?"

„Es ist ein böses Haus für Jugend und Schönheit," erwiderte Nydia. „Überdies hab' ich gehört, er sei krank von —"

„Ein böses Haus!" rief Julia, nur den ersten Satz auffassend. „Wieso?"

„Seine mitternächtlichen Orgien sind unrein und befleckt — wenigstens sagt das Gerücht so."

„Bei Ceres, Pan und Cybele, du erregst nur meine Neugier statt meine Furcht," erwiderte die eigensinnige, üppige Julia. „Ich will ihn besuchen und über meine Liebe befragen. Hat Liebe Zutritt zu jenen Orgien — so ist es umso wahrscheinlicher, daß er ihre Geheimnisse kennt."

Nydia gab keine Antwort.

„Noch heute will ich zu ihm," nahm Julia das Wort; „ja, warum nicht gleich jetzt?"

„Bei Tage und bei seinem gegenwärtigen Zustand hast du allerdings weniger zu fürchten," erwiderte Nydia, in dem geheimen, ihr plötzlich aufgestiegenen Wunsch, zu erfahren, ob der dunkle Ägypter die Kraft, Liebe zu befestigen und anzuziehen, wirklich besitze, wie sie es schon so oft gehört hatte.

„Und wer würde es wagen, der reichen Tochter Diomeds eine Unbill zuzufügen?" rief Julia stolz; „ich will zu ihm."

„Darf ich dich später besuchen, um das Ergebnis zu erfahren?" fragte Nydia ängstlich.

„Küß mich für deine Teilnahme an Julias Ehre," antwortete Julia. „Freilich darfst du kommen. Heut abend speisen wir außer dem Hause, aber komm morgen um dieselbe Stunde wieder und du sollst alles hören; vielleicht kannst du mir sogar einen Dienst erweisen — doch genug für jetzt. Da nimm dieses Armband für den Gedanken, den du mir eingegeben hast; verlaß dich drauf, daß, wenn du dich Julia gefällig zeigst, sie dankbar und großmütig sein wird."

„Ich kann dein Geschenk nicht annehmen," entgegnete Nydia und legte das Armband beiseite; „aber so jung ich bin, kann ich die Empfindungen derer teilen, die lieben und — keine Gegenliebe finden."

„Sprichst du so?" versetzte Julia. „Du redest wie ein freies Mädchen und sollst auch noch frei werden. — Lebe wohl."

Fünfundzwanzigstes Kapitel.

Arbaces saß in einem Zimmer, das sich auf eine Art Balkon oder Portikus nach dem Garten zu öffnete. Seine Wange war bleich und durch die ausgestandenen Schmerzen abgemagert, aber bereits hatte sich sein eiserner Körper von den gefährlichsten Folgen des Unfalls erholt, durch den seine ruchlosen Absichten im Augenblick des Sieges vereitelt worden waren. Die Luft, die würzig um seine Stirn fächelte, belebte die matten Sinne, und freier als seit mehreren Tagen kreiste das Blut durch die eingeschrumpften Gefäße.

„So ist denn," dachte er, „der Sturm des Schicksals gebrochen und verweht; das lebenbedrohende Übel, das mir meine Wissenschaft verkündete, ist eingetroffen, und dennoch lebe ich. Geschehen ist, was die Sterne vorausgesagt haben, und die lange, strahlende, glückliche Laufbahn, die dem Übel nachfolgen soll, falls ich es überlebe, lächelt jenseits des Unfalls. Ich bin darüber fort — ich habe die letzte Gefahr meines Verhängnisses überwunden. Jetzt bleibt mir nur, die Gärten meines künftigen Schicksals anzulegen — unbeängstigt und sicher! Als Erstling meiner Freuden — selbst vor der Liebe — möge denn die Rache kommen! Dieser griechische Knabe, der meinem Herzen in den Weg getreten ist, meine Pläne durchkreuzt hat, mich noch höhnte, als bereits der Stahl über ihn geschwungen war, um sein verruchtes Blut zu trinken — soll mir nicht zum zweitenmal entgehen. Doch wie bei meiner Rache verfahren? Das muß wohl überlegt werden. O Ate, bist du wirklich eine Göttin, so erfülle mich mit deinem ganzen Geist!"

Damit versank er in ein tiefes Sinnen, ohne daß sich ihm jedoch ein klarer oder genügender Einfall darzubieten schien. Unruhig wechselte er mehrmals seine Stellung, erwog Plan auf Plan und verwarf jeden wieder, sobald er ihn gefaßt hatte. Zu wiederholten Malen schlug er sich auf die Brust und stöhnte laut, gemartert vom Durst nach Rache und dem Gefühl seiner Ohnmacht, sie zu stillen. Während er so brütete, trat ein Sklavenknabe schüchtern ins Zimmer und meldete, eine Dame, ihrer eigenen Kleidung und der des Sklaven nach, der sie begleitet, offenbar von Rang, warte drunten und suche Gehör bei Arbaces.

„Eine Dame!" Sein Herz schlug schneller. „Ist sie jung?"

„Ihr Gesicht ist durch den Schleier bedeckt; die Gestalt aber ist schlank und voll, wie die der Jugend."

„Bringe sie her," rief der Ägypter. Einen Moment träumte sein eitles Herz, die Fremde dürfte Jone sein.

Der erste Blick auf den jetzt eintretenden Besuch genügte, ihn in einer so ausschweifenden Hoffnung zu enttäuschen. Allerdings hatte sie ungefähr dieselbe Größe und vielleicht auch dasselbe Alter wie Jone, allerdings war sie schön und üppig gebaut: wo aber war das unbeschreibliche Wellenspiel der Anmut, die jeder Bewegung der einzigen Neapolitanerin innewohnte, die keusche, sittsame Kleidung, so einfach und doch so gewählt in ihrer Anordnung, der würdevolle und doch schüchterne Schritt, die Majestät des Weibes neben ihrer Züchtigkeit?

„Verzeih mir, ich kann nur langsam aufstehen," hob Arbaces mit einem Blick auf die Unbekannte an. „Noch leide ich von einem Übel, das mich vor kurzem betroffen hat."

„Mach' dir keine Mühe, großer Ägypter," versetzte Julia und suchte ihre Angst unter dem Auswege der Schmeichelei zu verbergen, „verzeih einem unglücklichen Mädchen, das Trost bei deiner Weisheit sucht."

„Tritt näher, schöne Fremde, und sprich ohne Furcht und Rückhalt."

Julia setzte sich auf einen Stuhl neben den Ägypter und sah sich verwundert in einem Zimmer um, dessen ausgesuchter, kostbarer Luxus selbst den reichen Schmuck im Hause ihres Vaters übertraf. Nicht ohne Schaudern betrachtete sie die Hyroglyphenschriften an den Wänden, die Gesichter der geheimnisvollen Wesen, die sie aus jedem Winkel anschauten, den Dreifuß in einiger Entfernung, und vor allem das ernste, merkwürdige Antlitz des Arbaces selbst. Ein langes, weißes Gewand bedeckte wie ein Schleier halb seine Rabenlocken und floß von da bis auf die Füße herab; das Gesicht wurde durch seine jetzige Blässe noch ausdrucksvoller, und die schwarzen, durchbohrenden Augen schienen ihren Schleier zu durchdringen und die Geheimnisse ihrer eiteln, unweiblichen Seele zu erforschen.

„Und was," fragte er mit leiser, tiefer Stimme, „was, o Mädchen, führt dich nach dem Hause des Fremdlings aus dem Osten?"

„Sein Ruhm."

„Worin?" sprach er mit seltsamem, kaum bemerkbarem Lächeln.

„Kannst du fragen, weiser Arbaces? Ist deine Kunst nicht das Stadtgespräch in Pompeji?"

„Einen geringen Teil von Kenntnis hab' ich allerdings gesammelt, aber wodurch können dergleichen ernste, unfruchtbare Geheimnisse dem Ohr der Schönheit wohlgefällig werden?"

„Ach," entgegnete Julia, durch den gewohnten Ton der Schmeichelei etwas ermutigt, „flieht nicht der Gram zur Weisheit, um sich zu erleichtern und sind nicht alle, die unerwidert lieben, die erwählten Opfer des Grams?"

„Ha! könnte unerwiderte Liebe das Los einer so schönen Gestalt sein, deren mustergültige Verhältnisse selbst durch die Falten des anmutigen Gewandes schimmern? Laß dich herab, Jungfrau, deinen Schleier zu lüften, damit ich wenigstens sehe, ob dein Antlitz der Lieblichkeit deiner Körperformen entspricht."

Nicht ungeneigt vielleicht, ihre Reize zu zeigen und hoffend, sie möchten dem Magier wohl Anteil an ihrem Schicksal abgewinnen, hob Julia nach kurzem Zaudern den Schleier und enthüllte eine Schönheit, die, wäre nicht allzuviel Kunst darauf verwendet gewesen, den neugierigen Blick des Ägypters allerdings sehr angezogen haben würde.

„Du fragst mich um Rat wegen unglücklicher Liebe," sprach er. „Wende dieses Gesicht dem Undankbaren zu: welch mächtigern Liebeszauber könnt' ich dir geben?"

„O höre auf mit solchen Schmeicheleien! Ein Liebeszauber eben ist es, um den ich deine Kunst ansprechen wollte!"

„Schöne Unbekannte," erwiderte Arbaces etwas verächtlich, „Liebeszauber gehören nicht zu den Geheimnissen, die zu erlangen ich die Mitternächte durchwacht habe."

„Wirklich? dann verzeih mir, großer Arbaces, und lebe wohl."

„Halt!" rief Arbaces, der trotz seiner Leidenschaft für Jone von den Reizen seines Gastes keineswegs ungerührt blieb, und, hätte er sich in einem Zustand besserer Gesundheit befunden, versucht haben dürfte, die schöne Julia durch andere Mittel als die Hilfe übernatürlicher Kunst zu trösten, „halt! Obwohl ich, eingestandenermaßen, die Zauberei der Liebestränke denen überlassen habe, die mit dergleichen Kenntnissen ein Gewerbe treiben, so bin ich doch keineswegs so unempfindlich gegen die Schönheit, daß ich in früheren Jahren nicht selbst Philtra angewandt hätte. Wenigstens kann ich dir guten Rat erteilen, wenn du aufrichtig gegen mich sein willst. Sag' mir denn zuerst, bist du unvermählt, wie deine Kleidung andeutet?"

„Ja."

„Und möchtest, ohne selbst mit Glücksgütern gesegnet zu sein, einen vermögenden Werber anlocken?"

„Ich bin reicher als er, der mich verachtet."

„Seltsam und immer seltsamer. Und du liebst den, der dich nicht liebt?"

„Ich weiß nicht, ob ich ihn liebe," erwiderte Julia stolz,

„aber ich weiß, daß ich über eine Nebenbuhlerin triumphieren möchte. Ich möchte den, der mich verwarf, um mich werben sehen, ich möchte sehen, daß sie, die er mir vorzog, von ihm verschmäht würde."

„Ein natürlicher, einem Weibe angemessener Ehrgeiz!" bemerkte der Ägypter in einem für Ironie fast zu ernsten Ton. „Aber noch mehr, schönes Mädchen: willst du mir den Namen deines Geliebten vertrauen? Kann er ein Pompejaner sein und den Reichtum verachten, selbst wenn er blind gegen die Schönheit sein sollte?"

„Er ist aus Athen," erwiderte Julia mit gesenktem Blick.

„Ha!" rief der Ägypter ungestüm, und das Blut schoß ihm in die Wangen. „Es gibt nur einen jungen Athener von Stande in Pompeji. Sollte es Glaukus sein, von dem du sprichst?"

„Ah, verrate mich nicht — dies ist wirklich sein Name."

Der Ägypter sank zurück, starrte unbewußt auf das abgewandte Gesicht der Kaufmannstochter und sprach leise mit sich selbst. Dürfte diese Unterredung, in der er bis jetzt nur sein Spiel getrieben hatte, indem ihm die Leichtgläubigkeit und Eitelkeit seines Besuchs Unterhaltung gewährte, dürfte sie ihm nicht den Weg zu seiner Rache bahnen?"

„Ich sehe, du kannst mir nicht helfen," sagte Julia, durch sein fortgesetztes Stillschweigen beleidigt. „Bewahre wenigstens mein Geheimnis: noch einmal, lebe wohl."

„Mädchen," entgegnete der Ägypter in ernstem, feierlichem Ton, „deine Bitte hat mich gerührt, ich will zu deinem Wunsch behilflich sein. Höre mich: ich selbst habe mich zu diesen geringeren Künsten nicht herabgelassen, aber ich kenne jemand, der darin erfahren ist. Am Fuße des Vesuv, keine Meile von der Stadt, wohnt eine mächtige Hexe, im wuchernden Tau des Neumonds sucht sie die Kräuter, die die Kraft besitzen, die Liebe in ewige Fesseln zu schlagen. Ihre Kunst vermag dir den Geliebten zu Füßen zu legen. Suche sie auf und nenn' ihr den Namen des Arbaces; sie fürchtet diesen Namen und wird dir von ihrem kräftigsten Tranke geben."

„Ach," erwiderte Julia, „ich kenne den Weg dahin nicht; auch ist er bei aller Kürze lang für ein Mädchen, das die Wohnung ihres Vaters heimlich verläßt. Die Gegend ist durch wilde Reben verwachsen und gefährlich durch abschüssige Höhlen. Einem ganz Unbekannten wag' ich mich nicht zur Führung anzuvertrauen — Frauenruf wird leicht befleckt! und liegt mir auch nichts daran, daß meine Liebe für Glaukus bekannt wird, so möcht' ich doch nicht, daß man erführe, seine Liebe sei mir durch Zauberei zuteil geworden."

„Wär' ich nur um drei Tage weiter in meiner Genesung," entgegnete der Ägypter, indem er aufstand und, wie um seine Kraft zu erproben, mit schwachen, ungleichen Schritten durchs Zimmer ging, „so wollt' ich dich selbst begleiten. — Nun, so mußt du eben warten."

„Aber Glaukus heiratet die verhaßte Neapolitanerin so bald."

„Heiratet?"

„Ja, anfangs des nächsten Monats."

„So bald? weißt du das gewiß?"

„Aus dem Mund ihrer eigenen Sklavin."

„Es soll nicht geschehen!" rief der Ägypter heftig. „Fürchte nichts; Glaukus soll dein sein. Wie aber kannst du ihm den Trank, wenn er einmal in deinem Besitz ist, beibringen?"

„Mein Vater hat ihn, und ich glaube auch, die Neapolitanerin, auf übermorgen zu Tisch geladen, wo ich also Gelegenheit habe, die Sache auszuführen."

„Sei es so!" versetzte der Ägypter, und in seinen Augen blitzte eine so wilde Freude, daß Julias Blick zitternd zu Boden sank.

„Halte denn auf morgen abend deine Sänfte bereit; es steht dir doch eine zu Gebote?"

„Freilich!" entgegnete die geldstolze Julia.

„Laß dich in der Sänfte nach dem Vergnügungsorte, eine halbe Stunde von der Stadt, bringen, den die reichern Pompejaner wegen seiner trefflichen Bäder und reizenden Gärten so häufig besuchen. Dorthin, kannst du vorgeben, gehe dein ganzer Ausflug; dort will ich, und wär' es sterbend, bei der Statue des Silenus in dem den Garten umschließenden Wäldchen mit dir zusammentreffen und dich sofort selbst zu der Hexe führen. Warten wir jedoch, bis mit dem Abendstern die Ziegen der Hirten zur Ruhe gegangen sind, bis uns das dunkle Zwielicht verbirgt und niemand unsern Weg kreuzt. Gehe heim und sei unbesorgt. Beim Hades schwört

Arbaces, der Zauberer aus Ägypten, daß sich Jone niemals mit Glaukus vermählen soll."

„Und daß Glaukus der Meinige wird?" setzte Julia hinzu, den unvollständigen Satz ergänzend.

„Du hast es ausgesprochen," erwiderte Arbaces, und Julia, halb ängstlich über diesen unheimlichen Vorschlag, aber mehr noch durch die Eifersucht und den Stachel gekränkter Eitelkeit als selbst durch Liebe angetrieben, entschloß sich zur Ausführung.

Als er wieder allein war, rief der Ägypter einen seiner Sklaven, hieß ihn Julia eilends nachfolgen und sich unter der Hand nach ihrem Namen und Stand erkundigen. Sofort trat er in den Portikus vor. Die Luft war heiter und klar; er jedoch, tief erfahren in den Zeichen ihres Wechsels, sah an einer einzigen, fern am Horizont schwebenden Wolke, die der Wind langsam zu bewegen anfing, daß ein Sturm im Hintergrunde brüte.

„Wie meine Rache!" sprach er im Hinblicken; „der Himmel ist klar, aber die Wolke kommt herauf."

Sechsundzwanzigstes Kapitel.

Die Mittagsglut war allmählich von der Erde gewichen, als Glaukus und Jone einen Wagen bestiegen, um die abgekühlte, angenehme Luft zu genießen. Etwa drei Stunden von der Stadt lag eine alte Ruine, die Überreste eines Tempels von offenbar griechischem Ursprung. Da für Glaukus und Jone alles Griechische anziehend war, so hatten sie beschlossen, diese Trümmer zu besuchen, und dorthin ging jetzt ihre Fahrt.

Der Weg führte zwischen Weingärten und Olivenwäldchen hin, ward aber in der Folge, sich höher und höher am Vesuv hinaufwindend, ziemlich unbequem. Langsam und mit Mühe bewegten sich die Maultiere, denn die Sonne, die sich zum Untergang neigte, warf lange, kräftige Schatten über die Höhen; da und dort vernahmen sie noch das ländliche Rohr des Hirten aus Gebüschen von Buchen und wilden Eichen hervorklingen, und mitunter kam ihnen die Gestalt einer seidenhaarigen anmutigen Ziege mit gewundenem Horn und glänzendem grauen Auge zu Gesicht. Aus den Bogengewinden, die von Baum zu Baum herabhingen, glühten die

Trauben, vom Lächeln des vorgerückten Sommers bereits mit Purpur angehaucht. Über den Reisenden schwammen lichte Wölkchen im heitern Himmel und rückten so langsam in der blauen Fläche fort, daß sie sich kaum zu bewegen schienen, während sich zur Rechten dann und wann Blicke auf die regungslose See, mit einem leichten Schifflein auf ihrem Spiegel, auftaten und sich das Sonnenlicht über der Tiefe in den zahllosen, sanften Farben brach, die jenem herrlichen Meer so eigen sind.

„Wie schön," sagte Glaukus halb flüsternd, „ist der Ausdruck, womit wir die Erde unsre Mutter nennen. Mit welch freundlicher, treuer Liebe strömt sie ihre Segnungen über ihre Kinder aus. Selbst dem unfruchtbaren Fleck, dem die Natur Schönheit versagt hat, sucht sie noch ihr Lächeln zuzuwenden, wie der Erdbeerbaum und die Rebe bezeugen, die sie um den spröden, brennenden Boden jenes erloschenen Vulkans windet. Ach, in solcher Stunde und solcher Umgebung können wir uns wohl vorstellen, das lachende Gesicht des Fauns müsse aus dem grünen Laubgehänge blicken, oder wir sollten die Schritte der Oreade durch die verschlungenen Irrgewinde der Waldwiese verfolgen. Aber die Nymphen verschwanden, schöne Jone, als du erschaffen wurdest."

Kein Mund schmeichelt so sehr wie der des Liebenden, und doch scheint ihm im Übermaß seiner Empfindung die Schmeichelei noch unter der Wahrheit zu bleiben. Seltsame, verschwenderische Fülle, die sich durch Überfließen bald erschöpft!

Sie langten bei den Ruinen an; sie prüften sie mit der Liebe, womit wir die geheiligten Spuren des Lebens unserer Väter verfolgen, und sie verweilten dort, bis der Abendstern am rosigen Himmel erschien. Und als sie im Zwielicht zurückkehrten, waren sie stiller als zuvor, denn in der Dämmerung und unter dem Sternenhimmel fühlten sie sich in ihrer gegenseitigen Liebe mehr beengt.

Da begann der Sturm, den der Ägypter vorausgesagt hatte, über ihnen heraufzuziehen. Zuerst warnte ein leiser, ferner Donner vor dem nahen Kampf der Elemente und rollte dann über den dunkeln Schichten gedrängter Wolken rasch dahin. Die Schnelligkeit, womit ein Ungewitter unter diesem Himmel ausbricht, ist beinah übernatürlich und mochte den Aberglauben einer früheren Zeit gar leicht mit der Vorstellung unmittelbarer göttlicher Einwirkung erfüllen. Einige große Tropfen fielen schwer zwischen die Zweige, die den Weg halb überdeckten, und gleich darauf zuckte ein rascher, blendender Gabelblitz hart vor den Augen der Reisenden vorüber und ward von der zunehmenden Dunkelheit wieder verschlungen.

„Schneller! guter Carrucarius," rief Glaukus dem Wagenführer zu, „der Sturm kommt mit Macht."

Der Sklave trieb die Maultiere an; rasch ging es über die unebene, steinige Straße. Die Wolken wurden dichter, näher und näher tönte der Donner, und in Strömen stürzte der klatschende Regen herab.

„Ist dir bange?" flüsterte Glaukus, indem er das Gewitter zur Entschuldigung nahm, um näher an Jone zu rücken.

„In deiner Nähe nicht," erwiderte sie sanft.

In diesem Augenblick stieß der Wagen, gebrechlich und unzweckmäßig gebaut, heftig in ein tiefes Geleise, worüber ein gefallener Baumstamm lag. Der Führer trieb die Maultiere mit einem Fluch noch stärker gegen das Hindernis an, das Rad ging aus der Nabe und das Gefährt schlug plötzlich um.

Glaukus machte sich schnell aus dem Vehikel heraus und eilte Jone zu Hilfe, die glücklicherweise unbeschädigt war. Mit einiger Schwierigkeit richtete man die Carruca wieder auf und fand, daß sie selbst zum bloßen Obdach gänzlich unbrauchbar geworden war, denn die Bänder, die die Decke festhielten, waren entzwei gesprungen, und mit Wut prasselte der Regen in das Innere.

Was war in dieser Verlegenheit zu tun? Man befand sich noch in ziemlicher Entfernung von der Stadt; kein Haus, keine Hilfe schien in der Nähe.

„Etwa eine Viertelstunde von hier wohnt ein Schmied," sagte der Sklave; „ich könnte ihn holen, er würde wenigstens das Rad an die Carruca befestigen, aber, Jupiter! wie der Regen peitscht! meine Gebieterin wird ganz durchnäßt sein, bis ich wiederkomme."

„Lauf jedenfalls hin," rief Glaukus; „wir müssen uns bis zu deiner Zurückkunft so gut wir können zu schützen suchen!"

Der Weg war von Bäumen überschattet, unter deren

größten sich Glaukus mit Jone stellte. Er suchte sie, indem er den eigenen Mantel auszog, besser gegen den strömenden Regen zu schirmen; aber dieser stürzte mit einem Ungestüm herab, das all dergleichen kleine Hindernisse überwand, und während Glaukus seinem schönen Schützlinge noch Mut zuflüsterte, traf der Blitz jählings einen der Bäume unmittelbar vor ihnen und spaltete den gewaltigen Stamm unter lautem Krachen entzwei: dieses furchtbare Ereignis unterrichtete sie von der Gefahr, der sie unter ihrem gegenwärtigen Obdach ausgesetzt waren, und Glaukus sah sich ängstlich nach einem minder bedenklichen Zufluchtsort um. „Wir sind hier auf halber Höhe des Vesuv," sprach er, „in den rebenbekleideten Felsen muß wohl irgend eine Grotte oder Höhle sein, in der uns die entflohenen Nymphen eine schirmende Stätte zurückließen."

Mit diesen Worten trat er unter den Bäumen vor und entdeckte nach angestrengter Musterung der Umgegend, daß ein rotes, zitterndes Licht in nicht großer Entfernung durch die zunehmende Finsternis schimmerte. „Das muß vom Herde eines Hirten oder Winzers kommen," rief er, „es wird uns zu irgend einem gastlichen Aufenthalt führen. Willst du hier bleiben, bis ich ..... doch nein, das hieße dich der Gefahr aussetzen."

„Mit Freuden will ich mit dir gehen," erwiderte Jone; „scheint der Ort auch unbedeckt, so ist er doch besser als das verräterische Dach dieser Zweige."

Jone halb führend, halb tragend, schritt Glaukus, von der zitternden Sklavin gefolgt, dem Lichte zu, das ihnen noch immer blau und fest entgegen leuchtete. Endlich war der Weg nicht länger frei, wilde Reben hemmten ihre Schritte und ließen den leitenden Schein nur in einzelnen Zwischenräumen durchflimmern.

Aber schneller und wilder goß der Regen herab, und immer verschlungener wurden die Reben; das Flämmchen war ihnen gänzlich entschwunden. Nichtsdestoweniger blieb ein kleiner Pfad ihre Richtschnur, den sie, nur von den fortwährenden, lang anhaltenden Blitzen erhellt, mit Mühe und Anstrengung verfolgten. Plötzlich hörte der Guß der Wolken für einen Augenblick auf; steile, rauhe Klippen von ausgebrannter Lava starrten ihnen entgegen, noch schauriger hervorgehoben durch das Wetterleuchten, das den dunkeln, gefährlichen Boden erhellte. Mitunter weilte die zuckende Flamme über den eisengrauen, zum Teil mit altem Moos oder verkrüppelten Bäumen bedeckten Schlackenhaufen, als suche sie umsonst nach einem edleren, ihres Zornes würdigeren Gegenstande; dann ließ wieder der Blitz diesen ganzen Teil des Schauplatzes in Finsternis und hing wie ein breites Tuch rot über dem tief unten brausenden Ozean, bis seine Wogen von Feuer zu glühen schienen. Und so hell war der Strahl, daß er selbst die scharfen Umrisse der entferntern Küstenkrümmung, vom ewigen Misenum mit seiner stolzen Stirne bis zum schönen Sorrent und den riesigen Kuppen dahinter, deutlich vor Augen brachte.

Verlegen und zweifelhaft standen unsere Freunde still, als sie plötzlich aufs neue von der Finsternis, die zwischen die wilden Blitzzacken hineindunkelte, eingehüllt, ziemlich nah, aber hoch über sich, das geheimnisvolle Licht wieder erblickten. Ein neuer Strahl, der Himmel und Erde rötete, zeigte ihnen die ganze Umgebung; kein Haus befand sich in der Nähe, aber eben wo sie das Licht bemerkt hatten, glaubten sie im Hintergrund einer Höhle den Umriß einer menschlichen Gestalt wahrzunehmen. Abermals kehrte die Finsternis zurück und das Licht, nicht mehr im Feuer des Himmels verbleichend, trat von neuem hervor. Die Liebenden beschlossen, danach hinzusteigen; sie mußten sich auf ihrem Wege durch große Felsstücke, hier und da von wildem Gebüsch überhangen, durchwinden, aber sie gelangten näher und näher zu der Flamme und standen endlich der Öffnung einer Art Höhle gegenüber, die augenscheinlich durch mächtige, quer übereinander gefallene Felsensplitter gebildet worden war. Als sie jedoch in den Schlund hineinblickten, fuhren beide mit abergläubischem Schauder zurück.

Ein Feuer brannte im Hintergrunde mit einem kleinen Kessel darüber, und auf einer hohen dünnen Säule von Eisen stand eine rohe Lampe. An dem Teil der Felswand, an dessen Fuß das Feuer brannte, hing eine Menge Kräuter in mehrfachen Reihen wie zum Trocknen. Ein vor der Flamme liegender Fuchs stierte die Fremdlinge mit seinem hellen, roten Auge an; sein Haar sträubte sich empor und ein leises Geknurr stahl sich zwischen den Zähnen hervor. Mitten in der Höhle stand eine irdene Statue mit drei Köpfen von seltsamer, phantastischer Art, denn sie wurden durch die wirklichen Schädel eines Hundes, eines Pferdes und eines Bären gebildet. Ein niederer Dreifuß war vor diesem wilden Abbild der gefürchteten Hekate aufgestellt.

Nicht aber dieses Zubehör und Beiwerk der Grotte war es, was das Blut der Hineinschauenden erstarren ließ, sondern das Gesicht der Bewohnerin. Vor der Flamme, den vollen Schein des Lichts auf ihren Zügen, saß ein Weib von beträchtlichem Alter. Vielleicht sieht man in keinem Lande so viele Hexengestalten wie in Italien; in keinem Land verändert sich die Schönheit mit den Jahren so grauenhaft zur abstoßenden, schreckhaftesten Verzerrung. Die Alte vor ihnen gehörte jedoch nicht zu diesen Beispielen des Höhepunktes menschlicher Häßlichkeit; im Gegenteil, ihr Antlitz verriet Überreste einer regelmäßigen, wenn auch stolzen und adlerartigen Form. Aber steinerne Augen stierten den Ankömmlingen entgegen — eine Sehkraft, die den fremden Blick zu bezaubern drohte! Ja das richtige Bild einer Leiche trat in diesem furchtbaren Gesicht vor sie! Dasselbe gläserne, lichtlose Auge, die blauen, eingeschrumpften Lippen, die herabhängenden hohlen Wangen, das erstorbene, schlaffe, blaßgraue Haar, die blaugrüne, gespensterartige Haut: alles schien unzweifelhaft in die Farben des Grabes getaucht!

„Es ist etwas Totes," sagte Glaukus.

„Nein, es bewegt sich, es ist ein Geist," stammelte Jone und klammerte sich an die Brust des Atheners.

„Hinweg, hinweg!" ächzte die Sklavin; „es ist die Hexe des Vesuvs."

„Wer seid ihr?" fragte eine hohle, gespensterartige Stimme, „und was tut ihr hier?"

Der erschütternde totenhafte Ton, der ganz zu dem Gesicht der Sprecherin paßte und eher die Stimme eines körperlosen Wanderers vom Styx her als eines Lebenden zu sein schien, würde Jone in die erbarmungslose Wut des Sturmes zurückgescheucht haben, Glaukus aber, obwohl nicht ohne böse Vorahnung, zog sie in die Höhle.

„Wir sind vom Gewitter verschlagene Reisende aus der benachbarten Stadt," sprach er, „und bitten, von diesem Licht hierher gelockt, um Obdach und Erwärmung an deinem Herde."

Während seiner Worte erhob sich der Fuchs vom Boden und nahte sich den Fremden. Der ganzen Länge nach zeigte er seine weißen Zähne und fuhr in seinem drohenden Knurren in noch tieferem Ton fort.

„Ruhig Sklave!“ rief die Hexe.

Beim Ton dieser Stimme legte sich das Tier sogleich nieder, bedeckte das Gesicht mit dem Schweif und behielt nur das wachsame, rege Auge auf die Störer seiner Ruhe geheftet.

„Tretet ans Feuer, wenn ihr wollt,“ fuhr jene gegen Glaukus und dessen Begleiterinnen fort. „Ich heiße nie etwas Lebendes willkommen, außer die Eule, den Fuchs, die Kröte und die Schlange; darum kann ich euch keinen Willkommen bieten. Tretet aber ohne Willkommen ans Feuer: warum erwartet ihr besondere Förmlichkeiten?“

Die Sprache, worin sich die Alte an ihre Gäste wandte, war ein seltsames, barbarisches Latein, vermischt mit vielen Wörtern einer ältern, rauhern Mundart. Sie bewegte sich nicht von ihrem Platz, schaute aber steinern zu, als Glaukus Jone den umhüllenden Mantel abnahm, sie einlud, sich auf ein Stück Holz, den einzigen Sitz, der zur Hand war, niederzulassen und die Kohlen zu stärkerer Flamme anblies. Die Sklavin, durch die Kühnheit ihrer Gebieter ermutigt, legte gleichfalls ihre lange Palla ab und schlich furchtsam auf die andere Seite des Feuers.

„Ich fürchte, wir stören dich,“ sagte Jone mit begütigender Silberstimme.

Die Hexe gab keine Antwort; sie schien wie ein Wesen, das auf einen Augenblick vom Tode erwacht ist und dann wieder in den ewigen Schlummer zurücksinkt.

„Sagt mir,“ fragte sie plötzlich nach einer langen Pause, „seid ihr Bruder und Schwester?“

„Nein,“ entgegnete Jone errötend.

„Verheiratet?“

„Auch nicht,“ erwiderte Glaukus.

„Hoho, ein Liebespaar! hahaha!“ und die Hexe lachte so laut und lange, daß die Höhle wiederhallte. Jones Herz stand bei dieser befremdenden Lustigkeit still. Glaukus murmelte einen schnellen Gegenzauber wider das Omen, und die Sklavin wurde so blaß wie die Wange der Hexe selbst.

„Was lachst du, Alte?“ fragte Glaukus, nach Beendigung seines Spruches, etwas streng.

„Lachte ich?“ fragte die Hexe irre.

„Sie ist kindisch vor Alter,“ flüsterte Glaukus, bemerkte aber noch während seiner Worte, wie ihn die Alte boshaft und aufmerksam anstarrte.

„Du lügst!“ rief sie plötzlich.

„Du bist eine unhöfliche Wirtin,“ gab ihr Glaukus zurück.

„Still! reize sie nicht, lieber Glaukus!“ lispelte Jone.

„Ich will dir sagen, warum ich lachte, als ich erfuhr, daß ihr Liebende seid,“ erwiderte das alte Weib. „Weil es für Alte und Verwelkte eine Lust ist, auf junge Herzen, wie die eurigen, zu blicken und zu wissen, daß die Zeit kommen wird, wo ihr einander anekeln werdet — anekeln, anekeln — hahaha!“

Jetzt war es an Jone, gegen die schlimme Prophezeiung ein Gebet einzulegen.

„Dii avertite omen! — die Götter mögen es verhüten!“ sprach sie. „Aber, arme Frau, du weißt wenig von Liebe, oder du würdest wissen, daß sie sich nie ändert.“

„Meint ihr, ich sei nicht auch einmal jung gewesen?“ fragte die Hexe rasch; „und bin ich jetzt alt und häßlich und wie ein Totengerippe? Wie die Gestalt so das Herz.“

Mit diesen Worten sank sie wieder in ein tiefes, furchtbares Schweigen, als ob ihr Leben selbst aufhörte.

„Wohnst du schon lange hier?“ fragte Glaukus nach einer Pause, denn er fühlte sich in einer so schreckhaften Stille beklommen.

„O ja, lange!“

„Es ist ein trauriger Aufenthalt.“

„Ja, da hast du recht — die Hölle ist unter uns,“ antwortete die Alte und wies mit dem knöchernen Finger auf den Boden, „und ich will dir ein Geheimnis sagen — das Dunkel da unten rüstet seinen Zorn gegen euch — gegen euch, die Jungen, Gedankenlosen und Schönen.“

„Du sprichst nur üble Worte, wie sie gegen den Gast nicht ziemen,“ entgegnete Glaukus; „fortan will ich lieber den Sturm ertragen als dein Obdach.“

„Daran wirst du wohl tun. Nur Unglückliche sollten zu mir kommen.“

„Und warum Unglückliche?“

„Ich bin die Hexe des Berges," antwortete die Zauberin mit gespenstischem Grinsen, „mein Gewerbe ist, den Hoffnungslosen Hoffnung zu geben; für Unbegünstigte in der Liebe habe ich Liebestränke, für den Geizigen Zusagen von Schätzen, für den Zornigen Rachetränke, für Glückliche und Gute hab' ich nur, was das Leben selbst bietet — Flüche. Belästige mich nicht weiter."

Damit sank die grimme Bewohnerin der Höhle in ein so hartnäckiges und verstocktes Schweigen, daß des Glaukus Versuche, sie in ein weiteres Gespräch zu ziehen, fruchtlos blieben. Sie deutete nicht einmal durch irgend eine Veränderung ihrer verschlossenen Züge an, daß sie ihn überhaupt höre. Glücklicherweise jedoch fing das Gewitter, das ebenso kurz als heftig war, nachzulassen an; die Wut des Regens nahm mehr und mehr ab, ja endlich teilten sich die Wolken, der Mond brach durch die purpurne Öffnung des Himmels und strömte voll und klar auf die traurige Stätte nieder. Nie vielleicht hatte er eine Gruppe beschienen, die des Pinsels eines Malers würdiger gewesen wäre. Die junge, alles überstrahlende Jone an dem herdlosen Feuer sitzend, der Geliebte, der Gegenwart der Hexe bereits nicht mehr gedenkend, zu ihren Füßen, den Blick zu ihr emporgerichtet und ihr süße Worte zuflüsternd, die bleiche, angstvolle Sklavin in einiger Entfernung — und die gespensterhafte Hexe alle mit totenähnlichem Auge anstierend. Aber dem Anschein nach heiter und furchtlos waren die schönen Gestalten, Geschöpfe einer andern Welt, in dieser nächtigen, unheiligen Höhle mit dem düstern, seltsamen Zubehör. Der Fuchs sah sie aus seinem Winkel mit scharfem, heißem Auge an, und als sich Glaukus nun gegen die Hexe wandte, bemerkte er plötzlich unter ihrem Sitz den funkelnden Blick und aufgeblähten Kopf einer großen Schlange. Vielleicht mochte die lebhafte Farbe seines über Jones Schultern geworfenen Mantels den Zorn des Wurms gereizt haben: sein Kamm fing an zu glühen und zu schwellen, als bereite er sich drohend zu einem Sprung vor gegen die Neapolitanerin. Glaukus griff schnell nach einem halb verbrannten Holzscheit im Feuer und wie erbost über diese Bewegung schoß die Schlange aus ihrem Lager hervor und richtete sich unter lautem Gezisch auf, bis ihre Höhe der des Griechen beinah gleichkam.

„Hexe!“ rief Glaukus, „beschwichtige dein Tier, oder du siehst es tot zu deinen Füßen.“

„Es ist seines Giftes beraubt,“ erwiderte die Hexe, durch solche Drohung aufgeschreckt. Aber ehe diese Worte noch ganz gesprochen waren, war die Schlange auf Glaukus zugeschnellt. Behend und wachsam sprang der gelenkige Grieche leicht auf die Seite und führte einen so gewandten, kräftigen Streich auf den Kopf des Ungetüms, daß es zu Boden fiel und sich in der Asche hin und her krümmte.

Die Hexe stand auf und fuhr Glaukus mit einem Gesicht gegenüber, das der grimmigsten Furie keine Schande gemacht haben würde, so feindselig und zornerfüllt war sein Ausdruck.

„Du hast,“ sprach sie mit langsamer, fester Stimme, die den Ausdruck ihres Gesichtes Lügen strafte, so affektlos und ruhig lautete sie — „du hast Schutz an meinem Herde genossen — du hast Gutes mit Bösem vergolten — hast das Wesen, das mich liebte und mein war, ja noch mehr, das Geschöpf, das vor allen andern den Göttern geweiht ist und von den Menschen für verehrungswürdig gehalten wird, geschlagen und vielleicht getötet: höre jetzt deine Bestrafung! Beim Mond, dem Beschützer der Zauberinnen, beim Orkus, dem Sammler der Rache, verfluch ich dich und du bist verflucht! Möge deine Liebe verdorren, möge dein Name geschändet werden, mögen dich die Unterirdischen zeichnen, möge dein Herz verwelken und verbrennen, möge dir deine letzte Stunde die Prophetenstimme der Saga des Vesuv zurückrufen. Und du,“ fuhr sie fort, indem sie sich grimmig gegen Jone wandte und ihren rechten Arm erhob, aber Glaukus unterbrach ihre Rede ungestüm und rief:

„Hexe, halt ein; mich hast du verflucht, doch ich vertraue mich den Göttern — ich trotze dir und verachte dich. Aber sprich nur ein Wort gegen diese Jungfrau und ich verwandle den Fluch auf deinen scheußlichen Lippen zu deinem Todesgestöhn; hüte dich!“

„Ich bin fertig!“ erwiderte die Hexe mit wildem Gelächter; „denn in deinem Schicksal ist auch die, die dich liebt, verflucht. Und das um so gewisser, als ich ihre Lippen deinen Namen aussprechen hörte, und weiß, durch welches Wort ich dich der Rache der Dämonen empfehlen soll. Glaukus, du bist deinem Schicksal verfallen!“ — Damit wandte sie sich von dem Athener ab, kniete neben ihrem verwundeten Liebling nieder, hob ihn aus der Asche auf und kehrte jenen das Gesicht nicht mehr zu.

„O Glaukus!“ sagte Jone heftig erschreckt, „was haben wir getan? — Laß uns von diesem Ort wegeilen! — Der Sturm hat aufgehört. Gute Frau, verzeih ihm, widerrufe deine Worte — er wollte sich ja nur verteidigen. — Empfange diese Friedensgabe und nimm das Gesagte zurück.“ Damit bückte sie sich und legte ihre Börse in den Schoß der Hexe.

„Hinweg!“ rief diese bitter, „hinweg! den einmal ausgesprochenen Fluch können nur die Parzen wieder lösen — hinweg!“

„Komm, Geliebte,“ rief Glaukus drängend. „Glaubst du, die Götter über oder unter uns hören das ohnmächtige Toben des Aberwitzes? — Komm!“

Lang und laut erklang die Höhle vom Widerhall des grimmigen Gelächters der Saga: zu einer weiteren Antwort ließ sie sich nicht herab.

Die Liebenden atmeten freier als sie in die frische Luft kamen; allein die Szene, deren Zeugen sie gewesen waren, die Worte und das Gelächter der Hexe blieben noch schreckenvoll in Jones Seele, und selbst Glaukus vermochte den Eindruck nicht gänzlich abzuschütteln.

Der Sturm hatte sich gelegt, nur ab und zu rollte noch ein leiser Donner fern durch die dunkleren Wolken, oder ein Blitzstrahl trotzte für einen kurzen Augenblick der Alleinherrschaft des Mondes. Mit einiger Schwierigkeit gewannen sie die Straße wieder, wo sie den Wagen zur Weiterreise bereits hinlänglich hergestellt fanden, während der Carrucarius laut den Herkules um Auskunft anrief, wohin seine Gebieter verschwunden seien.

Vergebens suchte Glaukus die erschöpften Lebensgeister Jones wieder anzuregen und fast ebenso fruchtlos strebte er, die gewöhnliche Elastizität seiner eigenen Fröhlichkeit wieder zu gewinnen. Sie langten bald vor dem Stadttor an, aber, indem es sich ihnen öffnete, sperrte eine kleine von Sklaven getragene Sänfte den Weg.

„Es ist zu spät, um herausgelassen zu werden!“ rief die Wache dem Inhaber der Sänfte zu.

„Nicht doch," entgegnete eine Stimme, bei deren Ton die Liebenden zusammenfuhren: sie war ihnen wohlbekannt. „Ich muß nach der Villa des Markus Polybius und komme in kurzer Zeit zurück. Ich bin Arbaces der Ägypter."

Die Bedenklichkeit der Wache war gehoben und die Sänfte zog hart am Gefährt der Liebenden vorüber.

„Arbaces zu dieser Stunde! überdies wohl kaum von seiner Wunde genesen — wohin und wozu kann er die Stadt verlassen?" fragte Glaukus.

„Ach," erwiderte Jone und brach in Tränen aus, „meiner Seele drängt sich mehr und mehr das Vorgefühl eines Unglücks auf. Erhaltet uns, o Götter; oder wenigstens," setzte sie innerlich hinzu, „erhaltet meinen Glaukus."

Siebenundzwanzigstes Kapitel.

Arbaces hatte nur auf das Aufhören des Sturmes gewartet, um unter dem Mantel der Nacht die Saga des Vesuv zu suchen. Von seinen vertrauteren Sklaven getragen, deren er sich bei jedem geheimen Unternehmen zu bedienen pflegte, lag er auf der Sänfte ausgestreckt, und sein sanguinisches Gemüt gab sich bereits dem Traume gestillter Rache und befriedigter Liebe hin. Auf einem so kurzen Weg bewegten sich die Sklaven nicht viel langsamer als der gewöhnliche Schritt der Maultiere, und bald langte Arbaces am Eingange eines schmalen Fußpfades an, den die Liebenden zu ihrem Schaden nicht entdeckt hatten. Dieser Weg führte am Rand der dichten Rebenpflanzung hin gerade nach der Wohnung der Hexe. Der Ägypter ließ die Sänfte halten, befahl seinen Leuten, sich mit ihr unter dem Weinlaub vor den etwa Vorüberkommenden verborgen zu halten und stieg dann allein, die noch schwachen Schritte durch einen langen Stab gestützt, an dem öden, schroffen Abhang empor.

Kein Regentropfen fiel vom ruhigen Himmel; nur von den schweren Rebengewinden träufte die Flüssigkeit trübselig herab und sammelte sich hie und da zu einem kleinen Pfuhl in den Spalten und Rissen des felsigen Weges.

„Seltsame Leidenschaft für einen Philosophen," dachte Arbaces, „die einen Menschen wie mich, der sich eben von der Schwelle des Todes erhoben hat und sich, wenn er gesund ist, zwischen den üppigsten Rosen betten kann, auf solche nächtliche Pfade führt; aber wenn Liebe und Rache ihrem Ziel zuschreiten, so können sie aus einem Tartarus ein Elysium machen."

Hoch, klar und schwermütig schien der Mond auf die Bahn des dunkeln Wanderers, sich in jedem kleinen Tümpel spiegelnd, und hüllte den abschüssigen Berg in einen Dämmerschein. Er sah dasselbe Licht vor sich, das die Schritte seiner beabsichtigten Opfer geleitet hatte, aber da jetzt der Gegensatz der schwarzen Wolken weggefallen war, so erschien die rote Beleuchtung minder hell.

Als er sich endlich der Mündung der Höhle näherte, hielt er an, um Atem zu schöpfen und trat dann mit der gewohnten festen, stolzen Haltung über die unheilige Schwelle.

Der Fuchs sprang beim Eintritt des neuen Ankömmlings auf und kündigte seiner Gebieterin durch ein langes Geheul den abermaligen Besuch an.

Die Hexe hatte ihren Sitz wieder eingenommen und wieder drückte ihr Gesicht jene grabesähnliche grimme Ruhe aus. Zu ihren Füßen lag die verwundete Schlange auf einer Streu von trockenen Kräutern, die sie halb bedeckten; das scharfe Auge des Ägypters bemerkte jedoch sogleich, wie ihre Schuppen im Widerschein des Feuers glänzten und sie in Schmerz und ungestillter Wut ihre Ringe bald zusammenzog, bald verlängerte.

„Nieder Sklave!" rief die Hexe wie zuvor dem Fuchs zu, und wie zuvor legte sich das Tier auf den Boden — stumm, aber wachsam.

„Auf, Dienerin der Nacht und des Erebus," sagte Arbaces gebieterisch, „ein Höherer in deiner Kunst begrüßt dich! Auf und heiß ihn willkommen!"

Bei diesen Worten wandte die Hexe ihren Blick auf die hohe Gestalt und die dunkeln Züge des Ägypters. Lange und fest sah sie ihn an, wie er in seiner morgenländischen Tracht mit gekreuzten Armen und fester, hoheitsvoller Stirn vor ihr stand.

„Wer bist du?" fragte sie endlich, „der sich größer nennt in der Kunst als die Saga der brennenden Gefilde und die Tochter des untergegangenen etruskischen Geschlechtes."

„Ich bin der," antwortete Arbaces, „von dem alle Meister der Magie von Nord bis Süd, von Ost bis West, vom Ganges und Nil bis zu den Tälern Thessaliens und den Ufern des gelben Tiber in Demut gelernt haben."

„Es gibt nur einen solchen Mann in diesem Lande," versetzte die Hexe, „den die Menschen der äußern Welt, unkundig seiner höhern Eigenschaften und seines geheimern Rufes Arbaces den Ägypter nennen; uns aber, Wesen von höherer Natur und tieferem Wissen, lautet sein Name Hermes vom flammenden Gürtel."

„Sieh' mich noch einmal an," erwiderte Arbaces, „ich bin dieser Mann."

Mit diesen Worten schlug er den Mantel auseinander und zeigte einen Gürtel um seine Lenden, der wie von Feuer glühte und in der Mitte durch eine Platte zusammengehalten wurde, worin ein dem Ansehen nach willkürliches, unverständliches Zeichen eingegraben stand, das jedoch der Saga augenscheinlich nicht unbekannt war. Hastig sprang sie auf und warf sich ihm zu Füßen. „So hab' ich denn," sprach sie mit dem Ton tiefer Unterwürfigkeit, „den Herrn des mächtigen Gürtels gesehen: — empfange meine Huldigung."

„Stehe auf," sagte der Ägypter, „ich bedarf deiner."

Damit setzte er sich auf dasselbe Stück Holz, worauf zuvor Jone geruht hatte, und winkte der Hexe zu, ihren Platz wieder einzunehmen.

„Du sagtest," sprach er, als sie ihm Folge leistete, „du seiest eine Tochter der alten etruskischen Stämme, deren felsenerbaute Städte noch jetzt mit ihren mächtigen Mauern auf das Räubervolk herabzürnen, das sich ihre alte Herrschaft angeeignet hat. Jene Stämme kamen teils aus Griechenland, teils waren sie Flüchtlinge aus einem glühendern, ältern Boden. In beiden Fällen bist du ägyptischer Abkunft; denn die Überwältiger der Ureinwohner Griechenlands gehörten zu den unruhigen Kindern, die der Nil aus seinem Schoß verbannte. Auf jede Weise also stammst du von Vätern ab, die den meinigen Gehorsam geschworen haben. Durch deine Geburt wie durch deine Wissenschaft bist du die Untertanin des Arbaces. Höre denn und gehorche."

Die Hexe neigte das Haupt.

„So groß unsre Kunst in der Zauberei auch sein mag," fuhr Arbaces fort, „sind wir doch zuweilen zur Erreichung unserer Zwecke zu natürlichen Mitteln genötigt. Der Ring und der Kristall, die Asche und das Kraut geben keine unfehlbaren Aussprüche über die Zukunft, und selbst die höheren Geheimnisse des Mondes entheben den Herrn des flammenden Gürtels nicht von der Notwendigkeit, mitunter menschliche Wege zu einem menschlichen Ziel einzuschlagen. Höre mich also! Du bist, so viel ich weiß, in der Kunde der tödlichen Kräuter wohl erfahren; du kennst die, die das Leben zum Stehen bringen, die die Seele aus ihrer Feste durch glühende Versengung treiben, oder die Kanäle des jungen Bluts zu jenem Eis einstarren, das keine Sonne zu schmelzen vermag. Überschätze ich deine Kunst? Sprich die Wahrheit."

„Mächtiger Hermes, dies ist wirklich meine Wissenschaft. Wirf einen Blick auf diese geisterhaften, leichenähnlichen Züge; die Lebensfarben sind darin nur deshalb verblichen, weil ich über den giftigen Kräutern wache, die Tag und Nacht in jenem Kessel schmoren."

Bei diesen Worten rückte der Ägypter weiter von einer so unheiligen oder so ungesunden Nachbarschaft weg.

„Es ist gut," sprach er; „du hast die Vorschrift zu allem tiefern Wissen gelernt, die da sagt: Verachte den Leib, um den Geist weise zu machen. Aber zu deiner Aufgabe! Morgen nacht beim Licht der Sterne wird ein eitles Mädchen zu dir kommen, die deine Kunst für einen Liebeszauber in Anspruch nehmen wird, um Augen, die nur zu den ihrigen reden sollten, von einer andern abzuziehen. Statt des Liebestrankes gib dem Mädchen eines deiner tödlichsten Gifte. Der Liebhaber möge seine Schwüre den Schatten darbringen."

Die Hexe zitterte von Kopf zu Fuß.

„Verzeihung, Verzeihung, furchtbarer Meister," sprach sie mit wankender Stimme, „aber so etwas wag ich nicht; das Gesetz in diesen Städten ist streng und wachsam, und man wird mich fassen und töten."

„Wozu dann deine Kräuter und deine Tränke, eitle Saga?" fragte Arbaces höhnisch.

Die Hexe bedeckte ihr grauenhaftes Gesicht mit den Händen.

„Ach! vor Jahren," sprach sie mit einer Stimme, die durch ihre klagende Milde von ihrem gewöhnlichen Ton ganz abwich, „war ich nicht das Wesen, das ich jetzt bin. — Ich liebte und glaubte mich geliebt."

„Und was hat deine Liebe mit meinem Befehl zu tun, Hexe?“ fragte Arbaces gebieterisch.

„Geduld!“ erwiderte sie, „ich flehe dich um Geduld! Ich liebte! Eine andere, eine minder Schöne als ich — ja, bei der Nemesis, eine minder Schöne — entfremdete mir meinen Erkorenen. Ich gehörte zu jenem dunkeln etruskischen Stamm, der der kundigste von allen in der schwärzern Magie war. Meine Mutter selbst war eine Saga; sie teilte die Entrüstung ihres Kindes, und aus ihren Händen empfing ich den Trank, der mir seine Liebe zurückbringen sollte, und von ihr auch das Gift für meine Nebenbuhlerin. Zermalmt mich ihr grauen Felsen! meine zitternden Hände verwechselten das Getränk; wohl fiel mir mein Geliebter zu Füßen, aber tot, tot! Was ist seitdem das Leben für mich gewesen? Ich wurde plötzlich alt, ich weihte mich den Zauberkünsten meines Volkes; seit jener Zeit verdamm ich mich durch einen unwiderstehlichen Antrieb zu furchtbarer Strafe: Fort und fort such ich die verderblichsten Kräuter, fort und fort koch ich das Gift, fort und fort stell' ich mir vor, ich gäbe es meiner verhaßten Nebenbuhlerin, fort und fort gieß ich es in das Gefäß, fort und fort glaub ich, es werde ihre Schönheit zu Staub versengen, fort und fort wach ich dann auf und sehe den zitternden Körper, die schäumenden Lippen, die starren Augen meines Aulus — seh ihn ermordet, und durch mich!“

Die abgemagerte Gestalt der Hexe bebte unter heftigen Krämpfen.

Überrascht und fast verächtlich sah sie der Ägypter an.

„Und dieses verwelkte Wesen hat noch menschliche Empfindungen,“ dachte er; „noch immer kauert sie über der Asche desselben Feuers, das den Arbaces verzehrt: so sind wir alle! geheimnisvoll ist das Band dieser sterblichen Leidenschaften, das den Größten mit dem Geringsten verbindet.“

Er gab keine Antwort, bis sich die Alte etwas erholt hatte. Endlich saß sie, obwohl noch immer hin und her nickend, wieder ruhiger auf ihrem Stuhl, die verglasten Augen auf das Feuer gerichtet und große Tränen auf den bleichen Wangen.

„Wirklich eine traurige Geschichte,“ sprach er, „aber dergleichen Empfindungen ziemen nur der Jugend; das Alter sollte unsere Herzen gegen alles, außer uns, verhärten. Wie jedes Jahr neue Schuppen um das Schaltier legt, sollte jedes Jahr das Herz ummauern und einkrusten. Denke nicht mehr an diese Verirrungen und höre mir wieder zu! Bei der Rache, die auch dir teuer war, befehl ich dir, mir zu gehorchen! Um der Rache willen hab ich dich aufgesucht! Dieser Knabe, den ich mir aus dem Wege räumen will, ist meinen Plänen entgegengetreten — trotz meiner Zauberkunst — dieses Ding von Purpur und Stickerei — von Lächeln und Äugeln — ohne Seele und Geist — mit keinem Reiz als seiner Schönheit — verflucht sei es! — dieses Insekt — dieser Glaukus — ich sage dir, beim Orkus und bei der Nemesis, er muß sterben!"

Mit jedem Wort hatte der Ägypter seinen Grimm gesteigert und maß jetzt, seine Schwäche, seine seltsame Gefährtin vergessend — alles vergessend außer seine rachedürstende Wut, mit großen, schnellen Schritten die düstere Höhle.

„Glaukus, sagst du, mächtiger Herr?" fragte plötzlich die Hexe und ihr dämmriges Auge glühte bei diesem Namen von der ganzen grimmigen Rachsucht, die selbst die kleinste Beleidigung bei einsiedlerischen, von der Welt gemiedenen Menschen so häufig erregt.

„Ja, so heißt er; aber was kümmert dich der Name? nach drei Tagen von heute ab soll er keinem Lebenden mehr zugehören!"

„Höre mich!" rief die Hexe aus einem kurzen Nachsinnen auffahrend, worein sie nach diesen letzten Worten des Ägypters gesunken war. „Höre mich! ich bin dein Geschöpf und deine Sklavin, schone meiner. Geb ich dem Mädchen, von dem du gesprochen hast, etwas, was das Leben des Glaukus zerstört, so werde ich gewiß entdeckt; der Tod findet stets seine Rächer! Ja du selbst, furchtbarer Mann, wenn dein Besuch bei mir ruchbar wird und dein Haß gegen Glaukus bekannt ist, möchtest wohl deiner stärksten Zauberkunst bedürfen, um dich zu schützen."

„Ha!" rief Arbaces, indem er plötzlich stehen blieb. Hier zum erstenmal trat die Gefahr, die er bei dieser Art, seine Rache zu befriedigen, für sich selbst lief, vor seinen sonst so behutsamen, wachen Verstand.

„Aber," fuhr die Hexe fort, „wenn ich statt dessen, was das Herz in seinem Gang anhält, das gäbe, was das Hirn versengt und verbrennt — was den, der es trinkt, unfähig für Geschäft und Obliegenheit des Lebens macht — zu einem verworfenen, tobenden, umnachteten Wesen — wenn ich ihm gäbe, was den Verstand zum Wahnsinn, die Jugend zum kindischen Alter wandelt — wäre dann nicht deine Rache ebenso befriedigt, dein Zweck in gleichem Grade erreicht?"

„O Hexe! nicht länger die Dienerin, sondern die Schwester des Arbaces! — um wieviel schärfer als der unsrige ist doch Weiberwitz, selbst in der Rache! um wieviel schrecklicher als der Tod ist ein solches Los!"

„Und," sprach die Hexe weiter, indem sie ihren scheußlichen Plan näher ins Auge faßte, „hierbei ist nur wenig Gefahr, denn unser Opfer kann auf zehntausend Wegen, denen nachzuspüren den Menschen nicht einfällt, wahnsinnig geworden sein. Da ist er vielleicht in den Weinbergen gewesen und hat eine Nymphe gesehen — oder der Wein selbst hat auf ihn diese Wirkung hervorgebracht! — hahaha! man untersucht dergleichen Dinge, in denen die Götter die Hand im Spiel gehabt haben können, nie allzu genau. Und laß das Ärgste geschehen — laß bekannt werden, daß ein Liebeszauber diese Folgen gehabt hat, so ist ja Verrücktheit eine gewöhnliche Wirkung dieser Tränke, und selbst die Schöne, die ihn gereicht hat, wird aus diesem Grunde Nachsicht finden. Mächtiger Hermes, hab ich dir klug geraten?"

„Du sollst dafür zwanzig Jahre länger leben," erwiderte Arbaces, „ich will das Zeitmaß deines Schicksals von neuem ins Angesicht der bleichen Sterne schreiben; nicht umsonst sollst du dem Herrn des flammenden Gürtels gedient haben. Und hier, Saga, grabe dir mit diesen goldenen Werkzeugen eine wärmere Zelle in dieser traurigen Höhle! Eine einzige Dienstleistung für mich soll tausend Prophezeiungen aufwägen, die du den gaffenden Bauern aus Sieb und Schere verkündigst!"

Mit diesen Worten warf er eine schwere Börse auf den Boden, ein Ton, der dem Ohr der Hexe nicht unmusikalisch klang, die sich in dem Bewußtsein gefiel, Mittel zum Kauf von Bequemlichkeiten zu besitzen, die sie verschmähte.

„Lebe wohl," sprach Arbaces, „halte Wort; kein Schlaf komme über dich, bis du den Trank gebraut hast. — Du wirst den ersten Platz unter deinen Schwestern am Walnußbaum einnehmen, wenn du ihnen sagst, Hermes der Ägypter sei dein Gönner und Freund. Morgen nacht sehen wir uns wieder."

Er wartete nicht auf den Dank der Alten; mit schnellem Schritt trat er in die mondhelle Nacht hinaus und eilte den Berg hinab.

Die Hexe, die ihm bis zur Schwelle nachgeschritten war, stand lange am Eingang der Höhle, den Blick auf seine entschwindende Gestalt geheftet; und wie das bleiche Mondlicht auf ihre dunkle Form und ihr totenähnliches, aus den unheimlichen Felsen hervorschauendes Gesicht niederströmte, schien es, als sei es ein Wesen, das wirklich übernatürliche Zauberkraft besitze, dem furchtbaren Orkus entronnen sei und als Vorderste in der Geisterschar an den schwarzen Toren der Unterwelt stehe und den Flüchtling zur Rückkehr rufe oder sich ihm beigesellen zu dürfen umsonst seufze.

Langsam trat sie wieder in die Höhle, hob ächzend die schwere Börse auf, ergriff die Lampe und schritt nach dem entferntesten Winkel ihrer Zelle. Ein schwarzer, plötzlich hervortretender Gang gähnte sie an, der erst sichtbar wurde, wenn man ganz nah davorstand, da ihn überhängende scharfe Felsen von allen Seiten einschlossen. Sie ging mehrere Schritte auf diesem düstern Weg vor, der sich allmählich abwärts senkte, als führe er in die Eingeweide der Erde; endlich hob sie einen Stein auf und legte ihren Schatz in ein darunter befindliches Loch, das, wie sich beim Schein des auffallenden Lampenlichts zeigte, bereits Münzen von verschiedenem Wert enthielt, die Frucht der Leichtgläubigkeit oder Dankbarkeit ihrer Besuche.

„Ich seh euch gern," redete sie die Geldstücke an, „denn bei euerem Anblick fühl' ich, daß ich wirklich eine Macht besitze. Und ich soll zwanzig Jahre länger leben, um euern Vorrat anwachsen zu lassen! O großer Hermes."

Sie legte den Stein wieder auf die Öffnung, verfolgte ihren Pfad noch mehrere Schritte weiter und blieb dann vor einer tiefen, unregelmäßigen Spalte im Boden stehen. Hier beugte sie sich nieder und vernahm seltsam rollende Töne in der Ferne; zugleich drangen von Zeit zu Zeit unter lautem Gezisch, als würde Stahl auf dem Rade geschliffen, Säulen eines dampfigen, dunkeln Rauches hervor und zogen in wirbelnden Kreisen durch die Höhle.

„Die Dämonen sind geschäftiger als gewöhnlich," sagte die Hexe und schüttelte die grauen Locken. Indem sie in die Kluft hinabsah, bemerkte sie weit unten den Schimmer eines langen Lichtstreifens von einem heißen dunkeln Rot. „Seltsam," sprach sie zurückschaudernd, „erst seit zwei Tagen zeigt sich dieses dumpfe, tiefe Licht — was mag es bedeuten?"

Der Fuchs, der seiner Gebieterin gefolgt war, stieß ein furchtsames Geheul aus und rannte mit eingezogenem Schweif nach der Höhle zurück. Ein kalter Schauer ergriff die Hexe bei dem Aufschrei des Tieres, der, da sich keine erklärbare Ursache dafür zeigte, nach dem Aberglauben der damaligen Zeit für höchst unheilbringend angesehen werden mußte.

Sie murmelte ihren besänftigenden Zauber und wankte in die Höhle zurück, wo sie sich inmitten ihrer Kräuter und Beschwörungen anschickte, den Befehlen des Ägypters nachzukommen.

„Er nannte mich eine aberwitzige Alte," sprach sie, als der Rauch aus dem zischenden Kessel emporstieg — „wenn der Kiefer herabsinkt und die Zähne ausfallen und das Herz kaum noch schlägt, so ist es etwas klägliches um den Aberwitz; aber wenn," setzte sie mit wildem, schadenfrohen Grinsen hinzu, „wenn die Jungen, Schönen, Kräftigen plötzlich in Blödsinn gestürzt werden — ja, das ist furchtbar! brenne Flamme, koche, Kraut, dörre, Kröte, ich habe ihn verflucht, und verflucht soll er sein!"

In dieser Nacht, in derselben Stunde, die eine Zeugin der dunkeln, unheiligen Unterredung zwischen Arbaces und der Saga war, wurde Apäcides getauft.

Achtundzwanzigstes Kapitel.

„Und so hast du denn den Mut, Julia, die Hexe des Vesuv diesen Abend zu besuchen, und vollends in Gesellschaft dieses furchtbaren Mannes?"

„Wie, Nydia," erwiderte Julia erschrocken, „glaubst du, es sei wirklich etwas dabei zu befürchten? Diese alten Hexen mit ihren Zauberspiegeln, ihrem gerüttelten Siebe und ihren im Mondschein gesammelten Kräutern sind nur listige Betrügerinnen, denk ich, die vielleicht nichts verstehen, als eben die Bereitung des Mittels, um dessentwillen ich mich an ihre

Kunst wende, ein Geheimnis, das sie wohl nur ihrer Kenntnis der Kräuter und Gewächse des Feldes verdanken. Was hätt' ich also zu fürchten?"

„Fürchtest du deinen Begleiter nicht?"

„Den Arbaces? Bei der Diana! kein Liebhaber war je so höflich als dieser Zauberer! Und wäre er nicht so schwarz, so würde er sogar hübsch sein."

Trotz ihrer Blindheit besaß Nydia genug Scharfsinn, um zu durchschauen, daß Julias Gemüt von den Artigkeiten des Arbaces keineswegs abgeschreckt werden dürfte. Sie riet ihr daher nicht länger ab, nährte aber im aufgeregten Herzen den wilden, immer heftiger werdenden Wunsch, zu erfahren, ob es wirklich eine magische Kraft gebe, um Liebe an Liebe zu fesseln.

„Laß mich mit dir gehen, edle Julia," sprach sie endlich; „meine Gegenwart ist zwar kein Schutz, aber ich wäre gern bei dir, bis alles in Ordnung ist."

„Dein Anerbieten gefällt mir sehr," erwiderte die Tochter des Diomedes. „Aber wie fängst du es an? — Wir können erst spät zurückkehren; man wird dich vermissen."

„Jone ist nachsichtig," entgegnete Nydia. „Wenn du mir erlaubst, unter deinem Dach zu schlafen, so will ich sagen, du, habest mich als eine frühere Gönnerin und Freundin eingeladen, den Tag bei dir zuzubringen und dir meine thessalischen Lieder zu singen; ihre Gefälligkeit wird dir eine so geringe Forderung leicht gewähren."

„Nein, bitte du für dich selbst!" sagte die stolze Julia; „ich lasse mich nicht herab, die Neapolitanerin um eine Gunst zu bitten."

„Gut, sei es so: ich will dich jetzt verlassen, meine Bitte vorbringen, die mir gern gewährt wird, wie ich weiß, und in kurzer Zeit zurückkehren."

„Tu das; dein Bett soll in meinem eigenen Zimmer bereitet werden."

Damit schied Nydia von der schönen Pompejanerin.

Auf ihrem Rückweg zu Jone begegnete sie dem Wagen des Glaukus, dessen feurige, bäumende Rosse den Blick der vollgedrängten Straße auf sich zogen.

Freundlich hielt er einen Moment an, um mit dem Blumenmädchen zu sprechen.

„Siehe da! blühend wie deine Rosen, meine holde Nydia! Und wie befindet sich deine schöne Gebieterin? — Hoffentlich ganz erholt von dem gestrigen Ungewitter?"

„Ich habe sie heute noch nicht gesprochen, aber —"

„Aber was? Tritt weiter zurück, du stehst den Pferden zu nahe."

„Aber glaubst du, Jone werde mir erlauben, den Tag bei Julia, der Tochter Diomeds, zuzubringen? Diese wünscht es und war gütig gegen mich, als ich nur wenige Freunde hatte."

„Mögen die Götter dein dankbares Herz segnen! Ich nehme die Erlaubnis auf mich."

„Dann darf ich wohl die Nacht über ausbleiben und erst morgen zurückkehren?" fragte Nydia, unter dem Lobe zukkend, das sie so wenig verdiente.

„Wie es dir und der schönen Julia gefällt. Empfiehl mich ihr; und noch eins, Nydia: wenn du sie sprechen hörst, so merke auf den Unterschied ihrer Stimme gegen den Silberton Jones! — Lebe wohl."

Vollständig erholt von den Erlebnissen der vorigen Nacht, mit im Wind wehenden Locken, das freudige, bewegliche Herz hochklopfend bei jedem Sprunge seiner parthischen Rosse, ein richtiges Vorbild für den Gott seines Vaterlandes, voll Jugend und Liebe, so fuhr Glaukus in raschem Trabe zur Gebieterin seines Herzens.

Als der Abend dunkelte, ließ sich Julia in ihrer Sänfte, die groß genug war, um auch ihrer blinden Gefährtin Raum zu geben, nach den von Arbaces bezeichneten Bädern vor der Stadt tragen. Leichtsinnig, wie sie von Natur war, verursachte ihr das Unternehmen weniger Angst als eine angenehme Aufregung, und vor allem glühte sie bei dem Gedanken ihres bevorstehenden Triumphes über die verhaßte Neapolitanerin.

Eine kleine heitere Gruppe stand vor dem Tor der Villa, als die Sänfte zu dem besonderen Eingang der Frauenbäder vorbeigetragen wurde.

„Soviel ich in der Dämmerung unterscheiden kann," bemerkte einer aus der Gesellschaft, „sind dies die Sklaven Diomeds."

„Jawohl, Clodius," erwiderte Sallust; „wahrscheinlich ist

es die Sänfte seiner Tochter Julia. Sie ist reich, mein Freund; warum machst du ihr keinen Antrag?“

„Je nun, ich hoffte einmal, Glaukus würde sie heiraten. Sie verbirgt ihre Neigung nicht, und da er hoch und unglücklich spielt —“

„So würden die Sesterzien auf dich übergegangen sein, weiser Clodius. Eine Frau ist etwas gar Gutes, wenn sie einem andern angehört!“

„Aber da Glaukus, wie ich höre, daran ist, sich mit der Neapolitanerin zu vermählen, so muß ich mein eigenes Glück bei der Verschmähten versuchen. Wenigstens wird Hymens Lampe vergoldet sein und der Leuchter für den Geruch der Flamme entschädigen. Nur dagegen erhebe ich Einsprache, mein Sallust, daß Diomed dich zum Überbringer der Mitgift seiner Tochter mache.

„Ha! ha! ha! gehen wir hinein, Freund; der Wein und die Kränze erwarten uns.“

Die Sklaven nach dem Teil des Hauses entlassend, der zu ihrer Aufnahme bestimmt war, trat Julia mit Nydia in die Bäder, lehnte jedoch die Dienste der Aufwärterinnen ab und begab sich durch eine Seitentür in den hinten gelegenen Garten.

„Gewiß ein Stelldichein,“ bemerkte eine der Sklavinnen.

„Was geht das dich an?“ sagte die Aufseherin strenge. „Sie zahlt für ein Bad und verschwendet den Saffran nicht. Dergleichen Verabredungen sind der einträglichste Zweig unseres Gewerbes. Horch! hörst du nicht, daß Witwe Fulvia in die Hände klatscht? auf, dummes Ding, lauf.“

Julia und Nydia, den besuchteren Teil des Gartens vermeidend, langten an der von dem Ägypter bezeichneten Stelle an. Auf einem kleinen Grasrondell stand, vom Sternenlicht beschienen, die Bildsäule Silens: der fröhliche Gott lehnte sich auf ein Felsstück, zu seinen Füßen der bacchische Luchs. Über den Mund hielt er mit ausgestrecktem Arm einen Büschel Trauben, die er erst lachend zu begrüßen schien, eh er sie verzehrte.

„Ich sehe den Magier nicht,“ sagte Julia sich umschauend, als noch während ihrer Worte der Ägypter langsam aus dem benachbarten Gebüsch trat. Bleich fiel das Sonnenlicht auf sein herabwallendes Gewand.

„Sei gegrüßt, holde Jungfrau! Aber ha, wen hast du da bei dir? wir dürfen keine Begleiter haben!"

„Es ist nur das blinde Blumenmädchen, weiser Magier; überdies eine Thessalierin."

„Ah, Nydia," entgegnete der Ägypter; „ich kenne sie wohl."

Nydia fuhr schaudernd zurück.

„Du bist, glaub ich, in meinem Haus gewesen," flüsterte er, seinen Mund Nydias Ohr nähernd. „Du kennst deinen Eid! Stillschweigen und Geheimhaltung jetzt wie damals! oder sieh dich vor!"

„Doch," fügte er nachdenklich zu sich selbst hinzu, „warum sich selbst auf eine Blinde mehr als nötig verlassen? Julia, willst du dich mir nicht allein anvertrauen? Glaube mir, der Magier ist nicht so furchtbar als er scheint."

Mit diesen Worten zog er Julia sanft auf die Seite.

„Die Hexe," sprach er, „sieht nicht gern viele Besuche zugleich; laß Nydia bis zu deiner Rückkehr hier. Helfen kann sie uns nichts und zum Schutz — reicht deine eigene Schönheit hin — deine eigene Schönheit und dein Rang: ja, Julia, ich kenne deine Namen und Stand. Komm! vertrau dich mir an, reizende Nebenbuhlerin der jüngsten der Najaden!"

Die eitle Julia war nicht leicht zu erschrecken; die Schmeichelei des Arbaces machte Eindruck auf sie und willig gab sie ihre Zustimmung, daß das Mädchen bis zu ihrer Rückkehr hier auf sie warte. Auch drängte Nydia ihre Gegenwart keineswegs auf. Nicht sobald hatte sie die Stimme des Ägypters vernommen, als ihre ganze Angst vor ihm zurückzukehren schien; es war ihr ein angenehmes Gefühl, daß sie nicht in seiner Gesellschaft zu bleiben brauche.

Sie ging nach dem Hause zurück und harrte in einem der geringern Zimmer auf die Wiederkunft der beiden. Vielfach und bitter waren ihre Gedanken, als sie hier in ihrer ewigen Dunkelheit saß. Sie dachte an ihr eigenes, freudloses Schicksal: sie war fern von dem Land ihrer Geburt, fern von der liebevollen Obhut, die einst die Aprilschauer ihrer Kindheit sänftigte. Des Tageslichtes beraubt, nur Fremdlinge zu Führern ihrer Schritte, elend in dem einzigen sanften Gefühl ihres Herzens, liebend, aber ohne Hoffnung, ausgenommen den trüben, unheiligen Strahl, der ihr Gemüt durchzuckte, als sich ihre thessalische Phantasie halb zweifelnd an Zauberkräfte und magische Einwirkungen hielt!

Ihr Sinn für Recht und Unrecht war durch die Leidenschaft, der sie sich bis zum Wahnsinn hingegeben hatte, verwirrt, und heiße Empfindungen, die die ganze, einmal von der Liebe ergriffene Seele im Sturm fortrissen, herrschten und tobten in ihrem Busen.

Die Zeit verging; ein leichter Schritt trat in das Gemach, wo Nydia noch immer ihren finstern Betrachtungen nachhing.

„Dank sei den unsterblichen Göttern!" rief Julia, „ich bin zurück, ich habe diese schreckliche Höhle hinter mir: komm, Nydia, brechen wir sogleich auf!"

Erst als sie wieder in der Sänfte Platz genommen, hob Julia von neuem an:

„Ach!" sprach sie zitternd, „welch ein Anblick! Welche furchtbaren Beschwörungen! und das Totengesicht der Hexe! Aber reden wir nicht hiervon, ich habe den Trank erhalten — sie verbürgt sich für die Wirkung. Meine Nebenbuhlerin wird seinem Auge plötzlich gleichgültig werden, und ich, ich allein werde der Abgott des Glaukus sein!"

„Glaukus?" rief Nydia.

„Ja, Mädchen, ich sagte dir anfangs, es sei **nicht** der Athener, den ich liebe, aber jetzt seh' ich, daß ich dir vollkommen trauen darf: — es ist der schöne Grieche!"

Was waren Nydias Gefühle! Sie hatte zugelassen, sie hatte mitgewirkt, daß Glaukus Jone entrissen werde, aber nur um mit der ganzen Kraft der Magie seine Neigung, noch hoffnungsloser für sie, auf eine andere zu übertragen! Ihr schlagendes Herz drohte sie zu ersticken; sie rang nach Luft. In der dunkeln Sänfte jedoch bemerkte Julia die Bewegung ihrer Begleiterin nicht; in rascher Rede verbreitete sie sich über die versprochene Wirkung des errungenen Schatzes und ihren bevorstehenden Triumph über Jone, mitunter plötzlich zu dem eben verlassenen grauenhaften Schauplatz, zu der regungslosen Miene des Arbaces und zu seiner Gewalt über die fürchterliche Saga abschweifend.

Unterdessen gewann Nydia ihre Fassung wieder; ein Gedanke durchblitzte sie: sie schlief in Julias Zimmer — konnte sie sich nicht des Trankes bemächtigen?

Sie langten vor Diomeds Hause an und stiegen nach Julias Gemach hinunter, wo die Nachtmahlzeit ihrer wartete.

„Trink, Nydia, dir muß kalt sein; die Luft war heut abend schneidend, mein Blut wenigstens ist noch wie Eis.“

Und ohne zu zaudern tat Julia tiefe Züge aus dem gewürzten Wein.

„Du hast den Zaubertrank,“ sagte Nydia; „laß mich ihn in den Händen halten. — Wie klein das Fläschchen ist! Welche Farbe hat die Flüssigkeit?“

„Es ist klar wie Kristall,“ erwiderte Julia, indem sie das Zaubermittel zurücknahm. „Du könntest es von diesem Wasser nicht unterscheiden. Auch versichert mich die Hexe, es sei geschmacklos. So klein das Fläschchen ist, fesselt es doch für das ganze Leben. Man gießt es in irgend ein Getränk, und nur durch die Wirkung wird Glaukus erfahren, was er zu sich genommen hat.“

„Dem Ansehen nach ganz wie dieses Wasser?“

„Ja, farblos und licht wie dieses. Wie hell es aussieht! als wär' es der Extrakt aus mondbeglänztem Tau. Heller Trank! wie strahlst du auf meine Hoffnungen durch dein Kristallgefäß!“

„Und wie ist es verschlossen?“

„Nur durch einen kleinen Stöpsel, — zieh ihn einmal heraus, — es hat gar keinen Geruch. Seltsam, daß etwas, was zu keinem einzelnen Sinne spricht, über alle gebieten soll!“

„Erfolgt die Wirkung augenblicklich?“

„In der Regel; zuweilen jedoch schlummert sie für einige Stunden.“

„Ach wie angenehm ist dagegen dieser Geruch!“ rief Nydia plötzlich, indem sie eine kleine Flasche vom Tisch nahm und sich über deren duftenden Inhalt niederbeugte.

„Meinst du? Die Flasche ist mit Edelsteinen von einigem Wert besetzt; du wolltest gestern morgen das Armband nicht behalten — willst du diese Flasche annehmen?“

„Solche Düfte würden allerdings jemand, der nicht zu sehen vermag, am besten an die großmütige Julia erinnern. Wenn die Flasche nicht zu kostbar ist....“

„O ich habe tausend kostbarere; nimm sie, Kind!“

Nydia verneigte sich dankbar und steckte das Fläschchen in ihr Gewand.

„Und der Liebestrank ist gleich wirksam, von wessen Händen er auch gereicht werden mag?“

„Seine Kraft ist so groß, daß wenn ihn selbst die häßlichste Hexe unter der Sonne reichte, Glaukus sie, und niemand als sie, für schön halten würde!“

Vom Wein und vom Reiz ihrer Nerven erwärmt, war jetzt Julia voll Leben und Munterkeit; sie lachte laut, sprach über hunderterlei Dinge, und erst als sich die Nacht bereits stark dem Morgen näherte, rief sie ihre Sklavinnen und ließ sich entkleiden.

Als die Dienerinnen entlassen waren, sagte sie zu Nydia: „Dieser heilige Trank soll nicht aus meiner Nähe kommen bis zum Augenblick seiner Anwendung. Liege unter meinem Kissen, strahlender Geist, und gib mir glückliche Träume.“

Damit legte sie das Fläschchen unter ihr Kissen. — Nydias Herz schlug heftig.

„Warum trinkst du reines Wasser, Nydia? Nimm von dem Wein daneben.“

„Ich bin erhitzt,“ erwiderte das blinde Mädchen, „und das Wasser kühlt mich; ich will die Flasche neben mein Bett stellen, denn sie erfrischt in diesen Sommernächten, wenn der Tau des Schlafes nicht auf unsere Wimpern fällt. Schöne Julia, ich muß dich sehr früh verlassen — so befiehlt mir Jone — vielleicht noch eh du wach bist, empfange daher schon jetzt meinen Glückwunsch.“

„Danke; wenn wir das nächste Mal zusammenkommen, triffst du vielleicht Glaukus zu meinen Füßen.“

Beide hatten sich zu Bett gelegt und Julia, ermüdet von der Aufregung des Tages, schlief bald ein; aber sehnsüchtige, heiße Gedanken wälzten sich im Geist der wachen Thessalierin. Sie horchte auf den ruhigen Atem Julias, und ihr Ohr, an die feinsten Abstufungen der Töne gewöhnt, vergewisserte sie bald vom tiefen Schlaf ihrer Gefährtin.

„Jetzt stehe mir bei, Venus!“ sprach sie sanft.

Leise stand sie auf und goß die duftende Flüssigkeit aus dem geschenkten Fläschchen auf den Marmorboden, spülte es mehrmals mit dem neben ihr stehenden Wasser aus, fand dann leicht Julias Bett (denn Nacht und Tag waren ihr ja gleich), schlüpfte mit der zitternden Hand unter das Kissen und ergriff den Liebestrank. Julia rührte sich nicht; ihr Odem fächelte regelmäßig die brennende Wange der Blinden. Nydia öffnete die Phiole, goß ihren Inhalt in das Fläschchen, das hinlänglichen Raum dafür bot, füllte dann das entleerte Gefäß mit dem klaren Wasser, dem der Liebestrank nach Julias Versicherung so sehr glich, und brachte es wieder an seinen früheren Ort. Dann stahl sie sich auf ihr Lager zurück und harrte — unter welchen Gedanken! — auf das Grauen des Tags.

Die Sonne war aufgegangen, Julia schlief noch, Nydia kleidete sich geräuschlos an, steckte ihren Schatz sorgfältig in ihr Gewand, nahm ihren Stab und eilte, das Haus zu verlassen.

Der Pförtner Medon grüßte sie freundlich, als sie die Stufen zu der Straße herabstieg; sie hörte ihn nicht, ihr Gemüt war verwirrt und verloren im Sturm stürmischer Gedanken — jeder Gedanke eine Leidenschaft! Sie fühlte die reine Morgenluft auf ihrer Wange, aber sie kühlte ihre brennenden Adern nicht.

„Glaukus," flüsterte sie, „alle Liebeszauber der mächtigsten Magie könnten nicht bewirken, daß du mich so liebtest, wie ich dich liebe! — Jone — ha, fort mit dem Zaudern! fort mit den Gewissensbissen! Glaukus, mein Schicksal liegt in deinem Lächeln und das deinige.... o Hoffnung! o Freude! o Entzücken! — dein Schicksal liegt in meinen Händen!"

Neunundzwanzigstes Kapitel.

Wer die frühere Geschichte des Christentums betrachtet, wird einsehen, wie notwendig für dessen Sieg der ungestüme Glaubenseifer war, der, keine Gefahr kennend, keinen Vergleich annehmend, seine Verfechter begeisterte und seine Märtyrer aufrecht erhielt. An einer herrschenden Kirche wird der Geist der Unduldsamkeit zum Verräter, in einer schwachen und verfolgten dagegen ist eben dieser Geist ihr mächtigster Erhalter. Es war notwendig, den Glauben der andern Menschen zu verachten, zu hassen, zu verabscheuen, um die Lockungen, die er bot, zu besiegen; es war notwendig, streng an der Ansicht festzuhalten, daß das Evangelium nicht nur der wahre Glaube, sondern daß es der einzige wahre, heilbringende Glaube sei, um seine Jünger für die Strenge seiner Lehre zu stählen und ihnen zu dem heiligen, gefahrvollen Dienst der Bekehrung des polytheistischen Heidentums Mut zu geben. Die Strenge des Sektirers, der Gerechtigkeit und Himmelreich auf einige wenige Auserwählte beschränkte, während er in andern Göttern Dämonen und die Strafen der Hölle hinter einer andern Religion sah, mußte natürlich den Wunsch in ihm erregen, alle, an die ihn ein Band menschlicher Zuneigung knüpfte, dem neuen Glauben zu gewinnen, und der auf diese Weise schon aus Nächstenliebe gezogene Kreis wurde noch erweitert durch das Verlangen, für den Ruhm Gottes zu wirken. Zur Ehre des Christentums drang der Christ seine Glaubenssätze kühn dem Skeptizismus der einen, dem Widerstreben der andern, der weisen Verachtung der Philosophen und dem frommen Schauer des Volkes auf; eben seine Unduldsamkeit lieferte ihm das tauglichste Werkzeug zum Erfolge, und der milde Heide fing endlich an zu glauben, es müsse denn doch etwas Heiliges in einem seiner bisherigen Erfahrung so fremden Eifer liegen, einem Eifer, der bei keinem Hindernis stehen blieb, keine Gefahr fürchtete und selbst auf der Folter oder vor dem Blutgerüst die Streitfrage der Entscheidung eines ewigen Richters zuwies. So machte dasselbe Glaubensfeuer, das den Christen des Mittelalters zu einem Fanatiker ohne Erbarmen umwandelte, den Christen der ersten Jahrhunderte zu einem Helden ohne Furcht.

Unter diesen glühenden, kühnen, ernsten Naturen war Olinth nicht der am wenigsten Eifrige. Nicht sobald war Apäcides durch die Taufe in den Schoß der Kirche aufgenommen worden, als ihm der Nazarener die Untunlichkeit, den Dienst und das Gewand seines Priestertums länger beizubehalten, unverweilt zu Gemüt führte. Offenbar konnte er sich nicht als einen Verehrer Gottes bekennen, wenn er auch nur äußerlich fortfuhr, die abgöttischen Altäre des Satans zu bedienen.

Und das war nicht alles; das erregbare, ungestüme Gemüt Olinths sah dem Apäcides die Mittel in die Hand gegeben, dem getäuschten Volk die Gaukeleien der Isisorakel zu enthüllen. Es schien ihm, der Himmel selbst habe dieses Werkzeug gesandt, um die Augen der Menge zu öffnen und vielleicht den Weg zur Bekehrung einer ganzen Stadt anzubahnen. So zauderte er denn nicht, den ganzen, frisch entzündeten Enthusiasmus des Apäcides in Anspruch zu nehmen, seinen Mut anzufachen und seinen Eifer zu stacheln. Gemäß vorangegangener Verabredung traf er mit dem jungen Mann den Abend nach seiner Taufe in dem bereits beschriebenen Hain der Cybele zusammen.

„Bei der nächsten feierlichen Befragung des Orakels," sprach Olinth im Verlauf seiner warmen Rede, „stell dich an das Gitter, verkünde dem Volk laut den Trug, worin es gehalten wird; fordere es auf, einzutreten und sich mit eigenen Augen von der groben, aber künstlichen Täuschungsmaschinerie zu überzeugen, die du mir beschrieben hast. Fürchte nichts, der Herr, der Daniel schützte, wird dein Beschützer sein, wir von der Christengemeinde werden uns unter der Menge befinden, wir werden die Zurückbebenden vorwärtsdrängen und in der ersten Hitze der Entrüstung und Beschämung des Volks will ich selbst auf diese Altäre den Palmzweig, das Sinnbild des Evangeliums, aufpflanzen, und auf meine Zunge wird der Geist des lebendigen Gottes niedersteigen."

Glühend und aufgeregt wie er war, fand Apäcides Gefallen an diesem Vorschlag. Er freute sich, sobald eine Gelegenheit zu finden, seinen neuen Glauben zu betätigen, wobei sich seinen frömmern Gefühlen noch der Grimm über den ihm selbst gespielten Betrug und der Wunsch der Rache zugesellten. Bei diesem sanguinischen, leichten Überspringen der Hindernisse durchschauten weder Olinth noch der Neubekehrte alle Schwierigkeiten, die sich dem Gelingen ihres Plans entgegenstellten, insofern das Volk selbst in seinem ehrerbietigen Wahn wahrscheinlich nicht sehr geneigt sein mochte, vor den heiligen Altären der großen ägyptischen Göttin einem Zeugnis gegen ihre Macht Glauben beizumessen, und käme es auch von einem ihrer eigenen Priester her. So fügte sich denn Apäcides mit einer Bereitwilligkeit in Olinths Vorschlag, die diesen entzückte. Sie trennten sich, nachdem sie übereingekommen waren, daß Olinth sich mit den Bedeutenderen unter seinen christlichen Brüdern über dieses große Unternehmen bereden, ihren Rat und die Zusicherung ihrer Hilfe an dem ereignisvollen Tag begehren sollte. Es traf sich, daß in zwei Tagen ein Fest der Isis bevorstand. Dieses bot eine günstige Gelegenheit zur Ausführung des Planes. Beide kamen überein, am nächsten Abend noch einmal am gleichen

Ort zusammenzutreffen. Bei dieser Zusammenkunft sollte vollends Art und Weise festgesetzt werden, wie am folgenden Tag der Betrug zu enthüllen sei.

Zufälligerweise war der letzte Teil dieses Gesprächs in der Nähe eines Sacellums oder Kapellchens gehalten worden; hinter diesem trat, sobald die Gestalten Olinths und des Priesters aus dem Hain verschwunden waren, eine düstere, abstoßende Figur hervor.

„So bin ich dir denn mit einigem Erfolg nachgeschlichen, mein Bruder," sagte der Horcher. „Nicht aus bloßer Disputierlust hast du dich, Priester der Isis, mit diesem finstern Christen unterhalten. Schade, daß ich nicht euern ganzen köstlichen Plan hören konnte! Doch weiß ich wenigstens, daß ihr die heiligen Mysterien zu profanieren gedenkt, und daß ihr morgen hier wieder zusammentreffen werdet, um das Wie und das Wann zu verabreden. Möge dann Osiris meine Ohren schärfen, damit ich das Ganze eurer unerhörten Verwegenheit erfahre. Weiß ich erst mehr, so muß ich gleich mit Arbaces sprechen. Wir wollen euer Vorhaben vereiteln, ihr Leutchen, so klug ihr euch auch vorkommt. Für jetzt ist meine Brust ein verschlossenes Behältnis für euer Geheimnis."

Mit diesen Worten hüllte sich der lauschende Kalenus dichter in seinen Mantel und schritt nachdenklich seiner Wohnung zu.

Dreißigstes Kapitel.

Der Tag, an dem Diomed den auserlesensten seiner Freunde ein Fest geben wollte, war gekommen. Der anmutige Glaukus, die schöne Jone, der gnädige Pansa, der hochgeborene Clodius, der unsterbliche Fulvius, der gezierte Lepidus, der leckere Sallust waren nicht die einzigen, die den Schmaus beehren sollten. Diomed erwartete auch einen invaliden Senator aus Rom (einen Mann von Ruf und Gunst bei Hof) und einen großen Krieger aus Herculanum, der mit Titus gegen die Juden gefochten und, nachdem er sich in den Feldzügen ungemein bereichert hatte, von seinen Freunden fortwährend die Versicherung erhielt, sein Vaterland sei ihm für seine uneigennützigen Bemühungen auf ewig verpflichtet. Ja, die Gesellschaft erstreckte sich auf eine noch größere Zahl, denn obwohl es, genau genommen, zu einer gewissen Zeit bei den Römern für unfein galt, weniger als drei oder mehr als neun Gäste bei sich zu sehen, so wurde diese Regel von prunksüchtigen Leuten doch leicht außer acht gelassen, und wirklich sagt uns die Geschichte, daß einer der prachtliebensten von diesen Festgebern gewöhnlich eine ausgewählte Gesellschaft von dreihundert Personen bewirtet habe. Diomed jedoch, bescheidener, begnügte sich, die Zahl der Musen zu verdoppeln.

Der Morgen des Festes war da, und obwohl sich Diomed gewaltig als Mann von Stand und von Bildung aufspielte, behielt er doch immer genug von seiner kaufmännischen Erfahrung bei, um zu wissen, daß das Auge des Herrn schnelle Diener macht. Demgemäß wandelte er mit offener Tunika über dem stattlichen Bauch, mit bequemen Pantoffeln an den Füßen und einem Gertchen in der Hand, womit er bald den Blick eines trägen Sklaven leitete, bald dessen Rücken eine Lehre gab, von Gemach zu Gemach in seiner prächtigen Villa.

Er verschmähte sogar einen Besuch in jenem geheiligten Raume nicht, worin die Priester des Festes ihre Opfer vorbereiteten. Beim Eintritt in die Küche wurden seine Ohren durch den Lärm von Schüsseln und Pfannen, von Fluchen und Befehlen angenehm betäubt. So klein dieses unentbehrliche Gemach in allen Häusern Pompejis auch gewesen zu sein scheint, so war es in der Regel nichtsdestoweniger mit der ganzen erstaunenswerten Mannigfaltigkeit von Töpfen, Formen, Schmor- und Saucepfannen, Messern und Teigformen ausgerüstet, ohne die es ein Koch von Verstand für eine reine Unmöglichkeit erklärt, irgend etwas Genießbares zu schaffen. Und da das Holz in jenen Gegenden schon damals teuer und selten war, so scheint eine bedeutende Erfindungskraft darauf verwandt worden zu sein, so viel Dinge als möglich mit dem wenigst möglichen Feuer zu bereiten.

Durch die kleine Küche schwirrten eine Menge Gestalten, die dem scharfen Auge des Gebieters unbekannt waren.

„O, o," brummte er vor sich hin, „der verwünschte Congrio hat sich eine ganze Legion Köche zur Beihilfe ausgesucht! Sie werden ihre Dienste nicht umsonst tun, und das gibt ein neues Item in der Totalsumme meiner heutigen Ausgaben. Beim Bacchus, ich habe von Glück zu sagen, wenn die Kerle nicht noch ein paar Trinkgefäße einstecken — ach, ihre Hände sind flink und ihre Röcke weit; — ich Unglücklicher!"

Die Köche arbeiteten fort und, wie es schien, ohne auf die Anwesenheit Diomeds zu achten.

„He! Euklio, deine Eierpfanne! Was? ist das die größte? sie faßt nur dreiunddreißig Eier: in den Häusern, wo ich gewöhnlich diene, hält die kleinste Pfanne ihre fünfzig Eier!"

„Der gewissenlose Schurke," dachte Diomed; „er spricht von den Eiern als ob man das Hundert für einen Sesterz gäbe!"

„Beim Merkur!" rief ein kleiner, naseweiser Küchenjunge, der kaum erst in sein Noviziat eingetreten war, „wo sah man je solche altmodische Formen zum Backwerk? Mit so grobem Gerät kann man seiner Kunst keine Ehre machen. Die ordinärste Tortenform bei Sallust stellt die ganze Belagerung von Troja vor; Hektor und Paris und Helena, mit dem kleinen Astyanax und dem hölzernen Pferd obendrein."

„Still mit deinem dummen Geschwätz!" entgegnete Congrio, der Koch des Hauses, der den Hauptteil der Schlacht seinen Verbündeten zu überlassen schien — „mein Herr Diomed gehört nicht zu jenen verschwenderischen Taugenichtsen, die alles nach der neuesten Mode haben müssen, kost' es, was es wolle."

„Du lügst, elender Sklave!" rief Diomed in großem Zorn, „du allein hast mich schon genug gekostet, um einen Lucullus zugrunde zu richten. Komm aus deiner Höhle hervor, ich habe mit dir zu reden."

Mit einem schlauen Blick auf seine Gehilfen gehorchte der Sklave dem Befehl.

„Mensch der vier Buchstaben, du Dieb," sagte Diomed mit feierlicher Richtermiene — „wie konntest du dich unterstehen, all diese Schurken in mein Haus zu rufen? Ich sehe das Wort Dieb in jeder Linie ihres Gesichtes geschrieben."

„Gleichwohl versichere ich dich, Herr, daß es Leute von höchst ehrenwertem Ruf sind, die besten Köche der Stadt. Es ist ein großes Glück, wenn man sie nur bekommt, doch um meinetwillen ....."

„Um *deinetwillen*! jämmerlicher Congrio," unterbrach ihn Diomed. „Durch welches mir gestohlene Geld, durch welche Unterschlagung beim Einkauf auf dem Markt, durch welche gute Fleischspeisen, die du in Fett verwandeltest und in den Vorstädten verkauftest — durch welche falsche Rechnungen für verdorbenes Kupfergeschirr und zerbrochene Töpferware hast du dich instand gesetzt, daß sie dir um deinetwillen helfen?"

„Nein, Herr, tritt meiner Redlichkeit nicht zu nah. Mögen mich die Götter verlassen, wenn ...."

„Schwöre nicht!" unterbrach ihn abermals der zornige Diomed, „die Götter könnten dich für deinen Meineid zerschmettern und ich wäre im Augenblick meines Schmauses ohne Koch. Doch für jetzt genug hiervon; halte ein wachsames Auge auf deine verdächtigen Gehilfen und erzähle mir morgen keine Märchen von zerbrochenen Gefäßen und wunderbar verschwundenen Bechern, oder dein ganzer Rücken soll eine einzige Beule werden. Und hör' einmal, du weißt, du hast mir diese phrygischen Attagene zu einem Preis angehängt, der beim Herkules groß genug ist, daß sich ein mäßiger Mensch ein Jahr lang dafür beköstigen könnte — sorge, daß sie um kein Jota zu stark gebraten werden! Das letzte Mal, als ich meinen Freunden ein Fest gab und es deine Eitelkeit so kühn unternahm, einem Kranich aus Melos das rechte Ansehen zu geben, kam er, wie du dich noch wohl erinnern wirst, wie ein Stein aus dem Ätna auf den Tisch, als hätten ihm alle Feuer des Phlegethon den Saft ausgebrannt. Sei diesmal bescheiden, Congrio; aufmerksam und bescheiden. Bescheidenheit ist die Amme großer Taten, und willst du, wie überall so auch hier, deines Herrn Beutel nicht schonen, so halte wenigstens deines Herrn Ruhm zu Rate."

„Man soll kein solches Essen in Pompeji gesehen haben, seit den Tagen des Herkules."

„Still, still! schon wieder dein verdammtes Prahlen. Aber Congrio, sag ich, was das Bürschlein da anlangt, diesen winzigen Anfechter meiner Geschirre, diesen vorlauten Neophyten der Küche — war es etwas anderes als Unverschämtheit, wenn er den Geschmack meiner Tortenformen tadelte? Ich möchte nichts Altväterisches auftischen, Congrio."

„Es ist nur der Brauch bei uns Köchen," erwiderte Congrio ernst, „unsere Werkzeuge herabzusetzen, um dadurch unsere Kunst in ein helleres Licht zu heben. Die Tortenform ist eine schöne, eine reizende Form; doch möcht ich meinem

Herrn raten, bei der nächsten Gelegenheit einige neue zu kaufen, die ....."

„Schon gut!" rief Diomed, der entschlossen schien, seinen Sklaven keinen Satz zu Ende bringen zu lassen. „Nimm jetzt dein Geschäft wieder vor; glänze! verdunkle deinen bisherigen Ruhm, mache, daß die Leute den Diomed wegen seines Kochs beneiden, mache, daß dich die Sklaven Pompejis Congrio den Großen nennen! Fort — doch halt! — Du hast doch nicht all das Geld ausgegeben, das ich dir zum Einkauf zustellte?"

„Alles? — ach, die Nachtigallenzungen und die römische Tomacula und die britischen Austern und verschiedene andere Dinge, zu zahlreich, um hier angeführt zu werden, sind noch gar nicht bezahlt; aber was schadet's? Jedermann gibt dem Archimagirus Diomeds des Reichen Kredit."

„Unverantwortlicher Verschwender! Welche Vergeudung, welche Verschleuderung! Ich bin ruiniert. — Aber geh, eile, sieh nach, koste, schaffe, übertriff dich selbst! Mache, daß der römische Senator den armen Pompejaner nicht verachtet. Fort, Sklave! und vergiß die phrygischen Attagene nicht."

Der Küchenmeister verschwand in sein natürliches Gebiet und Diomed wälzte seine stämmige Gestalt in die glänzendern Gemächer zurück. Alles war nach seinem Wunsch: die Blumen dufteten frisch, die Springbrunnen spielten lustig, die Mosaikböden waren glatt wie Spiegel.

„Wo ist meine Tochter Julia?" fragte er.

„Im Bade."

„Ah, das erinnert mich, daß die Zeit vergeht und ich auch baden muß." — —

Unsere Geschichte kehrt zu Apäcides zurück. Als der junge Priester von dem unterbrochenen, fieberhaften Schlaf erwachte, der seiner Annahme eines Glaubens gefolgt war, der so auffallend und schneidend von den Ansichten abwich, in denen seine Jugend erzogen worden war, konnte er sich kaum überzeugen, daß er nicht noch immer im Traum liege. Er hatte über den verhängnisvollen Strom gesetzt; seine Vergangenheit sollte fortan keine Verwandtschaft mit der Zukunft haben. Beide Welten — das was geschehen war und das was geschehen sollte — waren deutlich von einander getrennt. An welches kühne, gewagte Unternehmen hatte er sein Leben gesetzt! — Er wollte die Geheimnisse enthüllen, zu denen er selbst mitgewirkt hatte, die Altäre entheiligen, deren Diener er gewesen war, die Göttin anklagen, deren Priestergewand er trug! Allmählich ward ihm klar, welchen Haß und welches Grauen er, selbst wenn ihm sein Unternehmen gelänge, bei den Frommen erregen würde; mißlang ihm dagegen sein kecker Versuch, welcher Strafe setzte er sich nicht für einen bisher unerhörten Frevel aus, für den es kein bestimmtes, der Erfahrung entnommenes Gesetz gab — einen Frevel, der wahrscheinlich gewaltsam herbeigezogenen Präzedenzfälle aus der Rüstkammer einer veralteten nicht anwendbaren Gesetzgebung angepaßt wurde? Seine Freunde — seine Schwester — konnte er Gerechtigkeit von ihnen erwarten, gesetzt, sie würdigten ihn auch ihres Mitleids? Ihren Augen mochte diese tapfere, heldenhafte Tat vielleicht als eine gehässige Apostasie, im besten Falle als eine bemitleidenswerte Verrücktheit erscheinen.

Er wagte alles und entsagte allem in dieser Welt, mit der Hoffnung, in der zukünftigen jene Ewigkeit zu gewinnen, die ihm so plötzlich enthüllt worden war. Während diese Gedanken von der einen Seite in seine Brust eindrangen, vereinigten sich auf der andern sein Stolz, sein Mut, seine Rechtlichkeit, verbunden mit einem zurückgebliebenen Gefühl der Rache für erlittene Täuschung, einem Gefühl des empörten Widerwillens an dem Betrug, dessen Werkzeug er bis jetzt gewesen war — um ihn zu erheben und aufrecht zu erhalten.

Scharf und angreifend war der Kampf; aber seine neuen Empfindungen siegten über die alten und zu einem mächtigen Beleg für die Durchführung des Streits mit althergebrachten Meinungen und anererbten Formen dürfte der Sieg dienen, den dieser geringe Priester über beide errang. Hätten sich die ersten Christen mehr von dem imponierenden Ansehen des Herkömmlichen beherrschen lassen, wären sie weniger demokratisch im reinen und hohen Sinn dieses mißbrauchten Wortes gewesen — das Christentum wäre schon in der Wiege untergegangen!

Da jeder Priester der Reihe nach mehrere Nächte hintereinander in den Gemächern des Tempels schlafen mußte, so war die dem Apäcides gesetzte Zeit noch nicht ganz zu Ende. Somit fand er sich, sobald er von seinem Lager aufgestanden war, wie gewöhnlich seine Priesterkleider angelegt und sein kleines Zimmerchen verlassen hatte, wieder vor den Altären.

In der Erschöpfung seiner in den letzten Tagen so mächtig aufgeregten Gefühle hatte er weit in den Morgen hinein geschlafen und die Sonne warf bereits ihre glühenden Strahlen senkrecht auf die heilige Stätte.

„Sei gegrüßt, Apäcides," sprach eine Stimme, deren natürliche Rauheit durch lange Kunst zu einer beinah unangenehmen Milde gedämpft worden war. „Du stehst spät auf. Hat sich dir die Göttin in Traumgesichten enthüllt?"

„Könnte sie ihr wahres Selbst dem Volke enthüllen, Kalenus, wie wenig Weihrauch würde auf diesen Altären verbrannt werden!"

„Das möchte wahr sein, aber die Göttin ist weise genug, sich nur mit den Priestern in Verkehr zu setzen."

„Vielleicht kommt eine Zeit, wo sie ohne ihre eigene Zustimmung entschleiert wird."

„Nicht wahrscheinlich; sie hat zahllose Jahrhunderte hindurch ihre Herrschaft behauptet, und was so lange die Probe der Zeit ausgehalten hat, unterliegt selten der Lust zur Neuerung. Übrigens liegen dergleichen Behauptungen ganz außerhalb deiner Befugnis, mein junger Bruder."

„Nicht dir kommt es zu, ihnen Stillschweigen zu gebieten," erwiderte Apäcides stolz.

„So hitzig! — doch ich will nicht mit dir streiten. Hat dich der Ägypter nicht von der Notwendigkeit überführt, daß wir in Eintracht zusammen wohnen müssen? Hat er dich nicht von dem Recht überzeugt, dem Volk etwas weiß zu machen und unser Leben zu genießen? Wenn nicht, Bruder, so ist er nicht der große Zauberer, für den man ihn hält."

„Hast du denn seine Belehrungen empfangen?" fragte Apäcides mit hohlem Lächeln.

„Ja, aber ich war ihrer minder benötigt als du; die Natur hatte mich bereits mit der Liebe zum Genuß und dem Wunsch nach Gewinn und Macht ausgerüstet. Lang ist der Weg, der den Freund der Lust zu einem strengen Leben führt; aber es ist nur ein Schritt von den Freuden der Sünde zur schützenden Heuchelei. Hüte dich vor der Rache der Göttin, wenn die Kürze dieses Schrittes der Menge entdeckt werden sollte!"

„Hüte du dich vor der Stunde, wo das Grab berstet und innere Fäulnis an den Tag kommt!“ erwiderte Apäcides feierlich. „Lebe wohl!“

Mit diesen Worten überließ er den Priester seinen Betrachtungen. Nach einigen Schritten wandte er sich noch einmal um. Kalenus hatte sich bereits in das Eingangszimmer der Priester zurückgezogen, denn es nahte die Stunde der Mahlzeit. Der weiße, anmutige Tempel glänzte in der Sonne. Auf den Altären vor ihm erhob sich der Weihrauch und blühten die Blumenkränze. Lange und traurig blickte der Jüngling auf diesen Schauplatz. — Es war das letzte Mal, daß er ihm vor Augen trat.

Sofort wandte er sich und verfolgte langsam seinen Weg zu Jones Haus; denn ehe das letzte Band, das ihn mit ihr vereinigte, vielleicht zerschnitten wurde, eh er sich in die ungewisse Gefahr des nächsten Tages begab, trieb es ihn, noch einmal seine einzige Verwandte, seine zärtlichste wie seine früheste Freundin zu sehen.

Er langte in ihrer Wohnung an und fand sie mit Nydia im Garten.

„Das ist schön, Apäcides!“ rief Jone freudig aus. „Ach wie sehnlich hab ich dich zu sehen gewünscht! — Welchen Dank bin ich dir schuldig! wie böse, daß du keinen meiner Briefe beantwortet hast, daß du dich so hartnäckig weigertest, den Ausdruck meiner Dankbarkeit anzunehmen! Du halfst deine Schwester vor Entehrung retten. Womit soll sie dir danken, da sie dich jetzt endlich zu sehen bekommt.“

„Meine holde Jone, du hast mir keinen Dank zu sagen, denn deine Sache war die meinige; vermeiden wir diesen Gegenstand und kommen wir nicht auf diesen unheiligen, für uns beide so hassenswerten Menschen zurück! Vielleicht hab ich bald Gelegenheit, die Welt zu belehren, was an seiner vorgeblichen Weisheit und heuchlerischen Strenge ist. Aber setzen wir uns, meine Schwester, ich bin von der Sonnenhitze ermüdet; setzen wir uns in jenen Schatten und seien wir uns für eine kurze Zeit noch einmal, was wir uns ehemals waren.“

Unter einer großen Platane, zwischen Gewinden von Cistus und Arbutus — vor ihnen plätscherte eine Fontäne — zu ihren Füßen der grüne Rasen, in dessen Gras da und dort die fröhliche, Athen einst so teure Cikade lustig emporhüpfte; — auf den sonnigen Blumen — er selbst eine geflügelte Blume — der Schmetterling, das schöne Bild Psyches, das sofort auch den christlichen Dichtern Stoff zu sinnreichen Deutungen gab, in die glühenden, dem sizilischen Himmel entnommenen Farben gekleidet — an solchem Ort, in solcher Umgebung saßen Bruder und Schwester zum letztenmal auf Erden, während sich Nydia, froh allein zu sein, an das entgegengesetzte Ende des Gartens zurückzog.

„Jone, meine Schwester," sprach der junge Neubekehrte, „lege deine Hand auf meine Stirn; laß mich deine kühle Berührung fühlen. Sprich auch mit mir, denn deine sanfte Stimme ist wie der Hauch der Luft, in dem Frische und Wohllaut liegen. Sprich mit mir, aber hüte dich, mich zu segnen! kein Wort von jenen Redeformen, die man uns als Kinder heilig zu achten lehrte."

„Ach, was soll ich dann sagen? Die Sprache unseres Herzens ist so verwoben mit der Sprache unserer Andacht, daß die Worte kalt und gewöhnlich werden, wenn ich die Hinweisung auf unsere Götter aus ihnen verbanne."

„Unsere Götter!" flüsterte Apäcides schaudernd, „bereits mißachtest du meinen Wunsch."

„Soll ich denn nur von Isis zu dir sprechen?"

„Dem bösen Geist! Nein! lieber sei stumm, du müßtest denn etwa... doch hinweg, hinweg mit solchem Gespräch! Nicht jetzt wollen wir miteinander streiten! nicht jetzt wollen wir hart übereinander urteilen; nicht jetzt mögest du mich als einen Abtrünnigen betrachten, und ich voll Schmerz und Scham über dich als eine Götzendienerin sein! Nein, meine Schwester, laß uns solche Gegenstände und solche Gedanken vermeiden. In deiner süßen Gegenwart kommt Ruhe über meinen Geist. Für einen kurzen Augenblick vergesse ich mich. Wenn ich so meinen Kopf an deine Brust lege, wenn ich mich so von deinem zarten Arm umschlungen fühle, ist es mir, als wären wir noch Kinder, als lächelte der Himmel noch mit gleicher Freundlichkeit auf uns beide. Denn ach, wenn ich jetzt nicht untergehe — frage nicht in welcher Gefahr! — wenn mir erlaubt sein sollte, mich in einer heiligen, Ehrfurcht fordernden Sache an dich zu wenden und ich dein Ohr verschlossen und dein Herz verhärtet fände: könnte dann irgendeine freudige Aussicht für mich die Verzweiflung aufwiegen, die ich um deinetwillen trüge? In dir, meine Schwester, sehe ich das verschönerte, veredelte Bild meiner selbst. Soll der Spiegel ewig leben, während die Gestalt zerbrochen wird wie der Ton des Töpfers? Nein, nein! — du wirst auf mich hören. Erinnerst du dich, wie wir Hand in Hand miteinander in den Fluren bei Bajä wandelten, um die Blüten des Lenzes zu brechen? Ebenso wollen wir Hand in Hand in den ewigen Garten eintreten und uns mit unvergänglichen Blumen kränzen!"

Erstaunt und geängstigt durch Worte, die sie nicht zu fassen vermochte, aber bis zu Tränen gerührt durch den mild klagenden Ton, in dem sie vorgebracht wurden, hörte Jone auf diese Ergüsse eines vollen, bedrückten Herzens. Wirklich erschien Apäcides selbst weit sanfter als seine gewöhnliche Stimmung zu sein pflegte, die dem äußern Anschein nach in der Regel entweder verschlossen oder stürmisch bewegt war.

„So will ich denn von unsern Kinderjahren mit dir sprechen," sagte Jone. „Soll dir jenes blinde Mädchen von den Tagen der Kindheit singen? Ihre Stimme ist sanft und wohltönend und sie weiß ein Lied auf diesen Gegenstand, das keine von den Hindeutungen enthält, die du so ungern vernimmst."

„Erinnerst du dich der Worte, Schwester?"

„Ich glaube wohl; die sehr einfache Melodie hat sie meinem Gedächtnis eingeprägt."

„So singe du mir selbst. In meinem Ohr finden unbekannte Stimmen keinen Widerhall, und die deinige, Jone, voll heimischer Erinnerungen, war mir immer süßer als all die Mietlingsgesänge Lyciens oder Kretas. Singe mir."

Jone winkte einer Sklavin, die in der Säulenhalle stand, ließ ihre Laute holen und sang ein Lied zu einer zarten, einfachen Melodie.

Apäcides war ganz der Macht dieser Silberstimme hingegeben, die ihn an die Vergangenheit erinnerte und nur halb von den Schmerzen der Gegenwart sprach, und er vergaß die nächstliegende heiße Quelle peinlicher Gedanken. Mehrere Stunden verstrichen ihm, während er Jone bald singen ließ, bald sich mit ihr unterhielt. Und als er sich erhob, um wegzugehen, geschah es mit beruhigtem, besänftigtem Herzen.

„Jone,“ sprach er, ihre Hand drückend, „solltest du hören, daß mein Name angeschwärzt und verunglimpft wird, würdest du dann solcher Verleumdung Glauben schenken?“

„Niemals, mein Bruder, niemals!“

„Hast nicht auch du die Überzeugung, daß der Übeltäter in einem spätern Dasein bestraft, der Gute belohnt werde?“

„Kannst du daran zweifeln?“

„Glaubst du also, daß einer, der wahrhaft gut ist, in seinem Eifer für die Tugend jedes selbstsüchtige Interesse opfern solle?“

„Wer so denkt, ist das Ebenbild der Götter.“

„Und du glaubst, daß das Maß seiner Seligkeit jenseit des Grabes im Verhältnis zu der Reinheit und dem Mut stehen werde, womit er so handelt?“

„So lehrt man uns hoffen.“

„Küsse mich, meine Schwester. — Noch eine Frage: du stehst im Begriff, dich mit Glaukus zu vermählen und vielleicht trennt uns diese Heirat noch hoffnungsloser. Doch nicht hiervon sprech ich jetzt; — du stehst im Begriff, dich mit Glaukus zu vermählen: — liebst du ihn? — Nein, Schwester, erwidere mir mit Worten.“

„Ja,“ flüsterte Jone errötend.

„Fühlst du, daß du um seinetwillen dem Stolz entsagen, der Schande trotzen und dich in den Tod stürzen könntest? Ich habe gehört, wenn ein Weib wirklich liebe, so gehe es bis zu diesem Übermaß.“

„Mein Bruder, all dies könnt ich für Glaukus tun und dabei fühlen, daß es kein Opfer wäre. Was für den Geliebten geduldet wird, ist kein Opfer für die Liebende.“

„Genug! Soll das Weib so für den Mann fühlen und der Mann weniger Hingebung für seinen Gott in sich tragen?“

Er sprach nicht weiter — sein ganzes Wesen schien von einem göttlichen Leben durchdrungen und angehaucht; seine Brust hob sich stolz, seine Augen flammten, auf seiner Stirne stand die Majestät eines Menschen, der es wagt, edel zu sein. Er wandte sich, um in Jones ernstes, wehmütiges, ahnungsvolles Auge zu blicken. Zärtlich küßte er sie, drückte sie warm ans Herz und hatte schon im nächsten Augenblicke das Haus verlassen.

Lange blieb Jone an derselben Stelle stumm und gedankenvoll. Zu wiederholten Malen erinnerten sie ihre Mädchen, daß der Tag vorrücke und sie zu Diomeds Fest geladen sei. Endlich erwachte sie aus ihren Träumen und kleidete sich — nicht mit dem Stolz der Schönheit, sondern achtlos und schwermütig — zu der Lustbarkeit an. Nur ein Gedanke versöhnte sie mit dem versprochenen Besuch: sie sollte Glaukus treffen und ihm konnte sie die Unruhe und Besorgnis um den Bruder anvertrauen.

Einunddreißigstes Kapitel.

Unterdessen schlenderten Sallust und Glaukus gemächlich dem Hause Diomeds zu. Trotz seiner Lebensweise fehlte es Sallust nicht an vielen schätzenswerten Eigenschaften. Er wäre ein tätiger Freund, ein nützlicher Bürger, kurz, ein trefflicher Mensch gewesen, hätte er sich nicht in den Kopf gesetzt, ein Philosoph zu sein. Gebildet in den Schulen, wo römischer Plagiarismus dem Echo griechischer Weisheit nachbetete, hatte er die Lehren eingesogen, durch die die spätern Epikuräer die einfachen Grundsätze ihres großen Meisters entstellten. Er ergab sich ganz dem Vergnügen und redete sich ein, nur der lustige Gesell sei der eigentliche Weise. Immerhin besaß er jedoch ein gutes Teil Gelehrsamkeit, Verstand und frohe Laune, und die ungeschminkte Offenheit in seinen Ausschweifungen schien noch eine Tugend neben der vollendeten Verdorbenheit eines Clodius und dem schamlosen, weibischen Wesen eines Lepidus. Deshalb war ihm Glaukus unter seinen Gefährten am meisten gewogen, und er seinerseits wußte die edlern Eigenschaften des Atheners zu schätzen und liebte ihn fast so sehr, als eine kalte Muräne oder einen Becher vom besten Falerner.

„Ein gemeiner alter Kerl, dieser Diomed," sagte Sallust; „aber er hat einige gute Eigenschaften — in seinem Keller!"

„Und einige reizende — in seiner Tochter."

„Gewiß, Glaukus! aber du scheinst mir nicht sonderlich davon gerührt. Ich glaube, Clodius möchte gern dein Nachfolger werden."

„Er ist willkommen; bei dem Festmahl ihrer Schönheit wird wahrhaftig kein Gast als ungebeten angesehen."

„Du bist strenge! — aber sie hat wirklich etwas Korinthisch-Ausschweifendes an sich — so daß beide freilich wohl zu einander passen! Wir sind wahrhaftig sehr gutmütige Bursche, daß wir die Gesellschaft dieses Taugenichts von Spieler dulden!"

„Das Vergnügen würfelt die Leute wunderlich zusammen," erwiderte Glaukus; „er macht mir Spaß!"

„Und schmeichelt dir, läßt sich dafür aber gut bezahlen; er überstreut sein Lob mit Goldstaub."

„Du hast schon oft darauf hingedeutet, daß er falsch spiele. — Glaubst du das wirklich?"

„Mein lieber Glaukus, ein römischer Edler hat seine Würde aufrecht zu halten; um die Würde ist es etwas gewaltig Kostspieliges — Clodius muß betrügen wie ein Spitzbube, um leben zu können wie ein vornehmer Mann."

„Ha, ha! — Nun, neuerdings hab ich den Würfeln entsagt! Ah, Sallust, bin ich erst mit Jone vermählt, so glaub ich noch eine ganze Jugend voll Torheiten wieder gut machen zu können. Wir beide, Freund, sind für etwas Besseres geboren, als dafür, was uns jetzt zusammenhält — für edlere Tempel als für den Stall Epikurs."

„Ach," erwiderte Sallust in beinahe schwermütigem Ton, „was wissen wir denn mehr? Das Leben ist kurz; jenseits des Grabes ist eitel Nacht, keine Weisheit geht über den Spruch: genieße."

„Beim Bacchus, ich zweifle zuweilen, ob wir das Höchste genießen, dessen das Leben fähig ist."

„Ich bin ein mäßiger Mann und fordere nicht das Höchste. Wir sind wie Übeltäter, die sich an der Schwelle des Todes mit Wein und Myrrhen berauschen; täten wir das aber nicht, so würde der Abgrund sehr unangenehm aussehen. Ich gestehe, daß ich sehr zur Schwermut geneigt war, bis ich mich so kräftig aufs Trinken warf; das ist ein neues Leben, mein Glaukus."

„Ja, aber es bringt uns am nächsten Morgen einen neuen Tod."

„Nun freilich, der darauffolgende Morgen ist unangenehm, ich gesteh es; wär' er's aber nicht, so wäre man nie geneigt zum Lesen — ich studiere mitunter, weil ich, bei den Göttern! in der Regel bis Mittag zu nichts anderem fähig bin."

„Pfui, Skythe!"

„Pah, das Schicksal des Pentheus dem, der den Bacchus verleugnet!“

„Na, Sallust, bei all deinen Sünden bist du der beste Taugenichts, der mir je vorgekommen ist; und wahrhaftig, geriete ich in Lebensgefahr, so wärst du der einzige Mensch in ganz Italien, der zu meiner Rettung einen Finger ausstrecken würde.“

„Vielleicht daß ich's nicht täte, wenn ich gerade mitten in einem Schmaus begriffen wäre! Aber Scherz beiseite, wir Italier sind wirklich furchtbar selbstsüchtig.“

„Wie alle Menschen, die nicht frei sind,“ erwiderte Glaukus mit einem Seufzer. „Nur die Freiheit kann uns vermögen, Opfer für einander zu bringen.“

„So muß denn die Freiheit etwas sehr Ermüdendes für Epikuräer sein,“ versetzte Sallust. „Aber hier sind wir vor dem Hause unseres Wirtes.“

Diomed empfing seine Gäste in der Galerie seiner Villa, affektierte gewaltig den Mann von Bildung und trug mithin eine Leidenschaft für alles, was griechisch war, zur Schau, weswegen er dem Glaukus ganz besondere Aufmerksamkeit erwies.

„Du wirst sehen, mein Freund,“ sprach er, sich die Hände reibend, „daß ich hier nicht ohne eine gewisse Klassizität bin — so ein kleiner Cekropier, he? Die Halle, worin wir essen werden, ist den Griechen entlehnt — ein cyzicenischer Ökus. Edler Sallust! man sagt mir, diese Art von Gemächern gebe es in Rom nicht.“

„O,“ erwiderte Sallust mit halbem Lächeln, „ihr Pompejaner kombiniert das Ausgesuchteste von Griechenland und Rom: mögest du, Diomed, deine Gerichte so gut kombinieren, wie die Architektur.“

„Sollst sehen, sollst sehen, mein Sallust,“ versetzte der Kaufmann. „Wir haben einigen Geschmack in Pompeji, und wir haben auch Geld.“

„Zwei vortreffliche Dinge,“ rief Sallust. „Doch sieh da, Dominia Julia.“

Prächtig in ein weißes, mit Perlen und Goldfäden durchwirktes Gewand gekleidet, trat die schöne Julia in das Zimmer. Kaum hatte sie den Gruß der beiden Gäste empfangen, als Pansa und dessen Frau, Lepidus, Clodius und der römische

Senator beinah zugleich eintraten; sofort kam die Witwe Fulvia, dann der Dichter Fulvius, der mit der Witwe, wenn nichts anderes, wenigstens den Namen gemein hatte, nach ihm schritt der Krieger aus Herkulanum, begleitet von seinem Schatten, herein, hierauf die minder ausgezeichneten Gäste. Jone ließ noch auf sich warten.

Bei den höflichen Alten war es Sitte zu schmeicheln, wo es nur immer in ihrer Macht lag, und so galt es denn als ein Zeichen schlechter Erziehung, wenn man sich gleich nach dem Eintritt in das Haus des Wirtes niedersetzte. Die Gesellschaft brachte deshalb nach dem ersten Gruß mehrere Minuten in Betrachtung des Zimmers und Bewunderung der Broncen zu, der Gemälde und des Gerätes, das es schmückte.

„Eine reizende Statue des Bacchus!" rief der römische Senator.

„Eine bloße Kleinigkeit!" erwiderte Diomed.

„Was für allerliebste Malereien!" bemerkte Fulvia.

„Bloße Kleinigkeiten!" antwortete der Besitzer.

„Herrliche Kandelaber!" rief der Krieger.

„Herrlich!" ertönte das Echo seines Schattens.

„Kleinigkeiten! Kleinigkeiten!" wiederholte der Kaufmann.

Mittlerweile stand Glaukus an einem der Fenster der Galerie, die sich auf die Terrassen öffneten, die schöne Julia an seiner Seite.

„Ist es eine athenische Tugend, Glaukus," fragte die Tochter des Kaufmanns, „die zu vermeiden, die man einst gesucht hat?"

„Schöne Julia — nein!"

„Doch es ist, mir scheint, eine Eigenschaft des Glaukus."

„Niemals vermeidet Glaukus seine Freunde," erwiderte der Grieche mit einigem Nachdruck auf dem letzten Wort.

„Darf sich Julia unter die Zahl seiner Freunde rechnen?"

„Für den Kaiser selbst müßte es eine Ehre sein, eine so reizende Freundin zu finden."

„Du weichst meiner Frage aus," erwiderte die verliebte Julia; „aber sag' mir, ist es wahr, daß du die Neapolitanerin Jone bewunderst?"

„Nötigt uns die Schönheit nicht Bewunderung ab?"

„Ah, spitzfindiger Grieche, immer umgehst du den Sinn

meiner Worte. Doch sprich: wird Julia dir wirklich eine Freundin sein?“

„Will sie mir diese Gunst erzeigen, so seien die Götter gepriesen! Der Tag, an dem ich also geehrt werde, soll mir immer mit einem roten Strich bezeichnet sein.“

„Doch während du hier noch sprichst, ist dein Auge unruhig — deine Farbe kommt und geht — du bewegst dich unwillkürlich weg — du kannst es nicht erwarten, neben Jone zu kommen.“

In diesem Moment war nämlich Jone eingetreten und Glaukus hatte wirklich die innere Bewegung verraten, die die eifersüchtige Schöne andeutete.

„Kann mich die Bewunderung für eine Schönheit der Freundschaft der andern unwürdig machen? O Julia, bestätige nicht derartig die Vorwürfe der Dichter gegen dein Geschlecht.“

„Ja, du hast recht; wenigstens will ich mich bemühen, so zu denken. Glaukus, noch einen Augenblick! Du heiratest Jone, nicht wahr?“

„Wenn es die Götter gestatten; es ist meine seligste Hoffnung.“

„Empfange denn von mir als Zeichen unserer neuen Freundschaft ein Geschenk für deine Braut; du weißt ja, es ist Sitte unter Freunden, der Braut und dem Bräutigam solche kleine Zeichen der Achtung und der Glückwünsche zu geben.“

„Julia! von jemand wie du kann ich ein Freundschaftspfand nicht ablehnen. Ich will die Gabe als ein Omen Fortunas selbst annehmen.“

So steige denn nach dem Fest, wenn die Gäste weggehen, mit mir in mein Zimmer hinab, das Geschenk aus meinen Händen zu empfangen. Vergiß es nicht!“ — Damit trat Julia zu der Frau des Pansa und ließ Glaukus sich zu Jone verfügen.

Die Witwe Fulvia und die Gattin des Ädils waren in einer hochwichtigen Erörterung begriffen.

„O Fulvia, ich versichere dich, nach der letzten Nachricht aus Rom ist die gekräuselte Frisur ganz aus der Mode gekommen. Man trägt das Haar jetzt nur turmförmig aufgerichtet, wie hier Julia, oder in Gestalt eines Helms, wie du bei mir siehst: es läßt, denk ich, nicht übel. Ich versichere dich, Vespius" (Vespius war der Name des Helden aus Herkulanum) „bewundert es höchlich."

„Und trägt niemand das Haar wie jene Neapolitanerin nach der griechischen Art?"

„Was? auf der Stirn gescheitelt, mit einem Knoten hinten! O nein! wie lächerlich! es erinnert an die Statue der Diana! Aber diese Jone ist hübsch, nicht?"

„Die Männer behaupten's, aber freilich ist sie auch reich. Sie heiratet den Athener; ich wünsch ihr Glück. Er wird ihr wohl nicht lang treu bleiben, fürcht ich; diese Fremden sind gar unbeständig."

„Ha, Julia," fragte Fulvia, als die Tochter des Kaufmanns zu ihnen trat, „hast du schon den Tiger gesehen?"

„Nein!"

„Ei, alle Damen haben ihm schon ihren Besuch gemacht; er ist so hübsch!"

„Hoffentlich bekommen wir einen Verbrecher oder sonst jemand für ihn und den Löwen," erwiderte Julia. „Dein Gemahl" (zu Pansas Frau gewandt) „läßt sich die Sache nicht so angelegen sein als er sollte."

„Wahrhaftig, die Gesetze sind auch zu mild," entgegnete die behelmte Dame; „es gibt nur wenige Verbrechen, gegen die man die Strafe der Arena verhängen kann. Zudem werden die Gladiatoren nach und nach weichlich. Die stämmigsten Tierkämpfer erklären, sie wollten wohl gegen einen Bären oder Stier fechten, aber gegen einen Löwen oder Tiger, meinen sie, könnte der Spaß zu ernsthaft werden."

„Sie verdienen eine Nachtmütze zu tragen, erwiderte Julia verächtlich.

„Hast du das neue Haus des Fulvius, unseres werten Dichters gesehen?" fragte Pansas Frau.

„Nein! ist es schön?"

„Außerordentlich; vortrefflicher Geschmack! doch sagt man, meine Teure, er habe sehr unschickliche Gemälde. Er will sie den Frauen nicht zeigen; wie ungezogen!"

„Diese Dichter sind immer wunderliche Köpfe," bemerkte die Witwe. „Aber er ist ein interessanter Mensch; was für hübsche Verse er macht. Wir machen in der Poesie gewaltige Fortschritte; es ist unmöglich, das alte Zeug noch zu lesen."

„Ich gestehe, ich bin deiner Meinung," entgegnete die Domina mit dem Helm; „die neuere Schule hat soviel Kraft und Energie."

Der Krieger kam auf die Damen zugeschlendert.

„Es versöhnt mich mit dem Frieden," sprach er, „wenn ich solche Gesichter sehe."

„Ah, ihr Helden seid immer Schmeichler!" gab ihm Fulvia zurück, beeilt, das Kompliment speziell auf sich zu beziehen.

„Bei dieser Kette, die ich aus des Kaisers eigener Hand erhielt," erwiderte der Krieger, mit einer kurzen Kette spielend, die sich wie ein Halsband um seinen Nacken schloß, statt, wie bei Nichtsoldaten bis auf die Brust herabzuhängen — „bei dieser Kette, du tust mir unrecht, ich spreche gerad heraus, wie's einem Soldaten ziemt."

„Wie findest du die Damen Pompejis im allgemeinen?" fragte Julia.

„Bei der Venus, sehr schön! Freilich begünstigen sie mich ein wenig und das verleitet vielleicht mein Auge, ihre Reize zu verdoppeln."

„Wir haben die Krieger gern," sagte Pansas Frau.

„Ich seh es; beim Herkules! allzu viel Ruhm kann einem in diesen Städten ordentlich lästig werden. In Herkulanum klettern die Leute auf das Dach meines Atriums, um mich durch das Conpluvium einen Augenblick zu sehen; die Bewunderung unserer Mitbürger ist anfangs recht angenehm, aber allmählich wird sie lästig."

„Gewiß, gewiß, Vespius," rief der Poet, indem er zu der Gruppe trat; „so find ich's auch."

„Du?" erwiderte der stattliche Krieger, indem er die kleine Gestalt des Dichters mit unsäglicher Verachtung maß. „In welcher Legion hast du gedient?"

„Du kannst meine Spolien, meine Exuvien sogar auf dem Forum sehen," entgegnete der Poet mit einem bedeutsamen Blick auf die Frauen. „Ich gehörte zu den Zeltkameraden des großen Mantuaners selbst."

„Ich kenne keinen Heerführer aus Mantua," versetzte der Krieger streng; „welchen Feldzug hast du mitgemacht?"

„Den Zug auf den Helikon."

„Von diesem hab ich nie gehört."

„Nein, Vespius, er scherzt nur," rief Julia lachend.

„Scherzt! beim Mars, bin ich ein Mann, mit dem man scherzen darf?“

„Ja; Mars selbst liebte die Mutter der Scherze,“ erwiderte der Poet ein wenig erschrocken. „Wisse, o Vespius, daß ich der Dichter Fulvius bin. Ich bin es, der die Krieger unsterblich macht.“

„Das mögen die Götter verhüten!“ flüsterte Sallust Julia zu. „Würde Vespius unsterblich, welch ein Exemplar von einem langweiligen Prahlhans käme auf die Nachwelt!“

Der Krieger sah verlegen aus, als endlich zu seiner und seiner Genossen unendlicher Erleichterung das Zeichen zur Tafel gegeben wurde. Diomed, der ziemlich zeremoniös war, hatte einen Nomenklator oder Platzanweiser der Gäste angestellt.

Die festliche Tafel bestand aus drei nach Hufeisenart aneinander gerückten Tischen, einen in der Mitte und einen auf jedem Flügel. Nur an der Außenseite dieser Tische befanden sich die Gäste; der innere Raum blieb zur größern Bequemlichkeit der Aufwärter oder Ministri frei. Die äußerste Ecke des einen Flügels wurde Julia, als der Dame des Hauses, zugewiesen; der Platz neben ihr dem Diomed. An einer Ecke des Mitteltisches befand sich der Ädil; an der entgegengesetzten der römische Senator: dies die Ehrenplätze. Die übrigen Gäste waren so verteilt, daß die Jugend nebeneinander kam und die Älteren auf gleiche Weise gepaart wurden.

Iones Stuhl stand neben dem Ruhebett des Glaukus. Die Sitze waren mit Schildkrötenschalen ausgelegt und mit Polstern bedeckt, die mit Federn gefüllt und mit den köstlichen Stickereien Babylons geschmückt waren. Als Tafelschmuck dienten eherne, elfenbeinerne und silberne Götterbilder. Das heilige Salzfaß und die Laren fehlten nicht. Über Tafel und Sitze hing von der Zimmerdecke ein reicher Baldachin herab. An jeder Ecke des Tisches standen hohe Kandelaber, denn obwohl es noch früh am Tage war, war das Gemach verfinstert. Von Dreifüßen, die an verschiedenen Stellen des Saales aufgestellt waren, erhob sich der Duft von Myrrhe und Weihrauch, und auf dem Abakus oder Seitentisch sah man große Gefäße und verschiedene Schaustücke von Silber. Die Stelle des Tischgebets nahm unabänderlich eine Libation für die Götter ein, und Vesta, als die oberste Hausgottheit, empfing in der Regel zuerst solche dankbare Huldigung.

Nachdem diese Zeremonie vorüber war, streuten die Sklaven Blumen auf die Ruhebetten und den Boden aus, und krönten jeden Gast mit Rosenkränzen, die mit Bändern durchflochten, auf Lindenbast geheftet und mit Efeu und Amethyst, den angeblichen Schutzmitteln gegen die Wirkung des Weines, verbunden waren. Nur in die Kränze der Damen hatte man kein Weinlaub angebracht, denn bei diesen war es nicht Sitte, öffentlich Wein zu trinken. Jetzt erachtete es der Vorsitzer für rätlich, einen Basileus oder König des Festes zu ernennen — ein wichtiges Amt, über das bisweilen das Los, bisweilen, wie hier, der Wirt des Hauses entschied.

Diomed befand sich in nicht geringer Verlegenheit über die Wahl. Der invalide Senator war zu ernst und zu schwach für die gehörige Erfüllung dieser Pflicht. Der Ädil Pansa wäre der Aufgabe hinlänglich gewachsen gewesen, aber einen Gast zu erwählen, der seinem amtlichen Range nach unter dem Senator stand, war eine Beleidigung gegen letzteren. Während der Kaufherr über die Verdienste der übrigen noch mit sich zu Rate ging, fiel ihm der muntere Blick Sallusts ins Auge, und plötzlich fiel es ihm ein, den jovialen Epikuräer zur Ehre des Königs oder Arbiter bibendi zu berufen.

Sallust nahm die Stelle mit geziemender Bescheidenheit an. „Ich werde," sprach er, „ein gnädiger König für alle sein, die tiefe Züge tun; gegen einen Ungehorsamen aber werd ich mich unerbittlicher erweisen, als Minos selbst, also nehmt euch in acht!"

Sofort reichten die Sklaven Becken mit wohlriechendem Wasser herum, denn das Fest begann damit, daß man sich die Hände wusch; und bald ächzte der Tisch unter dem ersten Gang.

Das anfangs flüchtige und vereinzelte Gespräch erlaubte Jone und Glaukus jenes süße Geflüster, das alle Beredsamkeit in der Welt aufwiegt. Julia bewachte sie mit blitzenden Augen.

„Wie bald werde ich den Platz der Neapolitanerin einnehmen!" dachte sie.

Clodius jedoch, der an dem mittleren Tisch lag, so daß er Julias Gesicht genau beobachten konnte, bemerkte ihren Verdruß und beschloß, sich dies zunutze zu machen. Er redete sie über die Tafel hinüber in den herkömmlichen Ausdrücken der Galanterie an, und da er von hoher Geburt und schmuckem Äußern war, blieb die eitle Julia trotz ihrer Liebe keineswegs unempfindlich gegen seine Aufmerksamkeiten.

Mittlerweile wurden die Sklaven von dem wachsamen Sallust beständig in Atem erhalten. Er jagte Becher auf Becher mit einer Schnelligkeit unter die Gäste, als wär er entschlossen, alle geräumigen Keller Diomeds zu erschöpfen. Den würdigen Kaufmann fing seine Wahl zu gereuen an, als Amphora auf Amphora angestochen und geleert wurde. Die Sklaven, sämtlich noch unter dem Mannesalter (die Jüngsten, die den Wein füllten, etwa zehn Jahre alt; die Ältesten, die ihn mit Wasser mischten, etwa fünf Jahre älter), schienen Sallusts Eifer zu teilen und Diomeds Gesicht fing an zu glühen, als er die herausfordernde Willfährigkeit wahrnahm, womit sie den Bemühungen des Festkönigs zu Hilfe kamen.

„Verzeihe mir, o Senator," rief Sallust, „ich sehe, du machst Ausflüchte, dein Purpursaum kann dich nicht retten: trinke."

„Bei den Göttern," erwiderte der Senator hustend, „meine Lungen stehen bereits in Feuer; du gehst mit einer so wunderbaren Schnelligkeit zu Werke, daß Phaeton selbst nichts gegen dich war. Ich bin ein kranker Mann, mein lustiger Freund, du mußt mich entschuldigen."

„Ich nicht, bei der Vesta! ich bin ein unparteiischer Herrscher — trinke!"

Der arme Senator war nach den Tischgesetzen genötigt, zu gehorchen. Ach! jeder Becher brachte ihn näher und näher an den stygischen Pfuhl.

„Sachte, sachte, mein König," stöhnte Diomed, „wir fangen bereits an zu . . ."

„Verrat!" unterbrach ihn Sallust, „keinen strengen Brutus hier! — Keine Einmischung in die königliche Gewalt!"

„Aber unsere weiblichen Gäste?"

„Lieben einen Zecher! War Ariadne nicht leidenschaftlich für Bacchus eingenommen?"

Die Mahlzeit nahm ihren Gang — die Gäste wurden gesprächiger und lauter; das Dessert stand bereits auf dem

Tisch, und die Sklaven boten Wasser mit Myrrhe und Ysop an, daß sich die Gäste die Hände waschen könnten. Im nämlichen Augenblick schien sich ein rundes Tischchen, das den Gästen gegenüberstand, plötzlich wie durch Zauberei in der Mitte zu öffnen und goß einen duftenden Staubregen auf Tafel und Menschen. Als dieser nachließ, wurde der oben schwebende Baldachin weggezogen, die Gäste sahen ein Seil quer unter der Zimmerdecke hingespannt, und einer von jenen behenden Tänzern, um derentwillen Pompeji so berühmt war, begann seinen lustigen Reigen gerade über den Köpfen der Anwesenden.

Eine solche Erscheinung, die nur durch ein Seil von den Schädeln der Zuschauer geschieden war und in den heftigsten Sprüngen ordentlich schwelgt, als wolle sie auf die Häupter fallen: ein solches Schauspiel schienen die pompejanischen Schwelger mit Wohlgefallen zu betrachten, und klatschten in dem Verhältnis, worin der Luftspringer mit der größten Schwierigkeit dem Sturz auf den Kopf je desjenigen Gastes zu entgehen schien, über dem zu tanzen ihm gerade beliebte. Wirklich erwies er dem Senator die besondere Artigkeit, vom Seil zu fallen und es wieder mit der Hand aufzufangen, eben als die ganze Gesellschaft den Schädel des Römers bereits so zersplittert glaubte, als es nur immer die Hirnschale jenes Dichters war, die der Adler für eine Schildkröte ansah.

Endlich, zur großen Herzenserleichterung Iones, die an diese Unterhaltung nicht sehr gewöhnt war, hielt der Tänzer plötzlich an, und eine Musik ließ sich von außen vernehmen. Aber von neuem begann er einen noch wilderen Tanz; die Musik wechselte, der Tänzer hielt abermals ein: — nein, noch nicht vermochte sie den Zauber zu lösen, von dem er besessen schien. Er stellte nämlich einen Menschen vor, der durch eine seltsame Krankheit zum Tanzen genötigt ist, und den nur eine gewisse Melodie zu heilen vermag. Endlich schienen die Musiker den rechten Ton zu treffen; der Geheilte machte einen Sprung, schwang sich vom Seil herab, gewann den Fußboden und verschwand.

Eine Kunst machte der andern Platz: Die Musiker, die draußen auf der Terrasse standen, spielten eine sanfte, weiche Melodie, zu der ein Lied gesungen wurde, das infolge der zwischenstehenden Wand und der ausnehmend leisen Aussprache der Sänger vor dem Ohr der Gäste beinah verhallte.

Gegen das Ende des Liedes errötete Jones Wange tiefer als zuvor, und Glaukus hatte es unter dem Schutzdach des Tisches so zu fügen gewußt, daß ihre Hand in die seinige kam.

„Ein hübsches Lied," bemerkte Fulvius mit Gönnermiene.

„Ah, wenn du uns eines zu hören geben wolltest," flüsterte Pansas Frau.

„Wünschest du, daß Fulvius singe?" fragte der König des Festes, der der Gesellschaft gerade anbefohlen hatte, die Gesundheit des römischen Senators zu trinken, und zwar einen Becher auf jeden Buchstaben seines Namens.

„Kannst du fragen?" erwiderte die Matrone mit einem schmeichelhaften Blick auf den Dichter.

Sallust schnippte mit dem Finger und flüsterte dem Sklaven, der nach seinem Befehle fragte, etwas zu. Dieser verschwand und kehrte nach wenigen Minuten mit einer kleinen Leier in der einen Hand und einem Myrtenzweig in der andern zurück.

Er näherte sich dem Dichter und überreichte ihm mit einer tiefen Verbeugung das Instrument.

„Ach ich kann nicht spielen," erwiderte Fulvius.

„Dann mußt du zu der Myrte singen. Es ist ein griechischer Brauch: Diomed liebt die Griechen, ich liebe die Griechen, du liebst die Griechen, wir alle lieben die Griechen — und unter uns gesagt, dieser Brauch ist nicht das einzige, was wir von ihnen gestohlen haben. Übrigens sei dem, wie ihm wolle, ich führe die Sitte ein — ich der König: — singe, Untertan — singe."

Mit verschämtem Lächeln nahm der Poet die Myrte in die Hand und sang nach einem kurzen Vorspiel mit einer angenehmen, wohltönenden Stimme ein lustiges Lied, das dem heitern, lebenslustigen Sinn der Pompejaner höchlich zusagte und mit großem Applaus aufgenommen wurde. Die Witwe bestand darauf, daß man ihren Namensvetter mit demselben Myrtenzweig kröne, zu dem er gesungen hatte. Der Zweig wurde mit leichter Mühe zu einem Kranz umgebogen und der unsterbliche Fulvius unter Händeklatschen und dem Ruf: Jo triumphe! gekrönt. Gesang und Leier machten jetzt die Reihe durch die ganze Gesellschaft; ein frischer Myrtenzweig ging von Hand zu Hand, und hielt bei jedem Gast an, der dahin gebracht werden konnte zu singen.

Die Sonne neigte sich nunmehr zum Untergang, obwohl es die Tischgesellschaft, die bereits mehrere Stunden fröhlich hingebracht hatte, in dem verdunkelten Zimmer nicht bemerkte. Der Senator aber, der müde war, und der Krieger, der nach Herkulanum zurückzukehren hatte, erhoben sich und gaben dadurch das Zeichen zum allgemeinen Aufbruch.

„Weilet noch einen Augenblick, meine Freunde," rief Diomed; „wollt ihr so bald weggehen, so müßt ihr wenigstens noch an unserem Schlußspiel teilnehmen."

Mit diesen Worten winkte er einem der Sklaven und sagte ihm etwas ins Ohr.

Der Diener eilte hinaus und kehrte sogleich mit einem kleinen Becher zurück, der mehrere sorgfältig versiegelte und dem Anschein nach ganz kleine Täfelchen enthielt. Jeder Gast mußte eins um den Preis der geringsten Silbermünze kaufen, und der Spaß dieser Lotterie (einer Lieblingsunterhaltung des Augustus, der sie zuerst einführte) bestand in der Ungleichheit, ja bisweilen Ungereimtheit der Gewinste, deren Beschaffenheit und Wert in dem Täfelchen näher angegeben waren. So zog z. B. der Dichter mit verdrießlichem Gesicht eines seiner eigenen Gedichte und nie schlang ein Arzt seine eigene Arznei grämlicher hinunter! Der Krieger zog eine Nadelbüchse, was zu einigen Witzeleien über Herkules und den Spinnrocken Anlaß gab, die Witwe Fulvia erhielt einen großen Trinkbecher, Julia eine Männerschnalle und Lepidus eine Damenschminkdose. Das passendste Los wurde von dem Spieler Clodius gezogen, der vor Zorn errötete, als er mit einem Paar falscher Würfel beschenkt ward. Eine gewisse Dämpfung erfuhr die frohe Laune, die die verschiedenen Ziehungen hervorgerufen hatten, durch einen Unfall, der als ein übles Zeichen angesehen wurde: Glaukus nämlich zog den wertvollsten Gewinst, eine kleine marmorne Statue der Fortuna von einem griechischen Künstler, und indem der Sklave sie ihm hinreichte, ließ er sie fallen und sie brach in Stücke. Ein Schauer ging durch die Anwesenden und jeder rief aus eigenem Antrieb: Dii avertite omen!

Glaukus allein, obwohl vielleicht eben so abergläubisch als die Übrigen, stellte sich unerschüttert.

„Holde Neapolitanerin," flüsterte er zärtlich Jone zu, die so bleich geworden war, wie der zerbrochene Marmor selbst — „ich nehme das Vorzeichen an; sein Sinn ist, daß nach deinem Besitz Fortuna nichts mehr zu geben vermag: — sie zerbricht ihr Bild, indem sie mich mit dem deinigen beglückt."

Um den übeln Eindruck zu verwischen, bekränzte Sallust seinen Becher mit Blumen und trank die Gesundheit des Wirtes. Dieser folgte die gleiche Aufmerksamkeit für den Kaiser, worauf man nach einem Abschiedsbecher für Merkur um einen angenehmen Schlaf zu senden, das Gelage durch eine letzte Libation schloß und auseinanderging.

Im Innern Pompejis bediente man sich wenig der Wagen teils wegen der ausnehmenden Enge der Straßen, teils wegen der Kleinheit der Stadt selbst. So zogen denn die meisten Gäste ihre Sandalen, die sie im Bankettzimmer abgenommen hatten, wieder an, hingen ihre Mäntel um und verließen das Haus zu Fuß, von ihren Sklaven begleitet.

Unterdessen wurde Glaukus, nachdem er von Jone Abschied genommen und sich auf die zu Julias Zimmer führende Treppe verfügt hatte, von einer Sklavin in ein Gemach gewiesen, wo er die Tochter des Kaufmanns bereits vorfand.

„Glaukus!" sprach sie mit gesenktem Blick, „ich sehe, daß du Jone heftig liebst; ist sie wirklich schön?"

„Julia ist reizend genug, um großmütig zu sein," erwiderte der Grieche. „Ja, ich liebe Jone; mögest du unter den vielen jungen Männern, die dir ihre Huldigungen bringen, einen ebenso aufrichtigen Verehrer finden!"

„Bitte die Götter, daß sie mir diese Gunst gewähren! Siehe, Glaukus, diese Perlen sind das Geschenk, das ich deiner Braut bestimme: möge ihr Juno Gesundheit geben, um diesen Schmuck lange zu tragen."

Damit gab sie ein Futteral in seine Hände, das eine Reihe Perlen von ziemlicher Größe und Kostbarkeit enthielt. Es war so sehr Sitte, daß Personen, deren Vermählung bevorstand, dergleichen Geschenke erhielten, daß Glaukus kein Bedenken tragen durfte, das Halsband anzunehmen, obwohl der stolze, von dem empfindlichsten Ehrgefühl beseelte Athener im stillen beschloß, das Geschenk durch ein dreimal wertvolleres zu ersetzen. Julia, ohne seinen Dank zu Wort kommen zu lassen, goß etwas Wein in einen kleinen Becher.

„Du hast manche Gesundheit mit meinem Vater getrunken," sprach sie lächelnd; „trinke jetzt eine mit mir. Glück und langes Leben deiner Braut!"

Sie berührte den Becher mit den Lippen und reichte ihn sofort dem Glaukus. Die übliche Sitte forderte, daß Glaukus den ganzen übrigen Inhalt austrank, und er verfehlte nicht, ihr nachzukommen. Julia, ohne Ahnung von dem Betrug, den ihr Nydia gespielt hatte, beobachtete den Trinkenden mit funkelnden Augen. Trotz der Voraussagung der Hexe, daß die Wirkung vielleicht nicht augenblicklich eintreten werde, hoffte sie auf einen unmittelbaren Erfolg zugunsten ihrer Reize. Sehr mißvergnügt sah sie daher Glaukus den Becher wieder hinstellen und das Gespräch mit ihr in dem vorigen leidenschaftlosen aber höflichen Ton fortsetzen. Obwohl sie den Gast solange zurückhielt, als sie anstandshalber tun konnte, trat doch kein Wechsel in seinem Benehmen ein.

„Aber morgen," dachte sie und erhob sich triumphierend aus ihrer Mißstimmung, „morgen, wehe dir, mein Glaukus!"

Jawohl: wehe ihm!

Zweiunddreißigstes Kapitel.

Unruhig hatte sich Apäcides den Rest des Tages über auf den unbesuchtesten Wegen in der Nachbarschaft der Stadt umhergetrieben. Die Sonne ging langsam unter, als er an einem einsamen Ort am Sarnus stehen blieb, wo dessen Ufer noch nicht die Anzeichen der Üppigkeit und der Schwelgerei trugen. Nur durch einzelne Öffnungen im Gehölz und den Weingärten blinkte hie und da ein Streifen der weißen, glänzenden Stadt; aber bei dieser Entfernung tönte kein Lärm, kein geschäftiges Summen der Menschen herüber. An dem grünen Gestade kroch eine Eidechse, hüpfte die Heuschrecke und da und dort brach ein einsamer Vogel im Gebüsch in einen plötzlichen Gesang aus, der ebenso schnell wieder verstummte. Tiefe Stille war ringsum, aber nicht die Stille der Nacht. Noch atmete die Luft das frische Leben des Tages, noch regte sich das Gras von der Bewegung schwärmender Insekten, und am jenseitigen Ufer schweifte die anmutige weiße Ziege knospennagend durch das Grün und hielt am Wasser, um zu trinken.

Indem Apäcides gedankenvoll auf die Wellen niedersah, vernahm er neben sich das leise Bellen eines Hundes.

„Still, armer Freund," sagte eine nahe Stimme, „der Tritt des Fremden tut deinem Herrn kein Leid."

Dem Neubekehrten klang die Stimme bekannt; er wandte sich und erblickte den alten, geheimnisvollen Mann, den er in der Versammlung der Nazarener gesehen hatte.

Der Greis saß auf einem mit altem Moos bedeckten Steinblock, neben ihm Stab und Tasche, zu seinen Füßen ein kleiner, zottiger Hund, sein Gefährte auf mancher gefährlichen, wunderbaren Pilgerfahrt.

Der Anblick des Alten wirkte wie Balsam auf den aufgeregten Geist des Neophyten; er trat hinzu und setzte sich neben ihm nieder, nachdem er ihn um seinen Segen angesprochen hatte.

„Bist du doch wie zu einer Reise gerüstet, Vater," sprach er; „willst du uns schon verlassen?"

„Mein Sohn," erwiderte der Greis, „der Tage, die mir noch auf Erden bleiben sind wenige und ich wende sie an, wie es meine Pflicht ist, um von Ort zu Ort zu wandern und die zu trösten, die Gott versammelt hat in seinem Namen, und um die Herrlichkeit seines Sohnes zu verkünden, wie sie seinem Diener offenbar worden ist."

„Du hast, sagt man mir, das Antlitz Christi geschaut?"

„Und dies Antlitz erweckte mich von den Toten. Wisse, junger Verehrer des wahren Glaubens, daß ich der bin, von dem du in der Schrift des Apostels liesest. Im fernen Judäa, in der Stadt Nain, wohnte eine Witwe, demütigen Geistes und traurigen Herzens, denn von allen Angehörigen des Blutes war ihr nur ein einziger Sohn geblieben; und sie liebte ihn mit wehmutvoller Liebe, denn er war das Ebenbild dessen, den sie verloren. Und der Sohn starb. Das Rohr, auf das sie sich gelehnt, war zerbrochen, vertrocknet das Öl im Kruge der Witwe. Sie trugen den Toten auf der Bahre hinaus, und nahe beim Tore der Stadt, wo sich die Menge gesammelt hatte, kam ein Schweigen über die Töne des Schmerzes, denn der Sohn Gottes ging vorbei. Die Mutter, die der Bahre nachfolgte, weinte nicht laut, aber alle, die auf sie blickten, sahen, daß ihr Herz zermalmt war. Und der Herr hatte Erbarmen mit ihr, und er berührte die Bahre und sprach: Ich sage dir, stehe auf! und der Tote erwachte und sah in das Angesicht des Herrn. O, diese ruhige, heilige Stirn — dieses unbeschreibbare Lächeln — dieses schmerzensbleiche, traurige Gesicht, aufgehellt durch das Erbarmen eines Gottes — es verscheuchte die Schatten des Grabes! Ich richtete mich auf — ich sprach — ich lebte — und lag in den Armen meiner Mutter — ja, ich bin der wiederbelebte Tote! Die Menge schrie — die Leichenflöten klangen fröhlich — allgemein erhob sich der Ruf: Gott hat sein Volk heimgesucht! Ich hörte es nicht — ich fühlte, ich sah nichts — als das Antlitz des Erlösers!"

Der Greis schwieg tiefbewegt und den Jüngling überlief es kalt und sein Haar sträubte sich empor: er war in der Gegenwart eines Menschen, der das Geheimnis des Todes geschaut hatte!

„Bis zu jener Zeit," nahm der Sohn der Witwe wieder das Wort, „war ich gewesen wie andere Menschen, gedankenlos — doch nicht verworfen — um nichts mich kümmernd als um Liebe und Leben, ja ich hatte mich zu dem düstern Glauben der irdisch gesinnten Sadduzäer geneigt! Aber von den Toten auferstanden, aus furchtbaren, öden Träumen, die diese Lippen nie offenbaren dürfen, auf die Erde zurückgerufen, um die Macht des Himmels zu bezeugen — abermals sterblich geworden, um ein Bürge der Unsterblichkeit zu sein — brachte ich ein neues Dasein aus dem Grabe. O unglückliches — verlorenes Jerusalem! — ihn, von dem mein Leben kam, sah ich zu einem qualvollen Tod des Verschmachtens verurteilt — im dichten Gedränge sah ich das Licht über dem Kreuz schimmern, ich hörte das höhnende Volk — ich schrie laut — ich tobte — ich drohte: — niemand achtete meiner — ich war verloren im Gewirr und Gebrüll von Tausenden! Aber selbst damals, in meiner und seiner Todesqual, war mir's, als suche mich das glänzende Auge des Menschensohnes — seine Lippe lächelte, als ob sie den Tod besiegte — sie besänftigte mich und ich ward ruhig. Er, der dem Grabe für einen andern Trotz geboten hatte — was war das Grab ihm? Die Sonne schien trüb auf die bleichen, hoheitsvollen Züge und erlosch dann! Finsternis fiel auf die Erde; wie lange sie anhielt, weiß ich nicht. Ein lauter Schrei hallte durch das Dunkel — ein scharfer, bitterer Schrei! und alles war still. —

Aber wer kann die Schrecken der Nacht verkünden? Ich wandelte durch die Stadt — die Erde wankte und die Häuser zitterten in ihrem Grunde — die Lebenden hatten die Straßen verlassen, aber nicht die Toten; durch das Dunkel sah ich sie hingleiten — die dunstigen, gespensterhaften Gestalten in den Gewändern des Grabes, mit Grauen und Weh und Warnung auf ihren starren Lippen und lichtlosen Augen! Sie zogen an mir vorüber — sie stierten mich an — ich war ihresgleichen gewesen und sie neigten ihre Häupter zum Zeichen der Wiedererkennung — sie waren auferstanden, den Lebenden zu sagen, daß die Toten auferstehen können."

Abermals schwieg der alte Mann und fuhr dann in ruhigerem Ton fort:

„Von jener Nacht an entsagte ich jedem irdischen Gedanken, der nicht Christo diente! Ein Prediger und Pilger habe ich die fernsten Winkel der Erde durchzogen, seine Gottheit verkündend und seiner Herde neue Bekehrte zuführend. Ich komme wie der Wind, und wie der Wind scheide ich. Wie der Wind säet, säe ich den Samen, der die Welt reich macht. — Sohn, auf Erden werden wir nicht wieder zusammentreffen. Vergiß nicht diese Stunde. Was sind die Freuden und Herrlichkeiten des Lebens? Wie die Lampe schimmert, glimmt das Leben eine Stunde lang, aber das Licht der Seele ist der Stern, der ewig flammt im Herzen des endlosen Raumes."

Damit fiel ihr Gespräch auf die allgemeine, erhabene Lehre von der Unsterblichkeit; sie sänftigte und erhob das junge Gemüt des Priesters, das noch vielfach an dem Qualm und Schatten der dunkeln Höhle jenes Glaubens hing, dem er erst vor so kurzer Zeit entsagt hatte — es war die Himmelsluft, die dem endlich befreiten Gefangenen zuwehte. Ein mächtiger, ausgeprägter Unterschied fand zwischen dem Christentum dieses Greises und dem des Olinth statt — der Glaube des Greises war sanfter, milder, göttlicher. Der harte Heroismus Olinths hatte etwas Wildes, Unduldsames an sich; er war zu der Rolle, die dieser Mann spielen sollte, notwendig — erinnerte mehr an den Mut des Märtyrers, als an das Erbarmen des Heiligen. Er reizte mehr auf, hob und kräftigte, als daß er überwältigt und besänftigt hätte. Das ganze Herz des göttlichen Greises dagegen war in Liebe gebadet; das Lächeln des Gottes hatte den Gärungsstoff irdischer, rauherer Leidenschaften verzehrt und zu der Kraft des Helden die ganze Weichheit des Kindes hinzugefügt.

„Und jetzt,“ sprach er, sich erhebend, als endlich der letzte Strahl der Sonne im Westen hinabsank, „jetzt in der Kühle der Dämmerung setze ich meinen Weg nach dem kaiserlichen Rom fort. Dort wohnen noch einige heilige Männer, die gleich mir das Antlitz Christi geschaut haben; diese möcht ich vor meinem Tode noch sehen.“

„Aber die Nacht ist kalt für dein Alter, mein Vater, und der Weg lang und unsicher durch Räuber; ruhe bis morgen.“

„Lieber Sohn, was ist in dieser Tasche, das den Räuber anlocken könnte? Und Nacht und Einsamkeit — sie bilden die Leiter, auf der Engel auf- und niedersteigen, während mein Geist unten von Gott träumt. O niemand weiß, was der Pilger fühlt, wenn er seine heilige Bahn wandelt, keine Furcht nährend, an keine Gefahr denkend — denn Gott ist mit ihm; er hört die Winde frohe Botschaft flüstern — er sieht die Wälder im Schatten des Allmächtigen schlafen — die Sterne sind die Schrift des Himmels — Pfänder der Liebe — und Zeugen der Unsterblichkeit. Die Nacht ist des Pilgers Tag.“

Mit diesen Worten drückte der alte Mann Apäcides an seine Brust und nahm Stab und Tasche, der Hund sprang lustig vor ihm her und mit langsamen Schritten und gesenkten Augen ging der Pilger seines Weges.

Der Neubekehrte sah der gebeugten Gestalt nach, bis die Bäume sie seinem Gesicht gänzlich entzogen hatten. Die Sterne brachen hervor; er fuhr aus seinem Sinnen auf und gedachte der mit Olinth getroffenen Verabredung.

Dreiunddreißigstes Kapitel.

Als Glaukus in seine Wohnung zurückkehrte, fand er Nydia unter dem Säulengang des Gartens sitzen. Wirklich war sie auf die bloße Möglichkeit hin, daß er vielleicht frühzeitig heimkehren würde, in das Haus gekommen. In ängstlicher Voreiligkeit hatte sie beschlossen, den Liebestrank bei der ersten Gelegenheit anzuwenden, während sie im nämlichen Augenblick halb hoffte, diese Gelegenheit werde einen Aufschub finden.

In solcher bangen Glut, mit schlagendem Herzen und geröteten Wangen, harrte Nydia auf den Zufall, daß Glaukus vor Nacht zurückkehrte. Er trat eben in den Portikus, als die ersten Sterne aufgingen und der Himmel sich in den tiefsten Purpur gehüllt hatte.

„Ah, mein Kind! wartest du auf mich?"

„Nein, ich habe die Blumen begossen und blieb nur noch ein wenig, um auszuruhen."

„Es war heute warm," sagte Glaukus, indem er ebenfalls auf einem der Sitze in dem Säulengang Platz nahm.

„Sehr warm!"

„Willst du Davus rufen? der Wein, den ich getrunken habe, erhitzt mich; ich dürste nach etwas Kühlendem."

Hier bot sich denn plötzlich und unerwartet die von Nydia gesuchte Gelegenheit; der Geliebte selbst bahnte ihr aus eigener freier Entschließung den Weg. Ihr Atem ging schnell: — „ich will dir," sprach sie, „aus Honig und in Eis gekühltem Wein einen Sommertrank bereiten, wie ihn Jone liebt."

„Hab Dank," erwiderte der ahnungslose Glaukus; „wenn ihn Jone liebt, so ist er gut, er wird mir angenehm sein und wenn es Gift wäre."

Nydia blickte erst finster und lächelte dann; sie entfernte sich auf ein paar Augenblicke und kehrte sofort mit dem Becher, zurück, der das Getränk enthielt. Glaukus nahm ihn aus der Hand. Was hätte Nydia jetzt nur auf eine Stunde lang für das Vorrecht der Sehkraft gegeben, um Zeugin zu sein, wie ihre Hoffnungen zur Erfüllung reiften — wie die erste Morgendämmerung der versprochenen Liebe anbrach — um mit glühenderer Andacht als Persiens Priester den Aufgang der Sonne zu verehren, die, wie ihre gläubige Seele wähnte, über ihre düstere Nacht hereinbrechen sollte! Wie verschieden waren die Empfindungen, die Gedanken der Blinden, wie sie hier stand, von dem, was unter gleicher Erwartung im Herzen der eiteln Julia vorgegangen war. Welch ärmliche, dürftige Leidenschaft hatte diese zu ihrem kecken Unternehmen bestimmt! welch kleinlicher Groll, welch engherzige Rachsucht, welche Hoffnung auf einen kläglichen Triumph hatte das Gefühl gesteigert, dem sie den hohen Namen Liebe gab! In der dichterischen Brust der Thessalierin dagegen war alles reine, ungezügelte Leidenschaft, zwar irrend — unweiblich — zum Wahnsinn gesteigert — aber durch kein Moment einer unedleren Empfindung entwürdigt. Von Liebe, dem innersten

Quell ihres Lebens, durchdrungen — wie konnte sie der Gelegenheit widerstehen, Gegenliebe zu gewinnen?

Hilfesuchend lehnte sie sich an die Wand; ihr vorher so glühendes Gesicht war weiß wie Schnee, die zarten Hände krampfhaft ineinandergepreßt, die Lippen geöffnet, die Augen zu Boden gesenkt, harrte sie, welches Wort Glaukus zunächst sprechen würde.

Dieser hatte den Becher an die Lippen gesetzt, hatte bereits etwa den vierten Teil seines Inhalts geleert, als er bei einem zufälligen Blick auf Nydias Gesicht von der Veränderung, von dem tiefen, schmerzlichen, wunderbaren Ausdruck so ergriffen ward, daß er plötzlich anhielt und, den Becher noch an den Lippen, ausrief:

„Aber Nydia, Nydia, bist du krank oder tut dir etwas weh? leugne nicht, dein Gesicht spricht zu deutlich. Was fehlt meinem armen Kind?“

Mit diesen Worten setzte er den Becher nieder und stand auf, um sich ihr zu nähern, als ein plötzlicher Stich kalt durch sein Herz fuhr, dem sogleich eine wilde, wirre, schwindelnde Empfindung im Gehirn folgte. Der Boden schien unter ihm zu weichen — es war ihm, als erhöben sich seine Füße in die Luft, eine mächtige, überirdische Freudigkeit durchbrauste seinen Geist — er fühlte sich zu stürmisch bewegt für die Erde — er sehnte sich nach Flügeln, ja im wonnigen Sturm seines neuen Daseins schien es ihm, er habe Flügel. Unwillkürlich brach er in ein lautes, schrilles Gelächter aus. Er klatschte in die Hände — er sprang in die Höhe — er war wie eine begeisterte Pythia. Aber schnell wie es gekommen war, verlor sich dieses unnatürliche Entzücken wieder; doch nur zum Teil. Laut und rasch fühlte er jetzt das Blut durch die Adern strömen: es schien zu schwellen — zu toben — sich zu bäumen, wie ein Strom, der seine Ufer durchbrochen hat und dem Ozean zuströmt. In seinem Ohr klang mächtiges Gebraus; er fühlte es zur Stirn emporsteigen — fühlte, wie sich die Adern an seinen Schläfen dehnten und anschwollen, als vermöchten sie die brausende, wachsende Flut nicht länger in sich zu halten. Dann kam eine Art Finsternis über seine Augen, doch keine gänzliche, denn durch die dämmerigen Schatten sah er die gegenüberstehende Wand glühen, und die darauf gemalten Figuren schienen sich wie Geister zu regen und zu bewegen. Aber am seltsamsten war es dabei, daß er sich nicht unwohl fühlte; er erlag, er erstarrte nicht unter dem furchtbaren Wahnsinn, der sich über ihn zusammenzog. Die neue Empfindung schien hell und lebhaft in ihm zu sein — es war ihm, als ob eine frischere Gesundheit in seinen Körper gegossen worden wäre. Er eilte dem Wahnsinn zu: — und er wußte es nicht!

Nydia hatte seine erste Frage nicht beantwortet — war zur Antwort nicht fähig gewesen: — sein wildes, furchtbares Gelächter hatte sie aus ihrer ängstlichen Spannung aufgescheucht. Sie sah seine wilde Gebärde nicht — konnte seinen wankenden, unsichern Schritt, womit er unbewußt auf und ab ging, nicht wahrnehmen, aber sie hörte die abgebrochenen, unzusammenhängenden, sinnlosen Worte, die seinen Lippen entströmten. Schreck und Bestürzung ergriffen sie; — sie eilte auf ihn zu, fühlte mit den Armen umher bis sie seine Knie zu fassen bekam, warf sich sodann vor ihm nieder und umschlang unter Tränen der Angst und der Liebe seine Füße.

„O sprich zu mir! sprich! Du hassest mich nicht? sprich, sprich!"

„Bei der hellen Göttin! ein schönes Land, dieses Zypern! Ha, wie sie uns mit Wein statt mit Blut füllen! jetzt öffnen sie jenem Faun die Adern, um zu zeigen, wie es braust und schäumt. Komm her, lustiger alter Gott! Du reitest auf einem Bock, he? Was er für langes Seidenhaar hat! er wiegt alle Rosse Parthiens auf. Aber ein Wort mit dir: — dein Wein ist zu stark für uns Sterbliche. O schön! die Zweige sind ruhig! die grünen Wellen des Waldes haben den Zephyr gefangen und ertränkt! Kein Lüftchen rührt das Laub und ich sehe die Träume mit gesenkten Flügeln auf der regungslosen Eiche schlummern: ich schaue umher und sehe einen blauen Strom im stillen Mittag funkeln und ein Springquell steigt hoch empor! Ha, mein Quell, du wirst die Strahlen meiner griechischen Sonne nicht auslöschen, so sehr du dich auch mit deinen zarten Silberarmen abmühest. Und was für eine Gestalt schleicht dort durch das Gebüsch? Sie gleitet dahin wie ein Mondstrahl! sie hat einen Kranz von Eichenlaub auf dem Kopf. In ihrer Hand ist ein umgekehrtes Gefäß, woraus sie rote kleine Muscheln und perlendes Wasser schüttet. O schaut auf dieses Gesicht! Die Menschen sahen seinesgleichen nie zuvor. Sieh, wir sind allein, nur ich und sie im weiten Wald. Auf ihren Lippen ist kein Lächeln — sie geht ernsthaft und süß trauernd. He! fliehe, es ist eine Nymphe — eine von den wilden Napäen. Wer sie erblickt, wird wahnsinnig — fliehe! ach, sie entdeckt mich."

„O Glaukus! Glaukus! kennst du mich nicht? Rase nicht so wild oder deine Worte töten mich."

Ein neuer Wechsel schien jetzt über den aus den Fugen gewichenen Geist des unglücklichen Atheners zu kommen. Er legte die Hand auf Nydias seidenes Haar; er streichelte ihre Locken, sah ihr sehnsuchtsvoll ins Gesicht, und da in der zerbrochenen Kette seiner Gedanken einer oder zwei Ringe noch zusammenhielten, so schienen ihm die Züge der Blinden das Bild Jones hervorzurufen. Bei dieser Erinnerung wurde sein Wahnsinn noch tobender, und gesteigert von der Leidenschaft seines Herzens brach er in folgende Worte aus:

„Ich schwöre bei Venus, bei Diana und bei Juno, daß ich die Welt, die ich jetzt auf den Schultern trage, wie mein Landsmann Herakles — (ha! stumpfsinniges Rom! was irgend wirklich groß war stammte aus Griechenland; nicht einmal Götter hättest du, wären wir nicht gewesen!) — ich sage, die Welt, die ich wie mein Landsmann Herakles trage, wollt ich für ein einziges Lächeln Jones in das Chaos fallen lassen. Ach, du Schöne, Angebetete," fügte er mit unaussprechlich zärtlicher, klagender Stimme hinzu, „du liebst mich nicht, du bist unfreundlich gegen mich, der Ägypter hat mich bei dir angeschwärzt — du weißt nicht, wie viele Stunden ich unter deinem Fenster zugebracht, nicht, wie ich die Sterne überwacht habe, hoffend, du, meine Sonne, werdest endlich aufgehen — und du liebtest mich nicht, du verstießest mich! Ach verlaß mich jetzt nicht, ich fühle, daß mein Leben nicht lange dauern wird — laß mich, wenigstens bis zum letzten Augenblick in dein Antlitz schauen. Ich bin aus dem hellen Land deiner Väter — ich habe die Höhen von Phyle betreten — habe Hyazinthen und Rosen in den Olivenhainen des Ilissus gepflückt. Du solltest mich nicht verlassen, denn deine Väter waren Brüder der meinen. Und wohl sagen sie, dieses Land sei lieblich und dieser Himmel heiter — aber ich will dich mit mir nehmen. Ha! dunkle Gestalt, was erhebst du dich wie eine Wolke zwischen mir und ihr? Der Tod sitzt in ruhigem Schrecken auf deiner Stirn — auf deinen Lippen schwebt das Lächeln, das mordet; dein Name ist Orkus, aber auf Erden nennen dich die Menschen Arbaces. Sieh, ich kenne dich; fliehe düsterer Schatten, deine Zauber helfen dir nichts."

„Glaukus, Glaukus!" flüsterte Nydia, indem sie ihn losließ und, überwältigt von Angst, Reue und Schmerz, ohnmächtig zu Boden fiel.

„Wer ruft?" fragte er mit lauter Stimme; „es ist Jone, sie haben sie weggeschleppt — wir wollen sie retten — wo ist dein Dolch? Ha, da hab ich ihn! Ich komme, Jone, zu deiner Erlösung! ich komme, ich komme!"

Mit diesen Worten setzte der Athener mit einem einzigen Sprung aus der Säulenhalle, eilte durch das Haus und stürzte mit schnellen aber wankenden Schritten, hörbar vor sich hinflüsternd, die sternhellen Straßen hinab. Der furchtbare Trank brannte wie Feuer in seinen Adern, denn vielleicht wurde seine Wirkung durch den zuvor getrunkenen Wein noch beschleunigt. Gewöhnt an die Exzesse nächtlicher Schwelger wichen die Einwohner, lächelnd und sich zuwinkend, den unsichern Schritten aus. Sie wähnten ihn unter dem Einfluß des bromischen Gottes, der in Pompeji allerdings nicht nur mit Worten verehrt wurde. Die aber, die ihm länger ins Gesicht schauten, bebten in einer unerklärlichen Furcht zurück und das Lächeln erstarb auf ihren Lippen. Er eilte durch die volkreicheren Straßen, kam sofort, den Weg nach Jones Haus mechanisch verfolgend, in einen weniger bewohnten Stadtteil und betrat jetzt den einsamen Hain der Cybele, wo Apäcides die Unterredung mit Olinth gehabt hatte.

Vierunddreißigstes Kapitel.

Ungeduldig zu erfahren, ob der grauenhafte Trank seinem verhaßten Nebenbuhler von Julia bereits gegeben worden sei und welche Wirkung er hervorgebracht habe, beschloß Arbaces mit Herannahen des Abends Julia in ihrem Hause aufzusuchen und seine Neugier zu befriedigen. Wie schon bemerkt, war es damals üblich, daß Männer Schreibtafeln und Griffel (Stilus) beim Ausgehen in den Gürtel steckten; zu Haus wurden beide Geräte mit dem Gürtel abgelegt. Tatsächlich führten die Römer in diesem Stilus unter dem Schein eines Schreibinstruments eine sehr scharfe und furchtbare Waffe bei sich: Mit einem Stilus erstach Cassius den Cäsar im Senat. Nachdem er also Gürtel und Mantel angelegt hatte, verließ Arbaces sein Haus und machte sich, seine noch immer etwas schwankenden Schritte durch einen langen Stab unterstützend, auf den Weg nach Diomeds Villa! Hoffnung und Rachgier hatten im Verein mit seinen tiefen ärztlichen Kenntnissen mächtig beigetragen, ihm seine natürlichen Kräfte zurückzugeben.

Schön ist das Mondlicht des Südens! unter diesem Himmel senkt sich die Nacht so schnell auf den Tag herab, daß die Dämmerung kaum einen Übergang zwischen beiden bildet. Ein Augenblick dunkleren Purpurs am Firmament — eines über das Licht halb siegenden Schattens — tausend rosiger Farben im Wasser — und auf einmal sind die zahllosen Sterne hervorgebrochen, der Mond scheint und die Nacht hat ihre Herrschaft angetreten.

In mildem Glanz fielen die Mondstrahlen auf den alten Hain der Cybele; die stattlichen Bäume, deren Alter keine Überlieferung anzugeben vermochte, warfen ihre langen Schatten auf den Boden, während durch die Öffnungen in ihrem Gezweig die wimmelnden Sterne still herabschienen. In der weißen Farbe des kleinen Sacellums in der Mitte des Wäldchens, umrankt von dunkelm Laub, lag etwas Unvermitteltes und Erschreckendes; jählings brachte sie den Zweck, dem das Gehölz geweiht war, das Heilige, Tempelartige in seiner Bedeutung vor die Seele.

Mit schnellem Diebesschritt war Kalenus durch die Nacht der Bäume hingeschlichen, hatte die Kapelle erreicht, die Zweige an der Hinterseite des Gebäudes leis auf die Seite geschoben und sich in sein Versteck begeben; ein Versteck, das durch den Tempel vorne und die Bäume hinten so vollkommen abgeschlossen war, daß ihn ein Vorübergehender nicht wohl entdecken konnte, er müßte denn schon zum voraus einen Verdacht gehabt haben. Abermals war dem Schein nach tiefe Einsamkeit in dem Hain; fernher erschollen schwach die Stimmen einiger lauten Abendschwärmer, oder die Musik, die fröhlich aus der Menschenmenge hervorhallte, denn damals wie noch jetzt unter Italiens Himmel weilten die Leute während der Sommernächte lange in den Straßen und genossen in der frischen Luft und dem hellen Mondlicht einen milderen Tag.

Von der Höhe aus, auf der sich der Hain befand, erblickte man durch die Zwischenräume des Gehölzes die breite, purpurne, sich fernher kräuselnde See, die weißen Villen von Stabiä an der ausgebuchteten Küste und die dämmerigen Lactiarischen Berge, mit dem zarten Himmel verschwimmend. Eben betrat die hohe Gestalt des Arbaces auf seinem Wege nach Diomeds Haus das Wäldchen, und im nämlichen Moment kreuzte Apäcides, seiner Verabredung mit Olinth gemäß, den Pfad des Ägypters.

„He, Apäcides!" rief Arbaces, der den Priester auf den ersten Blick erkannt hatte; „als wir zuletzt zusammentrafen, warst du mein Feind. Seit der Zeit wünschte ich dich stets zu sehen, denn immer möchte ich dich noch zu meinem Zögling und Freund haben."

Apäcides blieb stehen, bestürzt über die Stimme des Ägypters und blickte auf ihn mit einem Gesicht, auf dem Haß und Verachtung miteinander stritten.

„Elender Betrüger," sprach er endlich, „so bist du denn aus dem Rachen des Todes entronnen? Glaube jedoch nicht, aufs neue dein sündhaftes Gewebe um mich ziehen zu können. — Netzwerfer, ich bin gegen dich gewaffnet!"

„Still," entgegnete Arbaces mit sehr leisem Ton; aber der Stolz, der in diesem Abkömmling von Königen nicht gering war, verriet die Wunde, die ihm die Schmähworte des Priesters geschlagen hatte, durch das Zittern seiner Lippe und das Erröten der dunkeln Stirn.

„Still, leiser! man könnte dich hören, und vernähme ein anderes Ohr als das meinige ein solches Wort, so . . ."

„Droheſt du? — was wär es denn, wenn mich die ganze Stadt gehört hätte?"

„Dann würden die Geister meiner Väter nicht dulden, daß ich dir's vergäbe. Aber halt und höre mich. Du bist ergrimmt, daß ich Gewalt gegen deine Schwester gebrauchen wollte — ruhig, ruhig! nur einen Augenblick, ich bitte dich! Du hast recht, es war der Wahnsinn der Liebe und Eifersucht — bitter hab ich meine Verrücktheit bereut. Vergib mir; ich, der nie einen Menschen um Vergebung bat, flehe dich jetzt an, mir zu verzeihen. Ja, ich will die Schmach wieder gut machen — ich fordere deine Schwester zur Ehe. — Erschrick nicht, überlege — was ist die Verbindung mit jenem griechischen Glückspilz, verglichen mit mir? Ungemessener Reichtum — eine Abstammung, die durch ihr hohes Alter eure griechischen und römischen Namen zu Dingen von gestern her niederdrückt — ein Wissen — doch dieses kennst du. Gib mir deine Schwester, und mein ganzes Leben soll den Fehler eines Augenblicks wieder gut machen.

„Ägypter, wollte ich auch einwilligen, so ist selbst die Luft, die du atmest, meiner Schwester verhaßt; doch auch ich habe Unrecht von dir erlitten — wenn ich dir auch vergeben habe, daß du mich zum Werkzeug deiner Betrügereien gebraucht hast, so kann ich dir doch nie verzeihen, daß du mich zum Mitschuldigen deiner Laster — zum befleckten, meineidigen Menschen gemacht hast! Zittere, schon bereite ich die Stunde vor, wo du und deine falschen Götter enthüllt werden sollen. Zutage kommen wird dein verbuhltes, üppiges Leben — entschleiert das Fratzenbild deiner Orakel; ein Schand- und Schimpfwort soll der Tempel der abgöttischen Isis, der königliche Name des Arbaces ein Ziel für das Hohngezisch der Verwünschung werden. Zittere!"

Der Röte auf der Stirn des Ägypters folgte Todesblässe. Er blickte nach allen Seiten, ob nicht etwa ein Zuhörer da sei, und heftete dann das dunkle, weit offene Auge so grimmig drohend auf den Priester, daß vielleicht nur ein Mensch, der, wie Apäcides, von der kühnen Glut heiligen Eifers getragen wurde, mit fester Miene diesem furchtbaren Blick standzuhalten vermochte. So jedoch bot ihm der junge Neubekehrte unerschüttert die Stirn, ja erwiderte ihn mit stolzer Herausforderung.

„Apäcides," sagte der Ägypter mit bebender, tief aus dem Innern tönender Stimme, „sieh dich vor! Womit gehst du um? sprachst du ... halt an, überlege deine Antwort wohl — sprachst du nur aus, was dir augenblicklicher Zorn eingegeben hat, ohne daß das Gesprochene auf einen festen Entschluß deutet — oder zeigt es einen überlegten Plan an?"

„Ich spreche wie es mir der wahre Gott eingibt, dessen Diener ich jetzt bin," erwiderte der Christ kühn. „Ich sprach im Bewußtsein, daß durch seine Gnade menschlicher Mut deiner Heuchelei und deinem Götzendienst bereits das Endziel gesteckt hat; ehe die Sonne dreimal aufgegangen ist, wirst du alles erfahren! Dunkler Zauberer, zittere."

All die wilden, grimmigen Leidenschaften, die er von seinem Volk und Lande ererbte und unter listiger Sanftmut und philosophischer Kälte jederzeit nur übel verbarg, waren in der Brust des Ägypters entfesselt. Schnell jagte ein Gedanke den andern; er sah den Menschen vor sich, der selbst eine gesetzmäßige Verbindung mit Jone hartnäckig verhinderte — den Genossen des Glaukus in dem Kampf, der seine Pläne vereitelt hatte — den Schänder seines Namens — den drohenden Entweiher der Göttin, der ein Arbaces diente, wenn er auch nicht an sie glaubte — den offenkundigen, nahenden Enthüller seiner Betrügereien und Laster. Seine Liebe, seine Ehre, selbst sein Leben konnten gefährdet werden; ja Tag und Stunde zu einem Unternehmen gegen ihn schienen bereits festgesetzt zu sein. Er ersah aus den Worten des Neubekehrten, daß er den christlichen Glauben angenommen hatte, er kannte den unbezähmbaren Eifer, der die Proselyten dieses Glaubens beseelte. — So sah es mit seinem Feinde aus. Er faßte seinen Stilus — der Feind war in seiner Gewalt! eben standen sie vor der Kapelle — rasch warf er noch einen Blick umher — er bemerkte niemand — Stille und Einsamkeit ermutigten ihn.

„Stirb denn in deiner Tollheit," murmelte er; „hinweg! du Hemmnis meines Glückes!"

Und eben als sich der junge Christ zum Weitergehen anschickte, erhob Arbaces die Hand hoch über dessen linke Schulter und stieß die scharfe Waffe zweimal in seine Brust.

Apäcides stürzte mit durchbohrtem Herzen nieder — stumm, ohne einen Seufzer, am Fuße der heiligen Kapelle.

Arbaces betrachtete ihn einen Augenblick mit der wilden, tierischen Freude des Sieges über einen Feind. Aber unverweilt durchzuckte ihn das volle Bewußtsein der Gefahr, der er ausgesetzt war; sorgfältig wischte er seine Waffe im langen Gras und an den Kleidern seines Opfers selbst ab, hüllte sich in seinen Mantel und wollte eben weggehen, als er die Gestalt eines jungen Mannes mit seltsam wankenden unsteten Schritten gerade auf dem Wege vor ihm daherkommen sah. Das ruhige Mondlicht strömte voll auf das

Gesicht, das in dem bleichenden Strahl weiß wie Marmor erschien. Der Ägypter erkannte Züge und Gestalt des Glaukus. Der unglückliche, sinnberaubte Grieche sang ein zusammenhangloses, unsinniges Lied, aus Bruchstücken heiliger Oden und Hymnen bunt durcheinandergewoben.

„Ha!“ dachte der Ägypter, diesen Zustand und seine furchtbare Ursache sogleich erratend, „so wirkt denn der Höllentrank, und das Schicksal hat dich hierher gesandt, damit ich zwei meiner Feinde auf einmal zerschmettere!“

Schnell, und noch ehe ihm dieser Gedanke gekommen war, hatte er sich auf eine Seite der Kapelle zurückgezogen und unter den Zweigen versteckt; von diesem Schlupfwinkel aus lauerte er, wie der Tiger in seinem Lager, auf das Herannahen seines zweiten Opfers. Er bemerkte das irre, unruhige Feuer in den hellen, schönen Augen des Atheners, die Krämpfe, die das Ebenmaß seiner Züge verzerrten und seine farblose Lippe erschlafften, und er sah, daß der Wankende gänzlich von Sinnen war. Als Glaukus sich jedoch dem Leichnam des Apäcides näherte, aus dem der dunkelrote Strom langsam über das Gras hinfloß, verfehlte gleichwohl ein so überraschender, schauderhafter Anblick nicht seinen Eindruck auf das umnachtete, irre Gemüt. Er hielt an, legte die Hand an die Stirn, wie um sich zu besinnen, und sagte dann:

„Heda, Endymion! schläfst du so fest? was hat Selene zu dir gesagt? Du machst mich eifersüchtig; es ist Zeit zum Erwachen.“ — Er bückte sich, um den Körper aufzuheben.

Seine eigene Schwäche vergessend stürzte der Ägypter aus dem Versteck hervor und schlug den Gebeugten mit mächtiger Faust zu Boden, so daß er neben den Leichnam niederfiel; dann ließ er seine kräftige Stimme mit aller Macht ertönen:

„Holla, Bürger, zu Hilfe! — daher — daher! ein Mord — ein Mord vor der Schwelle euers Tempels! zu Hilfe oder der Mörder entrinnt!“

Während dieser Worte hielt er dem Glaukus den Fuß auf die Brust, eine überflüssige Vorsicht, denn infolge des Trankes und des Sturzes lag der Grieche regungslos und ohne Besinnung da, ausgenommen, daß sich dann und wann unbestimmte, wahnsinnige Laute von seinen Lippen stahlen.

Wohl mochten, so lang Arbaces so dastand und auf die

wartete, die seine Stimme herbeizurufen fortfuhr, einige Gewissensbisse, einige reuige Anwandlungen seine Brust durchzucken — denn bei all seinen Freveln war er ein Mensch. Der wehrlose Zustand des Glaukus — seine irren Worte, seine zerrüttete Vernunft ergriffen ihn tiefer, als selbst der Tod des Apäcides, und halb hörbar sprach er zu sich selbst:

„Armer Staub — arme Menschenvernunft! Wo ist jetzt die Seele? ich könnte dich verschonen, mein Nebenbuhler — jetzt nicht mehr Nebenbuhler! aber das Schicksal muß erfüllt werden, meine Sicherheit verlangt deine Opferung."

Damit rief er, als wollte er die innere Stimme übertäuben, noch lauter, zog aus dem Gürtel des Griechen den Stilus hervor, tauchte ihn in das Blut des Ermordeten und legte ihn neben die Leiche.

Schnell und atemlos kamen jetzt die Leute in Menge herbeigerannt; einige mit Fackeln, die der Mond unnötig machte, und nur einen roten, zitternden Schein auf die dunkeln Bäume werfen ließ. Sie umgaben den Platz.

„Hebt den Leichnam auf," rief der Ägypter, „und hütet den Mörder wohl."

Sie erhoben den Körper und groß war das Grauen und die fromme Entrüstung, womit sie in dieser leblosen Hülle einen Priester der angebeteten, verehrten Isis entdeckten; aber größer vielleicht noch ihr Staunen, als sie in dem Angeklagten den glänzenden, bewunderten Athener erkannten.

„Glaukus!" riefen die Umstehenden mit einer Stimme, „ist es möglich?"

„Eher wollte ich glauben," flüsterte einer seinem Nachbar zu, „daß der Ägypter selbst der Täter wäre."

Hier drängte sich ein Centurio mit einer Amtsmiene in die Menge.

„Wie! Blut vergossen! Wo ist der Mörder?"

Das Volk zeigte auf Glaukus.

„Er? beim Mars! er sieht eher aus, als ob er der Erschlagene wäre! Wer klagt ihn an?"

„Ich," entgegnete Arbaces, sich stolz emporrichtend, und die Edelsteine, die sein Kleid schmückten, überzeugten durch ihr Gefunkel den würdigen Kriegsmann alsogleich von der Achtbarkeit des Angebers.

„Verzeihe mir, — dein Name?"

„Arbaces; ein wie ich glaube wohlbekannter Name in Pompeji. Ich kam durch den Hain daher und bemerkte den Griechen und den Priester in lebhaftem Gespräch vor mir. Die schwankenden Bewegungen des ersteren, seine heftigen Gebärden, seine laute Stimme fielen mir auf; er schien mir entweder betrunken oder verrückt zu sein. Plötzlich sah ich ihn seinen Stilus erheben — ich stürzte hinzu — jedoch zu spät — den Streich aufzuhalten. Zweimal hat er sein Opfer durchbohrt und beugte sich jetzt eben darüber, als ich in Grauen und Entrüstung den Mörder zu Boden schlug. Er fiel ohne Widerstand, was die Vermutung, daß er bei Begehung des Verbrechens nicht ganz bei Sinnen gewesen sein muß, noch mehr in mir bestärkte; denn kaum erst von einer heftigen Krankheit genesen, führte ich einen ziemlich schwachen Streich und Glaukus ist, wie ihr sehet, von kräftigem, jugendfrischem Körperbau."

„Seine Augen öffnen sich — seine Lippen kommen in Bewegung," rief der Krieger.

„Sprich, Gefangener, was sagst du zu der Anschuldigung?"

„Der Anschuldigung? ha! ha! ich sag euch, es ging ganz lustig her, als die alte Hexe ihre Schlange auf mich hetzte und Hekate daneben stand und von einem Ohr zum andern lachte: — was konnt ich tun? Aber ich bin krank — mir wird schwach — die feurige Zunge der Schlange hat mich gestochen. Bringt mich zu Bette und schickt nach dem Arzt; der alte Äskulap selbst wird Sorge für mich tragen, wenn ihr ihm zu wissen tut, daß ich ein Grieche bin. O Erbarmen, Erbarmen, ich brenne! — Mark und Bein verbrennen mir."

Und mit einem durchdringenden, gräßlichen Gestöhn sank der Athener in die Arme der Umstehenden zurück.

„Er rast," sagte der Hauptmann mitleidig, „und in der Tollheit hat er den Priester erschlagen. Hat ihn jemand von euch heute gesehen?"

„Ich," entgegnete einer der Zuschauer, „sah ihn diesen Morgen; er kam an meiner Bude vorbei und redete mich an. Er schien so wohl und gesund, wie der Kräftigste von uns."

„Und ich sah ihn vor einer Stunde," rief ein anderer; „er lief durch die Straßen und murmelte unter seltsamen Gebärden vor sich hin, gerade wie es der Ägypter beschrieben hat."

„Dies bestärkt dessen Angabe! sie muß richtig sein. Auf jeden Fall muß der Angeklagte vor den Prätor. Schade! so jung und so reich; aber das Verbrechen ist furchtbar: einen Priester der Isis in seinem heiligen Gewand und an der Schwelle unserer ältesten Kapelle!"

Diese Worte führten dem Volke kräftiger die Verruchtheit der Tempelschändung zu Gemüte, als es in der ersten Aufregung und Neugier bis jetzt geschehen war. Man schauderte in frommer Abscheu.

„Kein Wunder," rief einer, „daß die Erde bebte, als sie solch ein Ungeheuer sah!"

„Fort mit ihm ins Gefängnis — fort!" schrien alle.

Und scharf und freudig hörte man eine Stimme aus allen heraus:

„Jetzt brauchen die wilden Tiere keinen Gladiator!"

Es war die Stimme des jungen Mädchens, deren Gespräch mit Medon oben berichtet wurde.

„Ja, ja! Das kommt zur rechten Zeit für die Spiele!" riefen mehrere, und mit dieser Vorstellung schien alles Mitleid für den Angeklagten zu verschwinden. Seine Jugend, seine Schönheit machten ihn nur um so geeigneter für die Arena.

„Bringt einige Bretter her," sagte Arbaces, „oder eine Sänfte, wenn sie zur Hand ist; ein Isispriester darf nicht von gemeinen Händen in seinen Tempel geschleppt werden, wie ein hingeschlachteter Gladiator."

Auf diese Mahnung legten die Nächststehenden den Leichnam des Apäcides, mit dem Gesicht nach oben, ehrfurchtsvoll auf die Erde, und einige entfernten sich, um eine Bahre herbeizuschaffen, damit der Tote, unberührt von profanen Händen, weggetragen werden könne.

In diesem Augenblick wich die Menge zu beiden Seiten vor einer stämmigen Gestalt zurück, die sich mitten durch sie drängte, und der Christ Olinth stand unmittelbar dem Ägypter gegenüber. Im ersten Moment ruhte jedoch sein Blick mit unaussprechlichem Schmerz und Schauder nur auf der blutigen Brust und dem emporgerichteten Antlitz, in dem noch die Qual eines gewaltsamen Todes sichtbar war.

„Ermordet!" sprach er. „Hat dich dein Eifer dahin gebracht? Haben sie deinen edeln Vorsatz entdeckt? und haben durch deinen Tod ihre Schande abwenden wollen?"

Plötzlich wandte er das Haupt und seine Augen fielen auf die stolzen Züge des Ägypters.

Bei diesem Anblick konnte man in seinem Gesicht, ja in einem leichten Schauer, der über seinen ganzen Körper hinlief, den Widerwillen und Abscheu bemerken, den der Christ einem Menschen gegenüber empfand, den er als so gefährlich und sündhaft kannte. Wirklich war es der Blick des Vogels auf den Basilisken — so lautlos und so anhaltend war er. Aber das plötzliche Grauen, das ihn beschlichen hatte, abschüttelnd streckte Olinth den rechten Arm gegen Arbaces und sprach mit tiefer, lauter Stimme:

„Mord ist geschehen an dieser Leiche! wo ist der Mörder? Steh mir Rede, Ägypter! denn so wahr der Herr lebt, ich glaube, du bist der Mörder!"

Für einen Augenblick konnte man auf den dunkeln Zügen des Arbaces einen ängstlichen, unruhigen Wechsel wahrnehmen der jedoch bald dem zürnenden Ausdruck der Entrüstung und des Hohnes wich, als sich die Zuschauer, erschreckt und lautlos festgehalten von einer so plötzlich, so drohend vorgebrachten Beschuldigung, näher und näher um die zwei Hauptpersonen drängten.

„Ich kenne meinen Ankläger," entgegnete Arbaces stolz, „und wohl vermute ich, warum er mich so beschuldigt. Männer und Bürger, erkennet in diesem Menschen den erbittertsten Nazarener, mögen sie sich nun mit diesem Namen bezeichnen oder sich Christen nennen! Was Wunder, daß er in seiner Bosheit selbst einen Ägypter des Mordes an einem ägyptischen Priester anzuklagen wagt!"

„Ich kenne ihn, ich kenne den Hund," riefen verschiedene Stimmen; „es ist Olinth, der Christ, oder vielmehr der Atheist — er leugnet die Götter!"

„Ruhig, Brüder, und hört mich," erwiderte Olinth mit Würde. „Dieser ermordete Isispriester hat vor seinem Tode den christlichen Glauben angenommen — er enthüllte mir die dunkeln Sünden, die Zauberkünste des Ägypters — die Gaukeleien und Täuschungen des Isistempels. Er stand im Begriff, sie öffentlich bekannt zu machen. Ihn, einen harmlosen Fremden ohne Feinde — wer sollte sein Blut vergießen, als einer von denen, die seine Anklage fürchteten? Wer mußte sein Zeugnis am meisten fürchten? — Arbaces, der Ägypter!"

„Ihr hört ihn!“ rief Arbaces, „ihr hört ihn! er lästert die Götter! — fragt ihn, ob er an Isis glaubt.“

„Ob ich an einen bösen Geist glaube?“ erwiderte Olinth keck.

Ein Gemurmel des Grauens lief durch die Versammlung. Unerschrocken — denn er war stets auf Gefahr bereitet und verlor jetzt in der Aufregung des Augenblicks alle Klugheit — fuhr der Christ fort:

„Zurück, Götzendiener! diese Reste gehören nicht für eure eiteln, entweihenden Gebräuche: — uns, den Nachfolgern Christi, kommt es zu, einem Christen den letzten Dienst zu erweisen. Ich fordere diesen Staub im Namen des großen Schöpfers, der den Geist zu sich gerufen hat!“

Er hatte diese Worte mit so gebietendem Ton und Aussehen gesprochen, daß sich selbst die Menge scheute, laut die Verwünschungen der Furcht und des Hasses auszusprechen, die ihr Herz bewegten.

Doch schon drängte sich wieder der Centurio vor:

„Vor allem, Olinth, oder wie du sonst heißen magst, hast du einen weiteren Beweis als deinen unbestimmten Verdacht für die gegen Arbaces erhobene Beschuldigung?“

Olinth blieb still; der Ägypter lachte verächtlich.

„Forderst du den Leichnam eines Isispriesters, weil er zur Sekte der Nazarener oder Christen gehörte?“

„So ist es.“

„Schwöre denn bei jenem Tempel, jener Bildsäule der Cybele, bei dem ältesten Sacellum Pompejis, daß der Ermordete deinen Glauben angenommen hat!“

„Törichte Rede! ich verleugne eure Götzen, ich verabscheue eure Tempel! wie kann ich also bei Cybele schwören?“

„Weg, weg mit dem Atheisten, weg! die Erde verschlingt uns, wenn wir diese Lästerungen in einem heiligen Tempel dulden! — fort mit ihm zum Tode!“

„Für die wilden Tiere!“ fügte eine weibliche Stimme in dem Haufen hinzu; „jetzt haben wir gar ein Stück für den Löwen und eines für den Tiger!“

„Wenn du, Nazarener, an Cybele nicht glaubst,“ begann der Kriegsmann aufs neue, unbewegt von dem Geschrei um ihn her, „welche von unsern Gottheiten erkennest du an?“

„Keine!“

„Hört ihn, hört ihn!“ rief die Menge.

„O Eitle und Blinde!“ fuhr der Christ mit erhöhter Stimme fort, „könnt ihr an Bilder von Holz und Stein glauben? Meint ihr, sie haben Augen zu sehen, Ohren zu hören, Hände zu helfen? Ist jenes stumme, durch Menschenkunst geschnitzte Ding eine Göttin? — Hat es Menschen geschaffen? Ach, es wurde selbst von Menschen geschaffen! Seht, überzeugt euch selbst von seiner Nichtigkeit — von eurer Torheit!“

Mit diesen Worten schritt er auf das Heiligtum zu und ehe einer der Anwesenden sein Vorhaben ahnen konnte, schlug er in seinem Mitleid oder Eifer das hölzerne Bild vom Fußgestell herab.

„Sehet,“ rief er, „eure Göttin vermag sich selbst nicht zu rächen. Ist das ein Ding, das Anbetung verdient?“

Weiter zu sprechen ward ihm nicht vergönnt; ein so grober, kecker Frevel, zumal an einem der heiligsten Andachtsorte, erfüllte selbst den Lauesten mit Wut und Abscheu. Wie durch Verabredung stürzte der Haufe auf ihn, packte ihn und würde ihn ohne das Dazwischentreten des Centurio in Stücke zerrissen haben.

„Ruhig!“ rief der Krieger gebieterisch — „bringen wir diesen ruchlosen Lästerer vor das gehörige Gericht — bereits haben wir Zeit verloren. Schaffen wir beide Verbrecher vor die Obrigkeit; legt den Körper des Priesters auf die Sänfte — tragt ihn in sein eigenes Haus.“

In diesem Augenblick trat ein Priester der Isis vor.

„Ich fordere diese Überreste nach der Regel unserer Priesterschaft.“

„Tuet wie euch der Flamen sagt,“ erwiderte der Centurio. „Wie steht's mit dem Mörder?“

„Er ist ohnmächtig, oder schläft.“

„Wäre sein Verbrechen nicht so groß, ich könnte Mitleid mit ihm haben. — Vorwärts!“

Beim Umwenden begegnete Arbaces dem Blick des Isispriesters: es war Kalenus. In seinen Augen lag etwas so Bedeutungsvolles und Unheilverkündendes, daß der Ägypter vor sich hinmurmelte:

„Sollte er Zeuge der Tat gewesen sein?“

Ein Mädchen drängte sich aus dem Volk und sah Olinth

fest ins Gesicht: „Beim Jupiter, ein stämmiger Kerl! — Lustig, sag ich, jetzt haben wir einen Menschen für den Tiger — für jedes Tier einen! — heisa!“

„Heisa!“ rief die Menge, „einen Menschen für den Löwen und einen andern für den Tiger. Welches Glück! heisa.“

Fünfunddreißigstes Kapitel.

Schon war die Nacht etwas vorgeschritten, aber noch immer füllten Menschen die heitern Lustorte der Pompejaner. Auf den Gesichtern der verschiedenen Müßiggänger konnte man jedoch einen ernsteren Ausdruck, als gewöhnlich, bemerken. Sie unterhielten sich in großen Gruppen, als wollten sie durch ihre Anzahl die halb schmerzliche, halb angenehme Spannung heben, die sich an den Gegenstand ihres Gesprächs knüpfte: der Gegenstand betraf Leben und Tod.

Ein junger Mann bog rasch um den anmutigen Säulengang des Fortunatempels, so rasch, daß er mit nicht geringem Anprall gegen den runden, stattlichen Leib des ehrenwerten Diomed stieß, der eben in seine vorstädtische Villa zurückkehrte.

„Holla!“ stöhnte der Kaufherr, indem er sich mit einiger Schwierigkeit wieder ins Gleichgewicht setzte, „hast du keine Augen, oder glaubst du, ich habe kein Gefühl? Beim Jupiter, beinah hättest du mir den göttlichen Lebensfunken ausgetrieben. Noch ein solcher Stoß und meine Seele ist im Hades.“

„Ah Diomed, bist du es? Verzeih meine Unachtsamkeit. Ich war ganz in Gedanken vertieft über die Wechselfälle des Lebens. Unser armer Freund Glaukus! wer hätte das gedacht!“

„Ach ja! aber sag mir, Clodius, wird er wirklich vom Senat gerichtet werden?“

„Ja; denn man sagt allgemein, das Verbrechen sei so außerordentlicher Art, daß der Senat selbst darüber richten muß; die Liktoren werden den Gefangenen in aller Form vorführen.“

„So wurde er denn öffentlich angeklagt?“

„Freilich! wo bist du gewesen, daß dir so etwas entgehen konnte?“

„Ich komme eben von Neapolis zurück, wohin ich gleich am Morgen nach seinem Verbrechen abreiste. Entsetzlich!

und war noch in meinem Hause am nämlichen Abend, wo es geschah!“

„Es besteht kein Zweifel über seine Schuld,“ bemerkte Clodius, die Achseln zuckend, „und da dergleichen Verbrechen allen kleineren Strafsachen vorgehen, so wird man das Urteil wohl noch vor den Spielen fällen.“

„Den Spielen! gute Götter!“ erwiderte Diomed mit leichtem Schauder. „Man wird ihn doch nicht zum Tierkampf verurteilen — so jung — so reich?“

„Wohl wahr! aber er ist ein Grieche. Wär er ein Römer, so hätt' es an Erbarmen nicht gefehlt. Diese Fremden dagegen kann man wohl dulden, so lang es ihnen gut geht; im Unglück aber dürfen wir nicht vergessen, daß sie eigentlich Sklaven sind. Gleichwohl sind wir, aus den bessern Ständen, stets nachsichtig, und gewiß käm' er noch ganz erträglich weg, wenn er uns überlassen würde, denn, unter uns gesagt, was liegt an einem ärmlichen Isispriester? was an Isis selbst? Das gemeine Volk aber ist abergläubisch; es schreit nach dem Blut des Tempelschänders. Es ist gefährlich, der öffentlichen Meinung nicht nachzugeben.“

„Und jener Gottesleugner? der Christianer oder Nazarener oder wie er sonst heißt?“

„Ah, armes Vieh! wenn er der Cybele oder Isis opfert, wird er begnadigt; wenn nicht, so hat ihn der Tiger. So denk ich wenigstens; das Gericht wird bald entscheiden. Doch genug von dieser traurigen Sache. Wie befindet sich die schöne Julia?“

„Gut, denk ich.“

„Empfiehl mich ihr. Horch die Tür dort knarrt in den Angeln; es ist das Haus des Prätors. Wer tritt heraus? Beim Bacchus, der Ägypter! Was kann der bei unserem beamteten Freunde gesucht haben?“

„Zweifelsohne eine Unterredung über den Mord. Was nimmt man denn als Anlaß zu dem Verbrechen an? Glaukus sollte ja die Schwester des Priesters heiraten.“

„Ja, und da eben soll Apäcides seine Einwilligung versagt haben. Es mag wohl ein plötzlich entstandener Streit gewesen sein. Glaukus war offenbar betrunken — er war es in solchem Grad, daß er, als man ihn aufhob, das Bewußtsein gänzlich verloren hatte und wie ich höre, noch jetzt ganz von Sinnen ist — ob infolge des Weins, des Schreckens, der Reue, der Furien, oder des Bacchanals, kann ich nicht sagen.“

„Der arme Junge! Hat er einen guten Anwalt?“

„Den besten — Cajus Pollio, einen Kerl, dem es wahrlich nicht an Beredsamkeit fehlt. Pollio hat alle armen Patrizier und vornehmen Habenichtse Pompejis gemietet, um sich in schäbige, armselige Kleider zu stecken, ihre Freundschaft für Glaukus zu beschwören und die kieselherzigen Bürger zum Mitleid zu bewegen. Glaukus würde mit diesen Leuten kein Wort gesprochen haben und wär er dafür Kaiser geworden! Denn, um ihm Gerechtigkeit widerfahren zu lassen, er war sehr peinlich in der Wahl seiner Freunde; schwerlich jedoch wird sich das Volk erweichen lassen. Isis ist gerade in diesem Augenblicke besonders beliebt.“

„Da fällt mir eben ein, daß ich noch Waren zu Alexandria habe. Ja, Isis muß geschützt werden.“

„Gewiß! So lebe denn wohl, alter Herr, wir sehen uns bald wieder; wenn nicht, so wollen wir wenigstens eine Wette wie unter Freunden im Amphitheater machen. Alle meine Berechnungen sind durch dieses verdammte Unglück des Glaukus über den Haufen geworfen. Er hatte auf Lydon, den Gladiator, gewettet; ich muß mich jetzt an einen andern machen. Leb wohl!“

Den weniger behenden Diomed auf dem Rückweg nach seiner Villa sich selbst überlassend, schritt Clodius davon, ein griechisches Liedchen summend und die Nacht mit den Düften durchwürzend, die seinen weißen Gewändern und fliegenden Locken entströmten.

„Wird Glaukus von dem Löwen verspeist,“ dachte er, „so gibt es niemand mehr, dem Julia vor mir den Vorzug geben könnte. Gewiß setzt sie dann ihren Kopf auf mich, und ich bin in der Notwendigkeit zu heiraten. Bei den Göttern, die zwölf Augen fangen an, mir ihre Gunst zu entziehen — die Leute sehen argwöhnisch auf meine Hand, wenn sie die Würfel schüttelt. Der höllische Sallust brummt etwas von Betrug und hat er wirklich entdeckt, daß Blei in dem Elfenbein steckt, so ist's aus mit den lustigen Gelagen und den duftenden Einladungskarten; — um Clodius ist's dann geschehen! Besser also, ich heirate, solang ich das Spielen noch aufgeben und mein Glück oder vielmehr das der edlen Julia am kaiserlichen Hof machen kann."

In diesem Selbstgespräch über die Entwürfe seiner Ehrbegierde fand Clodius plötzlich jemand neben sich; er wandte sich um und erblickte die dunkle Stirn des Ägypters.

„Willkommen, edler Clodius! Verzeih, daß ich dich aufhalte; sage mir doch, wenn ich bitten darf, wo ist das Haus des Sallust?"

„Nur wenige Schritte von hier, weiser Arbaces. Aber gibt Sallust heut abend ein Fest?"

„Ich weiß es nicht, und gehöre wohl auch nicht zu denen, die er als Gesellschafter aussuchen würde. Aber du weißt, sein Haus dient dem Mörder Glaukus zum Gewahrsam."

„Ach ja, der gutherzige Epikuräer glaubt an die Unschuld des Griechen. Er ist ja, fällt mir eben ein, Bürge für ihn geworden und haftet bis zur gerichtlichen Verhandlung für seine Person. Nun, Sallusts Haus ist immer besser als ein Gefängnis, besonders als das elende Loch auf dem Forum. Aber welches Anliegen kannst du an Glaukus haben?"

„Hm, edler Clodius, könnten wir ihn vom Verbrechertode retten, so wär's immer gut. Die Verurteilung eines Reichen ist ein Schlag auf die ganze Gesellschaft. Ich möchte gern mit ihm sprechen — denn ich höre, er ist wieder bei Sinnen — und mich über die Gründe zu seiner Tat näher unterrichten; vielleicht sind sie entschuldigend genug, mich zu seiner Verteidigung zu veranlassen."

„Du bist sehr mitleidig."

„Mitleid ist die Pflicht dessen, der nach Weisheit strebt," erwiderte der Ägypter bescheiden. „Wo also ist Sallusts Haus?"

„Ich will es dir zeigen, wenn du mir erlaubst, dich einige Schritte zu begleiten. Aber sage doch, was ist aus dem unglücklichen Mädchen geworden, das im Begriff stand, den Athener zu heiraten? — der Schwester des ermordeten Priesters."

„Ach, sie ist dem Wahnsinn nah. Bald murmelt sie Verwünschungen gegen den Mörder — dann hält sie wieder plötzlich ein und ruft: Aber warum Flüche? Ach mein Bruder, Glaukus war nicht dein Mörder — nie werd ich's glauben! sofort fängt sie wieder an, hält wieder inne und flüstert schaudernd vor sich hin: Wenn es aber doch wäre."

„Unglückliche Jone!"

„Es ist nur gut, daß die heiligen, von der Religion vorgeschriebenen Pflichten für den Verstorbenen bis jetzt ihre Aufmerksamkeit von Glaukus und von ihrer eigenen Person größtenteils abgezogen haben; im Nebel ihres Bewußtseins scheint sie sich kaum zu erinnern, daß Glaukus festgenommen ist und des gerichtlichen Urteilsspruches harrt. Sind aber die Begräbnisfeierlichkeiten einmal vorüber, so wird ihre Angst zurückkehren, und dann fürcht ich sehr, ihre Freunde dürften den empörenden Anblick haben, daß sie dem Mörder ihres Bruders zu Hilfe eilt und zu seinen Gunsten aussagt."

„Einem solchen Skandal muß vorgebeugt werden!"

„Ich glaube, die nötigen Maßregeln dagegen unternommen zu haben. Ich bin ihr gesetzlicher Vormund und habe mir soeben die Erlaubnis ausgewirkt, sie nach dem Begräbnis des Apäcides in meine Wohnung zu schaffen. Dort wird sie, wenn es den Göttern gefällt, in sicherem Gewahrsam sein."

„Wohlgetan, weiser Arbaces! Und siehe, hier ist Sallusts Haus. Die Götter mögen dich schützen! Doch höre, Arbaces, warum immer so düster und ungesellig? Die Leute sagen, du könnest fröhlich sein: warum gestattest du mir nicht, dich in die Genüsse Pompejis einzuweihen? — Ich schmeichle mir, daß sie niemand besser kennt als ich."

„Ich danke dir, edler Clodius; allein in meinem Alter würde ich ein ungeschickter Lehrling sein."

„O fürchte nichts, ich habe Bursche von siebzig Jahren bekehrt. Überdies sind die Reichen nie alt."

„Sehr schmeichelhaft. Später werde ich dich an dein Versprechen erinnern."

„Du kannst zu jeder Zeit über Marcus Clodius gebieten. Und so lebe denn wohl."

„Geh ich doch nicht mutwillig auf Blut aus," sagte der Ägypter zu sich selbst. „Gern will ich diesen Griechen retten, wenn er sich bequemt, durch Eingeständnis des Verbrechens Jone auf ewig zu verlieren und mich von der Möglichkeit einer Entdeckung auf ewig zu befreien. Und ich kann ihn retten, indem ich Julia überrede, den Liebestrank einzugestehen, der dann als seine Entschuldigung gelten wird. Bekennt er sich aber nicht zu dem Verbrechen, so muß ich Julia von einem solchen Geständnis abschrecken und er muß sterben!

— sterben, damit er nicht unter den Lebenden mein Nebenbuhler sei — sterben, damit er meine Stelle bei den Toten vertrete. Wird er bekennen? — Kann er nicht vielleicht selbst überredet werden, er habe in seinem Wahnsinn den Mord begangen? Das gäbe für mich noch größere Sicherheit, als sogar sein Tod. Hm, hm! wir müssen den Versuch wagen."

Durch die enge Straße hinschreitend war Arbaces jetzt eben in die Nähe von Sallusts Hause gekommen, als er eine dunkle, in einen Mantel gehüllte Gestalt der Länge nach auf der Türschwelle ausgestreckt sah.

So still lag das Wesen und so nebelhaft waren seine Umrisse, daß jeder andere als der Ägypter eine abergläubische Furcht empfunden haben dürfte, als erblicke er eine von jenen grimmen Lemuren, die vorzugsweise vor allen andern Orten sich auf der Schwelle der Häuser, die sie im Leben besaßen, aufhalten sollten. Aber für Arbaces waren dergleichen Träumereien nicht.

„Auf!" sprach er, die Gestalt mit dem Fuß berührend, „du versperrst mir den Weg!"

„Ha, wer bist du?" rief jene in kreischendem Ton. Sie erhob sich vom Boden und das Sternenlicht schien voll auf das bleiche Antlitz und die starren Augen Nydias.

„Wer bist du? Ich kenne den Klang deiner Stimme."

„Blinde, was machst du hier zu dieser späten Stunde? Pfui! — schickt sich das für dein Geschlecht und Alter? Nach Haus, Mädchen."

„Ich kenne dich," sprach Nydia mit leiser Stimme, „du bist Arbaces, der Ägypter." Und wie von einem plötzlichen Gedankenblitz durchzuckt, warf sie sich ihm zu Füßen, umklammerte seine Knie und rief in wildem, leidenschaftlichem Ton: „O furchtbarer, mächtiger Mann, rette ihn — rette ihn! Er ist nicht schuldig — ich bin's! Er liegt da drin, krank, sterbend, und ich — ich bin die fluchwürdige Ursache, und sie wollen mich nicht zu ihm lassen — sie stoßen das blinde Mädchen aus der Halle. O heile ihn! Du kennst ja wohl ein Kraut, ein Zaubermittel — ein Gegengift, denn es ist ein Trank, der diesen Wahnsinn hervorgebracht hat!"

„Still, Kind! Ich weiß alles — du vergissest, daß ich Julia zu der Höhle der Saga begleitete. Ohne Zweifel hat ihm ihre Hand den Trank beigebracht, aber ihre Ehre fordert dein Stillschweigen. Mach dir keine Vorwürfe; was geschehen muß, geschieht! einstweilen begeb ich mich zu dem Verbrecher — vielleicht kann er noch gerettet werden. Hinweg!"

Mit diesen Worten riß sich Arbaces von der Umschlingung der verzweifelnden Thessalierin los und klopfte laut an die Tür.

Nach wenigen Sekunden hörte man die schweren Riegel langsam zurückschieben und der Pförtner fragte aus der halbgeöffneten Tür, wer da sei.

„Arbaces; wichtige Geschäfte mit Sallust in bezug auf Glaukus. Ich komme vom Prätor."

Halb gähnend, halb stöhnend ließ der Pförtner die hohe Gestalt des Ägypters ein. Nydia stürzte hervor. „Wie geht es ihm?" rief sie, „sprich, sprich!"

„Ha, verrücktes Ding, bist du noch immer da? Schäme dich. Sie sagen, er sei wieder bei Verstand."

„Die Götter seien gepriesen! — Und willst du mich nicht einlassen? Ach, ich flehe dich darum!" —

„Dich einlassen! — Nein. Ich würde mir einen hübschen Gruß für diese Schultern besorgen, ließ ich ein Geschöpf wie dich ein. Geh nach Haus."

Die Tür schloß sich, und mit einem tiefen Seufzer legte sich Nydia wieder auf die kalten Steine, hüllte das Gesicht in den Mantel und setzte ihre traurige Nachtwache fort.

Unterdessen hatte Arbaces das Triklinium bereits erreicht, wo Sallust mit seinem Lieblingsfreigelassenen noch spät beim Mahl saß.

„Was, Arbaces! Und zu solcher Stunde! — Nimm diesen Becher an."

„Nein, edler Sallust, um eines Geschäfts, nicht um des Vergnügens willen wag ich dich zu stören. Wie befindet sich dein Schützling? In der Stadt heißt es, er sei wieder zu Sinnen gekommen."

„Ach jawohl," erwiderte der gutmütige aber gedankenlose Sallust, indem er sich die Tränen aus den Augen wischte. „Aber seine Nerven und seine ganze Konstitution sind so erschüttert, daß ich den glänzenden, lustigen Zechkumpan, der er sonst war, kaum wiedererkenne. Seltsamerweise kann er gar keinen Grund für den plötzlichen Wahnsinn angeben, der über ihn kam; — er hat nur eine undeutliche Erinnerung von dem, was vorfiel und behauptet, trotz deinem Zeugnis, weiser Ägypter, feierlich seine Unschuld an dem Tod des Apäcides."

„Sallust," entgegnete Arbaces ernst, „in der Sache deines Freundes liegt manches, was zu besonderer Nachsicht auffordert, und könnten wir aus seinem Munde das Geständnis und die Ursache seines Verbrechens erfahren, so ließe sich von der Gnade des Senats noch viel für ihn hoffen, denn der Senat, weißt du wohl, hat die Macht, das Gesetz zu mildern oder zu schärfen. Deswegen hab ich mich mit der höchsten Behörde der Stadt besprochen und Erlaubnis bekommen, noch diese Nacht eine Privatunterredung mit dem Athener zu halten. Morgen, weißt du, findet die gerichtliche Verhandlung statt."

„Gut," erwiderte Sallust, „du machst deinem ägyptischen Namen und Ruf alle Ehre, wenn du etwas Weiteres von ihm herauszubringen vermagst; aber versuch's nur einmal. Der arme Glaukus! Er hatte einen so trefflichen Appetit! Jetzt ißt er nichts."

Der gutmütige Epikuräer war bei diesem Gedanken sichtbar gerührt. Er seufzte und befahl dem Sklaven seinen Becher von neuem zu füllen.

„Die Nacht schwindet," bemerkte der Ägypter, „erlaube mir, jetzt deinen Gefangenen zu sehen."

Sallust nickte zustimmend und führte jenen nach einem kleinen Zimmer, das von außen durch zwei schlaftrunkene Sklaven bewacht wurde. Die Tür ging auf; Sallust entfernte sich auf des Arbaces Bitte und der Ägypter war mit Glaukus allein.

Auf einem jener hohen, graziösen Kandelaber, wie sie zur damaligen Zeit gewöhnlich waren, brannte eine einzige Lampe neben dem kleinen Bett. Bleich fielen die Strahlen auf des Atheners Gesicht, und Arbaces wurde beim Anblick der merkbaren Veränderung, die auf diesen Zügen vorgegangen war, ergriffen. Die blühende Farbe war hinweg, die Wangen eingesunken, die Lippen verzerrt und bleich; grimmig war der Kampf gewesen zwischen Vernunft und Wahnsinn, Leben und Tod. Die Jugendkraft hatte gesiegt; aber die Frische des Blutes und der Seele — das Leben des Lebens, seine Glorie, sein Schaum waren auf ewig dahin.

Still setzte sich der Ägypter neben das Lager; Glaukus lag stumm und ohne seine Anwesenheit zu bemerken. Endlich nach einer ziemlich langen Pause hob Arbaces also an:

„Glaukus, wir sind Feinde gewesen. Ich komme allein und im Dunkel der Nacht zu dir — als dein Freund, vielleicht dein Erretter."

Wie das Roß vor der Fährte des Tigers aufspringt, fuhr Glaukus auf — atemlos, bestürzt, keuchend bei der jäh sein Ohr treffenden Stimme, der plötzlichen Erscheinung seines Feindes. Beider Augen begegneten sich und einige Sekunden lang hatte keiner die Kraft, den Blick abzuwenden. Röte überflog das Antlitz des Atheners, und die dunkle Wange des Ägypters erbleichte noch tiefer. Endlich wandte sich Glaukus mit einem tiefen Seufzer ab, fuhr mit der Hand über die Stirn, sank zurück und murmelte:

„Träum ich immer noch?"

„Nein, Glaukus, du wachest. Bei dieser rechten Hand, bei meines Vaters Haupt, du siehst einen Mann vor dir, der dein Leben retten kann. Höre! ich weiß was du getan hast, aber ich kenne auch die Entschuldigungsgründe deiner Tat, die dir selbst unbekannt sind. Du hast zwar einen Mord begangen, einen tempelschänderischen Mord — runzle die Stirn nicht — fahre nicht zurück! — diese Augen haben es gesehen: — aber ich kann dich retten — ich kann beweisen, daß du deiner Sinne beraubt und kein freidenkender, frei handelnder Mensch warst. Um dich aber retten zu können, mußt du dein Verbrechen eingestehen. Unterzeichne dieses Papier, wodurch du anerkennst, daß du wirklich an dem Tode des Apäcides schuldig bist, und du entgehst der verhängnisvollen Urne."

„Was sind das für Worte? — Mord und Apäcides! — sah ich ihn nicht blutend und eine Leiche auf dem Boden ausgestreckt? Und du willst mich überreden, ich habe die Tat vollbracht!? Mensch, du lügst! — hinweg!"

„Sei nicht vorschnell, Glaukus, sei nicht zu rasch! Die Tat ist bewiesen. Freilich läßt sich begreifen, daß dir eine im Wahnsinn vollbrachte Handlung, die du bei ungestörten Sinnen nicht einmal mit anzusehen vermocht haben würdest, nicht erinnerlich ist; aber gestatte mir, dein erschöpftes, müdes Gedächtnis aufzufrischen. Du weißt, du gingst mit dem Priester, ihr strittet über seine Schwester, du weißt, er war unduldsam, ein halber Nazarener, und suchte dich zu bekehren, und ihr kamt zu einem heftigen Wortwechsel: er schmähte deine Lebensweise und schwur, er gebe seine Einwilligung zu Jones Heirat mit dir nicht — worauf du in wahnsinniger Wut den Todesstreich führtest. Geh, geh! Dessen wirst du dich wohl erinnern? — lies dieses Papier, es enthält die Angabe, wie ich sie hier ausgesprochen habe. Unterzeichne, und du bist gerettet."

„Barbar! gib mir die geschriebene Lüge, daß ich sie zerreiße! Ich der Mörder von Jones Bruder? ich mich dazu bekennen, einem Wesen, das ihr teuer war, auch nur ein Haar gekrümmt zu haben? Tausendmal lieber will ich zugrunde gehen!"

„Bedenk es wohl!" entgegenete Arbaces mit leiser, zischender Stimme, „du hast nur eine Wahl: dein Geständnis und die Unterschrift — oder das Amphitheater und den Löwenrachen!"

Der Ägypter hatte den Blick auf den Leidenden geheftet und begrüßte freudig die Zeichen der sichtbaren Bewegung, in die letzterer bei diesen Worten geriet. Ein leichter Schauer zuckte über den Körper des Atheners, seine Lippe sank herab, — ein Ausdruck von plötzlicher Angst und Verwunderung verriet sich in Stirn und Auge.

„Große Götter!" sprach er leise, „welche Verwandlung! Noch scheint es mir kaum einen Tag her, daß mir das Leben aus Rosen lachte, — Jone mein — Gesundheit, Jugend, Liebe, ihre Schätze auf mich ausströmend! und jetzt Schmerz, Wahnsinn, Schande, Tod! Und wofür, was hab ich getan? O, noch immer bin ich im Wahnsinn!"

„Unterzeichne und du bist gerettet!" ließ sich die sanfte, milde Stimme des Ägypters vernehmen.

„Nimmermehr, Versucher!" rief Glaukus, und sein voriger Zorn ergriff ihn wieder, „du kennst mich nicht, kennst nicht die stolze Seele eines Atheners! Das unerwartete Antlitz des Todes mochte mich für einen Augenblick erschrecken, aber jetzt ist die Furcht vorüber. Entehrung dagegen erschreckt mich für immer! Wer wird seinen Namen schänden, um sein Leben zu retten? Wer ein reines Bewußtsein opfern, um befleckte Tage zu gewinnen? Wer eine Schande lügenhaft auf sich laden und gebrandmarkt in den Augen der Ehre und der Liebe dastehen? Gibt es einen so niedern Feigling, der so etwas auf sich nimmt, um ein paar Jahre eines beschimpften Lebens zu gewinnen, so glaube nicht, törichter Barbar des Ostens, du werdest ihn in einem Menschen finden, der denselben Boden getreten hat wie Harmodius, dieselbe Luft geatmet wie Sokrates. Geh! laß mich ohne Gewissensbisse leben, oder ohne Furcht sterben!"

„Überlege wohl! die Klauen des Löwen, der Hohn des rohen Pöbels, das Gaffen der Menge auf deine Todesqual und deine verstümmelten Glieder. Dein Name entehrt, dein Körper unbeerdigt, die Schande, der du entgehen willst, auf ewig an dich geheftet!"

„Du rasest, du bist der Verrückte, nicht ich; Schande liegt nicht im Verlust des Wertes, den uns andere, sondern den wir uns selbst beilegen. Wirst du gehen? Dein Anblick ekelt mich an. Bisher haßte, jetzt veracht ich dich."

„Ich gehe!" erwiderte Arbaces verletzt und erbittert, aber nicht ohne eine gewisse bemitleidende Bewunderung für sein Opfer. „Ich gehe, aber wir treffen uns noch zweimal: einmal vor Gericht, das andere Mal vor dem Tode! Leb wohl!"

Langsam stand der Ägypter auf, hüllte sich dichter in seinen Mantel und verließ das Zimmer. Für einen Moment begab er sich noch einmal zu Sallust, dessen Augen von den nächtlichen Bechern zu kreisen begannen: „Noch immer ist er nicht bei Bewußtsein oder noch immer verstockt; es gibt keine Hoffnung für ihn."

„Sage das nicht," erwiderte Sallust, der nur wenig Ingrimm gegen den Ankläger des Atheners empfand, denn er war nicht sonderlich streng in seinen Grundsätzen und eher vom Unglück seines Freundes gerührt, als von dessen Unschuld überzeugt. „Sage das nicht, mein Ägypter; ein so wackerer Trinker muß, wenn immer möglich, gerettet werden. Bacchus gegen Isis!"

„Wir werden sehen," erwiderte der Ägypter.

Damit wurden die Riegel zurückgeschoben — das Tor geöffnet. Arbaces stand auf der offenen Straße, und die arme Nydia fuhr aus ihrem langen Wachen wieder auf.

„Wirst du ihn retten?" rief sie, die Hände faltend.

„Kind, geh mit mir nach Hause; ich möchte mit dir sprechen; — ich fordere es um seinetwillen."

„Und du wirst ihn retten?"

Keine Antwort drang in das dürstende Ohr der Blinden. Arbaces war bereits weit in der Straße fortgegangen; sie zögerte einen Augenblick und folgte dann seinen Schritten schweigend nach.

„Ich muß mich dieses Mädchens versichern," sprach er nachdenklich, „damit sie nichts von dem Liebestrank ausplaudert. Was die eitle Julia betrifft, so wird sie sich nicht verraten.

Sechsunddreißigstes Kapitel.

Während Arbaces sich also umtat, waren Schmerz und Tod in Jones Haus. Es war die Nacht vor dem Morgen, an dem die irdischen Reste des ermordeten Apäcides feierlich bestattet werden sollten. Man hatte die Leiche aus dem Isistempel nach ihrer, als der nächsten Verwandten Wohnung, geschafft, und im selben Moment hatte Jone den Tod des Bruders und die Anklage des Geliebten vernommen. Die erste heftige Qual, die das Bewußtsein gegen alles andere abstumpft, und das schonende Schweigen ihrer Sklavinnen hinderten, daß sie die näheren Umstände über das Schicksal des Glaukus erfuhr. Seine Krankheit, sein Wahnsinn, sein bevorstehender Prozeß blieben ihr verborgen. Sie wußte nur von der gegen ihn erhobenen Anschuldigung, und mit Empörung hatte sie sogleich jeden Glauben daran verworfen; ja, als sie vollends erfuhr, daß Arbaces der Ankläger sei, bedurfte sie keines weiteren Grundes zu der festen, heiligen Überzeugung, daß der Ägypter selbst der Mörder sei. Aber die große, alles andere zurückdrängende Wichtigkeit, die von den Alten jeder auf den Tod eines Verwandten bezüglichen Zeremonie beigelegt wurde, hatte bis jetzt ihren Schmerz und ihre Überzeugung auf das Totenzimmer beschränkt. Ach, ihr war nicht die Vollziehung der zarten, rührenden Pflicht zugefallen, wonach der nächste Angehörige den letzten Odem — die scheidende Seele — des Geliebten auffangen sollte — aber sie konnte wenigstens die starren Augen, die verzerrten Lippen schließen, bei der heiligen Hülle wachen, wie sie, frisch gebadet und gesalbt, in festlichen Gewändern auf dem elfenbeinernen Bette lag, konnte das Lager mit Blättern und Blumen bestreuen, und den geweihten Zypressenzweig an den Türpfosten erneuern. In diesem traurigen Dienst, unter Wehklagen und Gebeten, vergaß Jone sich selbst. Es gehörte zu den reizendsten Gebräuchen der Alten, junge Verstorbene in der Morgendämmerung zu begraben. Wie man überhaupt strebte, dem Tode die mildeste Deutung zu geben, so hielt man sich an das dichterische Bild: Aurora, die die Jugend liebe, habe jene aus den Umarmungen der Lebenden entführt, und obwohl im Falle des vorliegenden Mordes diese Fabel der Phantasie nicht angepaßt werden konnte, wurde die allgemeine Sitte doch beibehalten.

Die Sterne erblichen einer nach dem andern am grauen Himmel, und langsam wich die Nacht vor dem nahenden Morgen, als eine dunkle Gruppe bewegungslos vor Jones Tor stand. Hohe, schlanke Fackeln, blasser scheinend in der halben Morgendämmerung, warfen ihr Licht auf verschiedene Gesichter, denen für den Augenblick ein feierlicher Ausdruck tiefer Stille aufgeprägt war. Und nun erhob sich eine langsame, traurige Musik, die wohl zu dem trüben Feste paßte und weit durch die menschenleeren, geräuschlosen Straßen hinwogte, während ein Chor von Klageweibern zum Ton der Tibia und der mystischen Flöte ihren Gesang erhoben, nach dessen Beendigung sich die Gruppe in zwei Reihen teilte, und die Leiche des Apäcides auf einer Bahre von einem purpurnen Tuch bedeckt, die Füße voran, herausgebracht wurde. Der Designator oder Marschall der düstern Zeremonie, begleitet von seinen schwarzgekleideten Fackelträgern, gab das Zeichen, und traurig bewegte sich der Zug vorwärts.

Voran die Musiker, einen langsamen Marsch spielend, in dem der feierliche Ton der gedämpften Instrumente oft durch den wilden, lauten Klang der Leichentrompete unterbrochen wurde. Dann kamen die gemieteten Klagefrauen, Grablieder auf den Verstorbenen singend; die weiblichen Stimmen mischten sich mit den Tönen von Knaben, deren zartes Alter den Gegensatz zwischen Leben und Tod, zwischen dem frischen Laub und dem verwelkten, noch schneidender hervorhoben. Die Schauspieler jedoch, die Possenreißer, der Archimimus (dessen Obliegenheit es war, den Verstorbenen vorzustellen), die bei gewöhnlichen Leichenbegängnissen ebenfalls zur ordentlichen Begleitung gehörten, blieben von einer Bestattung ausgeschlossen, die mit so schauderhaften Nebenumständen verknüpft war.

Dann folgten die Isispriester in ihren weißen Gewändern, barfuß und Kornbüschel in den Händen; und unmittelbar vor der Bahre wurden endlich die Bilder des Verstorbenen und seiner vielen athenischen Vorfahren getragen. Hinter der Bahre folgte, von ihren Frauen umgeben, die einzige Verwandte des Verstorbenen — das Haupt unbedeckt, die Haare herabhängend, das Gesicht marmorblaß aber gefaßt und still, außer daß sie dann und wann das Gesicht mit den Händen bedeckte und ungesehen schluchzte, wenn von der Musik erweckt irgend ein zärtlicher Gedanke durch die düstere Teilnahmlosigkeit des Schmerzes hinzuckte, denn nicht ihre Sache war der laute Schmerz, die kreischende Klage, die unbeherrschte Gebärde, Abzeichen derer, deren Wehmut minder aus dem Herzen kam.

So zog das Geleite fort, bis es Straßen und Stadttor hinter sich hatte und außerhalb der Mauern die Stätte der Gräber erreichte.

In der Form eines Altars von rauhem Fichtenholz, in dessen Zwischenräumen brennbarer Stoff vorsorglich aufgehäuft lag, erhob sich der Scheiterhaufen und um ihn her nickten die schwarzen, düstern Cypressen.

Sobald die Bahre auf den Rogus gestellt war, machte das Leichengefolge zu beiden Seiten Platz und Jone stieg zur Bahre empor. Regungslos und schweigend stand sie eine Weile vor der entseelten Hülle. Aus den Zügen des Verstorbenen war der erste krampfhafte Ausdruck des gewaltsamen Todes gewichen. Eingeschlummert auf ewig waren Schrecken und Zweifel, Kampf des Herzens und Furcht vor den ewigen Mächten, der Streit der Vergangenheit mit der Gegenwart, die Hoffnungen und die Schauer der Zukunft! — Von allem, was die Brust dieses jungen Ringers um das Heiligste des Lebens gefoltert und durchwühlt hatte, welche Spur blieb zurück in der ernsten Heiterkeit der unerforschlichen Stirn und der odemlosen Lippe? Die Schwester blickte ihn an und kein Laut ward in der Menge vernommen: es lag etwas Furchtbares und doch zugleich Besänftigendes in diesem Schweigen, und als es endlich gebrochen ward, brach es jählings und unerwartet — es brach mit einem lauten, leidenschaftlichen Schrei, dem Erguß langbeschwichtigter Verzweiflung.

„Mein Bruder, mein Bruder!“ rief die arme Waise und fiel auf die Bahre — „du, den der Wurm auf deinem Weg nicht fürchtete, welchen Feind konntest du dir schaffen? Ach, ist es wirklich so weit gekommen? Erwache! erwache! wir wuchsen zusammen auf, sollen wir so auseinandergerissen werden? Du bist nicht tot — du schläfst. Erwach! erwache!“

Der durchbohrende Ruf weckte das Mitgefühl der Leichenbegleiter! sie ergossen sich in lauten, wilden Jammer. Dies schreckte Jone auf, brachte sie zum klaren Bewußtsein zurück; hastig und wirr sah sie auf, als nähme sie jetzt erst die Anwesenheit des Gefolges wahr.

„Ah!“ flüsterte sie schaudernd, „so sind wir nicht denn allein!“

Damit erhob sie sich nach kurzer Pause, und ihr bleiches, schönes Antlitz war abermals gefaßt und starr. Mit zitternden Händen öffnete sie die Augenlider des Verstorbenen; als aber der dumpfe, verglaste Blick, nicht länger von Liebe und Leben strahlend, den ihrigen traf, schrie sie laut auf, als hätte sie ein Gespenst gesehen. Doch von neuem gewann sie sich Fassung ab, küßte wieder und wieder Augen, Lippen und Stirn, und nahm mechanisch und bewußtlos aus der Hand des Oberpriesters der Isis eine Leichenfackel.

Das plötzliche Einfallen der Musik und das Lied der Leidtragenden verkündeten die Geburt der heiligenden Flamme.

Wie die Winde in ewigem Zug
Durchbrausen des Äthers Meer,
Magst du messen den Raum in unendlichem Flug;
Keine Kette bindet dich mehr!
Freu dich, über des Styxes Schoß
Fährt deine Barke jetzt fessellos,
Und du schweifst im Dämmerscheine
Stille durch die seligen Haine,
Wo uns, fern Kocyts Gestaden,
Geliebte und Verstorbne laden.
Du gehst nicht mehr ein Knecht auf Erden,
Du bist, o Seele, frei — doch wir?
Wann werden wir entlastet werden,
Und Ruhe finden, wann, gleich dir?

Und hoch und weit in den dämmernden Himmel hinauf stieg jetzt das duftende Feuer, lichtvoll schlug es durch die düstern Zypressen, schoß über die Mauern der nahen Stadt empor, und die frühen Fischer erschraken über den roten Schimmer auf den Wellen der gleitenden See.

Aber Jone saß entfernt und allein und sah, das Gesicht in die Hände vergraben, weder die Flamme noch vernahm sie die Klage oder die Musik. Sie hatte nur die Empfindung der Verlassenheit; sie war noch nicht zu jenem heiligenden Trostgefühl gekommen, worin wir uns bewußt werden, daß wir nicht einsam — daß die Toten um uns sind!

Der Morgenwind kam dem in den Scheiterhaufen gelegten Zündstoff rasch zu Hilfe. Allmählich schwankte die Flamme, ward kleiner und trüber und starb endlich in einzelnen Stößen langsam dahin — ein Bild des Lebens selbst! Wo noch eben nur Feuer und Unruhe herrschte, lag jetzt stumpfe, rauchende Asche.

Die letzten Funken wurden von den Leichenbegleitern gelöscht, die Asche gesammelt. Mit dem seltensten Wein angefeuchtet und mit den köstlichsten Wohlgerüchen vermischt brachte man die Überreste in eine silberne Urne und stellte diese in einem der benachbarten Grabstätten an der Straße auf; auch die Phiole voll Tränen und die kleine Münze, die die dichterische Phantasie noch immer dem grimmen Fährmann zollte, legte man in den Aschenkrug. Die Grabstätte aber ward mit Blumen und Kränzen bedeckt und Weihrauch auf dem Altar angezündet und das Gebäude ringsum mit vielen Lampen behängt.

Nach Beendigung der vorbeschriebenen Zeremonien besprengte eine der Präficä die Leidtragenden mit dem reinigenden Lorbeerzweig und sprach das letzte Wort: Ilicet! (Du darfst gehen!) Und beendigt war die heilige Handlung.

Als der Priester am folgenden Morgen mit neuen Gaben zu dem Grabe zurückkehrte, fand er, daß den letzten Geschenken des heidnischen Glaubens unbekannte Hände einen grünen Palmzweig beigefügt hatten. Er ließ ihn liegen, nicht wissend, daß er das Begräbniszeichen der Christen war.

Siebenunddreißigstes Kapitel.

Während einige zurückblieben, um mit den Priestern den Leichenschmaus zu teilen, schlugen Jone und ihre Mädchen den traurigen Heimweg ein. Jetzt, nachdem die letzte Pflicht für den Bruder vollzogen war, erwachte ihr Geist und sie dachte an ihren Verlobten und die furchtbare Beschuldigung gegen ihn. Da sie, wie wir bereits bemerkt haben, der unnatürlichen Anklage nicht den geringsten Glauben schenkte, wohl aber den tiefsten Verdacht gegen Arbaces nährte, so fühlte sie, daß sie die Gerechtigkeit gegen ihren Geliebten und gegen den ermordeten Blutsverwandten verpflichte, sich zum Prätor zu begeben und diesem ihre Ansicht mitzuteilen, so wenig sie diese auch mit Beweisen belegen konnte. Sie befragte ihre Mädchen, die bis jetzt in liebevoller Fürsorge, ihr weitere Qual zu ersparen, nichts von dem Zustande des Glaukus erwähnt hatten, und erfuhr, daß er gefährlich krank gewesen sei, daß er sich im Hause Sallusts befinde und der Tag seiner gerichtlichen Vernehmung bereits angesetzt sei.

„Schützende Götter," rief sie aus, „konnt' ich seiner so lang vergessen! schien ich ihn zu meiden? O laßt mich eilen ihm gerecht zu werden — ihm zu zeigen, daß ich, die nächste Angehörige des Ermordeten, ihn für unschuldig halte. Schnell, schnell, laßt uns fliegen. Laßt mich ihn trösten — warten — pflegen! und wenn man mir nicht glaubt, wenn man sich meiner Überzeugung nicht fügt, wenn man ihn zur Verbannung oder zum Tode verurteilt, so will ich das Urteil mit ihm teilen!"

Instinktmäßig beeilte sie ihren Schritt, wußte jedoch in der Angst und Verwirrung kaum wohin sie ging, indem sie sich vornahm, zuerst den Prätor aufzusuchen, bald nach dem Gemach des Glaukus zu stürzen. Sie rannte — sie kam durch das Tor — sie befand sich in der langen Straße, die durch die Stadt hinführt. Die Häuser standen offen, aber niemand regte sich noch, kaum war das Leben der Stadt noch wach geworden; — siehe! da stieß sie plötzlich auf eine Gruppe Menschen, die um eine bedeckte Sänfte herumstanden. Eine hohe Gestalt trat aus ihrer Mitte hervor und Jone schrie laut auf, denn sie erblickte den Arbaces.

„Schöne Jone," sprach er sanft und dem Anschein nach ohne ihre Bestürzung zu bemerken; „mein Zögling, meine Mündel! Vergib mir, wenn ich störend in deine frommen Schmerzen eingreife, aber der Prätor besorgt um deine Ehre, und fürchtend, du möchtest dich vorschnell in die bevorstehende Untersuchung verwickeln — in Erwägung des eigentümlichen Widerspruchs in deinem unglücklichen Zustande, wonach du Gerechtigkeit für den Bruder suchen, aber die Strafe des Verlobten fürchten mußt — überdies gerührt von deiner schutz- und freundlosen Lage, und es für hart erachtend, wenn du ohne Leitung handeln und allein trauern müßtest: — der Prätor hat dich weise und väterlich der Obhut deines gesetzmäßigen Vormunds zugewiesen. Sieh hier den Erlaß, der dich meiner Aufsicht überantwortet."

„Dunkler Ägypter!" rief Jone und trat stolz zurück, „hinweg! du bist es, der meinen Bruder erschlagen hat! deiner Obhut, deinen noch vom Blut des Bruders rauchenden Händen will man die Schwester übergeben? Ha! du wirst blaß! dein Gewissen trifft dich! du zitterst vor dem Blitzstrahl des rächenden Gottes! hinweg, und überlaß mich meinem Weh!"

„Dein Schmerz verwirrt deine Vernunft, Jone," entgegnete Arbaces und rang vergebens nach der gewöhnlichen Ruhe seines Tones. „Ich verzeihe dir. Auch jetzt wirst du in mir, wie immer, deinen zuverlässigsten Freund finden. Aber die offene Straße ist nicht der passende Ort für uns, nicht der zur Unterredung für mich, um dich zu trösten. Herbei, Sklaven! komm, mein holder Schützling, die Sänfte wartet auf dich."

Die erstaunten und erschreckten Dienerinnen drängten sich um Jone und umfaßten ihre Knie.

„Arbaces," rief die älteste, „das ist wahrhaftig gegen das Gesetz. Steht nicht geschrieben, daß die Angehörigen eines Verstorbenen neun Tage lang nach dem Begräbnis in ihrem Hause nicht gestört, in ihrem einsamen Gram nicht unterbrochen werden dürfen?"

„Mädchen!" entgegnete Arbaces und streckte gebieterisch die Hand aus, „eine Mündel unter das Dach ihres Vormunds zu bringen verstößt nicht gegen die Leichengesetze. Ich sage dir, ich habe die Vollmacht des Prätors. Diese Zögerung ist unziemlich. Bringt sie in die Sänfte!"

Mit diesen Worten schlang er den Arm fest um Jones bebende Gestalt. Sie fuhr zurück, sah ihm streng ins Gesicht und brach dann in ein krampfhaftes Lachen aus.

„Ha, ha! gut! gut! trefflicher Vormund — väterliches Gesetz! ha! ha!" — und selbst erschrocken über den furchtbaren Klang dieses kreischenden, wahnsinnigen Gelächters sank sie, als es verhallte, ohne Lebenszeichen zu Boden...

In der nächsten Minute hatte sie Arbaces in die Sänfte gehoben. Schnell schritten die Träger von dannen, und bald war die unglückliche Jone den Augen ihrer weinenden Dienerinnen entschwunden.

Achtunddreißigstes Kapitel.

Man wird sich erinnern, daß Nydia dem Ägypter, seinem Befehl gemäß, in sein Haus gefolgt war. Hier ließ er sich mit ihr in eine Unterredung ein, und sie, in ihrer Verzweiflung und Reue, gestand ihm, daß ihre Hand, nicht Julia, dem Athener den verhängnisvollen Trank beigebracht hätte. Zu jeder andern Zeit würde es Arbaces schon aus psychologischen Gründen interessiert haben, Tiefe und Ursprung der seltsamen, verzehrenden Leidenschaft zu erforschen, die dieses wunderbare Kind bei seiner Blindheit und Sklaverei zu nähren gewagt hatte; im jetzigen Augenblick aber konnte er dem eigenen Ich keinen Gedanken entziehen. Als sich nach ihrem Bekenntnis die arme Nydia ihm zu Füßen warf und ihn anflehte, die Gesundheit des Glaukus wiederherzustellen und sein Leben zu retten — denn in ihrer Jugend und Unwissenheit hielt sie den dunkeln Zauberer für mächtig genug zu beidem — hatte der Ägypter ein achtloses Ohr und fühlte nur die neue Notwendigkeit, Nydia solange als Gefangene zurückzuhalten, bis über das Schicksal des Angeklagten entschieden wäre. Denn hatte er schon damals, als er sie nur für Julias Mitschuldige in dem Trachten nach einem Liebestrank hielt, gefühlt, daß es für das völlige Gelingen seiner Rache gefährlich sei, wenn sie frei bliebe, vielleicht als Zeugin erschiene, und die Art, wodurch Glaukus von Sinnen gekommen war, anzeigte, und so die richterliche Nachsicht für das Verbrechen gewönne, dessen jener angeklagt war: wie viel wahrscheinlicher wurde es nun erst, daß sie aus eigenem Antrieb ihr Zeugnis vorbringen würde, da sie selbst den Trank gereicht hatte und im Liebeseifer jetzt lediglich darauf denken würde, ihren Irrtum, koste es sie auch jedes Opfer an Schamhaftigkeit, wieder gut zu machen und den Geliebten zu retten? Zudem, wie unwürdig und schimpflich für die Stellung und den Ruf eines Arbaces war es, bei Julias Leidenschaft den Kuppler gemacht und eine Rolle in dem unheiligen Treiben der Hexe des Vesuv gespielt zu haben! Wahrlich, nur sein

Wunsch, den Glaukus zum Zugeständnis des an Apäcides vollbrachten Mordes zu bewegen, als die offenbar beste Maßregel für seine eigene künftige Sicherheit und für den günstigen Erfolg seiner Bewerbung um Jone, hatte ihn bewegen können, den Gedanken an Julias Geständnis ins Auge zu fassen!

Was Nydia betrifft, der schon durch ihre Blindheit eine nähere Kunde des Lebens abgeschnitten blieb, und die als Sklavin und Ausländerin die Strenge der römischen Gesetze nicht kannte, so schwebte ihr mehr die Krankheit und Sinnenbetäubung des Atheners, als das Verbrechen, von dessen Anschuldigung sie nur obenhin gehört hatte, oder der mögliche Ausgang der bevorstehenden Gerichtsverhandlung vor. Die Ärmste, an die sich niemand wandte, um die sich niemand kümmerte, was wußte sie vom Senat und seinem Urteil — von der Unbestimmtheit des Gesetzes — von der Blutgier des Volks — von der Arena und dem Kerker des Löwen? Sie war gewöhnt, mit der Vorstellung von Glaukus nur Glück und Herrlichkeit zu verbinden — sie konnte sich nicht denken, daß irgendeine andre Gefahr als der Wahnsinn ihrer Liebe dieses heilige Haupt bedrohen könne. Er schien ihr ausschließlich für die Herrlichkeiten des Lebens bestimmt. Sie allein hatte den Strom seines Glückes getrübt; sie wußte nicht, träumte nicht, daß dieser Strom jetzt der Finsternis und dem Tode zueile. Nur um den Verstand wieder zu heilen, den sie gestört, um das Leben zu retten, das sie gefährdet hatte, rief sie die Hilfe des großen Ägypters an.

„Tochter,“ erwiderte Arbaces, aus seinem Nachdenken erwachend, „du mußt hier bleiben; es ziemt sich nicht für dich, durch die Straßen zu wandern und vom rauhen Fuß der Sklaven von der Tür gestoßen zu werden. Ich habe Mitleid mit deinem von der Liebe eingegebenen Verbrechen — ich will alles tun, es wieder gut zu machen. Harre hier einige Tage in Geduld, und Glaukus soll wieder hergestellt werden.“ Mit diesen Worten und ohne ihre Erwiderung abzuwarten, eilte er aus dem Zimmer, schob den Riegel vor die Tür und empfahl Obhut und Bedürfnisse seiner Gefangenen dem Sklaven, dem dieser Teil des Hauses übergeben war.

So wartete er denn allein und gedankenvoll des folgenden Morgens, und brach, wie wir gesehen haben, in aller Frühe auf, um sich Jones zu bemächtigen.

Seine Hauptabsicht bei der unglücklichen Neapolitanerin zielte wirklich nur darauf, was er gegen Clodius geäußert hatte, d. h. er wollte sie abhalten, an der gerichtlichen Verhandlung über Glaukus tätigen Anteil zu nehmen; wollte sie hindern, ihn, wie sie ohne Zweifel getan haben würde, der kürzlichen Treulosigkeit und Gewalttat gegen sie, seine Mündel, anzuklagen, die Ursachen, die er zur Rachsucht gegen Glaukus hatte, anzugeben, seiner Heuchelei die Maske abzureißen und somit gegen seine Anschuldigung des Atheners Zweifel zu erregen. Erst als er am Morgen nach dem Begräbnis mit ihr zusammentraf, erst als er ihre lauten Anklagen vernahm, erfuhr er, daß ihm durch ihren Verdacht, er sei selbst der Mörder, noch eine neue Gefahr drohe. Nunmehr jedoch wiegte er sich in dem Gedanken, seine sämtlichen Zwecke erreicht zu haben, denn jetzt befand sich ja der Gegenstand seiner Leidenschaft wie seiner Furcht in seiner Gewalt. Mehr als je glaubte er den glänzenden Verheißungen der Sterne, und als er Jone in jenem innersten Gemach seines geheimnisvollen Hauses aufsuchte — als er sie, von den aufeinanderfolgenden Schlägen überwältigt, von Ohnmacht in Ohnmacht, von Heftigkeit in Erschlaffung sinken, und die ganze Stufenfolge weiblicher Nervenkrämpfe durchmachen sah — schwebte ihm mehr die Lieblichkeit vor, die kein Wahnsinn zu verzerren vermochte, als das Wehe, das er über sie gebracht. In der leichtgläubigen Eitelkeit der meisten Menschen, die ihr ganzes Leben hindurch, sei's in äußern Verhältnissen, sei's in der Liebe, vom Glück begünstigt worden sind, schmeichelte er sich, wenn Glaukus erst seinen Untergang gefunden habe, wenn sein Name durch gesetzlichen Richterspruch beschimpft sei, wenn er sein Anrecht auf Jones Herz als der zum Tode verurteilte Mörder ihres eigenen Bruders auf ewig verloren haben würde, dann werde sich ihre Zuneigung in Abscheu verkehren, und seine Zärtlichkeit und Leidenschaft, unterstützt von all den Künsten, durch die er eine weibliche Phantasie so wohl zu blenden verstand, dürften ihn endlich auf den Thron erheben, von dem sein Nebenbuhler so furchtbar herabgestürzt werden sollte. So seine Hoffnung; sollte sie fehlschlagen, so flüsterte ihm seine unheilige Glut zu: „Im schlimmsten Fall ist sie jetzt in meiner Gewalt!"

Bei all dem fühlte er jedoch jene Unbehaglichkeit und

Besorgnis, die durch die Möglichkeit einer Entdeckung hervorgerufen werden, selbst wenn der Verbrecher gegen die Stimme des Gewissens taub ist — jene unbestimmte Angst vor den Folgen des Frevels, die man oft fälschlicherweise für Reue über den Frevel selbst hält. Die liebliche Luft Kampaniens lastete schwer auf seiner Brust; es trieb ihn von einem Ort weg, wo die Gefahr vielleicht nicht ewig mit dem Toten schlief, und nun er Jone in seinem Besitz hatte, beschloß er insgeheim, sobald er den letzten Todeskampf seines Mitbewerbers angesehen haben würde, seinen Reichtum und sie, den kostbarsten Schatz von allen, nach irgendeiner fernen Küste überzuführen.

„Ja," sagte er in seinem einsamen Gemach auf und ab schreitend, „das Gesetz, das mir die Person des Mündels zuspricht, sichert mir auch den Besitz der Braut. Weithin über den breiten Ozean wollen wir ziehen, und neuen Genuß und ungekostete Freuden suchen. Von meinen Sternen geliebt, von den Ahnungen meiner Seele getragen, wollen wir zu jenen großen herrlichen Welten dringen, die, wie mir meine Wissenschaft verkündet, noch unaufgefunden in den Fernen des allumschließenden Meeres liegen. Dort kann mein Herz, im Besitz der Liebe, endlich für Ruhm schlagen; dort werde ich vielleicht unter Völkern, die vom römischen Joch noch nicht erdrückt sind, zu deren Ohr der römische Name noch nicht geklungen ist, ein Reich gründen und den Glauben meiner Väter aufkeimen lassen, dort werde ich vielleicht die Asche von Thebens untergegangenem Herrscherstamm neu beleben, das Haus meiner gekrönten Ahnen in noch größern Verhältnissen fortführen, und in Jones edlem Herzen das dankbare Bewußtsein wecken, daß sie das Los eines Mannes teile, der, fern von der alten Fäulnis dieser Sklavenwelt, die Elemente ursprünglicher Größe wieder hervorruft und in einer mächtigen Seele die Eigenschaften des Propheten und des Königs vereinigt."

Von diesem triumphierenden Selbstgespräch wurde Arbaces fortgerufen, um dem Gericht über den Athener beizuwohnen.

Die abgemagerte bleiche Wange seines Opfers rührte ihn weniger als die Festigkeit seiner Nerven und die Unerschrockenheit seiner Stirn; denn der Ägypter war ein Mensch, der nur geringes Mitleid mit dem Unglück, aber ein starkes Mitgefühl für die Kühnheit empfand. Die Verwandtschaft, die uns an andere bindet, entspricht stets den Eigenschaften unseres eigenen Wesens. Nicht so sehr über das Unglück seines Feindes, als über den Mut, womit er das Unglück trägt, vergießt der Held eine Träne. Wir alle sind Menschen, und auch Arbaces hatte, trotz allen seinen Freveln, seinen Anteil an unsern gemeinsamen Gefühlen, gehörte unserer gemeinschaftlichen Muttererde an. Wäre von Glaukus nur das schriftliche Geständnis des Mordes zu erhalten gewesen, das ihn noch sicherer als ein fremder Urteilspruch aus Jones Brust verbannt und die Möglichkeit künftiger Entdeckung weggeräumt haben würde, der Ägypter hätte alle Kraft zu seiner Rettung aufgeboten. Selbst jetzt war sein Haß vorüber — sein Wunsch nach Rache war gestillt; er zertrat seinen Gegner nicht aus Feindschaft, sondern als ein Hindernis auf seinem Wege. Gleichwohl verfuhr er nicht minder entschlossen, blieb nicht minder schlau und beharrlich auf der Bahn, die er zum Verderben eines Menschen verfolgte, dessen Tod zu Erreichung seiner Zwecke notwendig geworden war, und während er mit scheinbarem Widerstreben und Mitleid das verdammende Zeugnis gegen Glaukus ablegte, nährte er insgeheim vermittelst der Priester jene Entrüstung des Volkes, die das wirksamste Hindernis für das Mitleid des Senates bildete. Julia hatte er besucht, hatte ihr das Geständnis Nydias mitgeteilt und dadurch mit leichter Mühe jede Gewissensbedenklichkeit eingeschläfert, die sie etwa hätte verleiten können, das Vergehen des Angeklagten durch Offenbarung des wahren Grundes seines Wahnsinns zu mildern: dies um so mehr, als ihr eitles Herz das Ansehen und Glück des Glaukus geliebt hatte — nicht den Glaukus selbst; sie fühlte keine Neigung für einen gefallenen Mann — ja sie freute sich beinahe seines Falles, weil er die verhaßte Jone mit zu Boden riß. Konnte Glaukus nicht ihr Sklave sein, so konnte er mindestens auch ihre Nebenbuhlerin nicht mehr anbeten. Das war ihr ein genügender Trost für jeden Schmerz über sein Schicksal. Flüchtig und unbeständig, war sie bereits nicht unempfänglich für die plötzliche, eifrige Bewerbung des Clodius, und hütete sich, die Verbindung mit diesem gemein denkenden aber hoch geborenen Edeln durch ein öffentliches

Bekenntnis ihrer vorangegangenen Schwäche und unweiblichen Leidenschaft für einen andern aufs Spiel zu setzen. So lächelte denn alles auf Arbaces, und alles drohte dem Athener.

Neununddreißigstes Kapitel.

Als die Thessalierin merkte, daß Arbaces nicht mehr zu ihr zurückkehre, als sie Stunde um Stunde der ganzen Qual einer furchtbaren, für die Blinde doppelt gräßlichen Ungewißheit hingegeben blieb, fing sie an, mit ausgestreckten Armen nach irgendeinem Ausweg ihres Kerkers umherzufühlen, und da sie den einzigen Zugang verschlossen fand, schrie sie laut, mit der ganzen Heftigkeit eines von Natur leidenschaftlichen und jetzt durch die Pein der Erwartung noch besonders geschärften Temperaments.

„Ha, Mädchen!“ rief Sosia, der beaufsichtigende Sklave, indem er die Tür öffnete, „hat dich ein Skorpion gebissen, oder glaubst du, wir stürben hier am Stillschweigen und könnten wie der kleine Jupiter nur durch Geschrei gerettet werden?“

„Wo ist dein Herr? und warum bin ich hier eingesperrt? ich brauche Luft und Freiheit; laß mich fort!“

„Ho, ho, Kleine, kennst du den Arbaces noch nicht genug, um zu wissen, daß sein Wille so viel ist, als der des Kaisers? Er hat befohlen, daß du hier eingesperrt werden sollest, darum bist du eingesperrt und ich bin dein Hüter. Luft und Freiheit kannst du nicht haben, aber wohl was besseres — Speise und Wein.“

„O Jupiter,“ entgegnete das Mädchen, die Hände ringend, „warum bin ich eingekerkert? wozu kann der große Arbaces ein so unbedeutendes Geschöpf wie mich nötig haben?“

„Das weiß ich nicht, es müßte denn sein, um deine neue Gebieterin zu bedienen, die heut hierher gebracht wurde.“

„Was Jone, hierher?“

„Ja, die Arme! sie hatte, glaube ich, keine sonderliche Freude daran. Doch ist, beim Tempel des Kastor, Arbaces ein gar artiger Mann gegen die Frauen. Jone ist, wie du weißt, sein Mündel.“

„Willst du mich zu ihr führen?“

„Sie ist krank — rasend vor Zorn und Ärger. Überdies

hab' ich keinen Befehl hierzu, und in eigener Person denke ich nie etwas. Als mich Arbaces zum Sklaven dieser Zimmer machte, sprach er: ich habe dir nur eine Lehre zu geben — solange du mir dienst, mußt du weder Ohren noch Augen, noch Gedanken haben, du mußt zu einer einzigen Eigenschaft — Gehorsam — werden."

„Aber was kann es schaden, wenn ich Jone sehe?"

„Das weiß ich nicht; wenn dir's aber um Gesellschaft zu tun ist, so bin ich bereit, mit dir zu plaudern, Kleine, denn ich bin einsam genug in meinem finstern Cubiculum und, beiläufig gesagt, bist du ja eine Thessalierin: kennst du nicht irgendeine feine Kurzweil mit Messer und Schere? Verstehst du dich nicht ein bißchen darauf, wahrzusagen, wie es die meisten von deinem Volk zum Zeitvertreib tun?"

„Still, Sklave, halte deine Zunge im Zaum, oder wenn du sprechen willst, sag mir, was du von Glaukus gehört hast."

„Je nun, mein Herr ist zu der gerichtlichen Verhandlung uber den Athener gegangen; Glaukus wird es büßen müssen!"

„Was büßen?"

„Die Ermordung des Priesters Apäcides."

„Ha!" rief Nydia und drückte beide Hände gegen die Stirn; „davon hörte ich auch, verstand es aber nicht. Wer wird es aber wagen, ihm ein Haar zu krümmen?"

„Der Löwe, fürcht ich."

„Schützende Götter! was für schreckliche Dinge sprichst du?"

„Nun, daß, wenn er schuldig befunden werden sollte, der Löwe oder vielleicht der Tiger das Urteil an ihm vollstrecken wird."

Nydia fuhr auf, als wäre ein Pfeil in ihr Herz gedrungen. Sie stieß einen durchbohrenden Schrei aus, fiel dem Sklaven zu Füßen und rief in einem Ton, der selbst seine rauhe Brust rührte:

„Ach sage mir, du habest gescherzt, du habest nicht die Wahrheit geredet — sprich, sprich!"

„Nun, meiner Treu, ich verstehe mich nicht auf das Gesetz, blindes Mädchen, vielleicht kommt es nicht so schlimm wie ich denke. Aber Arbaces ist sein Ankläger und das Volk wünscht ein Opfer für die Arena. Beruhige dich; was hat das Schicksal des Atheners mit dem deinigen zu tun?"

„Das gehört nicht hierher — jedenfalls ist er freundlich gegen mich gewesen. Du weißt also nicht, wie es ausgehen wird? Arbaces sein Ankläger! O Schicksal! — Das Volk — das Volk! — Doch diese Menschen können ja sein Gesicht sehen! Wer wird grausam gegen ihn sein? — aber war nicht selbst die Liebe grausam gegen ihn?“

Mit diesen Worten sank ihr Kopf auf ihre Brust und sie ward still; heiße Tränen flossen ihr die Wangen herab und all die freundlichen Bemühungen des Sklaven vermochten sie nicht zu trösten, oder sie von ihrem Hinbrüten abzuziehen.

Als seine häuslichen Geschäfte den Diener endlich nötigten, das Zimmer zu verlassen, fing Nydia an ihre Gedanken wieder zu sammeln: Arbaces war der Ankläger des Glaukus, Arbaces hielt sie hier eingekerkert. Bewies das nicht, daß ihre Freiheit dem Glaukus förderlich sein könnte? Sie war offenbar in irgendeiner Schlinge gefangen; sie trug bei zum Untergang ihres Geliebten! o wie schmachtete sie nach Befreiung! zu ihrem Glück verschlang der Wunsch nach Flucht jede andere Schmerzempfindung, und indem sie die Möglichkeit des Entkommens in ihren Gedanken erwog, kam sie zu Ruhe und Klarheit. Sie besaß viel von der List ihres Geschlechtes, die durch ihre frühe Sklaverei noch vermehrt worden war. Welchem Menschen, der des freien Willens beraubt ist, fehlte es je an Verschmitztheit? So beschloß sie denn mit ihrem Hüter einen Versuch zu machen, und da ihr seine abergläubische Frage nach ihren thessalischen Künsten plötzlich in Erinnerung kam, hoffte sie an dieser Handhabe ihre Entweichung auf irgendeine Art zu bewerkstelligen. Unter solchen ängstlichen Betrachtungen verflossen ihr der Rest des Tages und die langen Stunden der Nacht, und als sich Sosia am folgenden Morgen bei ihr einfand, eilte sie, seine Geschwätzigkeit in einen Kanal zu leiten, auf dem sie bereits eine natürliche Strömung gezeigt hatte. Übrigens sah sie wohl ein, daß die Nacht die einzige Möglichkeit des Entkommens für sie darbot, und war daher genötigt, ihren Versuch bis dahin zu verschieben, so bitter sie auch diese Verzögerung schmerzte.

„Die Nacht“, sprach sie, „ist die einzige Zeit, wo wir den Willen des Schicksals gehörig entziffern können — bei Nacht mußt du zu mir kommen. Aber was wünschest du eigentlich zu wissen?“

„Beim Pollux, ich möchte so viel erfahren, als mein Herr; aber das läßt sich nicht erwarten. Laß mich daher mindestens wissen, ob ich mir genug ersparen werde, um meine Freiheit zu kaufen, oder ob sie mir dieser Ägypter vielleicht umsonst gibt. Er hat zuweilen solch großmütige Launen. Sodann, gesetzt dieses Glück werde mir zuteil, ob ich wohl die hübsche Taberna unter den Myropolien bekomme, auf die ich schon lange ein Auge habe. Es ist ein feiner Handel um den Verkauf von Spezereien, und schickt sich für einen zurückgezogenen Sklaven, der etwas von einem Herrn an sich hat!"

„Ja, wenn du auf diese Fragen bestimmte Antworten wünschest, so gibt es verschiedene Wege, um dich zu befriedigen. Da ist z. B. die Lithomanteia oder der sprechende Stein, der auf dein Anfragen mit der Stimme eines Kindes antwortet, aber wir haben diesen kostbaren und seltenen Stein nicht zur Hand. Dann gibt es die Hydromanteia, wo der Dämon bleiche, gespenstische Bilder ins Wasser zeichnet, die dir die Zukunft verkünden; aber diese Kunst erfordert Gläser von besonderer Art, um die geweihte Flüssigkeit, die wir ebenfalls nicht zur Hand haben, darin aufzunehmen. Ich glaube daher, der leichteste Weg, deinen Wunsch zu erfüllen, ginge durch den Zauber der Luft."

„Hoffentlich", erwiderte Sosia zitternd, „kommt bei der Geschichte nichts besonders Schreckliches vor? Ich liebe die Erscheinungen nicht."

„Fürchte nichts; du wirst nichts sehen, sondern hörst an dem Wallen des Wassers, ob dein Wunsch in Erfüllung geht oder nicht. Sorge denn zunächst dafür, daß, sobald der Abendstern aufgegangen ist, das Gartentor ein wenig offen stehe, damit sich der Geist zum Eintritt angelockt fühle, und setze als Zeichen der Gastfreundschaft Früchte und Wasser neben das Tor. Drei Stunden nach der Dämmerung stelle dich dann mit einem Becher des kältesten, frischesten Wassers bei mir ein, und du sollst alles erfahren, wie mich's meine thessalische Mutter gelehrt hat. Aber vergiß die Gartentür nicht — darauf kommt alles an; sie muß, wenn du zu mir kommst, bereits drei Stunden offen stehen."

„Verlaß dich auf mich," erwiderte der arglose Sosia; „ich weiß was ein Mann von Stande empfindet, wenn man ihm die Tür vor der Nase zuschließt, wie mir der Garkoch seine

Bude schon gar oft zugesperrt hat. Und ich weiß auch, daß eine Respektsperson, wie es ein Geist doch wahrlich ist, andrerseits selbst das kleinste Zeichen von gastfreundlicher Höflichkeit mit Vergnügen sehen wird. Einstweilen, niedliche Kleine, ist hier dein Frühstück."

„Und was hörst du von der gerichtlichen Verhandlung?"

„O die Leute vom Gericht sind immer bei der Arbeit. — das ist ein Gerede! — es wird dauern bis morgen."

„Bis morgen? — weißt du das gewiß?"

„So sagt man wenigstens."

„Und Jone?"

„Beim Bacchus! sie muß ziemlich gesund sein, denn sie war stark genug, meinen Herrn heute früh so in Zorn zu bringen, daß er auf den Boden stampfte und sich in die Lippen biß. Ich sah ihn mit einer Stirn wie ein Donnerwetter aus ihrem Zimmer kommen."

„Ist das hier in der Nähe?"

„Nein, im obern Geschoß. Aber ich kann nicht länger hier plaudern — lebe wohl!"

Vierzigstes Kapitel.

Der Abend des zweiten Gerichtstages war hereingebrochen, und es war ziemlich um die Stunde, in der Sosia dem furchtbaren Unbekannten die Stirn bieten wollte, als durch das Gartenpförtchen, das der Sklave offen gelassen — allerdings keiner von den geheimnisvollen Geistern der Erde oder Luft, wohl aber die schwere und sehr menschliche Gestalt des Isispriesters Kalenus eintrat. Kaum nahm er Notiz von dem anspruchlosen Opfer geringer Früchte und noch geringern Weines, das der fromme Sosia für gut genug erachtet hatte, um den unsichtbaren Gast anzulocken.

„Ein Zoll für den Gartengott," dachte er. „Bei meines Vaters Haupt, wenn seine Göttlichkeit nie besser bedient würde, so täte er gut, die Götterprofession aufzugeben. Ach wären wir Priester nicht, so hätten die Gottheiten jetzt eine schlimme Zeit. Was den Arbaces betrifft — so gehe ich zwar jetzt auf Flugsand, aber es dürfte ein Goldlager darunter liegen. Ich habe das Leben des Ägypters in meiner Gewalt: — wie hoch wird er es wohl anschlagen?"

Unter diesem Selbstgespräch gelangte er durch den offenen

Hof in das Peristyl, wo sich einige wenige Lampen mit der Sternennacht um die Oberhand stritten, und stieß unversehens auf den Ägypter, der aus einem der Zimmer heraustrat, die an dem Säulengang lagen.

„Ha! Kalenus — suchst du mich?“ fragte er mit etwas verlegener Stimme.

„Ja, weiser Arbaces; hoffentlich kommt mein Besuch nicht zur unrechten Zeit?“

„Nein! Vor einem Augenblick erst nieste mein Freigelassener Kallias dreimal auf meiner rechten Seite; ich wußte also, daß mir etwas Gutes bevorstehe und siehe! die Götter senden mir Kalenus.“

„Wollen wir in dein Zimmer treten, Arbaces?“

„Wie du willst; aber die Nacht ist hell und würzig. Ich bin von meiner letzten Krankheit noch etwas geschwächt — die Luft erfrischt mich; gehen wir in dem Garten auf und ab, wir sind dort ebenso allein.“

„Von Herzen gern,“ erwiderte der Priester, und die beiden Freunde wandelten langsam nach einer der Terrassen, die, von Marmorvasen und schlummernden Blumen eingefaßt, den Garten durchschnitten.

„Eine liebliche Nacht!“ sprach Arbaces; „lau und schön, wie die, in der vor zwanzig Jahren Italiens Ufer zuerst vor meinen Blicken aufstiegen. Mein Kalenus, das Alter fängt an uns zu beschleichen; laß uns wenigstens merken, daß wir gelebt haben.“

„Du wenigstens kannst dich dessen rühmen,“ entgegnete Kalenus und zielte nach einem schicklichen Anlaß, um das Geheimnis, das auf ihm lastete, los zu werden, während er andrerseits seine gewöhnliche ehrerbietige Scheu vor dem Ägypter durch den ruhig freundschaftlichen Ton würdevoller Herablassung, die er diesen Abend annahm, noch verstärkt fühlte: — „du wenigstens kannst dich dessen rühmen. Dir ward unendlicher Reichtum zuteil, ein Körper, durch dessen feste Fibern keine Krankheit dringen kann; glückliche Liebe, unerschöpflicher Genuß, und nun in dieser Stunde der Triumph der Rache.“

„Du meinst wegen des Atheners. Ja, morgen wird sein Tod ausgesprochen werden. Der Senat gibt nicht nach. Aber du irrst dich: — sein Tod gibt mir keine andere Befriedigung, als daß er mich von einem Nebenbuhler in Jones Herzen befreit. Weiter fühl' ich keine feindliche Empfindung gegen diesen unglücklichen Totschläger."

„Totschläger!" wiederholte Kalenus langsam und bedeutungsvoll, und heftete, nachdem er dies Wort ausgesprochen hatte, die Augen fest auf Arbaces. Bleich und fest schienen die Sterne auf das stolze Antlitz ihres Propheten, aber sie ließen keinen Wechsel darin wahrnehmen; des Priesters Blick sank verwirrt und beschämt zu Boden und er fuhr rasch fort: „Totschläger! es ist gut, daß du ihn dieses Verbrechens anklagst, aber niemand weiß besser als du, daß er unschuldig ist."

„Erkläre dich," erwiderte Arbaces kalt; denn er hatte sich auf diese Gefahr, die er im stillen vorausahnte, vorbereitet.

„Arbaces," versetzte Kalenus und dämpfte seine Stimme zum Geflüster, „ich war in dem heiligen Hain, gedeckt durch die Kapelle und das umgebende Gebüsch. Ich hörte — ich bemerkte alles. — Ich sah, wie deine Waffe dem Apäcides ins Herz fuhr. Ich tadle die Tat nicht; sie bereitete einem Feind und Abtrünnigen den Untergang."

„Du sahst das Ganze!" versetzte Arbaces trocken; „das dacht' ich. — Du warst allein?"

„Allein!" erwiderte Kalenus, erstaunt über die Ruhe des Ägypters.

„Und weshalb warst du zu dieser Stunde hinter der Kapelle versteckt?"

Weil ich eine Rede des Apäcides mit dem Nazarener angehört hatte, weil ich wußte, daß er an diesem Ort mit dem fanatischen Olinth wieder zusammenkommen wollte, weil sie hier zusammenkamen, um den Plan zu besprechen, wie sie die heiligen Mysterien unserer Göttin dem Volk enthüllen könnten. — Ich war da, ihnen auf die Spur zu kommen, um ihnen entgegenzuarbeiten."

„Hast du eines Menschen Ohr anvertraut, was du sahest?"

„Nein, mein Gebieter; das Geheimnis ist in der Brust deines Dieners verschlossen."

„Was, selbst dein Vetter Burbo vermutet nichts davon? Komm, komm, die Wahrheit!"

„Bei den Göttern ..."

„Still! wir kennen einander; was sind die Götter für uns?"

„Nun denn, bei der Furcht vor deiner Rache: nein!“

„Und warum hast du dieses Geheimnis bis jetzt vor mir verborgen? Warum hast du bis zum Abend vor der Verurteilung des Atheners gewartet, ehe du mir zu sagen wagtest, daß Arbaces ein Mörder ist? Und warum teilst du mir nach so langem Zaudern dein Wissen jetzt mit?“

„Weil“ — stammelte Kalenus errötend und verlegen.

„Weil,“ unterbrach ihn Arbaces mit sanftem Lächeln, indem er ihm vertraulich auf die Schulter klopfte, „weil du, mein Kalenus — (siehe, jetzt will ich in deinem Herzen lesen und seine Beweggründe erklären) — weil du wünschest, ich möchte mich in die gerichtliche Verhandlung so verflechten und verfangen, daß mir kein Weg zur Rettung offen bliebe, falls du gegen mich aufträtest: Ich würde in diesem Falle des Meineids und der Hinterlist so gut wie des Totschlags überwiesen sein — weder Reichtum noch Ansehen möchten, nachdem ich einmal den Blutdurst des Volkes gereizt habe, hindern können, daß ich das Opfer dieses Durstes würde. Und du teilst mir dein Geheimnis jetzt mit, ehe die Verhandlung noch ganz zu Ende und der Unschuldige verurteilt ist, um mir zu zeigen, welch feines Gewebe der Bosheit dein Wort morgen zerreißen könnte — um mir im letzten Augenblick den Wert deines Stillschweigens begreiflicher zu machen — um mir nachzuweisen, daß die Kunst, womit ich den Zorn des Volkes gesteigert habe, durch deine Aussage auf mein eigenes Haupt zurückfallen und der Rachen des Löwen sich statt für Glaukus, für mich öffnen würde! Ist es nicht so?“

„Arbaces,“ entgegnete Kalenus, indem ihn die gemeine Frechheit seiner Natur gänzlich verließ, „wahrhaftig, du bist ein Zauberer; du liesest das Herz des Menschen, als ob es ein Buch wäre.“

„Es ist mein Beruf,“ antwortete der Ägypter mit mildem Lächeln. „Wohlan denn, schweige, und wenn alles vorüber ist, will ich dich reich machen.“

„Verzeih' mir,“ erwiderte der Priester, von der Habsucht, seiner Hauptleidenschaft, geleitet, die sich auf keine künftige Aussicht auf Freigebigkeit vertrösten lassen wollte, „verzeih' mir: mit Recht sagtest du vorhin, wir kennten einander. Willst du, daß ich schweige, so mußt du etwas im voraus als Opfer für Harpokrates, den Gott des Stillschweigens bezahlen.

Soll die Rose, das holde Sinnbild der Verschwiegenheit, feste Wurzeln schlagen, so begieße sie diese Nacht mit einem Strom von Gold."

„Witzig und poetisch!" erwiderte Arbaces immer noch in jenem sanften Ton, der seinen gierigen Gefährten beruhigte und kühn machte, wo er ihn im Gegenteil hätte erschrecken und zurückhalten sollen. „Willst du nicht warten bis morgen?"

„Warum dieser Aufschub? Kann ich mein Zeugnis erst dann ablegen, wenn die Schande auf mir lastet, daß ich damit nicht dem Tode eines unschuldigen Menschen zuvorgekommen sei, so vergissest du vielleicht mein Anrecht auf Belohnung, und in der Tat ist dein jetziges Zaudern ein böses Vorzeichen für deine künftige Dankbarkeit."

„Gut, Kalenus; was soll ich dir also bezahlen?"

„Dein Leben ist sehr kostbar und dein Reichtum sehr groß," erwiderte der Priester grinsend.

„Immer witziger! Aber sprich, wie hoch soll die Summe sein?"

„Arbaces, ich habe gehört, du bewahrst in deiner geheimen Vorratkammer unter den oscinischen Säulen, die deine prächtigen Hallen stützen, Haufen von Gold, Vasen und Juwelen, die mit den Schätzen des vergötterten Nero wetteifern könnten. Leicht kannst du von diesen Haufen so viel wegnehmen, um Kalenus zum reichsten Priester in Pompeji zu machen, ohne daß du gar den Verlust spürst."

„Komm, Kalenus," versetzte Arbaces mit einschmeichelndem Ton und der Miene der Offenheit und Großmut, „du bist ein alter Freund und warst mir ein treuer Diener. Es kann weder dein Wunsch sein, mir das Leben zu nehmen, noch der meinige, dir deinen Lohn zu verkürzen: du sollst mit mir in die Schatzkammer hinuntersteigen, von der du gesprochen hast: du sollst deine Augen am Glanz von unzählbarem Golde und dem Funkeln unschätzbarer Edelsteine weiden, und schon heut abend zu deiner Belohnung so viel wegtragen, als du unter deinen Kleidern zu verbergen vermagst. Hast du einmal gesehen, was dein Freund besitzt, so wirst du begreifen, wie töricht es wäre, mit jemand zu brechen, der so viel zu geben vermag. Ist Glaukus nicht mehr, so sollst du dem Gewölbe einen zweiten Besuch abstatten. Sprech' ich offen und als Freund?"

„O größter, bester der Menschen!“ rief Kalenus vor Freude, beinah weinend, „du kannst also meine beleidigenden Zweifel an deiner Gerechtigkeit, deiner Großmut verzeihen?“

„Still; noch eine Biegung des Weges und wir steigen zu den oscinischen Bogen hinab.“

Einundvierzigstes Kapitel.

Ungeduldig wartete Nydia auf die Ankunft des nicht minder gespannten Sosia. Nachdem der leichtgläubige Sklave seinen Mut durch tüchtige Züge aus einem bessern Getränk, als jenes, das er dem Geist vorsetzte, hinlänglich gestärkt hatte, schlich er in das Zimmer der Blinden.

„Nun, Sosia, bist du vorbereitet? hast du den Becher mit frischem Wasser?“

„Jawohl! aber ich zittere ein wenig. Du bist doch gewiß, daß ich den Geist nicht zu sehen bekomme? Ich habe gehört, diese Herrschaften seien keineswegs von hübschem Äußern oder höflichem Benehmen.“

„Sei ohne Sorge. Und du hast die Gartentür etwas offen gelassen?“

„Ja, und habe einige schöne Nüsse und Äpfel auf ein Tischchen daneben gelegt.“

„Gut. Und das Pförtchen steht jetzt offen, so daß der Geist eintreten kann?“

„Allerdings.“

„Gut, so öffne die Zimmertür; so — nur ein wenig. Und jetzt, Sosia, gib mir die Lampe.“

„Was! du wirst sie doch nicht auslöschen wollen?“

„Nein; aber ich muß meinen Zauber über ihren Strahl aussprechen. Es wohnt ein Geist im Feuer. Setze dich.“

„Der Sklave gehorchte und nachdem sich Nydia ein Weilchen schweigend über die Lampe niedergebeugt, stand sie auf und sang mit leiser Stimme ein paar Strophen im Volkston.

„Jetzt kommt der Geist wirklich,“ sagte Sosia, „ich fühle wie es über mein Haar hinläuft.“

„Setze deinen Becher mit Wasser auf den Boden. So, jetzt gib mir dein Tuch und laß mich dir Gesicht und Augen verbinden.“

„Ho ho! daß sowas doch immer der Brauch ist bei solchen Zauberkünsten! Nicht so fest; etwas lockerer!“

„So! Kannst du sehen?"

„Sehen! Nein, nichts als Dunkelheit."

„Nun sprich die Fragen, die du an den Geist machen willst, mit leiser Stimme dreimal aus. Folgt eine bejahende Antwort, so wirst du das Wasser sieden und wallen hören, ehe es der Geist anhaucht; wird die Frage aber verneint, so bleibt das Wasser ganz still."

„Aber du wirst mir hoffentlich keinen Betrug mit dem Wasser spielen, he?"

„Ich will den Becher zwischen deine Füße setzen — so! jetzt wirst du selbst einsehen, daß ich ihn nicht berühren kann, ohne daß du es sogleich merkst."

„Gut, gut! Nun also, o Bacchus, stehe mir bei. Du weißt, daß ich dich stets mehr geliebt habe, als alle andern Götter, und ich will dir den silbernen Becher schenken, den ich voriges Jahr von dem dicken Carptor gestohlen habe, wenn du mir bei diesem wasserliebenden Geist das Wort redest. Und du, o Geist, merke auf und höre: werde ich im nächsten Jahre imstande sein, meine Freiheit zu kaufen? Du weißt es, denn da du in der Luft lebst, so haben dich die Vögel ohne Zweifel mit jedem Geheimnis dieses Hauses bekannt gemacht, und du weißt auch, daß ich seit drei Jahren alles ausgeführt und gemaust habe, worauf ich ehrlicher-, d. h. sichererweise die Hand legen konnte, und doch fehlen mir noch zweitausend Sesterze zu der ganzen Summe. Werd' ich imstande sein, guter Geist, das Fehlende im Laufe dieses Jahres zu beschaffen? Sprich! Ha! wallt das Wasser auf? Nein, alles still, wie ein Grab. Gut denn, wenn nicht in diesem Jahr, in zwei Jahren? Ah, ich höre was; der Geist kratzt an der Tür, er wird gleich hier sein. In zwei Jahren, mein guter Kerl; laß dich erbitten, in zwei — das ist doch eine ganz hübsche Zeit. Was! immer noch still! in dritthalb Jahren — in drei — in vier? Daß dich der Henker, Freund Geist! Eine Dame bist du nicht, das sehe ich schon, sonst könntest du nicht so lange schweigen. In fünf — in sechs — in sechzig Jahren? O möge dich Pluto holen, ich will nicht weiter fragen."

Voll Wut stürzte sich Sosia das Wasser über die Beine. Dann wickelte er unter langem Herumtappen und vielem Fluchen den Kopf aus dem Tuche los, in das er gänzlich eingehüllt war, stierte umher und entdeckte, daß er im Finstern saß.

„He da! Nydia, die Lampe ist fort. Ah, Verräterin, und du bist auch weg! aber ich werde dich schon fangen — dafür sollst du mir büßen!“

Er tastete sich seinen Weg bis zur Tür. Sie war von außen verriegelt; er, statt Nydia, war ein Gefangener. Was konnte er tun? Er wagte nicht laut zu klopfen oder zu rufen, damit nicht Arbaces hören und entdecken möchte, wie man ihn zum Narren gemacht habe auch war Nydia wahrscheinlich schon zur Gartentür hinaus und setzte ihre Flucht eifrig fort. „Aber,“ dachte er, „sie wird nach Haus gehen oder doch irgendwo in der Stadt sein. Morgen mit Tagesanbruch, wenn die Sklaven im Peristyl beschäftigt sind, wird man mich hören; dann kann ich heraus und sie aufsuchen. Ich bin überzeugt, daß ich sie aufspüre und zurückbringe, ehe Arbaces ein Wort von der Sache erfährt. Ja, das ist der beste Plan. Kleine Spitzbübin, die Finger jucken mir nach dir; und mir nur einen Becher Wasser zu lassen! wenn's noch Wein wäre, so hätt' ich doch einigen Trost.“

Während Sosia somit in der Falle sein Schicksal beklagte und die Entwürfe zur Wiedererlangung Nydias in seinem Gehirn hin und her wälzte, war das blinde Mädchen mit ihrer wunderbaren Sicherheit und Schnelligkeit leicht über das Peristyl weggeschritten, hatte den gegenüberstehenden Gang nach dem Garten zu zurückgelegt und stand mit klopfendem Herzen eben im Begriff auf die Gartentür zuzugehen, als sie plötzlich Schritte herannahen hörte und die gefürchtete Stimme des Ägypters selbst unterschied. In Zweifel und Schrecken hielt sie einen Augenblick an; dann besann sie sich plötzlich, daß es noch einen andern Gang gebe, der, in der Regel nur zum Einlaß der Schönen, die an den geheimen Gelagen teilnahmen, gebraucht wurde, ein Gang, der sich längs des Fundaments des Hauses gegen eine Tür hinzog, die sich ebenfalls in den Garten öffnete. Bei diesem Gedanken kehrte die Flüchtige hastig um, stieg die kleine Treppe rechter Hand hinab und befand sich bald am Ende des Ganges. Ach! die Tür in den Gang war verschlossen. Noch suchte sie sich über diesen Umstand zu vergewissern, als sie die Stimme des Kalenus und einen Augenblick nachher die leise Erwiderung des Arbaces hinter sich vernahm. Stehen bleiben konnte sie nicht; wahrscheinlich schritten beide eben auf jene Tür zu. Sie eilte vorwärts und fühlte sich auf unbekanntem Boden. Die Luft wurde dumpf und kalt; dies beruhigte sie. Sie vermutete in einem der Kellergewölbe des groß angelegten Gebäudes, oder mindestens an irgendeinem wenig einladenden Ort zu sein, wohin der vornehme Gebieter des Hauses sich nicht wohl verlieren würde, als ihr feines Ohr abermals Schritte und Stimmen vernahm. Mit ausgestreckten Armen drang sie immer weiter vor und stieß jetzt häufig auf Pfeiler von dicker, massiver Form. Mit einem Takt, der durch die Furcht noch verstärkt ward, entging sie diesen Gefahren und setzte ihren Weg fort, indem die Luft über ihr immer dumpfer und dumpfer wurde; allein sooft sie stehen blieb, um Atem zu schöpfen, vernahm sie auch wieder die nahenden Schritte und das undeutliche Geflüster von Stimmen. Endlich fühlte sie sich plötzlich von einer Wand aufgehalten, die ihrem Wege ein Ziel zu setzen schien. War kein Versteck für sie da? keine Öffnung? keine Nische? Nirgends! sie blieb stehen und rang verzweiflungsvoll die Hände; dann, durch die nahenden Laute wieder aufgeschreckt, eilte sie an der Seite der Wand hin und fiel, indem sie plötzlich gegen einen der hier und da scharf hervorragenden Strebepfeiler stieß, zu Boden. Obwohl sie sich ziemlich wehegetan hatte, verließ sie doch die Besinnung nicht; sie stieß keinen Schrei aus, ja sie segnete den Unfall, der sie hinter eine Art Schirm geführt hatte, und indem sie sich fest in den von dem Pfeiler gebildeten Winkel schmiegte, so daß sie wenigstens von einer Seite nicht wahrgenommen werden konnte, zwängte sie ihre leichte, zarte Gestalt in den kleinsten Umfang zusammen und erwartete atemlos ihr Schicksal.

Unterdessen schritten Arbaces und der Priester dem geheimen Gemach zu, dessen Schätze ersterer so sehr gerühmt hatte. Sie befanden sich in einer großen unterirdischen Halle; die niedere Decke wurde von kurzen, dicken Pfeilern getragen, deren Architektur von der griechischen Anmut jener überfeinerten Periode sehr weit ablag. Die einzige blasse Leuchte in Arbaces Hand warf nur einen unvollkommenen Strahl auf die nackten, rauhen Wände, deren gewaltige Steine ohne Verkittung auf eine seltsame, kunstlose Art ineinandergefügt waren. Das gestörte Gewürm starrte die Eindringlinge stumpf an und verkroch sich dann in den Schatten der Mauern.

Kalenus schauderte, als er umherblickte und die dumpfe, ungesunde Luft einatmete.

„Gleichwohl,“ bemerkte Arbaces, der sein Grauen wahrnahm, mit einem Lächeln, „gleichwohl sind es diese rauhen Verließe, die den Stoff zu den Herrlichkeiten der Hallen da oben liefern. Sie gleichen den Arbeitern auf Erden: wir verachten sie ihrer unansehnlichen Erscheinung wegen, und doch geben sie eben dem Stolz, der so vornehm auf sie herabblickt, seine Nahrung.“

„Und wohin führt jene dunkle Galerie zur Linken?“ fragte Kalenus. „Sie scheint in dieser Finsternis ohne Grenze, als ob sie sich nach dem Hades hinunterwände.“

„Im Gegenteil, sie führt zum Tageslicht empor,“ erwiderte Arbaces leichthin; „wir müssen unsern Weg nach der rechten Seite zu nehmen.“

Die Halle teilte sich, wie viele andere in den wohnlicheren Regionen von Pompeji, am Ende in zwei Flügel oder Gänge, deren Ausdehnung der Wirklichkeit nach nicht sehr bedeutend war, dem Auge aber durch das undeutliche Dunkel, gegen das die Lampe nur schwach ankämpfte, beträchtlich vergrößert erschien. Nach dem rechten dieser Flügel lenkten die beiden jetzt ihre Schritte.

„Der lustige Glaukus wird morgen in keinem viel trockneren und viel weniger geräumigen Gemach einquartiert werden,“ sagte Kalenus, als sie an dem Ort vorbeikamen, wo die Thessalierin im Schatten des breiten, vorspringenden Pfeilers kauerte.

„Ja, aber ein um so viel trockeneres und größeres Zimmer wird er am folgenden Tag in der Arena haben. Und wenn ich nun denke,“ fuhr Arbaces langsam und bedächtig fort, „wenn ich nun denke, daß ein Wort von dir ihn retten und den Arbaces seinem Schicksal übergeben könnte!“

„Dieses Wort soll nie gesprochen werden!“ entgegnete Kalenus.

„Recht, mein Kalenus! entgegnete Arbaces, indem er den Arm vertraulich auf die Schulter des Priesters legte; „es soll nie gesprochen werden; und jetzt halt — wir stehen vor der Tür.“

Das Licht flackerte gegen eine tief in die Mauer eingelassene und durch viele eiserne Platten und Bänder wohlverwahrte kleine Tür. Arbaces zog einen kleinen Ring aus dem Gürtel, woran drei oder vier kurze, starke Schlüssel hingen. O wie schlug das gierige Herz das Priesters, als er die rostigen Schlösser knarren hörte, als zürnten sie über den Eintritt zu dem Schatz, den sie hüteten. „Hinein, mein Freund," hob Arbaces an, „ich will die Lampe in die Höhe halten, damit du deine Augen an den gelben Haufen weiden kannst." Der Ungeduldige ließ sich die Einladung nicht zweimal sagen und schnell eilte er auf das Pförtchen zu.

Aber kaum hatte er die Schwelle hinter sich, als ihn der starke Arm des Ägypters vorwärts stieß. „Das Wort soll nie gesprochen werden," rief er mit lautem, triumphierenden Gelächter, und schloß die Tür hinter dem Priester ab.

Kalenus war mehrere Stufen herabgestürzt, aber ohne die Schmerzen seines Falles im Augenblick zu fühlen, sprang er wieder zu dem Pförtchen empor, schlug mit geballter Faust wild dagegen, und rief mit einer Stimme, die mehr dem Geheul eines Tieres, als einem menschlichen Laute glich, so furchtbar war seine Todesangst und Verzweiflung: „O, laß mich los, laß mich los, ich will kein Gold verlangen!"

Die Worte drangen nur unvollkommen durch die massive Tür, und von neuem lachte Arbaces. Dann stampfte er heftig mit dem Fuß, froh vielleicht, seinem lang verhaltenen Grimm Luft machen zu können: „Alles Gold Dalmatiens wird dir keine Brotrinde erkaufen. Verhungere, Elender; dein Sterbegewinsel wird nicht einmal ein Echo in diesen weiten Hallen erwecken, und selbst kein Lüftchen wird, wenn du dir im verzweifelnden Hunger das Fleisch von den Knochen nagst, verraten, daß so der Mensch zugrunde geht, der den Arbaces bedroht hat und ihn hätte vernichten können! fahre hin!"

„O, Mitleid, Erbarmen! unmenschlicher Bösewicht! war es darum ..."

Der Schluß der Rede ging dem Ohr des Ägypters verloren, der langsam durch die düstere Halle zurückkehrte. Eine plumpe, aufgedunsene Kröte lag bewegungslos in seinem Wege: die Strahlen der Lampe fielen auf die häßliche Ungestalt und das rote, aufwärts gerichtete Auge. Arbaces wich aus, um ihr keinen Schaden zu tun. „Du bist ekelhaft und widrig," murmelte er, „aber du kannst mir kein Leid zufügen; darum bist du sicher auf meinem Pfad."

Indessen drang das Geschrei des Priesters, wenn auch schwach und gedämpft, durch die einschließende Mauer aufs neue zu dem Ägypter. Er blieb stehen und horchte aufmerksam.

„Das ist schlimm!" dachte er, „denn ich kann mich nicht einschiffen, bis diese Stimme auf ewig verhallt ist. Zwar liegen meine Schätze nicht in jenem Kerker, sondern in dem entgegengesetzten Flügel, aber meine Sklaven dürfen seine Stimme nicht hören, wenn sie die Reichtümer wegschaffen. Doch wozu mir hierüber Besorgnisse machen? In drei Tagen müssen diese Töne, wenn er dann überhaupt noch, bei meines Vaters Bart! schwach genug geworden sein, und können nicht mehr durch sein Grab dringen. Bei der Isis, es ist kalt! ich sehne mich nach einem guten Schluck gewürzten Falerners."

Damit hüllte sich der gewissenlose Ägypter dichter in seinen Mantel und eilte zur freien Luft empor.

Zweiundvierzigstes Kapitel.

Welche Worte des Schreckens und gleichwohl der Hoffnung hatte Nydia vernommen! Den folgenden Tag sollte Glaukus verurteilt werden; aber noch lebte ein Mensch, der ihn retten und den Arbaces seinem verdienten Schicksal überliefern konnte, und dieser Mensch befand sich nur wenige Schritte von ihrem Versteck, und sie hörte sein Schreien und Stöhnen, sein Fluchen und Beten, wenn es auch nur unterbrochen und halberstickt an ihr Ohr drang. Er war eingekerkert; aber sie wußte um das Geheimnis seiner Haft: konnte sie nur entwischen — konnte sie nur den Prätor aufsuchen, so war der Gefangene noch zu rechter Zeit ans Tageslicht zu bringen, der Athener noch zu retten. Ihre Empfindungen erstickten sie fast; ihr Gehirn schwindelte — sie fühlte, daß ihre Sinne schwanden; aber durch eine mächtige Anstrengung gewann sie wieder die Herrschaft über sich, und nachdem sie mehrere Minuten aufmerksam gehorcht hatte, bis sie überzeugt war, daß Arbaces den Ort ihr und der Einsamkeit überlassen habe, schlich sie, von ihrem scharfen Gehör geleitet, zu der Tür, hinter der sich Kalenus befand. Hier vernahm sie die Töne seiner Angst und Verzweiflung deutlicher. Dreimal versuchte sie zu sprechen und dreimal war ihre Stimme zu schwach, um durch die Bohlen der schweren Tür zu dringen. Endlich fand sie das Schloß aus, legte die Lippen an dessen kleine Öffnung, und deutlich hörte der Gefangene seinen Namen von einer sanften Stimme aussprechen.

Sein Blut gerann — sein Haar sträubte sich empor. Welches geheimnisvolle, übernatürliche Wesen mochte in diese furchtbare Einsamkeit gedrungen sein? — „Wer da?“ rief er in neuer Angst, „welches Gespenst — welche schreckliche Larva ruft den verlorenen Kalenus?“

„Priester,“ erwiderte die Thessalierin, „ohne daß Arbaces es bemerkte, wurde ich durch die Gunst der Götter Zeugin seines Frevels. Kann ich nur selbst aus diesen Wänden entrinnen, so kann ich dich retten. Aber laß deine Stimme durch diese kleine Öffnung an mein Ohr gelangen und beantworte meine Fragen.“

„O gesegneter Geist!“ rief der Priester freudig, indem er Nydias Forderung gehorchte; „rette mich und ich will selbst die heiligen Gefäße des Altars verkaufen, um deinen Dienst zu belohnen.“

„Ich will nicht dein Gold — ich will dein Geheimnis. Hörte ich recht? Kannst du den Athener Glaukus von der tödlichen Anschuldigung befreien?“

„Ich kann — ich kann! — Mögen die Furien den schändlichen Ägypter verderben! — Hat er mich doch in die Falle gelockt, um mich verhungern und verfaulen zu lassen!“

„Man klagt den Athener des Mordes an; kannst du die Anklage widerlegen?“

„Setze mich in Freiheit und das stolzeste Haupt in Pompeji ist nicht sicherer als das seinige. Ich sah die Tat mit an — ich sah Arbaces den Streich führen; ich kann den wahren Mörder überführen und die Lossprechung des Unschuldigen bewirken. Geh' ich aber zugrunde, so stirbt auch er! Nimmst du Anteil an ihm? In meinem Herzen ist die Urne, die ihn verdammt oder losspricht!“

„Und willst du das, was du weißt, unbedingt angeben?“

„Ob ich will? Und wenn die Hölle unter meinen Füßen drohte, ja! Rache über den falschen Ägypter — Rache! Rache! Rache!“

Kalenus hatte diese letzten Worte mit knirschenden Zähnen ausgesprochen und Nydia fühlte, daß gerade in seiner unedeln Leidenschaft die sicherste Gewähr für die Rettung des Atheners liege. Ihr Herz schlug: Sollte ihr wirklich das stolze Los beschieden sein, ihren Abgott — den Gegenstand ihrer Anbetung zu retten? „Genug," sprach sie, „die Mächte, die mich hierher gebracht haben, werden mich auch fürder leiten. Ja ich fühle, daß ich dich befreien werde! Harre in Geduld und Hoffnung."

„Aber sei vorsichtig, sei klug, süßes, unbekanntes Wesen. Versuche nichts bei Arbaces; der ist von Marmor. Geh' zum Prätor — sage ihm, was du weißt, wirke einen Befehl zur Haussuchung aus, bring' Soldaten und kunstverständige Schmiede mit, diese Schlösser sind ausnehmend stark! Die Zeit flieht — ich kann verhungern, wenn du dich nicht beeilst! geh — geh! doch halt — es ist schrecklich, allein zu sein — die Luft ist wie in einer Totengrube — und die Skorpione — ha! und die bleichen Gespenster! o bleib, bleib!"

„Nein," erwiderte Nydia, geängstigt durch seine Angst und sich sehnend, ruhig mit sich selbst zu Rate gehen zu können, „nein, um deinetwillen muß ich fort. Die Hoffnung sei deine Gefährtin — lebe wohl!"

Mit diesen Worten schlich sie weg und tappte mit ausgestreckten Armen an den Pfeilern hin, bis sie an die entgegengesetzte Wand der Halle und die Mündung des nach oben führenden Ganges gekommen war. Hier blieb sie stehen. Sie hielt es sicherer, zu warten, bis die Nacht so weit vorgeschritten sein würde, daß das ganze Haus im Schlaf läge, um es dann unbemerkt verlassen zu können. Noch einmal setzte sie sich also nieder und zählte die trägen Minuten. In ihrem gläubigen Herzen war Freude die vorherrschende Empfindung. Glaukus befand sich in Todesgefahr — aber sie sollte ihn retten!

Dreiundvierzigstes Kapitel.

Nachdem Arbaces sein Blut durch einen reichlichen Trunk von jenem gewürzten, wohlriechenden Wein, der damals bei den Schwelgern so beliebt war, erwärmt hatte, fühlte er sein Herz ungewöhnlich gehoben und freudig. Im Triumph der Schlauheit liegt ein Stolz, der auch, wo sie sich auf einen verbrecherischen Gegenstand erstreckt, nicht minder stark gefühlt werden dürfte.

Reue jedoch war nicht die Empfindung, die einen Arbaces

aller Wahrscheinlichkeit nach bei dem Schicksal des verworfenen Kalenus je ergriff. Er verwischte aus seinem Gedächtnis den Gedanken an die langsame Todesqual des Priesters; er fühlte nur, daß eine große Gefahr vorüber und ein möglicher Feind zum Stillschweigen gebracht sei. Was ihm zu tun blieb, war nur, den andern Priestern Rechenschaft über das Verschwinden des Kalenus zu geben, und dies hielt er für keine schwierige Sache. Kalenus war von ihm oft zu verschiedenen religiösen Sendungen in die benachbarten Städte gebraucht worden. In irgendeinem solchen Auftrag, konnte er versichern, habe er ihn auch jetzt geschickt, etwa um den Altären der Isis in Stabiä und Neapolis sühnende Opfergaben wegen der Ermordung ihres Priesters Apäcides darzubringen. War Kalenus einmal gestorben, so konnte der Leichnam noch vor des Ägypters Abreise von Pompeji in den tiefen Sarnus geworfen werden; und wurde er dort entdeckt, so fiel der Verdacht wahrscheinlich auf die gottesleugnerischen Nazarener, als hätten sie damit für Olinths Tod Rache nehmen wollen. Nicht sobald hatte Arbaces diese Folge von Ränken, wodurch er sich aus der Schlinge ziehen könnte, eilig überdacht, als er jede Erinnerung an den unglücklichen Priester aus seinem Gemüt verbannte und ermutigt von dem Erfolg, der in letzter Zeit all seine Entwürfe gekrönt hatte, seine Gedanken wieder der Jone zuwandte. Als er das letztemal bei ihr gewesen war, hatte sie ihn durch vorwurfsvollen, bittern Hohn, den seine anmaßende Natur nicht zu ertragen vermochte, von sich getrieben. Jetzt fühlte er sich gekräftigt, den Besuch zu wiederholen; denn seine Leidenschaft für sie war so ziemlich wie bei andern Menschen beschaffen: — es trieb ihn in ihre Nähe, obwohl er in dieser Nähe erbittert und gedemütigt ward. Aus Schonung für ihren Gram legte er seine dunkeln, unfestlichen Gewänder nicht ab, erneuerte aber die Düfte in den Rabenlocken und brachte die Tunika in die gefälligsten Falten. Eh' er in das Gemach der Neapolitanerin trat, erkundigte er sich bei der diensttuenden Sklavin draußen, ob Jone bereits zur Ruhe gegangen wäre, und auf die Kunde, daß sie noch auf und ungewöhnlich gefaßt sei, wagte er sich in ihre Gegenwart. Er fand sein schönes Mündel vor einem Tischchen sitzend, das Gesicht in nachdenklicher Stellung auf beide Hände gestützt. Sie hatte jedoch nicht den gewöhnlichen hellen, psycheartigen Ausdruck holder Geistesfülle; die Lippen standen offen — das Auge war irr und unaufmerksam, und das lange, schwarze Haar, das unbeachtet und lose über ihren Nacken herabfiel, machte durch seinen Gegensatz die Wangen noch bleicher, die bereits die Rundung ihrer Umrisse verloren hatten.

Arbaces betrachtete sie ein Weilchen, ehe er näher trat. Auch sie schlug die Augen auf und als sie bemerkte, wer der Ankömmling sei, schloß sie die Augen wieder mit einem Ausdruck von Schmerz, rührte sich aber nicht.

„Ach," hob Arbaces in leisem, ernstem Ton an, indem er ehrfurchtsvoll, ja demütig näher trat und sich in einiger Entfernung von dem Tisch niedersetzte — „ach, daß mein Tod deinen Haß auslöschen könnte, dann wollte ich freudig sterben! Du tust mir unrecht, Jone; aber ohne Murren will ich das Unrecht tragen, wenn ich dich nur bisweilen sehen darf. Schilt mich, überhäufe mich mit Vorwürfen, verachte mich, wenn du willst — ich will es tragen lernen. Und ist nicht selbst dein bitterster Ton süßer für mich, als die Musik der kunstvollsten Leier? Schweigst du, so scheint die Welt still zu stehen — die Adern des Herzens stocken — es gibt keine Erde, kein Leben ohne das Licht deines Antlitzes und die Melodie deiner Stimme."

„Gib mir meinen Bruder und meinen Verlobten zurück," sprach Jone mit ruhig bittendem Ton, und ein paar große Tränen rollten unbeachtet ihre Wangen herab.

„O könnt' ich dir den einen wieder bringen und den andern erretten," erwiderte Arbaces mit scheinbarer Rührung. „Ja, um dich glücklich zu machen, wollte ich meiner unbegünstigten Liebe entsagen, und deine Hand freudig in die des Atheners legen. Immer ist es noch möglich, daß er ohne Makel aus dem Gericht hervorgeht" — (Arbaces hatte ihr verborgen gehalten, daß die gerichtliche Verhandlung bereits ihren Anfang genommen hatte) „und in diesem Fall sei dir vollkommene Freiheit gegeben, ihn nach deinem eigenen Urteil loszusprechen oder zu verdammen. Und glaube nicht, o Jone, daß ich dich weiter mit einer Liebesbitte verfolgen werde. Ich weiß, sie wäre umsonst. Nur weinen, klagen laß mich mit dir. Vergib mir eine tiefbereute Tat der Leidenschaft, die nie wiederkehren wird. Laß mich dir nur wieder sein, was ich einst gewesen bin: ein Freund, ein Vater, ein Beschützer. Ach Jone! habe Mitleid und vergib mir."

„Ich vergebe dir. Rette nur den Glaukus und ich will ihm entsagen. O mächtiger Arbaces, deine Kraft vermag viel im Bösen und im Guten: rette den Athener, und die arme Jone will ihn nie wiedersehen."

Mit diesen Worten erhob sie sich schwach und zitternd, fiel ihm zu Füßen und umfaßte seine Knie:

„Wenn du mich wirklich liebst, wenn du Menschengefühl in dir hast — so gedenke der Asche meines Vaters, gedenke meiner Kindheit, gedenke all der Stunden, die wir glücklich miteinander verlebt haben und rette meinen Glaukus!"

Heftige Zuckungen erschütterten den ganzen Körper des Ägypters; seine Züge kämpften furchtbar — er wandte das Gesicht ab und sprach mit hohler Stimme:

„Könnt' ich ihn noch jetzt retten, so wollt' ich es tun, aber das römische Gesetz ist streng. Indessen, wenn es mir gelänge — wenn mir's möglich würde, seine Freisprechung zu bewirken — wolltest du die Meinige — meine Gattin sein?

„Die Deinige?" wiederholte Jone und stand auf, „die Deinige — deine Gattin! Noch ist das Blut meines Bruders nicht gerächt: wer erschlug ihn? O Nemesis! kann ich selbst um das Leben des Glaukus die heilige Pflicht, die du mir auferlegst, verkaufen? Arbaces — die Deinige? niemals!"

„Jone, Jone!" rief Arbaces mit Heftigkeit aus, „was sind das für rätselhafte Worte — warum bringst du meinen Namen mit dem Tode deines Bruders in Verbindung?"

„Meine Träume verbinden ihn damit, und Träume kommen von den Göttern."

„Leere Phantasien! also eines Traumes wegen willst du den Unschuldigen kränken und die einzige Möglichkeit, deinem Geliebten das Leben zu retten, aufs Spiel setzen?"

„Höre mich," entgegnete Jone fest, mit entschlossener, feierlicher Stimme; „wird Glaukus von dir gerettet, so will ich nie als Braut in sein Haus einziehen. Aber das Grauen vor der Vermählung mit einem andern kann ich nicht überwinden, ich kann nicht deine Gattin werden. Unterbrich mich nicht; höre mich an, Arbaces! — Stirbt Glaukus, so biete ich noch an demselben Tage all deinen Künsten Trotz und lasse dir nur meinen Staub! Entferne immerhin Messer und Gift aus meinem Bereich — kerkere mich ein, lege mich in Fesseln: einer tapfern Seele, die zu ihrer Befreiung entschlossen ist, fehlen die Mittel nie. Mit diesen Händen, nackt und unbewaffnet, wie sie sind, sollen die Bande des Lebens zerrissen werden. Kette mich an, und diese Lippen werden der Luft entschlossen den Zugang verwehren. — Du bist bewandert in der Geschichte — du hast gelesen, wie Frauen eher starben, als eine Entehrung duldeten. Geht Glaukus unter, so will ich nicht unwürdig hinter ihm zurückbleiben. Bei allen Göttern des Himmels und des Meeres und der Erde, ich weihe mich dem Tode! — das Wort ist gesprochen!"

Hoch, stolz, ihre Gestalt wie eine Begeisterte über das gewöhnliche Maß erhebend, flößte Jone durch Stimme und Haltung ihrem Zuhörer Ehrfurcht ein.

„Tapferes Herz," sprach er nach einer kurzen Pause, „du bist wirklich wert, die Meinige zu sein. O wie hab' ich geträumt von solch einer Teilnehmerin meines erhabenen Schicksals, und sie niemals als in dir gefunden! — Jone," fuhr er rasch fort, „siehst du denn nicht, daß wir füreinander geschaffen sind? Erkennst du nicht etwas deiner eigenen Kraft, deinem eigenen Mut Verwandtes in meiner stolzen, nur sich selbst gehorchenden Seele? Wir sind geschaffen, unsere Wesen zu vereinigen — einen neuen Geist zu hauchen in diese abgenutzte, gemeine Welt — geschaffen zu mächtigen Geschicken, die meine Seele, das Dunkel der Zeit durchdringend, mit prophetischem Auge voraussieht. Mit einer Entschlossenheit, die der deinigen gleicht, trotze ich deiner Drohung unrühmlichen Selbstmordes. Ich begrüße dich als die Meinige! Königin ferner Küsten, die der Fittich des Römeradlers noch nicht verdunkelt, seine Klaue noch nicht verheert hat, ich neige mich vor dir in Demut und Ehrfurcht, aber ich fordere dich als ein Liebender, Anbetender! Zusammen wollen wir den Ozean durchschiffen — zusammen wollen wir unser Reich auffinden und ferne Jahrhunderte sollen Zeugen der Königsreihe sein, die aus der Vermählung des Arbaces mit der Jone entsproßt!"

„Du rasest; dergleichen geheimnisvolle Verkündigungen passen eher für eine aberwitzige Alte, die Zaubermittel auf dem Markt verhökert, als für den weisen Arbaces. Du hast meinen Entschluß gehört — er ist unabänderlich wie das

Fatum selbst. Der Orkus hat mein Gelübde vernommen, es ist in das Buch des nie vergessenden Hades eingeschrieben. Sühne denn, o Arbaces, sühne die Vergangenheit, verkehre Haß in Achtung, Nachbegierde in Dankbarkeit, erhalte den, der nie dein Nebenbuhler sein soll. Ein solches Tun ist deiner bessern Natur würdig, die Funken von etwas Hohem und Edlerem durchblicken läßt. Es wiegt schwer in der Wagschale des Totenrichters und gibt den Ausschlag an jenem Tage, wo die entkörperte Seele schaudernd und angstvoll zwischen Tartarus und Elysium steht; es erfreut das Herz noch im Leben stärker und länger, als der vorübergehende Genuß der Leidenschaft. O Arbaces, höre mich und laß dich erflehen!"

„Genug, Jone. Alles, was ich für Glaukus tun kann, soll geschehen; aber mache mir keine Vorwürfe, wenn es erfolglos bleibt. Erkundige dich selbst bei meinen Feinden, ob ich nicht gestrebt und noch strebe, das Verdammungsurteil von seinem Haupt abzulenken, und beurteile mich hiernach. Schlafe denn, Jone. Es ist spät in der Nacht; ich überlasse dich ihrer Ruhe, und mögest du freundliche Träume von dem haben, der nur in dir lebt."

Ohne eine Antwort abzuwarten entfernte sich Arbaces schnell; vielleicht weil er sich nicht getraute, die leidenschaftlichen Bitten Jones länger mitanzuhören, die ihn, selbst während sie ihn zum Mitleid hinrissen, mit den Qualen der Eifersucht durchzuckten. Aber das Mitleid kam zu spät. Hätte ihm Jone selbst ihre Hand als Lohn zugesagt, so hätte er doch jetzt, nachdem er sein Zeugnis abgelegt hatte, und das Volk zum Blutdurst aufgereizt war, den Athener nicht mehr retten können. Jedoch eben durch die Tatkraft seines Geistes immer noch voll Hoffnung, versenkte er sich mit ganzer Seele in die Möglichkeiten der Zukunft und glaubte, er werde noch über das Weib triumphieren, das sein Herz so sehr in Fesseln geschlagen hatte.

Während ihn seine Diener für die Nacht entkleiden halfen, durchfuhr ihn plötzlich der Gedanke an Nydia. Er fühlte die Notwendigkeit, daß Jone nie etwas von dem Wahnsinn ihres Geliebten erfahre, damit dieser Seelenzustand sein Verbrechen nicht bei ihr entschuldige; nun aber konnten ihr ihre Sklavinnen vielleicht zu wissen tun, daß Nydia unter seinem Dach sei und sie wünschte die Blinde vielleicht zu sehen. Nicht sobald war diese Vorstellung in ihm aufgeblitzt, als er sich zu einem seiner Freigelassenen wandte:

„Geh' sogleich zu Sosia, Kallias," sprach er, „und sage ihm, er dürfe die blinde Nydia unter keinerlei Vorwand aus ihrem Zimmer lassen. Doch halt — suche zuerst die Dienerinnen meiner Mündel auf und bedeute sie, ihr nicht zu sagen, daß das blinde Mädchen unter meinem Dach ist. Schnell fort!"

Kallias eilte zu gehorchen. Nachdem er sich seines Auftrags bei Jones Dienerinnen entledigt hatte, suchte er den würdigen Sosia auf. Da er ihn in der kleinen, zu seinem Schlafgemach bestimmten Zelle nicht fand, rief er ihn laut bei Namen und hörte aus dem anstoßenden Zimmer Nydias seine Stimme antworten:

„O Kallias, bist du es? die Götter seien gepriesen! öffne die Tür, ich bitte dich!"

„Der Freigelassene schob den Riegel zurück und das klägliche Antlitz Sosias drängte sich hastig entgegen.

„Was! In einem Zimmer mit dem jungen Mädchen? schäme dich! gibt es nicht reife Früchte genug im Hause? warum machst du dich an solche unreifen?"

„Nenne die kleine Hexe nicht," unterbrach ihn Sosia ungeduldig, „sie wird mein Verderben sein!" Und unverweilt teilte er Kallias die Geschichte mit dem Luftgeist und der Flucht der Thessalierin mit.

„So kannst du dich immerhin aufhängen, du Unglückssohn! soeben komme ich von Arbaces mit dem Befehl an dich, sie keinen Augenblick aus dem Zimmer zu lassen."

„Me miserum!" rief der Sklave. „Was soll ich anfangen? Unterdessen kann sie schon in halb Pompeji gewesen sein. Aber morgen mache ich mich daran, sie in ihren alten Schlupfwinkeln aufzuspüren. Halte nur reinen Mund, lieber Kallias."

„Ich will alles tun, was die Freundschaft irgend vermag, soweit mein eigenes Heil dabei nicht leidet. Aber weißt du gewiß, daß sie das Haus verlassen hat? Noch kann sie sich hier irgendwo versteckt halten."

„Wie wäre das möglich? in den Garten konnte sie gar leicht kommen und die Tür stand ja offen, wie ich dir sagte."

„Nein, das nicht, eben zu der Stunde, von der du sprichst, war Arbaces mit dem Priester Kalenus im Garten. Ich ging dahin, um Kräuter für das Bad des Herrn auf morgen zu holen, und bemerkte das ausgesetzte Tischchen gar wohl; aber ich weiß gewiß, daß die Gartentür eingeklinkt war. Ohne Zweifel war Kalenus durch den Garten eingetreten, und hatte die Tür hinter sich wieder zugemacht."

„Aber eigentlich verschlossen wurde sie doch nicht."

„O, ja; denn ich selbst, erbost über solche Nachlässigkeit, die die Bronzen im Peristyl der Gnade des nächsten besten Diebs preisgab, drehte den Schlüssel um, nahm ihn mit mir und — da ich den Sklaven nicht fand, der dafür zu sorgen hat, sonst würde ich ihm tüchtig die Meinung gesagt haben! — so steckt er hier noch jetzt in meinem Gürtel."

„O gnädiger Bacchus, so hab' ich doch nicht umsonst zu dir gefleht. Verlieren wir keinen Augenblick; komm gleich mit mir in den Garten — vielleicht ist sie noch dort!"

Der gutmütige Kallias gab seine Einwilligung, und nachdem sie zuvor die nächstgelegenen Gemächer und die Winkel des Peristyls durchsucht hatten, traten sie in den Garten. Ungefähr um dieselbe Zeit hatte Nydia beschlossen, ihr Versteck zu verlassen, um sich an ihr Unternehmen zu wagen. Leicht zitternd, mit verhaltenem Atem, der ab und zu wieder krampfhaft hervorbrach — jetzt an den blumenbekränzten Säulen des Peristyls vorüberrhuschend — jetzt den stillen Mondschein durchkreuzend — bald auf der Gartenterrasse, bald unter den düstern, regungslosen Bäumen — erreichte sie endlich die verhängnisvolle Tür, und fand sie — verschlossen! Welche Worte vermöchten das tiefe Wehe, das zu Bodensinken des ganzen Herzens zu malen, das sich jetzt auf den Zügen der Thessalierin aussprach? Wieder und wieder streiften die kleinen, zitternden Hände über die unerbittliche Tür hin. Armes Kind! umsonst war dein edler Mut, deine unschuldige List, deine Künste, um dem Jäger und seiner Meute zu entgehen! Nur wenige Schritte von dir stehen deine Verfolger, lachen über deine Bemühungen — deine Verzweiflung — wissen wohl, daß du ihnen jetzt verfallen bist und warten mit grausamer Geduld den rechten Moment ab, ihre Beute zu fassen! — Glücklich, daß du sie wenigstens nicht sehen kannst!"

„Still Kallias! — laß sie machen. Sehen wir, was sie anfängt, wenn sie sich überzeugt hat, daß sie die Tür nicht durchläßt."

„Sieh, sieh! sie erhebt das Gesicht zum Himmel — sie sinkt trostlos nieder! doch nein! sie hat einen neuen Plan! sie gibt sich noch nicht gefangen! Beim Jupiter, ein zähes Köpfchen! Schau, sie springt auf — sie wendet ihre Schritte zurück — es fällt ihr ein anderer Ausweg ein! Ich rate dir, Sosia, warte nicht länger, packe sie, ehe sie sich aus dem Garten wegmacht; da!"

„Ha! Ausreißerin, hab' ich dich?" rief Sosia und faßte die Unglückliche.

Wie der letzte menschenähnliche Ton des Wildes in den Fängen der Hunde — wie der gellende Schreckensruf, den ein jählings erwachter Nachtwandler ausstößt, war der Schrei des blinden Mädchens, als sie den plötzlichen Griff ihres Kerkermeisters fühlte. Es war ein Schrei jener höchsten Todesqual, jener vollendeten Verzweiflung, der nie mehr aus dem Ohr dessen weicht, der ihn vernommen hat. Sie hatte die Empfindung, als würde dem untersinkenden Glaukus das letzt erettende Brett aus den Händen gerissen. Leben und Tod standen einander unentschieden gegenüber und jetzt hatte der Tod das Spiel gewonnen!

„Götter!" rief Kallias, „dieses Geschrei wird das Haus in Alarm bringen! Arbaces hat einen leisen Schlaf. Stopf ihr den Mund!"

„Ja, da hab' ich noch das Tuch, womit mir die junge Hexe den Verstand wegzauberte! — so ist's recht; jetzt bist du auch stumm, nicht nur blind."

Und die leichte Last in den Armen tragend, erreichte Sosia das Haus und sofort das Zimmer, aus dem Nydia entflohen war. Hier erst nahm er ihr den Knebel wieder ab, und überließ sie einer Einsamkeit, deren Schrecken und Qualen der Hades selbst kaum überbieten konnte.

Vierundvierzigstes Kapitel.

Es war am Abend des dritten und letzten Gerichtstages über Glaukus und Olinth. Wenige Stunden, nachdem die Sitzung aufgehoben und das Urteil gefällt worden war, hatte sich eine kleine Gesellschaft junger pompejanischer Lebemänner um den üppigen Tisch des Lepidus versammelt.

„So leugnete denn Glaukus sein Verbrechen bis zum letzten Moment?" bemerkte Clodius.

„Ja, aber die Angabe des Arbaces überzeugte die Richter; dieser sah, wie der Streich geführt wurde,“ erwiderte Lepidus.

„Was kann wohl die Ursache gewesen sein?“

„Nun, der Priester war ein verdrossener, finsterer Kerl. Wahrscheinlich schalt er den Glaukus wegen seines lustigen Lebens und seines Hanges zum Spiel tüchtig aus und schwor endlich darauf, er werde seine Einwilligung zu der Vermählung mit Jone nicht geben. Es kam zu einem heftigen Wortwechsel; Glaukus scheint des Bacchus ziemlich voll gewesen zu sein, und tat im Jähzorn einen tödlichen Stoß. Die Erregung durch den Wein, die heftigen Gewissensbisse brachten den Wahnsinn über ihn, an dem er einige Tage litt; und wohl kann ich mir vorstellen, daß der arme Junge, noch immer wirr von dieser Seelenstörung, selbst jetzt von dem Verbrechen nichts weiß, das er begangen hat. So wenigstens ist die scharfsinnige Vermutung des Arbaces, der in dem abgelegten gerichtlichen Zeugnis sehr freundlich und schonend zu Werk gegangen zu sein scheint.“

„Ja, er hat sich dadurch die allgemeine Zuneigung gewonnen. Jedoch in Anbetracht dieser mildernden Umstände sollte der Senat auch seinen Spruch gemildert haben.“

„Das würde er auch, wäre das Volk nicht; aber dieses war voller Wut. Die Priester hatten keine Mühe gespart, es zu erbittern; die blutdürstigen Bestien stellten sich vor, Glaukus werde losgesprochen, nur weil er reich und vornehm ist, und eben deswegen waren sie ganz verhärtet gegen ihn und doppelt versessen auf seine Verurteilung. Der Senat mußte einwilligen, daß er der Rechte eines Bürgers beraubt und somit zum Tod verurteilt wurde; freilich war bei all dem nur eine Mehrzahl von drei Stimmen gegen ihn. Holla! Wein von Chios!“

„Er sieht sehr verändert aus, aber dennoch gefaßt und furchtlos.“

„Nun wir werden sehen, ob seine Festigkeit anhält bis morgen. Welchen Wert kann indessen der Mut haben, wenn selbst dieser gottesleugnerische Hund, der Olinth, die gleiche Fassung zeigt?“

„Ja, dieser Gottesleugner!“ rief Lepidus mit frommem Zorn; „kein Wunder, daß noch vor zwei Tagen ein Decurio durch einen Blitz aus heiterm Himmel erschlagen wurde.

Die Götter sind erbost auf Pompeji, solange der schändliche Beflecker ihres Heiligtums in ihren Mauern lebt."

„Gleichwohl verfuhr der Senat so milde, daß, wenn Olinth nur Reue gezeigt, und einige Körner Weihrauch auf dem Altar der Cybele verbrannt haben würde, man ihn hätte laufen lassen. Ich zweifle, ob diese Nazarener, bildeten sie die herrschende Religion, so duldsam gegen uns sein würden, wenn wir das Bild ihres Gottes niedergeschlagen, ihre Gebräuche verhöhnt und ihren Glauben verleugnet hätten."

„Auch dem Glaukus gestattet man in Anbetracht der mildernden Umstände eine Möglichkeit der Rettung; man erlaubt ihm, gegen den Löwen denselben Stilus zu gebrauchen, womit er den Priester erstach."

„Hast du den Löwen gesehen? Hast du seine Sehnen und Klauen bemerkt, und nennst das eine Möglichkeit? Wären doch Schwert und Schild ein bloßer Strohhalm gegen den Angriff des mächtigen Tieres! Nein, ich glaube, die wahre Milde bestand darin, daß man ihm keinen langen Aufschub läßt, und es war daher ein Glück für ihn, daß unsere wohlwollenden Gesetze langsam in der Verkündung, aber schnell in der Ausführung des Urteils sind, und daß die Spiele des Amphitheaters, wie durch eine Art weiser Vorsicht, schon seit langem auf morgen festgesetzt waren. Wer auf den Tod warten muß, stirbt zweimal."

„Was den Gottesleugner betrifft," bemerkte Clodius, „so muß er es mit dem grimmigen Tiger mit unbewehrter Hand aufnehmen. Auf einen solchen Kampf kann man nicht wetten. Oder will einer die Wette aufnehmen?"

Ein schallendes Gelächter drückte aus, wie albern solche Frage sei.

„Armer Clodius!" rief der Wirt, „einen Freund zu verlieren will etwas heißen; aber niemand zu finden, der auf die Möglichkeit seiner Errettung mit dir wettet, ist noch ein schlimmeres Unglück für dich."

„Ja, das ist wirklich zu arg; für ihn und für mich würde noch einiger Trost in dem Gedanken gelegen haben, daß er durch seinen Tod doch noch Nutzen schaffe."

„Das Volk," bemerkte der gestrenge Pansa, „ist mit dem Ergebnis sehr wohl zufrieden. Groß war die Angst, die Spiele im Amphitheater möchten ohne einen Verbrecher für die Tiere vorübergehen, und nun auf einmal zwei solche Verbrecher zu bekommen, ist in der Tat eine Freude für die armen Burschen! Sie arbeiten hart, sie müssen auch ihren Spaß haben."

„Das sprach der Volksfreund Pansa, der keinen Schritt tut ohne einen Schweif von Klienten, so lang wie ein indischer Triumphzug. Immer führt er das Volk im Munde. Götter! schließlich wird er gar ein Gracchus!"

„Allerdings bin ich kein anmaßender Aristokrat," entgegnete Pansa mit einer Miene von Großmut.

„Ei," erwiderte Lepidus, „es dürfte auch ziemlich gefährlich sein, am Vorabend eines Tiergefechts den Mitleidigen spielen zu wollen. Ergeht über mich je eine gerichtliche Verhandlung, so fleh' ich zu Jupiter, daß entweder gerade keine wilden Tiere in den öffentlichen Ställen oder wenigstens eine hinlängliche Menge von Spitzbuben im Kerker sein mögen."

„Und was," fragte einer aus der Gesellschaft, „was ist denn aus dem armen Mädchen geworden, die Glaukus heiraten wollte? Eine Witwe, ohne Gattin gewesen zu sein — das ist hart!"

„O," gab ihm Clodius zurück, „die ist sicher unter dem Schutz ihres Vormunds Arbaces. Natürlich begab sie sich nach dem Verlust des Geliebten und Bruders zu ihm."

„Bei der Venus, Glaukus hatte Glück bei den Weibern! Man sagt, die reiche Julia sei auch in ihn verliebt gewesen."

„Eine reine Fabel, mein Freund!" erwiderte Clodius geckenhaft: „ich war heute bei ihr. Hatte sie je eine Empfindung dieser Art, so schmeichle ich mir, sie getröstet zu haben."

„Still," rief Pansa, „wißt ihr nicht, daß sich Clodius gegenwärtig in Diomeds Hause damit abgibt, stark auf die Fackel zu blasen? Sie fängt an zu brennen und wird bald hell leuchten vor Hymens Altar."

„Steht es so?" fragte Lepidus. „Was, Clodius ein Ehemann werden? — Pfui!"

„Laß dir darum nicht bange sein," antwortete Clodius. „Der alte Diomed ist entzückt von der Vorstellung, seine Tochter an einen Edelmann zu verheiraten und wird es an Sesterzen nicht fehlen lassen. Ihr werdet sehen, daß ich mein Geld nicht im Atrium verschließe. Der Tag, wo Clodius eine Erbin heiratet, soll ein ergiebiger für seine lustigen Freunde sein."

„Sprichst du so?“ rief Lepidus. „So komm, einen vollen Becher auf die Gesundheit der schönen Julia.“

Während an dem üppigen Tisch des Lepidus dieses Gespräch geführt wurde — schauerte den jungen Athener eine ganz andere Umgebung an.

Nach seiner Verdammung war Glaukus nicht mehr der sanften Obhut Sallusts, des einzigen Freundes in seinem Unglück, anvertraut worden. Man führte ihn über das Forum, wo seine Wächter endlich vor einem Türchen an der Seite des Jupitertempels stehen blieben. Die Tür öffnete sich von der Mitte aus auf eine etwas seltsame Art, indem sie sich wie ein Drehkreuz um ihre Angeln bewegte, so, daß zu einer und derselben Zeit immer nur der halbe Raum zwischen ihren Pfosten offen stand. Durch diesen engen Zugang schoben sie den Gefangenen, setzten ein Brot und einen Wasserkrug vor ihn, und überließen ihn der Finsternis und, wie er glaubte, der Einsamkeit.

So schnell war die Umwälzung gewesen, die ihn von der Palmenhöhe aller Freuden und begünstigten Liebe in den tiefsten Abgrund der Schande, und in die Schrecken eines höchst blutigen Todes gestürzt hatte, daß er kaum das Gefühl von sich abwehren konnte, als liege er in den Banden eines furchtbaren Traumes. Seine elastische, herrliche Gesundheit hatte über einen Trank gesiegt, dessen größern Teil er glücklicherweise nicht zu sich genommen hatte, und Sinn und Bewußtsein waren ihm zurückgekehrt, aber noch immer drückte ein dumpfer Nebel auf seine Nerven und verdunkelte seinen Geist. Seine natürliche Unerschrockenheit und der edle, griechische Stolz hatten ihm Kraft gegeben, jede unziemliche Angst zu verwinden, und seinem schrecklichen Lose im Gerichtssaal mit fester Haltung und ruhigem Auge entgegenzusehen. Aber die Gewißheit der Unschuld reichte kaum hin, ihn auch da noch aufrecht zu halten, wo der Blick der Menge seinen hohen Mut nicht länger entflammte, und er der Einsamkeit und der Stille hingegeben war. Fröstelnd fühlte er den Kerkerdunst auf seinen geschwächten Körper herabsinken — auf *ihn*, den wählerischen, schwelgerischen, verfeinerten Menschen, der bis jetzt keiner Beschwerde getrotzt, keinen Gram gekannt hatte! Schönes Vögelchen, das er war! warum hatte es seinen fernen, sonnigen Himmel — die Olivenhaine seiner vaterländischen Hügel — die Musik ihrer ewigen Ströme verlassen müssen? warum hatte es sein glänzendes Gefieder mutwillig unter diese harten, seinem Wesen widersprechenden Fremdlinge getragen und das Auge mit seinen prächtigen Farben geblendet, das Ohr mit seinem lieblichen Gesang entzückt, um nun plötzlich gefangen und in einen dunkeln Käfig gesteckt, zugleich Opfer und Beute zu werden: — auf immer gehemmt sein fröhlicher Flug, auf immer zum Schweigen gebracht seine heitern Lieder? Der arme Athener! Selbst seine Fehler waren nur das Übermaß einer edeln, freudigen Natur gewesen, und wie wenig hatte ihn seine bisherige Laufbahn für die Prüfungen gestählt, die er jetzt bestehen mußte! Das Hohngezisch der Menge, unter deren jauchzendem Zuruf er so oft seinen zierlichen Wagen und seine bäumenden Rosse dahingeführt hatte, tönte noch immer zermalmend in sein Ohr. Die kalten, steinernen Gesichter seiner ehemaligen Freunde, der Genossen seiner fröhlichen Gelage, tauchten noch immer vor seinen Blicken auf. Kein Mensch war jetzt da, der den bewunderten, geschmeichelten Fremden gestützt, getröstet hätte. Diese Mauern öffneten sich ihm nur, um ihn auf der furchtbaren Arena einem gewaltsamen, entehrenden Tode entgegen gehen zu lassen. Und Jone! auch von ihr hatte er nichts gehört: kein ermutigendes Wort, keine bemitleidende Botschaft. Auch sie hatte ihn verlassen! sie hielt ihn für schuldig! — und welches Verbrechens? Der Ermordung ihres Bruders? Er knirschte mit den Zähnen — er stöhnte laut — und plötzlich durchzuckte ihn eine schreckliche Angst. Konnte er nicht in jenem wilden, furchtbaren Wahnsinn, der seine Seele auf so unbegreifliche Weise erfaßt, sein aus den Fugen gewichenes Gehirn gestört hatte, das Verbrechen, dessen er angeklagt war, wirklich, ohne daß er darum wußte, begangen haben? Doch so schnell ihn dieser Gedanke durchblitzte, so rasch war er auch überwältigt, denn trotz aller Dunkelheit hinter ihm glaubte er doch ganz deutlich den dämmernden Hain der Cybele, das aufwärts gekehrte Gesicht des bleichen Toten, sein eigenes Stehenbleiben neben dem Leichnam und den plötzlichen Stoß, der ihn zu Boden geworfen hatte, in der Erinnerung zu haben. Er war von seiner Unschuld überzeugt; aber wer mochte ihn, selbst in der spätesten Zeit, wenn sich seine verstümmelten Gebeine längst in

Staub verwandelt hatten, für schuldlos halten und seinen Namen retten? Wenn er seiner letzten Zusammenkunft mit Arbaces und der Ursachen zur Rache gedachte, die im Herzen dieses dunkeln, furchtbaren Menschen angeregt worden waren, so konnte er sich des Glaubens nicht erwehren, daß er das Opfer einer tief angelegten, geheimnisvollen Hinterlist sei, deren Geheimhaltung er mit seinem Leben bezahlen müsse. Und Jone — Arbaces liebte sie — sollte sein Untergang dem Nebenbuhler den Sieg bereiten? Dieser Gedanke durchschnitt ihm das Herz tiefer als alles andere, und sein edles Gemüt war mehr von Eifersucht gequält, als durch Furcht entmutigt. Aufs neue ächzte er laut.

Eine Stimme hinten aus dem Dunkel hervor antwortete auf diesen Ausbruch des Schmerzes. „Wer," fragte sie, „ist mein Gefährte in dieser furchtbaren Stunde? Athener Glaukus, bist du es?"

„So nannte man mich wirklich in der Zeit meines Glückes; vielleicht haben sie jetzt andere Benennungen für mich. Und dein Name, Fremdling?"

„Ist Olinth, dein Genosse im Kerker wie vor Gericht."

„Was! Der, den man den Gottesleugner nennt? Hat dich vielleicht die Ungerechtigkeit der Menschen dahin gebracht, die Vorsehung der Götter zu leugnen?"

„Ach," erwiderte Olinth, „du — nicht ich — bist der wahre Gottesleugner, denn du leugnest den einzig wahren Gott — den Unbekannten — dem deine athenischen Väter einen Altar errichtet haben. In dieser Stunde ist es, wo ich meinen Gott fühle. Er ist mit mir im Kerker; sein Lächeln durchdringt das Dunkel: Am Vorabende des Todes flüstert mir mein Herz von Unsterblichkeit, und die Erde tritt nur vor mir zurück, um die müde Seele dem Himmel näher zu bringen."

„Sag' mir," fragte Glaukus plötzlich, „hörte ich während der gerichtlichen Verhandlung nicht deinen Namen in Verbindung mit dem des Apäcides? Hältst du mich für schuldig?"

„Gott allein liest das Herz; aber mein Verdacht ruht nicht auf dir."

„Auf wem denn?"

„Auf deinem Ankläger, Arbaces."

„Ha! du gibst mir neues Leben; und warum auf Arbaces?"

„Weil ich die bösen Gesinnungen des Mannes kenne und

er Ursache hatte, den Ermordeten zu fürchten." Und Olinth fuhr fort, Glaukus über alle Umstände zu unterrichten, — nämlich seine Unterredung mit Apäcides und den Plan, den er mit diesem zur Enthüllung der ägyptischen Priestergaukeleien und der Verführungskünste des Arbaces gegen die jugendliche Schwäche des Neubekehrten, verabredet hatte. „Ist daher," schloß Olinth seinen Bericht, „der Verstorbene dem Arbaces begegnet, hat er ihm seine Verräterei vorgehalten und mit deren Offenbarung gedroht, so mochten Ort und Stunde dem Zorn des Ägypters gar wohl zu Hilfe gekommen und der Todesstreich ebensowohl eine Folge schlauer Berechnung als leidenschaftlicher Wut gewesen sein."

„Es ist nicht anders möglich!" rief Glaukus freudig aus; „ich bin glücklich!"

„Aber was hilft dir diese Entdeckung jetzt, Unglücklicher? Du bist verurteilt und wirst trotz deiner Schuldlosigkeit untergehen."

„Doch ich *selbst* werde *wenigstens* *wissen*, daß ich schuldlos bin, während ich bisher in Anbetracht meines geheimnisvollen Wahnsinnes furchtbare, wenn auch nur vorübergehende Zweifel nähren mußte. Aber sage mir, du Mann eines fremden Glaubens, bist du der Ansicht, daß wir auch für kleine Fehler oder anererbte Gebrechen von den Mächten da oben, welchen Namen du ihnen nun geben magst, verstoßen und verflucht werden?"

„Gott ist gerecht und verstößt seine Geschöpfe wegen menschlicher Schwächen nicht. Gott ist barmherzig und verflucht nur die Sünder, die nicht bereuen."

„Aber mir war's, als sei durch göttlichen Zorn ein plötzlicher Wahnsinn über mich gekommen — eine übernatürliche, nicht durch menschliche Mittel hervorgebrachte Sinnesverwirrung."

„Es gibt böse Geister auf der Erde," erwiderte der Nazarener schaudernd, „so gut es einen Gott und einen Sohn im Himmel gibt, und da du Gott nicht anerkennst, so mögen die Bösen Macht über dich gehabt haben."

Glaukus gab keine Antwort und eine Stille von mehreren Minuten trat ein. Endlich fragte der Athener mit veränderter, sanfter, halb zaudernder Stimme: „Olinth, gehört zu den Lehren deines Glaubens, daß die Toten fortleben, daß die, die hier geliebt, später wieder vereinigt werden, daß jenseit des Grabes unser Name von dem Dunst der Sterblichkeit, der ihn vor den groben Augen der Welt ungerechterweise verdunkelte, frei wird und die durch Wüsten und Felsen getrennt gewesenen Bäche im heiligen Hades wieder zusammentreffen und von neuem in einem Bette fließen?"

„Ob das zu meinem Glauben gehöre, o Athener? Nein, ich glaub' es nicht, ich weiß es: und diese schöne und selige Gewißheit ist es, die mich jetzt aufrecht hält." O Cyllene!" fuhr Olinth warm fort — „Braut meines Herzens! mir im ersten Monat unserer Vermählung entrissen, werd' ich dich nicht in wenigen Tagen sehen? Willkommen, willkommen, Tod, der mich in den Himmel zu dir bringt!"

Es lag etwas in diesem plötzlichen Gefühlsausbruch, das eine verwandte Saite in der Seele des Griechen berührte. Zum ersten Male empfand er ein stärkeres Mitgefühl als das des bloßen Unglücks zu seinem Gefährten. Er trat näher zu Olinth, denn so blutdürstig die Italiener in einigen Beziehungen waren, so bewiesen sie doch in andern keine unnötige Grausamkeit: sie vermieden den abgesonderten Kerker und die überflüssige Kette, und ließen den Opfern der Arena den traurigen Trost einer Freiheit und Gesellschaft, wie sie das Gefängnis zu geben vermag.

„Ja," fuhr der Christ in heiligem Eifer fort, „die Unsterblichkeit der Seele, die Auferstehung, die Wiedervereinigung der Toten ist die große Grundlehre unseres Glaubens, die große Wahrheit, zu deren Verkündigung und Verbürgung ein Gott selbst den Tod erlitt. Kein gefabeltes Elysium, kein dichterischer Orkus, sondern das reine, strahlende Erbe des Himmels selbst ist der Anteil der Guten."

„Sag' mir denn deine Lehren und erläutere mir deine Hoffnungen," entgegnete Glaukus ernst.

Olinth säumte nicht, auf diese Bitte einzugehen und so ergoß denn, wie so oft in den ersten Jahrhunderten des Christentums, das aufdämmernde Evangelium im Dunkel des Kerkers und vor den Toren des Todes seine milden, heiligenden Strahlen.

Fünfundvierzigstes Kapitel.

In langsamer Qual zogen die Stunden über Nydias Haupt dahin, seit sie in ihr Gemach zurückgebracht worden war.

Sosia hatte, als fürchte er sich abermals überlistet zu werden, seinen Besuch bei ihr bis spät am Morgen des folgenden Tages verschoben und auch dann den Korb mit Speise und Trank nur eilig hereingestellt und die Tür sogleich wieder verschlossen. Der Tag verging und Nydia fühlte sich in der Stunde, wo das Urteil über Glaukus gefällt wurde und ihn ihre Freiheit gerettet haben würde, hinter unerbittlichen Schlössern! Im Bewußtsein jedoch, daß auf ihr, so unmöglich ihr Entkommen auch schien, die einzige Möglichkeit beruhe, den Geliebten zu retten, beschloß das Mädchen, sich trotz ihrer Schwachheit, trotz den Stürmen ihres überreizten Gemütes, keiner Verzweiflung hinzugeben, die sie unfähig gemacht haben würde, eine sich etwa noch darbietende Gelegenheit zu benutzen. Mit gewaltsamer Anstrengung behielt sie ihre Besinnung, sooft diese auch in dem Strudel unerträglicher Gedanken kreiste und wankte; ja sie nahm Speise und Trank, damit sie bei Kräften bliebe — damit sie *bereit sein möchte*.

Zu ihrer Befreiung wälzte sich Plan auf Plan durch ihre Gedanken und jeden mußte sie wieder aufgeben. Immer jedoch blieb Sosia ihre einzige Hoffnung, das einzige Werkzeug, das sie gebrauchen konnte. Er war abergläubisch gewesen in der Aussicht, Kunde darüber zu erlangen, ob er seine Freiheit endlich erkaufen werde. Gütige Götter! konnte er nicht etwa durch die Freiheit selbst gewonnen werden? War sie nicht beinah reich genug, ihm diese zu erkaufen? Ihre zarten Arme waren mit Spangen, Geschenken von Jone, bedeckt, und um ihren Hals hing jene Kette, die ihre eifersüchtigen Vorwürfe gegen Glaukus veranlaßt und die sie sofort immer zu tragen angelobt hatte. Mit brennender Sehnsucht harrte sie auf Sosias Ankunft; als jedoch Stunde um Stunde verschwand, und er nicht erschien, ergriff sie peinigende Ungeduld. Jeder ihrer Nerven zuckte fieberhaft; sie vermochte die Einsamkeit nicht länger zu tragen — sie stöhnte, sie schrie laut, sie warf sich gegen die Tür. Ihr Angstruf hallte weithin im Hause wieder und Sosia eilte höchst ärgerlich herbei, um zu sehen, was es gebe und seine Gefangene womöglich zum Stillschweigen zu bringen.

„Holla, was ist das?“ fragte er unmutig. „Kleine Sklavin, wenn du mit diesem Gekreisch fortfährst, so müssen wir dir einen Knebel in den Mund legen. Meine Schultern müßten dafür büßen, wenn dich der Herr zu hören bekäme."

„Lieber Sosia, schilt mich nicht — ich kann es nicht ertragen so lange allein zu sein," entgegnete Nydia; „die Einsamkeit beängstigt mich. Ich bitte dich, setz' dich nur ein wenig zu mir. Sorge nicht, daß ich wieder aufs Entkommen ausgehe; setze deinen Stuhl vor die Tür, halte das Auge stets auf mich, ich will mich nicht vom Platze bewegen."

Sosia, selbst ein gewaltiger Freund vom Schwatzen, wurde durch diese Anrede gerührt. Er fühlte Mitleid mit einem Wesen, das niemand zum Plaudern hatte und das Gleiche war sein eigener Fall, und so beschloß er, sich selbst von der Qual zu erlösen! Nydias Wink benutzend, setzte er einen Stuhl vor die Tür, lehnte den Rücken dagegen und erwiderte: „Ich will wahrhaftig nicht griesgrämig gegen dich sein, und dir, soweit ein kleines, unschuldiges Geplauder geht, gern deinen Willen tun. Aber laß dir's gesagt sein: keine Tücken — keine Geisterbeschwörungen!"

„Nein, nein! sage mir, lieber Sosia, welche Zeit ist es?"

„Es ist bereits Abend, die Ziegen kehren nach Haus."

„O Götter! wie ging es mit dem Gericht?"

„Beide verurteilt!"

Nydia unterdrückte den Schmerzensruf, der in ihr aufsteigen wollte. „Gut, gut; ich dachte wohl, es würde so gehen. Wann werden sie den Tod erleiden?"

„Morgen im Amphitheater: wärst du nicht, kleine Hexe, so bekäm' ich auch Erlaubnis hinzugehen und zuzuschauen."

Nydia lehnte sich für einige Augenblicke zurück — weiter zu tragen, vermochte die Natur nicht; sie war in Ohnmacht gesunken. Aber Sosia bemerkte es nicht, denn es war Abenddämmerung und er voll von den Entbehrungen, die er selbst zu erdulden hatte; er verbreitete sich in Wehklagen über die Einbuße eines so herrlichen Schauspiels und über die Ungerechtigkeit des Arbaces, der gerade ihn unter allen seinen Genossen ausgewählt habe, um das Amt eines Kerkermeisters zu übernehmen. Eh' er damit zu Ende kam, war Nydia mit einem tiefen Seufzer ihrer Sinne wieder Meisterin geworden.

„Du seufzest über mein Unglück, Blinde; nun das ist doch einiger Trost; solange du zugibst, wie teuer du mir zu stehen kommst, will ich mir Mühe geben, nicht zu schelten. Es ist hart, schlimm behandelt und nicht einmal dafür bemitleidet zu werden."

„Sosia, wie viel brauchst du noch, um deine Freiheit erkaufen zu können?"

„Wie viel? nun ungefähr zweitausend Sesterze."

„Die Götter seien gepriesen! nicht mehr? siehst du diese Armbänder und diese Kette? — sie sind wohl doppelt so viel wert. Ich will sie dir geben, wenn ..."

„Versuche mich nicht, ich kann dich nicht freilassen; Arbaces ist ein strenger, schrecklicher Herr. Wer weiß, ob ich nicht den Fischen des Sarnus zum Futter würde. Ach alle Sesterze der Welt könnten mich dann nicht ins Leben zurückkaufen. Besser ein lebendiger Hund, als ein toter Löwe."

„Sosia, deine Freiheit! bedenke es wohl; wenn du mich hinauslässest, auch nur eine kleine Stunde lang! — Laß mich um Mitternacht heraus, ich will vor der Morgendämmerung zurückkehren; ja du selbst kannst mit mir gehen."

„Nein," erwiderte Sosia hartnäckig, „ein Sklave war dem Arbaces einmal ungehorsam, und nie hat man wieder von ihm gehört."

„Aber das Gesetz gestattet dem Herrn keine Gewalt über das Leben des Sklaven."

„Das Gesetz ist sehr gütig, aber es richtet mit dieser Artigkeit nicht viel aus: ich weiß, daß Arbaces das Gesetz immer auf seine Seite bekommt. Überdies, wenn ich einmal tot bin, welches Gesetz kann mich ins Leben zurückbringen?"

Nydia rang die Hände. „So gibt es denn keine Hoffnung?" rief sie krampfhaft aus.

„Zum Weggehen keine, bis es Arbaces erlaubt."

„Gut denn; wenigstens wirst du mir nicht versagen, einen Brief zu bestellen; dafür kann dich dein Gebieter nicht töten."

„Einen Brief? an wen?"

„An den Prätor."

„An eine obrigkeitliche Person? nein! ich nicht. Man könnte mich vor Gericht zum Zeugen nehmen und Sklaven werden nur auf der Folter verhört."

„Verzeihung; ich meinte nicht den Prätor — das Wort entschlüpfte mir wider Willen; ich meinte einen ganz andern, den fröhlichen Sallust."

„Oho! und was willst du von ihm?"

„Glaukus war mein Gebieter, er kaufte mich von einem grausamen Herrn; er allein war gütig gegen mich, und soll jetzt sterben. Ich werde nie wieder froh, wenn ich ihm in seiner Todesstunde nicht zu wissen tun kann, daß wenigstens ein dankbares Herz für ihn schlägt. Sallust ist sein Freund — — er wird meinen Brief überliefern."

„Gewiß tut er das nicht. Glaukus wird zwischen heut und morgen genug zu denken haben, ohne daß man ihm erst den Kopf wegen eines blinden Mädchens verwirrt."

„Mensch," erwiderte Nydia aufstehend, „willst du frei werden? — Du hast die Möglichkeit in deiner Gewalt; morgen ist es zu spät. Nie ward die Freiheit wohlfeiler erkauft: du kannst das Haus mit aller Bequemlichkeit und ohne daß jemand nach dir fragt, verlassen; deine Abwesenheit wird kaum eine halbe Stunde dauern. Einer solchen Kleinigkeit wegen wolltest du deine Freiheit von der Hand weisen?"

Sosia war in großer Bewegung. Allerdings klang das Gesuch ausnehmend einfältig, aber was ging das ihn an? Die Sache stand nur um so besser für ihn. Er konnte Nydia einschließen, und erfuhr Arbaces von seiner Entfernung, so war diese ja ein ganz geringfügiges Vergehen, das höchstens einige Scheltworte zur Folge haben mochte. Indessen sollte Nydias Schreiben etwas mehr enthalten, als was sie angegeben hatte — sollte es, wie er schlauerweise vermutete, von ihrer Einkerkerung sprechen: — was dann? Nun, Arbaces brauchte ja nie zu erfahren, daß er, sein Sklave, den Brief überbracht habe. Selbst im schlimmsten Fall war der Preis, der ihm geboten wurde, ungeheuer, die Gefahr gering, die Versuchung unwiderstehlich. Er zauderte nicht länger, er willigte in den Vorschlag.

„Gib mir den Schmuck und ich will den Brief überbringen; doch halt: — du bist eine Sklavin, du hast kein Recht auf diese Dinge — sie gehören deinem Herrn."

„Es sind Geschenke des Glaukus; er ist mein Herr: kann er sie je von mir zurückfordern? Und wer außer ihm weiß, daß sie in meinem Besitz sind?"

„Genug — ich will den Papyrus bringen."

In wenigen Minuten war Nydia mit dem Brief fertig, den sie aus Vorsicht griechisch abgefaßt hatte; in der Sprache ihrer Kindheit, die damals fast jeder Italiener von etwas höherem Rang verstand. Sorgfältig wand sie den schützenden Faden um und verklebte den Knoten mit Wachs. Eh' sie das Geschriebene in Sosias Hände übergab, wandte sie sich an ihn:

„Sosia, ich bin blind und eingekerkert; vielleicht hast du im Sinn mich zu betrügen; vielleicht gibst du nur vor, du trügest den Brief zu Sallust, ohne deinen Auftrag wirklich auszuführen. Aber feierlich weihe ich dein Haupt der Rache, deine Seele den unterirdischen Mächten, wenn du deine Zusage brichst. Lege deine rechte Hand in die meinige und sprich mir folgende Worte nach: Bei dem Boden, auf dem wir stehen, bei den Elementen, die Leben enthalten und zerstören, bei dem alles rächenden Orkus, bei dem allsehenden Jupiter schwör' ich, daß ich mein Versprechen ehrlich halten und diesen Brief treulich in die Hände Sallusts übergeben will. Breche ich diesen Eid, so möge der volle Fluch des Himmels und der Erde auf mich hereinbrechen! — Genug, damit trau' ich dir; nimm deinen Lohn. Es ist schon dunkel — mach' dich sogleich auf den Weg."

„Du bist ein seltsames Mädchen und hast mich furchtbar in Angst gejagt, doch kann ich dich wohl begreifen, und ist Sallust aufzufinden, so geb' ich ihm diesen Brief, wie ich beschworen habe. Meiner Treu, ich mag mir kleine Sünden vorzuwerfen haben; aber Meineid — nein! den überlasse ich vornehmeren Leuten, als ich bin."

Damit entfernte sich Sosia, nachdem er sorgfältig den schweren Riegel an Nydias Tür vorgezogen und die Vorlegschlösser ebenso sorgfältig verwahrt hatte. Er steckte den Schlüssel in seinen Gürtel, ging in sein eigenes Gemach, hüllte sich von Kopf bis zu Fuß in einen groben Mantel, und schlüpfte durch das Hinterpförtchen ungehindert und unbemerkt hinaus.

Die Straßen waren leer; in kurzem hatte er Sallusts Haus erreicht. Der Pförtner hieß ihn den Brief da lassen und weggehen, denn Sallust sei über die Verurteilung des Glaukus so betrübt, daß er unter keiner Bedingung gestört sein wolle.

„Aber ich habe geschworen, diesen Brief in seine eigenen Hände zu legen und muß es also tun." Damit drückte Sosia, der aus Erfahrung wußte, daß man den Zerberus oft mit einem vorgeworfenen Brocken besänftigt, ein halb Dutzend Sesterze in des Pförtners Hand.

„Gut, gut,“ entgegnete dieser nachgiebiger geworden, „du kannst eintreten, wenn du willst; aber, dir die Wahrheit zu sagen, Sallust vertrinkt eben seinen Kummer. Das ist so seine Art, wenn ihm etwas in die Quere kommt. Er bestellt ein tüchtiges Essen und den besten Wein, und läßt nicht nach, bis alles aus seinem Kopf ist — außer dem Falerner.“

„Ein vortrefflicher Ausweg — ganz vortrefflich! Ach was will es doch heißen, ein reicher Mann sein! Wär' ich Sallust, so wollt ich mir jeden Tag den einen oder den anderen Kummer gefallen lassen. Aber lege ein Wort für mich bei dem Atriensis ein — ich seh' ihn eben kommen.“

Sallust war zu traurig, um Besuch anzunehmen, aber er war auch zu traurig, um allein zu trinken; so ließ er sich denn von seinem Lieblingsfreigelassenen Gesellschaft leisten, und nie sah man ein seltsameres Bankett. Denn von Zeit zu Zeit seufzte der gutmütige Schwelger, wimmerte und weinte laut; dann wandte er sich wieder mit verdoppeltem Eifer zu einer neuen Schüssel oder dem frisch gefüllten Becher.

„Guter Bursche,“ sagte er zu seinem Gefährten, „es war ein schrecklicher Urteilsspruch! — Ho ho! nicht übel, das Zicklein, he? Armer guter Glaukus! — was für einen Rachen der Löwe noch dazu hat! Ach! ach! ach!“

Und Sallust stöhnte laut; der Schmerzensanfall wurde durch einen Anfall von Schlucken unterbrochen.

„Nimm einen Schluck Wein,“ sagte der Freigelassene.

„Er ist ein wenig zu kalt, aber wie muß es erst den Glaukus frieren; schließe morgen das Haus zu — kein Sklave soll mir hinaus — keiner von meinen Leuten soll diese verdammte Arena durch seine Gegenwart ehren! Nein, nein!“

„Einen Becher Wein! — vor lauter Kummer vergissest du das Nächstliegende. Bei den Göttern so ist's! — Ein Stück von dem Käsekuchen?“

In diesem günstigen Augenblicke trat Sosia vor den trostlosen Zecher.

„Ha! wer bist du?“

„Nur ein Bote an Sallust. Ich überbring' ihm diesen Brief von einer jungen Dame. Braucht, so viel ich weiß, keine Antwort. Darf ich abtreten?“

So sprach der vorsichtige Sosia, das Antlitz in den Mantel gehüllt und mit verstellter Stimme redend, damit er später nicht als der Überbringer erkannt werden möchte.

„Bei den Göttern, ein Kuppler! Fühlloser Bube! siehst du meinen Schmerz nicht? geh! — und den Fluch des Pandarus über dich!“

Sosia verlor keinen Augenblick sich zurückzuziehen.

„Willst du den Brief lesen, Sallust?“ fragte der Freigelassene.

„Brief! welchen Brief?“ entgegnete der Epikuräer hin- und herschwankend, denn er fing an doppelt zu sehen. „Verdammt seien diese Dirnen, sag' ich! Bin ich ein Mensch, um an Vergnügen zu denken, wenn — wenn — mein Freund aufgefressen werden soll?“

„Noch ein Törtchen!“

„Nein, nein! der Kummer erstickt mich.“

„Bringt ihn zu Bette,“ befahl der Freigelassene, und Sallust ward mit auf die Brust herabbaumelndem Kopf in sein Schlafgemach getragen, indem er immer noch Wehklagen über Glaukus und Flüche über die Zudringlichkeit herzloser Weltdamen vor sich hinmurmelte.

Unterdessen schritt Sosia entrüstet seiner Wohnung zu. „Ja doch ein Kuppler!“ sagte er zu sich selbst: „Kuppler! Ein rechtes Schandmaul, dieser Sallust! Hätt' er mich Schurke oder Dieb genannt, so wollt' ich's ihm noch verziehen haben; aber Kuppler! pfui! In dem Worte liegt etwas, wogegen sich der zäheste Magen in der Welt auflehnen würde. Ein Schurke ist ein Schurke zu seinem eigenen Vergnügen, und ein Dieb ein Dieb zu seinem eigenen Nutzen, und es liegt etwas Ehrenvolles und Philosophisches darin, um seiner selbst willen ein Schuft zu sein: so etwas heißt nach Grundsätzen und in einem großen Maßstab handeln. Aber ein Kuppler ist ein Ding, das sich selbst um eines andern willen wegwirft! ein Topf, der für die Suppe eines andern ans Feuer gesetzt wird! ein Tischtuch, woran sich jeder Gast die Hände abwischt, und selbst der Küchenjunge sagt nur: mit Erlaubnis! Ein Kuppler! lieber wollt' ich mich Vatermörder nennen lassen. Doch der Mensch war betrunken und wußte nicht, was er sagte. Überdies war ich ja vermummt: hätte er gesehen, daß Sosia mit ihm sprach, würde es gelautet haben: ehrlicher Sosia! und ehrlicher

Kerl! ich wette drauf. Indessen wurde der Schmuck mit leichter Mühe gewonnen, das ist einiger Trost. O Göttin Feronia! in kurzer Zeit werd' ich frei sein und dann will ich den sehen, der mich Kuppler nennt — außer er gebe mir ein schönes Stück Geld dafür!"

Während der Bote in diesem hochsinnigen Stil mit sich selbst sprach, durchkreuzte er ein Gäßchen, das auf das Amphitheater und die Paläste in dessen Nähe zuführte. Indem er um eine scharfe Ecke bog, geriet er mitten in eine beträchtliche Volksmenge. Männer, Weiber und Kinder liefen, lachten, schwatzten, gestikulierten, und ehe er sich's versah, war der würdige Sosia von dem lauten Strom mit fortgerissen.

„Was gibt's?" fragte er seinen Nachbar, einen jungen Handwerker; „was gibt's? wohin drängen sich die guten Leute? Teilt ein reicher Patron heut abend Almosen oder Speisen aus?"

„Nein, Kamerad — was viel besseres!" erwiderte der junge Handwerker, „der edle Pansa, der Freund des Volkes, hat erlaubt, die wilden Tiere in ihren Käfigen zu sehen. Beim Herkules! es gibt ein paar Leute, die sie morgen nicht mit so heiler Haut betrachten werden!"

„Nun, das ist etwas, um die Augen zu belustigen," entgegnete der Sklave und ließ sich von der nachdrückenden Menge geduldig fortschieben. „Da ich morgen nicht zu den Spielen gehen darf, werde ich gut tun, heut abend wenigstens einen Blick auf die Tiere zu werfen."

„Jawohl," antwortete sein neuer Bekannter; „einen Löwen und einen Tiger sieht man in Pompeji nicht alle Tage."

Die Menge hatte jetzt einen ungleichen, weiten Platz erreicht, auf dem, da er nur dürftig und aus der Ferne her beleuchtet war, das Gedräng für jeden gefährlich wurde, dessen Glieder und Schultern nicht unter einen Volkshaufen paßten. Nichtsdestoweniger erschienen gerade die Weiber — viele von ihnen mit Kindern auf den Armen oder selbst an der Brust — am entschlossensten, sich einen Weg zu bahnen, und der kreischende Ruf ihrer Klagen oder Scheltworte tönte laut über die gemütlichern männlichen Stimmen hinaus. Doch vernahm man unter ihnen auch die Stimme eines jungen Mädchens, die in ihrer Freude zu glücklich zu sein schien, um die Beschwerlichkeiten des Getümmels zu fühlen.

„Ach," rief sie einigen ihrer Begleiterinnen zu, „hab's euch ja stets gesagt; behauptete immer, wir würden einen Menschen für den Löwen bekommen, und nun haben wir gar einen obendrein für den Tiger! Wär's nur schon morgen!"

„Ein munteres Ding!" bemerkte Sosia.

„Ja," erwiderte eifersüchtig der junge Handwerker, ein krausköpfiger, schöner Jüngling; „ja, die Weiber lieben die Gladiatoren. Wär' ich ein Sklave, ich wär längst bei dem Lanista in die Schule gegangen!"

„Wirklich?" entgegnete Sosia höhnisch. „Der Geschmack ist verschieden!"

Man war jetzt an dem Ort, dem man zustrebte, angekommen; bei dem sehr beschränkten Raum, in dem sich die wilden Tiere befanden, wurde das Drücken und Pressen der Einlaßsuchenden noch zehnmal ärger, als es bisher gewesen war. Zwei am Eingang stehende Beamte des Amphitheaters milderten das Übel sehr weislich dadurch, daß sie den Vordersten nur eine beschränkte Zahl Einlaßtäfelchen austeilten und keine neue Zuschauer zuließen, bis die jedesmaligen Vorgänger ihre Neugierde befriedigt hatten. Der ziemlich stämmige Sosia, dem Schüchternheit oder feine Sitte nie sonderliche Bedenklichkeit erregten, wußte es einzurichten, daß er unter die ersten kam, denen der Eintritt gestattet wurde.

Von seinen Gefährten, dem Handwerker, getrennt, fand er sich in einem engen, drückend heißen Gemach, das durch einige übelriechende, flackernde Fackeln erhellt ward.

Die Tiere, die in der Regel in verschiedenen Behältnissen gehalten wurden, waren jetzt, zum größern Vergnügen der Zuschauer, in einen gemeinschaftlichen Raum gebracht, jedoch immer noch durch starke, mit eisernen Stangen versehene Käfige voneinander gesondert.

Hier weilten sie denn, die furchtbaren, grimmigen Bewohner der Wüste! Der Löwe, von Natur minder grausam als sein Geselle, durch längern Hunger zur Wildheit aufgereizt, schritt rastlos und blutgierig in seinem engen Behältnis hin und her; seine Augen funkelten vor Wut und Hunger, und wenn er dann und wann stillhielt und umherstarrte, so drängten sich die Zuschauer angstvoll zurück und atmeten beklommener. Der Tiger dagegen lag ruhig, der ganzen Länge nach in seinem Käfig ausgestreckt und gab nur durch ein gelegentliches Schlagen mit dem Schweif, oder ein langes, ungeduldiges Gähnen einige Aufmerksamkeit auf seinen Kerker oder die Menge zu erkennen, die ihn mit ihrer Gegegnwart beehrte.

„Selbst im Amphitheater in Rom hab' ich nie ein wilderes Tier gesehen als diesen Löwen," sagte ein riesenhafter, nerviger Kerl, der Sosia zur Rechten stand.

„Ich fühle mich gedemütigt, wenn ich seine Glieder betrachte," antwortete dem Sklaven zur Linken eine schlankere, jüngere Gestalt, mit über der Brust gekreuzten Armen.

Sosia sah den einen und dann den andern an. „Virtus in medio!" murmelte er vor sich hin. „Eine schöne Nachbarschaft für dich, Sosia! — ein Gladiator auf jeder Seite!"

„Da hast du recht, Lydon," erwiderte der ungeschlachtere Gladiator; „es ist mir ebenso zumut."

„Und zu denken," bemerkte Lydon mit einem Ton tiefer Empfindung, „zu denken, daß der edle Grieche, den wir noch vor wenigen Tagen voll Jugend, Gesundheit und Freude vor uns sahen, dem Ungetüm zur Speise dienen soll!"

„Warum nicht?" brummte Niger wild; „manch ehrlicher Gladiator wurde zu einem solchen Kampf vom Kaiser gezwungen — warum sollt' nicht auch einmal ein reicher Mörder vom Gesetz dazu genötigt werden?"

Lydon seufzte, zuckte die Achseln und blieb still. Mittlerweile hatten die gewöhnlichen Zuschauer mit starren Augen und offenen Lippen zugehört; die Gladiatoren bildeten so gut wie die Tiere Gegenstände des Interesses — sie waren Wesen von einerlei Art. So blickte denn auch die Menge abwechselnd bald auf die Menschen, bald auf die Bestien, flüsterte sich leis ihre Bemerkungen zu und machte ihre Schlüsse über den morgigen Tag.

„Nun," sprach Lydon sich abwendend, „ich danke den Göttern, daß ich es nicht bin, der mit dem Löwen oder Tiger zu kämpfen hat; selbst du, Niger, bist ein milderer Gegner als sie."

„Aber ein ebenso gefährlicher," entgegnete jener mit stolzem Lachen, und die Umstehenden stimmten, von Bewunderung für seine gewaltigen Glieder und wilden Mienen erfüllt, grinsend mit ein.

„Mag sein, mag auch nicht sein," antwortete Lydon leichthin, drängte sich durch die Menge und verließ den Raum.

„Ich kann mir seine Schultern wohl zunutze machen," dachte der kluge Sosia und eilte ihm nach; „die Leute weichen einem Gladiator immer aus, ich will mich also dicht hinter ihm halten und mir einen Teil seiner Wirksamkeit zueignen."

Rasch schritt Medons Sohn durch das Gedränge der Leute, unter denen sich viele der Züge des allbekannten Fechters erinnerten.

„Das ist der junge Lydon, ein braver Kerl; er ficht morgen!" rief einer.

„Ah! ich habe auf ihn gewettet," sprach ein anderer; „seht nur, wie stramm er auftritt!"

„Viel Glück, Lydon!" sagte ein dritter.

„Lydon, du hast meine besten Wünsche!" flüsterte halblaut ein schmuckes Weib aus dem Mittelstande; „wenn du siegst, so kannst du mehr von mir hören."

„Ein schöner Mann, bei der Venus!" rief eine fünfte, ein Mädchen von kaum zwölf Jahren.

„Dank dir," erwiderte Sosia, der das Kompliment ganz ernsthaft für seine eigene Person hinnahm.

So stark auch die reinern Triebfedern Lydons waren, und so gewiß er nur in der Hoffnung, seinem Vater die Freiheit zu gewinnen, diesen blutigen Beruf ergriffen hatte, blieb er gleichwohl nicht unempfindlich gegen die Aufmerksamkeit, die er erregte. Er vergaß, daß die Stimmen, die sich jetzt zu seinem Lob erhoben, vielleicht morgen über seine Todesqual jauchzten. Von Natur ebenso wild und rücksichtslos als edel und warm, hatte er bereits den Stolz auf ein Gewerbe eingesogen, das er zu verachten glaubte, und war von dem Geist einer Genossenschaft, die ihn anwiderte, angesteckt worden. Er erkannte sich als einen Mann von Wichtigkeit; sein Schritt ward leichter und seine Haltung majestätischer.

„Niger," sprach er und wandte sich rasch um, als er etwas aus dem Gedränge herausgekommen war, „wir haben oft miteinander gezankt! Wir sind kein Paar gegeneinander, aber einer von uns wird vermutlich doch fallen; so gib mir denn deine Hand."

„Von Herzen gern," entgegnete Sosia und streckte die seinige aus.

„Ah! was für ein Narr ist das? Glaubte ich doch, Niger folge mir auf den Fersen nach!"

„Ich verzeihe dir deinen Irrtum," entgegnete Sosia herablassend; „sprich nicht weiter davon. Der Mißgriff war leicht — ich und Niger haben ungefähr den gleichen Bau."

„Ha! ha! ha! Das ist herrlich! Niger würde dir die Kehle zuschnüren, wenn er so was hörte!"

„Ihr Herren von der Arena habt eine sehr angenehme Art mit den Leuten zu sprechen," entgegnete Sosia; „unterhalten wir uns über etwas anderes."

„Pah, pah!" antwortete Lydon ungeduldig. „Ich bin nicht gelaunt, mich mit dir zu unterhalten!"

„Freilich," entgegnete der Sklave, „müssen dir manche ernste Gedanken den Kopf füllen; soviel ich weiß, versuchst du dich morgen zum erstenmal in der Arena. Nun bin ich überzeugt, du wirst recht mutig sterben!"

„Mögen deine Worte auf dein eigenes Haupt fallen!" rief Lydon abergläubisch aus, denn der Segenswunsch Sosias war ihm durchaus nicht angenehm. „Sterben! nein — ich hoffe, meine Stunde ist noch nicht gekommen!"

„Wer mit dem Tod Würfel spielt, muß sich auf den Hundewurf gefaßt machen," erwiderte Sosia boshaft; „indessen bist du ein starker Bursche, und ich wünsche dir alles mögliche Glück. Lebe wohl!"

Damit drehte sich der Sklave auf dem Absatz herum und schlug den Weg nach Hause ein.

„Hoffentlich sind die Worte des Schurken von keiner übeln Vorbedeutung," sagte Lydon nachdenklich zu sich selbst. „Im Eifer für die Freiheit meines Vaters und im Vertrauen auf meine sehnigen Arme habe ich bisher nicht an die Möglichkeit des Todes gedacht. Mein armer Vater! Ich bin dein einziger Sohn — sollte ich fallen . . ."

Von dieser Vorstellung durchdrungen eilte der Gladiator mit schnellerem, unruhigerem Schritt vorwärts, als er plötzlich in einer Querstraße die Gestalt dessen erblickte, der sein Inneres so sehr in Anspruch nahm. Auf seinen Stab gelehnt, von Kummer und Alter niedergebeugt, die Augen zu Boden gesenkt, mit zitternden Schritten näherte sich der greise Medon langsam seinem Sohn. Lydon blieb einen Augenblick stehen; er erriet sogleich, was den alten Mann zu so später Stunde herführe.

„Gewiß sucht er mich; entsetzt über die Verdammung Olinths hält er die Arena für sündhafter und gehässiger als je und kommt, um mich von dem Kampf abzumahnen. Ich muß ihm aus dem Wege gehen — ich vermag seine Bitten, seine Tränen nicht zu ertragen!"

Diese Gedanken durchzuckten den jungen Mann mit Blitzesschnelle. Hastig kehrte er um und entfloh schnell in entgegengesetzter Richtung. Er hielt nicht an, bis er beinah erschöpft und atemlos auf den Gipfel einer kleinen Anhöhe gelangte, die den heitersten und glänzendsten Teil dieses Miniaturbildes einer Großstadt überschaute. Im Hinblick auf die ruhigen, im eben aufgegangenen Licht des Mondes glänzenden Straßen, dessen Schimmer die fern um das Amphitheater wogende und summende Menge stellenweise malerisch hervorhob, entging er, so rauh und phantasielos seine Natur war, dem Eindruck eines solchen Schauspiels nicht. Er setzte sich auf die Stufen einer verlassenen Säulenhalle und die Ruhe der Stunde beruhigte und kräftigte ihn. Ihm gegenüber funkelten die Lichter eines naheliegenden Prachtgebäudes, dessen Besitzer eben einen Schmaus gab. Die Türen standen der Kühlung wegen offen, und der Gladiator sah die zahlreichen, festlich gekleideten Gäste um die Tische im Atrium her versammelt, während hinter ihnen, die lange Durchsicht der erleuchteten Zimmer abschließend, der Perlenschaum des fernen Springbrunnens im Mondschein flimmerte. Hier wanden sich Blumengehänge um die Säulen der Halle; dort glänzten still die vielen Marmorstatuen, — und jetzt erhob sich aus fröhlich schallendem Gelächter irgendein lustiges, von Musik begleitetes Lied.

Während Lydon noch dem Liede lauschte, zog eine kleine Gesellschaft einfach gekleideter Menschen aus dem Mittelstande an ihm vorüber. Sie waren in ernstem Gespräch begriffen und schienen den Gladiator nicht zu bemerken oder nicht zu beachten.

„Schrecklich, schrecklich!" sprach der eine; „Olinth von uns gerissen! unser rechter Arm abgehauen! Wann wird Christus herabsteigen, die Seinen zu schützen?"

„Kann menschlicher Blutdurst weiter gehen?" fragte ein anderer; „einen Unschuldigen zum nämlichen Kampfe verdammen wie einen Mörder. Aber verzweifeln wir nicht:

noch kann der Donner des Sinai gehört werden und der Herr seinen Heiligen erretten. Ein Narr spricht in seinem Herzen: es ist kein Gott."

In diesem Augenblick ließ sich aus dem erleuchteten Hause der freche Schlußvers des lustigen Spottliedes vernehmen:

Laßt schlafen die Götter da droben —
Wir wissen, auf Erden gibt's keine.

Noch waren die Worte nicht verhallt, als die Nazarener, von plötzlicher Entrüstung ergriffen, den Klang auffaßten und sich in den Worten eines ihrer Lieblingsgesänge also laut ergossen:

„Um dich her, dir ewig nah,
Gottes Aug' dich ewig sah!
Auf des Sturmes Wogen naht er der Sünde!
Beugt euch, ihr Himmel und zittert, ihr Gründe!
Wehe dem Stolzen, die ihm nicht eignen,
Wehe den Träumern, die ihn verleugnen!
Wehe den Sündern, wehe!

Eine plötzliche Stille folgte in der aufgeschreckten Halle diesen bedeutungsschweren Worten; die Christen zogen vorüber und waren den Augen des Gladiators bald entschwunden. Von ihren geheimnisvollen Drohungen mit einer ihm selbst kaum erklärbaren Scheu erfüllt, erhob sich Lydon nach kurzer Pause, um heimzukehren.

Wie heiter schlief das Sternenlicht auf der lieblichen Stadt vor ihm! Wie geräuschlos ruhten die säulenbekränzten Straßen in ihrer Sicherheit! Wie weich kräuselten sich jenseits die dunkelgrünen Wogen! Wie unbewölkt breitete sich in seinem hohen Blau der träumende Himmel Kampaniens aus! Und doch war dies die letzte Nacht für das fröhliche Pompeji! für die Kolonie des rauhen Chaldäers, für die Fabelstadt des Herkules, für die Wonne des üppigen Römers! Ohne Zerstörung, ohne Beachtung war Jahrhundert auf Jahrhundert über diese Mauern hingerollt, und jetzt zitterte der letzte Sonnenstrahl auf dem Zifferblatt ihres Schicksals! — Der Gladiator hörte leichte Schritte hinter sich; eine Gruppe Frauen kehrte von dem Besuch des Amphitheaters nach Hause. Im Umwenden ward sein Auge von einer plötzlichen, seltsamen Erscheinung gefesselt. Von dem dunkeln, aus der

Ferne herüberblickenden Gipfel des Vesuvs schoß ein blaßblaues, meteorähnliches Licht auf, zitterte eine Sekunde lang und war wieder verschwunden.

Sechsundvierzigstes Kapitel.

Die verderbenschwangere Nacht vor der wilden Freude des Amphitheaters rollte schwer dahin, und grau erhob sich die Dämmerung des letzten Tages von Pompeji! Die Luft war ungewöhnlich ruhig und schwül; ein dünner, stumpfer Nebel hing über den Tälern und Niederungen der breiten kampanischen Gefilde. Mit Verwunderung jedoch bemerkten die frühen Fischer, daß trotz der ausnehmenden Stille der Atmosphäre das Meer unruhig war und wie verstört vom Gestad zurückzuprallen schien, während den blauen prächtigen Sarnus entlang ein heiseres, verstecktes Gemurmel zu den lachenden Ebenen und prächtigen Villen der reichen Pompejaner hinübertönte. Klar über den Nebel der Tiefe erhoben sich die verwitterten Türme der uralten Stadt, die roten Ziegeldächer der blinkenden Straßen, die heiligen Säulen der vielen Tempel und die mit Statuen gekrönten Portale des Forums und des Triumphbogens. In weiter Ferne stieg der Umriß der umschließenden Berge über den Dunst empor und verschwamm mit den wechselnden Farben des Morgenhimmels. Die Wolke, die solang über der Kuppe des Vesuvs geruht hatte, war plötzlich verschwunden, und seine rauhe, stolze Stirn blickte zornlos auf die reizende Landschaft unter ihm herab.

Trotz der frühen Stunde standen die Stadttore offen. Reiter auf Reiter, Fuhrwerk auf Fuhrwerk eilten rasch herein, und die Stimmen zahlreicher Gruppen von Fußgängern in ihren Festtagskleidern schallten in fröhlichem Jubel weit dahin; die Straßen waren von Bürgern und von Fremden aus der volkreichen Umgegend Pompejis vollgedrängt, und lärmend, schnell durcheinander wogten all diese mannigfaltigen Ströme des Lebens dem verhängnisvollen Zirkus zu.

Trotz dem ungeheuern Umfange des Amphitheaters, das in so auffallendem Mißverhältnis zu der Größe der Stadt zu stehen scheint, daß man glauben sollte, die ganze Bevölkerung von Pompeji hätte darin Platz gehabt, war gleichwohl bei außerordentlichen Gelegenheiten der Zulauf von Fremden aus allen Teilen Kampaniens so stark, daß der Platz vor dem

Gebäude in der Regel schon mehrere Stunden, eh' die Spiele begannen, von solchen Personen eingenommen war, die durch ihren Rang kein Recht auf besondere Sitze hatten. Dazu vermehrte so die Neugier, die durch die Verdammung zwei merkwürdiger Verbrecher angeregt worden war, die Menge an dem heutigen Tage zu einem beispiellosen Umfange. Während das gemeine Volk mit der dem kampanischen Blut eigentümlichen Lebhaftigkeit und Heftigkeit drängte, schob und eilte und doch bei all diesem Eifer eine gewisse Ordnung und von allen Zänkereien freie Heiterkeit beibehielt, verfolgte eine seltsame Fremde ihren Weg zu des Ägypters abgelegenem Hause. Beim Anblick ihres wunderlichen, der Vorzeit entnommenen Anzugs, ihres wilden Ganges und Gebärdenspiels stießen sich die Vorübergehenden an und lächelten; sobald sie aber das Auge auf ihre Züge geworfen hatten, war die Fröhlichkeit auf einmal verschwunden, denn das Gesicht war das Gesicht des Todes, und nach dem gespenstischen Antlitz und den veralteten Gewändern der Unbekannten hätte man glauben mögen, ein längst begrabenes Wesen sei wieder unter die Lebenden zurückgekehrt. Schweigend und schüchtern wich ihr jedermann aus und bald erreichte sie den breiten Säulengang vor dem Palast des Ägypters.

Der schwarze Pförtner, der, wie die übrige Welt, in dieser ungewöhnlichen Stunde schon auf den Beinen war, fuhr zusammen, als er die Tür auf ihr Pochen öffnete.

Der Schlaf des Arbaces war während der Nacht ungewöhnlich tief gewesen; mit herannahender Morgendämmerung wurde er jedoch durch seltsame, unruhige Träume gestört, die einen um so tiefern Eindruck auf ihn machten, als sie die Farbe der eigentümlichen Philosophie trugen, zu der er sich bekannte.

Es war ihm, als sei er in die Eingeweide der Erde versetzt und stehe allein in einer mächtigen Höhle, umgeben von ungeheuern Säulen rauher, uralter, in unendliche Finsternis hinaufragende Felsen, durch deren ewige Nacht nie ein Strahl des Tages geblickt hatte. Zwischen diesen Säulen sah er riesenhafte Räder, die unaufhörlich mit rauschendem, donnerndem Schwung um und um sausten. Nur am rechten und linken Ende der Höhle befand sich zwischen den Felsenpfeilern ein leerer Raum, der in Galerien überging; diese waren nicht ganz finster, sondern dämmerig erleuchtet von unsteten, irrenden Feuern, die meteorähnlich bald auf dem rauhen feuchten Boden hinschlichen wie eine Schlange, bald wild aufschossen und in seltsamen Sprüngen durch das weite Dunkel hinhüpften, jetzt dem Auge verschwindend, jetzt wieder in zehnfachem Glanz hervorbrechend. Während er staunend auf die Galerie zur Linken blickte, kamen dünne, nebelhafte Gestalten langsam dahergewandelt und schienen, als sie die Höhle erreichten, in die Höhe zu schweben und zu verschwinden, wie der Rauch im Emporsteigen verschwindet. Erschrocken wandte er sich nach dem entgegengesetzten Ende der Höhle und siehe! aus der Nacht über ihm kamen schnell ähnliche Gestalten und schwebten eilig in die Galerie zur rechten Seite ein, als würden sie unwillkürlich von den Fluten eines unsichtbaren Stromes getragen. Und die Gesichter dieser Schatten waren deutlicher als die, die aus der entgegenstehenden Galerie herauskamen: einigen war Freude, andern Schmerz aufgeprägt, einige glühten von froher Hoffnung, andere schienen von Angst und Grauen gänzlich niedergeschlagen. So zogen sie fort und fort schnell vorüber, bis die Augen des Zuschauers durch die ewig wechselnde Aufeinanderfolge von Dingen, die durch eine offenbare fremde Kraft angetrieben waren, schwindlig und geblendet wurden. — Er wandte sich ab und erblickte im Hintergrunde der Höhle die mächtige Gestalt einer Riesin, die auf übereinandergetürmten Totenschädeln saß, während ihre Hände emsig an einem bleichen, schattenhaften Gewebe arbeiteten; und er sah, daß das Gewebe mit den zahllosen Rädern in Verbindung stand, als leite es den Gang ihrer Bewegungen. Es war ihm, als ob seine Füße durch eine geheime Macht gegen das Weib hingetrieben würden und immer fortschritten, bis er Auge in Auge vor ihr stehen blieb. Die Züge der Riesin waren hoheitvoll, still und von heiterer Schönheit. Es war das Antlitz einer jener kolossalen Sphinxe seiner eigenen Vorfahren. Keine Leidenschaft, keine menschliche Bewegung störte die sinnende, faltenlose Stirn; weder Trauer noch Freude, noch Erinnerung, noch Hoffnung stand darauf, nein, sie war frei von allem, wofür das leidenschaftliche menschliche Herz schlägt. Das Geheimnis der Geheimnisse lag auf ihrer Gestalt — sie flößte Scheu, aber nicht Schrecken ein, sie war die Verkörperung göttlicher Erhabenheit. Und Arbaces fühlte, daß eine Stimme aus seinem Mund ging, ohne daß er selbst hätte sprechen wollen, und die Stimme fragte:

„Wer bist du, und was treibst du?"

„Ich bin das, was du anerkannt hast," antwortete die gewaltige Erscheinung, ohne von ihrer Arbeit abzulassen, „mein Name ist Natur! Dies sind die Räder der Welt und meine Hand bewegt sie zum Leben aller Dinge."

„Und was," fragte die Stimme des Arbaces, „sind diese Gänge, die sich seltsam und wunderlich erleuchtet auf beiden Seiten in den Abgrund des Dunkels hinziehen?"

„Der Gang zur Linken," antwortete die Riesin, „ist der Gang der Ungebornen. Die Schatten, die in die Welt emporschweben, sind die Seelen, die aus der langen Ewigkeit des unbekannten Seins zu ihrer bestimmten Pilgerfahrt auf Erden herankommen. Der Gang zur Rechten, in den sich die von oben herabsteigenden Schatten ebenso unbekannt und dunkel verlieren, ist der Gang der Toten."

„Und warum," fragte die Stimme des Arbaces, „sind jene wandernden Lichter da, die die Nacht so wild unterbrechen, aber nur unterbrechen, nicht aufhellen?"

„Geblendeter Narr des Menschenwitzes, der du von den Sternen träumst und das Herz und den Ursprung der Dinge enträtseln möchtest! Diese Lichter sind der Flimmerschein jener Wissenschaft, die der Natur gestattet ward, um sich ihren Weg zu bahnen und soviel von der Vergangenheit und Zukunft zu erkennen, als vonnöten ist, um ihren Willen mit Voraussicht durchzuführen. Urteile denn, winzige Spielpuppe, welche Lichter dir vorbehalten sind!"

Arbaces fühlte, daß er zitterte, als er von neuem fragte: „Wie kam ich hierher?"

„Es ist das Vorgefühl deiner Seele — die Ahnung des hereinbrechenden Gerichtes, der Schatten deines Schicksals, der sich von der Erde hinüber in die Ewigkeit verlängert."

Ehe Arbaces antworten konnte, brauste ein Sturm wie vom Fittich eines Riesengottes durch die Höhle daher. Vom Boden emporgehoben und in die Höhe gewirbelt, gleich einem Blatt im Herbstwind, sah sich der Ägypter mitten unter den Geistern der Verstorbenen und wurde mit ihnen durch das Dunkel dahingejagt. Während er in ohnmächtiger Verzweiflung gegen die forttreibende Macht ankämpfte, war ihm, als verdichte sich der Sturm zu einer Gestalt — zum gespenstischen Bild der Schwingen und Fänge eines Adlers, dessen Glieder wüst und dämmerhaft in der Luft dahinschwebten, während die allein hell und deutlich hervortretenden Augen steinern und unbarmherzig in die seinigen starrten.

„Wer bist du?" fragte die Stimme des Ägypters von neuem.

„Ich bin das, was du anerkannt hast," antwortete das Gespenst und lachte laut; „mein Name ist Notwendigkeit."

„Wohin trägst du mich?"

„Ins Unbekannte."

„Zu Glück oder Weh?"

„Wie du gesäet, so wirst du ernten."

„Furchtbares Wesen, nein! Wenn du der Beherrscher des Lebens bist, so gehören meine Missetaten dir, nicht mir zu."

„Ich bin nur der Odem Gottes!" antwortete der Sturm.

„So ist mein Wissen eitel gewesen!" ächzte der Träumende.

„Der Arbeiter klagt das Schicksal nicht an, wenn er Disteln gesäet hat und kein Korn erntet. Du hast Sünde gesät; klage das Schicksal nicht an, wenn du nicht die Ernte der Tugend einbringst."

Plötzlich änderte sich der Schauplatz. Arbaces war an einem Ort voller Menschengebeine; mitten unter ihnen lag ein Schädel, der im wirren Gestaltungszauber des Traumes langsam und seine fleischlosen Höhlen stets noch beibehaltend die Züge des Apäcides annahm: und aus den grinsenden Kiefern wand sich ein kleiner Wurm und kroch bis zu den Füßen des Ägypters. Er wollte auf das Tier treten und es zermalmen, aber es wurde durch diese Bemühungen größer und breiter, und sich blähend, schwoll es an, bis es zu einer ungeheuern Schlange ward, die sich um seine Glieder schnürte, seine Gebeine eindrückte und die funkelnden Augen und den giftigen Rachen gegen sein Gesicht erhob. Umsonst kämpfte er; er verdorrte — er keuchte unter dem tödlichen Atem — er fühlte, wie ihn der Tod überkam. Da ging eine Stimme von dem Gewürm aus, das noch immer das Antlitz des Apäcides trug, und drang gellend in sein Ohr:

„Dein Opfer ist dein Richter! Der Wurm, den du zertreten wolltest, wird zur Schlange, die dich erwürgt!"

Mit einem Schrei der Wut, des Schmerzes und des verzweifelnden Widerstandes wachte Arbaces auf — sein Haar zu Berg stehend — die Stirn in Schweiß gebadet — die starren Augen weit geöffnet — die mächtigen Glieder wie die eines Kindes von der Todesangst des Traumes zitternd. Er fuhr empor — gewann die Besinnung und segnete die Götter, an die er nicht glaubte, daß es nur ein Traum gewesen war! Nach allen Seiten wandte er die Augen — er sah das Morgenlicht durch das kleine, hohe Fenster brechen — er war wieder im Reich des Tages, er freute sich — er lächelte. Da kehrte er sich abermals um und erblickte sich gegenüber die gespenstischen Züge, das leblose Auge, die blaue Lippe der Hexe des Vesuvs!

„Ha," rief er und fuhr mit der Hand vor die Augen, wie um die schreckliche Erscheinung fortzubannen, „träume ich noch? — bin ich bei den Toten?"

„Mächtiger Hermes, nein! bei einer Totenähnlichen bist du, aber bei keiner Toten; erkenne deine Freundin und Magd."

Ein langes Stillschweigen folgte. Langsam abnehmend rieselte Schauer um Schauer über die Glieder des Ägypters, bis die Zuckungen endlich erstarben und er wieder er selbst war. „So ist es denn ein Traum gewesen!" sprach er. „Möge ich nie mehr träumen, oder der Tag vermag die Qualen der Nacht nicht aufzuwiegen. Weib, wie kommst du hierher und weshalb?"

„Ich kam dich zu warnen," erwiderte die Grabesstimme der Saga.

„Mich zu warnen? Der Traum log also nicht! Vor welcher Gefahr?"

„Höre mich. Ein Unglück hängt drohend über dieser Stadt. Fliehe solang es Zeit ist. Du weißt, daß ich auf dem Berge wohne, unter dem der alten Sage nach noch jetzt die Feuer des Phlegethon brennen, und in meiner Höhle ist ein tiefer Abgrund, in dem ich schon seit vielen Tagen einen dunkelroten Bach langsam dahinfließen sah; dabei hörte ich ein Gezisch und Gebrüll durch die Finsternis. Als ich aber die vorige Nacht hinabschaute, war der Bach nicht mehr dunkel, sondern ganz flammenhell, und während ich noch hinblickte, stieß das Tier, das bei mir lebt und an meiner Seite kauerte, ein gellendes Geheul aus und fiel nieder und starb, und Geifer und Schaum standen um seine Lippen. Ich kroch auf mein

Lager zurück, aber die ganze Nacht hindurch fühlte ich deutlich, wie der Fels schütterte und bebte, und obwohl die Luft schwül und still war, zischte es doch unter der Erde wie eingeschlossene Winde, und als ob sich Räder am Boden rieben. Sobald ich mich diesen Morgen mit der ersten Frühe erhoben hatte, schaute ich wieder in den Abgrund und sah, daß große Felsstücke schwarz und wogend in dem funkelnden Bach dahinschwammen, und der Bach selbst war breiter, wilder und röter geworden, als in der Nacht. Da ging ich hinaus und stieg auf den Gipfel des Felsens, und in den Gipfel war plötzlich eine große Öffnung gekommen, die ich zuvor nie gesehen hatte, und aus der ein nebeliger, schwacher Rauch aufstieg. Und der Dunst war tödlich und ich keuchte und ward schwach und wäre beinah gestorben. Ich kehrte zurück, nahm mein Gold und meine Kräuter und verließ das Obdach, langer Jahre: denn ich gedachte der dunkeln etruskischen Verkündung, die da sagt: wenn sich der Berg auftut, wird die Stadt fallen — wenn der Rauch den Berg der heißen Felder krönt, wird Wehe und Weinen in den Herzen der Kinder der See sein. — Erhabener Meister, eh' ich mich aus diesen Mauern nach einem entlegenern Wohnort entferne, komme ich zu dir. So gewiß du lebst, weiß ich in meinem Herzen, daß das Erdbeben, das vor sechzehn Jahren die Stadt in ihren Grundfesten erschütterte, nur der Vorbote eines tödlichen Geschickes ist. Die Mauern Pompejis sind über den Gefilden des Todes und den Strömen der schlaflosen Hölle erbaut. Laß dich warnen und flieh."

„Hexe, ich danke dir für deine Sorgfalt; du sollst es mit keinem Undankbaren zu tun haben. Auf jenem Tisch steht ein goldener Becher; nimm ihn, er gehört dir. Gedachte ich doch immer, daß außer der Priesterschaft der Isis noch ein Wesen lebe, das den Arbaces vor dem Untergang retten würde. Die Zeichen, die du im Bette des erloschenen Feuerbergs gesehen hast," fuhr der Ägypter nachdenklich fort, „deuten allerdings auf eine der Stadt drohende Gefahr; vielleicht auf ein zweites, stärkeres Erdbeben als das letzte. Sei dem wie ihm wolle, so ist es für mich ein neuer Grund, aus diesen Mauern wegzueilen. Morgen will ich mich zur Abreise anschicken. Tochter Etruriens, wohin begibst du dich?"

„Ich lasse mich noch heut nach Herkulanum übersetzen; dort wandre ich an der Küste fort und suche mir eine neue

Heimat. Ich habe keinen Freund; meine zwei Gefährten, der Fuchs und die Schlange, sind tot. Großer Hermes, du hast mir zwanzig weitere Jahre meines Lebens zugesagt!"

„Ja," erwiderte der Ägypter, „ich habe sie dir zugesagt. Aber Weib," fügte er hinzu, indem er sich, auf den Arm gestützt, emporrichtete und ihr neugierig ins Gesicht sah, „sprich, warum wünschest du denn zu leben? Welche Süßigkeiten bietet dir das Dasein?"

„Das Leben ist nicht süß, aber der Tod ist schrecklich," entgegnete die Hexe mit scharfem eindringlichem Ton, der das Herz des eiteln Sternsehers traf. Er rang mit der Wahrheit dieser Antwort, und nicht länger geneigt, eine so wenig anmutende Gefährtin um sich zu haben, erwiderte er: „Die Zeit vergeht; ich muß mich für das feierliche Schauspiel des heutigen Tages rüsten. Schwester, leb' wohl! Freue dich über der Asche des Lebens, wie du es kannst."

Die Hexe, die das kostbare Geschenk in die weiten Falten ihres Gewandes verborgen hatte, erhob sich zum Aufbruch. An der Tür hielt sie an, wandte sich um und sprach: „Dies ist vielleicht das letztemal, daß wir auf Erden beisammen waren; aber wohin flieht die Flamme, wenn sie die Asche verlassen hat, und wie ein Aushauch des Sumpfes auf und nieder wandelt? Man kann sie in dem Moor des Sees, weit drunten in der Tiefe sehen, und so treffen die Hexe und der Zauberer, die Schülerin und der Meister, der Mächtige und der Fluchbeladene vielleicht einst wieder zusammen. Lebe wohl!"

„Fort, krächzender Rabe!" murmelte Arbaces vor sich hin, als sich die Tür hinter den zerrissenen Gewändern schloß; und den eigenen Gedanken zu entfliehen, die sich von dem Traum der vorigen Nacht noch nicht gänzlich erholt hatten, rief er eilig seinen Sklaven.

Es war Sitte, den Spielen im Amphitheater in festlicher Kleidung beizuwohnen, und Arbaces schmückte sich heute mit außergewöhnlicher Sorgfalt. Seine Tunika war vom glänzendsten Weiß und die mannigfachen Schnallen daran bestanden aus den kostbarsten Steinen. Über die Tunika floß ein weites, morgenländisches Gewand herab, halb Talar, halb Mantel, das in der reichsten Färbung des tyrischen Purpurs schimmerte. Die bis in die Mitte der Wade hinaufreichenden Sandalen waren mit Edelsteinen besetzt und mit

Gold ausgelegt. Mit jenem Schaugepränge, das zu seiner Priesterstellung gehörte, versäumte Arbaces bei bedeutenden Gelegenheiten nie die Künste, die den großen Haufen blenden und ihm imponieren, und an dem heutigen Tage, der ihn durch die Opferung des Glaukus auf ewig von der Furcht vor einem Nebenbuhler und der Möglichkeit einer Entdeckung befreien sollte, war es ihm, als schmücke er sich zu einem Triumph oder zu einem Hochzeitsfeste.

Gewöhnlich ließen sich Leute von Rang durch einen Zug von Sklaven und Freigelassenen zu den Spielen begleiten, und bereits stand das zahlreiche Haus des Arbaces in Reih und Glied und wartete der Sänfte des Herrn. Nur die Sklavinnen, die Jone zu bedienen hatten, und der würdige Sosia, als Kerkermeister Nydias, sahen sich zu ihrem großen Verdruß verdammt, zurückzubleiben.

„Kallias," sprach Arbaces zu seinem Freigelassenen, der ihm den Gürtel umschnallte, „ich bin Pompejis müd' und gedenke es, wenn der Wind günstig ist, in drei Tagen zu verlassen. Du kennst das Fahrzeug im Hafen, das dem Narses von Alexandria gehört; ich hab' es von ihm gekauft. Übermorgen wollen wir mit dem Hinschaffen meiner Sachen beginnen."

„Schon so bald? Gut! Der Befehl des Arbaces soll befolgt werden! Und sein Mündel Jone?"

„Begleitet mich. Genug! — ist der Morgen schön?"

„Trüb und schwül; wahrscheinlich wird es heute vormittag sehr heiß."

„Die armen Gladiatoren und die noch unglücklichern Verbrecher! Geh' hinunter und sieh zu, daß sich die Sklaven in Ordnung stellen."

Wieder allein schritt Arbaces in sein Studierzimmer und von da in den Porticus hinaus. Er sah die dichten Menschenmassen schnell nach dem Amphitheater strömen, hörte das Rufen der Arbeiter und das Knarren der Taue beim Aufspannen des gewaltigen Sonnenzeltes, unter dem die Einwohner, von keinem unbehaglichen Strahl belästigt, in schwelgerischem Behagen der Todesqual ihrer Mitgeschöpfe zuschauen konnten. Plötzlich erhob sich ein wildes, seltsames Getös und erstarb ebenso schnell wieder: — es war das Brüllen des Löwen. Eine Stille entstand unter der fernen Menge, aber auf die Stille folgte freudiges Lachen: — man machte sich lustig über die hungrige Ungeduld des königlichen Tieres.

„Bestien,“ murmelte Arbaces verächtlich, „seid ihr weniger Mörder als ich? Ich töte nur zu meiner Verteidigung — ihr macht den Mord zu einer Kurzweil.“

Mit rastlosem, neugierigem Auge wandte er sich gegen den Vesuv. Reizend glänzten die grünen Weingärten um die Brust des Berges, und ruhig wie die Ewigkeit tauchte seine gewaltige Gestalt in den lautlosen Himmel.

„Noch haben wir Zeit, wenn auch ein Erdbeben im Anzuge ist,“ dachte Arbaces und verließ seinen Standpunkt. Er kam an dem Tisch vorüber, der seine geheimnisvollen Bücher und chaldäischen Berechnungen trug.

„Erhabene Kunst,“ sprach er, „ich habe deine Orakel nicht befragt, seit die Gefahr und der Wendepunkt hinter mir liegen, die du mir vorausgesagt hast. Was liegt daran! — weiß ich doch, daß fortan mein Pfad hell und glatt ist. Haben es die Ereignisse nicht bewiesen? Hinweg Zweifel! — hinweg Mitleid! Spiegle, mein Herz, künftig nur zwei Bilder wider: Herrschaft über die Menschen und Jone!“

Siebenundvierzigstes Kapitel.

Nydia, beruhigt durch den Bericht, den ihr Sosia bei seiner Zurückkunft abgelegt hatte, und zufrieden, daß ihr Brief in Sallusts Händen sei, gab sich noch einmal der Hoffnung hin. Gewiß verlor Sallust keine Zeit, sich zum Prätor zu begeben, zu dem Ägypter zu kommen, sie zu befreien, den Kerker des Kalenus zu erbrechen. Noch in der Nacht konnte Glaukus frei werden! — Ach, die Nacht verging, der Morgen brach an; sie vernahm nichts als eilende Schritte der Sklaven in der Halle und im Peristyl, und Worte, die nur von Vorbereitungen für das Schauspiel sprachen. Allgemach tönte die befehlende Stimme des Arbaces in ihr Ohr und einzelne Töne einer lustigen Musik erklangen: der lange Zug bewegte sich nach dem Amphitheater, um die Augen an dem Todesschmerz des Atheners zu weiden.

Langsam und mit vieler Feierlichkeit schritt der Zug des Ägypters dahin, bis endlich an dem Ort, wo alle, die in Sänften oder zu Wagen ankamen, absteigen mußten, Arbaces sein Gefährt verließ und sich dem für die angeseheneren Zuschauer bestimmten Eingang nahte. Seine Sklaven, die sich dem geringeren Volk anschlossen, wurden von den Aufsehern gegen Abgabe ihrer Einlaßzeichen in die Popularia gewiesen. Von der Stelle, wo Arbaces saß, überflog sein Auge die wimmelnde, ungeduldige Menge, die das ungeheure Theater füllte.

Auf den obersten Reihen, jedoch gesondert von den männlichen Zuschauern, saßen die Frauen, deren geputzte Kleider das Bild eines prächtigen Blumenbeetes gaben, und es ist unnötig, beizusetzen, daß sie den gesprächigsten Teil der Versammlung ausmachten und viele Blicke zu ihnen emporschweiften, besonders von den Sitzen der jungen, unverheirateten Männer. Auf den unteren Reihen um die Arena her saßen die vornehmern und reichern Zuschauer: die öffentlichen Behörden und die Angehörigen des Senats und Ritterstandes. Die Zugänge, durch die man von den zwei Endpunkten der ovalen Arena, vermittelst eines rechts und links hinlaufenden Korridors, zu jenen Sitzen gelangte, bildeten auch den Eingang für die Kämpfer. Starkes Pfahlwerk vor diesen Zugängen schützte vor jeder exzentrischen Laune, die etwa die Tiere hätte anwandeln können und beschränkte sie auf ihre zugewiesenen Opfer. In der am Rande der Arena hinlaufenden Brustwehr, hinter der sofort die Sitze stufenförmig aufstiegen, waren ringsumher gladiatorische Inschriften und Freskogemälde angebracht, die sich auf die Unterhaltung, wozu der Platz diente, bezogen. Durch das ganze Gebäude liefen unsichtbare Röhren, aus denen bei vorgeschrittener Hitze Schauer von kühlendem, wohlriechendem Wasser auf die Zuschauer ausgesprengt werden konnten. Noch waren die Werkleute damit beschäftigt, das große Sonnendach über das Ganze zu befestigen, was eine luxuriöse Einrichtung war, deren Erfindung die Campanier für sich in Anspruch nahmen. Es war von der weißesten apulischen Wolle gewoben, durch die sich breite rote Streifen hinzogen. Infolge einer Ungeschicklichkeit der Arbeiter oder eines Fehlers in der Maschinerie war das Gezelt heute nicht so gut wie gewöhnlich aufgeschlagen. Wirklich erforderte diese Arbeit des ungeheuren Umfangs wegen stets große Kraftanstrengung und Kunst, so daß sie bei rauhem oder windigem Wetter selten unternommen werden konnte. Der heutige

Tag jedoch war so auffallend still, daß den Zuschauern die Ungeschicklichkeit der Arbeiter unverzeihlich schien, und als vollends eine weite Öffnung im Hintergrund sichtbar blieb, weil ein Teil der Velaria seine Vereinigung mit der entgegengesetzten Seite hartnäckig verweigerte, wurde das Murren der Unzufriedenheit laut und allgemein.

Der Ädil Pansa, auf dessen Kosten das Schauspiel gegeben wurde, sah besonders verdrießlich über diesen Fehler aus und gelobte bittere Rache auf das Haupt des Villicus oder Oberaufsehers, der sich keuchend, jagend und schweißtriefend in nutzlosen Befehlen und eiteln Drohungen erschöpfte.

Plötzlich hörte das Gesumme auf, die Arbeiter verließen ihr Werk, die Menge war zum Stillschweigen gebracht, die Öffnung vergessen — denn unter lautem, kriegerischem Trompetengeschmetter zogen die Gladiatoren in feierlicher Ordnung in die Arena. Langsam und bedächtig umschritten sie den ovalen Raum, um den Zuschauern ebensowohl volle Gelegenheit zur Bewunderung ihrer ernsten Heiterkeit, ihrer kräftigen Glieder und verschiedenen Waffen, als zum Abschluß solcher Wetten zu geben, die etwa noch jetzt die Aufregung des Augenblicks veranlassen mochte.

„O!“ rief die Witwe Fulvia der Frau des Pansa zu, mit der sie von ihrem hohen Sitz herabschaute, „siehst du diesen riesenmäßigen Gladiator? Wie wunderlich er gekleidet ist!“

„Ja,“ erwiderte die Gattin des Ädils mit wohlgefälliger Wichtigkeit, denn sie kannte Namen und Eigenschaften jedes Kämpfers; „ein Retiarius. Er ist, wie du siehst, nur mit einem dreizackigen Speer und einem Netz bewaffnet und trägt keine Rüstung, sondern nur eine Binde und die Tunika. Er ist ein starker Mann und wird mit Sporus kämpfen, jenem vierschrötigen Gladiator mit dem runden Schild und bloßen Schwert, der ebenfalls keine weitere Rüstung trägt. Er hat jetzt keinen Helm auf, damit man an seinem Gesicht sehen kann, wie furchtlos er ist! Fechten aber wird er mit geschlossenem Visier.“

„Aber ein Netz und ein Speer sind doch wahrhaftig ärmliche Waffen gegen Schild und Schwert.“

„Ein Beweis, wie unschuldig du bist, meine teure Fulvia; gerade der Netzwerfer trägt in der Regel den Sieg davon.“

„Aber wer ist jener hübsche Gladiator, beinahe ohne alle Bekleidung: ist das nicht höchst unschicklich? Bei der Venus! Seine Glieder sind sehr schön geformt!“

„Es ist Lydon, ein junger, ungeübter Mensch, der die Verwegenheit hat, es mit jenem andern ebenso gekleideten oder vielmehr entkleideten Gladiator, dem Tetraides, aufzunehmen. Sie kämpfen zuerst auf griechische Art mit dem Cestus; nachher legen sie Rüstungen an und versuchen sich mit Schwert und Schild.“

„Ein hübscher Mann, dieser Lydon; gewiß sind die Weiber auf seiner Seite.“

„Nicht so die Leute, die im Wetten Erfahrung haben: Clodius wettet drei gegen eins wider ihn.“

„O Jupiter, wie herrlich!“ rief die Witwe, als zwei schwer bewaffnete Gladiatoren auf leichten, bäumenden Pferden um die Arena ritten. Den Kämpfern in den Turnieren des Mittelalters ziemlich ähnlich, trugen sie Lanzen und runde, prächtig eingelegte Schilde; ihre Rüstung war mit eisernen Bändern durchflochten, bedeckte aber nur die Schenkel und den rechten Arm. Kurze, bis auf den Sattel herabhängende Mäntel gaben ihrem Kostüm ein malerisches, anmutiges Aussehen; ihre Beine waren nackt, mit Ausnahme von Sandalen, deren Bänder ein wenig über dem Knöchel anschlossen. „O schön! wer sind diese?“ fragte die Witwe.

„Der eine heißt Berbix — er hat schon zwölfmal den Sieg davongetragen; der andere legt sich den stolzen Namen Nobilior bei. Beide sind Gallier.“

Während dieses Gesprächs hatten die ersten Förmlichkeiten des Spiels geendigt und auf sie folgte ein Scheingefecht mit hölzernen Schwertern zwischen den verschiedenen Kämpfern. Unter diesen wurde die Geschicklichkeit zweier römischen, für diese Gelegenheit gemieteten Fechter vornehmlich bewundert. Nächst ihnen war Lydon der anmutigste Kämpe. Indessen hielt diese Spiegelfechterei nicht über eine Stunde an und erregte keine besonders lebhafte Teilnahme, als etwa bei jenen Kennern der Arena, denen die Kunst über eine rohere Unterhaltung ging. Die Masse der Zuschauer war froh, als das Vorspiel endigte und das Interesse sich zum Schrecken steigerte. Die Kämpfer wurden jetzt in die zuvor bestimmten Paare gereiht; ihre Waffen wurden untersucht und das ernstere Spiel des Tages begann in tiefster Stille, die nur durch eine vorausgehende, kriegerische Musik unterbrochen ward.

Häufig eröffnete man die Spiele mit dem grausamsten von allen: ein Bestiarius, wie der zum Kampf mit wilden Tieren verdammte Gladiator hieß, mußte, gleichsam als einweihendes Opfer, zuerst sterben. Im vorliegenden Fall jedoch hielt es der erfahrene Pansa für besser, daß das blutige Drama an Interesse zu-, nicht abnehme; demzufolge blieb der Kampf Olinths und des Atheners für das Ende aufgespart. Die beiden Reiter sollten zuerst die Arena einnehmen, dann die zu Fuß fechtenden Gladiatoren in der vorausbestimmten Paarung zugleich auftreten; dann sollten Glaukus und der Löwe ihre Rollen in dem blutigen Schauspiel durchführen, und endlich der Tiger mit dem Nazarener das große Schlußstück bilden. Der Kenner der römischen Geschichte muß in Bezug auf die Belustigungen der Pompejaner seine Phantasie beschränken und sich nicht auf jene Schlächtereien im großartigsten, prächtigsten Stil gefaßt machen, wie sie ein Nero oder Caligula den Bewohnern der Kaiserstadt zum besten gaben. Wirklich lag in den Spielen zu Rom, die die berühmteren Gladiatoren und den größten Teil der wilden Tiere für sich verbrauchten, die Ursache, warum in den kleineren Städten des Reiches die Freuden des Amphitheaters vergleichsweise menschlicher und seltener waren; und auch Pompeji erschien in dieser wie in jeder andern Hinsicht nur als das Miniaturbild, der Mikrokosmus Roms. Immer jedoch blieb es ein furchtbares, imposantes Schauspiel, dem die neueren Zeiten glücklicherweise nichts ähnliches an die Seite stellen können: ein gewaltiges, Reihe über Reihe zu einer Höhe von beinahe fünfzig Fuß aufsteigendes Gebäude wimmelnd von fünfzehn- bis achtzehntausend menschlichen Wesen, die auf keine Scheinvorstellung, keine Bühnentragödie herabsahen, sondern auf wirklichen Sieg oder wirkliche Niederlage, das triumphierende Leben oder den blutigen Tod eines jeden, der die Arena betrat.

An jedem der zwei entgegengesetzten Endpunkte der Schranken befand sich jetzt einer von den beiden Reitern, und auf ein von Pansa gegebenes Zeichen sprengten sie im nämlichen Augenblick in vollem Rennen auf einander los, jeder seinen runden Schild vorhaltend und den leichten aber starken Wurfspieß hoch in der Luft schwingend. Aber nur noch drei Schritte von dem Gegner entfernt, hielt das Pferd des Berbix plötzlich an, wandte sich um und, indem Nobilior in vollem Lauf vorbeiflog, fiel ihm sein Widerpart in den Rücken. Nobiliors noch zu rechter Zeit emporgehaltener Schild fing einen Stoß auf, der sonst tödlich gewesen sein würde.

„Recht so, Nobilior!" rief der Prätor und löste damit der aufgeregten Menge den Mund.

„Brav getroffen! mein Berbix!" antwortete Clodius von seinem Sitz aus; und von einer Seite zur andern widerhallte ein wildes Gesumm, von manchem Zuruf vermehrt.

Die Visiere beider Reiter waren gänzlich geschlossen, wie bei den Rittern der spätern Zeiten; gleichwohl bildete der Kopf den Hauptpunkt des Angriffs. Nobilior, seinen Renner mit nicht geringerer Geschicklichkeit als zuvor sein Gegner herumwerfend, richtete seinen Speer gerade nach dem Helm des Feindes. Berbix erhob den Schild, um sich zu decken, sein schnelläugiger Feind aber senkte die Waffe plötzlich weiter herab und durchbohrte ihm die Brust. Berbix taumelte und fiel.

„Nobilior! Nobilior!" jauchzte das Volk.

„Ich habe zehn Sestertien verloren," murmelte Clodius zwischen den Zähnen.

„Habet! er hat es!" sagte Pansa bedächtig.

Die Menge, noch nicht zur Grausamkeit verhärtet, gab das Zeichen der Begnadigung; aber als die Diener der Arena hinzueilten, fanden sie, daß das Mitleid zu spät kam: das Herz des Galliers war durchbohrt und seine Augen vom Tode geschlossen. Es war sein Lebensblut, was so schwarz über den Sand und das Sägemehl der Arena hinfloß.

„Schade, daß es so bald vorüber ist; man konnte sich nur kurze Zeit ängstigen," bemerkte Witwe Fulvia.

„Ja, ich habe kein Mitleid mit Berbix. Konnte doch jedermann sehen, daß Nobilior nur eine Finte machte! Sieh da, sie befestigen den Todeshaken an seinem Körper und schleppen ihn in das Spoliarium; sie streuen neuen Sand auf die Bühne. Pansa bedauert nichts mehr, als daß er nicht reich genug ist, um die Arena mit Borax und Zinnober überstreuen zu lassen, wie Nero zu tun pflegte."

„Nun, wenn der Kampf kurz war, so folgt wenigstens schnell ein anderer darauf! — Sieh da meinen hübschen Lydon auf dem Schauplatz! — Ja, und auch den Netzwerfer, sowie die Kämpfer mit dem Schwert! Herrlich!“

Wirklich hatten nunmehr sechs Kämpfer die Arena betreten: Niger mit seinem Netz und Dreizack gegen Sporus mit dem Schild und dem kurzen Schwert, Lydon und Tetraides, einen Gürtel um die Lenden ausgenommen, ganz nackt, jeder nur mit einem schweren griechischen Fechthandschuh bewaffnet, und endlich zwei Gladiatoren aus Rom, völlig in Stahl gekleidet und gleichmäßig mit ungeheuern Schilden und spitzen Schwertern ausgerüstet.

Da der einleitende Kampf zwischen Lydon und Tetraides minder tödlich war als der zwischen den andern Streitern, so hatten sich jene nicht so bald in der Mitte der Arena aufgestellt, als die übrigen, wie durch gemeinsames Einverständnis, zurückblieben, um zu sehen, wie dieser Strauß enden würde, und erst die Ablösung des Cestus durch schärfere Waffen zu erwarten, ehe sie selbst die Feindseligkeiten begannen. Auf ihre Waffen gelehnt standen sie gesondert von einander da und sahen einem Schauspiel zu, das, wenn auch nicht blutig genug, um den vollen Beifall des großen Haufens zu haben, immerhin von allen bewundert wurde, weil es ihrem griechischen Ahnenlande entstammte.

Auf den ersten Blick konnte niemand ungleicher gepaart erscheinen als die beiden Gegner. Tetraides, obwohl nicht größer als Lydon, war um vieles beleibter. Die natürliche Derbheit seiner Muskeln wurde durch Massen von festem Fleisch für das Auge des oberflächlichen Beobachters noch vergrößert, denn da es eine allgemeine Meinung war, daß beim Cestuskampf der fleischigste am besten fahre, so hatte Tetraides seine natürliche Anlage zur Wohlbeleibtheit auf alle Art unterstützt. Seine Schultern waren breit und seine Beine stramm und in jener eigentümlichen Bildung leicht nach auswärts gebogen, die der Schönheit so viel entzieht, um der Stärke so viel zu geben. Lydon dagegen war, abgerechnet eine bis zur Magerkeit gehende Schlankheit, in schönen, zarten Verhältnissen gebaut, und Kennern konnte es nicht entgehen, daß trotz einem bedeutend geringern Muskelumfang als sein Feind, das, was ihm blieb, gesünder, eisenfester und gedrungener war. Überdies durfte man annehmen, daß in dem Verhältnis, worin er weniger Fleisch besaß, ihm mehr Behendigkeit zu Gebot stehen würde; und ein stolzes Lächeln auf seinem entschlossenen Gesicht, das einen bedeutsamen Gegensatz zu der gewichtigen Schwere seines Gegners bildete, flößte denen, die sich für ihn interessierten, Vertrauen ein und fügte Hoffnung zu ihrem Mitleid. So war denn trotz der scheinbaren Ungleichheit ihrer Kraft die Stimme des Volkes fast ebenso laut für Lydon als für Tetraides.

Wer einen Kampf moderner Boxer gesehen hat, wer die schweren, zermalmenden Schläge kennt, die die menschliche Faust, richtig geführt, beizubringen vermag, begreift leicht, wie sehr diese Fähigkeit noch durch lederne Riemen verstärkt werden mußte, die wie eine Binde bis zum Ellbogen um den Arm herumliefen und durch Eisenplatten, ja zuweilen durch bleierne Gewichte an den Knöcheln einen furchtbaren Zuwachs erhielten. Indessen eben dieser Umstand, der das Interesse an dem Kampf vermehren sollte, verminderte es vielmehr, denn er kürzte notwendig die Dauer des Streites ab: wenige glücklich und nach den Regeln der Kunst geführte Schläge konnten zu seiner Beendigung hinreichen, und so gab er denn nur selten hinlänglichen Spielraum für jene Energie, Unverzagtheit und Ausdauer, die häufig der höheren Kunst den Sieg abgewinnt und das Interesse an dem Kampf, die Teilnahme an dem Mutigen, zu einem schmerzlichen Vergnügen steigert.

„Nimm dich in acht!“ brummte Tetraides, der seinem Feind näher und näher auf den Leib rückte, während dieser sich eher um ihn herdrehte als zurückwich.

Lydon antwortete nur durch einen verächtlichen Blick seines schnellen, wachsamen Auges. Tetraides führte einen Streich; — es war wie der Schlag eines Schmiedes auf den Ambos. Lydon sank plötzlich auf ein Knie nieder — der Streich ging über seinen Kopf weg. Nicht so harmlos war Lydons Erwiderung. Rasch sprang er auf und wohlgezielt fiel sein Cestus mit voller Gewalt auf die breite Brust seines Gegners. Tetraides taumelte — das Volk jauchzte.

„Du bist heute unglücklich,“ sagte Lepidus zu Clodius; „schon hast du eine Wette verloren und wirst bei der zweiten auch den Kürzern ziehen.“

„Bei den Göttern! meine Bildsäulen müssen in die Versteigerung, wenn das der Fall ist. Ich habe nicht weniger als fünfzig Sesterzen auf Tetraides gewettet. Aber sieh, sieh! wie er sich wieder aufrafft! Das war ein tüchtiger Schlag; er hat dem Lydon die Schulter aufgerissen. Ha Tetraides! — ha Tetraides!"

„Aber auch Lydon ist nicht entmutigt. Beim Pollux! sieh, wie er die Geistesgegenwart behält. Wie geschickt er diesen hammermäßigen Fäusten ausweicht; jetzt entschlüpft er hierhin, jetzt dorthin — dreht sich wie ein Kreisel: — ah, armer Lydon! da hat er wieder eins bekommen."

„Noch immer drei gegen eins für Tetraides! was meinst du, Lepidus!"

„Meinetwegen — neun Sesterzen gegen drei; sei's drum."

„Was! schon wieder, Lydon? Er hält an, er schnappt nach Luft. Bei den Göttern, er ist drunten! Nein; — kommt er wieder auf die Beine? Braver Lydon! Tetraides bekommt Mut — er lacht laut — er stürzt auf ihn los."

„Der Tor! das Glück blendet ihn — er sollte vorsichtiger sein! Lydon hat ein wahres Luchsauge!" murmelte Clodius zwischen den Zähnen.

„Ha, Clodius! sahst du? Dein Mann taumelt! — noch ein Streich! — er fällt, er fällt!"

„Und die Erde gibt ihm neues Leben. Schon wieder ist er auf; aber das Blut strömt ihm über das Gesicht."

„Beim Donnerer! Lydon gewinnt's. Sieh, wie er auf ihn eindrängt. Dieser Schlag auf die Schläfen würde einen Ochsen niedergeschmettert haben; und wirklich schlug er auch den Tetraides nieder. Er fällt aufs neue — er kann sich nicht mehr rühren."

„Habet, habet!"

„Habet!" wiederholte Pansa. „Führt sie hinaus und gebt ihnen Rüstung und Schwerter."

„Edler Editor," erwiderten die Aufseher, „wir fürchten, Tetraides erholt sich nicht so bald wieder. Indessen wollen wir's versuchen."

„Tut's."

Nach wenigen Minuten kehrten die Diener, die den betäubten, bewußtlosen Gladiator hinausgeschleppt hatten, mit trüber Miene zurück. Sie fürchteten für sein Leben; er war gänzlich außer stande, die Arena wieder zu betreten.

„In diesem Fall,“ entgegnete Pansa, haltet den Lydon als Subditius, und sobald ein Gladiator besiegt ist, möge Lydon seine Stelle dem Sieger gegenüber einnehmen.“

Das Volk jauchzte diesem Befehl Beifall und versank dann wieder in tiefes Stillschweigen. Laut tönten die Trompeten. Die vier andern Kämpfer standen einander in schlagfertiger, furchtbarer Stellung gegenüber.

„Kennst du diese Römer, Clodius? gehören sie zu den Berühmteren oder sind es nur gewöhnliche Leute?“

„Eumolpus ist ein guter Schwertkämpfer zweiten Ranges. Den kleinern von beiden, Nepimus, habe ich früher nie gesehen, aber er ist der Sohn eines kaiserlichen Fiskalis und in einer guten Schule erzogen; ohne Zweifel werden sie sich wacker halten. Doch ich habe keine Lust mehr an dem Spiel; ich bekomme mein Geld nicht mehr zurück — bin ruiniert. Fluch über diesen Lydon! Wer hätte gedacht, daß er so gewandt oder so glücklich sein würde?“

„Na, Clodius, soll ich Mitleid mit dir haben und so, wie du die Bedingungen angeben wirst, auf diese Römer wetten?“

„Auf Eumolpus also zehn Sesterzen gegen zehn?“

„Was! während man über Nepimus noch gar keine Erfahrungen hat? Nein, nein; das wäre zu arg.“

„Nun — zehn gegen acht?“

„Topp!“

Während der Kampf im Amphitheater in dieser Weise begonnen hatte, saß ein Mensch in den obern Reihen, für den er ein schmerzliches, ein überwältigendes Interesse bot. Der greise Vater Lydons war trotz seinem christlichen Abscheu gegen diese Spiele in der Todesangst um den Sohn nicht fähig gewesen, der Versuchung zu widerstehen, Zeuge seines Schicksals zu sein. Einsam unter einer blutdürstigen Menge von Unbekannten, dem Auswurf des niederen Volks, sah, fühlte der alte Mann nichts als die Gestalt, die Gegenwart seines Sohnes! Kein Laut war seinen Lippen entschlüpft, als er ihn zweimal zu Boden fallen sah; nur blässer war er geworden und seine Glieder hatten gezittert. Aber einen leisen Ruf hatte er ausgestoßen, als er ihn als Sieger erblickte — ohne Ahnung von dem furchtbaren Kampf, zu dem dieser Sieg nur das Vorspiel war.

„Mein tapferer Junge!“ sprach er und wischte sich die Augen.

„Ist's dein Sohn?“ fragte ein stämmiger Bursche zur Rechten des Nazareners. „Er hat wacker gekämpft: sehen wir, wie er sich ferner halten wird. Höre, er muß mit dem ersten, der Sieger wird, fechten. Bitte die Götter, alter Knabe, daß dieser Sieger keiner von den Römern und ebensowenig der Riese Niger sei.“

Der alte Mann setzte sich wieder und bedeckte das Gesicht. Das Spiel bot für den Augenblick nichts Anziehendes für ihn — Lydon war nicht unter den Kämpfern. Doch plötzlich durchzuckte ihn der Gedanke, daß der Kampf nur ein zu großes Anrecht auf seine Aufmerksamkeit habe: der erste, der fiel, machte ja dem Lydon Platz! Er fuhr auf und lehnte sich mit gespanntem Auge und gefalteten Händen hinaus, den Streitern zuzuschauen. Zunächst erregte das Gefecht zwischen Niger und Sporus die allgemeine Teilnahme, denn diese Art von Kampf war für die Zuschauer stets besonders anziehend wegen des tödlichen Ausganges, der ihn gewöhnlich begleitete, und wegen der großen Kunst, die er von Seiten beider Gegner erforderte.

Die beiden standen in beträchtlicher Entfernung von einander. Das herabgelassene Visier an dem eigentümlichen Helm des Sporus verbarg dessen Gesicht; dagegen zog Nigers Miene durch ihre zusammengedrängte, wachsame Wildheit aller Blicke nicht ohne einen gewissen Schauder auf sich. So blieben sie eine Weile stehen, jeder den andern fest ins Auge fassend, bis Sporus langsam und mit großer Vorsicht vorzuschreiten anfing, die Spitze seines Schwertes gerade auf die Brust des Feindes gerichtet. Niger zog sich zurück, sein Netz mit der rechten Hand ausbreitend und die kleinen glänzenden Augen unverwandt auf die Bewegungen geheftet. Jählings, als ihm Sporus beinah auf Armeslänge nahe gekommen war, beugte sich der Retiarius vorwärts und warf das Netz. Eine schnelle Wendung rettete den Gladiator von der tödlichen Schlinge; er stieß einen gellenden Schrei der Freude und Wut aus und stürzte auf Niger los. Aber dieser hatte das Netz bereits wieder eingezogen, über die Schulter geworfen und floh jetzt mit einer Schnelligkeit um die Schranken, in dem es ihm der Secutor umsonst gleich zu tun suchte. Das Volk lachte und jauchzte laut beim Anblick der erfolglosen Bemühung, womit der breitschultrige Gladiator den fliehenden Riesen einzuholen suchte, plötzlich aber ward seine Aufmerksamkeit von diesen ab und auf die römischen Kämpfer hingelenkt.

Sie hatten sich einander in der Entfernung moderner Fechter, Stirn gegen Stirn, gegenübergestellt; aber die ausnehmende Vorsicht, womit beide anfangs zu Werk gingen, hatte bis jetzt ein hitzigeres Gefecht unmöglich gemacht und den Zuschauern volle Muße gelassen, ihre Aufmerksamkeit auf den Kampf zwischen Sporus und Niger zu richten. Jetzt aber waren auch die Römer zum vollen, wilden Streit erwärmt: sie drängten an, wichen zurück, nahten aufs neue mit der ganzen umsichtigen, jedoch kaum wahrnehmbaren Behutsamkeit, die erfahrene, einander an Geschicklichkeit gleiche Männer bezeichnet, und eben jetzt hatte Eumolpus, der ältere Gladiator, durch jenen geschickten Rückstoß, dem auszuweichen man in der Arena für so schwer hielt, den Nepimus in der Seite verwundet. Das Volk jauchzte; Lepidus ward blaß.

„Ho, ho!“ rief Clodius; „das Spiel ist beinah zu Ende. Bleibt Eumolpus nur ruhig, so muß sich der andere verbluten.“

„Aber Dank sei den Göttern, er hält sich nicht nur in der Verteidigung. Sieh, er dringt stark auf Nepimus ein! Beim Mars, Nepimus hat ihn jetzt! Wie sein Helm klang! Clodius, ich gewinne noch!“

„Warum wette ich auch anders als auf die Würfel!“ seufzte Clodius zwischen den Zähnen; „oder warum kann ich nicht auch einen Gladiator mit Blei füllen?“

„Ha! Sporus, Sporus!“ jauchzte die Menge, als Niger plötzlich angehalten und sein Netz abermals und abermals erfolglos geworfen hatte. Diesmal war er nicht mit hinlänglicher Schnelligkeit entflohen — das Schwert des Sporus hatte eine tiefe Wunde in sein rechtes Bein gestoßen und dadurch an der Flucht gehindert, ward er von dem wilden Schwertkämpfer hart gedrängt. Immer noch gaben ihm indessen sein hoher Wuchs und die Länge seines Armes nicht unbedeutende Vorteile, und den Dreizack der Stirn des Feindes fast entgegenhaltend, wehrte er diesen mehrere Minuten lang glücklich von sich ab. Da suchte Sporus durch schnelle Wendungen um seinen Gegner, der sich notwendigerweise nur langsam und mühevoll bewegen konnte, herumzukommen; allein er verlor die Vorsicht, näherte sich dem Riesen zu sehr, erhob den Arm, einen Streich zu führen, und die drei Spitzen des tödlichen Speers drangen mit voller Gewalt in seine Brust! Er sank auf ein Knie. Im nächsten Augenblick war das Netz über ihn geworfen — umsonst kämpfte er gegen dessen Maschen an; wieder und wieder krümmte er sich stumm unter den neuen Stößen des Dreizacks! — Schnell floß das rote Blut durch das Netz über den Sand! — Er senkte die Arme, seine Überwindung anerkennend.

Der siegende Retiarius zog sein Netz zurück und sah, auf seinen Speer gelehnt, zu den Zuschauern hinauf, erwartend, welches Urteil sie fällen würden. Zu gleicher Zeit rollte der überwundene Gladiator seine umnachteten, verzweifelnden Blicke im Theater umher. Von Reihe zu Reihe, von Bank zu Bank starrten ihm nur erbarmungslose Augen entgegen!

Der Lärm, das Gesumm hatten aufgehört, die Stille war furchtbar, denn kein Mitleid lag in ihr; keine Hand — nicht einmal eine weibliche — gab das Zeichen der Gnade und des Lebens. Sporus war in der Arena nie beliebt gewesen und in den letzten Augenblicken hatte sich das Interesse an dem Kampf dem verwundeten Niger zugewandt. Das Volk war zum Blutdurst erhitzt, das bloße Scheingefecht gewährte ihm keine Unterhaltung mehr; seine Teilnahme an dem Schauspiel hatte sich zum Verlangen nach einem Opfer, zur Lust am Tode gesteigert!

Der Gladiator fühlte, daß sein Schicksal unwiderruflich sei; er ließ keine Bitte, keinen Seufzer hören. Das Volk gab das Zeichen des Todes! In entschlossener, knirschender Unterwürfigkeit beugte er den Nacken, um den tödlichen Streich zu empfangen. Da der Speer des Retiarius keine Waffe war, um sofortigen, sichern Tod zu geben, trat eine grauenvolle Gestalt, deren Züge unter dem Helm gänzlich verborgen waren, in die Arena und schwang ein kurzes, scharfes Schwert. Mit langsam abgemessenen Schritten näherte sich dieser furchtbare Henker dem immer noch knieenden Gladiator, legte die linke Hand auf seinen gesenkten Helm, setzte die Schärfe der Klinge auf seinen Nacken, wandte sich rings gegen die Versammlung um, ob diese nicht etwa im letzten Moment noch Reue über ihren Beschluß anwandle. Das furchtbare Zeichen blieb dasselbe; hell glänzte der Stahl in der Luft, fiel nieder und der Gladiator rollte auf den Sand: seine Glieder zuckten — wurden still — er war eine Leiche!

Sogleich ward sein Körper durch das Todestor aus der Arena gezogen und in die dunkle Höhle geworfen, die man mit dem Namen Spoliarium bezeichnete. Ehe er noch völlig an diesem Ort ankam, war das Gefecht zwischen den beiden übriggebliebenen Kämpfern entschieden. Das Schwert des Eumolpus hatte seinem weniger geübten Gegner die Todeswunde beigebracht. Ein neues Opfer wurde dem Behältnis der Erschlagenen zugefügt.

Eine allgemeine Bewegung ging durch die große Menschenmenge, das Volk atmete freier und nahm aufs neue seine Sitze ein. Aus den verborgenen Röhren ergoß sich ein angenehmer Spritzregen über jede Reihe des Amphitheaters. In üppigem Wohlbehagen unterhielten sich die Abgekühlten über die eben gesehene Blutszene. Eumolpus nahm den Helm ab und wischte sich die Stirn; das krause Haar, der kurze Bart, die edlen römischen Züge und das glänzende schwarze Auge erregten allgemeine Bewunderung. Er war frisch, unverwundet, unermüdet.

Nach einer Pause verkündigte der Editor mit lauter Stimme, daß Lydon der Nachfolger des erschlagenen Nepimus und der neue Gegner des Eumolpus sein solle. „Jedoch, Lydon," fügte er hinzu, „willst du den Kampf mit einem so tapfern und geübten Feinde ablehnen, so hast du hierzu volle Freiheit. Eumolpus war dir ursprünglich nicht zum Gegner bestimmt. Du weißt am besten, inwieweit du dich mit ihm messen kannst. Unterliegst du, so ist ein ehrenvoller Tod dein Los; siegst du, so will ich den festgesetzten Preis aus meiner eigenen Börse verdoppeln."

Das Volk jauchzte Beifall. Lydon stand in der Arena; er sah umher. Hoch oben erblickte er das bleiche Gesicht, die gespannten Augen seines Vaters. Unentschlossen wandte er sich für einen Moment ab. Nein! der Sieg mit dem Cestus reichte noch nicht hin; er hatte den Preis noch nicht gewonnen — noch immer war sein Vater ein Sklave!

„Edler Ädil," antwortete er mit fester, tiefer Stimme, „ich fürchte mich vor diesem Kampfe nicht. Um der Ehre Pompejis willen fordere ich, daß ein Zögling des weit berühmten Lanista dieser Stadt mit dem Römer fechte."

Das Volk jauchzte lauter als zuvor.

„Vier zu Eins gegen Lydon," sagte Clodius zu Lepidus.

„Nicht zu Zwanzig gegen Eins verständ' ich mich," entgegnete Lepidus; ist doch Eumolpus ein wahrer Achill und dieser arme Kerl ein bloßer Anfänger."

Eumolpus blickte dem Lydon fest ins Gesicht; er lächelte. Aber dem Lächeln folgte ein leiser, kaum hörbarer Seufzer — ein Hauch mitleidiger Bewegung, die die Sitte im Augenblick wieder erstickte, wo sie das Herz anerkannte.

Und so standen sie denn bald in vollständiger Rüstung, mit gezogenem Schwert und geschlossenem Visier, die beiden letzten Kämpfer der Arena, ehe Mensch und Tier den Kampf begannen, einander gegenüber.

In diesem Moment wurde dem Prätor von einem der Aufseher ein Brief überbracht. Er wickelte die Schnur auf, warf einen Blick auf den Inhalt und sein Gesicht deutete Verwunderung und Verlegenheit an. Noch einmal las er den Brief, warf ihn dann mit den hingemurmelten Worten: „Pah! unmöglich! der Mensch muß schon am Vormittag betrunken sein, daß ihm solcher Unsinn einfallen kann! —" nachlässig auf die Seite und setzte sich wieder gravitätisch zurecht, um den Spielen zuzuschauen.

Die Teilnahme der Zuschauer war auf den höchsten Grad gesteigert. Zuerst hatte Eumolpus ihre Gunst gewonnen, aber Lydons Heldenmut und seine wohlberechnete Anspielung auf die Ehre des pompejanischen Lanista hatte sofort dem letztern in den Augen des Volks den Vorzug gegeben.

„Heda, alter Bursche," wurde Medon von seinem Nachbar angeredet, „dein Sohn hat mit einem gewaltigen Gegner zu tun. Aber fürchte nichts, der Editor wird nicht zugeben, daß er umkommt — und auch das Volk nicht; er hat sich dafür zu wacker gehalten. Ha! das war ein tüchtiger Hieb! gut abgelenkt! beim Pollux; noch einmal an ihn, Lydon! — sie halten an, um zu verschnaufen. Was murmelst du da, alter Junge?"

„Gebete," entgegnete Medon mit ruhigerer und hoffnungsvollerer Miene als er bis jetzt gezeigt hatte.

„Gebete? — Possen! die Zeit, wo die Götter die Menschen in Wolken wegtrugen, ist vorbei. Ha Jupiter! welch ein Hieb! Nimm deine Rippen in acht, Lydon!"

Ein krampfhafter Schauer zuckte durch die ganze Versammlung; von einem mächtigen — mit voller Gewalt auf den Helmkamm geführten Hieb des Eumolpus war Lydon in die Knie gesunken.

„Habet! er hat es!" rief eine gellende weibliche Stimme; „er hat es, hurra!"

Es war die Stimme des Mädchens, die so sehnsüchtig der Tötung eines Verbrechers entgegengesehen hatte.

„Still, Kind," entgegnete Pansas Frau strenge, „non habet! — er ist nicht verwundet."

„Ich wollte, er wäre es, wär's auch nur, um damit den alten Sauertopf Medon zu ärgern," flüsterte das Mädchen vor sich hin.

Eben jetzt fing Lydon, der sich bisher mit großer Geschicklichkeit und Geistesgegenwart verteidigt hatte, dem kräftigen Angriff des geübten Römers zu weichen an: sein Arm ward müde, sein Auge schwindlig, er atmete schwer und mühsam. Abermals hielten die Kämpfer an, um Luft zu schöpfen.

„Junger Mensch!" sagte Eumolpus mit leiser Stimme, „laß ab; ich will dich leicht verwunden — dann senke deine Arme: du hast den Editor und das Volk gewonnen — du wirst mit Ehren losgesprochen werden!"

„Und mein Vater fort und fort ein Sklave bleiben," seufzte Lydon vor sich hin. „Nein, Tod oder seine Freiheit."

In diesem Gedanken und im Gefühl, daß seine Kraft der Ausdauer des Römers nicht gewachsen sei, folglich alles von einer plötzlichen verzweifelten Anstrengung abhänge, stürzte er grimmig auf Eumolpus los. Behutsam wich der Römer zurück — Lydon tat einen zweiten Hieb — Eumolpus bog sich zur Seite, das Schwert streifte an seinem Panzer vorbei und Lydons Brust wurde bloßgestellt — der Römer stieß den Stahl durch die Fugen der Rüstung, ohne eine tiefe Wunde beibringen zu wollen, allein Lydon, matt und erschöpft, taumelte vorwärts und fiel gerade in die Spitze. Sie fuhr durch und durch und wieder zum Rücken heraus! Eumolpus zog die Klinge zurück; noch versuchte Lydon das Gleichgewicht wieder zu gewinnen, aber die Waffe entsank seinem Griff — unwillkürlich vollendete er den Stoß nach dem Gladiator mit unbewehrter Hand und fiel der Länge nach zu Boden. Wie durch Verabredung machten Editor und Zuschauer das Zeichen der Gnade. Die Diener der Arena näherten sich; sie nahmen dem Besiegten den Helm ab. Noch atmete er; seine Augen rollten grimmig gegen den Feind. Die Wildheit, die er in seinem Beruf erworben hatte, starrte aus seinem Blick und brütete auf der bereits von den Schatten des Todes umdunkelten Stirn. Dann wandte er, sich mit krampfhaftem Gestöhn halb emporhebend, das Gesicht nach oben. Er weilte nicht auf dem Antlitz des Editors oder auf den mitleidvollen Zügen seiner milden Richter. Er sah sie nicht; ihm war es, als wäre der große Raum leer und öde. Nur ein einziges, von Todesschmerz durchzucktes Antlitz erkannte er, nur ein einziger Schrei eines gebrochenen Herzens drang durch das Summen und Rufen der Menge zu seinem Ohr. Die Wildheit schwand aus seinen Augen; ein sanfter, zärtlicher Ausdruck heiligender aber verzweifelnder Kindesliebe spielte um sie — spielte — floh — verdüsterte sich! Plötzlich ward sein Gesicht wieder verschlossen und hart und nahm die vorige Wut an. Er sank auf die Erde zurück.

„Seht nach ihm!" sprach der Ädil, „er hat seine Pflicht getan!"

Die Diener schleppten ihn in das Spoliarium.

„Ein echtes Bild des Ruhms und seines Schicksals!" flüsterte Arbaces vor sich hin; und in seinem über die Menge hinfliegenden Auge lag so viel Hohn und Verachtung, daß jedem, der diesem Blick begegnete, der Atem stillstand und die Seele zu einem einzigen Gefühl der Demütigung und Furcht erstarrte.

Abermals ergossen sich reiche Düfte durch das Theater; die Diener streuten frischen Sand auf die Arena.

„Bringt den Löwen und Glaukus, den Athener!" rief der Editor.

Und eine tiefe, atemlose Stille der gespanntesten Teilnahme und eines tiefgefühlten, jedoch nicht unwillkommenen Schauders lag wie ein mächtiger, furchtbarer Traum über der Versammlung.

Achtundvierzigstes Kapitel.

Dreimal war Sallust aus dem Morgenschlaf erwacht, und dreimal hatte er sich bei der Erinnerung, daß sein Freund heute sterben sollte, mit einem tiefen Seufzer aufs neue einer kurzen Vergessenheit zugewandt. Sein einziges Ziel im Leben war, den Schmerz zu vermeiden und ihn, wo er ihn nicht vermeiden konnte, wenigstens zu vergessen.

Endlich unfähig, sein Bewußtsein länger in Schlaf zu senken, erhob er sich aus seiner liegenden Stellung und gewahrte den Lieblingsfreigelassenen, der wie gewöhnlich neben dem Bette saß: denn Sallust, der den Geschmack eines gebildeten Mannes für die feinere Literatur hatte, war gewöhnt, sich vor dem Aufstehen ein oder zwei Stunden lang vorlesen zu lassen.

„Keine Bücher heute; keinen Tibull, keinen Pindar für mich! Pindar! ach, ach! schon sein Name ruft mir die Spiele vor die Seele, deren blutdürstige Nachfolgerin unsere Arena ist. Hat es begonnen im Amphitheater? Haben seine Vorstellungen angefangen?“

„Schon längst! o Sallust! Hörtest du die Trompeten und das Getrampel der Füße nicht?“

„Ach ja, aber den Göttern sei Dank, ich war noch schlaftrunken und brauchte mich nur auf die andere Seite wenden, um wieder einzuschlummern.“

„Die Gladiatoren müssen längst in der Arena sein.“

„Die Unglücklichen! Es ist doch niemand von meinen Leuten zu dem Schauspiel gegangen?“

„O nein! Deine Befehle waren zu bestimmt.“

„Gut. — Wollte, der Tag wäre vorüber! Was ist das für ein Brief auf dem Tisch dort?“

„Der? Ach der Brief, den du gestern abend erhieltest; aber du warst zu — zu...“

„Betrunken, um ihn zu lesen, denk' ich wohl. Schadet nichts; er kann von großer Wichtigkeit sein.“

„Soll ich ihn für dich öffnen, Sallust?“

„Tu' es; immer etwas, um meinen Gedanken eine andere Richtung zu geben. Der arme Glaukus!“

Der Freigelassene nahm die Binde von dem Schreiben. „Was! griechisch!“ rief er; „wohl von einer gebildeten Dame!“

Er überflog den Inhalt und sein Gesicht drückte plötzlich Bewegung und Überraschung aus. „Gute Götter! was haben wir getan, edler Sallust, daß wir diesem Briefe nicht früher Beachtung schenkten! Höre:

Nydia, die Sklavin, an Sallust, den Freund des Glaukus! Ich bin eine Sklavin im Hause des Arbaces; eile zum Prätor! bewirke meine Befreiung, und wir können Glaukus vom Löwen erretten! Es ist ein anderer Gefangener in diesen Mauern, dessen Zeugnis den Athener von der gegen ihn erhobenen Anklage zu befreien vermag: ein Mensch, der die Tat mit ansah — der den Verbrecher in einem Bösewicht nachweisen kann, auf dem bisher kein Verdacht ruhte. Fliege, eile! schnell, schnell! Bringe Bewaffnete mit für den Fall, daß Du etwa auf Widerstand stoßen solltest, und einen geschickten, klugen Schmied, denn die Kerkertür meines Mitgefangenen ist dick und stark. Bei deiner rechten Hand, bei Deines Vaters Asche! verliere keine Minute!

„Große Götter!" rief Sallust auffahrend, „und heute, ja zu dieser Stunde vielleicht stirbt er. Was ist zu tun? Sogleich will ich zum Prätor."

„Nein, nicht so. Der Prätor, so gut als der Editor Pansa selbst, ist das Geschöpf des Volkes; und das Volk will von keinem Aufschub hören, will im Augenblick der gespannten Erwartung nicht leer ausgehen. Überdies würde die Öffentlichkeit eines solchen Schrittes den schlauen Ägypter zu früh warnen. Offenbar hat er sein Interesse dabei, Nydia und ihren Mitgefangenen verborgen zu halten. Nein, zum Glück sind deine Sklaven zu Haus."

„Ich verstehe dich," unterbrach ihn Sallust; „bewaffne die Sklaven sogleich. Die Straßen sind leer. Wir selbst wollen nach dem Hause des Arbaces eilen und die Gefangenen befreien. Schnell! schnell! Holla! Davus her! Meinen Mantel und meine Sandalen, Papyrus und Rohr. Ich will an den Prätor schreiben und ihn bitten, die Bestrafung des Glaukus noch aufzuschieben, indem wir binnen einer Stunde seine Unschuld beweisen könnten. — So, so; auf diese Art wird es gehen. — Davus, eile mit diesem Brief zum Prätor im Amphitheater. Sorge, daß er in seine eigenen Hände kommt. Und jetzt fort! O ihr Götter, deren Vorsehung Epikur leugnete, steht mir bei, und ich will Epikur einen Lügner nennen!"

Neunundvierzigstes Kapitel.

Glaukus und Olinth waren beisammen in der dunkeln, engen Zelle, worin die zur Arena verdammten Verbrecher ihren letzten, furchtbaren Kampf erwarteten. Jeder suchte mit seinen erst seit kurzem an das Dunkel gewöhnten Augen die Züge des andern in dieser furchtbaren Stunde zu erforschen, und in dem düstern Licht, dessen Blässe die natürlichen Farben von ihren Wangen verjagte, schienen beide von einem aschfarbenen, gespensterhaften Weiß übergossen. Allein ihre Stirnen waren kühn und unerschrocken, ihre Glieder zitterten nicht, ihre Lippen waren zusammengedrückt und fest. Die Religion des einen, der Stolz des andern, das Bewußtsein der Unschuld in beiden und vielleicht die Stütze, die jeder in der Anwesenheit des andern fand, erhoben das Schlachtopfer zum Helden.

„Hörst du das Geschrei? Sie jauchzen über Menschenblut!" sagte Olinth.

„Ich höre es, das Herz bebt mir darüber, aber die Götter stützen mich."

„Die Götter! O unbesonnener junger Mann, erkenne wenigstens in dieser Stunde den einzigen Gott. Hab' ich dich nicht im Kerker belehrt, für dich geweint, für dich gebetet — habe ich nicht in meinem Eifer und in meinem Schmerz mehr an die Rettung deiner Seele als an die der meinigen gedacht?"

„Braver Freund," antwortete Glaukus feierlich, „mit Ehrfurcht, mit Erstaunen und mit einer geheimen Hinneigung zu deinem Glauben hab' ich auf dich gehört. Blieben wir am Leben, so hätt' ich mich vielleicht den Lehrsätzen meiner eigenen Religion entwöhnt und zu der deinigen geneigt; aber in dieser letzten Stunde würde ich als eine erbärmliche Memme erscheinen, wenn die augenblickliche Angst bei mir hervorbrächte, was nur das Ergebnis langer Überlegung sein sollte. Wenn ich jetzt deinen Glauben annehme und die Götter meiner Väter verwürfe, könnte ich da nicht durch deine Zusage eines Himmels bestochen oder durch die Drohung der Hölle eingeschüchtert sein? Nein, Olinth! denken wir von einander mit gleicher Liebe: ich will deine Sorge um mich ehren und du mögest meine Blindheit oder meinen hartnäckigen Mut bemitleiden. Wie mein Tun gewesen ist, so wird mein Lohn sein, und die höchste Macht wird nicht hart über Menschenirrtum urteilen, wenn er mit Ehrlichkeit der Vorsätze und Wahrheit des Herzens verbunden war. Sprechen wir nicht weiter hierüber. Still! Hörst du, wie sie einen schweren Leichnam durch den Gang schleppen? So wie er werden bald auch wir Staub sein."

„O Himmel! o Christus! schon sehe ich euch!" rief der glühende Olinth mit erhobenen Händen. „Ich zittere nicht; — ich freue mich, daß mein Kerker bald zerbrochen sein wird."

Glaukus neigte schweigend sein Haupt. Er fühlte den Unterschied zwischen seinem Mut und dem seines Mitgefangenen. Der Heide bebte nicht, aber der Christ jauchzte.

Knarrend öffnete sich die Tür und der Glanz von Speeren schimmerte an den Wänden.

„Glaukus von Athen, deine Zeit ist gekommen," sprach eine laute, helle Stimme; „der Löwe wartet deiner."

„Ich bin bereit," sprach der Athener. „Bruder und Leidensgefährte, noch eine letzte Umarmung! segne mich und lebe wohl!"

Der Christ öffnete die Arme — er drückte den jungen Heiden an die Brust, er küßte ihm Stirn und Wange — schluchzte laut, und schnell und heiß flossen seine Tränen über die Züge des Freundes.

„O hätt' ich dich bekehren können, so würde ich nicht weinen. O daß ich zu dir sagen könnte: wir beide werden heute abend mit einander im Paradiese sein!"

„Vielleicht ist dies dennoch der Fall," entgegnete Glaukus mit bebender Stimme. „Die der Tod trennt, können sich jenseit des Grabes treffen. Erde, schöne geliebte Erde, lebe wohl für ewig! Würdiger Centurio, ich bin bereit."

Er riß sich weg, und als er hinaus in die Luft kam, legte sich ihr Hauch, der heiß und trocken war, schwer auf ihn, obwohl die Sonne nicht schien. Sein von den Wirkungen des tödlichen Trankes noch nicht wiederhergestellter Körper schauderte und wankte. Die Soldaten mußten ihn stützen.

„Mut!" sprach einer, „du bist jung, rüstig, gut gebaut. Man gibt dir eine Waffe, verzweifle nicht; vielleicht trägst du noch den Sieg davon."

Glaukus gab keine Antwort, aber beschämt über seine Schwäche gewann er durch eine verzweifelte, krampfhafte

Anstrengung die Festigkeit seiner Nerven wieder. Man salbte seinen Körper, der bis auf einen Gürtel um die Lenden ganz nackt war, mit Öl, gab ihm den Stilus in die Hand und führte ihn in die Arena. Und als jetzt der Grieche die Augen von Tausenden und aber Tausenden auf sich gerichtet sah, fühlte er sich nicht länger als ein Sterblicher. Alle Anzeichen von Furcht, alle Furcht selbst war fort. Eine stolze Röte verbreitete sich über die blassen Züge; er richtete sich zu der ganzen Höhe seiner herrlichen Gestalt empor. In der elastischen Schönheit seiner Glieder, in der stolzen Verachtung, in dem unbezähmbaren Geist, der aus seiner Stellung, seiner Lippe, seinem Auge sichtlich atmete, hörbar sprach, schien er ein lebendiges Abbild des Heldensinnes seines Landes; zugleich ein Heros und ein Gott!

Das Gemurmel des Hasses und Abscheus über sein Verbrechen, das bei seinem Eintritt ertönt war, erstarb im Stillschweigen unwillkürlicher Bewunderung und halb mitleidiger Ehrfurcht; und mit einem schnellen, krampfhaften Seufzer, der aus der ganzen Menschenmasse, als wäre sie ein einziges Herz, hervorzudringen schien, wandte sich der Blick der Zuschauer von dem Athener auf ein dunkles, ungestaltes Ding mitten in der Arena. Es war der vergitterte Käfig des Löwen!

„Bei der Venus! wie warm es ist!" sagte Fulvia, „und doch scheint keine Sonne. Hätten doch die einfältigen Matrosen das Loch in dem Sonnenzelt zugemacht!"

„Ja, es ist wirklich warm. Mir wird ganz übel!" entgegnete Pansas Frau. Selbst ihr erprobter Stoicismus wich vor dem Kampf, der jetzt stattfinden sollte.

Der Löwe war vierundzwanzig Stunden lang ohne Nahrung gelassen worden, und das Tier hatte den ganzen Morgen über eine seltsame Unruhe und Unbehaglichkeit gezeigt, die der Wärter dem quälenden Hunger zuschrieb. Allein sein Benehmen schien mehr auf Furcht als auf Wut zu deuten: sein Gebrüll war peinlich und wie ein Angstschrei gewesen. Der Löwe hatte den Kopf hängen lassen, die Luft durch die Eisenstangen geschnuppert, sich niedergelegt, war wieder aufgefahren und hatte von neuem sein wildes, weithallendes Geheul ertönen lassen. Jetzt aber lag er regungslos und stumm, mit weitgeöffneten Nüstern hart gegen das Gitter gedrängt, in seinem Käfig, mit schwerem Atem den Sand in der Arena aufwirbelnd. Die Lippe des Editors zitterte und seine Wange ward bleich; ängstlich sah er umher, zögerte, machte noch einen Aufschub — die Menge ward ungeduldig. Langsam gab er das Zeichen; der hinter dem Käfig befindliche Wärter schob das Gitter behutsam auf die Seite und mit einem mächtigen freudigen Gebrüll der Erlösung stürzte der Löwe heraus. Hastig zog sich der Wärter durch den verwahrten Gang, der nach der Arena führte, zurück und schied von dem Herrn der Wüste und seinem Opfer.

Glaukus hatte sich in die festeste Stellung gegen den erwarteten Anlauf des Tieres ausgelegt, die kleine, funkelnde Waffe hoch in der Hand, in der schwachen Hoffnung, daß vielleicht ein gut geführter Stoß (denn er wußte, daß er nur Zeit zu einem habe) durch das Auge in das Gehirn seines grimmen Feindes dringen werde.

Aber zum unaussprechlichen Erstaunen aller schien der Löwe nicht einmal die Gegenwart des Verbrechers wahrzunehmen. Schon im ersten Moment seiner Befreiung hielt er plötzlich an, erhob sich mit halbem Leibe und zog mit ängstlichem Gestöhn die höhere Luft ein; dann sprang er plötzlich vorwärts, aber nicht gegen den Athener. Halb eilig, halb zögernd kreiste er rund um die Arena her und wandte den gewaltigen Kopf mit verstörtem Blick nach allen Seiten, als spüre er nur einen Ausweg zur Flucht auf. Mehrmals suchte er über die Brustwehr zu springen, die ihn von den Zuschauern trennte, und stieß, als ihm dieses mißlang, eher ein Schreckensgeheul als seinen furchtbaren, königlichen Ruf aus. Er gab kein Zeichen von Zorn oder Hunger; der Schweif, statt die mächtigen Seiten zu peitschen, schleppte auf dem Sand hin, und obwohl sich das Auge bisweilen dem Glaukus zuwendete, rollte es doch wieder begierdelos von ihm weg. Endlich, wie des Versuches zur Flucht müde, kroch er murrend in seinen Käfig und legte sich aufs neue zur Ruhe nieder.

Das erste Staunen der Versammlung über die Apathie des Löwen verwandelte sich bald in Verdruß über seine Feigheit, und bereits ging das Mitleid mit Glaukus im Ärger über die eigene Enttäuschung unter.

Der Editor rief dem Wärter zu:

„Was ist das? Nimm den Stachel, treib' ihn heraus und schließe dann die Tür des Käfigs.“

Indem sich der Wärter mit einiger Furcht und noch größerer Verwunderung anschickte, dem Befehl nachzukommen, vernahm man ein lautes Geschrei am Eingang der Arena: es war eine Verwirrung, ein Durcheinander — scheltende Stimmen ließen sich plötzlich vernehmen und wurden durch die Antwort ebenso schnell zum Schweigen gebracht. Alle Augen wandten sich, erstaunt über die Unterbrechung, dem Ort des Getümmels zu; die Menge machte Platz und plötzlich erschien Sallust vor den Sitzen der Senatoren mit aufgelöstem Haar, atemlos, erhitzt, dem Umsinken nahe. Hastig warf er den Blick in der Arena umher. „Weg mit dem Athener!“ rief er; „schnell! Er ist unschuldig! Nehmt Arbaces, den Ägypter, fest! Der ist der Mörder des Apäcides!“

„Rasest du, Sallust?“ fragte der Prätor, sich von seinem Sitz erhebend; „was soll dieses Wüten?“

„Weg mit dem Athener! Schnell, oder sein Blut komme auf dein Haupt! Prätor, zögere, und du hast es mit deinem eigenen Leben beim Kaiser zu verantworten. Ich bringe den Augenzeugen vom Tode des Priesters Apäcides. Platz da! — zurück! — ausgewichen! — Bewohner Pompejis, richtet eure Augen auf Arbaces — dort sitzt er! Platz da, Platz für den Priester Kalenus!“

Blaß, abgemagert, dem Rachen des Hungertodes kaum entrissen, mit eingefallenem Gesicht, das Auge mit Blut unterlaufen wie bei einem Geier, die gewaltige Gestalt zum Gerippe abgezehrt, wurde Kalenus in die nämliche Sitzreihe getragen, in der Arbaces saß. Seine Befreier hatten ihm nur wenig Nahrung gegeben, aber die Hauptkräftigung für seine schwachen Glieder war die Rache!

„Der Priester Kalenus!“ rief das Volk! „Ist er's? nein, es ist ein Gespenst!“

„Es ist der Priester Kalenus,“ sprach der Prätor ernst. „Was hast du zu sagen?“

„Arbaces der Ägypter ist der Mörder des Apäcides, des Priesters der Isis; meine Augen sahen ihn den Todesstreich führen. Aus dem Kerker, in den er mich gestürzt hat, aus der Nacht und den Schrecken des Hungertodes haben mich die Götter errettet, um seinen Frevel zu verkünden! Laßt den Athener los, er ist unschuldig!“

„Darum also hat ihn der Löwe verschont — ein Wunder, ein Wunder!“ rief Pansa.

„Ein Wunder, ein Wunder!“ jauchzte das Volk. „Weg mit dem Athener — werft Arbaces dem Löwen vor!“

Und von Berg zu Tal, von der Küste zur See widerhallte der Ruf: „werft Arbaces dem Löwen vor!“

„Aufseher, entfernet den Angeklagten Glaukus — entfernt, aber bewacht ihn noch,“ befahl der Prätor. „Die Götter häufen ihre Wunder auf diesen Tag.“

Als der Prätor das Wort der Befreiung aussprach, erhob sich eine weibliche, kindliche Stimme in lautem Freudenruf. Mit elektrischer Kraft drang sie durch das Herz der Versammlung — sie war rührend — sie war heilig, diese Kinderstimme! Und das Volk ließ sie in mitfühlendem Glückwunsch widerhallen.

„Still,“ sprach ernst der Prätor; „wer ist da?“

„Das blinde Mädchen, Nydia,“ erwiderte Sallust, „ihre Hand ist es, die den Kalenus aus dem Grab erhob und Glaukus von dem Löwen errettete.“

„Hiervon nachher,“ entgegnete der Prätor. „Kalenus, Priester der Isis, du klagst den Arbaces des Mordes an Apäcides an?“

„Ja!“

„Du sahst die Tat?“

„Prätor, mit diesen meinen Augen . . .“

„Genug für jetzt! Das Nähere muß für einen passenderen Zeitpunkt und Ort vorbehalten bleiben. Arbaces von Ägypten, du hörst die Anklage gegen dich — du hast noch nicht gesprochen! — Was hast du zu erwidern?“

Der Blick der Menge haftete schon lange auf Arbaces, aber die Betroffenheit, die er bei der ersten Beschuldigung Sallusts und der Erscheinung des Kalenus gezeigt, war wieder gewichen. — Bei dem Ruf: „werft Arbaces dem Löwen vor!“ hatte er allerdings gezittert, und das dunkle Braun seiner Wange war blässer geworden, aber schnell hatte er seine Würde und Selbstbeherrschung wiedergewonnen. Stolz erwiderte er den Zornblick zahlloser Augen um ihn her, und als er nunmehr auf die Frage des Prätors antwortete, geschah es in jenem eigentümlich ruhigen, befehlenden Ton, der seine Rede stets bezeichnete.

„Prätor, diese Anschuldigung ist so toll, daß sie kaum eine Widerlegung verdient. Mein erster Ankläger ist der edle Sallust — der vertrauteste Freund des Glaukus! Mein zweiter ein Priester: — ich verehre sein Kleid und seinen Beruf — aber, Bürger Pompejis, ihr kennt einigermaßen den Charakter des Kalenus: seine Habsucht und Geldgier dienen zum Sprichwort! Das Zeugnis eines solchen Menschen kann erkauft werden! Prätor — ich bin unschuldig!"

„Sallust," fragte der Richter, „wo fandest du den Kalenus?"

„In dem Kerker des Arbaces."

„Ägypter," sprach der Prätor mit gefurchter Stirn, „du hast dir also herausgenommen, einen Priester der Götter einzukerkern: und weshalb?"

„Höre mich," entgegnete Arbaces, ruhig aufstehend, aber mit sichtbarer Bewegung in den Zügen, „dieser Mensch kam und drohte mir mit der jetzt wirklich vorgebrachten Anklage, falls ich sein Stillschweigen nicht mit der Hälfte meines Vermögens erkaufen würde. — Ich machte Gegenvorstellungen; umsonst! Ruhig da ..... laß den Priester mich nicht unterbrechen! Edler Prätor und ihr, o Bürger, ich war ein Fremder im Lande! Ich wußte mich unschuldig an dem Verbrechen, aber das Zeugnis eines Priesters gegen mich mochte mich gleichwohl ins Verderben stürzen! In der Verlegenheit lockte ich ihn in das Verließ, aus dem er soeben befreit worden ist, unter dem Vorwand, als sei es die Vorratskammer meines Goldes. Dort wollte ich ihn festhalten, bis das Schicksal des wirklichen Verbrechers besiegelt wäre, wo dann seine Drohungen von keinem weitern Erfolg sein konnten. Aber ich hatte nichts Übles mit ihm vor; ich kann einen Mißgriff begangen haben: doch wer von euch wird die Billigkeit der Selbsterhaltung nicht anerkennen? War ich schuldig, warum legte dieser Priester sein Zeugnis nicht während der gerichtlichen Verhandlung ab? In diesem Fall würd' ich ihn weder zurückgehalten noch versteckt haben. Warum brachte er meine Schuld nicht vor, als ich die Schuld des Glaukus vorbrachte? Prätor, das bedarf wohl einer Antwort. Im übrigen beruf' ich mich auf eure Gesetze. Ich verlange ihren Schutz. Bringt den Angeklagten und den Ankläger von hier fort. Willig werde ich der Entscheidung des gesetzlichen Gerichtes gegenübertreten und mich ihr fügen. Hier aber ist nicht der Ort zu weiterer Unterredung.

„Er hat recht,“ erwiderte der Prätor. „He, Wachen! entfernt den Arbaces und hütet den Kalenus! Sallust, du bleibst uns für deine Anklage verantwortlich. Fahrt jetzt in den Spielen fort.“

„Was?“ rief Kalenus und wandte sich gegen das Volk, „soll Isis so verachtet werden? Soll das Blut des Apäcides immer noch um Rache schreien? Soll der Lauf der Gerechtigkeit jetzt stocken, damit sie später vereitelt werde? Soll der Löwe um seine gesetzliche Beute betrogen werden? Ein Gott — ein Gott! ich fühle, daß Gott durch meine Lippen ruft: vor den Löwen — vor den Löwen mit Arbaces!“

Der erschöpfte Körper des Priesters vermochte den Sturm seines wilden Grimmes nicht länger zu tragen; in Krämpfen sank er zu Boden — der Schaum stand ihm vor dem Munde — er war wirklich ein Mensch, den eine übernatürliche Macht besessen hielt! Das Volk sah ihn und schauderte.

„Ein Gott ist's, der den heiligen Mann begeistert: vor den Löwen mit dem Ägypter!“

Mit diesem Ruf sprangen Tausende über Tausende auf und stürzten herbei; sie stürmten von ihren hohen Sitzen herab und strömten auf den Ägypter zu. Umsonst befahl der Ädil. Umsonst erhob der Prätor seine Stimme zur Verkündigung des Gesetzes. Das Volk war durch den Anblick des Blutes bereits wild geworden — es dürstete nach mehr und sein Aberglaube kam der Grausamkeit zu Hilfe. Aufgeregt, entflammt durch die schon geschlachteten Opfer, vergaß es das Ansehen seiner Behörden. Es war eine jener furchtbaren Zuckungen, die bei einem ganz unwissenden, halb freien und halb sklavischen Haufen natürlich sind und zu denen die eigentümliche Verfassung der römischen Provinzen so häufig Anlaß gab. Die Gewalt des Prätors war wie ein Schilf im Wirbelwind; doch hatten sich auf seinen Befehl die Wachen längs der niedern Bänke aufgestellt, wo die vornehmeren Stände gesondert von der Menge saßen. Die Herbeigerufenen bildeten nur eine schwache Schutzwehr — die Wellen des Menschenmeeres hielten einen Augenblick an, aber nur um Arbaces in den Stand zu setzen, den Augenblick, wo ihn sein unabweisliches Schicksal erreichen sollte, zu berechnen. Noch blickte er in Verzweiflung und Angst, die selbst seinen Stolz niederwarfen, auf den heranwälzenden Haufen, als er plötzlich über sich durch die weite Öffnung, die in der Velaria gelassen worden, eine seltsame, grauenhafte Erscheinung wahrnahm — er nahm sie wahr und List gab ihm den Mut wieder.

Er streckte die Hand empor; über die hohe Stirn und die königlichen Züge kam ein Ausdruck unaussprechlicher Majestät und Herrschermacht.

„Sehet!" rief er mit einer Donnerstimme, die das Gebrüll des Volkes zum Schweigen brachte, „sehet," rief er, „wie die Götter den Unschuldigen beschützen! Die Feuer des rächenden Orkus brechen hervor gegen das falsche Zeugnis meiner Ankläger!"

Die Augen der Menge folgten der Bewegung des Ägypters und sahen mit unaussprechlichem Schrecken, daß ein ungeheurer Dampf, in Gestalt eines riesenhaften Fichtenbaumes, vom Gipfel des Vesuvs aufstieg. Der Stamm schwarz, die Äste Feuer, dessen Farben jeden Augenblick wechselten; jetzt furchtbar hell, jetzt von stumpfem, sterbendem Rot, das aufs neue in ein unerträglich blendendes Licht überging! —

Es war eine schauerliche Totenstille, durch die plötzlich das Gebrüll des Löwen brach, und aus dem Innern des Gebäudes antwortete ihm das schärfere, wildere Geheul des Tigers. Den Druck der Atmosphäre empfindend, waren die Tiere gräßliche Verkünder des nahenden Verderbens!

Sofort erhob sich oben ein allgemeines Geschrei der Weiber; die Männer starrten einander stumm an. In diesem Moment fühlten sie die Erde unter ihren Füßen zittern; die Mauern des Theaters wankten und in der Entfernung vernahm man das Gekrach stürzender Dächer. Noch einen Augenblick und die Bergwolke schien schwarz und schnell, wie ein Strom, gegen sie herzurollen; zugleich warf sie einen Aschenregen, vermischt mit großen Trümmern brennenden Gesteins aus ihrem Schoß! Über die zermalmten Weingelände — über die verlassenen Straßen — über das Amphitheater selbst — weit und breit, mit manchem gewaltigen Klatschen auf die bewegte See — fiel dieser furchtbare Schauer!

Nicht länger dachte die Menge an Gerechtigkeit oder an

Arbaces; Rettung für sich selbst war ihr einziger Gedanke. Jeder wandte sich zur Flucht, jeder schob, preßte, drängte gegen den andern an. Rücksichtslos über die Gefallenen hinschreitend — unter Stöhnen, Bitten und plötzlichen Schreckensrufen strömte die Menge durch die zahlreichen Ausgänge. Wohin sollten sie fliehen? Einige, ein zweites Erdbeben vermutend, eilten heim, ihre kostbare Habe aufzuladen und zu entrinnen, so lang es noch Zeit war; andere, die Aschenregen fürchtend, die jetzt rasch, Strom auf Strom, auf die Straßen niederstürzten, drängten sich unter die Dächer der benachbarten Häuser, Tempel oder Hütten — unter Bedachungen jeder Art, um einen Schutz gegen die Schrecken der freien Luft zu gewinnen. Aber schwärzer und größer und dichter breitete sich die Wolke über ihnen aus. Es war eine schauderhafte Nacht, die jäh in das Reich des Mittags brach.

Fünfzigstes Kapitel.

Betäubt von seiner plötzlichen Befreiung, zweifelnd ob er wache, war Glaukus von den Dienern der Arena in eine kleine Zelle innerhalb der Mauern des Theaters geführt worden. Sie warfen ein loses Gewand über seinen Körper und drängten sich, ihm Glück wünschend, staunend um ihn her. Da vernahm man draußen einen ungeduldigen, leidenschaftlichen Ruf; man machte Platz, und das blinde Mädchen, von einer mitleidvollen Hand geführt, stürzte sich Glaukus zu Füßen.

„Ich bin es, die dich gerettet hat," schluchzte sie; „jetzt will ich gerne sterben!"

„Nydia, mein Kind! meine Erhalterin!"

„O laß mich deine Berührung, deinen Atem fühlen! Ja, ja du lebst! wi[r] sind nicht zu spät gekommen! Die entsetzliche Tür, ich glaubte, sie werde sich nie öffnen! und Kalenus — ach seine Stimme war wie der sterbende Wind zwischen Gräbern: Wir mußten warten — Götter! mir schien es, ganze Stunden seien verflossen, ehe ihm Speise und Trank wieder zu einiger Kraft verholfen hatten. Aber du lebst! aber du lebst noch! und ich — ich habe dich gerettet!"

Dieser rührende Auftritt wurde bald durch das eben beschriebene Ereignis unterbrochen.

„Der Berg! das Erdbeben!" wiederhallte es von allen

Seiten. Die Diener flohen mit den übrigen und überließen es, Glaukus und Nydia sich zu retten, so gut sie konnten.

Nicht so bald war die drohende Gefahr dem Athener zum Bewußtsein gekommen, als sich sein edles Herz Olinths erinnerte. Auch er war durch die Hand der Götter von dem Tiger erlöst: sollte er in der Zelle nebenan einem nicht minder schrecklichen Tode zur Beute bleiben? Nydia bei der Hand fassend, stürzte Glaukus durch die Gänge fort und erreichte den Kerker des Christen, der betend auf den Knien lag.

„Auf, auf! mein Freund!" rief er; „rette dich und fliehe! Siehe die Natur ist deine furchtbare Befreierin!" er führte den Bestürzten heraus, zeigte ihm die Wolke, die, schwärzer und schwärzer, Regen von Asche und Bimsstein entladend, herannahte und machte ihn auf das Geschrei und die lärmende Flucht der auseinandergestiebten Menge aufmerksam.

„Dies ist Gottes Hand; Gott sei gelobt!" rief Olinth andächtig.

„Flieh, suche deine Brüder, berate dich mit ihnen, wie du entkommen willst. Lebe wohl!"

Olinth gab weder eine Antwort, noch bemerkte er, daß sein Freund sich entferne. Erhabene Gedanken nahmen seine ganze Seele in Anspruch, und im begeisterten Herzen frohlockte er eher über die Barmherzigkeit Gottes, als daß er über die sichtbaren Zeichen seiner Macht gezittert hätte.

Endlich erhob er sich und stürzte fort; kaum wußte er wohin.

Plötzlich traten ihm die offenen Tore einer dunkeln, öden Zelle entgegen; durch ihre Finsternis flackerte eine einzige Lampe, bei deren Licht er drei schreckliche, nackte Gestalten tot auf dem Boden ausgestreckt sah. Jäh hielt er in seiner Flucht an, denn mitten durch die Schrecken dieses Schauerbehältnisses — des Spoliariums der Arena — hörte er eine leise Stimme den Namen Christi aussprechen!

Bei diesem Anruf vermochte er nicht fern zu bleiben; er trat in das Gemach und seine Füße wurden von dem Blutstrom benetzt, der langsam von den Leichen über den Sand hinrieselte.

„Wer," fragte der Nazarener, „ruft den Sohn Gottes an?"

Keine Antwort erfolgte; aber umherblickend gewahrte Olinth einen alten, grauhaarigen Mann, der auf dem Boden saß und in seinem Schoß das Haupt eines eben Gestorbenen hielt. Die Züge des Toten waren fest und streng geschlossen vom letzten Schlaf; aber um die Lippen spielte ein wildes Lächeln, nicht das Hoffnungslächeln des Christen, sondern der finstere Hohn des Hasses und Trotzes. Gleichwohl weilte auf dem Gesicht noch die schöne Fülle der Jugend. Das Haar kräuselte sich dicht und glänzend um die faltenlose Stirn und der Flaum des Mannesalters beschattete nur leicht den Marmor der farblosen aber eisernen Wange. Über dieses Gesicht beugte sich das andere in unaussprechlichem Gram, in sehnsüchtiger Zärtlichkeit, in liebender, tiefer Verzweiflung!

Schnell und heiß flossen die Tränen des Greises, aber er fühlte sie nicht, und als er seine Lippen bewegte und mechanisch das Gebet seines milden, hoffnungsvollen Glaubens aussprach, waren weder sein Herz, noch sein Sinn bei den Worten: sie schienen nur der unwillkürliche Erguß seines erstarrten Gemütes zu sein. Sein Sohn war tot, war für ihn gestorben, und das Herz des alten Mannes war gebrochen!

„Medon," sprach Olinth mitleidig, „stehe auf und fliehe! Gott naht auf den Schwingen des Sturmwindes! Das neue Gomorrha hat sein Schicksal erreicht! Flieh, ehe dich das Feuer verzehrt!"

„Er war immer so voll Leben! — er kann nicht tot sein! komm her, lege deine Hand auf sein Herz! — gewiß schlägt es noch!"

„Bruder, die Seele ist entflohen! Wir wollen ihrer in unsern Gebeten gedenken! Du kannst den toten Staub nicht wieder erwecken! Komm, komm! Horch! während ich da spreche, krachen die Mauern! — horch! das Geschrei der Todesangst! Kein Augenblick ist zu verlieren — komm!"

„Ich höre nichts," erwiderte Medon, die grauen Locken schüttelnd. „Der arme Junge, seine Liebe hat ihn getötet!"

„Komm, komm! vergib die freundliche Gewalt!"

„Was! Wer will den Vater von dem Sohn trennen?" Damit faßte Medon den Leichnam fest in die Arme und bedeckte ihn mit leidenschaftlichen Küssen. „Geh du," sprach er, das Gesicht einen Augenblick aufrichtend, „geh du; wir müssen allein bleiben!"

„Ach!" erwiderte der mitfühlende Nazarener, „der Tod hat euch ja bereits getrennt!"

Der alte Mann lächelte ruhig. „Nein, nein, nein!" flüsterte

er, indem seine Stimme bei jeder Silbe leiser ward, „der Tod ist gütiger gewesen!“

Damit sank sein Haupt auf die Brust seines Sohnes — seine Arme ließen in der Umschlingung nach. Olinth faßte seine Hand: der Puls hatte aufgehört zu schlagen. Die letzten Worte des Vaters waren Worte der Wahrheit: der Tod war gütiger gewesen!

Unterdessen schritten Glaukus und Nydia durch die gefährlichen, schreckerfüllten Straßen. Der Athener hatte von seiner Retterin erfahren, daß Jone noch im Hause des Arbaces sei. Dorthin flog er, sie zu retten, sie zu erlösen! Die wenigen Sklaven, die der Ägypter zurückgelassen hatte, als er sich in langem Zuge nach dem Amphitheater begab, hatten nicht vermocht, der bewaffneten Schar Sallusts Widerstand zu leisten, und als nachher der Ausbruch des Vulkans erfolgte, waren sie betäubt und erschrocken in die innersten Winkel des Hauses zusammengekrochen. Selbst der lange Äthiopier hatte seinen Posten an der Tür verlassen, und Glaukus, der Nydia außen warten ließ (die arme Nydia, selbst in solcher Stunde noch den Qualen der Eifersucht hingegeben!), eilte durch die große Halle, ohne auf jemand zu stoßen, von dem er das Zimmer Jones hätte erfahren können. Gerade in diesem Augenblick nahm die Finsternis, die den Himmel bedeckte, so rasch zu, daß er seinen Weg nur mit Schwierigkeit zu verfolgen vermochte. Die mit Blumen bekränzten Säulen schienen zu wanken und zu beben, und jede Sekunde hörte er die Asche knisternd in das dachlose Peristyl fallen. Atemlos eilte er weiter und rief den Namen Jones laut aus. Endlich hörte er am Ende einer Galerie eine Stimme — ihre Stimme — ihm verwundert antworten! Vorwärts stürzen, die Türe sprengen, Jone in seine Arme nehmen und aus dem Hause eilen, war für ihn das Werk eines Augenblicks. Kaum hatte er den Ort erreicht, wo Nydia seiner wartete, als er Schritte auf das Haus zukommen hörte und die Stimme des Arbaces erkannte, der zurückkehrte, um seine Schätze und Jone zu holen, ehe er aus dem fluchbelasteten Pompeji floh. Aber so dicht war bereits die raucherfüllte Atmosphäre, daß die Feinde einander selbst in dieser Nähe nicht zu Gesicht bekamen, und Glaukus nur den Umriß der weißen Kleider des Ägypters undeutlich in dem Nebel wahrnahm.

Die drei eilten vorwärts. Ach! — wohin? Sie sahen keinen Schritt mehr vor sich; vollendet war die Finsternis geworden. Sie waren von Zweifel und Schrecken umschlossen — und der Tod, dem Glaukus für einen Moment entgangen war, schien nur seine Gestalt verändert, seine Opfer vermehrt zu haben.

Einundfünfzigstes Kapitel.

Die plötzliche Umwälzung, die die Bande der Gesellschaft gesprengt und Gefangene und Kerkermeister gleichmäßig in Freiheit gesetzt hatte, entband auch den Kalenus von den Wächtern, deren Obhut er vom Prätor übergeben worden war. Kaum hatten ihn Dunkelheit und Menschengewühl von seinen Begleitern getrennt, als er mit zitternden Schritten dem Tempel seiner Göttin zueilte. Unterwegs, ehe noch die Dunkelheit vollkommen geworden war, fühlte er sich plötzlich am Gewand gefaßt und eine Stimme flüsterte in sein Ohr:

„Bst! Kalenus! — eine schreckliche Stunde!“

„Ja, bei meines Vaters Haupt! Wer bist du? — Dein Gesicht ist mit Nacht bedeckt und deine Stimme ist mir fremd!“

„Deinen Burbo nicht kennen? — Pfui!“

„Götter! — wie das Dunkel zunimmt! Ha, wie es bei jenem furchtbaren Berge auf einmal blitzt. Wie sich die Feuer schlängeln und zappeln! Die Hölle ist auf Erden los!“

„Still! — glaubst du doch an dergleichen nicht, Kalenus! Jetzt ist die Zeit, unser Glück zu machen!“

„Ha!“

„Höre: dein Tempel ist voll Gold und kostbarer Mummereien! Packen wir uns alles auf, fliehen damit ans Meer und schiffen uns ein! Niemand wird je Rechenschaft über das fordern, was heute geschieht!“

„Burbo, du hast recht! Still, folg mir in den Tempel. Wer kümmert sich jetzt darum, ob du ein Priester bist oder nicht? Folge mir und wir wollen teilen!“

In den Vorhallen des Tempels waren viele Priester um die Altäre versammelt, betend und weinend in den Staub geworfen. Betrüger, wo sie es mit Sicherheit sein konnten, waren sie nichtsdestoweniger abergläubisch in der Gefahr! Kalenus ging an ihnen vorüber und trat in ein Zimmer auf der Südseite des Hofes. Burbo folgte ihm — der Priester schlug Licht an — Wein und Speisen, die Überbleibsel eines Opfermahles, bedeckten den Tisch.

„Ein Mensch, der achtundvierzig Stunden gefastet hat," murmelte Kalenus, „hat selbst in solchem Augenblick Appetit." Er machte sich über die Speisen her und aß mit grimmiger Gier.

„Wirst du nie fertig werden?" rief Burbo ungeduldig; „dein Gesicht ist schon ganz rot und deine Augen starr."

„Man hat nicht jeden Tag ein solches Recht, hungrig zu sein. O Jupiter! was für ein Geräusch! Das Zischen von heißem Wasser! Was! kann die Wolke ebensogut regnen als brennen! Wie! Geschrei! und wie still jetzt auf einmal! Sieh doch nach, Burbo."

Unter andern Schrecknissen warf der Berg jetzt auch Säulen kochenden Wassers aus. Mit der halb brennenden Asche zu einer Art Teig geknetet, fielen die Ströme gleich einem siedenden Schlamm schnell nacheinander auf die Straßen. Und gerade dorthin, wo die Priester der Isis um die Altäre knieten, auf denen sie umsonst Feuer und Weihrauch anzuzünden gesucht hatten, strömte einer von diesen tödlichen Güssen, vermischt mit ungeheuern Schlacken, seine Wut aus. Er schlug auf die gebeugten Gestalten der Priester nieder. Das Geschrei war der Ruf des Todes — die Stille das Schweigen der Ewigkeit gewesen! Die Asche, der pechige Strom bespritzten die Altäre, deckten das Pflaster und begruben die zuckenden Leichen der Tempeldiener.

„Sie sind tot!" rief Burbo zum erstenmal in Angst und stürzte in die Zelle zurück; „ich glaubte nicht, daß die Gefahr so nahe und so tödlich sei."

Die beiden Elenden starrten einander an — man hätte ihre Herzen schlagen hören können! Kalenus, von Natur minder kühn, aber habsüchtiger, faßte sich zuerst wieder.

„Wir müssen ans Werk und dann fort!" flüsterte er leise, als fürchte er die eigene Stimme. Er ging auf die Schwelle zu, hielt dann einen Augenblick still, schritt über den heißen Boden und die Leichen seiner toten Brüder zum Heiligtum und rief Burbo ihm zu folgen. Aber der Gladiator zagte und wich zurück.

„Um so besser!" dachte Kalenus, „meine Beute wird nur

um so größer sein.“ Hastig belud er sich mit den am leichtesten wegzutragenden Schätzen des Tempels und eilte, ohne weiter an seinen Gefährten zu denken, von der heiligen Stätte weg. Ein plötzlicher Blitz von dem Berge aus zeigte dem Burbo, der bewegungslos auf der Schwelle stand, den fliehenden, schwer beladenen Priester. Er faßte sich ein Herz — er trat einen Schritt vorwärts, sich ihm beizugesellen, als ein furchtbarer Aschenregen gerade vor seinen Füßen niederstürzte. Noch einmal bebte der Gladiator zurück. Finsternis schloß ihn ein. Aber der Regen dauerte fort mit blitzartiger Schnelligkeit: hoch und erstickend stieg der Aschenhaufen empor, tödliche Dünste strömten von ihm aus. Der Unglückliche schnappte nach Luft — in Verzweiflung suchte er abermals zu fliehen. — Die Asche hatte die Tür versperrt — er schrie laut auf und sein Fuß fuhr vor der kochenden Masse zurück. Wie sollte er entkommen? Er konnte nicht ins Freie hinausklettern und wäre er selbst hinausgekommen, so vermochte er doch den Schrecken, die draußen wüteten, nicht zu trotzen. Am besten war's, in der Zelle zu bleiben, die ihn wenigstens gegen die tödliche Luft schützte. Mit knirschenden Zähnen setzte er sich nieder. Allmählich jedoch drang die äußere Atmosphäre erstickend und giftgeschwängert in das Gemach. Er vermochte es nicht länger auszuhalten. Seine umherstierenden Augen fielen auf ein Opferbeil, das ein Priester zurückgelassen hatte. Er ergriff es. Mit der verzweiflungsvollen Kraft seines Riesenarmes suchte er sich einen Weg durch die Mauer zu bahnen.

Mittlerweile waren die Straßen bereits menschenleer geworden. Die Menge hatte sich beeilt, unter Dach zu kommen; die Asche fing an, die niedrigern Gegenden der Stadt anzufüllen und nur da und dort vernahm man noch die Schritte von behutsam einherwatenden Flüchtlingen, oder sah ihre blassen, verzerrten Gesichter beim blauen Licht der Blitze oder dem unstetern Glanz von Fackeln, die den Weg zeigen sollten. Aber gar oft löschten das kochende Wasser, oder die umherliegende Asche, oder rätselhafte Windstöße, die sich im Nu erhoben und wieder schwanden, diese wandernden Lichter aus, und mit ihnen die letzte Lebenshoffnung derer, die sie trugen.

In der Straße, die nach dem Tor von Herkulanum führt,

verfolgte eben Clodius seinen unsichern, irren Weg. „Erreiche ich das Freie," dachte er, „so sind ohne Zweifel Fuhrwerke vor dem Tor und Herkulanum ist nicht weit entfernt. Dank dem Merkur, ich habe wenig zu verlieren und dieses Wenige führe ich mit mir!"

„Heda! Hilfe, Hilfe!" rief eine klägliche, angstvolle Stimme. „Ich bin gefallen — meine Fackel ist aus — meine Sklaven haben mich verlassen; ich bin Diomed — der reiche Diomed — zehntausend Sesterzien dem, der mir hilft!"

Im nämlichen Augenblick fühlte sich Clodius am Fuß gepackt. Verderben über dich! — laß mich los, Narr!" rief der Spieler.

„O hilf mir auf, gib mir deine Hand!"

„Da! — steh auf."

„Ist das Clodius? Ich kenne die Stimme! wohin fliehst du?"

„Nach Herkulanum."

„Gesegnet seien die Götter! so ist denn unser Weg bis zum Tor der gleiche. Warum rettest du dich nicht in meine Villa? Du kennst die lange Reihe unterirdischer Keller unter dem Fundament, der Regen kann nicht durch dieses Schutzdach dringen?"

„Du hast recht," entgegnete Clodius nachdenklich, „und wenn wir den Keller mit Lebensmitteln versehen, können wir dort sogar mehrere Tage aushalten, falls diese wunderbaren Stürme solange dauern sollten."

„Hochgepriesen sei der Erfinder der Stadttore!" rief Diomed. „Siehe! sie haben eine Leuchte unter jenen Bogen gestellt. Die soll unsere Schritte leiten."

Die Luft war jetzt für einige Minuten ruhig, die Lampe unter dem Tor strömte ihr Licht weit und hell aus und die Flüchtlinge eilten vorwärts. Sie erreichten das Tor, sie kamen an der römischen Schildwache vorbei, die Blitze zuckten über das bleiche Gesicht und den blanken Helm des Mannes hin, aber seine ernsten Züge waren selbst im Schrecken gefaßt! Aufrecht und bewegungslos blieb er auf seinem Posten. Selbst diese Stunde hatte die Maschinerie der unerbittlichen Majestät Roms nicht zu einem aus eigenem Antrieb handelnden Menschen umgeschaffen! Da stand er mitten im Kampf der Elemente! Er hatte nicht die Erlaubnis erhalten, seinen Standort zu verlassen und zu fliehen!

Sie eilten fort und langten vor dem Hause an — sie jauchzten laut, als sie über die Schwelle traten, denn jetzt hielten sie die Gefahr für überstanden.

Diomed befahl seinen Sklaven, eine hinreichende Menge Nahrungsmittel und Öl für den Bedarf der Lampen in die unterirdischen Gewölbe zu schaffen; und dort suchten jetzt Julia, Clodius, der größere Teil der Sklaven und einige angstvolle Freunde und Klienten aus der Nachbarschaft, die sich hergeflüchtet hatten, ein schützendes Obdach.

Zweiundfünfzigstes Kapitel.

Die Wolke, die einen so trüben Nebel über den Tag verbreitet hatte, war jetzt zu einer festen, undurchdringlichen Masse verdichtet. Selbst das tiefste Nachtdunkel unter freiem Himmel kam ihr nicht gleich, sondern nur etwa die eingeschlossene, jedes Strahls entbehrende Finsternis in einem kleinen Zimmer. Im Verhältnis jedoch zu der anwachsenden Schwärze nahmen auch die Blitze vom Vesuv her in grellem, blendendem Glanze zu. Dabei blieb ihre furchtbare Schönheit nicht auf die gewöhnlichen Farben des Feuers beschränkt; nie kam ein Regenbogen ihrem wechselnden, reichen Kolorit gleich. Jetzt glänzte es blau wie die azurne Tiefe des südlichen Himmels — jetzt zuckte es in einem gelblichen, schlangenartigen Grün rastlos hin und her, wie die Windungen eines ungeheuern Gewürms — jetzt erleuchtete es in einem schauerlichen, unerträglichen Rot, das weit und breit aus den Rauchsäulen emporfuhr, die ganze Stadt von Halle zu Halle — dann erstarb es wieder jäh zu einer krankhaften Blässe, gleichsam dem Gespenst seines eigenen Daseins.

In den Pausen des Aschenregens hörte man unterirdisches Rollen und die seufzenden Wellen der bewegten See, oder wohl auch leiser, und nur der Aufmerksamkeit der höchsten Angst vernehmbar, das zischende Geräusch der Gase, die durch die Spalten des fernen Berges entwichen. Bisweilen schien die feste Masse zu brechen und beim Schein des Blitzes seltsame riesige Gestalten von Menschen oder Ungeheuern anzunehmen, die durch das Dunkel hinschritten, gegeneinander stießen und schnell wieder in den wirbelnden Abgrund der Finsternis verschwanden, so daß dem Auge und der Einbildungskraft der geängsteten Flüchtlinge die wesenlosen Dünste wie die Leiber gigantischer Dämonen — Träger des Schreckens und Todes — erschienen.

An manchen Orten lag die Asche bereits knietief und die siedenden Wasserströme, die der dampfende Hauch des Vulkans vor sich herjagte, drangen in die Häuser und erfüllten sie mit einem starken, beklemmenden Dampf. An einigen Orten schlugen ungeheure, auf die Dächer geschleuderte Felsstücke Massen wirren Getrümmers in die Straßen nieder, die Stunde um Stunde den Weg mehr und mehr versperrte. Mit dem Vorrücken des Tages wurde die Bewegung der Erde fühlbarer; wo man den Fuß hinsetzte, schien der Boden wegzugleiten und umherzukreisen und ebensowenig konnte ein Wagen oder eine Sänfte selbst auf dem ebensten Grunde aufrecht erhalten werden.

Bisweilen brachen größere Steine, im Niedersturz aneinanderstoßend, in zahllose Stücke und sprühten Feuerfunken aus, die jeden brennbaren Gegenstand in ihrer Nähe entzündeten, so daß die Finsternis um die Stadt her endlich furchtbar erhellt wurde, denn mehrere Häuser und sogar Weingärten waren in Flammen geraten und mit kurzen Unterbrechungen stieg das Feuer immer wieder jählings und grimmig gegen das schwere Dunkel an. Der teilweisen Erleuchtung zu Hilfe kommend, hatten die Bewohner hier und dar an den öffentlichen Plätzen, wie z. B. den Säulenhallen der Tempel und den Zugängen auf das Forum, Reihen von Fackeln aufzustellen gesucht; aber diese hielten selten lange aus. Regen und Winde löschten sie, und die plötzliche Finsternis, in die das plötzliche Licht verwandelt wurde, hatte etwas doppelt Schreckhaftes, das der Ohnmacht menschlicher Hoffnungen die Lehre der Verzweiflung doppelt einprägte.

Häufig begegneten einander während des augenblicklichen Scheins solcher Fackeln Trupps von Flüchtlingen, einige nach dem Meer zueilend, andere von dem Meere zum Lande zurück fliehend. Denn der Ozean hatte sich schnell vom Ufer zurückgezogen; eine undurchdringliche Nacht lag über ihm und auf seine stöhnenden Wogen fiel der Regen der Asche und Steine ohne den Schutz, den auf dem Lande Straßen und Dächer gewährten. Wild, verzerrt, Gespenstern gleich, trafen diese Gruppen aufeinander, ohne sich die Zeit zu nehmen, zu sprechen, um Rat zu fragen oder Rat zu geben, denn immer häufiger, wenn auch nicht ohne Unterbrechung, stürzte das Wasser herab, löschte die Lichter aus, die einer vorbeieilenden Gruppe die totenähnlichen Gesichter der andern zeigten, und jagte alle dem nächsten Obdach zu. Alle Elemente der gesellschaftlichen Ordnung waren zerstört. Da und dort sah man bei den flackernden Lichtern einen Dieb an den höchsten Behörden des Gesetzes vorübereilen, taumelnd und keuchend unter der Last seines schnellen Raubes. Kam in der Finsternis die Gattin von dem Gatten, das Kind von den Eltern ab, so war die Hoffnung auf Wiedervereinigung umsonst. Alles stürmte blind und wirr dahin. Nichts von dem vielseitigen, verwickelten Gewebe des sozialen Lebens blieb zurück, als das Urgesetz der Selbsterhaltung.

In dieser grauenhaften Umgebung verfolgte der Athener watend seinen Weg, begleitet von Jone und dem blinden Mädchen. Plötzlich stürzte ein Haufe von mehreren Hunderten, die nach der See zueilten, an ihm vorüber; Nydia wurde von der Seite des Glaukus weggerissen, während die Menge ihn selbst mit Jone schnell vorwärts drängte, und als das Getümmel, dessen einzelne Gestalten man in der dichten Nacht nicht zu erkennen vermochte, vorüber war, blieb Nydia immer noch von ihren Freunden getrennt. Glaukus schrie laut ihren Namen. Keine Antwort. Sie kehrten um — vergebens, sie vermochten das Kind nicht aufzufinden — offenbar hatte es der Menschenstrom nach einer ganz andern Richtung hingetrieben. Ihre Freundin, ihre Erretterin war verloren! Und auch ihre Führerin war Nydia bis jetzt gewesen. Ihre Blindheit hatte sie allein mit der Gegend bekannt gemacht. Gewöhnt, die Windungen der Straßen in ewigem Dunkel zu verfolgen, hatte sie das Paar ohne zu irren dem Ufer des Meeres zugeführt, von wo aus sie einen Versuch zur Flucht wagen wollten. — Welchen Weg sollten sie jetzt einschlagen? Alles war finster für sie — ein Labyrinth ohne leitenden Faden. Matt, entmutigt, verstört, setzten sie ihren Gang noch eine Zeitlang fort, während ihnen die Asche auf das Haupt fiel und Steintrümmer funkenschlagend zu ihren Füßen niederstürzten.

„Ach!“ flüsterte Jone, „ich kann nicht weitergehen, meine Schritte versinken in der glühenden Asche. Fliehe, Teurer! Geliebter — flieh! und überlaß mich meinem Schicksal.“

„Still, meine Verlobte, meine Braut! Der Tod mit dir ist süßer als das Leben ohne dich! Aber wohin sollen wir uns in diesem Dunkel wenden? Schon kommt mir's so vor, als hätten wir nur einen Kreis gemacht und seien wieder auf derselben Stelle, die wir vor einer Stunde verließen."

„Götter! jenes Felsstück — sieh, es hat das Dach neben uns zerschmettert. Der Weg durch die Straßen ist tödlich!"

„Gesegneter Blitz! Sieh Jone, sieh, der Portikus des Fortunatempels ist vor uns. Laß uns hin, er wird uns gegen die Regengüsse schützen!"

Er faßte die Geliebte in die Arme und erreichte mit Mühe den Tempel. Er trug sie in den entfernteren, besser gedeckten Teil des Portikus und lehnte sich über sie, sie mit dem eigenen Körper gegen Blitz und Aschenregen zu schützen. Schönheit und Aufopferung der Liebe konnten selbst diese grauenvolle Stunde noch heiligen.

„Wer ist da?" fragte die bebende, hohle Stimme eines Menschen, der sich vor ihnen in diesen Zufluchtsort gerettet hatte. „Doch gleichviel! das Getöse der einstürzenden Welt bietet Feind und Freund Trotz."

Jone wandte sich bei dem Ton um und stieß einen schwachen Schrei aus und verbarg sich aufs neue in den Armen ihres Glaukus, er sah nach der Richtung hin, von der die Stimme gekommen war und erblickte den Gegenstand ihres Schreckens. Durch die Dunkelheit stierten ihm zwei brennende Augen entgegen — ein langer Blitz zuckte um den Tempel her und mit Schaudern erkannte Glaukus den Löwen, dem er hätte vorgeworfen werden sollen, still zwischen die Säulen gekauert. Hart neben ihm lag, eine solche Nachbarschaft nicht ahnend, die riesige Gestalt des Gladiators Niger.

Der Blitz hatte Mensch und Tier einander gezeigt; aber der Instinkt beider war erloschen. Ja, der Löwe kroch näher zu dem Gladiator, wie um einen Gefährten zu haben, und Niger zitterte nicht, wich nicht zurück. Der Umsturz der Natur hatte ihre leichteren Schrecken und gewohnten Gesetze vernichtet.

Während jene sich unter diesem schreckensvollen Obdach befanden, kam eine Gruppe Männer und Frauen mit Fackeln an ihnen vorbei. Sie gehörten zu der Gemeinde der Nazarener; eine erhabene, über allen irdischen Verhältnissen schwebende Gemütsstimmung hatte den natürlichen Schrecken in ihnen zwar nicht zu ersticken vermocht, wohl aber dem Schrecken die Angst benommen. Schon längst nämlich glaubten sie, gemäß einem allgemeinen Irrtum der ersten Christen, der jüngste Tag stehe bevor und jetzt, meinten sie, sei dieser Tag gekommen.

„Wehe, wehe!“ rief mit lauter, durchbohrender Stimme der Älteste an ihrer Spitze. „Siehe der Herr steigt herab zum Gericht! Er läßt Feuer vom Himmel fallen in das Antlitz der Menschen! Wehe, wehe! ihr Mächtigen und Starken! Wehe euch, die Fasces und Purpur tragen, wehe den Götzendienern und den Verehrern des Tieres! Wehe euch, die ihr das Blut der Heiligen vergießet und euch an den Todesqualen der Söhne Gottes weidet! Wehe der verbuhlten Königin der Meere! wehe! wehe!“

Die Nazarener zogen langsam vorüber; ihre Fackeln flackerten im Sturm, ihre Stimmen stiegen drohend und furchtbar warnend empor, bis sie sich endlich in den Straßenwindungen verloren hatten, und das Dunkel der Luft, die Stille des Todes sank aufs neue auf den Tempel nieder.

Es war eine Pause des heißen Regens eingetreten und Glaukus ermutigte Jone zum Weitergehen. Noch standen sie zaudernd auf der letzten Stufe der Säulenhalle, als ein alter Mann, auf einen Jüngling gestützt und einen Sack in der rechten Hand tragend, an ihnen vorüberschwankte. Der Jüngling hielt eine Fackel. Glaukus erkannte in den beiden Vater und Sohn — einen Geizhalz und einen Verschwender.

„Vater,“ sagte der Jüngling, „wenn du nicht schneller gehen kannst, so muß ich dich verlassen, oder wir gehen beide zugrunde!“

„So fliehe, Knabe, und verlaß deinen Vater!“

„Aber ich kann nicht fliehen um Hungers zu sterben; gib mir deinen Sack mit Gold!“ Und der Jüngling griff nach dem Sack in des Alten Hand.

„Elender! willst du den eignen Vater bestehlen?“

„Ja; wer könnte es nach einer solchen Stunde nacherzählen? Stirb, Knauser!“

Der Sohn schlug den Greis zu Boden, riß ihm den Beutel aus der schwachen Hand und floh mit einem gellenden Geschrei davon.

„Ihr Götter," rief Glaukus, „so seid denn auch ihr blind in diesem Dunkel? Wohl können solche Frevel den Schuldlosen mit dem Schuldigen in ein gemeinsames Verderben reißen. Komm Jone, komm!"

Dreiundfünfzigstes Kapitel.

Wie Menschen in einem Kerker nach einer Öffnung tappen, setzen Jone und ihr Geliebter ihren unsichern Weg fort. In den Augenblicken, wo die vulkanischen Blitze über den Straßen weilten, waren sie bei dieser furchtbaren Leuchte imstande, ihre Schritte zu bestimmen; allein der Anblick der sich ihnen dann jedesmal darbot, war nicht gerade zur Ermutigung oder zur Erleichterung ihrer Herzen geeignet. An einigen Stellen, wo die Asche trocken und unvermischt mit dem siedenden Wasser war, das der Berg in launenhafter Abwechslung ausgeworfen hatte, bedeckte ein bleiches, aussatzartiges Weiß die Oberfläche der Erde; an anderen Orten lagen Kohlen und Steine in hohen Haufen, unter denen halb versteckt die Glieder zermalmter und zerschmetterter Menschen hervorsahen. Die Seufzer der Sterbenden wurden bald nah, bald fern von wildem Geschrei angsterfüllter Weiber unterbrochen, das in der gänzlichen Finsternis durch das Gefühl der vollendeten Hilflosigkeit und Unsicherheit gegen die umgebenden Gefahren doppelt schauderhaft wurde. Durch alles hindurch vernahm man klar und deutlich das mächtige Getöse des unglückschwangern Berges, seine auspuffenden Winde, seine Wasserwirbel, und von Zeit zu Zeit das Geheul und Gebrüll eines stärkern Flammenausbruchs. So oft der Wind wimmernd über die Straßen hinfegte, führte er Ströme brennenden Staubes und so giftige, betäubende Dämpfe mit sich, daß für den Augenblick dem Getroffenen Atem und Bewußtsein schwanden, worauf ein heftigerer Umlauf des gehemmten Blutes und eine prickelnde ängstliche Empfindung in jedem Nerv und jeder Fiber des Körpers folgten.

„Glaukus, mein Geliebter! mein alles! Fasse mich in deine Arme! Noch eine Umschlingung — laß mich deine Arme um mich fühlen und in dieser Umarmung laß mich sterben — ich kann nicht mehr!"

„Um meines Lebens willen Mut, süße Jone! Mein Leben

ist mit dem deinigen verflochten; und siehe, dort kommen Fackeln! siehe wie sie mit dem Wind kämpfen! Ha! der Sturm vermag sie nicht auszulöschen: ohne Zweifel Flüchtlinge, die dem Meer zueilen. — Wir wollen uns ihnen anschließen!"

Wie um die Liebenden zu ermuntern, trat plötzlich ein Stillstand des Windes und des Regens ein; die Luft wurde ganz still, der Berg schien zu ruhen, vielleicht neue Wut zum nächsten Ausbruch sammelnd. — Schnell schritten die Fackelträger vor.

„Wir nähern uns der See," sprach mit ruhiger Stimme ein Mann an ihrer Spitze, „Freiheit und Reichtum jedem Sklaven, der diesen Tag überlebt! Mut! Ich sage euch, die Götter selbst haben mir eure Errettung zugesagt — vorwärts!"

Rot und fest leuchteten die Fackeln in die Augen des Atheners und der Geliebten, die bebend und erschöpft an seiner Brust lag.

Verschiedene Sklaven trugen schwerbeladene Körbe und Kisten, vor ihnen ragte, ein blankes Schwert in der Hand, die hohe Gestalt des Arbaces empor.

„Bei meinen Vätern!" rief der Ägypter, „das Schicksal lächelt mir selbst durch diese Schrecken zu, und verkündet mir mitten unter den Gestalten des Jammers und Todes Glück und Liebe. Hinweg Grieche, ich fordere mein Mündel, Jone!"

„Verräter und Mörder!" rief Glaukus und blickte seinem Feind fest ins Auge. „Die Nemesis hat dich meiner Rache zugeführt als ein gerechtes Opfer für die Schatten des Hades der jetzt auf die Erde losgelassen scheint. Nähere dich, berühre nur die Hand Jones und deine Waffe soll sein wie ein Schilfrohr — Glied um Glied will ich dich zerreißen!"

Noch sprach er, als der Ort, wo sie standen, jählings von einem starken, bläulichen Glanz erleuchtet wurde. Hell und riesig durch das Dunkel, das ihn wie die Wände der Hölle umgab, flammte der Berg auf — eine einzige Glutsäule: sein Gipfel schien auseinandergespalten, oder vielmehr zwei Ungeheuer schienen sich über seiner Oberfläche zu erheben, wie zwei um eine Welt streitende Dämonen. Sie standen in tiefer, blutähnlicher Feuerfarbe, die die Atmosphäre weit und breit hin erhellte. Der untere Teil des Berges aber war noch finster und verhüllt, ausgenommen an drei Orten, über die schlängelnd und unregelmäßig Ströme geschmolzener Lava hinflossen. Dunkelrot in der tiefen Nacht ihrer Ufer rieselten sie langsam daher, wie es schien, gerade auf die unglückliche Stadt zu. Über den breitesten erhob sich ein zerrissener ungeheurer Bogen, aus dem, wie aus dem Schlund des Hades, die Quellen des plötzlich hervorbrechenden Phlegethon hervorströmten. Und durch die stille Luft vernahm man das Geprassel der von den feurigen Katarakten gegeneinander geschmetterten Felsstücke. Sie verdunkelten einen Augenblick die Stelle ihres Auffalls, erglühten aber schon in der nächsten Sekunde in den brennenden Farben der Flut, in der sie schwammen.

Die Sklaven schrien laut auf und verbargen niederkauernd ihr Gesicht. Der Ägypter selbst stand wie an den Boden gewurzelt; die Glut leuchtete auf seine Herrschermiene und sein juwelenschimmerndes Gewand. Hinter ihm erhob sich hoch eine schlanke Säule, die das eherne Standbild des Augustus trug, und das Kaiserbild schien in eine Flammengestalt verwandelt zu sein.

Den linken Arm um Jone geschlungen, den rechten drohend erhoben und den Stilus, der seine Waffe in der Arena gewesen war und den er glücklicherweise noch bei sich trug, in fester Hand haltend — die Stirn gefurcht, die Lippen geöffnet, die ganze Wut menschlicher Leidenschaften wie durch einen Zauber drohend auf seine Züge gebannt, stand Glaukus dem Ägypter gegenüber!

Vor sich hinflüsternd wandte Arbaces seine Augen von dem Berge ab; sie fielen auf die Gestalt des Glaukus. Er hielt einen Moment inne und sprach im stillen: „Warum soll ich zaudern? Sagten mir nicht die Sterne die einzige Gefahr, die mir droht, voraus? Ist diese Gefahr nicht vorüber? — Die Seele," rief er laut, „kann dem Umsturz von Welten und dem Zorn eingebildeter Götter trotzen! Durch diese Seele will ich siegen bis zum letzten Augenblick! Herbei Sklaven! — Athener, widersteh mir und dein Blut komme auf dein eigenes Haupt! — So wird denn Jone wieder mein!"

Er tat einen Schritt vorwärts — es war sein letzter auf Erden! Der Boden schwankte unter ihm in einer Zuckung, die ringsumher alles niederwarf. Durch die ganze Stadt dröhnte ein gleichzeitiges Gekrach vom Niedersturz der Dächer und Pfeiler! — Ein Blitz, wie von dem Metall angelockt, verweilte einen Augenblick über dem Kaiserbilde und zersplitterte dann Erz und Säule! Zertrümmert stürzte sie nieder; lang tönte der Widerhall in der Straße nach und das feste Pflaster spaltete sich, wo sie aufschlug: — die Verkündung der Sterne war erfüllt!

Das Getöse, die Erschütterung betäubten den Athener eine Zeitlang. Als er sich wieder erholt hatte, erhellte das Licht noch immer den Ort — die Erde wankte und bebte noch immer! Jone lag bewußtlos auf dem Boden — aber nicht sie sah er jetzt: seine Blicke waren auf ein grauenhaftes Antlitz geheftet, das ohne Rumpf und Glieder aus den riesigen Trümmern der zerschmetterten Säule hervorragte — ein Antlitz von unaussprechlicher Qual und Verzweiflung! Die Augen schlossen und öffneten sich rasch, als wär ihm die Besinnung noch nicht entflohen; die Lippen zitterten und grinsten. Dann kam plötzlich Stille und Dunkelheit über die Züge, die trotzdem noch jenen unvergeßlichen Ausdruck des Grauens beibehielten!

So starb der weise Magier — der große Arbaces — der Hermes vom brennenden Gürtel — der Letzte vom Königsstamme Ägyptens.

Vierundfünfzigstes Kapitel.

Mit dankbarem aber wehevollem Herzen faßte Glaukus Jone noch einmal in die Arme und floh durch die Straße, die noch immer hell erleuchtet war. Plötzlich aber kam wieder ein dunkler Schatten über die Luft. Instinktmäßig wandte der Athener das Gesicht dem Berg zu, und siehe! eines der zwei Riesenhörner, in die sich der Gipfel gespalten hatte, schwankte bebend hin und her, stürzte dann mit einem Getös, dessen Donner keine Sprache ausdrücken kann, von seiner brennenden Unterlage, und rollte, eine Feuerlawine, am Abhang herunter! Im nämlichen Augenblick ergoß sich ein Strom des schwärzesten Rauchs fort und fort wogend über Luft, See und Erde.

Ein Aschenregen — und wieder einer — und noch einer — viel dichter als die früheren, ergoß neue Verheerung über die Straßen. Finsternis hüllte wieder alles wie in einen Schleier ein; Glaukus, dessen kühnes Herz endlich der Verzweiflung Raum gab, sank unter einer Bogenwölbung nieder, drückte Jone — seine Braut auf diesem Bette von Trümmern — an sein Herz und sah mit Ergebung dem Tode entgegen.

Indessen hatte Nydia, die durch das Gedränge von Glaukus und Jone weggerissen worden, umsonst gesucht, die beiden wiederzufinden. Umsonst erhob sie jenen, den Blinden so eigentümlichen Klageruf; er verlor sich unter dem tausendfachen Geschrei einer selbstsüchtigern Angst. Wieder und wieder kehrte sie zu dem Flecke zurück, wo sie voneinander getrennt worden — um nach Glaukus zu fragen — um jeden Vorübereilenden festzuhalten — um ungeduldig auf die Seite geschleudert zu werden, und um zu finden, daß ihre Gefährten nicht mehr da waren! Wer hatte in dieser Stunde einen Gedanken für seinen Nachbar übrig? Vielleicht das Grauenhafteste in Augenblicken des allgemeinen Grauens ist die unnatürliche Selbstsucht, die durch sie hervorgerufen wird! — Endlich fiel es Nydia ein, ihre Freunde hätten ja beschlossen, an die Küste zu fliehen, sie würde ihnen mithin am sichersten auf diesem Wege wieder begegnen. So half sie sich denn auf den Stab gestützt, den sie immer bei sich führte, mit unglaublicher Gewandtheit durch die Trümmerhaufen, die ihren Weg versperrten, verfolgte Straße um Straße und nahm ohne viel zu irren die nächste Richtung nach der Küste.

Armes Mädchen! wie schön war ihr Mut! auch schien das Schicksal die Hilflose zu begünstigen. Die siedenden Wassergüsse berührten sie nicht weiter, als etwa durch den allgemeinen Regen, der diese Niederschläge begleitete; die ungeheuern Schlackentrümmer zerschmetterten das Pflaster vor und neben ihr, verschonten aber ihre zarte Gestalt. Die lockere Asche, die auf sie niederfiel, schüttelte sie mit leichtem Beben ab und setzte uneingeschüchtert ihren Pfad fort.

Schwach, allen Gefahren ausgesetzt und doch furchtlos, von einem einzigen Wunsch aufrecht gehalten, war sie das wahre Bild der wandernden Psyche — der Hoffnung, die durch das Tal der Schatten wallt, der Seele selbst — einsam aber gestärkt unter den Gefahren und Fallstricken des Lebens!

Indessen wurde ihr Weg fortwährend durch Menschenhaufen erschwert, die bald im Dunkel dahintappten, bald beim flüchtigen Schein der Blitze vorüberjagten, und als endlich eine Gruppe Fackelträger in vollem Lauf gegen sie anstürzte, ward sie mit einiger Heftigkeit niedergeworfen.

„Was," rief eine Stimme aus der Schar hervor, „ist das nicht das wackere blinde Mädchen? Beim Bacchus! die dürfen wir nicht hier sterben lassen! Auf, meine Thessalierin! — So, so. — Hast du dich nicht verletzt? — Das ist recht! komm mit uns! wir eilen nach der Küste."

„Ah, Sallust, deine Stimme! Dank sei den Göttern! Glaukus, Glaukus, hast du ihn gesehen?"

„Ich nicht; ohne Zweifel ist er bereits aus der Stadt fort. Die Götter, die ihn von den Löwen errettet haben, werden ihn auch von dem Feuerberg erretten."

Während der freundliche Epikureer Nydia in dieser Weise ermutigte, zog er sie mit sich gegen die See zu, ohne auf die heißen Bitten zu achten, mit denen sie ihn anflehte, er möchte noch etwas verweilen und den Glaukus aufsuchen. Immer noch fuhr sie im Ton der Verzweiflung fort, den geliebten Namen laut auszurufen, der mitten im Aufruhr der tobenden Elemente ihrem Herzen eine Musik blieb.

Die plötzliche Helle, der Ausbruch der Lavaströme und das Erdbeben traten ein, als Sallust und sein Begleiter eben den geraden Weg von der Stadt nach dem Hafen erreicht hatten. Hier wurden sie von einem ungeheuern Gedräng von mehr als der halben Bevölkerung der Stadt angehalten. Tausende über Tausende waren, ungewiß, wohin sie fliehen sollten, auf den Feldern außerhalb der Stadtmauern verstreut. Das Meer war weit vom Ufer zurückgewichen und alles, was die Flucht dorthin genommen hatte, war von der Bewegung und dem unnatürlichen Zurückweichen des Elements, von den schnappenden, ungestalten Seegeschöpfen, die die Wellen auf dem Sand zurückgelassen, und von dem Getös der gewaltigen Steine, die der Berg in die Tiefe schleuderte, so erschreckt worden, daß alle nach dem Lande umkehrten, das immer noch einen minder gräßlichen Anblick darbot. So hatten sich die beiden Menschenströme, der eine zum, der andere vom Meere her wogend, begegnet und fühlten, als sie in Verzweiflung und Ungewißheit anhielten, wenigstens in ihrer Gemeinschaft einen traurigen Trost.

„Die Welt muß durch Feuer untergehen," sagte ein alter Mann in einem langen, weiten Gewande, ein Philosoph von der Schule der Stoiker; „stoische und epikureische Weisheit stimmen in dieser Verkündung überein, und die Stunde ist gekommen!“

„Ja, die Stunde ist gekommen!“ rief eine laute Stimme feierlich aber furchtlos. Die Nächststehenden sahen sich erschreckt um. Die Worte kamen von oben. Es war die Stimme Olinths, der, von seinen christlichen Brüdern umgeben, auf einer schroffen Anhöhe stand, wo die alten griechischen Ansiedler dem Apollo einen längst verwitterten und halb verfallenen Tempel erbaut hatten.

Noch während jener sprach, kam die plötzliche Helle, die Vorbotin von des Arbaces Tode; sie erleuchtete die gewaltige, geängstete, niedergekrümmte, atemlose Menge, und nie auf Erden hatten Menschengesichter so gespensterhaft ausgesehen — nie war einer Versammlung von Sterblichen die Furchtbarkeit und Majestät des Jenseits so aufgedrückt — nie bis die letzte Posaune ertönt, wird man eine solche Versammlung wieder sehen! Hoch oben ragte die Gestalt Olinths mit dem ausgestreckten Arm und der Prophetenstimme empor, umgeben von zuckenden Flammen. Und die Menge erkannte das Gesicht dessen, den sie dem Rachen der wilden Tiere vorgeworfen hatte — damals ihres Opfers, jetzt ihres Warners; und wieder erscholl durch das Schweigen die verkündende Stimme: „Die Stunde ist gekommen!“

Die Christen wiederholten den Ruf. Er wurde aufgegriffen und klang von allen Seiten im Echo nach — Mann und Weib, Kind und Greis sprachen nicht laut, sondern mit gedämpftem, angstvollem Geflüster: „Die Stunde ist gekommen!“

In diesem Augenblick durchschnitt ein wildes Geheul die Luft, und nur auf Flucht bedacht, ohne zu wissen, wohin, kam der furchtbare Tiger der afrikanischen Wüste in wilden Sprüngen durch die Menge daher und stürzte durch ihre sich teilenden Wogen. Dann kam ein neues Erdbeben, und wiederum sank Finsternis über die Erde.

Und neue Flüchtlinge langten an. Im Besitz der Schätze, die jetzt nicht mehr dem Arbaces gehörten, gesellten sich dessen Sklaven der Menge bei. Nur eine einzige von ihren Fackeln flackerte noch; sie wurde von Sosia getragen, und bei dem Licht, das auf Nydias Antlitz fiel, erkannte dieser die Thessalierin.

„Was hilft dir nun deine Freiheit, blindes Mädchen?“ fragte der Sklave.

„Wer bist du? kannst du mir etwas von Glaukus sagen?“

„O ja, noch vor wenigen Minuten sah ich ihn.“

„Gesegnet sei dein Haupt! Wo?“

„Unter dem Bogen des Forums — tot oder sterbend — im Begriff, den Arbaces einzuholen, der nicht mehr ist!“

Nydia sprach kein Wort; sie stahl sich von Sallusts Seite weg und schweigend schlich sie durch das Gedränge hinter ihr und schlug wieder den Weg nach der Stadt ein. Sie erreichte das Forum und seinen Bogen; sie hielt an, fühlte umher, rief den Namen des Glaukus aus.

Eine schwache Stimme antwortete: „Wer ruft mich? ist es die Stimme der Schatten? ich bin bereit!“

„Steh auf, folge mir! fasse meine Hand! Glaukus, du sollst gerettet werden.“

Staunend und mit rasch zurückkehrender Hoffnung stand Glaukus auf: „Noch einmal, Nydia? So hast du denn keinen Schaden genommen?“

Der zärtliche Ton seiner Freude drang der armen Thessalierin durchs Herz und sie segnete ihn für diesen Gedanken an sie.

Jone halb leitend, halb tragend, folgte Glaukus seiner Führerin. Mit bewundernswerter Besonnenheit vermied diese den Pfad, der zu dem eben von ihr verlassenen Menschengewühl führte und suchte die Küste auf einem andern Wege.

Nach manchem Stillstand und unglaublicher Ausdauer erreichten sie die See und kamen zu einer Gruppe Flüchtiger, die, kühner als die übrigen, entschlossen waren, sich lieber jeder Gefahr auszusetzen, als länger in einer solchen Umgebung zu bleiben. Im Dunkel stießen sie ab; als sie sich aber etwas weiter vom Lande entfernt hatten, so daß sich ihnen der Berg von einer andern Seite darstellte, warfen seine Lavaströme einen roten Schimmer über die Wellen.

Gänzlich erschöpft und abgemattet schlief Jone an der Brust des Atheners ein und Nydia setzte sich zu seinen Füßen nieder. Die noch immer in der Höhe dahinfliegenden Staub- und Aschenregen fielen in die Fluten und spritzten ihren Schlamm über das Verdeck aus. Weit und breit von den Winden fortgeführt, stürzten diese Schauer auf die fernsten Gegenden nieder, schreckten selbst das dunkle Afrika und wirbelten über den alten Boden Syriens und Ägyptens hin!

Fünfundfünfzigstes Kapitel.

Weich, mild, schön dämmerte endlich das Licht über der zitternden Tiefe auf. Die Winde sanken zur Ruhe — der Schaum schwand von dem herrlichen Azur der leuchtenden See. Im Osten nahmen dünne Nebel allgemach die rosigen Farben an, die Boten des Morgens zu sein pflegen. Das Licht begann wieder in seine Herrschaft einzutreten; aber dunkel und fest lagerten in der Ferne die zerbrochenen Trümmer der zerstörenden Wolke, deren rote Streifen, schwächer und schwächer glühend, die immer noch fortrollenden Feuer des Flammenberges andeuteten. Die weißen Mauern und schimmernden Säulen, die einst die liebliche Küste geschmückt hatten, waren nicht mehr! Traurig und öde standen die Ufer, auf denen noch eben die Städte Herkulanum und Pompeji emporgeragt hatten. Die Lieblinge des Ozeans waren seiner Umarmung entrissen! Jahrhundert um Jahrhundert sollte fortan der mächtige Vater seine blauen Arme ausstrecken und sie, klagend um die Gräber der Verlorenen, nicht mehr finden.

Kein Aufjauchzen erhob sich unter den Schiffern bei dem aufdämmernden Licht: es war zu allmählich gekommen und sie zu ermüdet zu einem so plötzlichen Ausbruch der Freude — aber ein leises, tiefes Gefühl des Dankes entstieg ihnen nach der langen durchwachten Nacht. Sie sahen einander an und lächelten — sie faßten Mut — sie empfanden wieder, daß es eine Welt um sie her und einen Gott über ihnen gebe! Und im Gefühl, daß das Schlimmste vorüber sei, drehten sich die Abgematteten um und sanken ruhig in Schlaf. Mit dem aufsteigenden Licht des Himmels kam auch jene Stille, die der Nacht gefehlt hatte — die Süßigkeit der Ruhe, und lautlos schwebte die Barke dem Hafen zu. Einige andere Fahrzeuge, ebenfalls von Flüchtlingen eingenommen, konnte man auf der weiten Fläche wahrnehmen, in scheinbarer Bewegungslosigkeit gleichmäßig dahingleitend. Der Anblick ihrer schlanken Masten und weißen Segel gab ein Gefühl von Sicherheit, von Genossenschaft, von Hoffnung. Welche teure Freunde, die man im Dunkel verloren hatte, konnten sie nicht dem schützenden Hafen zutragen?

In der Stille des allgemeinen Schlafes erhob sich Nydia leise. Sie beugte sich über das Gesicht des Atheners nieder; sie sog den tiefen Atem seines schweren Schlummers ein, — furchtsam und gramvoll küßte sie seine Stirn, seine Lippen, — sie fühlte nach seiner Hand — sie war mit Jones Hand verschlungen: Nydia seufzte tief und ein Schatten glitt über ihr Antlitz. Abermals küßte sie seine Stirn und wischte mit ihren Haaren den Nachtdunst ab. „Mögen die Götter dich segnen," flüsterte sie, „mögest du glücklich sein mit deiner Geliebten — mögest du zuweilen Nydias gedenken; ach! sie ist nichts mehr nütze auf Erden."

Mit diesen Worten wandte sie sich ab. Langsam schlich sie längs der Fori oder Ruderbänke an der Hinterseite des Schiffes und neigte sich über die Tiefe. Der kühle Schaum spritzte zu ihrer fieberhaften Stirn empor. „Es ist der Kuß des Todes," sprach sie — „er ist willkommen." — Die würzige Luft spielte durch ihre flatternden Locken; sie streifte sie aus dem Gesicht und erhob die zärtlichen, lichtlosen Augen zum Himmel, dessen mildes Antlitz sie nie gesehen hatte.

„Nein, nein," sprach sie halblaut in sinnendem Ton, „ich kann es nicht ertragen; diese eifersüchtige, tyrannische Liebe zertrümmert meine Seele in Wahnsinn. Ich könnte ihm aufs neue ein Leid zufügen! — Unglückliche, die ich war! ich hab ihn gerettet, zweimal gerettet: beglückender, beseligender Gedanke! — warum soll ich nun nicht glücklich sterben? Es ist das letzte frohe Bewußtsein, das mir je zuteil werden kann. O heiliges Meer, ich höre deine einladende Stimme — ihr Ruf ist erfrischend und freudig. Man sagt, deine Umarmung bringe Unehre — deine Opfer kämen nicht über den Styx: — sei es so! ich möchte ihn nicht unter den Schatten treffen, denn auch noch dort würde ich sie bei ihm finden! Ruhe! — Ruhe! — Ruhe! — Es gibt kein anderes Elysium für ein Herz wie das meinige!"

Ein auf dem Verdeck halb schlummernder Matrose hörte ein leises Geplätscher im Wasser. Schläfrig blickte er auf, und während das Schiff fröhlich dahinflog, war ihm, als sehe er hinten etwas Weißes über den Wellen; aber es verschwand im Nu. Er wandte sich wieder und träumte von seinem Hause und seinen Kindern.

Als die Liebenden erwachten, war ihr erster Gedanke

aneinander — ihr zweiter an Nydia! Sie war nicht zu finden — niemand hatte sie bei Tagesanbruch gesehen. Jeder Winkel des Schiffes wurde durchsucht. Nirgends eine Spur von ihr! Geheimnisvoll von Anfang bis zu Ende war die blinde Thessalierin für immer aus der Welt der Lebenden entschwunden. Glaukus und Jone ahnten ihr Schicksal schweigend. Indem sie sich näher aneinanderschmiegten und jedes die Welt im andern fühlte, vergaßen sie die eigene Rettung und weinten wie um eine hingeschiedene Schwester .....

Sechsundfünfzigstes Kapitel.

Athen, im zehnten Jahre nach der Zerstörung Pompejis.

Glaukus seinem geliebten Sallust Gruß und Gesundheit! — Du forderst mich zu einem Besuch in Rom auf; komm lieber zu mir nach Athen! Ich habe die Kaiserstadt, ihren gewaltigen Lärm und hohlen Genuß verschworen! In meinem eigenen Lande will ich fortan immer wohnen. Der Geist unserer hingeschiedenen Größe ist mir teurer, als das prunkende Leben euers lauten Glücks. Ein Zauber, den mir kein anderer Ort ersetzen kann, liegt für mich in den Säulenhallen, die immer noch von heiligen, ehrwürdigen Schatten umschwebt sind. In den Olivenhainen des Ilissus vernehme ich noch immer die Stimme der Poesie — auf den Höhen Phyles erscheinen mir die Wolken der Dämmerung noch immer als das Leichentuch der hingeschiedenen Freiheit, wie die Verkünderinnen des Morgens, der kommen soll! Du lächelst über meine Begeisterung, Sallust! — Aber besser in Ketten hoffnungsvoll zu sein, als sich mit ihrem Glanz zu trösten. Du sagst mir, ich könne das Leben in diesem düstern Sitz gefallener Hoheit nicht genießen; du verweilst mit Entzücken auf der Herrlichkeit Roms und den Genüssen des Kaiserhofs. Mein Sallust: ich bin nicht mehr der, der ich war! Die Ereignisse meines Lebens haben das schäumende Blut der Jugend ernüchtert. Meine Gesundheit hat nie mehr die ganze Federkraft zurückerhalten, die sie besaß, ehe sie die Schmerzen der Vergiftung empfand und in dem dunstigen Kerker eines Verbrechers schmachtete. Mein Gemüt hat nie mehr den dunkeln Schatten des letzten Tages von Pompeji, nie mehr das Grauen und die Trostlosigkeit, die um jene furchtbaren Trümmer schweben, abgeschüttelt. — Unsere geliebte, unvergeßliche Nydia! — Ich habe ihrem Schatten ein Grabmal errichtet und sehe es täglich vom Fenster meines Zimmers aus. Es hält eine zärtliche Erinnerung, eine nicht unangenehme Trauer in mir lebendig, der gebührende Zoll für ihre Treue und ihren geheimnisvollen, frühzeitigen Tod. Jone pflückt die Blumen und meine Hand windet sie täglich um die Urne. Nydia war eines Grabes in Athen würdig!

Du sprichst von der anwachsenden Sekte der Christianer in Rom. Sallust, Dir kann ich mein Geheimnis anvertrauen: ich habe viel über diesen Glauben nachgedacht — ich habe ihn angenommen. Nach der Zerstörung Pompejis traf ich noch einmal mit Olinth zusammen, der nur für kurze Zeit gerettet war und bald nachher als ein Märtyrer seines unbezähmbaren Eifers fiel. Er zeigte mir in meiner Errettung von dem Löwen und aus dem Erdbeben die Hand des unbekannten Gottes! Ich hörte — glaubte — betete an! Auch meine mehr als je geliebte Jone hat sich zu diesem Glauben gewandt — einem Glauben, Sallust, der Licht über diese Welt ausströmt, während er für die nächste, wie eine sinkende Sonne, seine volle Glorie vorbehält! Wir wissen, daß wir der Seele, wie hier dem Leibe nach, für ewig miteinander verbunden sind! Jahrhunderte mögen dahinrollen, unser Staub sich auflösen, die Erde wie ein Blatt einschrumpfen; aber rund um den Kreis der Ewigkeit läuft das Rad des Lebens — unvergänglich, unendlich! Und wie die Erde von der Sonne, so trinkt die Unsterblichkeit ihr Glück aus der Tugend, die das Lächeln auf dem Antlitz Gottes ist! Besuche mich also, Sallust; bring die Schriften eines Epikur, Pythagoras, Diogenes mit, mache Dich auf eine Niederlage gefaßt, und laß uns in den Hainen der Akademie unter einem sicherern Führer, als er unsern Vätern je gegönnt war, das große Problem der wahren Zwecke des Lebens und das Wesen der Seele erörtern.

Jone — bei diesem Namen schlägt mein Herz noch jetzt! — ist an meiner Seite während ich schreibe; ich erhebe die Augen und sie begegnen ihrem Lächeln. Das Sonnenlicht zittert auf dem Hymettus und in meinem Garten höre ich das Summen der Frühlingsbienen. Ob ich glücklich sei, fragst Du? Was kann mir Rom geben, das dem gleich käme, was ich in Athen besitze! Hier erweckt alles die Seele und haucht sie mit Liebe an: — Bäume, Wasser, Berge, Himmel sind die von Athen, der auch in der Trauer noch schönen Mutter der Poesie und Weisheit der Welt. In meiner Halle sehe ich die Züge meiner Ahnen in Marmor. Im Keramikus betrachte ich ihre Gräber. In den Straßen tritt mir die Hand des Phidias, die Seele des Perikles, Harmodius, Aristogeiton entgegen, — sie sind überall, und in unsern Herzen sollen sie nie untergehen! Kann irgend etwas nicht vergessen machen, daß ich ein Athener und nicht frei bin, so ist es die lindernde, wachsame, lebendige, nie schlummernde Liebe Jones, eine Liebe, die aus unserm neuen Glauben ein neues Gefühl geschöpft hat. Eine Liebe, von der keiner unserer Dichter, so herrlich sie auch immer sind, ein Bild gegeben hat, denn aus der Religion hervorgehend wird sie selbst gleichsam zur Religion: sie verbindet sich mit reinen, überirdischen Gedanken, sie ist das, was uns, wie wir hoffen dürfen, durch die ganze Ewigkeit begleiten wird, und was wir daher rein und unbefleckt erhalten, damit sein Bekennen uns vor Gott nicht beschäme. Sie ist der wahre Ausdruck jener dunkeln Fabel von Eros und Psyche — von der Seele, die in den Armen der Liebe schlummert. Und hält mich schon diese unsere Liebe der fieberhaften Sehnsucht nach Freiheit gegenüber einigermaßen aufrecht, so tut dies noch mehr meine Religion; denn so oft ich mein Schwert fassen, in die Trompete stoßen und zu einem neuen Marathon stürzen möchte, fühle ich Verzweiflung bei dem erkältenden Gedanken an die Ohnmacht meines Landes, an das zermalmende Gewicht des römischen Joches, und finde endlich einen Trost in der Vorstellung, daß diese Erde nur der Anfang des Lebens ist, — daß der Glanz einiger Jahre wenig sagen will in der ungeheuern Bahn der Ewigkeit, daß es keine vollkommene Freiheit gibt, bis die Ketten des Staubes von der Seele fallen und der ganze Raum, die ganze Zeit ihr Erbe und ihr Herrschgebiet geworden sind. Gleichwohl, Sallust, mischt sich noch etwas von dem milden griechischen Blut meinem Glauben bei. Ich kam dem Eifer derer nicht beipflichten, die Frevel und ewige Verdammnis in den Menschen sehen, die anders denken als sie. Ich schaudere über die Religion Andersgläubiger nicht. Ich wage nicht zu verfluchen: ich bete zu dem großen Vater, er möge sie bekehren. Diese Lauheit setzt mich bei den Christen einiger Verdächtigung aus, die ich verzeihe, und da ich gegen die Vorurteile des großen Haufens nicht offen verstoße, sehe ich mich imstande, meine Brüder vor der Strenge des Gesetzes und den Folgen ihres eigenen Eifers zu schützen. Ist Mäßigung meiner Ansicht nach das natürliche Geschöpf der allgemeinen Menschenliebe, so gibt sie zugleich den größten Spielraum, um vielen Menschen Gutes zu tun.

Dies, o Sallust, mein Leben, dies meine Meinungen. In solcher Art sehe ich das irdische Dasein an und erwarte ich den Tod. Und Du, frohherziger und liebevoller Jünger Epikurs, Du — doch komme hierher, sieh unsere Genüsse, unsere Hoffnungen und Du wirst weder in dem Glanz der kaiserlichen Gelage, noch in dem Jubel des vollgedrängten Zirkus, noch im lärmenden Forum, noch im schimmernden Theater, noch in den üppigen Gärten, noch in den schwelgerischen Bädern Roms ein Leben von solch wahrer und ununterbrochener Glückseligkeit finden, wie das, um dessentwillen Du so grundlos das Los des Atheners Glaukus bemitleidest. — Lebe wohl!"

— — — — — — — — — — — — — — — — — — — —

Beinah siebzehn Jahrhunderte waren dahingerollt, als die Stadt Pompeji mit noch unverblichenen Farben ihrem stillen Grabe wieder entrissen wurde. Die Wände noch frisch, als wären sie erst gestern gemalt, — keine Farbe verblichen in der reichen Mosaik der Fußböden — auf dem Forum die halb vollendeten Säulen noch so, wie sie der Arbeiter eben verlassen hatte — vor den Bäumen in den Gärten das dreifüßige Opferbecken — in den Vorhallen die Schatztruhe — in den Bädern das Reibeisen — in den Theatern die Einlaßmarken — in den Sälen das Gerät und die Lampe — auf den Tischen die Reste des letzten Mahles — in den Schlafgemächern die Parfümerien und Schminken der Schönen — und allenthalben die Gebeine und Gerippe derer, die einst die Triebfedern dieser kleinen aber prächtigen Maschine der Üppigkeit und des Lebens in Bewegung gesetzt hatten!

Im Hause Diomeds, in den unterirdischen Gewölben, wurden zwanzig Gerippe auf einem Fleck nahe bei der Tür gefunden, bedeckt von feinem Aschenstaub, der augenscheinlich durch die Öffnungen langsam herein gerieselt war, bis er den ganzen Raum erfüllt hatte. Auch entdeckte man dort Edelsteine und Geld, Kandelaber und in den Amphoren eingetrockneten Wein: eitle Vorsichtsmaßregeln, um das mit dem Tode ringende Leben zu fristen! Der durch die Feuchtigkeit zusammengekittete Sand hatte die Formen der Körper wie in einem Abguß angenommen, und noch jetzt kann der Reisende den Abdruck eines weiblichen Halses und Busens in jugendlichen, runden Umrissen wahrnehmen — Spuren der unglücklichen Julia. Bei näherer Prüfung scheint es, die Luft habe sich allmählich in einen Schwefeldampf verwandelt; die Menschen, die sich in das Gewölbe gerettet hatten, waren nach der Tür gestürzt, hatten diese aber durch die außen gefallenen Schlacken versperrt gefunden und waren im Versuch, sie gewaltsam aufzusprengen, erstickt.

Im Garten fand man ein Skelett mit einem Schlüssel in der knöchernen Hand und neben ihm einen Beutel mit Geld. In ihm glaubte man den Herrn des Hauses, den armen Diomed, zu erkennen, der wahrscheinlich durch den Garten zu entkommen gesucht hatte und entweder von den Dünsten oder einem herabgeschleuderten Stein getötet worden war. Neben einigen silbernen Gefäßen lag ein anderes Gerippe, wahrscheinlich ein Sklave.

Die Häuser Sallusts und Pansas, der Tempel der Isis mit den Gauklerverstecken hinter den Statuen, den Schlupfwinkeln seiner heilig gehaltenen Orakel, sind jetzt dem Blick der Neugierigen bloßgestellt. In einem Gemach dieses Tempels fand man ein riesiges Skelett mit einem Beil neben sich: zwei Wände waren von dem Beil durchgehauen — weiter vermochte der Unglückliche nicht zu dringen. Mitten in der Stadt wurde ein anderes Gerippe, beladen mit Geld und vielen mystischen Zieraten des Isistempels, gefunden. Der Tod hatte sein Opfer mitten in seiner Habsucht ereilt. Kalenus war zugleich mit Burbo untergegangen! — Beim Wegräumen eines Trümmerhaufens stießen die Arbeiter auf das Gerippe eines Mannes, der von einer umgestürzten Säule buchstäblich in zwei Hälften getrennt war. Der Schädel zeigte eine so auffallende Bildung, war sowohl seinen geistigen, als seinen schlimmern physischen Organen nach so kühn entwickelt, daß er die fortgesetzte Betrachtung jedes an die Spurzheimsche oder Gallsche Schädellehre Glaubenden erregt hat, der einen Blick auf diesen zerstörten Palast der Gedanken warf. Noch jetzt, nach achtzehn hinabgerollten Jahrhunderten, kann der Wanderer die stolze Halle überschauen, in deren künstlich gewundenen Gängen und sinnreich ausgearbeiteten Gemächern einst die Seele des Ägypters Arbaces dachte, klügelte, träumte und sündigte!

Im Angesicht der mannigfaltigen Zeugnisse eines gesellschaftlichen Zustandes, der für immer von der Erde verschwunden ist, verweilte ein Fremdling aus jener fernen Barbareninsel, bei deren Nennung der römische Gebieter schauderte, unter den Wonnen des milden Campaniens und schrieb vorliegende Geschichte!

www.ingramcontent.com/pod-product-compliance
Lightning Source LLC
Chambersburg PA
CBHW021239020826
48980CB00024B/317

* 9 7 8 3 8 4 6 0 9 8 0 0 4 *